LA LOUVE
ET LE SANGLIER

YANN BREKILIEN

LA LOUVE ET LE SANGLIER

Les chemins d'Alésia

Roman

FRANCE LOISIRS
123, boulevard de Grenelle, Paris

Édition du Club France Loisirs, Paris,
avec l'autorisation des éditions du Rocher

ISBN : 2-7242-2941-X

AVANT-PROPOS

Si vous tenez absolument à conserver des Gaulois et des Romains l'image que vous en ont donnée les manuels d'histoire de votre enfance studieuse, refermez ce livre tout de suite. Car vous n'y trouverez pas de Gaulois « barbares belliqueux aux longues moustaches tombantes, vivant dans des huttes au milieu des forêts et se nourrissant de sangliers », non plus que de Romains « venus apporter à la Gaule inculte les lumières de la civilisation ». Désolé de déranger vos belles certitudes, mais la façon dont on vous a présenté les faits n'est qu'une légende, démentie par ce que les spécialistes savent aujourd'hui de la civilisation celtique... et de la barbarie romaine, heureusement dénoncée par de grands esprits comme Albert Camus, parlant des « *conquérants romains que nos auteurs de manuels, par une incomparable bassesse d'âme, nous apprennent à admirer* » ou comme Jean Anouilh qui se moque : « *Fabrice a trop cru aux Romains à l'école, ça l'a intoxiqué.* » Écoutons aussi la voix de Simone Weil, dans « *l'Enracinement* » : « *Les Romains, poignée d'aventuriers réunis par le besoin... les Romains ne pouvaient rien tolérer qui fût riche en contenu spirituel. L'amour de Dieu est un feu dangereux dont le contact pouvait être funeste à leur misérable divinisation de l'esclavage. Aussi ont-ils impitoyablement détruit la vie spirituelle sous toutes ses formes. Ils ont très cruellement persécuté les Pythagoriciens et tous les philosophes affiliés à des traditions authentiques... Ils ont exterminé tous les Druides de Gaule, anéanti les cultes égyptiens, noyé dans le sang et déshonoré par d'ingénieuses calomnies l'adoration de Dyonisos. On sait ce qu'ils ont fait des Chrétiens au début.* »

Au moment où allait commencer la Guerre des Gaules,

« nos ancêtres les Gaulois » — à l'exception des bûcherons et des charbonniers (car ils connaissaient le charbon de bois) — ne vivaient pas dans les forêts dont le défrichement avait commencé plusieurs millénaires auparavant, à l'époque néolithique, mais dans de fertiles campagnes où chatoyait l'harmonie des champs labourés et des verts pâturages. L'habitat était aussi diversifié que de nos jours. Il y avait des fermes isolées, de grands domaines ruraux, de petits villages ouverts et aussi de grandes villes fortifiées. Les maisons étaient construites en bois et en torchis, mais il ne s'agissait pas de huttes. C'étaient des demeures assez spacieuses, de plan rectangulaire, dont la charpente était d'une architecture complexe, édifiée avec une habileté consommée. Celles des riches comportaient plusieurs pièces. Les places fortes (que César appelle « *oppida* ») n'étaient parfois que des villes-marchés peuplées seulement les jours de foire, ou quand les paysans des environs venaient y chercher refuge contre des envahisseurs ou des pillards, mais il y avait aussi de vraies villes, des villes avec des rues bordées de rangées de maisons et abritant une nombreuse population sédentaire. Si l'on en croit César, au moment de la chute d'Avaricon (Bourges), quarante mille personnes s'y trouvaient. Si l'on retranche les dix mille guerriers envoyés en renfort par Vercingétorix et quelques centaines de réfugiés du voisinage — et même en tenant compte d'une possible exagération de l'auteur du *De Bello gallico* — cela représente tout de même un nombre important de résidents. Cela impliquait une structure urbaine véritable. César ne nous parle-t-il pas, d'ailleurs, « du forum et des places » d'Avaricon ? Et puis — il faut être sérieux — comment les Bituriges auraient-ils pu obtenir des chefs des autres nations gauloises qu'on ne mette pas le feu à leur ville, parce qu'elle était « la plus belle, ou presque, de toute la Gaule, la force et l'ornement de leur pays », s'il ne s'était agi que de quelques cabanes parsemant un immense terrain vague ?

Je pense que, sur la foi des manuels classiques, vous vous imaginez vos ancêtres comme des gens belliqueux. Ils l'avaient été jadis, c'est vrai. Mais ils avaient perdu leur combativité — un peu trop même, ce qui a causé leur perte. À l'époque de la Guerre des Gaules, c'étaient de braves paysans, artisans et commerçants uniquement occupés de leur travail et de leur vie familiale et pas plus désireux de se battre que leurs descendants d'aujourd'hui. Seuls les nobles étaient restés des guerriers et s'ils s'amusaient parfois à se faire entre eux de petites guerres, quand leurs travaux des champs leur en laissaient le loisir, ils étaient trop peu nombreux pour avoir envie de tenter de grandes aventures militaires. C'est ce qui explique que pour faire face à la menace des Germains, qui, eux, étaient vraiment un peuple belliqueux, ils aient été obligés d'appeler à leur secours un autre peuple belliqueux, à savoir les Romains.

Contrairement à la légende, les Celtes ou Gaulois étaient beaucoup plus avancés techniquement et plus évolués moralement et culturellement que les Romains qui ont envahi leur pays pour s'emparer de leurs richesses. Sauf dans le domaine de la construction et de la voirie, où les Romains, instruits par les Étrusques, étaient passés maîtres, les Gaulois avaient atteint un niveau technique très supérieur à celui des peuples méditerranéens, tant en matière agricole qu'industrielle. Et si leurs routes n'avaient pas la qualité des voies romaines, il n'empêche que le réseau en était très développé. Comment César aurait-il pu se déplacer aussi rapidement qu'on l'a vu faire plusieurs fois au cours de sa conquête, s'il n'avait trouvé un excellent réseau de voies de communication ? Et à quoi auraient servi tous les divers véhicules d'admirable facture que la charronnerie celte, réputée dans tout le monde antique, avait mis au point, s'il n'y avait pas eu de grands chemins sur lesquels les faire rouler ?

Que notre vanité n'aille pas nous faire croire que nous soyons très différents de « nos ancêtres les Gaulois » ! Ils avaient, en réalité, les mêmes aspirations que nous, les mêmes passions, les mêmes soucis, les mêmes joies, les mêmes craintes. Le cœur de l'homme ne change pas. Ils aimaient comme nous, souffraient comme nous. Même leurs rivalités politiques, telles que nous les décrivent d'excellents historiens auxquels je fais confiance, ressemblaient fort aux nôtres. Tout au plus avaient-ils, de par leur culture originale, très différente de celle des Gréco-Latins, quelques conceptions en matière religieuse et sociale qui peuvent surprendre les non-initiés. Mais il est resté quelque chose de ces conceptions chez les derniers peuples celtiques : Irlandais, Écossais, Gallois et Bretons. En tant que Breton il y a des choses que je ressens et qui sont étrangères aux Latins. On ne peut pas écrire sur les Celtes si on ne les ressent pas. Le plus étonnant, c'est que le monde moderne, après une rupture de vingt siècles, y revient peu à peu.

Le récit qu'on va lire ne cherche pas à plaire à ceux qui sont imbus d'idées reçues et ont de la Gaule au dernier siècle avant notre ère une conception totalement fausse. Il veut faire revivre tels qu'ils étaient et dans leur cadre authentique les Gaulois du peuple. Non pas ceux qui ont inscrit leur nom dans l'histoire et ont fait l'Histoire (ils n'apparaîtront qu'à l'arrière-plan), mais ceux qui subissaient les événements. Ceux qui n'y étaient pour rien et en étaient les victimes. Des gens comme vous et moi, qui sommes leurs héritiers.

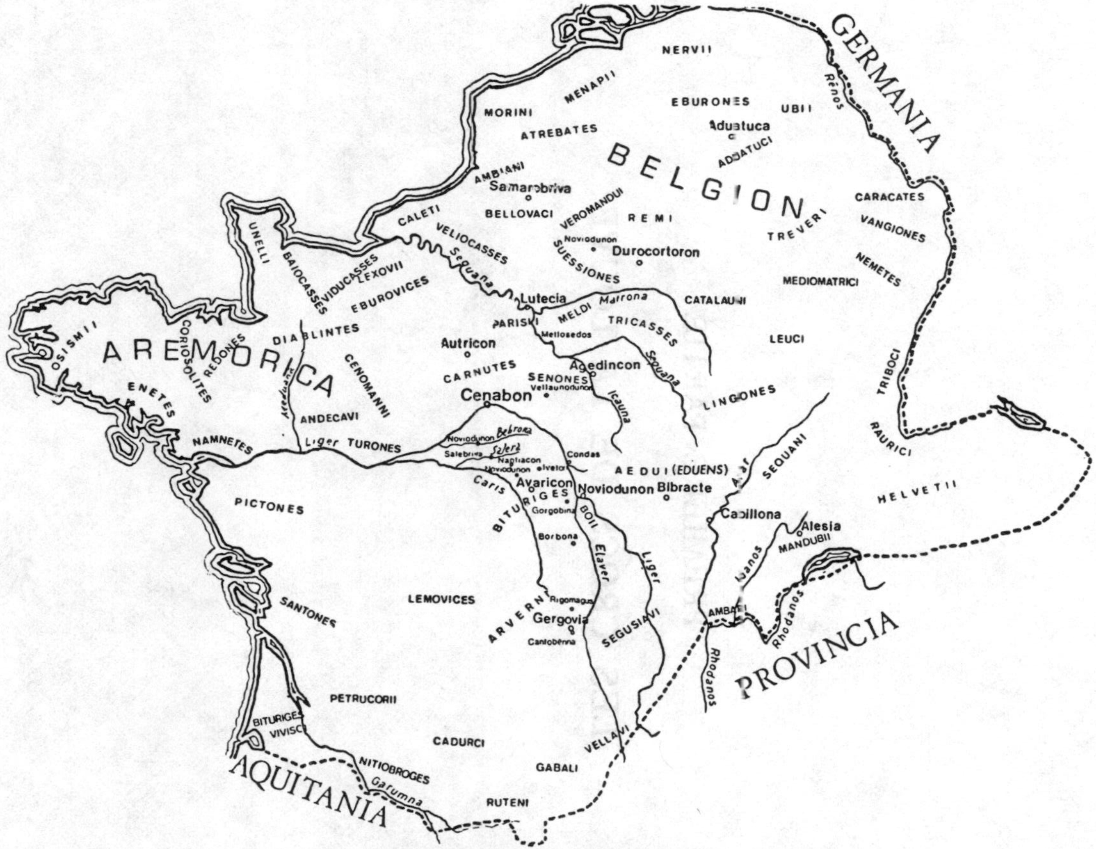

La Gaule à la fin de l'indépendance. —
(avec les localités dont il est fait mention dans le roman)

PREMIÈRE PARTIE

LES CROCS DE LA LOUVE

I

Il respirait avec volupté cette odeur jeune et saine, ce parfum doré que la morsure du fer faisait vriller et voltiger dans les copeaux de châtaignier. Danse légère des volutes de bois à mesure que ses deux poings parallèles, serrés sur les mancherons, ramenaient à petits coups précis la lame courbe de sa plane. Rien que pour cette odeur, pour cette danse légère des copeaux, pour le pouvoir qui lui était conféré sur une matière noble, il était convaincu qu'il ne pouvait exister de métier plus beau que le sien. Il se sentait bien dans son corps, surtout par ce beau temps qui lui permettait de travailler dehors, à califourchon sur son chevalet, devant l'atelier, dans la fraîcheur du petit matin. C'est à peine si de fines vapeurs blanches traînaient encore dans le ciel qui avait la couleur tendre d'une gorge de ramier. L'éclat du soleil d'août, montrant déjà une partie de son disque au-dessus du mur d'enceinte de la ville, promettait une journée de chaleur.

La cité s'éveillait. Le jeune tonnelier apercevait, à l'autre bout de la rue, la marchande de fruits qui disposait devant sa maison des corbeilles emplies de baies rouges et bleues. En face, le pâtissier commençait à déballer ses gâteaux sur un éventaire abrité par l'auvent de son toit. On entendait monter dans l'air calme, depuis le lointain quartier des forgerons, les premiers tintements du métal frappé à coups comptés. Quelques grincements d'essieux et piétinements de sabots du côté de la porte de l'Ouest, se mêlaient aux trilles des grives sur les toits. Lucotilla, la sémillante épouse du vannier, sortit de chez elle, copieusement fardée, les poignets ornés d'anneaux et un panier au bras. Elle s'en fut examiner de près les douceurs offertes par les étalages de la fruitière et du pâtissier et ne tarda pas à être rejointe par une plantureuse mégère en robe à rayures, un châle brun sur la tête, porteuse elle aussi d'un panier d'osier. Ces dames entamèrent aussitôt, au milieu de la rue, une conférence qui ne manqua pas d'attirer plusieurs autres commères. Damatos, d'où il était, ne pouvait saisir leur propos, mais il les imaginait aisément. Savez-vous que pendant l'absence de son nautonnier de mari, la petite Ovalidia trouve beaucoup de consolation auprès du beau Lugogénos ? Non, pas possible ? C'est comme je vous le dis, mes pauvres. Et quand on pense qu'Arbina, elle aussi... Moi, je ne mêle pas des affaires des autres, mais je trouve indigne que son époux ferme les yeux, et je finirai par le lui dire. Le bruit court que Suvritus, notre honorable premier magistrat, va faire venir tout un bateau de vin des pays du Midi : il soigne sa popularité, mais c'est nous, comme toujours, qui aurons à mettre nos hommes au lit. Heureuses encore celles qui n'auront pas à ramasser le leur dans le caniveau. Ah ! je vous dis ! quels temps vivons-nous ! Et savez-vous ce qu'on raconte au sujet du contrôleur des monnaies ?...

Son voisin, le vieux Baditis, adressa à Damatos un joyeux salut, en lui faisant observer, avec un indéniable à-propos, que c'était le beau temps, avant de se mettre à aligner de chaque côté de sa porte toute sa production de pots, d'écuelles, de coupes et de vases de terre cuite, dont certains étaient fort joliment décorés de spirales, de volutes et de palmettes, peintes en rouge et brun sur fond blanc.

La rue commençait à se transformer en marché en plein air. Ce n'était pas pour déplaire au jeune tonnelier. Il aimait cette animation et ce chatoiement de couleurs qui donnaient de l'éclat à sa ville. Il en raffolait de sa ville aux maisons de torchis et aux grands toits de chaume, Cénabon (1), la puissante cité carnute assise sur la rive du nonchalant fleuve Liger (2), mais il la trouvait plus séduisante encore dans l'ambiance exubérante des matinées de soleil où les gens étaient tous dehors.

La surface de la douelle qu'il façonnait était devenue merveilleusement lisse. Il la caressa du bout des doigts avec une sorte de tendresse. Mais à ce moment des rires perlés et un caquetage confus lui firent lever les yeux de dessus son travail. Un groupe de jeunes filles avait pris possession de la rue, se dirigeant vers la rivière, des cruches ventrues en

(1) Orléans.
(2) La Loire.

équilibre sur leurs têtes. Leurs robes d'été multicolores, serrées à la taille par des chaînettes de bronze et laissant leurs bras nus, mettaient en valeur des poitrines de rêve et des hanches harmonieuses. L'une d'elles, au passage, agita la main et lui sourit. Il fronça les sourcils en reconnaissant Voltona, la fille du cordonnier, qui, depuis quelque temps, ne pouvait plus croiser sa route sans lui décocher des œillades qu'elle devait croire aguichantes. Peut-être y aurait-il pris plaisir si elle avait eu seulement le nez un petit peu moins long, la bouche un petit peu moins grande et les joues un petit peu moins boutonneuses. Mais qu'avait-elle besoin d'agiter ainsi la main ? À son geste, il répondit par des moqueries. Quelle imprudence de gesticuler quand on porte sur la tête un récipient qui oscille de façon inquiétante ! Tenait-elle tant à faire marcher le commerce de son sympathique voisin, Baditis, le potier ? Elle afficha un air pincé et leva ses bras nus pour assurer l'équilibre de sa cruche. Il remarqua combien ces bras étaient maigres et osseux et conclut qu'il n'aimait que les chairs bien potelées. La brunette au visage rond qui marchait à côté d'elle était beaucoup plus agréable à contempler, mais il chercha en vain à accrocher son regard. Elle passa sans tourner la tête et il se remit au travail.

La rue, pendant ce temps, continuait à se remplir. Le gai soleil matinal incitait les gens à musarder. La chaussée n'était pas large et les déballages des commerçants rétrécissaient encore le passage où se pressait la foule des matrones et de leurs servantes allant aux provisions, des ouvriers transportant des fardeaux, des livreurs, des négociants se rendant à leurs affaires, des enfants qui jouaient en se faufilant entre les jambes des adultes, des chiens, des cochons et des volailles errant en toute liberté, des ânes chargés de sacs. La cohue tournait à la débandade dès qu'un attelage ou des cavaliers manifestaient la prétention de s'y frayer un chemin. La ville s'enflait d'une sympathique rumeur faite du bourdonnement de mille conversations, du tintement des grelots aux franges des tuniques des élégantes, du cliquetis de leurs bracelets, des cris des marchands interpellant les ménagères, d'aboiements, de grognements, de roulements de chariots et de vociférations de cochers réclamant le passage.

Comme l'atelier de tonnellerie se situait dans un renfoncement, les allées et venues des passants ne gênaient pas Damatos dans son travail. Il prit la douelle à deux mains et la tendit à bout de bras pour en vérifier la courbure. Il avait l'œil si exercé et la main si adroite que, sans mesures ni gabarit, il savait donner la forme juste sans se tromper de l'épaisseur d'un cheveu. La pièce s'adapterait sans faille à sa voisine. Cette certitude lui procurait l'impression d'être un peu sorcier.

C'est à ce moment qu'il s'entendit héler par son père.

— Damatos, laisse cette douelle et viens au treuil, le bois est assez chauffé.

Le maître tonnelier Véporoudos, son père, n'avait-il pas encore compris qu'il abhorrait recevoir des ordres ? Il en éprouvait un hérissement quasi physique. Il était prêt à faire tout ce qu'on lui demandait, pas ce qu'on lui commandait. Il ressentait un ordre comme une agression, une violence contre sa dignité, sa liberté d'homme, et sa première réaction était, instinctivement, de protester et de contester, même quand le commandement émanait de l'autorité la plus légitime, c'est-à-dire du père de famille. Certes, son père était son père, il eût été impensable que le dernier mot ne lui restât pas, et il finissait donc toujours par lui obéir ; mais c'était sa fierté de ne se soumettre qu'en maugréant. « Tu peux treuiller toi-même... », commença-t-il à discuter. Mais Véporoudos ne le laissa pas poursuivre.

— Quand tu auras fini au treuil, tu atteleras la jument et tu iras livrer au fermier Tagausios sa commande de barriques et de seaux.

Damatos marqua un temps d'arrêt. Toutes ses velléités de contestations s'étaient évanouies comme par enchantement. Il ne savait pas résister à la perspective d'une promenade à travers la campagne. Livrer des tonneaux à une ferme, cela voulait dire flâner en pleine nature, respirer jusqu'à l'enivrement l'air pur de la liberté, s'emplir les yeux du spectacle verdoyant des prairies et des bois, et les oreilles de la musique des ruisseaux et des oiseaux. Il lâcha merrain (1) et herminette et courut rejoindre Véporoudos sous le hangar qui servait d'atelier. Il s'empara du levier du treuil. Ce treuil permettait de tendre la corde entourant la base d'un assemblage tronconique de douelles étroites aux bords courbes, semblables aux pétales d'une fleur de colchique la tête en bas. Il s'agissait de resserrer la boucle pour refermer la corolle jusqu'à ce que le tronc de cône se fût mué en olive. C'eût été impossible si un feu de chutes de bois, allumé à l'intérieur, n'avait assoupli les pétales. Il fallait saisir le moment où elles étaient juste à la chaleur voulue. Alors, sous l'action de la

(1) Le merrain est la planche dont on fait les douelles de tonneau. On l'obtient en fendant le bois dans le sens des rayons médullaires.

corde, elles se rejoignaient et il n'y avait plus qu'à retourner le tout et le cercler d'anneaux de bois souple, pour que l'assemblage de planches devienne barrique étanche.

Quand Damatos eut commencé à tourner le treuil, l'auteur de ses jours, altéré d'avoir entretenu le feu, s'en fut chercher dans le coin le plus frais du hangar, un pichet de cervoise dont, renversant la tête en arrière, il se déversa le contenu dans le gosier. Après quoi il leva le doigt et déclara sentencieusement, d'une voix qui s'éraillait, qu'il était bon que, pour conserver la précision de leurs gestes, les jeunes s abstinssent de boire pendant le travail, mais que pour les gens de son âge, il était plus important de lutter contre le dessèchement de leur gorge, sans quoi elle risquait de se racornir comme une galette de gruau oubliée sur le feu.

Le tronc de cône se mua en olive et Damatos, laissant son père se charger de poser les cerceaux et de les faire avancer à petits coups de maillet, alla atteler Vinda, la jument grise. Pour hisser les tonneaux neufs dans le chariot, il fit appel à l'aide de son beau-frère, Trogos, que sa stature et sa carrure désignaient pour les travaux de force. Trogos était une sorte de brute au cou de taureau, à l'esprit peu délié, mais acharné au travail. Damatos n'avait jamais compris que sa sœur Iarilla, coquette et délicate comme elle l'était, eût pu s'éprendre de cet ours mal léché. Elle avait, d'ailleurs, dû s'en mordre assez vite les doigts, car il était visible que tout n'allait pas pour le mieux dans le ménage. Avec le concours de Trogos, le chariot fut vite chargé.

— Où se trouve-t-elle, la ferme de Tagausios ? J'ai vu cet homme plusieurs fois ici, mais je n'ai jamais eu l'occasion d'aller chez lui.

— Tagausios ? — décidément, la voix de Véporoudos devenait de plus en plus enrouée — tu ne sais pas où habite Tagausios ? Tagausios, c'est un vassal du seigneur Cumborix, et sa ferme, c'est la dernière à droite dans Lémolanda.

— Lémolanda ?

— Tu ne connais pas Lémolanda ? C'est le petit village où habite le vieux Simivis.

— Tu oublies que c'est toi qui est allé livrer ses tonneaux neufs à Simivis... parce qu'il t'avait vanté son hydromel nouveau. Heureusement que notre brave jument connaissait son chemin pour te ramener à la maison !... Mais moi, je ne sais pas où est Lémolanda. Par où y va-t-on ?

— Ce n'est pas difficile. Tu pars par la route d'Autricon et, au premier embranchement, tu prends à droite... non, a gauche... enfin, comme si tu voulais aller à Gésidiacon (1).

— Je vois.

— Au bout d'une lieue (2), tu entres dans un bois de charmes et tu trouves sur ta droite... sur ta gauche... non, je dis bien : sur ta droite, un layon qui longe, un peu plus loin, une mare où j'ai tué, une fois, à la chasse, douze canards dans la même journée. Tu entends ? Douze canards. Parfaitement ! Ah ! ça, c'est un bon coin. Bon, c'est bien simple, ce layon, on le quitte à angle droit, après un vieux chêne, quand on veut aller au temple de Bélisama...

— Attends. Je pars par la route d'Autricon, je prends à gauche au premier embranchement et, dans le bois de charmes, je tourne à droite dans un layon...

— Mais non, malheureux ! tu ne tournes pas dans ce layon. Tu passes devant et tu continues tout droit, pendant encore une lieue. Alors, tu arrives à un carrefour où un crâne humain est fiché sur un grand poteau de bois. C'est la tête d'un champion qui a été tué là en des temps très anciens, je ne me souviens plus dans quel combat. D'ailleurs, je ne l'ai jamais su. Donc, à ce carrefour, c'est très simple : tu ne tournes pas à gauche, parce que ça te mènerait à la hutte des Taranucnos. Tu sais bien, Taranucnos, le charbonnier. Il passe sa vie dans les bois au milieu de ses meules qui n'en finissent pas de fumer. Le pauvre homme a perdu sa femme l'an dernier. Il travaille avec ses trois fils. On a beau dire, mais il y en a, de la misère, sur cette terre.

— Oui, mais le chemin de Lémolanda ?

— Oh ! c'est très simple. Au carrefour, tu ne continues pas non plus la route pavée qui oblique sur la droite, tu prends le chemin de terre qui débouche juste en face de toi. Il n'est pas très bon, mais au bout de cinq ou six cents pas, tu découvres un hameau : quelques fermes, mais aussi un atelier de tissage et une bourrellerie : voilà Lémolanda.

Mogus, son chien, un bâtard jaune aux oreilles pointues, fit à Damatos un bout de conduite. Dès que l'attelage s'ébranla, il s'élança aux côtés de la jument en faisant des bonds joyeux. Il la précéda par les rues de la ville, se glissant entre les jambes des passants, disparaissant, réapparaissant, s'évanouissant de nouveau. Puis, franchie la porte du Nord, il se

(1) Gidy.

(2) La lieue gauloise était de 2415 m (1500 pas de 5 pieds).

mit à trottiner sur les pavés inégaux de la route, gambada d'un bord à l'autre de la chaussée, fit mine de poursuivre la trace d'un gibier imaginaire. Il s'arrêtait pour flairer une touffe d'herbe du bas-côté, repartait en flèche, devançait le véhicule, puis revenait, langue pendante.

Sa compagnie réjouissait Damatos et meublait la monotonie de la route qui s'étirait, toute droite, entre des champs de blé figés sous la chape d'or en fusion du soleil d'été. Il y avait des parcelles revêtues d'une opulente toison d'épis mûrs et d'autres, déjà fauchées, qui se réduisaient à un paillasson tiqueté des taches rouges des coquelicots. Il y en avait aussi où Damatos apercevait des équipes de moissonneurs qui avançaient en ligne, en jouant de la faucille. En passant devant un champ plus vaste que les autres qui dépendait, à n'en pas douter, du domaine du puissant seigneur Suvritus, il eut le plaisir de voir pour la première fois fonctionner une machine à moissonner. Il avait entendu parler de cet engin, qu'on appelait *vallos,* mais il n'avait jamais eu l'occasion de l'observer, car il n'existait que dans quelques très grandes exploitations. C'était une grande caisse montée sur deux roues que poussait un mulet attelé dans les brancards... mais à l'arrière de l'étrange véhicule. Sur le devant, une lame dentée horizontale sectionnait les tiges telle une mâchoire de monstre, et les épis tombaient tout naturellement dans la caisse. Deux hommes suffisaient pour desservir cette machine, qui avançait au moins dix fois plus vite que les meilleures équipes de moissonneurs. L'un tenait l'extrémité des brancards et dirigeait l'attelage ; l'autre, armé d'une perche, redressait les tiges de blé, les guidait vers les dents et étalait à l'intérieur du réceptacle les grains coupés. Damatos avait arrêté son chariot et contemplait, médusé, l'étonnant engin (1).

Ce fut en se remettant en route, qu'il s'aperçut de la disparition de Mogus. Il eut beau scruter devant lui, jusqu'à l'horizon, le ruban caillouteux de la route et l'étendue des champs, il n'y distingua rien qui ressemblât un tant soit peu à un chien. Il se retourna alors vers l'arrière. Dans le lointain, au milieu de la chaussée, une petite silhouette jaune, la queue en l'air, trottinait vers la ville. Crainte de se fatiguer ou nostalgie de la maison ? En tout cas, ce lâche abandon le contraria. Il siffla pour rappeler le casanier animal, mais en

---

(1) Damatos avait beau ignorer que l'on n'était encore qu'en l'an 57 avant Jésus-Christ, il n'en était pas moins fondé à s'émerveiller du niveau qu'avait atteint la technique gauloise.

vain. Il avait, heureusement, moins besoin de lui pour le distraire, car la route se faisait plus agréable. Il y avait encore des champs de céréales, mais ils alternaient avec des pâturages parsemés de grandes marguerites, des champs de raves ou de choux, des brandes de fougères et de genêts. Au milieu du tout se dressaient des boqueteaux de chênes et des touffes de bouleaux au feuillage déjà jaunissant. La route était bordée de haies d'aubépines, de prunelliers et de coudriers d'où jaillissaient ici et là un frêne ou un sycomore. Des liserons s'y livraient à leurs acrobaties autour des ramilles pour emboucher le plus haut possible leurs pavillons blancs et roses. Damatos contemplait tout cela avec ravissement. Il aperçut une belette qui traversait la route comme un éclair d'or, tricotant de toute la vitesse de ses petites pattes avant de disparaître dans un fourré, et un couple de buses qui décrivait de grands cercles dans le ciel en poussant des cris semblables à des miaulements. Il se sentait heureux de vivre. Il arrêta sa jument et sauta du chariot, rien que pour aller, comme un gamin, cueillir des mûres juteuses de soleil.

La chaleur se faisait peu à peu plus lourde, mais lorsque, gavé de fruits, il eut remis son attelage en marche, il ne tarda pas à atteindre l'ombre reposante de la forêt. Il chemina sans hâte sous la voûte des grands arbres et finit par atteindre le carrefour où la tête de mort grimaçait en haut de son poteau. Salut à toi, héros du temps passé. Si tu es ici pour protéger le voyageur qui passe, sois-moi propice et, pour commencer, ne permets pas que je m'égare. Voyons, dis-moi... ne pas tourner à gauche... ne pas continuer non plus la route pavée... Il faudrait que je prenne un chemin en face, mais je n'en vois pas. Ah ! il y a une trouée dans les buissons qui pourrait en être l'amorce. Je ne vois rien d'autre, je n'ai pas le choix.

Il s'y aventura. C'était bien un chemin. Un mauvais chemin, certes, mais qui continuait droit à travers le sous-bois. Le chariot cahotait dans les ornières avec des grincements sinistres et des craquements accompagnés du bruit de castagnettes des tonneaux neufs qui, malgré leur arrimage, tressautaient et s'entrechoquaient. Finalement, le chemin sortit de la forêt et se mit à serpenter entre des terres cultivées, des chaumes d'où s'envolaient des compagnies de perdrix, et des prairies où ruminaient avec recueillement des vaches brunes couchées dans l'herbe à demi grillée. Un village s'annonçait et très vite en apparurent les hauts toits de paille. Il ressemblait à tous les autres petits villages gaulois, avec ses maisons quadrangulaires aux murs enduits d'argile et tout un fouillis de hangars, d'abris, de silos, de fournils, de puits et d'enclos à bestiaux. Les habitants étaient invisibles, mais de derrière les dernières maisons s'élevaient des battements sourds et rythmés, ponctués, par instants, d'un brouhaha de voix féminines. Des chiens aux babines retroussées surgirent de toutes parts et entourèrent le chariot en aboyant.

Damatos fit louvoyer sa jument à travers les cours et les passages en direction des battements sourds et rythmés qui l'intriguaient. Il déboucha sur une aire spacieuse où, rangés sur deux lignes qui se faisaient face, des hommes torse nu et des femmes aux cheveux défaits assenaient en cadence des coups de fléau à la jonchée de gerbes qui couvrait le sol. Avec une régularité mécanique, d'un seul geste, une des lignes levait ses fléaux au moment précis où l'autre abaissait les siens. Tout en faisant aller leurs bustes et leurs bras sur un rythme de cauchemar, les batteurs opéraient tous ensemble un lent déplacement sur le côté et des femmes les suivaient, des fourches à la main, pour retourner la couche de gerbes aux endroits qu'ils venaient de quitter et vers lesquels ils ne tarderaient pas à revenir. Quelques-unes, plus âgées, portant des pichets de boisson, se contentaient pour l'instant de regarder et d'échanger des commentaires.

L'apparition du chariot figea les acteurs dans une immobilité et un silence subits. Les fléaux restèrent en suspens, les uns dressés, les autres contre le sol. Damatos se sentit horriblement gêné. Dans les visages enduits de la poussière noirâtre du battage, il voyait luire le blanc de trente paires d'yeux farouches. Il ne savait quelle contenance prendre. Il n'osait pas descendre du chariot à cause des chiens qui grondaient et aboyaient des menaces, et personne ne semblait se soucier de venir à son secours. Les regards de méfiance concentrés sur lui le mettaient mal à l'aise et son cœur se serrait d'appréhension. Il cherchait désespérément parmi ces visages inquiétants, celui du fermier Tagausios qu'il avait vu plusieurs fois dans l'atelier paternel et dont il se souvenait comme d'un homme de taille moyenne avec une barbe grise et des cheveux bouclés tombant sur les épaules. Mais il avait devant lui plus d'une quinzaine de barbus, la plupart de taille moyenne et, quant aux cheveux, la poussière en cachait la couleur. Le masque de crasse noirâtre qui recouvrait pareillement toutes les faces empêchait d'en identifier une seule. Il n'était pourtant pas possible de laisser s'éterniser ce silence et cette gêne. Il fallait dire quelque chose. Il s'efforça de prendre un ton aussi naturel que possible pour hasarder :

— Quel beau temps pour le battage ! Mais ce n'est quand même pas rien de travailler sous une chaleur pareille...

Il lui sembla que les regards devenaient un peu moins méfiants. Une femme s'approcha du chariot et fit taire les chiens.

— Sois le bienvenu à Lémolanda, mon gars. Chercherais-tu quelqu'un ?

— Je viens voir Tagausios.

— Tagausios ? Il est là-bas, en tête de la première rangée de batteurs. C'est justement son blé qu'on bat.

Elle se retourna vers les batteurs et enfla la voix.

— Tagausios, on te demande.

L'homme qui, son outil sur l'épaule, s'avança vers Damatos, était, comme tous les autres, torse nu et nu-pieds ; la sueur creusait de peu ragoûtantes rigoles dans la couche de poussière qui le revêtait des pieds à la tête. De sa main libre, il remonta ses braies, d'amples braies de gros drap brun quadrillé de noir et de rouge, et serrées aux chevilles comme des sacs. Son regard, encore plein de défiance, n'était rien moins qu'aimable, mais il se fit brusquement bienveillant lorsque le jeune tonnelier eut révélé l'objet de sa visite. Un rire de soulagement et de contentement fit luire les dents blanches dans la face crasseuse du fermier. Il se tourna vers les autres.

— Amis, proclama-t-il fièrement, vous ne risquez pas, cet hiver, de manquer chez moi de cervoise, de kourmi (1) ni d'hydromel. Quand tous les tonneaux qu'on m'apporte seront pleins, j'aurai de quoi vous régaler tous pendant plus d'une année. Venez m'aider à les décharger.

Ce fut une joyeuse ruée. En un clin d'œil, les lourds fûts, empoignés par des bras vigoureux, furent extraits du chariot, roulés jusqu'au logis de Tagausios et descendus dans le cellier. Les femmes s'étaient emparées des baquets et des seaux en caquetant, riant et gloussant à qui mieux mieux, et allaient les ranger à l'intérieur de la maison. Damatos observa que la demeure de Tagausios était la plus vaste du village et qu'elle était construite entièrement en bois et non en torchis, ce qui était le signe évident d'une certaine aisance.

Tagausios décida une pause avant la reprise du battage et commanda à ses servantes de servir à chacun la bière dont il avait besoin pour compenser la sueur qu'il avait répandue à flots dans la fournaise de la matinée et éteindre le feu de son

(1) Bière d'orge (alors que la cervoise était une bière d'épeautre).

gosier. Damatos ne fut pas fâché de pouvoir se désaltérer. Des filles de ferme rougeaudes et d'accortes matrones lui versaient de copieuses rasades et des gars hilares lui flanquaient amicalement de grandes claques dans le dos qui manquaient le faire avaler de travers. Quand il prit congé de Tagausios et se disposa à remonter dans son chariot, un luron un peu échauffé par l'alcool protesta :

— Comment ? Tu nous quittes juste au moment où le travail va reprendre ? On a pourtant besoin d'aide et on comptait sur toi.

La boutade déchaîna ces gros rires paysans qui sont un peu trop lourdement insistants et provocants, mais, au fond, pas méchants. D'autres joyeux drilles renchérirent :

— Costaud comme tu es, tu ne vas tout de même pas nous refuser un coup de main ?

— Tu as vu le tas qu'il nous reste à battre ? On n'y arrivera jamais sans toi !

Pour ne pas perdre la face, il fallait absolument répondre sur le même ton, par une bonne plaisanterie. Damatos en avait pleinement conscience... mais c'est toujours lorsque vous devez rétorquer instantanément, trouver presque sans réfléchir une repartie spirituelle, que le sens de l'à-propos vous abandonne. Était-ce parce qu'il se trouvait dans un milieu peu familier. Était-il en proie à une sorte de gêne ? Damatos cherchait ses mots... L'inspiration ne vint pas. Il se défendit faiblement, avec sur les lèvres un vague sourire, timide et contraint :

— À chacun son métier. Je ne vous serais vraiment pas d'un grand secours : je n'ai jamais tenu un fléau dans mes mains.

Qu'il parût prendre au sérieux ce qui n'était que facétie, ne pouvait qu'exciter la gouaille des lurons.

— Oh ! tu sais, nous autres c'était pareil. La première fois qu'on s'est servi d'un fléau, on ne l'avait encore jamais fait.

— Ça serait-il que les gars de la ville ne sont que des mauviettes ?

— Pourquoi n'y arriverais-tu pas aussi bien qu'un autre ? Montre-nous si t'es un homme.

— Peut-être que l'honorable seigneur artisan a peur de se salir. C'est juste qu'on n'est pas très propres, nous autres, faut reconnaître. Battre ce maudit blé dans cette maudite poussière, c'est plus salissant que de fabriquer des futailles. Pas vrai, mon petit gars, que notre travail te dégoûte ?

Le ton montait ; la dernière apostrophe avait été lancée sur le mode agressif. Elle était lourde de cette animosité des hommes de la glèbe à l'égard des mains blanches des villes, qui est de tous les temps. Face à tous les visages crasseux et mal rasés que l'éclat blanc des yeux et des dents paraissait figer dans un inquiétant rictus, sous les railleries de voix si rauques qu'on ne savait quand elles plaisantaient et quand elles étaient sérieuses, Damatos avait presque peur. Sa bouche devenait sèche. Il avait l'impression que ses entrailles se nouaient. Il se contraignit à sourire encore, mais il se rendait bien compte que son sourire ne faisait pas vrai.

Alors une jeune fille, une des batteuses, écarta la foule des rieurs, s'avança vers celui qui venait de parler et le saisit par le bras.

— Bouccos, intima-t-elle, laisse-le tranquille. Tu vas trop loin. Tu manques à la courtoisie qu'on doit à un visiteur. Tu nous fais honte.

Damatos dévisagea avec curiosité celle qui venait ainsi à son recours. Elle n'était pas des plus aguichantes. L'emplâtre de poussière diluée de sueur qui recouvrait son visage, ses cheveux sales et défaits pendant en désordre sur son front et le long de ses joues ne laissaient pas subsister en elle grand-chose du charme féminin, quoique la couche de crasse recouvrît des traits assez réguliers et un petit nez mutin qui, nettoyés, auraient pu être fort jolis. Dans leur teinte naturelle, ses lèvres pulpeuses étaient peut-être attirantes, mais sous leur fard terreux elles provoquaient plutôt une sorte de répugnance. De même leur cerne brunâtre ne mettait-il guère en valeur les grands yeux couleur de noisette où, malgré tout on pouvait lire de la douceur et de l'ingénuité.

La robe de travail malpropre et de tissu grossier dans laquelle il était fagoté n'empêchait pas le corps de la jeune paysanne de se révéler bien fait, plutôt petit mais harmonieusement proportionné, avec une taille fine et des hanches aussi gracieusement arrondies que la croupe d'une agnelle. Malheureusement, les seins fermes et bien moulés que laissait généreusement apparaître l'échancrure du corsage à demi débraillé, étaient marbrés de plaques de bourbe qui leur ôtaient beaucoup de leur attrait.

Damatos était partagé entre la répulsion et un étrange trouble. La hideur même dont la jeune souillon se faisait une parure, avait quelque chose de fascinant. Elle était primitive et animale. Il en était comme subjugué. En même temps, il ne pouvait empêcher son imagination de débarrasser la petite paysanne de toute cette crasse immonde et de ses hardes sordides pour la parer de charmes émouvants. Plus ses yeux s'attardaient sur elle, plus l'impression qu'il ressentait se faisait bizarre et équivoque. Elle ne paraissait pas s'offusquer de cet examen indiscret et elle lui dédia avec gentillesse une esquisse de sourire. Alors, il obéit à une absurde impulsion. Il lui vint un irrépressible besoin de se valoriser aux yeux de cette simple fille de ferme et, sans plus réfléchir, il releva le défi des moqueurs :

— Pour qui me prenez-vous ? Apportez-moi tout de suite un fléau et vous allez voir ce dont un gars de la ville est capable !

Il y eut un tonnerre d'acclamations mêlées de rires. On s'empressa de lui tendre un fléau. Quand il l'eut entre les mains, il regretta sa forfanterie. Il n'allait jamais savoir se servir de cet engin. Mais il était trop tard, il ne pouvait plus se dédire sans perdre la face.

Ce fut pis qu'il ne craignait. On l'avait placé en bout de ligne et il surveillait les gestes de ses compagnons pour les imiter. Au début, il y parvint à peu près. Quand il les voyait lever leurs fléaux, bien droit, au-dessus de leurs têtes, il levait le sien ; il le faisait retomber quand il les voyait abattre les leurs. Rien de plus simple. Le rythme était assez lent pour qu'il pût le suivre sans mal, si ce n'est qu'il ne s'expliquait pas pourquoi le battant de son fléau oscillait de droite et de gauche quand ceux des autres se mouvaient dans un plan strictement vertical. Ce rythme, hélas, allait en s'accélérant. Il s'accéléra jusqu'à ce que la succession des chocs du bois sur les gerbes eût atteint l'affolante cadence d'un battement de tambour. Comment pouvait-on tenir une cadence pareille ? Il n'en pouvait plus de se courber et de se redresser et il perdit le rythme. Il y eut un petit décalage entre ses plongées en avant et celles des autres batteurs de sa rangée, puis ce décalage s'accentua. Le battant de son outil finit par heurter en pleine course celui de l'ouvrier qui lui faisait face. Il y eut un claquement sec, suivi d'un juron, et le long morceau de bois, en rebondissant, faillit bien lui écraser le visage. Du coup, il ne savait plus où l'on en était. Il marqua une pause pour pouvoir repartir à l'unisson de ses voisins, mais le temps de se rendre compte qu'ils levaient leurs fléaux et de redresser le sien, ils en étaient déjà à les abaisser. Après quelques malencontreux faux départs, il parvint cependant à se joindre au mouvement d'ensemble. Mais il n'y avait plus personne en face de lui et un vide le séparait de son voisin, car il n'avait pas pris garde au déplacement de côté des deux lignes de batteurs. Il eut le plus grand mal à rattraper sa rangée sans cesser de frapper du fléau et sans perdre la cadence si péniblement retrouvée.

Ses bras n'en pouvaient plus. Il ressentait d'atroces courbatures dans le dos, les reins, les jambes. Il transpirait à grosses gouttes. Ses illusions sur les capacités des gars de la ville à accomplir ce que ceux de la campagne faisaient tout naturellement l'avaient abandonné. Il lui arriva de se trouver de nouveau à contretemps, mettant en péril son vis-à-vis comme lui-même, mais il n'y pouvait rien, ses bras ne lui obéissaient plus. Il entendait alors comme dans un cauchemar un brouhaha de rires et de jurons.

Il se laissa surprendre par le reflux de la double ligne de batteurs qui, sans qu'il ait entendu aucun ordre ni vu personne faire le moindre signe, avait changé le sens de son déplacement, et il se fit heurter par son voisin. La parfaite synchronisation de ce ballet lui paraissait tenir de la magie. Force lui était de s'avouer qu'il n'arriverait jamais à s'intégrer au jeu d'une mécanique si bien réglée. Il était à bout. Abandonnant la partie, il jeta son fléau et s'enfuit vers la lisière de l'aire à battre où il se laissa choir sur une grosse pierre.

Il était si mortifié qu'il n'avait plus d'autre idée que de sauter dans son chariot et s'éclipser à la hâte pendant que les batteurs étaient trop occupés pour y prêter attention. Mais il lui fallait d'abord reprendre son souffle. Il était moulu, brisé et ses jambes flageolaient. Il dut rester assis un petit moment à regarder les autres continuer leur gymnastique. Mais quand il eut repéré parmi eux la jeune paysanne qui était intervenue pour lui tout à l'heure, il ne regarda plus qu'elle. Il ne laissait pas de s'étonner de la voir manier le fléau avec autant de force et d'adresse que les hommes, sans fatigue apparente. Il admirait la grâce robuste de ses gestes, la façon harmonieuse dont s'arrondissaient ses bras autrement souples et charnus que ceux, tout en os, de l'ennuyeuse Voltona. Il faut dire aussi que la distance l'embellissait : sa crasse ne paraissait plus qu'un maquillage un peu foncé et sa tignasse en désordre qu'une onduleuse toison de jeune sauvageonne. On se rendait mieux compte, d'un peu loin, du dessin charmant de son visage et les exercices de flexion imposés par son travail mettaient en valeur les courbes gracieuses de son corps. Il s'attarda plus qu'il n'aurait dû dans cette contemplation et se laissa surprendre par l'arrêt du battage.

Comme il fallait s'y attendre, on l'entoura en riant et on ne lui ménagea pas les quolibets. Accablé de confusion, il était incapable de riposter. Il demeurait silencieux, la tête basse, et ce fut encore la fille aux yeux noisette qui vint à son secours. Elle apostropha les railleurs :

— Dites donc ! Croyez-vous que vous seriez à votre aise, vous autres, si l'on vous donnait un paquet de planches et qu'il vous faille en fabriquer un tonneau ?

La remarque porta et Tagausios, le maître, l'appuya de son autorité :

— Cela suffit. Laissez ce brave gars en paix. Vous savez bien que celui qui n'a jamais battu au fléau, n'a aucune chance de s'en servir convenablement dès la première fois.

Il avait une voix sévère et les rires se turent. Mais cette manière de l'excuser, qui mettait encore plus lourdement l'accent sur son inhabileté, accabla Damatos. Il avait perdu la face et même de bonnes paroles ne pouvaient atténuer son humiliation. La petite paysanne qui était venue par deux fois à son secours avait agi par pitié et, de toute évidence, le tenait pour un nigaud et un maladroit. Mais il n'en voulait pas, de sa pitié, et si elle intervenait encore, il le lui dirait en pleine face.

Elle intervint, mais simplement pour lui annoncer :

— Nous avons suspendu le travail pour le déjeuner. Tu partageras notre repas, bien sûr...

Il n'en avait aucune envie. Son seul désir était de fuir ces gens aux yeux de qui il s'était couvert de ridicule.

— Je me suis déjà trop attardé. Il faut que je rentre.

— Tu as une longue route à faire avant d'être chez toi. Tu ne peux rester tout ce temps le ventre vide.

Il n'aurait pu la contredire. Ni sa honte ni sa mauvaise humeur n'étaient parvenues à lui couper l'appétit et il se sentait une faim de loup, comme on peut en avoir à vingt ans, après une matinée au grand air et un tel exercice. Une bouderie signerait sa défaite, la fuite compromettrait sa dignité ; la fierté exigeait donc qu'il acceptât l'invitation.

Avant de pénétrer dans la maison de Tagausios, les gens du battage se précipitèrent, en se bousculant, vers une auge emplie d'eau. Les femmes comme les hommes, sans fausse pudeur, se dénudèrent le torse et se mirent en devoir de se décrasser. On s'écarta courtoisement devant Damatos pour lui faire place ; à ce moment-là seulement il s'avisa qu'il n'était pas moins sale qu'un autre. Débarrassé de sa tunique, il s'aspergea d'eau fraîche. On lui tendit un vase contenant une pâte jaunâtre et visqueuse : c'était du savon, cette invention celtique qui servait aussi bien à se décaper la peau qu'à se décolorer les cheveux. Il se frotta hardiment avec une pleine poignée de ce puissant détergent et, quand son visage et son tronc resplendirent, rougis mais nets et luisants, il commença, tout en s'éloignant de l'auge pour laisser la place à d'autres, à chercher des yeux la jeune fille aux yeux noisette.

Lorsqu'il la découvrit, le buste nu, livrée à ses ablutions, il ne fut pas déçu. Dépouillé de son enduit de crasse, son visage qui sortait à peine de l'enfance, avait beaucoup d'attrait, avec ses pommettes roses ponctuées de minuscules taches de rousseur, son petit nez retroussé, ses grands yeux profonds accusés par de longs cils, et ses lèvres semblables à des cerises pulpeuses. Il ne regrettait pas que les conditions de la toilette lui fournissent l'occasion de laisser courir un regard indiscret sur ses appas au modelé émouvant, maintenant dégagés de leur souillure et agrémentés d'un coquin reste de mousse de savon.

Tagausios pressait les hommes d'entrer dans sa demeure et de prendre place autour du vaste chaudron fumant, posé à terre à côté du foyer qui occupait le centre de la grande salle. On expliqua à Damatos que le tour des femmes viendrait quand les hommes seraient rassasiés. N'était-il pas juste que la gent masculine reçût les marques extérieures d'une hypocrite reconnaissance de sa préséance, en compensation de la domination de fait qu'exerçaient les femmes dans la société paysanne ? Avec les autres, Damatos s'assit sur ses talons, à même le plancher, devant l'imposant récipient ventru noirci par la fumée. Il trouvait amusantes ces mœurs campagnardes. Chez lui, on s'asseyait sur des chaises et les plats étaient posés sur une table. Il fit comme tout le monde et plongea la main dans le chaudron. Il en retira un morceau d'échine de porc fondant et gras à souhait qui lui brûlait les doigts. Il y planta les dents avec délectation.

Le repas achevé, comme les hommes cédaient la place aux plantureuses matrones et aux rieuses jouvencelles, il se sentit tiré par la manche. Il se retourna et ses yeux rencontrèrent deux yeux noisette.

— Viens avec moi. J'ai quelque chose à te dire.

Il la suivit, intrigué. Lorsqu'ils furent hors de portée de voix des autres, la jeune fille déclara d'un ton décidé :

— Sais-tu ce que tu vas faire ? Pendant que les femmes mangent et que les hommes font leur petite sieste, tu vas venir avec moi et je vais t'apprendre le jeu du fléau. Après quoi tu pourras prendre ta revanche et clouer le bec aux moqueurs.

Éberlué de cette proposition, il objecta :

— C'est très gentil à toi, mais c'est à ton tour de déjeuner. Tu ne vas tout de même pas te passer de repas pour moi !

— Rassure-toi. Je viens de croquer plusieurs galettes de gruau et un fromage de brebis que j'ai pris dans la resserre de mon père. Je suis la fille de Tagausios, le maître de céans.

— Comment te nomme-t-on ?
— Je m'appelle Anipa.
— C'est un joli nom. Il te va à merveille (1), car je n'ai jamais vu visage plus gracieux que le tien.
Elle rit aux éclats, mais en rougissant, et il la devina touchée du compliment.
Elle l'entraîna par la main vers un enclos à bestiaux vide, à l'abri des regards, où elle avait préparé deux fléaux et une jonchée de paille. Comme il se baissait pour ramasser un des outils, elle le retint.
— Pas si vite ! Il faut d'abord que tu t'imprègnes bien du rythme. Assieds-toi par terre.
Il obtempéra sans comprendre et elle s'assit en face de lui.
— Regarde-moi.
Elle commença à se donner des claques, alternativement d'une main puis de l'autre, tour à tour sur la cuisse droite, la cuisse gauche, le sein gauche et le sein droit.
— Maintenant, fais comme moi et tâche de le faire bien en même temps, de manière qu'on n'entende chaque fois qu'un seul claquement.
Elle commença sur une cadence lente qu'il suivit facilement, et peu à peu accéléra le rythme. Il fallut plusieurs essais pour qu'il parvînt à rester parfaitement à l'unisson jusqu'au bout, mais à partir de ce moment, il eut la surprise de constater que leur curieuse gymnastique reproduisait très exactement le bruit des fléaux sur l'aire. Ce petit jeu l'amusait beaucoup. Elle le prolongea assez longtemps pour qu'il eût bien le rythme dans l'oreille et ils prirent ensuite chacun un fléau. Elle lui montra comment le tenir, comment le manœuvrer, rectifia la position de ses jambes et le mouvement de son buste, lui apprit à se courber en souplesse et à respirer en mesure. Puis elle se mit à côté de lui et ils frappèrent le sol ensemble, en cadence. Il fallait qu'en même temps, il s'habituât à la suivre dans un déplacement latéral régulier. Il finit par acquérir l'automatisme requis. C'est alors qu'elle décida de passer à un entraînement dans les conditions réelles et se plaça en face de lui. Ils alternèrent leurs coups sur la couche de paille et, après quelques maladresses,

(1) *Anipa*, en effet — je crois utile de le préciser pour le cas où certains de mes lecteurs ne connaîtraient pas suffisamment la langue gauloise — signifiait « Visage » dans le langage de nos ancêtres. Le vieux druide à qui ses parents avaient demandé de lui donner un nom quand elle était encore bébé, avait choisi celui-ci pour montrer combien il avait été frappé par la grâce et la douceur de ses traits.

il arriva à s'en tirer fort bien, même quand le battage devint effroyablement rapide.

— Ça y est ! Tu as attrapé la cadence. Bravo ! Maintenant tu peux reprendre ta place sans nulle crainte : tu vas même en étonner plus d'un !

Il conservait, malgré tout, un peu d'appréhension, mais sa fierté lui interdisait de le laisser voir. Il se dirigea d'un pas ferme, fléau sur l'épaule, vers l'aire à battre où le travail allait reprendre. Il se remit, comme s'il n'y avait rien de plus naturel, à sa place au bout de la file. Tous les regards s'étaient tournés vers lui, figés par l'étonnement, et il s'était fait un silence gêné, que seul rompit le maître des lieux, Tagausios.

— Sois remercié, jeune homme, de nous offrir de nouveau ton aide. Nous apprécions ce geste. Mais ne t'y crois pas obligé. Nous sommes assez nombreux et ce n'est pas ton métier.

— Je sais que rien ne m'y oblige, sourit-il, mais c'est moi qui y tiens. Vous avez eu piètre opinion de moi ce matin et je ne veux pas vous laisser sur cette impression.

Tagausios, embarrassé, toussota.

— Mais non... mais non... ne t'imagine pas ça. Nous n'avons que de l'estime pour toi. Le défi que les gars t'avaient lancé, c'était pour rire. Tout le monde sait qu'on ne s'improvise pas paysan.

— Je ne veux pas rester sur un échec.

— Mon pauvre gars, qu'est-ce qui te fait penser que tu réussiras mieux cet après-midi qu'avant le déjeuner ?

On entendit, dans les rangs des ouvriers, quelques rires étouffés.

— J'en suis sûr, affirma Damatos, d'un ton assez résolu pour se convaincre lui-même. Ce matin, c'était mon premier essai : personne ne peut prétendre atteindre la perfection d'emblée. Mais à la deuxième tentative, on n'est déjà plus tout à fait un débutant...

Désarmé par cette logique, Tagausios haussa les épaules et donna le signal du travail. L'air inquiet de l'ouvrier qui lui faisait face amusa Damatos. Il lui sourit avec assurance mais n'obtint en échange qu'une moue incrédule, un peu terrifiée.

Et le miracle se produisit ! La faute de mouvement ou de cadence, qui semblait inévitable de la part du jeune citadin, se faisait vainement attendre. Les gestes de Damatos restaient en parfaite harmonie avec le mouvement collectif, son fléau s'abattait en même temps que les autres fléaux, il accomplissait son pas de côté dans le moment même où tous les autres accomplissaient le leur, tant et si bien que le visage de son vis-à-vis finit par se rasséréner. Lorsque arriva le moment de la pause, il n'avait toujours pas perdu la cadence. On le félicita bruyamment. Certains le soupçonnèrent d'avoir déjà participé à des battages et de s'être indignement joué d'eux, le matin, en simulant la maladresse. Il jura par Rigantona qu'il n'en était rien et que jusqu'à ce jour ses doigts ne s'étaient jamais refermés sur le manche d'un fléau. Puisqu'il le jurait par Rigantona, ce ne pouvait qu'être la vérité. Il y avait là un étonnant prodige, mais, après tout, il y a sur cette terre tant de choses inexplicables... Certains supposèrent une secrète intervention de quelque divinité — Cernunnos peut-être, ou l'étincelant Lugos lui-même.

Lorsque Damatos s'empara de la main d'Anipa pour prendre congé, il la conserva dans la sienne un peu plus longtemps et la pressa un peu plus fort qu'il n'était d'usage. Elle ne chercha pas à la retirer et leurs regards se rencontrèrent, émus. Mais comme la foule les entourait, ils ne prononcèrent pas une parole.

II

— Fais donc attention, Véporoudos, tu manges comme un cochon et la moitié de ta soupe dégouline sur ta tunique. Et qui donc la lavera, ta tunique ? C'est malheureux, personne ici ne pensera jamais à m'épargner la moindre corvée. Pire qu'une esclave, voilà comme on me considère. Et toi, Damatos, tu rêves ? Ça va être froid. C'est bien la peine que je m'échine à vous mijoter de bons petits plats, pour le cas que vous en faites. Les hommes de cette maison... je vous jure !

La voix aigrelette de sa mère avait fait sursauter Damatos. C'est vrai, il rêvait. Mais l'objet de sa rêverie ne regardait que lui. Les observations maternelles lui étaient toujours souverainement désagréables. Cette fois, cependant, il n'avait rien à répondre. Il porta distraitement son écuelle à ses lèvres.

Il avait déjà eu à subir d'acerbes récriminations quand il s'était présenté pour le souper alors que toute la famille était déjà à table. Ce n'était pourtant pas faute d'avoir pressé sa jument. La pauvre bête avait fait au trot presque tout le trajet de retour. Mais il s'était trop attardé à Lémolanda, sans se soucier de l'heure. Ses explications n'avaient pas semblé satisfaire sa mère. Quelle idée t'a pris d'aider aux battages, toi qui ne t'es jamais servi d'un fléau de ta vie ? Et ces paysans qui t'embauchent alors que tu n'y connais rien ! C'est absurde !

Cet accueil n'avait pas altéré sa bonne humeur. Depuis que la main d'Anipa s'était abandonnée dans la sienne et qu'il avait lu de l'émoi dans ses yeux, il avait le cœur en fête. Même les plus acides mercuriales maternelles qui, auparavant, l'auraient fait rentrer sous terre, lui paraissaient des balivernes. Ces mercuriales, après tout, il en avait l'habitude. En prenant de l'âge, Pennovinda, sa mère, que son enfance avait connue si tendre, si patiente, si douce, était devenue une femme acariâtre. Elle ne supportait plus rien et se montrait aussi autoritaire que geignarde. C'eût été trop peu de dire qu'à la table familiale, l'atmosphère était souvent tendue. Les scènes y étaient quasi quotidiennes, notamment entre la maîtresse de maison et son époux.

— Si tu n'es pas capable de tenir ton écuelle sans trembler, c'est que tu es encore plein comme une vieille outre. Pas besoin de se le demander, d'ailleurs : tu pues la bière à six pas. Sale ivrogne ! Tu me dégoûtes.

La situation était sans issue : parce que sa femme le harcelait de reproches que sa dignité de chef de famille ne pouvait supporter, Véporoudos cherchait un refuge dans la boisson, et Pennovinda le harcelait de reproches parce qu'il abusait de la boisson. Leurs querelles, toutefois, n'allaient jamais plus loin qu'un échange de propos peu amènes et leurs enfants ne les prenaient pas trop au tragique.

La famille de Véporoudos était une famille de Gaulois moyens, de gens sans prétention qui évitaient de faire parler d'eux, soucieux avant tout de leur petite tranquillité, courageux au travail et appréciant les plaisirs simples, tels ceux de la table. Ils avaient, comme tout un chacun, leurs petits soucis domestiques, auxquels s'ajoutaient à l'occasion de petits soucis financiers. Rien de grave. Le commerce de la tonnellerie ne marchait pas trop mal, il n'y avait pas lieu de se plaindre. Qui n'avait besoin de fûts pour conserver sa bière et son hydromel, voire son vin importé des pays du sud dans de trop fragiles amphores ? Quelle ménagère aurait pu se passer de seaux et de baquets ? Oh ! bien sûr, les affaires auraient été meilleures si le patron avait passé un peu moins de temps dans sa cave et dans les cabarets du voisinage, mais Damatos et Trogos savaient faire tourner l'atelier sans lui.

Damatos s'était replongé dans sa rêverie. Il était si peu à ce qu'il faisait que lorsque son chien Mogus vint poser sur son genou son museau tiède pour quémander une caresse, il le repoussa avec agacement, au grand désarroi de l'animal qui ne s'était jamais vu traiter ainsi et estimait avoir un droit acquis à ce que, même à table, son jeune maître jouât avec lui, le cajolât et le comblât de gâteries.

— Trogos, demanda d'une voix pâteuse le chef de famille, à qui le silence était pénible, quand penses-tu avoir achevé le... le tonneau commandé par... par... enfin, comment s'appelle-t-il ?... Là, tu sais bien... Le... le seigneur Suvritus.

L'interpellé ne leva pas le nez de son écuelle.

— Il ne faut pas compter dessus pour demain, grogna-t-il. Je suis obligé de me débrouiller avec de fichus merrains, noueux à faire frémir, qui n'ont pas fini de me compliquer la tâche.

Iarilla son épouse, placée en face de lui, persifla :

— Avec toi, il y a toujours quelque chose qui ne va pas. Quand ce ne sont pas les outils, c'est le bois. Par Lugos ! faut-il que tu sois habile pour t'en sortir quand même !

Le ton de Trogos se fit encore plus hargneux.

— Ce n'est pas parce que Suvritus a réussi à se faire élire premier magistrat de la cité par une bande d'ânes bâtés qu'il doit être servi plus vite que les autres.

— Ben, pourquoi que... pourquoi qu'il..., éructa son beau-père, l'air très ennuyé. Mais il avait déjà oublié ce qu'il voulait dire. Il n'acheva pas sa phrase et ce fut Pennovinda qui le relaya.

— Tu sais bien, Trogos, déclara-t-elle d'un ton sec, que dans le commerce il faut toujours se ménager les bonnes grâces des puissants. Nous sommes du parti de Vellaunos, c'est vrai, mais Suvritus tient le pouvoir et c'est un bon client. Il est très important de lui donner satisfaction.

— J'aime pas les puissants ! s'entêta Trogos.

Iarilla protesta :

— Suvritus a beau appartenir à la noblesse, c'est un homme sympathique, nullement arrogant.

— Ah, tiens ! grinça son mari, tu le connais donc bien ? Voyez-moi ça : un homme « sympathique » ! Il est vrai qu'il est beau garçon.

— Plus beau que toi, en tout cas !

Damatos trouva parfaitement idiote cette provocation manifeste et se demanda pourquoi sa sœur s'acharnait à humilier, à chaque occasion, celui dont elle partageait la couche. Personne ne l'avait obligée à l'épouser. La réaction de Trogos ne se fit pas attendre.

— Sale petite vermine ! Que je te voie retourner chez lui, sous prétexte de prendre une commande, et je te casse la tête.

Leurs deux jeunes enfants, Ésox et Camox, éclatèrent en sanglots.

— Papa ! Maman ! Vous n'allez pas encore vous disputer ?

Cette querelle, qui l'arrachait à la douceur des souvenirs de son après-midi, contrariait Damatos. Il la jugeait stupide. Sa sœur aurait pu se dispenser de ses remarques désobligeantes ; quant à son beau-frère, il dépassait les bornes. Sa jalousie maladive n'était peut-être pas dépourvue de fondement, car Iarilla était coquette et aimait attirer les regards masculins

— et sans doute ne se contentait-elle pas toujours de regards — mais cette fois ses insinuations étaient purement gratuites. Ce n'était tout de même pas parce qu'on l'avait chargée d'aller voir le premier magistrat Suvritus dès qu'on avait appris qu'il faisait venir un bateau de vin et pouvait avoir besoin de barriques...

Damatos se demandait s'il subsistait entre les époux la moindre parcelle de l'amour qui les avait portés à unir leurs destinées. Pourtant, s'il était jaloux jusqu'à la haine, ce devait bien être que Trogos aimait et souffrait. Mais comment peut-on, lorsqu'on aime, se complaire à tourmenter l'être aimé ? Quand il regardait autour de lui, il ne voyait que des couples acharnés à se déchirer. Véporoudos et Pennovinda. Trogos et Iarilla. Que de hargne, de malignité ! Il ne comprenait pas. Lui, depuis qu'il était reparti de Lémolanda, il n'aspirait plus qu'à se faire le fidèle esclave d'Anipa, l'entourer de sollicitude, être aux petits soins, s'oublier pour elle... Une pensée vint le réconforter, celle de son frère aîné, Krixomaros. Krixomaros et son épouse, la douce Ono, donnaient l'exemple d'un ménage tendrement uni. Il n'y avait jamais entre eux de mots aigres, ils étaient pleins d'attentions l'un pour l'autre. Les foyers fondés sur la tendresse, cela existait donc. Toutes les femmes n'étaient pas comme sa sœur. D'ailleurs, il n'y avait qu'à considérer la clarté, la transparence du regard d'Anipa, la franchise de son sourire, ses manières sans détour de saine campagnarde, sa générosité spontanée, pour savoir de toute certitude qu'elle serait sérieuse, tendre et fidèle comme Ona...

Hé là ! Qu'allait-il mêler la pensée d'Anipa à des considérations sur la vie conjugale ? Il était amoureux, il eût été mal venu à s'en défendre, mais enfin ils ne se connaissaient pas, il ne savait rien d'elle, elle n'éprouvait peut-être pour lui rien de plus qu'une vague sympathie. Envisager comme cela, tout de suite, une union pour la vie... il n'y avait pas là une ombre de bon sens !

Foin du bon sens ! Il ne savait rien d'elle, mais il avait confiance en elle. Et il ne pouvait mettre en doute que les sentiments tout neufs qui le transportaient fussent partagés, car il avait ressenti jusqu'au plus profond de son être, dans une intuition qui ne pouvait tromper, que leurs cœurs s'étaient rencontrés et que ce serait pour toujours.

Trogos et Iarilla continuaient à échanger des propos acerbes. Pennovinda soutenait sa fille, en prenant à partie la tyrannie et l'égoïsme des hommes. Elle exaltait la résignation et la patience dont devaient faire preuve les malheureuses femmes, qui n'avaient pas même le droit de se plaindre. Véporoudos faillit s'en étrangler.

Iarilla ne manqua pas de laisser entendre, à mots couverts, que si ce n'avait été pour ses enfants, elle se serait depuis longtemps séparée de son abruti de mari. Mais les mots n'étaient pas si couverts que les enfants n'en comprissent le sens et quand elle voulut attirer contre elle Ésox en larmes, il se dégagea et courut se jeter dans les bras de son père. Il y eut un silence gêné. Même les jumelles Kennicanda et Kennidonna, à l'autre bout de la table, suspendirent leur papotage à voix basse. Mais elles n'y tinrent pas longtemps et se remirent bien vite à chuchoter avec des gloussements et des pouffements. Le spectacle de leur insouciance fit du bien à Damatos que la mésentente dans le ménage de son aînée aurait fini par déprimer. Il aimait bien ses deux jeunes sœurs rieuses et espiègles. Elles se ressemblaient beaucoup, elles avaient le même joli minois à l'ovale délicat, les mêmes yeux vifs, les mêmes longs cils, mais Kennidonna avait la peau plus sombre et les cheveux plus foncés que Kennicanda. Elles étaient si adorables qu'elles faisaient de lui tout ce qu'elles voulaient. Il se soumettait à tous leurs caprices.

Il songea qu'il était bien dommage que pour ramener la paix autour de la table manquât l'élément modérateur de la famille, le sage dont la parole faisait autorité, leur frère aîné Krixomaros. Il faisait la fierté de leurs parents, car il avait poursuivi ses études et avait accédé au rang de druide. Il s'était vu confier une charge sacerdotale à Cénabon même, au service du dieu Ogmios. Mais il avait quitté la maison familiale car il avait récemment fondé un foyer et occupait avec sa chère Ona un des petits logements réservés aux prêtres, non loin de l'autel du dieu lieur.

Le geste d'Ésox avait empli de confusion ceux qui se chamaillaient sottement et, chacun plongeant le nez dans son écuelle, l'altercation avait pris fin. Damatos put à nouveau s'absorber dans l'évocation du visage d'Anipa qui lui apparaissait tantôt dans sa crasse, tantôt dans la netteté veloutée d'après ses ablutions, mais toujours aussi émouvant. Quand donc aurait-il l'occasion, maintenant, de revoir la jeune fille en sa charnelle réalité ? L'impatience le dévorait. S'il attendait passivement qu'une occasion se présentât, il risquait d'attendre très longtemps et — qui sait ? — cette occasion pourrait même ne jamais se présenter... Il lui fallait trouver un prétexte pour retourner à Lémolanda.

— Le harnais de notre jument commence à être bien fatigué, lança-t-il à brûle-pourpoint. Je pourrais l'emmener demain à réparer chez le bourrelier de Lémolanda. Il paraît qu'il fait du très beau travail.

Les fumées de la cervoise n'avaient pas obscurci les idées de son père au point de l'empêcher de percevoir l'incongruité de la suggestion.

— Tu vas... tout de même pas faire plusieurs lieues pour faire ré... réparer un harnais, quand nous avons trois... trois... trois boulangeries à Cénabon.

— Trois boulangeries ? Quel rapport ?

— Hein ? Quoi ? qu'est-ce que tu me chantes ? J'ai pas dit « boulangeries », j'ai dit « bou... bourrelleries ». Trois bourrelleries qu'on a.

— Elles sont plus cher.

— T'en sais rien, et puis, de toute façon, il y a trop de travail ici pour que tu... tu perdes encore une journée à te promener.

Anipa continua à occuper ses pensées au long des jours qui suivirent et ses parents s'étonnèrent de le voir devenir silencieux et songeur, ce qui ne lui ressemblait guère. Toute son espérance était qu'il se trouvât quelque livraison à faire ou quelque marché à débattre du côté de Lémolanda. La discussion des marchés, c'était généralement lui qui en était chargé car — Krixomaros mis à part, bien sûr — il était le plus instruit de la famille. Il avait suivi l'école d'un vieux druide jusqu'à sa quinzième année, savait déchiffrer les phrases gauloises écrites en caractères grecs et en tracer lui-même, connaissait toutes les subtilités de l'arithmétique et, bien qu'il n'eût pas beaucoup de mémoire, pouvait tout de même vous réciter un peu plus de deux mille vers de leçons élémentaires d'astronomie, de botanique, d'histoire carnute et de mythologie. C'était évidemment dérisoire, comparé à la science de son frère aîné dont la mémoire contenait au moins trente mille vers qu'il redisait sans s'embrouiller, qu'il s'agît de cosmologie, d'anatomie ou de métaphysique, mais par rapport aux autres membres de la famille, cela représentait déjà un honnête savoir.

Or malgré ses ferventes prières à Brigantia, Nantosuelta et Rosmerta, aucune livraison à effectuer, pas le moindre chargement de bois à aller chercher, ne vint lui fournir l'occasion de passer suffisamment près de Lémolanda pour qu'il pût se permettre un petit crochet. Il devint de plus en plus taciturne. Après sa journée de travail, au lieu de prendre sa crosse et d'aller taper sur la balle avec les gars de son âge, il partait se promener dans la campagne, en la seule compagnie de son chien. Il laissait vaguer ses regards sur la luxuriante tristesse des fourrés de fougères, sur l'attendrissante blancheur, virginale et rêveuse, des troncs frêles des bouleaux, sur la nostalgie des champs dépouillés de leurs moissons, sur la masse sombre de la forêt à l'horizon, et il trouvait partout un écho à sa mélancolie. Il pensait à Anipa et Mogus, son chien, respectait son silence, ne demandant pas à jouer, marchant devant lui avec gravité et, de temps à autre, tournant la tête pour rencontrer son regard et agitant la queue.

Un soir, Damatos s'arrêta devant le tronc lisse d'un hêtre, au bord du chemin, tira de sa gaine le couteau qui pendait à sa ceinture et entreprit de graver dans l'écorce le nom d'Anipa uni au sien. Ce n'était pas un message. Il n'y avait guère de chances qu'elle passât jamais par là et, de toute façon, elle ne savait pas lire. Mais pourquoi aurait-il fallu qu'il ne fît que des choses sensées ? Il ne pouvait résister au besoin de faire, naïvement mais pieusement, un acte de ferveur envers celle dont l'image occupait toutes ses pensées.

Quelques jours plus tard, il se rendit, après souper, porteur d'offrandes de lait, de fleurs et de tourterelles étranglées de sa main, au sanctuaire de la déesse Brigantia. Comme la plupart des sanctuaires celtiques, c'était une simple clairière au milieu d'un bois sacré, près d'une source. Pas de bâtiments faits de main d'homme, pas d'images taillées dans la pierre, mais on n'y ressentait que plus intensément la présence du divin. Quand il atteignit le bois sacré, le crépuscule tombait et déjà l'ombre avait envahi le sous-bois qu'il lui fallait traverser. Il percevait autour de lui des craquements de brindilles sous les pas d'invisibles bêtes, des bruits d'ailes, des chuintements, des grondements étouffés. Il déboucha dans la clairière et la grisaille de l'espace vide autour des trois arbres sacrés lui sembla chargée de menaces. Les grands troncs eux-mêmes grimaçaient un mystère d'effroi. Il contemplait, impressionné, la masse noueuse et difforme du chêne plusieurs fois centenaire, celle, épaisse, de l'if éternellement vert, non moins chargé d'ans, et celle beaucoup plus svelte, féminine et jeune du bouleau dont les taches blanches luisaient dans la pénombre crépusculaire. Il savait ce que représentaient ces trois forces végétales dont les sombres silhouettes se découpaient au centre de l'espace nu. L'arbre de la sagesse, celui de l'immortalité et celui de l'inspiration poétique étaient le symbole de l'essence trinitaire de la déesse et il n'y avait pas besoin de lui expliquer que, pour s'approcher de l'esprit divin qui imprègne toute chose créée, il est indispensable de traverser une zone d'inquiétant mystère et d'en surmonter l'effroi. Il frissonnait — de froid peut-être — mais avançait bravement. Un soudain bruit de fuite à travers la ramée, de l'autre côté de l'aire sacrée, le fit sursauter. Il aperçut une masse noire — sans doute un auroch ou une biche — qui disparaissait sous le couvert. Il poursuivit sa marche, le cœur battant, s'agenouilla au pied des arbres et déposa ses offrandes.

Il pria longuement, suppliant la triple déesse de lui procurer au moins l'occasion d'apercevoir Anipa. Rien que l'apercevoir aurait déjà été un immense bonheur. Revoir son doux visage, les formes souples de son jeune corps. Il n'osait pas demander plus, mais il le demandait avec une ferveur qui aurait attendri le cruel Ésus lui-même.

Lorsqu'il se releva, un coup de vent déchira brusquement le voile de nuages et la lune apparut en son plein. Il y vit un heureux présage, une promesse de Brigantia. Il s'en retourna le cœur empli d'espoir.

L'automne arriva et la population de Cénabon s'apprêta à célébrer la grande fête de Samonios. On décorait les maisons de feuillages aux teintes d'or et de pourpre, et de bouquets de bruyère. Les pâtissiers n'arrêtaient pas d'enfourner des platées de gâteaux. Dans chaque famille, on tuait le cochon et les ménagères s'affairaient dans la préparation de confits, de pâtés et d'andouilles pour tout l'hiver. Le troisième jour avant la nuit sacrée, les paysans commencèrent à arriver des campagnes environnantes, poussant devant eux les bestiaux qu'ils allaient profiter de l'occasion pour vendre à la foire. Ce fut, par les rues, un pittoresque défilé, sous la pluie, d'hommes tirant par la corde une vache rétive que leur femme, derrière, faisait avancer à coups de trique, de moutons bêlant leur angoisse et de cochons clamant la leur avec véhémence, par des égosillements suraigus terminés en grognements. D'autres hommes s'efforçaient de maîtriser des poulains dont les cabrades, les piaffements et les écarts d'arrière-main mettaient la panique dans les rangs des badauds. Les animaux furent attachés dans l'enceinte du foirail, tandis que les gens allaient s'installer sur leurs couvertures, à même le sol, dans la vaste salle de la Maison de Réunions. Seuls les nobles, s'ils n'avaient pas de pied-à-terre à Cénabon, étaient hébergés dans l'ancienne résidence royale. Les badauds, indifférents aux averses, ne manquaient l'arrivée d'aucun des fastueux équipages. Les pieds dans la boue, les vêtements trempés, ils restaient plantés à regarder caracoler sur leurs petits chevaux aux longs crins, les seigneurs en tuniques multicolores et manteaux flottants. Ils admiraient leurs escortes de farouches guerriers, les luxueuses carrucas et les jolies bennas d'osier où s'entassaient leurs femmes et leurs enfants et, derrière, les rédas tirées par des mules qui transportaient leurs bagages.

Dans les ateliers, on ne travaillait pas pendant les fêtes de Samonios. Tandis que ses parents gardaient la boutique pour vendre aux campagnards de passage seaux et tonnelets, Damatos flânait au long des rues et sur les quais. On le voyait surtout au foirail. Les marchandages autour des bêtes à vendre l'amusaient toujours, et surtout s'il y avait un endroit où existât une chance de rencontrer Anipa, c'était bien là. Il espérait qu'elle viendrait aux cérémonies religieuses, mais elle pouvait fort bien y venir sans que, dans la foule, il ne la vît. Par contre, dans les limites du champ de foire, il ne pouvait pas la manquer, pour peu que son père eût une génisse à vendre et qu'elle eût eu l'heureuse idée de l'accompagner.

Déception. La foire aux bestiaux se termina sans qu'il les eût aperçus. Tagausios n'avait manifestement pas de génisse à vendre. Cependant de nouvelles vagues de gens de la campagne affluaient en ville. Le temps restait gris et froid, mais il ne pleuvait plus. Damatos errait comme une âme en peine, dévisageant les groupes de nouveaux arrivants. Il s'était arrêté regarder, sur une place, un bateleur qui jonglait avec des poignards, quand soudain il eut un choc. Pas de doute ! L'homme à barbe grise qui, en face de lui, s'insinuait dans le cercle de badauds, n'était autre que Tagausios. Une jeune fille en capuchon de laine rouge se glissait près de lui. Brigantia soit louée ! C'était elle. C'était Anipa.

Elle n'avait d'yeux que pour le jongleur dont l'habileté semblait la fasciner, et il se demandait comment il allait pouvoir l'aborder, quand l'artiste interrompit ses jongleries pour faire la quête. Elle tourna un peu la tête et l'aperçut. Elle parut frappée, elle aussi, de saisissement. Elle lui adressa un sourire et lui fit un signe de la main, avant de s'écarter tout doucement de son père et de quitter sur la pointe des pieds le cercle des spectateurs.

Il ne fut pas long à l'imiter, à contourner le groupe de badauds et à se précipiter à sa rencontre. Mais ils se trouvèrent l'un devant l'autre tout bêtes, ne sachant que dire. Ils se regardaient en cachant leur émoi et, pour rompre le silence, échangèrent des banalités : « Tu es venue à la fête, Anipa ? — Je ne manque jamais les cérémonies de Samonios.

— Pourvu que le temps se maintienne ; j'espère que la pluie ne va pas reprendre. — Ce serait dommage pour la procession. — Je crois que les vents remontent un peu au nord. » Damatos aurait voulu dire bien d'autres choses, parler de son attente désespérée, évoquer toutes les pensées, tous les sentiments qui avaient agité son âme depuis la journée de battage... mais il se contenta de proposer :

— Allons sur l'autre place, là-bas. On y vend toutes sortes de friandises. Je te paie des cerises confites, à moins que tu ne préfères des noix fraîches.

Elle le suivit, allègre, et se laissa offrir les cerises confites. Elle le suivit encore lorsqu'il suggéra d'aller voir un montreur d'ours qui s'était installé près de la porte de l'Est. Elle ne semblait pas se préoccuper le moins du monde de ce que son père pouvait penser de sa disparition. Les filles celtes étaient très libres, elles n'avaient pas à rendre compte à leurs parents de l'emploi de leur temps et il ne leur venait pas à l'esprit qu'ils pussent s'inquiéter.

Ils attendirent ensemble la procession. La foule commençait à se ranger sur les côtés de la chaussée et à former la haie. Ils se glissèrent au premier rang. L'attente se prolongeait, mais le temps ne leur paraissait pas long. Ils se racontaient leur vie. Damatos apprit que le père d'Anipa, quoique « client » d'un noble, était un homme libre, qu'il était le chef du village de Lémolanda, qu'il avait perdu plusieurs enfants en bas âge et qu'il ne restait à Anipa qu'un frère, Vimpis, un peu plus âgé qu'elle.

Enfin retentit à l'extrémité de la rue l'éclat des sonneries de carnyx accompagné du sourd martèlement des tambourins. Les musiciens débouchèrent du tournant, avançant d'un pas lent, à quatre de front. En tête, les sonneurs de carnyx vêtus de combinaisons collantes à rayures bleues et vertes, soufflaient dans leurs instruments à tête de monstre en les dressant à la verticale comme des enseignes. Derrière eux, les joueurs de tambourin en saies courtes et braies étroites à losanges multicolores, précédaient un groupe de femmes agitant des grelots et des castagnettes.

— Regarde, Anipa ! ces bonshommes à l'air compassé qui arrivent maintenant, drapés dans leurs grands manteaux rouges brodés d'or, ce sont les magistrats de la cité. Leur mandat d'un an se termine ce soir.

— Et derrière eux ?

— Derrière eux, ce sont les chefs de clan. Tiens, celui-ci, au premier rang, en tartan ocre quadrillé de vert et de brun, c'est le fameux Conconnétodumnos (1). Il a dans sa clientèle tout le bourg d'Arténiacon (2). Cet autre, avec un manteau à damier noir et rouge, c'est Danorix qui, de son javelot, traverse un ortolan à cent pas.

— Ah ! voici le seigneur Cumborix dont ma famille est vassale : là, un peu en arrière, sur la droite, en tunique verte quadrillée de noir.

— Il a des moustaches magnifiques, mais l'air pas commode.

— L'enterrerait-on à cent coudées sous terre, il entendrait à cinquante milles de là la fourmi quitter son nid le matin. C'est aussi le meilleur éleveur de chiens du pays carnute.

Après les nobles, vinrent les enfants des écoles druidiques et les étudiants se préparant au sacerdoce. Ils chantaient, en marchant, des hymnes lancinants et interminables où chacun des sept mille sept cent soixante-dix-sept dieux du panthéon celtique avait une chance sérieuse de trouver un couplet à sa louange. Lorsqu'ils furent passés, parut, telle une nuée de cygnes glissant sur un étang, la foule des robes blanches de la classe sacerdotale. Les bardes aux fronts couronnés de laurier caressaient les cordes de leurs lyres ; les prêtresses relevaient délicatement le bas de leurs longues jupes pour ne pas les souiller de la fange de la rue ; des devins portaient avec gravité des vases d'offrandes, d'autres, la hache — symbole du pouvoir sacrificiel — sur l'épaule, encadraient un énorme verrat aux crins noirs que des aides conduisaient grâce à un anneau passé dans son nez. Derrière, venaient les druides. Leurs saies de lin immaculé étaient bordées de broderies d'argent et ils avaient rabattu sur leurs têtes les capuchons de leurs manteaux, également blancs et brodés d'argent.

— Eh bien dis donc ! qu'est-ce qu'ils sont nombreux !

— C'est qu'il n'y a pas que ceux de chez nous. Tous les peuples de Celtie ont envoyé des délégués pour prendre part demain et les jours suivants à la grande assemblée annuelle dans la forêt.

C'était, en effet, dans une clairière de la forêt carnute, à quelques lieues à l'est de Cénabon, que se tenait chaque année, au temps de Samonios, le concile général du clergé druidique. Une stèle sacrée, au milieu de cette clairière, marquait le centre exact de la Celtie continentale, telle

(1) Cf. Appendice.
(2) « Le lieu où il y a des ours. » Aujourd'hui Artenay.

qu'elle était à cette époque. On s'y trouvait à égale distance du cap Kabaion, pointe extrême du rivage d'Armorique, à l'ouest, et du lac Brigantin, au-delà des montagnes helvètes, sur les confins orientaux ; à égale distance de l'embouchure du fleuve Rhênos, au nord, et de la ville de Tolosa, sur la frontière garonnaise, au sud. Mais les anciens racontaient qu'autrefois le territoire des Celtes était trois fois plus étendu et que son centre se situait sur le fleuve Danubios, au pied des monts Boïens.

— Tu vois le grand frisé, là-bas, au troisième rang ? demanda Damatos en désignant du doigt l'un des druides. Eh bien, c'est mon frère, Krixomaros.

Tout au long du parcours, une foule compacte et bigarrée s'était massée de chaque côté des rues et dans les ruelles adjacentes. Sitôt passée la tête du cortège, de nouvelles grappes humaines venaient s'agglomérer sans ordre aux rangs serrés qui se pressaient à la suite des druides. Le fleuve vivant traversait la ville, grossissant sans cesse. Damatos et Anipa se virent emportés par le flot. Pour ne pas être séparés, ils se prirent par la main.

La procession sortit de la ville et, dans le soir tombant, chemina lentement à travers la campagne grise, dans un bruit monotone de piétinements. On n'en voyait ni la tête ni la queue. Parfois un petit groupe de marcheurs reprenait les refrains des hymnes psalmodiés par les clercs, mais la plupart s'étaient lassés de chanter et beaucoup bavardaient entre eux. Damatos demanda à mi-voix, à l'oreille d'Anipa :

— J'espère qu'on a pensé, chez toi, à éteindre le feu. L'an dernier, les parents d'un de mes amis ont négligé de le faire et c'est lui que les dieux ont puni : la fille qu'il fréquentait l'a quitté pour un autre.

— Sois tranquille, ce n'est pas chez moi qu'on oublierait d'éteindre le feu la veille de Samonios. Mon père, avant de partir, a soigneusement dispersé les braises du foyer.

À l'orée de la forêt, la procession s'engagea dans un layon bien droit, en légère montée et, au sommet de la pente, déboucha dans une vaste clairière. Il n'y avait, au centre, qu'une grosse roche et un grand if pyramidal déployant en message d'immortalité son feuillage resté vert. À ses branches étaient piquées des centaines de pommes rouges, dont nul n'ignore qu'elles symbolisent l'existence humaine, puisque, si vous coupez une pomme par la moitié, transversalement, vous découvrez au cœur de sa pulpe l'étoile à cinq branches qui est l'image de l'homme avec sa tête et ses quatre membres. Un des druides, à la barbe aussi blanche que la robe, monta sur la grosse roche et aussitôt carnyx tambourins, grelots, castagnettes et chants se turent. Le vénérable personnage rejeta en arrière son capuchon, invita la foule à s'asseoir sur l'herbe et entama d'une voix puissante une homélie rappelant que, dans la nuit de Samonios, s'effacent les barrières entre le monde des vivants et celui de l'Au-delà et que les dieux, les fées, les génies, les lutins et aussi les âmes des Trépassés peuvent s'y répandre dans notre terrestre univers.

— Mais ne laissez pas, devant cette invasion, la crainte pénétrer vos cœurs. Vous n'avez rien à redouter des êtres de l'Autre Monde, puisque vous ferez partie, un jour, de leurs cohortes. Quand vous aurez parcouru le cycle de vos renaissances, ils vous accueilleront dans les îles merveilleuses de l'éternelle jeunesse où ils vous couvriront de fleurs et vous inviteront au festin et aux jeux qui n'ont pas de fin. Alors aujourd'hui, en cette nuit ineffable où commence l'année nouvelle, accueillez-les, vous aussi, avec amour. Vous avez, certes, disposé dans vos demeures, sur une nappe de lin blanc, des galettes de gruau et du lait caillé à l'intention de vos défunts à qui il est permis, cette nuit, de revoir les lieux où ils ont vécu, mais ce n'est pas assez : ce dont ils ont surtout besoin, c'est que vous pensiez à eux, que vous leur parliez et leur disiez, non pas votre tristesse de la séparation, mais votre joie de les savoir présents quoique invisibles.

La harangue achevée, les druides se partagèrent les pommes rouges accrochées à l'arbre vénéneux, fruits de vie sur des branches de mort. Les serviteurs du seigneur Suvritus, premier magistrat de Cénabon, circulèrent à travers la foule, porteurs de grandes corbeilles et d'outres de peau, et distribuèrent des petits pains, de la charcuterie, des noix et de bonnes rasades d'hydromel, car il n'y a pas de fête si l'on ne partage fraternellement les nourritures terrestres. Anipa cassa une noix entre ses dents et en fourra d'autorité l'amande dans la bouche de Damatos. Ils rirent comme des enfants.

La nuit était maintenant tout à fait tombée. La musique reprit et l'assistance se mit debout. Les prêtresses, avec des gestes hiératiques, apportèrent des fagots et dressèrent un gigantesque bûcher que vint bénir le chef des druides. Trois d'entre elles l'enflammèrent avec leurs torches tandis qu'on entonnait le chant : « Ô feu ! ardeur et lumière ! »

— Aurons-nous, cette année, l'exécution d'un condamné à mort ? s'enquit Anipa d'une voix pas trop rassurée.

— Non. J'ai posé la question à mon frère Krixomaros. Il ne

s'est pas trouvé de criminel contre qui la justice druidique ait eu à prononcer la peine capitale. Nous devrons nous contenter du sacrifice du cochon.

— Eh bien, tant mieux ! Je préfère cela.

Les carnyx sonnèrent et l'on amena en pleine lumière, devant le brasier, le seigneur à la robe de soie qui poussait des grognements furieux et essayait de charger ses conducteurs qui auraient passé un mauvais quart d'heure sans la douleur que lui causait à chaque bond l'anneau traversant ses narines. Les cochons celtes ne se reconnaîtraient pas dans les sacs de graisse rose bonbon, indolents et mélancoliques, qui forment leur descendance après vingt et un siècles. C'étaient des bêtes redoutables, noires de poil, hautes sur pattes, agiles, puissantes et promptes à la colère, qu'il ne faisait pas bon approcher quand elles ne vous connaissaient pas. Le chef des druides s'avança vers le verrat enchaîné et étendit les mains en prononçant les paroles qui allaient faire de lui une incarnation de l'énergie divine. C'est cela qui constitue le « sacrifice », fondement de toute religion : sacrifier veut dire « rendre sacré ». Puis il leva les bras vers le ciel et clama :

— Sucellos, notre unique seigneur, accepte ce sacrifice.

— Sucellos, notre unique seigneur, reprit la foule d'une seule voix.

— Lugos, notre unique seigneur, accepte ce sacrifice.

— Lugos, notre unique seigneur, répéta la foule en écho.

Belenos unique seigneur, Ogmios unique seigneur, Brigantia unique souveraine, Rigantona unique souveraine, Ana unique souveraine... si les sept mille sept cent soixante-dix-sept divinités qui sont toutes la divinité unique, ne défilèrent pas, car certaines devaient bien avoir mandat de représenter quelques collègues, la litanie dura tout de même assez longtemps pour rendre méritoire les efforts pour ne pas s'endormir debout.

Si l'on veut que l'énergie divine inonde les hommes, il faut — cela va de soi — répandre le sang de la victime consacrée. Ce qu'il y avait de bien dans le sacrifice d'un porc, c'est qu'au moment où le couteau du devin atteignait sa gorge, il poussait des cris déchirants qui ressemblaient tant à ceux d'un enfant que vous aviez l'impression d'assister véritablement à un sacrifice humain.

Lorsque les devins eurent scruté les entrailles du cadavre, dont ils tirèrent de subtiles prédictions, on vit s'avancer devant le feu de joie des danseurs et danseuses sacrés. Ils arrivaient drapés dans une large écharpe de lin blanc mais, tous ensemble, d'un seul mouvement, se débarrassèrent de ce voile et apparurent tels que les dieux, dont on doit respecter l'œuvre, les avaient créés. Les ballets sacrés évoquant les événements merveilleux de la nuit de Samonios ne pouvaient se danser que nus. L'Orchestre de lyres, de flûtes et de tambourins attaqua un air au rythme envoûtant et acteurs et ballerines, dressés sur les pointes, bras étendus et paumes ouvertes vers le ciel, entamèrent un enchaînement de pas subtils et d'entrechats acrobatiques. Ils appartenaient tous à la classe sacerdotale et avaient passé de longues années à s'exercer aux mouvements qu'aucun profane n'aurait été capable d'exécuter avec leur précision ni leur finesse. Quand l'orchestre eut achevé son morceau, un trio de bardes chanta, en s'accompagnant sur des sortes de harpes, les amours du dieu Maponos et de la belle qui se métamorphosait chaque année à Samonios et vivait un an sous la forme humaine et un an sous l'aspect d'un cygne. A mesure qu'ils chantaient, une savante chorégraphie faisait revivre l'aventure. Un groupe de prêtresses évoquait par de gracieux gestes des bras et des balancements sur la pointe des pieds, la troupe des cygnes sur le lac, tandis que devant elles le premier danseur et la danseuse étoile mimaient l'idylle entre le Dieu-jeune et la fille-oiseau.

Pour Damatos, habitué depuis sa plus tendre enfance à voir évoluer les acteurs sacrés dans le plus simple appareil, leur nudité n'avait rien que de parfaitement naturel. D'ordinaire, elle n'éveillait en lui ni gêne ni le moindre émoi. Il savait comment sont faits les hommes et les femmes. En contemplant ces corps dévoilés, il ne considérait que l'aspect artistique de leurs évolutions, goûtant l'harmonie des mouvements, la perfection plastique des anatomies. Rien de plus. Pourquoi son imagination se serait-elle échauffée ? Il s'efforçait, au contraire, de puiser dans le symbolisme mystique des amours célestes un encouragement à détacher son esprit de la matière et à l'élever vers l'infini. Mais cette fois, pour sa plus grande confusion, il en allait tout autrement. La nudité de la jolie ballerine qui incarnait la fille-cygne le troublait. Loin de fixer ses pensées sur les mystères divins, la contemplation de la réalité de ce corps féminin l'enfiévrait d'émotions et de désirs qui n'avaient rien à voir avec la piété.

C'est que la présence d'Anipa à ses côtés changeait tout. Elle le bouleversait et en attachant sur la danseuse des regards avides, c'était son corps à elle qu'il imaginait. Sous le capuchon rouge et la longue jupe de laine qui le lui dissimulaient, n'était-il pas fait comme celui qui s'offrait à sa vue ? Les seins qu'il voyait tressauter au rythme de la danse lui restituaient l'image de la poitrine juvénile trop rapidement entrevue lors des ablutions après le battage. Les formes souples, la chair émouvante et les gestes lascifs qu'il avait sous les yeux étaient ceux d'une ballerine, mais Anipa avait la même taille gracile qu'il aurait pu tenir entre ses deux mains, les mêmes hanches évasées, le même petit ventre rond dominant le même buisson duveteux dont l'ombrage couvrait la même vallée de mystère, entre des cuisses semblablement lisses et douces... Sa contemplation fascinée n'échappa pas à Anipa. Elle posa la main sur la sienne.

— Elle est belle, n'est-ce pas ?

Il y avait dans sa voix une petite pointe de dépit. Dans une brusque impulsion, il l'attira contre lui et lui murmura à l'oreille :

— Pas si belle que toi.

Aussi surprise qu'émue, elle se pressa contre son flanc et abandonna sa tête au creux de son épaule. Il lui enlaça la taille, pénétré de l'infini bonheur de se savoir aimé comme il aimait.

Quand le dieu, métamorphosé lui-même en cygne, s'envola avec sa belle oiselle, ils s'envolèrent eux aussi, tendrement enlacés, vers la lisière de la clairière. Elle ne chercha pas à résister quand il l'entraîna dans l'obscurité du sous-bois. Il l'étreignit avec passion et leurs lèvres se joignirent, éperdues de désir. Elle lui entourait le cou de ses bras et il la sentait palpiter contre sa poitrine. Et lui de l'écraser contre sa poitrine, un torrent de feu montant à travers tout son être. Il s'incline doucement, la couche sur la mousse et s'étend près d'elle. Il l'enlace, elle abandonne sa tête aux doux cheveux soyeux sur son cœur. Lorsqu'il glisse la main sur sa cuisse, elle halète : « Ô Damatos... Damatos... mon bien-aimé... » Mais au moment où il s'écarte un peu pour dégrafer ses braies, elle se relève d'un bond.

— Non. Il ne faut pas.

— Quoi ? Tu ne m'aimes donc pas ? Tu n'es pas toute à moi ?

— Je t'aime. Mais il ne faut pas.

Il se remit debout et chercha à la saisir de nouveau, mais elle se déroba.

— Reste tranquille. Je vais t'expliquer. Ma grand-mère, que j'aimais beaucoup, me racontait de belles histoires. Un jour, elle m'a dit celle de la reine Chiomara. Connais-tu l'histoire de la reine Chiomara ?

— Non.

— C'est une histoire vraie. Lors d'une guerre que son mari,

le roi Ortiagon, soutenait contre des envahisseurs romains, Chiomara avait été faite prisonnière. Un officier ennemi l'emmena sous sa tente et la viola. Ortiagon lui promit une grosse rançon s'il la lui rendait. Il accepta et la conduisit à l'endroit où devait s'effectuer le paiement. Mais à peine le messager d'Ortiagon eut-il versé la somme convenue, qu'elle lui fit signe de couper la tête de l'officier romain. Il obéit. Elle ramassa la tête et l'emporta dans les plis de sa robe. Arrivée auprès de son mari elle jeta la tête à ses pieds, en déclarant que son honneur de femme celte ne lui permettait pas d'avoir appartenu à deux hommes vivants.

— C'est une belle histoire. Mais je ne vois pas...

— Attends. Quand ma grand-mère m'a eu raconte cela, je me suis dit que j'étais, moi aussi, une fille celte et je me suis promise de ne jamais appartenir qu'à un seul homme. J'en ai fait le serment solennel à la déesse Bélisama.

— Mais je ne te demande pas de trahir ton serment. C'est mon plus cher désir que tu n'appartiennes jamais qu'à un seul homme — et que ce seul homme soit moi.

— Je le souhaite aussi, Damatos, et de tout mon cœur. Si je me donne à toi, ce sera pour la vie, mais pour cela il faudrait que je devienne ton épouse. Or je ne puis te demander en mariage sans l'assentiment de mon père.

— Tu ne crois pas qu'il le donnera ?

— Je voudrais bien en être sûre.

III

Damatos entraîna son père vers une petite table du fond et s'assit en face de lui. La servante, une blonde au regard effronté, s'approcha d'un pas nonchalant. À cette heure matinale, ils étaient les seuls clients dans la taverne qui sentait la bière et le renfermé. C'était bien la première fois que Véporoudos se voyait ainsi invité par son fils, et il en était fort intrigué. Il se posa encore plus de questions lorsqu'il l'entendit commander un pichet du meilleur falerne. Cette générosité insolite éveillait sa méfiance. Mais il avait beau être sur ses gardes, comment la somptuosité du liquide qu'il voyait rutiler en s'écoulant du pichet dans son gobelet, ne l'aurait-elle pas mis dans les plus heureuses dispositions ? Damatos attendit pour parler qu'il eût humé longuement cette merveille et s'en fût humecté délicatement, avec respect, le palais.

Lorsqu'ils s'étaient quittés, au retour des cérémonies de Samonios, Anipa et lui s'étaient promis de se revoir le lendemain et s'étaient fixé rendez-vous à la fontaine de la déesse Bélisama. C'était encore fête et ils étaient libres de leur temps. Anipa ne devait retourner chez elle que le jour suivant.

La fontaine était nichée dans un vallon, à quelque distance de la ville. Il était si bouillant d'impatience qu'il était arrivé au rendez-vous bien avant l'heure convenue. L'attente lui avait paru désespérément longue. Ne voyant pas arriver la jeune fille, il s'était laissé gagner par l'angoisse. Peut-être avait-elle été retenue par quelque empêchement et ne pourrait-elle pas venir ? À moins même, hélas, qu'elle n'eût changé d'avis et, honteuse de la scène de la veille, ne désirât plus le voir... Le temps passait. Persuadé qu'elle ne viendrait plus, il allait repartir, la mort dans l'âme, quand il la vit apparaître au bout du chemin. Il se précipita vers elle.

— Comme tu as tardé ! Je commençais à désespérer. Tu ne peux savoir combien j'étais malheureux.

Elle marqua une profonde surprise.

— Mais je suis à l'heure ! Même un petit peu en avance.

Il resta tout penaud. C'était vrai, le soleil — qu'en cherchant bien on arrivait à localiser derrière l'écran de nuages gris où il mettait une tache plus claire — n'était pas encore au sud-est. Ils éclatèrent de rire, se prirent les mains et se regardèrent un moment sans parler. Il lisait son émoi dans ses grands yeux noisette qui s'embuaient. Mais comme il faisait mine de l'attirer contre lui, elle résista.

— Restons sages. Dans tes bras, je me sens toute chavirée et je n'aurais peut-être plus la force de respecter mon serment. Si nous sommes ici, c'est pour prier ensemble notre bonne mère Bélisama.

Elle l'entraîna par la main vers la fontaine.

— Viens ! Ma mère m'a donné une piécette de bronze pour que je m'achète un petit souvenir à la fête. Cette piécette, je vais la jeter dans la fontaine pour nous attirer les faveurs de la déesse.

— Je lui ai apporté un présent, moi aussi.

De la bourse pendue à sa ceinture, il tira deux petites figurines de bois qu'il avait sculptées lui-même aux premières heures du jour, en prenant sur son sommeil, ce qui, de sa part, ne laissait pas d'être méritoire et ne pouvait, en bonne justice, que lui valoir une bienveillance toute particulière de Bélisama. Elles étaient grossièrement taillées, mais avec un tout petit peu de bonne volonté, on arrivait à reconnaître dans l'une un homme en braies et dans l'autre une femme vêtue d'une longue robe et d'un capuchon. Anipa y vit d'immortelles œuvres d'art et s'extasia. Ils s'approchèrent ensemble de la fontaine. C'était un simple trou d'eau entouré d'une margelle de grosses dalles. Au-dessus, se déployait comme un dais de dentelle, le feuillage d'un sorbier rougi par l'automne. Anipa inclina la tête, croisa les mains sur sa poitrine et prononça une prière à voix basse, avant de laisser tomber dans l'eau sa petite pièce de bronze où étaient figurés un aigle et un lézard. Serrant l'une contre l'autre, dans son poing, ses deux statuettes, Damatos s'agenouilla sur les dalles et plongea la main dans la fontaine. Il ouvrit lentement son poing. Les statuettes se mirent à flotter côte à côte à la surface. C'était bon signe.

— Bélisama nous exaucera, affirma-t-il en se relevant.

— Puisses-tu dire vrai.

Elle n'avait pas l'air convaincue. Il s'étonna de son pessimisme.

— Mais enfin, qu'est-ce donc qui te fait craindre que ton père s'oppose à notre union ?

— C'est que nous ne sommes pas du même monde. Tu es un gars de la ville, je suis une fille de la campagne.

— Et alors ?

— Les gens de la ville regardent les paysans de haut, ils les prennent pour des sauvages et les paysans ne le leur pardonnent pas.

— Mais moi, je ne vous regarde pas de haut.

— Peu importe : tu n'es pas des nôtres. Mon père ne souhaite qu'une chose : me voir épouser un bon laboureur qui puisse le seconder à la ferme. Je n'envisageais pas d'autre destin avant de t'avoir rencontré.

— Mais maintenant tout est changé, tu sauras le lui faire comprendre.

Elle s'agrippa à son bras comme une noyée en perdition.

— J'ai peur, Damatos. Il n'est pas toujours commode. Il est capable de terribles colères. Je ne sais pas si j'oserai lui parler.

— Il le faut. Comment veux-tu obtenir son consentement si tu ne le lui demandes pas ?

Une grosse larme qu'elle ne put retenir révéla sa détresse. Il lui entoura tendrement l'épaule de son bras et lui représenta, avec patience, que c'était toute leur vie qui était en jeu, tout leur bonheur, que rien d'autre ne devait compter que leur amour et que pour lui ils devaient tout braver, avoir tous les courages. Elle eut une petite moue pitoyable.

— Pardonne-moi. J'ai honte de ma faiblesse. Tu dois me trouver bien lâche. Et pourtant c'est vrai, rien d'autre ne compte que notre amour...

Il parvint, mais non sans mal, à lui faire promettre de parler dès le soir même à son père.

— À ton tour, maintenant, dit-elle, de me promettre que tu vas tout de suite demander le consentement du tien.

— Bien sûr ! Avec plaisir.

Ce qu'il se garda bien de lui avouer, c'est qu'il n'avait pas l'intention de le faire le jour même, n'étant pas assez sûr que Véporoudos aurait encore toute la lucidité que requéraient des circonstances aussi solennelles. Il attendrait le lendemain matin.

— Tu crois qu'il ne fera pas de difficultés ? s'inquiéta-t-elle.

— Pour ça, il n'y a pas à se tracasser.

Elle hocha la tête, sceptique.

— J'ai grand-peur que tu te fasses des illusions.

Il la considéra avec étonnement. Elle ne connaissait pas son père et c'était elle qui prétendait faire la leçon !

— Explique-toi. Pourquoi voudrais-tu que mon père soulève des difficultés ?

— Crois-tu vraiment qu'il accepterait de si bon cœur d'avoir pour bru une fille de ferme ?

La question le fit rire.

— Que vas-tu chercher là ? Il n'a rien contre les paysans, au contraire. Ses clients de la campagne sont pour lui des amis.

Malgré tout, la réflexion d'Anipa avait un peu ébranlé sa belle assurance. C'est pourquoi il avait jugé sage de mettre tous les atouts dans son jeu et, avant de dévoiler à son père ses projets d'avenir, de créer l'ambiance favorable. Il l'avait pris par son péché mignon et n'avait commencé à parler qu'après que les premières gorgées du somptueux vin de Falerne leur eurent fait voir la vie sous son meilleur jour. Or il s'avérait qu'Anipa avait vu juste. Son intuition féminine ne l'avait pas trompée. L'excellence du falerne était impuissante à retenir le courroux de Véporoudos. Il explosait. Comment ? Son fils, le fils d'un des artisans — il pouvait le dire sans se flatter — les plus honorablement connus sur la place, son fils qui pouvait prétendre à une alliance avec n'importe laquelle des plus grandes familles de la bourgeoisie de Cénabon, aller ramasser une femme dans le fumier des étables ! Avait-il donc perdu la tête ?

— Mais voyons, père, tes clients de la campagne ne sont-ils pas pour toi des amis ?

Cela n'avait rien à voir. Ce n'était pas parce que lui, Véporoudos, maître tonnelier, voulait bien traiter les paysans en amis, qu'on pouvait oublier les différences de conditions. Il fallait se faire bien voir de la clientèle, mais sans que les relations débordassent du cadre commercial. Allons ! il ne s'agissait que d'une passade. Que la jeune Anipa fût gentille, on ne demandait qu'à le croire. Qu'il en eût un peu la tête tournée comme on peut l'avoir à vingt ans, soit. Mais il ne manquait pas de belles filles à Cénabon. Plus d'une serait flattée d'unir son sort à un jeune tonnelier plein d'avenir, travailleur et connaissant bien son métier — si, si, je ne dis pas ça pour te flatter. Par exemple, tiens, la petite Voltona, la fille du cordonnier... Tu la trouves affreuse ? Question de goût. Bon, tant pis, mais que dis-tu de Kokka, la riche et belle héritière du joaillier Drutalos ? Tu n'en as rien à faire ? Ce n'est pas très galant. Et Luguselva ? Hein ? N'as-tu jamais pensé à Luguselva ? Avoue qu'on aurait du mal à trouver une jeune personne plus avenante...

Le dévidage du catalogue fut interrompu par l'entrée bruyante d'une bande de joyeux compagnons, le pâtissier, le vannier et son apprenti, le vieux Boditis et quelques autres lurons du quartier. Ils invitèrent le père et le fils, qui avaient terminé leur pichet, à se joindre à eux autour d'un tonneau de bière. Véporoudos accepta avec empressement, trop heureux du prétexte pour rompre la conversation. Damatos prétexta un travail urgent et quitta le cabaret.

Il jeta un coup d'œil dans l'atelier et constata que Trogos sciait des merrains pour faire un fond, tandis que Iarilla, à l'autre bout, achevait le polissage d'un lot de douelles. Il avait aperçu Ésox et Camox jouant dans la rue avec des camarades, il avait donc l'assurance que sa mère était seule à la maison avec, peut-être, les jumelles. Il traversa la cour, entra dans la salle et confia aux jumelles que le bois était plein de champignons dont elles pourraient remplir un grand panier. Dès qu'elles furent parties, il s'approcha de sa mère, occupée à éplucher les légumes du dîner, et gagna son intérêt en se plaignant de l'incompréhension de son père.

— Les mères seules sont compréhensives, trancha-t-elle. Confie-moi tes soucis et, tout chef de famille qu'il soit, Véporoudos devra bien en passer par ce que j'aurai décidé.

C'était ce qu'il attendait et il entreprit avec beaucoup de chaleur le récit de son idylle champêtre. La réaction ne fut pas du tout celle qu'il espérait.

— Dis-moi : quand tu as mangé avec les paysans, à Lémolanda, est-ce que vous n'étiez pas assis par terre autour de la marmite ?

— Si fait. Tu sais bien que c'est la coutume à la campagne.

— Et c'est chez de pareils sauvages que tu voudrais prendre femme ?

— Mais...

— Épouser une boueuse, une souillon ! Tu n'y songes pas ?!

Il retourna au travail complètement démoralisé. Il n'abattit guère d'ouvrage, faisant aller la scie et l'herminette par habitude, sans énergie et sans y appliquer son attention. Il ne pensait qu'à Anipa et à l'absurdité des conventions sociales qui voulaient les séparer. Mais rien au monde ne le ferait renoncer à elle. Il préférerait renoncer à tout le reste du monde, à toutes autres joies et à toutes richesses. Ils s'aimaient et n'avaient plus d'autre raison de vivre. Aimer !

c'était merveilleux et déchirant. Il n'avait commencé à exister vraiment qu'avec son amour.

Pour qu'Anipa soit à lui, il était prêt à braver l'autorité de son père. Mais elle ? Oserait-elle défier le sien ? Que ferait-elle si sa démarche, à elle aussi, s'était soldée par un échec ? Il avait hâte d'en connaître le résultat et il était étreint par l'angoisse.

Quand ses pensées revenaient au refus de ses parents, ce n'était plus le désespoir qui lui serrait la gorge, c'était la colère. Intolérable leur étroitesse d'esprit, odieux leurs préjugés ! Il le leur dirait en face. Il était si écœuré qu'il le leur jetterait même à la figure devant toute la famille.

— Quand je pense, attaqua-t-il en plein repas, qu'il y a des gens qui se prétendent du parti du peuple, alors qu'ils méprisent le peuple !

Sa réflexion était totalement inattendue et son ton agressif jeta un froid. Ses parents paraissaient gênés, les autres les regardaient avec étonnement. Ce fut Iarilla qui rompit le silence.

— Pourquoi dis-tu ça ? Qui vises-tu ?

— Ceux que je vise ont parfaitement compris. C'est facile de proclamer son attachement au pouvoir populaire. On parade en affichant son amour des humbles ; on proclame à grand bruit son soutien au parti du Taureau contre le parti du Sanglier, mais ça n'empêche pas certains de nourrir un répugnant esprit de caste.

— Qu'est-ce que tu nous racontes ? A quoi fais-tu allusion ?

Damatos croisa les bras et promena en rond un regard de défi. Mais avant qu'il n'eût ouvert la bouche pour s'expliquer et accuser, son beau-frère Trogos tapa du poing sur la table et tonna :

— Moi, l'esprit de caste, je suis contre ! Vive le Taureau !

— Toi, dit Iarilla, on ne te demande pas ton avis.

Pennovinda avait froncé les sourcils, l'air mauvais. Véporoudos reposa dans son écuelle la côte de porc ruisselante de graisse qu'il tenait à pleine main et commença à bredouiller d'une voix qui fleurait la cervoise :

— C'est pour... pour moi qu'il dit ça. L'esprit de quoi... L'esprit de... l'esprit de caste ? Moi, je vous dis que l'esprit de caste du pouvoir populaire... le... l'esprit... enfin, l'esprit populaire, c'est pas ça la question. C'est...

— Tais-toi, coupa sa femme durement. Tu ne sais pas ce que tu dis.

— Je ne sais pas ce que je dis ? Je... je ne sais pas ce que je dis ? Si c'est pas malheureux d'entendre ça ! Tu n'as pas honte ? Je sais très bien ce que je dis. Damatos, il voudrait marier une fille de paysan.

Il rit d'un rire gras, en répétant : « Une fille de paysan ! Ha, ha ! une fille de paysan !... » puis continua :

— Moi, j'aurais rien contre, si c'était pas une fille de paysan. C'est pas la question du pouvoir populaire. Je suis pour le peuple, personne peut dire le contraire. Pour qui croyez-vous que j'ai voté, moi, à Samonios ? J'ai voté pour Vellaunos qui est le chef du parti du Taureau à Cénabon. J'ai voté pour lui, je vous dis. C'est lui qui a été élu. Ah mais ! Le Suvritus ? balayé ! A bas le Sanglier !

— Quand on est pour le peuple, s'impatienta Damatos, on ne voit pas d'inconvénient au mariage d'un artisan et d'une paysanne.

— Ah ! ça non, c'est pas possible. Le fils d'un maître tonnelier de Cénabon marier une vachère, c'est pas possible. De quoi qu'on aurait l'air ?

Damatos repoussa son écuelle d'un geste brusque.

— Le père d'Anipa est aussi honorable que n'importe quel maître tonnelier. C'est un paysan, mais un homme libre.

La mère de famille intervint, d'une voix grinçante :

— Tu me vois présenter comme ma belle-fille, aux amis et connaissances, une fille de fermier ? Une fille qui mange assise par terre...

Damatos se leva, pourpre de colère.

— Et après ça, vous osez vous indigner de la morgue des nobles !

Les jumelles se regardèrent et Kennicanda déclara en souriant :

— Moi, j'aimerais avoir une belle-sœur de la campagne.

— Elles sont gentilles, les filles de la campagne, renchérit Kennidonna.

— Damatos a raison, hasarda Trogos. Quand on s'indigne de la morgue des nobles, on n'a pas le droit d'agir comme eux.

Son indécente immixtion dans un débat qui ne le regardait pas ne fit qu'exaspérer la maîtresse de maison.

— D'abord, demanda-t-elle sèchement, est-on sûr que le père de la fille soit consentant ?

Damatos accusa le coup. Il se rassit et c'est d'un ton radouci qu'il avoua n'en rien savoir encore. Son père profita de l'accalmie pour chercher au fond de son gobelet le réconfort dont il avait grand besoin. Et voilà qu'il y trouva l'inspiration d'un argument décisif :

— Écoute, Damatos, ton Tagausios, je le connais : c'est un suppôt de l'infâme Suvritus, un Sanglier. Aux dernières élections, il s'est fait remarquer en parlant contre Vellaunos. Moi, je l'ai dit, je suis pour le Taureau. Mon dieu, c'est Cernunnos, c'est pas Esus. Je peux pas trahir le Taureau. Ça serait une honte. Tu entends ? Ça serait une honte que la fille d'un Sanglier entre dans notre famille. Je ne peux pas accepter ça.

IV

Samocaion, la lice (1) du noble seigneur Cumborix, comprenait, à l'intérieur d'une vaste enceinte constituée d'un fossé et d'une palissade en rondins, tout un ensemble de constructions de bois : bâtiments d'habitation, granges, remises, étables, plates-formes couvertes pour le séchage des semences. Il y avait aussi une aire à battre, plusieurs enclos à bétail et un petit potager. Les bâtiments d'habitation — celui des maîtres et ceux de la domesticité — étaient groupés, avec les écuries et les ateliers, autour d'une cour carrée. Au milieu de cette cour, une trentaine de paysans attendaient, appuyés qui sur sa pelle, qui sur sa hache ou sa houe. Ils étaient là depuis un long moment, mais témoignaient de cette inlassable patience qui est l'héritage des gens de la terre.

Le noble seigneur Cumborix sortit du logis principal, qui se reconnaissait à son toit de chaume plus haut que les autres et à son pignon plus large, et s'avança vers eux. C'était un homme de belle stature, à l'air impérieux. Ses tempes commençaient à grisonner, mais la toison d'ours qui lui hérissait le sommet du crâne, restait du plus beau noir, tout comme ses fières moustaches qu'on se plairait à qualifier de gauloises s'il avait pu s'en trouver à l'époque qui n'eussent pas droit à ce qualificatif, quelle qu'en fût la forme. Par-dessus la tunique aux couleurs de son clan, verte quadrillée de noir, il avait jeté sur ses épaules un sagon de tous les jours

(1) Le gaulois *lisson* (« cour, palais ») est devenu en français le mot « lice »... auquel les universitaires germanomanes se sont crus obligés d'aller inventer une fantaisiste origine francique. Il subsiste avec son sens primitif en breton (*lez*), en gallois (*llys*) et en irlandais (*less*).

en grosse laine noire, fort bien assortie à son propre poil. Sa mise aurait paru simple si n'avait étincelé l'or de son torque, de ses bracelets, de la fibule retenant son sagon, du manche du poignard pendu à sa ceinture.

— Les dieux vous bénissent, mes braves. Je vous remercie d'être venus.

Ils étaient venus parce qu'ils ne pouvaient pas faire autrement, mais ce remerciement du maître leur allait droit au cœur. Au premier rang se tenaient les chefs de village et Cumborix, promenant sur eux son regard d'aigle, remarqua Tagausios qui le dévisageait avec une affectueuse admiration mêlée d'un peu de crainte. Ce fut à lui qu'il alla, en premier, donner l'accolade.

— Heureux de te voir, fidèle Tagausios. Tout va bien à Lémolanda ?

— On fait aller.

La réticence n'échappa pas au maître qui plongea un instant ses yeux inquisiteurs dans ceux de son fermier, mais n'insista pas. Pour éluder la muette interrogation, Tagausios détourna lentement la tête et montra de la main le jeune homme vigoureux, aux traits réguliers et à l'œil hardi qui se tenait près de lui, mais un peu en retrait.

— Reconnais-tu, seigneur, mon fils Vimpis ?

Cumborix sourit, avec cette affabilité trop appuyée qui est la meilleure façon, pour un supérieur, de marquer la distance.

— Il me semblait bien que son visage ne m'était pas inconnu. Le voilà devenu un fort gaillard. Félicitations.

Il donna l'accolade, à son tour, à Vimpis, puis à tous les autres vassaux libres. Les ambactes massés derrière eux n'eurent droit qu'à un salut collectif, d'un large geste du bras.

— Vous savez pourquoi je vous ai convoqués. Ma demeure ne correspond plus à mes besoins, je veux la reconstruire plus grande et plus belle, avec des pièces supplémentaires et une galerie en façade.

— Est-il donc vrai que tu vas prendre une seconde épouse ? s'enquit Tagausios, avec cette familiarité que n'excluait jamais, chez les Celtes, le respect de la hiérarchie.

— C'est parfaitement exact. Mes conseillers et mes proches m'en pressaient depuis longtemps, depuis que le dernier fils qui me restait a été tué à la chasse par l'auroch monstrueux que défiait sa témérité. Le malheureux avait cette folle audace qui est la marque d'un sang généreux.

— Il s'est montré digne de son père.

— Certes. Je suis donc, aujourd'hui, sans autre descendance que ma fille Cassica. Et vous vous doutez bien que la très vénérée Sukara, ma noble épouse, a passé l'âge de me donner d'autres héritiers.

— Peut-on savoir, seigneur, quelle est l'heureuse élue ?

— Tu es bien curieux, Tagausios. Mais je n'ai pas de raison de ne pas satisfaire ta curiosité. Celle qui partagera ma couche dès que vous m'aurez bâti le logis digne d'abriter nos amours, est la plus belle créature que la terre carnute ait jamais portée.

Les vassaux restaient bouche bée et le noble seigneur prit plaisir à les faire languir en marquant un temps d'arrêt avant de révéler :

— Il s'agit de la très douce, très sage et très ravissante Dilaka, la fille du riche et puissant Vergobannos, le maître de forges d'Autricon.

Les rangs des vassaux s'animèrent d'un coup, bourdonnant de murmures admiratifs. Les forgerons tiraient de leur rôle prééminent dans l'économie celtique, non seulement une richesse qui faisait envie, mais un prestige considérable qui se traduisait par la possession d'une nombreuse « clientèle » de débiteurs et de protégés, et par une influence politique au moins égale à celle des chefs de clan. Certes, ils n'appartenaient qu'à la troisième classe de la société, celle des producteurs qui venait après celle des guerriers et ne laissait derrière elle que les colons non libres et les esclaves, mais dans cette troisième classe, ils occupaient le premier rang. Or les premiers rangs de la classe laborieuse étaient plus élevés dans la hiérarchie sociale des Celtes que les derniers rangs de la noblesse. Prendre pour seconde épouse une fille de forgeron était flatteur, même pour un grand chef.

— Est-ce une jeunesse ou une femme déjà mûre ? interrogea un vieux paysan, avec un sang-gêne sympathique.

— Je pourrais être son père. Vous voyez qu'elle sera en mesure de me donner une nombreuse progéniture.

Pour édifier le nouveau logis, il fallait commencer par démolir l'ancien et raser un petit bâtiment voisin qui servait de fournil. Cumborix distribua le travail. Tagausios se vit désigné à la tête de l'équipe chargée de faire disparaître le fournil. Son fils Vimpis, qui faisait partie de son équipe, remarqua qu'il mettait au travail une sorte d'acharnement rageur, payant de sa personne au point d'abattre plus d'ouvrage à lui seul que trois de ses hommes, comme si détruire lui eût fait du bien. Il ne s'accordait pas de repos et n'ouvrait la bouche que pour donner des ordres.

Pendant toute la durée des travaux, les ouvriers furent

nourris et logés sur le domaine. Ils ne se plaignaient pas, les repas étaient copieux et ils dormaient dans une grange, sur des couches de fougère recouvertes de peaux de mouton. Le second jour, les démolitions étaient achevées. Tagausios et Vimpis furent affectés à l'équipe à qui incombait, sous la direction de charpentiers professionnels, la confection des poteaux de charpente. D'autres creusaient la terre, charriaient des pierres, transportaient des troncs et des poutres. Le chantier était conduit par le seigneur Cumborix en personne, qui avait élaboré les plans du futur bâtiment et en avait tracé le dessin sur le sol. Il l'avait conçu de forme rectangulaire, mais avec une entrée en retrait, sous un auvent, au milieu de la façade, et une galerie couverte de part et d'autre de cette entrée. La construction serait à trois nefs et montée sur des poteaux enfoncés dans le sol, avec un soubassement de pierres sèches. Des cloisons de torchis la diviseraient en plusieurs pièces, de manière que chacune des femmes disposât de ses propres appartements.

En attendant de retrouver son logis, la famille du chef de clan s'était repliée dans la cabane d'un de ses ambactes, en dehors de la lice, aussi les ouvriers ne la voyaient-ils guère. Ils eurent, cependant, à plusieurs reprises, la visite de la noble Sukara venant se rendre compte de l'avancement des travaux. Elle se contentait de faire le tour du chantier sans dire mot et ne s'attardait pas. Elle traînait un air mélancolique qui la faisait prendre en pitié par les travailleurs. Les affaires des grands sont les affaires des grands, néanmoins eux, les petits, comprenaient très bien l'état d'âme d'une respectable matrone habituée à régner en maîtresse sur son domaine et sur le cœur de son mari, quand elle s'apprêtait à partager son empire avec une autre femme plus jeune et plus séduisante. Même si cela lui promettait un supplément de main-d'œuvre pour les tâches ménagères, elle ne devait pas en éprouver une joie sans mélange... Oh ! bien sûr, elle avait donné son consentement, sans quoi il n'eût pas été possible à Cumborix de conclure ce second hymen, mais il y avait gros à parier qu'elle s'y était résignée à contrecœur, par raison.

Quand, à la force des bras des ouvriers, les lourds poteaux furent dressés à la verticale, mis en place dans les trous préparés pour les recevoir et maintenus par un blocage de pierres, commença le montage de la charpente. Les hommes de métier se chargeaient de l'assemblage des fermes, mais faisaient porter, hisser, manœuvrer les pièces de bois par les paysans. Vimpis se trouvait juché en haut d'une échelle lorsque son attention fut attirée par des tintements de grelots.

La dame Sukara venait inspecter le chantier, mais elle n'était pas seule et les grelots qu'on entendait tintinnabuler ornaient le bas de la riche robe de la jeune personne qui l'accompagnait. À la seule vue de cette blonde et svelte fille aux yeux bleus, jolie comme l'aurore, il eut le souffle coupé. Jamais encore il n'avait contemplé un corps aussi bien fait, un visage aussi gracieux, d'un ovale aussi pur, avec des traits aussi délicats. Pour le paysan qu'il était, c'était une princesse de rêve. De saisissement, il faillit laisser choir la poutre dont il tenait le bout.

— Tu peux pas faire attention à ce que tu fais, bougre d'abruti ? hurla le compagnon qui tenait l'autre bout. Il s'en est fallu d'un rien que tu me fasses choir de l'échafaudage.

Vimpis tourna vers lui un regard encore ébloui.

— Non mais, tu as vu ?

— Quoi donc ?

Il baissa la voix.

— Cette beauté qui nous fait l'honneur de sa visite. Je suppose que c'est cette Dilaka que notre maître dit être la plus belle créature jamais vue en terre carnute.

Le compagnon, un ambacte qui travaillait habituellement sur le domaine et en connaissait tous les habitants, s'esclaffa.

— T'es pas fou ? Ça, Dilaka ? C'est tout simplement sa fille, à notre maître : la demoiselle Cassica.

Vimpis laissa échapper entre ses dents un léger sifflement.

— Ben dis donc ! Si Dilaka est encore plus belle, quelle sacrée femelle ça doit être ! J'espère qu'elle viendra nous voir elle aussi.

En attendant, il guetta de jour en jour une réapparition de sa princesse de rêve. Elle ne revint pas sur le chantier, mais il lui arriva de l'apercevoir qui traversait la cour pour aller tirer de l'eau au puits, jeter du grain aux poules ou chercher des légumes au potager. La seule vision de sa séduisante silhouette, de sa démarche souple, du balancement de ses hanches, le plongeait dans le ravissement. Il en conservait l'image bien après qu'elle eut disparu et y pensait encore, la nuit, avant de s'endormir.

Cela ne l'empêchait pas d'attendre avec impatience, comme ses camarades, l'occasion d'admirer la fameuse Dilaka. Cette idée les excitait tous. L'occasion ne leur fut donnée que le dernier jour, lors du banquet que leur offrit le seigneur Cumborix pour fêter l'achèvement de la construction.

Quelques jours plus tôt, laissant la surveillance du chantier à son intendant, il était parti avec ses valets et des nobles du voisinage courre le cerf, le sanglier et le lièvre, en prévision du grand festin de ses épousailles. Grand chasseur, il possédait une meute de vautres hautement sélectionnée qui était réputée dans tout le pays carnute. Il était revenu avec un impressionnant tableau de chasse et, fort honnêtement, en avait réservé une petite partie pour les manants à qui il devait la somptueuse résidence qui ferait honneur à la jeune épousée.

De fait, le nouveau bâtiment était une splendeur. On n'y voyait pas de murs extérieurs en pisé comme aux maisons des gens du commun : tout était en bois, le matériau noble. L'encadrement des portes était sculpté avec art. Cannelures, dents de scie, enroulements, entrelacs s'y développaient autour de signes symboliques, parmi lesquels, bien sûr, l'aigle aux ailes de cinq plumes, emblème de la nation carnute, et le sanglier du parti aristocratique, mais aussi des triscèles, des roues, des pentagrammes, des serpents à tête de femme. L'entrée principale sous son auvent et la galerie aux poteaux de chêne avaient une allure à la fois distinguée et coquette. Le tout était coiffé d'un haut toit de paille de blé aux reflets d'or. C'est dans la grande salle sur laquelle s'ouvraient les différentes chambres, que les ouvriers furent invités à prendre place à la table disposée circulairement autour du foyer central où brûlait un bon feu de bûches. On leur avait préparé des bancs faits de bottes de paille moelleusement recouverts de fourrures, mais ils en étaient plus gênés que ravis : des paysans qui n'avaient pas l'habitude de manger assis sur des sièges, ne pouvaient s'y trouver à l'aise. Ils se gardaient bien, cependant de se plaindre, tant ils étaient heureux, devant le menu qu'on leur servait, de sortir de leurs habitudes. Aux pâtés de lièvre, ragoûts de cerf et rôtis de sanglier, succédaient des chaudronnées de tripes, des aloses de Loire, des châtaignes grillées, des gâteaux de froment et de miel, des fromages de brebis, des pommes douces, le tout copieusement arrosé de bière d'orge et, au dessert, d'un plein gobelet d'hydromel.

Le noble seigneur Cumborix avait eu assez de simplicité pour venir festoyer avec eux. On aurait même pu croire que, pour lui, les barrières sociales n'existaient pas, s'il ne les avait discrètement rappelées en se gardant bien de poser son aristocratique postérieur sur une botte de paille, comme ses invités, mais en l'installant dans un fauteuil à haut dossier, surélevé sur une petite estrade. Il menait la conversation, intervenant même, lorsqu'il en saisissait des bribes, dans les entretiens particuliers entre les convives les plus éloignés de lui. Il donnait la réplique à tous d'une voix forte et tranchait de n'importe quel problème d'un ton cordial, mais avec autorité. Il avait son avis catégorique aussi bien sur le temps, les labours, les semailles, les maladies des moutons, que sur les projets de mariage dans les villages et sur les dernières élections. Au dessert, il se leva pour prononcer une petite allocution dans laquelle il remerciait ceux qui étaient là du travail qu'ils avaient accompli et du généreux dévouement dont ils avaient fait preuve, pour faire sortir de terre le magnifique logis où il allait pouvoir accueillir dignement sa nouvelle épouse. Elle devait arriver d'un instant à l'autre d'Autricon, avec ses parents, car les noces étaient fixées au lendemain, et ils pourraient faire sa connaissance avant de s'en retourner chez eux. Un murmure de satisfaction s'éleva tout autour de la table.

Au même instant, un domestique entra et vint parler à l'oreille du maître de maison.

— Mes amis, on m'annonce que la carruca de ma chère Dilaka est à la porte de la lice. Excusez-moi. Je vais à sa rencontre.

Il revint peu après, tenant par la main une jeune femme somptueusement parée dont l'entrée dans la salle fit sensation. Sa vue était pour les gueux un émerveillement. Elle avait un visage de déesse dont la chaude carnation était encadrée de cheveux d'ébène, accordés à ses yeux de jais où brillait une ardente lumière. Cumborix ne les avait pas trompés, c'était une véritable beauté. Les deux globes admirablement moulés sur lesquels son décolleté ouvrait juste la perspective qu'il fallait pour faire deviner le reste, pointaient avec hardiesse comme s'ils avaient voulu faire craquer son corsage lamé d'or. Il y avait de quoi faire perdre la tête.

Elle fit le tour de la table en dédiant aux uns et aux autres, à mesure que son futur époux les lui présentait, de jolis sourires et de gracieux remerciements. Les paysans se taisaient, intimidés.

Le seigneur Cumborix reprit sa place à table, en faisant asseoir Dilaka près de lui, sur un autre siège à haut dossier. Il ordonna de remplir les coupes d'hydromel. Il leva la sienne, porta un toast à la jeune femme, puis, dans le silence, déclara avec gravité :

— Mes amis, puisque nous sommes réunis, il m'appartient, en tant que chef de votre clan, de vous mettre au courant des dernières nouvelles. J'ai appris que de graves événements se sont déroulés dans le Nord. Les territoires de nos frères les

Belges ont été envahis par les Romains. Les armées belges ont été littéralement écrasées par les envahisseurs et les derniers combattants viennent de se rendre.

Le ton dramatique des derniers mots manqua son effet. La nouvelle était accueillie avec une sereine indifférence. De leurs frères les Belges, les braves paysans carnutes ne savaient qu'une chose, c'est que leur pays se trouvait loin, très loin. Ce qui s'y passait ne les concernait pas. Par politesse, pour avoir l'air de s'intéresser, l'un d'eux demanda :

— C'est quoi, les Romains ?

— C'est un peuple du Midi qui parle une langue différente de la nôtre. En parlant carnute, vous êtes compris des Éduens, des Sénons, des Arvernes, des Armoricains, des Insubres, des Belges, des Bretons, des Helvètes et de maint autre peuple allié ou ennemi du nôtre, mais vous n'êtes pas compris des Romains. Les Romains sont nos principaux fournisseurs de vin et certains d'entre eux tiennent boutique à Cénabon — vous en avez sans doute rencontré sans le savoir. Malheureusement, ce sont aussi des bandes armées qui ne vivent que de pillage. Les Éduens — qu'Épona les emporte ! — ont eu tort de faire appel à eux pour les aider dans leurs démêlés avec les Helvètes et nous avons peut-être eu tort, ensuite, de leur demander leur appui pour repousser les hordes germaniques d'Arioviste.

— Qui ça, « nous » ?

Le noble seigneur parut un peu gêné.

— Eh bien... une délégation de chefs de divers peuples celtes. Je ne cache pas que j'étais partisan de cette alliance. Rien n'était plus important alors que de nous défendre contre le péril germanique. Arioviste...

— Qui est-ce ?

— Le roi des Suèves. Les Séquanes avaient fait appel à lui pour les assister dans leur conflit avec les Éduens. Mais une fois ceux-ci battus, au lieu de repartir chez lui, Arioviste s'est installé chez les Séquanes comme en pays conquis. Il menaçait de poursuivre sa marche vers l'ouest et de s'emparer de toute la Gaule. Les bataillons romains qui venaient de battre les Helvètes avaient fait la preuve de leur efficacité, autant valait en profiter.

— C'était habilement calculé, approuva un vieux chef de village. Et Arioviste a été repoussé ?

— Il l'a été.

— En somme, observa Dilaka, visiblement soucieuse de

montrer qu'elle savait s'intéresser aux affaires publiques, nous l'avons échappé belle !

— En effet. Malheureusement, je me demande si ce n'est pas le loup que nous avions introduit dans la bergerie. Lorsque nous n'avons plus eu besoin de leurs services, les Romains, au lieu de repartir chez eux, se sont installés comme en pays conquis.

— Et tout était à recommencer !

C'était Vimpis qui avait laissé échapper cette exclamation. Cumborix acquiesça, l'air navré :

— Leur chef, un aventurier du nom de Jules César, semble bien n'être qu'un autre Arioviste.

— Autant dire que nos chefs à nous n'avaient pas su profiter de la leçon !

— Je n'admets pas, Vimpis (le ton de Cumborix était brusquement devenu cassant), que l'on critique ainsi ceux qui ont à assumer de lourdes responsabilités. Les chefs savent ce qu'ils font et n'agissent que pour le bien commun, tiens-toi le pour dit. Dans cette affaire, il fallait parer au plus pressé.

Sur ces mots, le chef de clan se leva et dit qu'il voulait faire visiter à sa chère Dilaka les autres pièces de la maison et les autres bâtiments de la lice. Dès qu'ils se furent retirés, les langues allèrent bon train, non point, certes, pour commenter les événements de Belgique dont les braves Carnutes se moquaient éperdument, mais pour échanger des appréciations sur la future épouse du maître : « Ben, fi de garce ! pour une foutue belle génisse, c'est une foutue belle génisse ! — Des comme ça, on n'en reluque pas tous les jours. — Tu peux le dire ! Un sacré morceau de femme, la mignonne : t'as vu sa paire de mamelles ? — Et ses lèvres qu'on a envie de mordre dedans ? — Par Teutatès ! Va pas s'embêter, notre maître ! »

Vimpis ne disait rien et semblait penser à autre chose. Son voisin lui tapa sur l'épaule.

— Hé, gars, qu'est-ce que t'en dis, toi ? C'est pas une comme ça que tu voudrais mettre dans ton lit ?

Le jeune homme fit la moue. En fait, il avait été plutôt déçu. Dilaka, certes, ne pouvait laisser aucun homme indifférent, mais il ne lui trouvait pas le charme de la blonde Cassica, la princesse de rêve.

— C'est une belle génisse, je ne dis pas le contraire, admit-il. Mais je n'aime pas les brunes.

— Ben toi alors, dis donc, t'es difficile !

Sur la route du retour vers Lémolanda, son père qui conduisait le char à bancs ne desserrait pas les lèvres. Vimpis tenta à plusieurs reprises de lancer la conversation, mais sans succès.

— Il y a quelque chose qui ne va pas ? finit-il par interroger. Tu n'es vraiment pas bavard. À la vérité, pendant tout notre séjour, je t'ai trouvé l'air soucieux.

Tagausios n'en pouvait plus de contenir sa peine. Il éprouva brusquement le besoin d'alléger son fardeau en rompant le silence dans lequel il s'était enfermé.

— C'est à cause de ta sœur, confia-t-il. Voilà qu'elle s'est amourachée d'un gars de la ville : le petit tonnelier, tu t'en souviens ? Celui qui s'était amusé à manier le fléau avec nous, le jour des battages. Et elle s'est mis dans la tête de l'épouser.

Cette révélation laissa Vimpis sans voix. De la part de la sage Anipa, semblable fantaisie était inattendue.

— Tu te rends compte ? explosait leur père. La fille de Tagausios déserter la terre pour aller vivre en ville ! Autant dire qu'elle nous renie...

— Que lui as-tu répondu ? As-tu donné ton consentement ?

— Quoi ? Moi, donner mon consentement ? Je te dis que c'est comme si elle nous reniait. Mais, bon sang ! (la voix du père de famille s'étranglait), ça ne compte donc plus pour elle notre village, nos champs, nos bêtes, tout ce qui fait notre vie ?

Vimpis se gratta la tête, gêné.

— Es-tu bien sûr que ce qui te déçoit, ce n'est pas plutôt de ne pas la voir t'amener un gendre qui nous aiderait au travail de la ferme ?

— C'est vrai que mon idée, depuis longtemps, c'était de lui faire épouser Bouccos qui est un bon laboureur, solide et ne rechignant pas à la tâche. Mais il n'y a pas que ça... je t'assure qu'il n'y a pas que ça...

— Qu'as-tu dit ? Bouccos ? Tu voudrais qu'elle épouse Bouccos, ce balourd ? Tu ne trouves pas qu'il est un peu rustre pour elle ?

Tagausios haussa les épaules.

— Pour qui prends-tu donc ta sœur ? C'est une paysanne comme Bouccos. Et il n'y a pas besoin d'être tellement finaud pour faire un bon mari. Et puis je te répète qu'il n'y a pas que ça : une paysanne doit être fière d'être paysanne, elle n'a rien à faire chez les bourgeois...

Vimpis réfléchit un moment avant de donner son avis. Il essayait de se mettre à la place d'Anipa. Voyons ! Que ferait-il, lui, si par malheur il lui arrivait de s'éprendre d'une belle qui ne soit pas de son milieu ? Hypothèse absurde, bien entendu, et qu'il n'envisageait que pour les besoins de la cause. Car, enfin, il n'était pas fou au point d'aller s'éprendre d'une créature inaccessible. Surtout pas d'une aristocrate, genre Cassica. Mais que venait faire Cassica là-dedans ? Enfin... ce qui ne risquait pas de lui arriver à lui était arrivé à sa sœur : elle aimait un garçon qui n'était pas de condition paysanne comme eux. En supposant donc que, par impossible, cela lui fût arrivé à lui, qu'il fût, par exemple, sottement tombé amoureux de Cassica (mais pourquoi toujours Cassica ?) eût-il été capable d'étouffer ses sentiments ?... Un flot de compassion le submergea à l'égard de sa tendre et délicate sœurette.

— Écoute, père, moi qui suis fier d'être paysan je comprends que ça te fasse mal de voir ta fille abandonner la terre. Mais si elle a mis son idée dans ce garçon, tu n'y peux rien. Elle-même n'y peut rien. Je ne crois pas que ce serait bien de t'y opposer. Tu la rendrais malheureuse et ce n'est certainement pas ce que tu veux.

— Malheureuse... malheureuse... À son âge on se console vite. Il faudrait tout de même qu'elle soit raisonnable.

— Bah ! Femme de tonnelier, c'est pas si mal que ça. C'est même un état tout à fait enviable.

La contrariété induisit Tagausios à se passer les nerfs en cinglant de coups de fouet son cheval qui n'y était pour rien et qui, affolé, partit au grand trot.

— Ah ! tu peux en parler des tonneliers. Tu peux en parler ! Tu le connais son père, au garçon ? Tu le connais, le maître tonnelier Véporoudos ?

— Non, pourquoi ?

— J'aurais honte de voir ma fille entrer dans sa famille. D'abord, c'est un ivrogne. Il est cuit par la boisson.

— Ce n'est pas infamant. Les plus grands personnages, les princes, les nobles laissent rarement passer une occasion de bonne beuverie. L'essentiel est que Damatos lui-même ne soit pas trop porté sur la cervoise. Je n'en dirais pas autant de ton Bouccos.

— Soit, admettons. Mais il y a plus grave. Sais-tu que ce Véporoudos est un militant du parti du Taureau ? Parfaitement ! Il fait partie de ces trublions de la clique de Vellaunos. La clique de Vellaunos, c'est tous des moins que rien. Des moins que rien, je te dis !

V

Ils s'étaient donné rendez-vous dans la pâture en lisière de forêt où Anipa devait garder le bétail de son père. Damatos avait trouvé comme prétexte pour atteler la jument, l'intérêt capital qu'il y avait à négocier avant l'hiver un achat de billes de châtaignier aux bûcherons de Pennokéton, sans quoi on risquait d'être devancé par un concurrent.

Il trouva Anipa à l'endroit convenu. Son hirsute chien gris à ses pieds, elle surveillait les sept vaches et les sept moutons qui fournissaient la preuve que son père était bien un homme libre, et la vingtaine de bêtes supplémentaires que leur louait le seigneur Cumborix. Ils n'eurent pas besoin de prononcer une parole pour comprendre qu'ils avaient pareillement échoué. Leur défaite était inscrite sur leur visage à l'un et à l'autre. Elle se réfugia dans ses bras et laissa couler ses larmes avant de parvenir à lui expliquer, d'une voix entrecoupée de sanglots, que son père ne voulait pas d'autre gendre que Bouccos.

— Tu sais bien, Bouccos : ce grand brun à cou de taureau qui se fichait de toi en disant : « Peut-être que l'honorable seigneur artisan a peur de se salir. »

— Je m'en souviens. Tu lui as ordonné de me laisser tranquille, et c'est un moment que je n'oublierai jamais, parce que c'est celui où je te voyais pour la première fois. Nous ne nous connaissions pas et pourtant tu venais gentiment à mon secours.

— Je n'ai pas pardonné à Bouccos la façon dont il te traitait.

— C'est un pauvre sot.

— Oui, mais il est vigoureux et courageux au travail. Pour mon père, il n'y a que ça qui compte.

Il lui rapporta, à son tour, les réponses décevantes de ses parents.

— Tu vois que j'avais raison, triompha-t-elle amèrement. Je t'avais bien dit qu'ils n'admettraient jamais que leur fils marie une fille de culs terreux.

— J'ai l'impression qu'ils n'auraient pas été aussi intraitables si le malheur n'avait voulu que nos deux familles soient d'opinions politique opposées.

— La politique ! toujours la politique ! Qu'est-ce que la politique vient faire ici ?

— C'est elle qui creuse les fossés entre les hommes.

Elle s'indigna. Pourquoi fallait-il que toujours et partout les Celtes fussent divisés en deux factions ne pouvant pas se souffrir ? Pourquoi au lieu de consacrer ensemble toute leur énergie au bien commun, l'utilisaient-ils à s'entre-déchirer et perdaient-ils de vue les vrais problèmes à force de se chamailler pour du vent ? Cela la révoltait.

— C'est comme ça, répondit-il. Je crois que nous avons ça dans le sang.

— Tu as ça dans le sang, toi ?

— Oh, moi, non ! Moi, la politique, je ne m'y intéresse pas Suvritus ou Vellaunos, c'est le dernier de mes soucis.

— Vrai ? Tu ne partages pas les idées idiotes de ceux du Taureau ? J'en suis bien contente.

— Tu ne devrais pas parler d'idées idiotes, protesta-t-il, un peu gêné. Je ne comprends pas comment vous, les paysans, pressurés par les nobles comme vous l'êtes, vous pouvez prendre parti pour le Sanglier. Comment pouvez-vous vous ranger du côté de Suvritus qui est un grand propriétaire sans pitié pour les malheureux qu'il opprime ?

Elle s'arracha de ses bras et s'anima.

— Où as-tu pris que les nobles nous pressurent ? Je ne fais pas de politique, mais je trouve injuste de dénigrer des gens à qui nous devons tant. Ils nous distribuent des vivres quand la faim menace, ils organisent pour nous des fêtes, des banquets. Que deviendrions-nous sans eux ?

— La belle affaire ! Ils vous font l'aumône avec ce qu'ils vous ont volé.

— Tu exagères. C'est vrai qu'une part de notre travail est pour eux, mais c'est en paiement de leur protection . leurs armes nous défendent contre les pillards et les envahisseurs.

— Allons donc ! Vous êtes entièrement à leur merci parce que vous êtes leurs débiteurs. Ils vous fournissent du bétail que vous n'avez pas les moyens de payer, et c'est comme cela qu'ils vous tiennent.

— Et alors ? Est-ce que votre Vellaunos n'a pas, lui aussi, une foule de clients qu'il mène par le bout du nez parce qu'ils sont ses débiteurs ?

Damatos sentait l'irritation le gagner. Il croisa ses bras, fronça les sourcils et laissa tomber avec froideur :

— À ce que je vois, ta famille t'a bien fait la leçon.

Cette réflexion, et surtout le ton sur lequel elle était faite, causèrent un choc à la jeune fille et elle resta bouche ouverte, yeux égarés.

— Ce n'est pas vrai. Nous n'allons pas commencer à nous quereller. Ma famille... Nos familles peuvent bien penser ce qu'elles veulent. Je me moque de la politique. Tout ce que je sais, c'est que je t'aime.

Elle se réfugia de nouveau dans ses bras. Il sourit, tout son énervement calmé et la serra tendrement.

— Tu as raison : rien d'autre que notre amour n'a d'importance. Tu es toute ma vie.

Elle lui tendit ses lèvres et ils burent longuement cette vie l'un en l'autre.

— Ô Damatos, gémit-elle quand il lui laissa reprendre son souffle, pourquoi ne veut-on pas te donner à moi ? Je n'ai désir que de toi.

Son regard chavira.

— Jamais, jamais, j'en fais le serment, je n'appartiendrai a un autre.

Elle entoura sa nuque de ses deux bras et il la pressa encore plus fort contre lui. Un même flot de tendresse éperdue les submergea. Une même révolte, un même désespoir les faisaient écraser leurs corps l'un contre l'autre avec une ardeur farouche, poitrine contre poitrine, bouche contre bouche, ventre contre ventre, cuisses contre cuisses. Chacun sentait en lui sa chair s'enfiévrer de la fièvre de l'autre et c'est tout naturellement qu'Anipa laissa Damatos la soulever dans ses bras, la déposer doucement dans l'herbe et lui trousser sa robe d'un geste un peu brusque avant de s'étendre sur elle. Leur détresse donna à leur étreinte une fougue désespérée ; ce fut un orage de feu, de sang et d'abîme. Tandis qu'ensuite il restait à lui caresser les cheveux, elle lui offrit un pauvre sourire ému et tendre.

— Peu m'importe ce qui arrivera maintenant, murmura-t-elle. Quoi qu'il arrive, je respecterai mon vœu à la divine Bélisama. Nul autre que toi ne me possédera jamais.

Ce fut son frère Vimpis qui remarqua combien elle avait

changé. Son regard, auparavant si limpide, était devenu secret et profond. Ce n'était plus un regard de jeune vierge. Par moments, une flamme étrange l'animait et elle avait alors des geste brusques et des paroles amères. Quand ses parents l'observaient, elle détournait ostensiblement la tête. Il la prit à part.

— Qu'est-ce qui se passe, petite sœur ? L'atmosphère est devenue irrespirable dans cette maison. Ça ne peut plus durer.

— Je n'y puis rien.

Elle voulut tourner les talons, mais il la retint par le bras.

— Je voudrais t'aider. Tu es malheureuse, n'est-ce pas ? parce que notre père voudrait te faire épouser Bouccos.

— Je n'épouserai pas Bouccos. Ni lui, ni aucun des gars de Lémolanda. Qu'on se le tienne pour dit.

Son ton était catégorique. Vimpis lui mit affectueusement la main sur l'épaule.

— Je te comprends, mais as-tu bien réfléchi ? On peut être parfois victime d'un emballement. Père ne cherche que ton bien. Il ne faudrait pas prendre trop hâtivement une décision irrévocable.

— Ma décision est prise et elle est irrévocable, car j'appartiens corps et âme à un autre.

Il se contenta de hocher la tête en souriant.

— Ah bon, je vois ! Nos parents n'ont plus qu'à céder.

— Ils ne céderont pas.

— Si tu te dresses contre eux, c'est à craindre. Mais si quelqu'un d'autre leur expose les choses sans passion et soutient la cause avec bon sens, il est possible qu'ils l'écoutent.

Le visage de la jeune fille s'éclaira.

— Tu ferais cela ?

— Pourquoi pas ? D'abord, je le trouve très sympathique ton petit tonnelier. Vous faites un gentil couple.

***

Les logements des prêtres d'Ogmios entouraient une petite place au milieu de laquelle s'élevait le monument du dieu : une simple colonne de bois couronnée d'une tête stylisée, aux yeux globuleux. Au-dessous de cette grosse tête, autour du fût, sept protubérances figuraient d'autres têtes humaines bien plus petites et encore plus schématiques. Le tout était peint de couleurs vives. Un étranger aurait sans doute trouvé curieux que le dieu tirât la langue comme un marmot espiègle et que cette langue fût creusée d'une perforation par où l'on avait fait passer sept chaînes d'or reliées à sept oreilles des sept petites têtes. Mais pour les Carnutes, les sens était évident puisque Ogmios était le maître de l'éloquence, qu'il était aussi le dieu lieur, et qu'il était surtout Celui dont l'esprit conduit les hommes vers leur destin.

Les cellules des druides célibataires étaient de modestes huttes rondes, mais leurs confrères chargés de famille disposaient de confortables maisons rectangulaires, composées d'une grande pièce pour la vie familiale et d'un petit réduit sans feu et au sol nu pour la méditation de l'homme de Dieu. Ce fut dans son réduit que Damatos trouva son frère Krixomaros.

— J'espère que je ne te dérange pas, Krix. Je suis venu te demander ton aide.

— Je t'écoute.

— J'aime une jeune fille, une fille épatante...

— Je te vois venir : tu voudrais un philtre pour t'en faire aimer. Eh bien non ! ne compte pas sur moi. Tu dois respecter sa liberté.

— Tu n'y es pas, il ne s'agit pas de cela. Anipa m'a donné son amour librement. Seulement ses parents veulent la marier à un certain Bouccos, et je voudrais que tu me débarrasses de ce Bouccos.

Krixomaros fronça les sourcils.

— T'en débarrasser. Comment l'entends-tu ?

— Tu pourrais l'envoûter. Oh ! pas pour le faire mourir, ce n'est pas nécessaire ; mais ça m'arrangerait bien qu'il perde sa vigueur ou que sa raison se trouble.

Le druide croisa les bras, réfléchit un instant et trancha :

— Non, ce que tu me demandes là ne me plaît pas. Si c'est toi qu'elle aime, ton Anipa, tu n'as rien à craindre de ce Bouccos.

— C'est à cause de lui que les parents d'Anipa s'opposent à notre mariage. Mais s'il devenait débile ou détraqué ils n'auraient plus pour lui aucune considération.

— Au fait : et nos parents à nous ? Qu'en disent-ils ?

Damatos baissa piteusement la tête.

— Ils se sont mis dans l'idée qu'il est indigne d'un fils d'artisan d'épouser une paysanne. C'est idiot ! Tu vois que je n'aurai pas trop de tous tes enchantements pour les faire changer d'avis les uns et les autres.

— Mon petit Damatos, il y a des problèmes qu'on ne règle pas à coups d'enchantements. On ne peut construire un avenir solide sur des sortilèges. Je veux t'aider, car je n'approuve pas le point de vue de nos parents, mais je n'irai pas les lier par un sort, ni eux, ni ceux de ta belle. Il faut qu'ils donnent leur consentement de leur pleine volonté. Ce que je puis faire, c'est intervenir personnellement pour tenter de les convaincre.

Krixomaros tint parole le jour même. Les arguments qu'il développa devant son père et sa mère étaient de ceux dont l'effet aurait été nul s'ils avaient été présentés par Damatos. Mais présentés par lui, ils étaient reçus comme une expression de la volonté du dieu Ogmios. Véporoudos buvait ses paroles — et lorsqu'il buvait, fût-ce des paroles, c'était toujours jusqu'à l'ivresse —; Pennovinda, elle, se pâmait d'admiration au point d'en demeurer muette. Avoir donné le jour à un druide était la gloire de leur vie, ils restaient émerveillés devant sa science et son éloquence. Puisqu'il affirmait qu'il n'est pas bien de tenir en mépris les paysans, ils avaient soudain honte de leur attitude. Puisqu'il disait que la politique n'a pas sa place dans les affaires de cœur, il ne leur paraissait plus scandaleux que Damatos pût avoir un beau-père du parti du Sanglier.

Krixomaros se rendit ensuite à Lémolanda et y trouva les parents d'Anipa déjà ébranlés par la prise de position de Vimpis en faveur de sa sœur. L'autorité que lui conférait son état sacerdotal lui permit de venir à bout de leurs dernières réticences. Toutefois, en bons paysans, ils ne voulurent pas d'emblée se reconnaître convaincus et disposés à céder.

— Reviens demain, vénéré druide, dit Tagausios d'un ton plein de dignité, je te ferai connaître ma réponse.

Il retourna donc le lendemain à Lémolanda et, lorsqu'ils eurent vidé quelques gobelets de cervoise et échangé les propos de circonstance sur le temps toujours trop mauvais, les vaches qui ne donnaient plus beaucoup de lait et la maladie des pommiers, Tagausios se frotta les mains et déclara d'un air matois :

— A propos de ce dont nous parlions hier, j'ai réfléchi. Il y aurait peut-être bien moyen d'arranger les choses. Si mon Anipa avait épousé un gars de la campagne, comme je le souhaitais pour elle, je comptais la lui donner contre deux vaches laitières. Mais si elle part avec un gars de la ville, je perds beaucoup plus. Je ne pourrai plus compter sur le travail d'un gendre à la ferme. Et qu'est-ce qui remplacera l'aide qu'elle nous apportait ? Il me faut donc une petite compensation.

— C'est juste. Que demandes-tu ?

— Eh bien, au lieu de deux vaches, ce sera quatre.

Krixomaros eut un haut-le-corps.

— Quatre vaches ! C'est de la folie ! Tu ne parles pas sérieusement ?

— Que veux-tu ? les temps sont durs et perdre une travailleuse comme Anipa... Ce sera quatre vaches ou ton frère n'aura pas la fille. C'est à prendre ou à laisser.

Le druide resta pantois, avec le vague sentiment d'avoir été joué. Tagausios s'arrangeait pour être le gagnant de toute façon. Ou bien — et c'était certainement ce qu'il attendait — Damatos s'avouerait incapable de fournir les quatre bêtes à cornes et renoncerait de lui-même à Anipa, on ne pourrait donc pas lui reprocher de la lui avoir refusée. Ou bien ses conditions extravagantes seraient acceptées et il réaliserait la plus belle affaire de sa vie.

— Voyons ! restons raisonnables, tenta Krixomaros. Bien que ce soit encore énorme, nous pourrions peut-être nous mettre d'accord sur trois vaches.

— Tu fais injure à ma fille en cherchant à la déprécier. J'ai dit quatre, je ne marchanderai pas, coupa l'autre.

Krixomaros comprit que le fermier n'était pas guidé seulement par la cupidité. Il ne l'était même qu'accessoirement. Il s'agissait d'abord et avant tout d'une question d'amour-propre. La cupidité souffre les transactions, tandis que l'amour-propre ne se négocie pas. Ce qui importait à Tagausios, c'était de ne pas paraître le vaincu. S'il obtenait un prix fabuleux, personne ne songerait à rire de lui. Au contraire, son prestige dans le village en sortirait grandi. Le druide conclut donc l'entretien en disant qu'il allait faire part de la proposition à son frère.

Damatos, qui avait commencé à reprendre espoir, fut atterré. Où irait-il prendre quatre vaches laitières ? Il savait bien que la communauté familiale n'était pas en mesure de financer pareil achat.

— À toi de te débrouiller, mon garçon, dit son père. Rien ne t'empêche de rester au travail plus tard que nous le soir et de t'y remettre avant nous le matin. Tu pourras disposer de ta production supplémentaire pour gagner le prix de tes bestiaux.

Il n'y avait pas d'autre solution. Damatos jura qu'il y arriverait et chargea Krixomaros de retourner auprès de Tagausios pour lui faire savoir qu'il acceptait ses conditions. Anipa pouvait donc venir faire la demande officielle. Elle revêtit ses plus beaux atours et se présenta tout émue, entre ses parents, à la porte de la tonnellerie.

— Damatos, je te requiers pour époux. Consens-tu à faire à mon père le présent qui convient pour que je devienne ta femme ?

— Si ton père désire la lune et les étoiles, je lui donnerai la lune et les étoiles pour que tu deviennes ma femme.

— Ma fille vaut mieux que la lune et les étoiles, intervint Tagausios, mais je n'en demande pas tant et, par estime pour toi, je me contenterai de quatre belles vaches à la robe brune et au pis gonflé de lait.

Anipa s'approcha de Damatos et lui saisit les oreilles de ses deux mains.

— Voici, prononça-t-elle, deux oreilles de honte et de moquerie si tu ne fais pas don à Tagausios fils de Gortonicos, mon père, de quatre belles vaches brunes au pis gonflé de lait, afin de m'avoir pour femme.

Les jumelles s'avancèrent, porteuses de cruches et de gobelets et servirent la cervoise. Gobelets en main, les parents commencèrent à discuter calmement du montant de la dot que chacun des futurs époux apporterait à l'autre, en étoffes, fourrures, vaisselle et outils. Il fallait que des deux côtés les apports fussent absolument équivalents, car si l'une des dots avait été plus importante que l'autre, celui qui l'aurait apportée aurait été en droit d'exercer le pouvoir absolu dans le ménage, ce à quoi personne ne tenait. L'accord conclu, on passa à table pour le repas d'accordailles. Anipa et Damatos rayonnaient de bonheur.

On peut croire que, de ce jour, Damatos ne chôma pas. Quand son père donnait le signal de la fin du travail, il restait à l'atelier et on le voyait encore, la nuit tombée, faire aller la doloire, la plane et l'herminette à la lueur d'une méchante torche de résine qui faisait plus de fumée que de flamme.

Tout le mal qu'il se donnait n'eût servi à rien s'il n'avait trouvé à écouler sa production. Il partit un matin visiter les intendants des grands domaines des environs, ainsi que quelques riches fermiers, et ne revint qu'à la fin de l'après-midi, ravi des résultats. Comme l'époque était venue où l'on se préoccupait, dans beaucoup de familles, de brasser la bière d'orge ou de blé pour constituer la réserve de l'année, il avait recueilli assez de commandes pour envisager l'avenir avec optimisme. Ses tourments appartenaient maintenant au passé. La bonne Bélisama et la douce Brigantia avaient, à n'en pas douter, écouté ses prières. La voie qui s'ouvrait devant lui et qu'il allait parcourir avec Anipa, était droite et unie. Ils allaient goûter l'un près de l'autre, jusqu'à leur dernier jour, la vie paisible de petits bourgeois, faite de tendresse et de travail. Sans doute connaîtraient-ils de temps à autre, puisque c'est le sort commun, quelques problèmes, quelques épreuves, mais ils les affronteraient ensemble, main dans la main, et leur bonheur n'en serait pas altéré.

Ce fut au retour de cette expédition qu'il assista à un spectacle insolite. Il n'était plus qu'à peu de distance de Cénabon et débouchait d'un chemin de terre sur la route de Metlosédos (1), quand il dut arrêter son attelage, car la voie était entièrement obstruée par un immense cortège, d'une bizarrerie déconcertante, qui s'écoulait d'un pas lourd — plus rapide, cependant, que celui d'une procession religieuse. On n'en apercevait pas le bout. À leurs casques de métal, leurs lances, leurs boucliers, on reconnaissait des guerriers dans les hommes qui défilaient, mais de curieux guerriers en vérité. Ils étaient accoutrés de façon invraisemblable. Aucun d'eux n'avait de braies. Ils avançaient jambes nues, comme des fillettes. Par groupes de plusieurs centaines, ils portaient tous la même livrée, comme s'ils étaient les serviteurs d'un même chef de clan et si, pour certains groupes, cette livrée comportait la cotte de mailles familière aux Gaulois, d'autres l'avaient remplacée par une espèce de carapace cocasse, faite d'écailles de bronze ou même d'os. D'autres encore avaient le thorax cerclé, comme un tonneau, de bandes de fer juxtaposées qui leur donnaient l'air de gros cloportes. De ces diverses cuirasses, dépassaient de petites jupettes blanches fort peu martiales. Tous, et non pas seulement les chefs, portaient un casque, mais un casque très laid et sans ornements. On n'y voyait ni cornes, ni ailes, ni roue, ni boules, ni silhouette animale. Tout au plus certains étaient-ils surmontés d'un petit plumet en forme de pinceau ou de queue-de-cheval. Même les boucliers étaient étranges. Ils ressemblaient à des berceaux d'enfants : c'étaient de hauts rectangles cintrés. En plus de leurs armes, les guerriers en jupette coltinaient, au bout d'un bâton porté sur l'épaule, un invraisemblable bric-à-brac de cruches, de paniers, de gamelles, de pelles, de haches. Damatos remarqua qu'ils avaient le visage glabre comme des femmes et que pas une boucle, pas une mèche, pas l'ombre d'un cheveu ne sortait de leurs casques. Cette absence totale de poils faisait un effet singulier, plutôt inquiétant.

D'où sortaient ces êtres mystérieux ? Que venaient-ils faire

---

(1) Melun.

à Cénabon ? Etreint par la peur, Damatos s'apprêtait à faire demi-tour aussi discrètement que possible et à prendre la fuite, quand il s'avisa que les enseignes élevées au-dessus du flot de casques, figuraient des oiseaux aux ailes déployées qui semblaient bien être des aigles. Il lui fallait s'en assurer, car l'aigle était l'emblème des Carnutes, celui qu'on voyait sur les pièces de monnaie comme sur les cimiers des casques des chefs de sa nation. Il attendit qu'un porte-enseigne passât devant lui.

Le porte-enseigne avait l'aspect d'un sauvage, revêtu qu'il était d'une dépouille de lion dont la gueule lui dévorait le visage, mais sa vue n'en rassura pas moins le jeune tonnelier : il ne pouvait y avoir de doute, l'oiseau couleur d'argent qu'il brandissait au bout d'une hampe était bien un aigle. Damatos ne fit donc pas demi-tour et regarda défiler les cavaliers qui suivaient le porte-enseigne. Ils étaient entièrement vêtus de rouge, coiffés de casques dorés surmontés de petits plumeaux rouges, et chevauchaient sans braies, ce qui ne devait pas être particulièrement confortable. Derrière eux s'avançaient de nouveaux rangs de fantassins. Puisqu'il savait maintenant avoir affaire à des compatriotes, il les héla :

— Hé, les gars ! d'où êtes-vous ? de quelle tribu ? Qu'est-ce que vous venez faire par ici ?

Pas de réponse. N'eût été le bruit multiple et pesant de leurs pas, un bruit de torrent traînant sur des graviers, il aurait eu l'impression d'être devant une armée de fantômes. Il lui fallut prendre patience, assister à la procession de mulets de bât et de fourgons tirés par des bœufs qui précédait l'arrière-garde, laisser passer tous les bataillons de l'arrière-garde et les cavaliers en cuirasse de cuir et jupette de toile qui fermaient la marche, avant de pouvoir s'engager sur la route. Il suivit à quelque distance l'étrange armée et rentra à sa suite à Cénabon.

La première chose qu'il fit fut de se précipiter chez son frère le druide pour lui raconter ce qu'il venait de voir. Krixomaros, qui était toujours au courant de tout, pourrait certainement lui en donner l'explication. Il le trouva en plein désarroi. Ona avait été prise d'hémorragies et il craignait qu'elle ne perdît l'enfant qu'elle portait, leur premier enfant, le premier fruit de leur amour dont l'annonce avait fait naître en eux une immense joie. Depuis le matin, il n'avait guère quitté le chevet de la jeune femme, s'efforçant par sa présence et sa tendresse de la réconforter et de conjurer le mal. Il lui avait administré du suc de la plante qu'il appelait *l'herbe à*

Bélénos — nom tout de même plus poétique que *jusquiame* qui signifie « fève de cochon » — et l'avait frictionnée avec de la verveine qu'il avait cueillie de la main gauche, au crépuscule, après avoir arrosé la terre d'une offrande de miel et de cire. Il avait prononcé sur elle les paroles qui font reculer la fièvre et arrêtent le sang. Malgré cela, il restait inquiet. Ce n'était pas qu'il doutât de la science que lui avaient inculquée des maîtres réputés, mais il savait que la volonté divine est la plus forte et que, si elle s'était prononcée, ni ses connaissances médicales, ni ses pouvoirs magiques n'y changeraient rien.

Devant son air défait, Damatos ne put que lui témoigner sa compassion, exprimer son espoir que ses craintes seraient vaines et l'assurer de ses prières. Il ne voulait pas le déranger et allait se retirer.

— Non, reste. Tu avais quelque chose à me demander. Aurais-tu de nouveaux problèmes à propos de ton mariage ?

— Nullement. C'est de tout autre chose que je venais te parler.

Il lui raconta son étrange rencontre.

— Les guerriers que tu as vus, répondit Krixomaros, ne sont pas des Carnutes. Nous ne sommes pas le seul peuple à avoir l'aigle pour emblème. Je les ai vus tout à l'heure défiler en ville : ce sont des Romains.

— Des Romains ? Ils ne sont donc pas tous marchands de vin ? Je croyais que c'était une race de trafiquants.

— Détrompe-toi, ce sont des pillards. Tu n'avais encore vu que ceux qui viennent jusqu'ici faire du négoce, mais Rome entretient des armées redoutables à seule fin de vivre dans l'oisiveté en mettant les autres peuples en coupe réglée. Elle a déjà soumis à son pouvoir l'Hispanie, la Grèce, la Sicile, l'Illyrie et des tas de pays dont les noms ne te diraient rien, et même des terres celtes du Sud. Ils y poursuivent méthodiquement leurs exactions.

Damatos ouvrit des yeux effarés.

— Mais alors... s'ils sont chez nous...

— Rassure-toi. S'ils étaient venus mettre Cénabon à sac, nous ne serions pas ici à nous en entretenir. Il ne resterait de cette maison que des cendres et notre conversation se déroulerait dans les Iles Fortunées de l'éternelle jeunesse. Non, ils se sont contentés de traverser la ville, musique en tête, pour impressionner les bourgeois.

— Mais enfin, que viennent-ils faire dans notre pays ?

— Voilà le résultat de nos querelles entre Celtes. On fait appel à l'ogre étranger contre son frère... et l'on se fait manger avec le frère. Je ne te cache pas que les Romains ont beaucoup d'alliés dans les classes possédantes de plus d'une nation celte, parce qu'ils représentent la force militaire, l'ordre, la puissance commerciale que certains chefs voudraient voir au service de leurs intérêts. Mais il fallait que ces chefs fussent bien sots pour s'imaginer qu'une fois le renard dans le poulailler, il n'aurait d'autre souci que de mettre la paix entre les poules.

— Tu crois qu'ils méditent de nous piller et nous massacrer ?

— J'espère qu'il n'en sera rien. Pour l'instant, ils ne semblent pas avoir d'intentions hostiles. Après le carnage qu'ils ont fait d'Helvètes et de Belges, ils paraissent très désireux d'être reçus par les autres Gaulois comme de bons amis et protecteurs.

— Protecteurs ? s'indigna Damatos. Nous n'avons nul besoin de protection. Je serais étonné que nos chefs acceptent ça, ils ont trop de fierté.

— Ils ont déjà accepté.

— Ce n'est pas vrai ? C'est une honte !

— Que veux-tu ? L'exemple de la Belgique les a convaincus qu'envers des amis aussi pleins d'attentions, on ne peut manifester décemment d'autres sentiments qu'une indéfectible complaisance.

Cette explication, dont l'amère ironie le laissait indifférent donna à réfléchir à Damatos. Il ne savait pas ce qui s'était passé en Belgique, mais il devinait que ç'avait été horrible et il ne souhaitait pas du tout connaître cela. Retourné, il admit :

— Bah ! après tout, c'était la sagesse. Si la protection romaine doit nous assurer la tranquillité...

À sa surprise, son frère parut choqué et le reprit d'un ton sévère.

— Tu ne dois pas parler ainsi. On ne transige pas avec l'honneur. Qu'importe de perdre la tranquillité, si l'on conserve sa fierté ?

Il ne plaisait jamais beaucoup à Damatos de s'entendre faire la morale. Il coupa court en se hâtant de revenir à la question :

— Tout ça ne me dit pas ce que sont venus faire ici les guerriers que j'ai rencontrés.

Krixomaros fit un geste évasif.

— Officiellement, ils viennent simplement prendre chez nous leurs quartiers d'hiver. Si ça t'intéresse, je peux te préciser qu'il s'agit de la XIVe légion qui, selon nos services de renseignements, a été levée cet été en Italie du Nord et vient de participer activement à l'agression contre la Belgique. Elle est commandée par un certain Quintus Pedius. Il va falloir, en tout cas, que nous la nourrissions et l'entretenions à nos frais

VI

— Je ne soupçonnais pas que les jeunes filles carnutes fussent aussi ravissantes. J'étais persuadé que la beauté ne se trouvait qu'à Rome, mais après t'avoir vue, je ne vais plus trouver aucun charme aux plus belles de mes compatriotes.

Le Romain prononçait les mots gaulois avec un accent roucoulant que Iarilla, parce qu'elle n'était pas insensible au compliment, trouva tout à fait charmant. Elle rougit et sourit.

— Je ne suis pas une jeune fille, mais une femme mariée et mère de famille.

— Alors je rectifie : je ne soupçonnais pas que les jeunes femmes carnutes fussent aussi belles.

Elle rit d'un rire perlé, assez étouffé pour rester discret. Elle admirait les mollets nus du militaire, secs et noueux, couleur du vieux cuir et hérissés d'une gaillarde forêt de poils noirs. Pourquoi les hommes des Gaules ne découvraient-ils pas ainsi les leurs ? Que le Romain fût plus petit qu'elle d'une bonne tête ne l'empêchait pas d'avoir de la prestance dans son théâtral uniforme. Elle était éblouie par sa tunique écarlate surchargée de macarons de bronze, par son casque doré balayant l'air de son plumeau noir et rouge, par les deux glaives qui pendaient à ses flancs. Son compagnon, pas plus grand que lui et attifé du même uniforme, était un peu trop grassouillet et n'avait pas d'aussi beaux yeux, aussi grands ni d'un noir aussi velouté.

C'étaient les premiers soldats romains que l'on voyait flâner dans les rues de Cénabon. Il y avait quelques jours à peine que la XIVe légion avait installé son camp dans la plaine et jusqu'ici les hommes n'avaient pas encore été autorisés à se rendre en ville.

— Je parie que vous appartenez à la cavalerie.

— Qu'est-ce qui te fait penser cela ?

— Pardi ! vos cravaches.

— Eh bien tu as perdu. Ce ne sont pas des cravaches, mais nos badines de commandement.

— Vous êtes donc de grands chefs ?

Le militaire aux yeux de velours se rengorgea.

— De très grands chefs. Dans notre langue on nous appelle des « centurions ».

— C'est autant que chef de clan ?

— Ah là là ! Bien plus.

Comme la jeune femme l'enveloppait d'un regard admiratif, il se figea dans une attitude martiale et se présenta :

— Centurion Spurius Protervus Nebulo, quatorzième légion, sixième cohorte, premier manipule, deuxième centurie.

Son rondouillard camarade, qui ne comprenait pas le gaulois, réalisa suffisamment ce dont il s'agissait pour rectifier à son tour la position et prononcer — en latin, mais ça ne changeait pas grand-chose :

— Centurion Decimus Copionus Staminatus, quatorzième légion, sixième cohorte, troisième manipule, première centurie.

Un peu abasourdie sous l'avalanche de noms propres — pourquoi en cumulaient-ils six à eux deux ? — Iarilla trouvait surtout curieux qu'ils les lui eussent livrés aussi vite, alors qu'ils ne se connaissaient même pas. Ces étrangers ignoraient-ils donc que donner son nom à quelqu'un, c'est se livrer entièrement à lui ? Ils semblaient attendre qu'elle se nommât aussi, mais elle s'en garda bien. Pour qui la prenaient-ils ?

Celui qui parlait gaulois lui confia qu'ils étaient avides de découvrir la vie d'une cité celtique. Ils avaient besoin d'un guide et il était absolument indispensable qu'elle les accompagnât. Elle secoua la tête comme à regret.

— Que dirait mon mari ? D'ailleurs, il est temps que je retourne au travail.

— C'est très surprenant pour nous que, chez vous, les femmes travaillent comme les hommes. A Rome, jamais une personne de ton sexe ne toucherait à un outil.

En fait, depuis le moment où la curiosité les avait poussés à jeter un coup d'œil à l'intérieur de l'atelier de tonnellerie, les deux officiers avaient été de surprise en surprise. Dans leur pays, on ne savait pas fabriquer les barriques et ils ne comprenaient pas qu'avec de simples planches les Celtes arrivassent à confectionner des récipients étanches. Et non pas de petits vases, mais des monstres ventrus capables d'accueillir le contenu de dizaines d'amphores. Comment pouvaient-ils façonner ces planches avec tant de précision qu'elles s'ajustent impeccablement, avec le galbe voulu ? Mais plus encore que cette ingéniosité et cette adresse, ce qui les avait laissés pantois, ç'avait été de voir une femme, fendoir en main, éclater des tiges de châtaignier pour en faire des cercles. Que les mœurs de ces Gaulois étaient étranges !

Sp. Protervus Nebulo ne connaissait rien de la Gaule chevelue. Sa carrière s'était déroulée essentiellement en Asie où il avait fait campagne, sous les ordres de Pompée, dans le Pont et en Syrie. Rentré à Rome avec son général, il avait été démobilisé et doté d'une petite terre à exploiter en Cisalpine. Il y avait mené pendant cinq ans la vie de fermier et c'était là qu'il avait appris la langue gauloise. Mais il trouvait le travail de la terre trop fatigant et monotone et s'était empressé de reprendre du service, au début de l'été, quand César avait levé deux légions pour renforcer l'armée qu'il avait l'intention d'emmener attaquer la Belgique. Il venait donc de passer quelques mois en territoire celte, mais de tout ce temps, il n'avait mis les pieds en dehors des camps de sa légion que pour des marches en colonne ou pour de sanglants combats contre des Suessions, Atrébates, Nerviens, Atuatuques et autres abominables barbares dont il convenait de châtier de façon exemplaire l'entêtement à défendre leur sol natal. Il n'avait eu de contacts avec la population que lorsqu'il s'agissait d'en faire carnage et n'avait rien vu des villes ni des villages puisqu'il n'y pénétrait que pour y mettre le feu. En venant à Cérabon, il allait à la découverte.

Il n'avait pas déplu à Iarilla de voir deux étrangers en uniformes époustouflants rester un grand moment à tourner autour d'elle sous couleur de s'intéresser à son travail, en la couvrant de regards admiratifs et en lui décochant des œillades. Elle avait estimé que la courtoisie lui faisait un devoir de les raccompagner jusqu'à la rue et de faire un brin de causette sur le seuil.

— Ton mari te fait donc si peur ? serait-il à ce point terrifiant ?

— Si vous le connaissiez...

Par un heureux hasard, son amie Sirona se trouva passer juste à ce moment. Elle lui fit signe d'approcher et lui glissa à l'oreille :

— Sirona, ma chérie, ne voudrais-tu pas aller dire à Trogos que tu as absolument besoin de moi pour... euh... pour t'aider à ta couture ?... Tu veux te faire une nouvelle robe...

Sirona avait saisi la situation.

— D'accord. Je lui dirai même que je compte te garder à souper.

Iarilla fit un clin d'œil aux centurions.

— Nous allons vous faire visiter la ville.

Quand elle se fut acquittée de sa mission, Sirona, voyant que Nebulo avait pris le bras d'Iarilla, s'empara de celui de Staminatus. Elle n'était pas moins excitée que son amie à l'idée d'avoir la primeur des galanteries des pittoresques guerriers empanachés venus d'un pays lointain. Elle engagea la conversation.

— Comment trouves-tu notre contrée ? Elle te plaît ?

Nebulo traduisit la question en latin et fit part de la réponse :

— Il dit qu'il trouve vos forêts trop immenses et trop sombres et vos campagnes trop plates.

Ce jugement fit glousser les jeunes femmes.

— Ce n'est pas comme ça chez vous ?

— Notre pays à nous, expliqua Nebulo, est beaucoup plus vallonné et il est moins boisé. Les arbres y sont moins impressionnants. Ce ne sont pas des chênes monstrueux et des hêtres à la ramure épaisse, mais de gracieux peupliers au feuillage léger et des arbres ravissants qu'on ne voit pas par ici : les cyprès à la silhouette effilée, qui restent toujours verts, les pins qui n'ont pas de feuilles mais d'aériens pinceaux d'aiguilles, les oliviers aux feuilles argentées. Sur les pentes de nos collines pousse à profusion une jolie plante inconnue de vous, la vigne qui nous donne de grosses grappes de fruits juteux dont nous faisons le vin. Mais notre pays, mes mignonnes, est surtout bien plus ensoleillé que le vôtre. Il y fait plus doux et les paysages sont baignés d'une merveilleuse luminosité que vous ne pouvez imaginer. C'est le pays du soleil, de la lumière, du ciel bleu.

Sa faconde faisait convaincant l'enthousiasme de l'homme du Sud et Sirona s'exclama qu'il lui plairait bien de visiter ce pays de rêve.

— Oh mais nos campagnes ne sont encore rien. Ce qu'il faut voir, c'est notre ville, Rome, capitale du monde. Auprès d'elle, votre Cénabon n'existe pas.

— La capitale du monde, vraiment ?

— Vous ne le saviez pas ? D'où sortez-vous donc ? Tous les peuples célèbrent sa gloire. Ses monuments sont une splendeur. On y voit des dizaines et des dizaines de portiques, d'arcs de triomphe, de thermes, de cirques, de temples, plus magnifiques les uns que les autres.

Les petites Carnutes en restaient bouche bée. Il ajouta, pour achever de les éblouir :

— Et puis les maisons ne sont pas en bois comme chez vous, elles sont toutes construites en pierre.

En pierre ? Plutôt que de les éblouir, cette précision les laissait perplexes. Des maisons en pierre ? comme ces demeures pour les morts qu'édifiaient les hommes d'autrefois ? Elles ne voyaient pas bien comment cela pouvait convenir à des vivants. La pierre ne pouvait pas protéger du froid ni de l'humidité comme le bois. Mais puisque un centurion romain leur révélait qu'elles devaient avoir honte de leurs habitations de bois, comment n'en auraient-elles pas eu honte ?

Nebulo continuait à magnifier sa ville des bords du Tibre, en proclamant qu'elle comptait tous les artistes, tous les orateurs, tous les grands hommes existant sur la terre.

— Pourtant, objecta timidement Iarilla, nous avons des poètes, des sages, des savants, des chefs de guerre.

— Rien à voir, ma petite ! L'intelligence parle latin. Aussi l'esprit ne peut-il souffler qu'à Rome.

Un peu surprise, la jeune femme se sentait mortifiée de devoir abandonner beaucoup d'illusions. Non seulement elle s'était imaginé jusque-là que les maisons de Cénabon étaient coquettes et agréables, mais elle avait toujours cru que l'élite des Carnutes n'avait rien à envier à aucune autre et se trouvait même en tête. Elle était déçue. Comme pour l'éblouir davantage encore, Nebulo poursuivait :

— Ici, on n'a aucune idée de ce qu'est le confort. À Rome, au moins, on recherche le bien-être, on aime le luxe. C'est là qu'on goûte la douceur de vivre.

— Mais alors, s'étonna-t-elle, si l'on y est si bien, dans votre pays, pourquoi n'y restez-vous pas ? Qu'êtes-vous venus chercher chez nous ?

Nebulo se rengorgea et prit un ton solennel.

— C'est que nous avons une mission à remplir. Nous avons, nous, Romains, à organiser le monde et à le diriger.

— Ah ? Pourquoi vous ?

— Mais voyons, parce que nous sommes le peuple supérieur. Il nous appartient de vous civiliser, vous, les Barbares.

On ne saurait dire que cette explication fit un très grand plaisir aux deux charmantes Gauloises, mais elles n'en laissèrent rien voir. Elles avaient pris la direction du port et conduisaient leurs cavaliers entre les baraquements qui bordaient le quai. Nebulo profita de ce qu'on y était à l'abri des regards pour attirer fougueusement Iarilla contre lui et égarer sa main sur la rondeur de ses fesses. Elle poussa de petits piaillements et fit mine de s'écarter, indignée.

— Un peu de tenue, centurion ! Est-ce ta manière à toi de civiliser les Barbares ? J'ai accepté de te servir de guide, mais rien de plus. Ne me prends pas pour ce que je ne suis pas.

Il n'en fallut pas davantage pour qu'il affichât un air tragique, roulât des yeux éplorés et se jetât à ses pieds, en la suppliant de pardonner les égarements de sa passion, car, il le jurait, sa beauté l'avait rendu fou d'amour. Jamais, au grand jamais, son cœur n'avait battu pour une autre femme comme il battait pour elle et si elle le repoussait, il ne lui resterait plus qu'à se transpercer de son glaive sur-le-champ.

Elle était déconcertée, ne sachant que penser de ce comportement extravagant dont elle n'avait jamais eu d'exemple. Il aurait été impensable de la part d'un Celte. Les mâles gaulois avaient plus de discrétion et leur sens de la dignité ne leur aurait jamais permis de se donner ainsi en spectacle. Elle en était un peu effrayée. Et si sa menace de se donner la mort était sérieuse ? Tout ceci était affolant. Elle le pressa de se relever. Et comme elle s'aperçut alors que Staminatus, sans avoir eu besoin de faire autant de comédie, avait entraîné Sirona dans un recoin et qu'ils s'embrassaient à bouche que veux-tu, elle se dit qu'il n'y avait rien de mieux à faire que de suivre leur exemple. Il aurait été par trop inhumain de laisser plus longtemps éplorés les trop beaux yeux de velours noir, au risque de voir leur possesseur se passer son épée à travers le corps.

Lorsque Nebulo eut obtenu ce baiser auquel il tenait tant, ils reprirent leur marche et débouchèrent sur le quai. Ils contemplèrent en silence le fleuve somnolent dont la largeur impressionna les Romains, laissèrent errer leurs regards sur les eaux miroitantes qui paressaient entre des bancs de sable, et observèrent le va-et-vient de nombreuses barques chargées de sacs et de barriques. Ils assistèrent à l'accostage d'un bateau d'où l'équipage débarqua quantité d'amphores de vin de Toscane et les centurions purent s'entretenir dans leur langue avec le capitaine, ainsi qu'avec leurs compatriotes qui tenaient l'entrepôt. Ce n'était pas pour eux une mince fierté que de constater que Rome était partout présente, que son commerce rayonnait sur le monde.

— Vous voyez, mes jolies, dit Nebulo, en se redressant de toute sa petite taille et en montrant d'un large geste le vin débarqué, nous avons déjà commencé à vous apporter les bienfaits de la civilisation.

Ils remontèrent en ville et les jeunes femmes guidèrent leurs compagnons dans le dédale des ruelles du quartier commerçant pour leur faire contempler les étalages des artisans. Nebulo tomba en arrêt devant la boutique d'orfèvrerie. Ce n'était pas qu'il fût particulièrement touché par la qualité artistique des torques, bracelets, broches, fibules délicatement ouvragés qui y étaient exposés, car ses goûts, en fait d'art, se bornaient à apprécier la ressemblance avec la réalité des lourdes statues, grossièrement figuratives, dont Rome était encombrée ; mais il restait stupéfait devant les brillantes couleurs des incrustations qui comblaient les vides entre les motifs d'or ou d'argent, et les teintes extraordinaires des grains sertis dans les torsades et les entrelacs. Staminatus n'en revenait pas lui non plus. Bien qu'il n'eût pas des goûts artistiques beaucoup plus raffinés que ceux de son collègue, il était fasciné par une boucle de ceinture aux fines spirales et aux subtils enroulements en or incrusté de gemmes d'un rouge éclatant. Il aurait aimé la ramener à Rome, mais elle devait valoir une fortune. Par curiosité, il demanda à Nebulo de s'enquérir du prix. Le bon marché d'une telle merveille les ébahit.

— Ce n'est pas possible ! Un bijou d'or à ce prix !

L'orfèvre sourit :

— Ce n'est pas de l'or massif, seigneurs, seulement du plaqué.

— Du quoi ?

— Du plaqué. Vous n'avez sans doute pas cela à Rome : c'est une invention celtique.

Sans se départir de son petit sourire en coin, sourire de marchand avenant qui trahissait peut-être une légère ironie, il expliqua à un Nebulo béant d'étonnement en quoi consistait le placage des métaux, sans lui faire grâce d'un seul détail technique. Le Romain condescendit à admettre que le procédé était assez ingénieux. Son étonnement n'était pourtant encore qu'à demi dissipé ; une autre question le tenaillait : comment pouvait-on produire à des prix si dérisoires des bijoux — même plaqués — incrustés de si belles pierres précieuses. Il fallait donc qu'elles fussent bien abondantes dans ce pays... L'instinct du conquérant perçant sous la bonnacerie du badaud, Nebulo songeait qu'il ne serait pas mauvais d'apprendre où se trouvaient les mines.

— Et les rubis de cette boucle de ceinture, interrogea-t-il d'un air faussement détaché, d'où proviennent-ils ?

Cette fois, l'orfèvre rit franchement.

— Ce ne sont pas des rubis, seigneur, ce sont des émaux.

— Des émaux ? Qu'est-ce donc ?

— Une autre invention celtique, seigneur. Une matière que nous fabriquons nous-mêmes, que nous composons, faisons fondre et coulons sur le métal.

Nebulo avait peine à le croire. Il examina les bijoux de plus près et quand il fut convaincu que l'orfèvre disait vrai, il se demanda pourquoi ce n'était pas à Rome, lumière du monde, que l'on faisait de semblables inventions. Staminatus acheta la boucle de ceinture.

Les deux centurions n'étaient pas au bout de leurs surprises. En passant devant une forge, ils aperçurent parmi les outils neufs en attente d'acheteur, un instrument dont ils ne devinaient pas l'usage. c'était une longue et large lame en forme d'aile de faucon, fixée à angle droit au bout d'un manche de bois. Nebulo demanda à Iarilla à quoi cela servait-il.

— Tu ne connais pas ça ? s'étonna-t-elle. C'est une faux. Ça permet de couper d'un seul geste une bien plus grande surface de prairie qu'on ne peut le faire avec une simple faucille.

— Bah ! fit-il d'un air pincé, chez nous on travaille très bien à la faucille.

Il commençait à être agacé. De quel droit ces Barbares se permettaient-ils d'être mieux outillés que les civilisés ? Il fit retomber sa mauvaise humeur sur un parfumeur qui, du seuil de la boutique, lui vantait un produit qu'il appelait « savon ».

— Que Pluton t'emporte, charlatan ! Je n'ai que faire de ta sale mixture. Si cela existait, un produit miracle pour dissoudre la crasse, ça se saurait.

Iarilla et Sirona lui assurèrent que le savon existait si bien qu'elles en usaient quotidiennement pour leur toilette. Il ne put que répondre par un galant compliment sur la douceur et le velouté de leur peau, mais il n'en était pas moins irrité. Pouvait-on se nettoyer mieux en Gaule qu'à Rome, flambeau de la civilisation ? Staminatus qui n'avait pu suivre le débat, le tira par la manche.

— Nous étions convenus d'aller voir les voitures dans l'atelier de charronnage, puisque c'est paraît-il une spécialité carnute. Il serait temps de demander à nos charmants guides de nous y conduire.

A la porte de l'atelier ils se trouvèrent face à face avec Damatos, venu faire changer une des roues de son chariot. En voyant sa sœur qui donnait tendrement la main à un soldat romain, le jeune homme pâlit.

— Je croyais, dit-il d'une voix sèche, que Sirona était venue te chercher pour l'aider à sa couture.

Iarilla mit un doigt sur sa bouche.

— Chut ! Sois gentil et ne dit rien à mon époux bien-aimé, il s'imaginerait sans doute ce qui n'est pas. Tiens ta langue, et je t'aiderai dans ton travail supplémentaire pour ta dot.

Avec un haussement d'épaules, il répondit froidement :

— Inutile. Tu peux agir à ta guise, ce n'est certes pas moi qui irai te dénoncer ; mais si tu ne veux pas que des bruits désobligeants parviennent aux oreilles de ton cher Trogos, mieux te vaudrait faire preuve d'une plus grande discrétion. Cénabon ne manque pas de bonnes âmes soucieuses de l'honneur des maris.

Il était mécontent : Trogos serait tôt ou tard informé et l'atmosphère de la maison allait redevenir irrespirable. Iarilla était une vraie tête de linotte. A quoi rimait de jouer ainsi avec le feu ? Sous son aspect renfermé, Trogos était un violent et tout cela pouvait mal finir.

Iarilla s'était tournée vers les centurions pour expliquer : « C'est mon frère. »

— Je suis enchanté de le connaître, roucoula Nebulo. Le petit frère pourrait peut-être venir avec nous et nous irions boire un falerne aux aromates dans la plus proche taverne.

Damatos déclina l'honneur avec hauteur. Il n'avait qu'une sympathie toute relative pour les massacreurs de Belges cherchant à s'inscruter en terre celtique, et ce n'était pas leur succès auprès des oiselles de Cénabon qui pouvait l'amener à de meilleures dispositions.

Les officiers romains et leurs gracieuses accompagnatrices firent le tour de la vaste cour où le maître charron exposait ses véhicules à vendre et remisait ceux qu'il avait à réparer. Nebulo était maussade ; sa fierté latine se trouvait de nouveau mise à rude épreuve : dans le domaine du charronnage, Rome, lumière du monde et flambeau de la civilisation, eût été bien incapable de soutenir la comparaison avec la technique gauloise ; d'ailleurs il n'ignorait pas que la presque totalité des chars et des charrettes utilisés dans la péninsule provenait de Celtie. Nebulo faisait effort pour conserver sa morgue, mais ce lourdaud de Staminatus s'enthousiasmait à grands cris, voulant tout voir et proclamant hautement son admiration.

Ils identifiaient sans peine les différents types de *carri* ici rassemblés et savaient leur donner leur nom, car tout ce qui roulait avait conservé en latin son nom gaulois. Ils reconnaissaient, parmi les voitures à quatre roues flambant neuves, les *rédas,* les luxueuses *carrucas,* les *bennas* d'osier, les *petorita* et les lourds *carracuta.* Parmi les voitures à deux roues, ils remarquaient des *carpenta* de bois verni et des *kisia,* ces charmants cabriolets en vannerie. Tous leur apparaissaient plus soignés, plus finis que les copies qu'on en faisait chez eux. On sentait que c'était du travail réalisé avec amour par de vrais artisans et non par des esclaves. Devant cette brillante exposition qui mettait trop bien en valeur la perfection de la technique celtique, Nebulo était mordillé par le dépit et s'irritait d'entendre Staminatus s'extasier sans aucune pudeur — en latin heureusement :

— Il faut reconnaître qu'on ne fait pas d'aussi bel ouvrage chez nous. Tu sais que ce sont les Gaulois qui ont inventé le roulement à aiguilles ?

Il aurait préféré ne pas le savoir. Il commençait à trouver que ces sauvages avaient inventé un peu trop de choses.

— Tâche donc plutôt de me rappeler ce que, nous, nous avons inventé, s'énerva-t-il.

Staminatus souleva son casque à plumet pour se gratter le crâne. Il se le gratta un bon moment avant de demander :

— Tu crois vraiment que nous avons inventé quelque chose ?

Puis il pointa son doigt vers un engin à petites roues qui lui était inconnu.

— Tiens ! Voilà sûrement une autre de leurs inventions. Je me demande bien à quoi peut servir ce véhicule nain qui a deux roues mais pas de caisse. On ne peut y loger ni passager, ni marchandises.

— Qu'on n'aille pas me dire que ces gens-là ont le sens pratique ! triompha Nebulo. Le conducteur est obligé de voyager à califourchon sur la poutre unique d'où pendent, pour évoquer des mammelles, d'inutiles appendices de fer qui doivent traîner par terre. C'est une absurdité, à moins qu'il ne s'agisse d'un objet de culte, pour les processions. Un prêtre chevauche la poutre et un autre guide le véhicule à l'aide de ce mancheron qui ressemble à celui d'un araire.

Frappé d'une subite illumination, Staminatus s'exclama :

— Un araire ? Pardi, tu l'as dit : c'est un araire ! Ces bougres de farceurs se sont amusés à mettre des roues à un araire.

Nebulo fit une moue sceptique et s'adressa aux jeunes femmes.

— Mon collègue prétend que ce petit véhicule est un araire à laquelle le charron aurait mis des roues.

— Mais bien sûr ! confirma Sirona, Staminatus a raison. Il s'agit bien d'un araire à roues que nous appelons, par plaisanterie, une « charrue (1) ». Vous ne connaissez donc pas ça ?

— Peuh ! Ce n'est qu'une fantaisie sans intérêt. Ça ne remplacera jamais les bons vieux araires qui ont fait leurs preuves.

— Mais, centurion, les bons vieux araires n'ont qu'une seule pointe en bois et tu remarqueras qu'une charrue possède deux pointes, l'une verticale, l'autre horizontale, et qu'elles sont en fer. Avec ça, nos paysans te retournent un arpent à deux pieds de profondeur, le temps qu'avec un araire tu aies tout juste gratté la surface d'un carré de choux.

Nebulo se tapota nerveusement le mollet du bout de sa badine.

— Vos artisans sont assez doués, concéda-t-il. Nous pourrons en faire quelque chose lorsque nous aurons civilisé ce pays.

— Au fait, s'inquiéta Iarilla, ça veut dire quoi « nous civiliser » ?

— Nous vous apprendrons le latin.

— Ah ? Et alors ?

— C'est à ça qu'on distingue les gens civilisés des barbares. Les gens civilisés parlent latin.

La belle Carnute marqua un peu de déception.

— C'est tout ?

— Non, non. Nous vous apprendrons à construire des maisons de pierre.

— Mais si nous préférons nos logis de bois ?

— Nous vous bâtirons des arcs de triomphe, des arènes. Bien entendu vous ne savez pas ce que c'est que des arènes, vous autres, Barbares. Ce sont des enclos circulaires entourés de gradins où nous faisons combattre des esclaves contre des bêtes féroces. Tu verras comme c'est amusant, tout ce sang qui ruisselle, ces chairs déchirées...

— Mais... c'est répugnant...

L'officier la dévisagea, interloqué. Il n'avait pas l'habitude de cette sensiblerie. Les belles Romaines avaient, elles au moins, le goût du sang. Il prit un ton patelin :

---

(1) *Carruca*, c'est-à-dire « carrosse ».

— Oh ! mais nous vous construirons aussi des théâtres. On pourra y jouer les mêmes pièces grivoises que chez nous.

Il roulait des yeux affriolés, mais elle fit la moue.

— Je crois que j'aime quand même mieux écouter nos bardes chanter les vieilles sagas.

— Cela prouve que vous avez grand besoin d'évoluer. Mais nous arriverons à vous éduquer et un jour viendra où vos hommes porteront la toge.

— Qu'est-ce que c'est ?

— Notre costume national, une pièce de drap écru qu'on s'entortille autour du corps. Les femmes se drapent pareillement dans la *palla*.

Les jeunes Gauloises se regardèrent et ce fut Sirona qui exprima leur commun étonnement :

— Vous ne savez donc pas teindre les étoffes ? Vous ne savez pas tailler ? Vous ne savez pas coudre ?

— Ah ! mais si ! mais si ! Nous avons d'excellents couturiers. Ils valent les vôtres. Il n'y a aucun de vos pantalons, sayons, saies, caracallas et autres capuchons qu'ils ne copient si parfaitement que vous seriez incapables de les distinguer des modèles.

Il se mordit les lèvres. Il avait parlé trop vite. Il aurait dû se contenter de vanter l'habileté des couturiers romains et garder pour lui que leurs créations n'étaient que des emprunts au vestiaire celtique. Cela ne mettait pas assez en évidence la supériorité latine. Il n'était, d'ailleurs, pas opportun de s'appesantir sur le chapitre de l'habillement, puisqu'il savait trop bien que la cotte de mailles qui le protégeait au combat était une trouvaille — géniale — des Celtes, et qu'il leur enviait leurs confortables bottines de cuir, leurs galoches et leurs sabots, quand il lui fallait endurer le froid, la pluie et la boue dans de misérables sandales à lanières. Il tenait pourtant à faire comprendre aux jeunes femmes combien il était nécessaire à la Gaule de recevoir les bienfaits de la civilisation latine. L'inspiration lui vint lorsque, en redescendant la rue principale, ils croisèrent un trio de légionnaires en permission de la journée qui, à leur vue, rectifièrent la position et, d'un même geste, saluèrent réglementairement, le bras droit tendu, puis, en arrivant à leur hauteur, firent un « tête gauche » avec un ensemble impeccable.

— Voyez ! triompha-t-il, c'est ça la grandeur romaine. Avez-vous jamais vu vos guerriers, dans la rue, saluer ainsi leurs chefs ? La discipline militaire, ils ne savent pas ce que c'est. Nous avons tout à vous apprendre.

Elles baissèrent la tête, subjuguées.

— Vous autres, Barbares, déclara-t-il avec hauteur, vous avez beau avoir le génie de l'invention, vous n'en restez pas moins des barbares et nous devons vous civiliser.

Elles approuvèrent humblement mais cela ne l'empêcha pas d'insister :

— Vous n'avez pas à faire les fiers parce que vous savez fabriquer des machines agricoles perfectionnées, des barriques, des bijoux plaqués or, des émaux, du savon, une dizaine de modèles de voitures, des bottines de cuir et que sais-je encore ? Car nous, nous construisons des machines de guerre d'une efficacité absolue. Les Belges, qui possèdent des moissonneuses mécaniques et des moulins actionnés par l'eau, fuyaient à la seule vue de nos tours d'assaut. C'est ça la supériorité de la civilisation romaine !

Il bomba la poitrine et son pas claqua plus clair sur les pavés.

*
**

On vit de plus en plus souvent, dans les rues de Cénabon, des promeneurs en uniforme. Dans l'ensemble, les habitants ne se sentaient pas gênés de leur présence. Ils avaient plutôt tendance à s'en féliciter : le commerce de la ville ne s'en trouvait que mieux. Les hommes du Sud achetaient volontiers des souvenirs à rapporter chez eux, consommaient avec voracité l'excellente charcuterie gauloise, se gavaient de gâteaux et de fruits et étaient la providence des tenanciers de cabaret. La gent féminine, sensible au prestige martial, ne se plaignait pas non plus de cette invasion qui réjouissait moins les maris, les fiancés et les pères. Malgré la barrière de la langue — et encore ne manquait-il pas, parmi les légionnaires de la Quatorzième, de paysans de Cisalpine qui parlaient le celtique — la fraternisation allait bon train. Les soldats de Rome apprirent très vite à dire : « *Tu karami* » et les jouvencelles carnutes : « *Te amo* ».

Il fallut un certain temps aux Romains pour s'accoutumer aux mœurs des Celtes, mais ils finirent par ne plus se scandaliser de voir des femmes travailler dans les ateliers ou exercer des fonctions officielles, et ils cessèrent de s'étonner quand ils remarquaient assis en rond sous un pommier des jeunes gens disputant, autour d'un druide, de philosophie, cette discipline tenue en profond mépris par la jeunesse de Rome. Ils étaient, cependant, toujours surpris quand les druides annonçaient à l'avance la conjonction des astres, expliquaient la reproduction des plantes ou dissertaient de la circulation du sang dans le corps humain. Ils trouvaient cela très fort... mais futile. A quoi bon se casser la tête sur de telles questions ? Les élites romaines s'en passaient bien.

Ce qui choquait les braves soldats, c'était la piété de la population. Pour eux qui ne voyaient dans la religion qu'un prétexte à des fêtes populaires et à des jeux publics, mais ne croyaient plus, depuis longtemps, à l'Autre Monde, toutes ces prières, ces actes de dévotion, ces cérémonies rituelles, ces pèlerinages étaient un perpétuel sujet d'agacement. Les Barbares allaient jusqu'à s'imaginer que l'âme est immortelle et ils avaient réellement foi en leurs divinités. Il n'y avait, d'ailleurs, rien à comprendre à leurs croyances et il était impossible de se retrouver parmi la myriade de leurs dieux qu'ils appelaient tantôt d'un nom, tantôt d'un autre, et dont les attributions étaient des plus floues. Après avoir mené leur petite enquête, certains légionnaires étaient arrivés à la conclusion que le dieu de la guerre s'appelait Ogmios et le dieu du commerce Lugos. Malheureusement, au terme d'une enquête non moins consciencieuse, d'autres pensaient pouvoir affirmer que Lugos était le dieu de la guerre et Ogmios celui de l'éloquence. D'autres encore soutenaient que le dieu de la guerre n'était ni Ogmios, ni Lugos, mais devait être plutôt Ésus... Et allez donc savoir qui était le roi des dieux, l'équivalent du Jupiter romain et du Zeus des Grecs ! Était-ce Sukellos, le dieu au maillet, ou Taranis le tonnant, ou le sombre Dis Pater, ou bien encore Nodons ? Dans le panthéon latin, au moins, régnaient l'ordre, la hiérarchie et la division du travail. Si personne n'y croyait, tout le monde pouvait en comprendre la parfaite organisation.

Il arriva à Sp. Protervus Nebulo et à quelques autres officiers parlant plus ou moins le gaulois, d'être entrepris par des druides ou des bardes sur des problèmes métaphysiques. Ils en étaient tout déconcertés. Ils ne savaient que dire, car il aurait fallu qu'ils saisissent le sens des questions. On peut être un excellent officier et avoir l'esprit fermé aux problèmes métaphysiques.

De leur côté, les Carnutes trouvaient étranges les manières de ces Romains qui allaient à la guerre sans être accompagnés de prêtres ni de poètes et dont les chefs se révélaient incapables de soutenir un débat philosophique. Comment peut-on commander aux hommes si l'on n'a pas médité sur le sens de la destinée humaine ? Ils se perdaient en conjectures sur la signification des rites que pratiquait la légion. Elle se livrait, en effet, de temps à autre, sur la grand-place de la ville, à une mystérieuse liturgie. On la voyait arriver au pas cadencé, en rangs par quatre la lance sur l'épaule ; elle se disposait en petits paquets bien alignés et, à mesure que les officiers officiaient en aboyant des ordres, tous les soldats, d'un seul mouvement, s'arrêtaient, se remettaient en marche, prenaient le pas de gymnastique, s'arrêtaient de nouveau, faisaient face à gauche, face à droite, demi-tour, reposaient l'arme à terre, la remettaient sur l'épaule, sans qu'on en vît jamais la nécessité. Les Romains appelaient cela faire un *decursus* et ils s'imaginaient par là impressionner grandement les indigènes. Mais comme les « indigènes » ne savaient pas qu'ils devaient être impressionnés, ils se contentaient de rire et de prendre en pitié les malheureux militaires soumis à ce traitement dégradant. Même s'il s'agissait — c'était la seule hypothèse plausible — d'une sorte de danse sacrée en l'honneur de leur dieu Mars, il fallait terriblement mépriser l'être humain pour le mener ainsi à grands coups de gueule et le dépouiller de sa personnalité, de le réduire à l'état de pièce d'une mécanique.

La présence de la XIVe légion ne tarda pas à attirer à Cénabon des trafiquants romains. La plupart étaient des agents commerciaux qui venaient négocier des échanges de vin d'Italie contre du blé de la Beauce et ils étaient bien accueillis par les grands propriétaires qui voyaient là un débouché assuré pour leur production excédentaire. D'autres débarquaient avec femmes et enfants de bateaux à rames chargés de marchandises et installaient des boutiques où ils proposaient pêle-mêle poteries de Grèce, verrerie d'Égypte, toiles de Syrie, parfums, olives. Une équipe de maçons arriva avec des chalands où s'entassaient des blocs de marbre, des sacs de chaux, des briques, des tuiles, pour leur construire des maisons de pierre. Elle proposa ensuite ses services aux notables et aux riches de la ville, mais la vue des cubes de pierre blanche édifiés pour les négociants ne les convainquit pas d'abandonner leurs belles demeures de bois et elle repartit, dépitée, pour d'autres cieux moins barbares.

Les rapports entre la population de Cénabon et les nouveaux venus restèrent excellents, jusqu'au jour où vint s'installer dans une grande maison spécialement construite à son intention et parée de colonnes de marbre et de portes de bronze, l'honorable chevalier Caius Fufius Cita.

VII

Le seigneur Cumborix s'extirpa en s'étirant de l'amas de fourrures qui les submergeait moelleusement par-dessus le matelas de fougères sèches dont regorgeait le cadre d'osier tressé du lit conjugal, se mit sur son séant et contempla avec attendrissement l'exquis visage de sa seconde épouse. Au milieu des peaux de loup, d'ours et de lynx, sa noire chevelure répandue en ondes désordonnées resplendissait comme une crinière sauvage. Sa beauté était plus touchante encore dans l'abandon du sommeil. Il était bouleversant de se savoir le seul à pouvoir la contempler ainsi.

Il se leva en souriant, heureux de vivre. Il fit, nu et frissonnant, quelques pas de long en large sur le tapis, en aspirant à pleins poumons l'air glacial du petit matin, avant de s'approcher du bassin d'airain préparé pour sa toilette. Savonné, rincé, frictionné avec énergie et parfumé à l'extrait de valériane, il se sentit délicieusement bien. Son sang se réchauffait. Il s'habilla, ceignit son cou de son torque d'oı ciselé, et retourna près du lit voir si la belle Dilaka commençait à ouvrir les yeux. Son sommeil était toujours aussi profond. Il s'agenouilla contre le bord de la couche, caressa la chevelure de jais et effleura de ses lèvres le beau visage paisible.

— Quoi ? Qu'est-ce qu'il y a ? grogna-t-elle avec une maussaderie à rebuter le plus transi des amoureux.

— Ma bien-aimée, il est temps de te lever.

— Laisse-moi tranquille ! j'ai encore sommeil.

— Allons, mon amour ! tu sais bien qu'aujourd'hui nous devons aller chasser le cerf. Tu en avais si grande envie.

Il repoussa doucement la peau de loup et promena sa main

sur les seins nus de la jeune femme. Elle poussa un soupir résigné et se redressa d'un coup de reins.

— Ah oui, c'est vrai! la chasse..., réalisa-t-elle brusquement.

Soudain réveillée, elle bondit hors du lit. Sa nudité était grelottante et, quelque affolé qu'il fût par la vue de son corps de déesse, Cumborix ne voulait pas la laisser prendre froid. Refoulant le désir qui montait en lui, il se hâta de l'aider à enfiler sa robe et lui mit aux pieds ses pantoufles fourrées. Il appela la servante pour qu'elle vînt la peigner et la parfumer.

Bien qu'elle dût passer la journée dans les bois, elle ne renonça pas à se farder. Elle s'installa pour un bon moment devant ses pots de crèmes colorées, se contemplant dans le miroir de bronze qu'elle tenait de la main gauche, tandis que son index droit étalait délicatement de l'ocre sur ses joues, de la pourpre sur ses lèvres, du carmin sur ses pommettes, un soupçon de bleu au-dessus de ses yeux et de blanc au-dessous.

Le temps était gris, mais il ne pleuvait pas, quand les chasseurs se rassemblèrent pour le départ. Cumborix, l'épieu en main, montait un étalon bai brun aux naseaux de feu qui piaffait d'impatience et cherchait sans arrêt à avancer, à reculer, à pirouetter. Sa fille Cassica, vêtue d'une tunique de laine s'arrêtant à mi-cuisse et d'une sorte de collant mauve, chevauchait sa jument grise à califourchon, comme un homme. Les valets, déjà à cheval eux aussi, bavardaient entre eux, au milieu des chiens. La noble dame Sukara se tenait près de son mari, mais à pied. Elle ne devait pas prendre part à la chasse, ayant beaucoup trop à faire à la maison; elle n'avait, d'ailleurs, pas l'impression — peut-être se faisait-elle des idées — qu'il y tînt tellement. Le grand portail de la cour était ouvert, on n'attendait plus que Dilaka. Elle sortit enfin de la maison, habillée avec recherche d'une robe longue couleur safran sur laquelle blousait une élégante casaque émeraude serrée à la taille par une ceinture tissée de fils d'or. Ses cheveux, tressés, se relevaient en deux nattes qui lui encerclaient gracieusement la tête. Un poignard à manche de bronze était passé dans sa ceinture. Un serviteur l'aida à s'installer en amazone sur son poney au dos garni d'une peau d'ours, et Cumborix donna le signal du départ. Mais juste à ce moment, s'encadra dans l'ouverture du portail un groupe de cavaliers romains armés jusqu'aux dents et cuirassés de cottes de mailles, entourant un *kision* à deux chevaux.

Sur le siège trônait un quidam replet, au visage empâté et

au regard dur, drapé dans une toge grisâtre (1). Il descendit lourdement du véhicule et s'avança vers le maître des lieux.

— Tu allais sortir, seigneur Cumborix ? Désolé, mais j'ai à te parler.

Cumborix toisa l'impudent personnage. Mais à qui donc croyait-il s'adresser ? Il fallait qu'il fût bien mal éduqué pour s'imaginer que c'était ainsi qu'on sollicitait un entretien de Cumborix, fils de Rectocatus, seigneur de plus de mille clients et vassaux. Comment pouvait-il avoir l'audace de le déranger au moment où il partait pour la chasse ? Si ce n'avait été un étranger, il l'aurait proprement éconduit, mais l'honneur d'un Celte voulait qu'il fît bon accueil à l'étranger se présentant à sa porte, se montrât-il le dernier des goujats.

— Entre, étranger, et installe-toi comme chez toi. Je te verrai à mon retour. En attendant, la noble Sukara vous fera servir, à toi et à tes hommes, tout ce que vous désirerez manger et boire.

Le visage de l'homme en toge eut une crispation d'agacement.

— Je n'ai pas de temps à perdre. Tu vas m'écouter à l'instant. Je suis Caius Fufius Cita, chevalier romain, chargé par le grand César de l'intendance des vivres en pays carnute.

Son arrogance déplaisait si fort au chef gaulois qu'il fut bien près de faire litière des règles de la courtoisie celtique. Son visage s'empourprait déjà de colère, mais il sut se maîtriser.

— C'est bon, viens avec moi. Mais si tes hommes veulent entrer, il faut qu'ils déposent leurs armes à la porte.

— Ils resteront dehors.

Le seigneur fit mettre pied à terre aux veneurs et donna l'ordre de rentrer les chiens au chenil. Lorsqu'ils furent assis l'un en face de l'autre devant le foyer où flambaient de grosses bûches, le Romain commença d'un ton cauteleux :

— Tu sais, ô noble Cumborix, que Rome, ma patrie, est l'amie de la nation carnute. L'amitié entre les peuples est une belle et grande chose et je suis certain que tu estimes comme moi qu'elle doit, non seulement se maintenir, mais encore se renforcer.

— C'est, en effet, mon vœu le plus cher, répondit le fils de Rectocatus, avec un mélange de sincérité et de méfiance.

— Parfait ! Nous allons donc pouvoir nous entendre. Rome

(1) Chez les Romains, la toge blanche (*candida*) était réservée à ceux qui se présentaient aux élections. Ils lui devaient leur nom de *candidati*. Les toges des autres citoyens étaient grisâtres (ou brunes s'ils étaient en deuil).

assure au peuple carnute sa bienveillante protection, mais tu comprends bien que cela représente pour elle une lourde charge et que cela ne peut aller sans contrepartie. Puisque notre glorieuse et invincible armée veille sur vous, il est logique que vous pourvoyiez à sa subsistance.

Où voulait-il en venir ? Cumborix scrutait le visage chafouin de son visiteur en cherchant à percer ses intentions. Il ne répondit rien, attendant la suite. Fufius Cita vida sa coupe d'hydromel et interrogea, d'un ton supérieur :

— Combien as-tu récolté de froment cette année ? Selon mes renseignements, la saison n'a pas été mauvaise et tu possèdes de nombreux arpents de bonne terre.

Le maître de Samocaion ne voulut pas se compromettre.

— Peuh..., fit-il, ç'aurait pu être mieux. La pluie est venue trop tard et elle a duré trop longtemps.

— Tu as bien engrangé, au moins, vingt mille boisseaux ?

Cumborix fit un geste évasif. L'indiscrétion de cet étranger dépassait les bornes.

— Bon, eh bien nous nous baserons sur vingt mille. Je fixe, en conséquence, ta contribution à l'entretien de nos vaillantes troupes, à cinq mille boisseaux. Tu les livreras à notre camp sous dix jours.

Cumborix eut du mal à réprimer un sourire de contentement. Ce marché inespéré arrangeait bien ses affaires. Mais il ne fallait pas le laisser voir. Il se frotta négligemment les mains.

— Tu peux compter sur ma promptitude. Je suis très honoré.

— Je savais bien que tu te montrerais compréhensif.

— Rome a en moi un ami sincère. Pour t'en donner la preuve, je suis tout disposé à vous consentir un prix de faveur. Parce que c'est vous, je ne demanderai que sept deniers le boisseau.

Le Romain le regarda avec stupeur.

— Tu ne m'as pas compris.

— Tu trouves que c'est cher ? J'en connais qui ont vendu leur récolte huit deniers. Mais soit ! Au nom de l'amitié entre les peuples, je descendrai jusqu'à six deniers et deux sesterces. C'est mon dernier chiffre. Au-dessous, je me ruinerais.

L'affaire ne serait pas encore si mauvaise. Les greniers de Cénabon étaient pleins et il devenait de plus en plus difficile de trouver des acheteurs.

— Je te dis que tu ne m'as pas compris (le ton s'était fait plus sec) : il n'a jamais été question de te payer ton blé.

C'était au tour de Cumborix d'afficher de la stupéfaction.

— Prendre mon blé sans payer ! Il ne manquerait plus que ça ! Si vous ne payez pas, vous n'aurez pas un setier.

— Tu n'as pas à discuter : c'est un ordre.

Cumborix se leva d'un bond, suffoquant d'indignation et serra les poings.

— Un ordre ? De quel droit ?

— Notre droit est le droit du plus fort.

Le seigneur montra la porte à l'insolent visiteur.

— Si tu n'étais pas sous mon toit, je t'aurais fait rentrer ces paroles dans la gorge. Mais hâte-toi de sortir si tu ne veux pas que mon sang s'échauffe trop pour que je puisse encore me retenir.

Fufius resta assis et croisa les bras, méprisant.

— Du calme ! Si tu perds ton sang-froid, j'appelle ma garde. Nos braves légionnaires ont étripé des Barbares comme toi et brûlé leurs habitations pour moins que ça.

— Mais enfin, qu'est-ce que cela signifie ? Le droit de la guerre permet d'exiger le tribut des vaincus, mais nous ne sommes pas en guerre et vous ne nous avez pas vaincus.

— Peu importe. Il est de règle que les armées en campagne se nourrissent sur le pays.

— Vous n'êtes pas une armée en campagne, puisque — tu viens de le rappeler — vous êtes venus en amis. Tu sembles avoir une curieuse conception de l'amitié !

L'intendant de César se leva lentement et fit quelques pas vers la porte.

— Je ne suis pas ici pour discuter. Je te préviens que si d'ici la nouvelle lune tu ne nous as pas livré les cinq mille boisseaux, nous viendrons nous servir nous-mêmes. Mais ne t'imagine pas qu'en ce cas nous nous contenterons de cinq mille. *Salve !*

Il n'était plus question de courre le cerf. À peine les Romains se furent-ils retirés, que Cumborix sauta à cheval et galopa d'une traite jusqu'à Cénabon pour aller trouver le premier magistrat.

— Écoute, Vellaunos, nous sommes adversaires, mais il y a des circonstances où l'on doit oublier les vieilles querelles et où tous les Carnutes doivent faire cause commune. Les Romains veulent me voler le quart de ma récolte. On ne peut tolérer ça.

— Tu ne m'apprends rien, Cumborix. Tous les grands propriétaires se sont vu ou vont se voir imposer la même exigence.

— Mais c'est inique ! c'est monstrueux !

Vellaunos fit un geste d'impuissance.

— Qu'y puis-je ? Les Romains sont les plus forts. Et ce n'est pas moi qui les ai fait venir. C'était encore une des belles trouvailles de votre parti du Sanglier. Si j'avais représenté notre cité à l'époque, je me serais opposé à ce que l'on aille implorer l'aide de César contre Arioviste.

Cumborix eut un petit haussement d'épaule agacé.

— C'est facile à dire après coup. D'ailleurs, nous n'aurions pas été plus avancés : au lieu de la présence des Romains, nous aurions celle des Germains.

— Alors, de quoi te plains-tu ?

— De ce que les Romains se comportent en occupants, alors que, dans notre idée, après avoir repoussé les hordes germaniques, ils devaient repartir chez eux.

— Pour faire confiance à la louve romaine, il fallait que vous fussiez bien naïfs. Depuis le temps qu'elle mène par tout l'univers une politique d'invasions et de conquêtes ! L'exemple de la Grèce ne vous suffisait-il pas ?

— J'aurais voulu te voir à notre place.

Vellaunos passa les pouces dans son ceinturon et martela :

— J'ai toujours dit que si les peuples celtes avaient voulu s'unir, ils n'auraient fait qu'une bouchée d'Arioviste et de ses Germains.

Cumborix éclata de rire et se gaussa :

— Le naïf, c'est toi. Tu vois les Lingons et les Éduens marcher aux côtés des Séquanes et des Arvernes ? Non ! L'honneur de la Gaule, c'est que chaque nation y est libre et indépendante des autres.

— Sans doute, mais avec la présence romaine, cette liberté me paraît singulièrement compromise.

Cumborix tortilla la pointe de sa moustache.

— J'en suis bien d'accord. La situation est grave et ce n'est plus le moment de nous quereller. Tu es le chef de notre cité, tu dois faire quelque chose.

— Mais que puis-je faire ?

— Réunis d'urgence le conseil des chefs. Il est souverain et c'est lui qui représente la légalité. S'il décide que personne ne livrera de blé gratuitement à l'armée romaine, Fufius Cita ne pourra rien contre ça.

— Les Romains se moquent de la légalité. Ils m'ont prévenu que quiconque refusera de satisfaire aux réquisitions ou s'élèvera contre elles, sera considéré comme rebelle et traité comme tel.

— Rebelle ? Un rebelle, c'est quelqu'un qui refuse de se soumettre à l'autorité légitime et les Romains, que je sache, ne détiennent pas chez nous l'autorité légitime.

— Non, certes, mais ce dont ils disposent, c est de six mille hommes en armes campant à nos portes.

Vellaunos n'en réunit pas moins le conseil des chefs et sollicita son avis sur la conduite à tenir. La séance fut houleuse. Tous les participants étaient sous le coup de l'indignation de se voir réclamer la fourniture de quantités invraisemblables de blé et de fourrage qui ne leur seraient pas payées. Certains suggéraient des solutions de désespoir, la résistance collective, le recours aux armes. Mais la sagesse l'emporta. Il fut décidé d'envoyer une délégation à Fufius Cita pour lui représenter que ses réquisitions étaient tout à fait illégales. L'intendant de César le prit de très haut et rétorqua, d'un ton cassant, qu'il ne pouvait exister d'autre légalité que celle de Rome. Il conclut :

— Il me semble souhaitable que désormais les réunions du conseil des chefs et toutes assemblées dans la Maison de Réunions soient soumises à l'autorisation préalable de notre commandement militaire. L'honorable Vellaunos voudra donc bien, chaque fois, me présenter une requête que je transmettrai au légat Quintus Pedius. Autre chose : il me serait agréable que vous fassiez fermer les portes de la ville une heure avant le coucher du soleil et qu'elles ne soient rouvertes qu'une heure après son lever. Vous voudrez bien donner des ordres en conséquence et en faire informer la population.

Devant tant d'impudence, les habitants de Cénabon commencèrent à murmurer. De quel droit un étranger venait-il leur faire la loi ? On avait vu ce Fufius Cita, il y avait seulement quelques lunes, s'installer comme négociant en grains, huiles et vins, et se lancer dans de vastes trafics, en imposant sa volonté à tous ses concurrents et néanmoins compatriotes, les autres Italiens établis avant lui sur le port. Il les dominait, non seulement par le volume des affaires qu'il brassait, mais aussi par sa qualité d'homme de confiance de Jules César, chargé par lui d'assurer le ravitaillement des troupes. Mais il n'allait tout de même pas, pour autant, tout régenter chez les Carnutes ! On ne pouvait pas le laisser se comporter en maître. Que faisaient donc les autorités municipales ? Qu'attendaient-elles pour le prier poliment mais fermement de se mêler de ses affaires ?

Le scandale fut à son comble lorsqu'il s'avisa de faire abattre par les légionnaires tout un pan de remparts de chaque côté de la porte du nord, afin de reconstruire une entrée plus large, permettant le passage de la cavalerie en rangs par huit. Plusieurs maisons étaient appuyées à la partie de muraille à démolir : il en chassa sans pitié les occupants. De vieilles familles cénabonnaises, comme celles de Crokkeni le cordonnier, de Dubroku le pêcheur, et d'Atiméta, la mère de Luguselva, se trouvèrent du jour au lendemain à la rue et durent se faire héberger par des amis.

— Quelle misère ! quelle misère ! gémissait le pauvre Dubroku, affalé sur la table du cabaret où il était allé noyer sa détresse. Je n'ai plus de toit pour abriter ma femme et mes gosses, mon modeste mobilier a été jeté pêle-mêle sur la place, dans la boue, et il va être tout gâté par la pluie, et je ne sais même pas ce que sont devenus nos vêtements de rechange. Et tout ça pour quoi ? Elle était très bien comme elle était, la porte du nord.

Véporoudos vida d'un trait son cinquième gobelet de falerne et frappa du poing sur la table.

— On n'est plus maître chez soi, hoqueta-t-il.

— Des alliés qu'ils prétendent être, ces maudits Romains, tonna le vieux Baditis, d'une voix à peine moins enrouée, mais c'est plutôt des occupants !

— Nos élus ne nous défendent pas. Ils n'auraient jamais dû laisser faire ça.

— Ils ne nous défendent pas ? s'exclama l'apprenti du vannier. Mon pauvre Dubroku, je te dis, moi, qu'ils sont d'accord avec eux. C'est une honte !

Mais le pâtissier, un bonhomme aux chairs molles, un peu plus grassouillet qu'il n'était décent pour un Celte, hocha la tête.

— Je ne sais pas s'ils s'entendent avec eux et collaborent, mais s'ils le font, ils font bien. Les Romains, ce n'est pas n'importe qui et il vaut mieux être avec eux que contre eux.

— Mais qu'est-ce qu'ils font chez nous ?

— N'importe. Il n'y a pas à se plaindre d'eux : ils sont très corrects.

— Tu dis ça parce qu'ils passent leur temps à venir s'empiffrer de tes gâteaux et qu'ils ne discutent pas le prix, même si tu les leur fais payer trois fois leur valeur, mais tu ne tiendrais pas le même langage si tu étais à la place de Dubroku ou de Crokkeni.

— Nos magistrats leur feront construire d'autres logements. Songez que nous allons avoir une porte du nord grandiose qui fera honneur à Cénabon. Cela valait bien un petit sacrifice.

La population de Cénabon se trouva bientôt divisée en deux factions, mais non plus selon le vieux clivage entre Taureaux et Sangliers : il y avait maintenant, d'un côté, la majorité hostile aux occupants et, de l'autre, une petite minorité de commerçants, d'hommes d'affaires, de politiciens qui tiraient de la présence romaine d'appréciables avantages pour leurs transactions ou leurs ambitions. On trouvait des deux côtés des fidèles de Vellaunos et des partisans de Suvritus.

Les chefs de la cité, eux, avaient une attitude ambiguë. Sentimentalement, ils étaient de ceux qui trouvaient intolérable l'emprise romaine sur la ville ; mais dans la pratique, leur sagesse et leur réalisme les conduisaient à se faire les instruments relativement dociles de cette emprise. Ils disaient que lorsqu'on exerce des responsabilités, on doit agir en être responsable. En langage clair, agir au rebours de ses sentiments et de ses convictions.

Damatos, quant à lui, suivait tous ces événements avec curiosité, mais sans passion. S'il trouvait désagréable la présence des légionnaires et odieuses les façons de faire de l'intendant C. Fufius Cita, il ne se sentait pas directement concerné. La fermeture des portes une heure avant le coucher du soleil ne le gênait que modérément et les réquisitions de vivres et de fourrages absolument pas. Il s'en indignait, et plus encore de l'expulsion des habitants des maisons adossées au rempart, mais il avait d'autres préoccupations. Ce qui comptait pour lui, à ce moment, c'était de fabriquer et de vendre assez de barriques, de seaux et de baquets pour se procurer les quatre vaches à lait de sa dot. Ou plutôt des trois qu'il lui restait à gagner, car il avait déjà pu échanger avec le maître d'un grand domaine tout un chargement de fûts contre une belle vache brune qu'il avait été remettre fièrement à Tagausios. Il travaillait avec acharnement, les tonneaux neufs s'entassaient dans la cour et il se voyait sur le point d'atteindre le but.

VIII

D'exquises odeurs de venaisons, de sauce au vin, de thym, de laurier, de pain chaud assaillaient les narines de qui entrait dans la grande salle et réjouissaient les cœurs même les plus détachés des choses matérielles. L'esclave éduen qui remplissait les fonctions de cuisinier, et la demi-douzaine de servantes s'affairaient autour du chaudron ventru suspendu par des chaînes au-dessus du foyer surélevé qui occupait le centre de la pièce, et des broches supportées par de majestueux chenets de fer forgé ornés de têtes d'animaux stylisées. Les tables avaient été disposées en cercle tout autour, comme il était de règle chez les gens de qualité quand ils recevaient des convives, et elles avaient été recouvertes de nappes multicolores sur lesquelles scintillait l'or des cornes à boire et des pichets contenant le vin et l'hydromel. Aux murs de bois étaient accrochés des boucliers, des lances et des épées. Des massacres de cervidés et d'aurochs, des hures de sangliers, des têtes d'ours, de lynx, de loups étaient suspendus aux poteaux sculptés et peints qui soutenaient le toit. On y voyait même, appendues par leurs longues chevelures, des têtes momifiées d'ennemis des temps anciens, glorieusement conservées dans la famille de génération en génération.

D'un geste large et plein de noblesse, Cumborix invita l'athlétique personnage aux cheveux rouges et aux moustaches en croc, à entrer et prendre place sur le siège d'honneur. Il s'assit lui-même à sa droite, tandis que Dilaka se plaçait à sa gauche. Elle avait accédé depuis peu à la dignité de maîtresse de maison. Depuis que la noble Sukara était partie rejoindre ses aïeux et ses dieux dans les îles d'éternelle jeunesse, à la suite d'une brève et douloureuse maladie d'entrailles.

La blonde Cassica s'installa au côté de son père, puis le majordome désigna leur siège, de part et d'autre, autour de la table ronde, au druide et au barde officiels du clan, au maître des écuries, au maître des chiens et, selon leur rang, aux gens de la suite de l'honorable invité. Quand tout le monde fut placé, Trigaranos, le druide, leva son gobelet d'hydromel et appela la bénédiction de Sucellos, le dieu au chaudron d'abondance, sur le grand Conconnétodumnos, leur hôte, auquel il souhaitait prospérité, gloire et longue vie. Tous les convives levèrent leur corne d'or et se joignirent à ce vœu. Le grand Conconnétodumnos remercia d'un signe de tête.

Conconnétodumnos, l'un des plus puissants seigneurs carnutes, avait une réputation de bon vivant. On le disait capable, en l'espace de trois heures, d'engloutir trois porcelets rôtis et trois tonnelets de cervoise, de courre trois sangliers et de déflorer trois vierges. Sa conversation était toujours enjouée, haute en couleur, émaillée de grosses plaisanteries et d'éclats de rire qui faisaient trembler les murs et les toits. Il était venu acheter à Cumborix quelques-uns de ses célèbres chiens de race, ayant besoin, pour améliorer sa propre meute, d'étalons et de lices rapides à la course, musclés et possédant un peu de sang de loup savamment dosé. Cumborix était ravi de cette visite et espérait que l'entrain d'un si joyeux compagnon le distrairait un peu de la mélancolie où l'avait plongé la fin inopinée de la malheureuse Sukara. Mais Conconnétodumnos ne se montrait pas d'aussi joyeuse humeur qu'à l'accoutumée et semblait préoccupé. Avant même d'attaquer la somptueuse fricassée de bécasses dont le seul parfum aurait dû le transporter au septième ciel, il se tourna vers son hôte et lui demanda avec gravité :

— Tu n'as pas appris la nouvelle ?

— Quelle nouvelle ?

— Il est vrai que tu es un peu plus éloigné que moi d'Autricon, notre capitale. Figure-toi que le grand chef des Romains...

— Jules César ?

— Oui. Jules César est venu à Autricon, a eu des entretiens secrets avec plusieurs notables de la ville connus pour leurs sentiments romanophiles, et a décidé — écoute-moi bien ! — de remettre Tasgétios à la tête de la nation carnute...

Cumborix écarquilla des yeux effarés.

— Quoi ?... Tasgétios ? Ce n'est pas possible. Tu plaisantes ?

— Hélas non, cela n'a rien d'une plaisanterie, je te le jure par Épona.

Un silence atterré s'était établi autour de la table.

— Mais ça ne se peut pas, voyons ! insista Cumborix. Il y a eu un an à Samonios que ton cousin Soubitès a été régulièrement élu magistrat suprême, à une très forte majorité, en remplacement de ce porc de Tasgétios dont personne ne voulait plus.

— César s'en moque. Il a déclaré au Conseil de la ville que, du moment que les ancêtres de Tasgétios avaient été rois des Carnutes, il était juste de lui restituer son héritage.

Cumborix explosa.

— Mais enfin de quoi se mêle-t-il ? Nous sommes chez nous. Jamais le peuple carnute n'acceptera le retour de Tasgétios.

— Mon pauvre ami, César ne demande pas l'avis du peuple carnute. Il se croit le maître et il impose sa volonté.

— C'est contraire à nos lois.

Conconnétodumnos fit un geste de découragement.

— Le Conseil s'est soumis. Il a proclamé Tasgétios roi des Carnutes et l'intronisation a eu lieu aussitôt, selon les anciens rites.

De saisissement, Cumborix laissa tomber sa corne à boire qui se renversa sur la nappe.

— Roi des Carnutes ! C'est insensé ! Il y a longtemps que la royauté est abolie chez nous. Et en faveur de qui la rétablit-on ? En faveur d'un homme que tout le monde déteste et qui n'a fait que du mal tant qu'il a été à la tête du gouvernement.

Il se tourna vers son druide.

— Pour l'introniser selon les anciens rites, autant que je sache, il a fallu le ministère d'un druide. Trigaranos, comment expliques-tu qu'un homme au service des dieux ait pu prêter son concours à une semblable infamie ?

Trigaranos eut un sourire désabusé.

— L'onction sacrée n'est pas une protection infaillible contre les faiblesses humaines. Certains de mes confrères — et je le déplore autant que vous — se sont laissé séduire par le clinquant de Rome. Je ne vous apprendrai pas que c'est l'un d'eux qui a commis l'erreur d'appeler César à intervenir contre les Helvètes.

— Tu veux parler de cet imbécile de Diviciacos ? s'enquit Conconnétodumnos avec une moue de mépris. C'est un Éduen. Je n'ai pas entendu dire qu'il soit jamais rien sorti de bon du pays éduen.

Cassica intervint, avec tant de tristesse dans ses yeux bleus qu'ils en paraissaient presque gris.

— Je ne comprends pas. On dit que Diviciacos a séjourné à Rome et qu'il connaît bien les Romains. Il ne peut donc ignorer que ce sont des athées et des matérialistes, uniquement avides de pouvoirs et de richesses. Il ne nous a pas fallu longtemps, ici, pour nous en apercevoir. Comment un druide, dont la raison d'être est la spiritualité, peut-il s'entendre avec des gens qui n'ont que dédain pour les valeurs spirituelles ?

— Je ne connais pas mon confrère Diviciacos, répondit Trigaranos, je ne puis donc expliquer ce qui se passe sous son crâne. Mais, à ce qu'on dit, il ne serait pas insensible aux honneurs. Il faut avouer que l'amitié romaine lui a ouvert une belle carrière politique dans son pays.

Il n'y avait plus autour de la table que visages fermés et regards pensifs. Tasgétios roi des Carnutes ! il y avait là de quoi vous couper l'appétit. Même la succulence de la fricassée de bécasses ne parvenait pas à dérider les convives. Dilaka se désolait de ne les voir manger que du bout des lèvres. En maîtresse de maison consciente de ses devoirs, elle fit signe d'introduire les musiciens. Elle leur demanda, dans le creux de l'oreille, de jouer des airs assez allègres pour dissiper l'ambiance de morosité sans être tout de même trop gais parce qu'en ces circonstances la gaieté aurait paru indécente. Puis elle s'efforça de dévier la conversation sur des sujets moins pénibles. Elle mit beaucoup de chaleur à vanter à Conconnétodumnos les mérites de Fils-de-Loup, le doyen des chiens de l'élevage, et de Prince-Fauve, un des meilleurs de la meute pour la chasse au chevreuil. Elle le faisait avec une voix musicale et confidentielle comme l'eau claire d'une source, si bien accompagnée de charmants sourires que Conconnétodumnos buvait ses paroles. Sensible autant à la grâce avec laquelle elle s'acquittait d'un rôle difficile, qu'à son profil de déesse, il la couvait de regards attendris, dévotements admiratifs, et, jouant le jeu, ne parla plus qu'élevage. Il n'était pas fâché, d'ailleurs, de pouvoir faire étalage de ses connaissances, car il était imbattable dès qu'il s'agissait de lignées de chiens de race, de problèmes de sélection, de questions de croisement ou de consanguinité. Mais d'autres, autour de la table, continuaient à commenter le scandaleux retour au pouvoir du prince Tasgétios.

Dilaka espérait que la présentation du cochon farci, énorme, croustillant à souhait, entouré d'un glorieux jus mordoré où nageaient des champignons et de petits oignons rissolés, accaparerait l'attention des convives. Mais Cassica choisit juste ce moment pour lui demander perfidement :

— Et toi, Dilaka, en tant que fille d'un artisan d'Autricon, que penses-tu de ce Tasgétios ?

Le rappel de ses origines plébéiennes devant l'aristocratique auditoire, était une petite mesquinerie qu'elle revaudrait à sa chipie de belle-fille. Mais pour l'instant elle ne pouvait qu'accuser le coup en s'efforçant de conserver un air totalement détaché. Le sourire imperceptiblement figé, elle répondit

— Il est vrai que je suis sa concitoyenne, mais je ne le connais que de vue. Tout ce que je puis dire, c'est que c'est un grand seigneur.

Elle marqua un temps d'arrêt pour ménager ses effets et acheva avec emphase :

— Mon père a l'honneur d'être de ses relations et lui porte beaucoup de considération. Mais je crois qu'il le craint un peu.

— Il y a de quoi, éclata Conconnétodumnos. Tasgétios est un homme cupide, dur avec ses fermiers, dur avec ses débiteurs. C'est un vautour dépourvu de scrupules. Il est dévoré d'ambition et aurait tué père et mère pour conquérir le pouvoir. Je me demande à quelles intrigues et à quelles bassesses il s'est livré pour obtenir le soutien de César.

— Le soutien de César ! s'indigna Cumborix. Comment le Conseil des chefs a-t-il pu tolérer que cet étranger s'immisce dans nos affaires, chasse le magistrat que nous avons élu et nous impose un roi quand nous sommes en république ?

— Inutile de nous bercer d'illusions, répondit sourdement Conconnétodumnos. Le Conseil n'est plus rien, nos institutions ne sont plus rien. Il faut regarder les choses en face : nous sommes bel et bien tombés sous la domination romaine.

Ce n'était qu'une constatation, mais elle jeta un froid. Elle faisait partie des vérités qui ne sont pas bonnes à dire. Comme on ne savait pas trop comment l'indépendance avait pu être perdue, on préférait croire que rien n'avait changé, qu'on était toujours libres et que les légions romaines étaient authentiquement des troupes amies hébergées au passage. Les nez plongèrent sur les assiettes et chacun fit mine de ne s'intéresser qu'aux tranches de jambon et aux morceaux d'échine ruisselants de sauce. Dilaka tenta de détendre l'atmosphère en remarquant d'un ton badin :

— Bah ! Quelles raisons avons-nous de nous lamenter, de nous inquiéter ? Après tout, si domination il y a, elle n'est pas tellement pesante et la sagesse n'est-elle pas de nous en accommoder ? Ce n'est pas elle qui nous empêchera de jouir de la vie, de chasser, d'aimer, de danser et de profiter de toutes les bonnes choses, comme ce cochon farci dont la chair fond sous la dent. Bien mieux : nous n'en aurons qu'une plus grande abondance de vins d'Italie pour les arroser.

Elle ne comprit pas pourquoi les convives, pétrifiés, la dévisageaient sans mot dire et Cumborix lui-même, l'époux confit d'adoration, tournait vers elle un regard de stupeur. Conconnétodumnos n'avait pas l'air moins gêné et, pour se donner une contenance, s'appliquait méticuleusement à extraire la moelle d'un os avec la pointe de son poignard. Elle ne pouvait laisser se prolonger le silence et il lui fallait s'expliquer. Elle posa les coudes sur la table, appuya son menton sur ses mains jointes et déclara avec un sourire :

— Les Romains ne sont quand même pas des sauvages. Leur civilisation est très différente de la nôtre, soit, mais ils en ont une et le contact avec elle peut certainement nous apporter quelque chose — je ne sais pas, moi : le sens de l'ordre, de la discipline, un certain goût du confort...

Le silence se fit encore plus glacial. Les têtes tournaient lentement, à la recherche de qui se déciderait à répondre. Ce fut Cassica qui releva le gant. Elle lança d'un ton cinglant :

— Eh bien moi je le dis tout net : la sujétion à Rome, c'est la fin de la civilisation.

Il y eut des murmures approbateurs. Dilaka allait riposter, mais Conconnétodumnos ne lui en laissa pas le loisir. Il souffrait de voir cette femme intelligente, dont l'esprit le séduisait et dont le charme le troublait, s'enferrer dans ses propos incongrus. Il tenait à l'empêcher de dire de nouvelles sottises et à lui éviter des répliques de Cassica qui auraient risqué de lui faire perdre la face, car la jeune fille paraissait avoir la dent dure. Il se leva, majestueux, brandit son poignard et le planta d'un coup dans la table, sans souci de la nappe qu'il transperçait.

— J'en atteste Teutatès, tonna-t-il, jamais, en ce qui me concerne, je ne me résignerai à la servitude.

— Bien parlé, approuva Cumborix. Il ne serait pas digne du nom de Carnute, celui qui accepterait de bon gré le joug de l'étranger.

Il fit un signe à son barde.

— Barde, lève-toi, prends ta harpe et chante-nous les hauts faits de nos aïeux.

Et le barde chanta les exploits des guerriers celtes, du temps où, sous la conduite du valeureux Brennos, ils infligeaient aux Romains la plus cuisante défaite de leur histoire, s'emparaient de leur ville, la mettaient à sac et leur faisaient payer un fabuleux tribut.

Quelques jours seulement s'écoulèrent avant qu'un messager arrivât de Cénabon sur un cheval trempé de sueur et moutonnant d'écume pour convoquer le noble seigneur Cumborix à une assemblée où le roi Tasgétios, dont on attendait la venue, recevrait l'allégeance de ses fidèles vassaux du district de Cénabon.

— Et s'il ne me plaît pas, à moi, de m'y rendre ?

— Tu aurais tort, seigneur, de faire ta mauvaise tête. Toute absence sera tenue pour un acte de rébellion et les terres du coupable seront confisquées.

— Es-tu sûr que Tasgétios serait assez fort pour faire exécuter la sentence ?

— Sans le moindre doute. Les Romains sont derrière lui et en cas de besoin, les légions interviendraient.

Cumborix se le tint pour dit et s'enquit :

— Comment les choses se sont-elles passées à Autricon ? Tous les chefs de clan ont-ils fait allégeance au roi ?

— Il n'y avait pas un absent à la cérémonie. Les honorables vassaux avaient parfaitement compris la situation... Et il en sera de même à Cénabon.

Le messager précisa que la réunion serait suivie d'un festin auquel les nobles seigneurs étaient conviés à amener leurs épouses. Quand elle l'apprit, Dilaka battit des mains, mais cet enthousiasme ne plut guère à Cumborix.

— Je me serais bien passé de ces agapes de la honte.

— Ne me gâche pas mon plaisir, supplia-t-elle. Tu ne peux pas t'imaginer la joie que cela me fait d'avoir enfin une occasion de sortir. Vous ne vous en rendez pas compte, vous les hommes qui passez votre temps à courir la campagne, mais ce n'est pas drôle de rester confinée à longueur de journée entre les palissades d'une lice, sans autre horizon que cuisine, ménage, vaisselle, lavage, filage et raccommodage.

— Tu oublies que je t'emmène à la chasse.

— Il ne manquerait plus que tu me laisses à la maison quand tu vas courre le cerf ! Mais il n'empêche que je vois toujours les mêmes têtes autour de moi, et que je n'ai jamais l'occasion de revêtir mes plus belles robes ni de sortir mes plus beaux bijoux. À propos, quelle robe prendrai-je ? À ton avis, vaut-il mieux que je mette celle de lin multicolore, à franges d'argent, ou bien celle de drap rouge avec laquelle je pourrais porter une écharpe aux couleurs du clan ?

— À mon avis, ce qui conviendrait le mieux serait une robe jaune.

— Jaune ? Mais c'est la couleur du deuil !

— Justement, c'est la couleur du deuil.

— Tu ne veux pas dire qu'un malheur soit arrivé qui nous touche de près ?

— Si, hélas.

— Dieux ! De qui s'agit-il ?

— De la liberté.

Dilaka poussa un soupir de soulagement et fit mine de le gronder.

— Cesse donc de dire des bêtises. Ce qui est agaçant avec vous, les hommes, c'est que lorsqu'on vous parle de choses sérieuses, vous répondez par des badineries.

— Tu trouves que la liberté, c'est une badinerie ?

— Il ne s'agit pas de cela. La grande affaire du moment, c'est la réception donnée par le roi. Nous allons y rencontrer des élégantes, des personnes raffinées comme la noble dame Garana et des pimbêches comme la femme du contrôleur des monnaies. Je voudrais les surpasser toutes.

Elle coula vers lui un regard enjôleur.

— Je veux te faire honneur. Je tiens à ce que tu puisses être fier de ta petite femme.

Elle était adorable. Il l'attira contre lui et lui prit un baiser.

— Bon... bon... Puisque tu veux mon avis, je crois que ta saie de drap rouge rehaussée par l'écharpe du clan ferait très joli.

Dilaka resta un moment méditative, un doigt sur la bouche, et finit par se décider :

— Tu as de drôles d'idées. Tu ne te rends donc pas compte que rien ne fait aussi chic que des franges d'argent ? Je mettrai ma robe multicolore.

Lorsque les chefs des clans de la vallée se retrouvèrent dans cette sorte de grand hall qu'était la Maison de Réunions, ils avaient tous des visages graves et soucieux. Nul n'osait risquer de commentaires sur les événements et l'on n'entendait parler que du temps qui tournait au froid, des naissances, des mariages, des décès et du prix des bestiaux.

Il y eut un cliquetis d'armes et un groupe d'ambactes portant livrée aux couleurs de Tasgétios — un damier brun et ocre — fit irruption en force dans la salle et, avec ses boucliers, fraya un chemin à travers la foule à un homme de taille élancée, maigre et sec comme un héron, dont le visage émacié s'allongeait, comme la tête de l'oiseau, à partir de deux profondes orbites ombragées par des sourcils en broussaille. Il ne portait ni barbe, ni même moustache, ce qui, pour un noble, était assez incongru. Son torque massif d'or ciselé avec exubérance, paraissait d'autant plus énorme qu'il encadrait un cou décharné. Son manteau de pourpre était si ample et si long qu'il arrivait à s'en draper entièrement, faisant disparaître sa tunique et ses braies. Auprès de lui s'agitait un petit druide frétillant, à l'appendice nasal glorieusement vultueux, qui n'attirait pas la sympathie en raison de son regard fuyant.

Quand le roi et son escorte eurent gagné, à pas solennels, le haut bout de la salle et se furent retournés face à l'assemblée, le petit druide débita une invocation aux dieux, puis proclama à voix forte que le haut et puissant seigneur Tasgétios, fils de Gorgorix, avait été intronisé roi des Carnutes dans les formes prescrites par la tradition ancestrale, ce que tout le monde savait déjà. Il invitait les nobles chefs du pays de Cénabon à l'acclamer comme l'avaient fait ceux de la capitale. Ses paroles tombèrent à plat ; personne, sur le moment, ne bougea, chacun attendant que les acclamations eussent commencé pour y joindre les siennes. Un tel manque d'enthousiasme équivalait à une hostilité déclarée. Le petit druide commença à donner des signes de nervosité. Tasgétios, lui, restait impassible, les bras croisés, mais ses yeux lançaient des éclairs. Lorsqu'ils se posèrent, chargés de menaces, sur le grand chef Vellaunos, au premier rang, le grand chef Vellaunos frissonna. Il dégaina son épée, comme à regret, et en frappa timidement l'umbo de son bouclier. Ses voisins l'imitèrent et bientôt tout le monde se trouva frapper en cadence sur les boucliers. En cadence, mais plutôt mollement. Il fallait beaucoup de bonne volonté — mais le druide n'en manquait pas — pour interpréter cela comme des acclamations frénétiques. Après avoir pris acte de ce que les chefs de clan de la vallée s'étaient unanimement ralliés au noble prince Tasgétios comme l'avaient fait ceux de la plaine beauceronne, le saint homme invita les membres de l'assemblée à venir à tour de rôle, à l'appel de leur nom, déposer symboliquement leurs épées aux pieds du roi. On les leur rendrait après la cérémonie.

— Je ne vous connais pas tous, commenta Tasgétios, de sa voix sèche, mais je sais que vous, vous me connaissez, puisque mon nom est illustre et que ma famille est la première du pays carnute. Je suis sûr que nous nous entendrons parfaitement. J'honorerai de mes faveurs ceux qui me seront fidèles, mais sachez que les indociles et les traîtres n'ont à attendre de moi aucune pitié.

Cumborix serra les poings. Tant d'arrogance le révoltait, mais il se rendait compte des conséquences qu'aurait entraînées une manifestation de ses sentiments. Comme les autres, il alla déposer son épée aux pieds de l'usurpateur.

Seul ne répondit pas à l'appel de son nom le puissant seigneur Conconnétodumnos.

— J'ai appelé Conconnétodumnos. Conconnétodumnos n'est pas ici ?

— Il n'a pas pu se déplacer, répondit quelqu'un. Il est immobilisé par une crise de rhumatismes.

— Hum ! fit le petit druide, soupçonneux. Maladie diplomatique ?

— Je ne te souhaite pas de souffrir ce qu'il souffre.

— C'est lui seul qui l'affirme. Mais... bien, bien. Je te propose, seigneur Tasgétios, de le tenir pour valablement excusé.

Tasgétios approuva d'un signe de tête.

Il se devait que le festin eût lieu dans le somptueux palais de bois peint édifié aux temps anciens pour loger le roi quand il venait à Cénabon. Depuis l'avènement de la république, il n'avait plus servi que d'hôtel pour héberger les hôtes de marque. Les seigneurs s'y rendirent en cortège, derrière Tasgétios encadré de ses gardes du corps. Ils y retrouvèrent leurs épouses qui y papotaient depuis le matin. Chacune avait eu tout le temps de détailler les toilettes de toutes les autres et d'en découvrir la moindre imperfection. Et aussi de se rendre compte si sa propre toilette suscitait le minimum de dépit qui fait que la vie vaut d'être vécue. Après une longue matinée d'exposition au jugement impitoyable de leurs congénères, ces dames n'étaient pas fâchées de voir enfin s'ouvrir le second acte où elles allaient subir l'examen autrement indulgent et combien plus excitant du sexe opposé, qui n'est même pas capable de remarquer que vous portez des chaussures de l'année précédente avec une robe à la dernière mode, mais qui sait caresser d'un regard de connaisseur la rotondité d'une poitrine, la finesse d'une taille, le galbe d'une jambe.

Tasgétios, l'air important, allait des unes aux autres, se les faisait présenter et avait un compliment pour chacune. On entendait dans son sillage des : « Quel homme charmant ! » et : « Quelle distinction naturelle ! » qui faisaient enrager les maris. Lorsque Cumborix lui présenta Dilaka, il resta muet, comme frappé d'éblouissement. Il se ressaisit pour prononcer avec ferveur, en s'inclinant :

— Ma plus grande joie de cette journée aura été de rencontrer la plus jolie femme de mon royaume.

Dilaka rougit, trop émue pour trouver à répondre autre chose que :

— C'est trop d'honneur, Seigneur. Mais même si elles sont excessives, tes paroles me vont droit au cœur.

Le roi sourit — et c'était bien la première fois de la journée qu'on le voyait sourire.

— Ce sont paroles sincères. Je ne voudrais pas désobliger les charmantes personnes qui nous entourent et qui sont toutes ravissantes, mais je dois à la vérité de proclamer que je ne connais aucune créature qui se puisse comparer à toi. D'où es-tu native ?

— D'Autricon, Seigneur. Je suis fille de Vergobannos, le maître de forge.

— Incroyable ! Ce cachottier de Vergobannos ne m'a jamais dit qu'il avait une fille aussi jolie. Il est vrai — cela me revient maintenant — qu'il m'avait annoncé, l'automne dernier, qu'une de ses chéries allait partager la couche d'un chef de clan de la vallée. Eh bien, félicitations, noble Cumborix : tu es un heureux homme et je t'envie.

Dilaka lui adressa un large sourire qui la rendait encore plus séduisante.

La salle de festin comportait sur son pourtour une multitude de petits compartiments séparés par des cloisons d'osier tressé. Dans chacune de ces logettes était préparée une table entourée de quatre ou six tabourets. Mais au milieu de la pièce se dressait la table d'honneur, avec une cathèdre surélevée pour le roi et une douzaine de sièges pour les convives les plus éminents. Lorsque vint le moment de passer à table, le maître des cérémonies s'avança vers Cumborix et son épouse.

— Le seigneur Tasgétios vous prie de prendre place à sa table.

— Nous ? s'étonna Cumborix que ne réjouissait pas outre mesure cette marque d'estime d'un prince que lui n'estimait pas. Réponds-lui qu'il ne manque pas ici de hauts personnages qui ont plus de titres que nous à être honorés et que nous ne voulons pas prendre leur place.

Diloka le tira par la manche.

— Ne dis pas de sottises. On ne décline pas un tel honneur.

Le maître des cérémonies trancha le débat avec gravité :

— Le roi considère que vous faites partie des douze plus hauts en dignité et ses appréciations ne se discutent pas.

Ils s'en furent donc, Cumborix renfrogné et Dilaka rayonnante, vers la table d'honneur où Tasgétios les accueillit en leur assurant qu'il se faisait un plaisir de les avoir pour commensaux. Il invita Dilaka à s'asseoir à sa droite, car il professait qu'un prince digne de ce nom se doit de rendre hommage à la beauté. Cumborix se vit relégué de l'autre côté de la table circulaire, à la place la plus éloignée d'eux, entre le premier magistrat Vellaunos et une vieille matrone dure d'oreille. Pendant tout le repas, il lui fallut subir les histoires de voirie et d'adduction d'eau de l'un et les jérémiades de l'autre à propos de ses varices, de ses maux d'estomac et de ses difficultés avec ses servantes. Il leur répondait poliment mais brièvement, sans cesser d'observer à la dérobée le roi dont l'empressement auprès de Dilaka l'agaçait prodigieusement. Ce fat déployait des trésors de galanterie pour la jeune femme, lui faisait servir les meilleurs morceaux, ne laissait pas désemplir sa coupe. Il caressait son bras nu lorsqu'il voulait attirer son attention et ne bavardait qu'avec elle, au grand dépit de ses autres voisins. De quoi lui parlait-il ? À travers le brouhaha de la salle et les insipides propos de Vellaunos et de la vieille, il ne parvenait à saisir que des bribes de leur entretien. Il voyait Tasgétios se répandre en gestes des mains, hochements de tête et petits rires, tandis que Dilaka l'écoutait sans bouger, la joue appuyée sur sa main gauche et sa bouche esquissant tout juste une ébauche de sourire entre deux paroles ou deux bouchées.

Le peu qu'il put entendre lui apprit qu'ils n'abordaient pas de graves sujets politiques mais se racontaient leurs vies, ce qui, au fond, était assez normal de la part de deux pays qui jusque-là ne se connaissaient pas. C'était assez normal et pourtant, il avait beau se raisonner — il n'allait pas se donner le ridicule de la jalousie ! — cet échange de confidences lui faisait un effet très désagréable. Il se sentait devenir nerveux.

Il était conscient que l'attitude attentive de Dilaka était celle que dictait la bonne éducation. Son discret sourire était de pure convention. Elle ne pouvait pas éprouver de sympathie pour le prince arrogant, vaniteux, que tous méprisaient. De toute façon, il était sûr d'elle. Depuis qu'elle était sienne, elle s'était montrée une épouse si tendre, si dévouée, une amante si passionnée, qu'il ne pouvait douter, malgré leur différence d'âge, de la profondeur de son amour et n'avait pas à s'inquiéter de l'admiration que pouvait lui porter un autre homme. Il aurait pourtant préféré qu'elle marquât plus de froideur aux propos de ce mirliflore, ne fût-ce que pour lui faire sentir que son retour au pouvoir dans les fourgons de l'étranger faisait de lui un objet de mépris.

À plusieurs reprises, son regard chercha à rencontrer celui de sa femme. Il aurait souhaité échanger avec elle un tendre et confiant sourire qui l'aurait, non pas rassuré, puisqu'il n'avait pas besoin d'être rassuré, mais réchauffé, réconforté. Malheureusement, elle n'y prêtait pas attention. Elle gardait les yeux dans le vague. Tandis qu'il l'observait, le cœur lourd, il vit Tasgétios se pencher vers elle jusqu'à la frôler sans retenue, et lui murmurer quelque chose dans le creux de l'oreille. Elle parut offusquée et s'écarta. Elle lui répondit à voix basse, mais en fronçant les sourcils d'un air sévère et en lui désignant, d'un mouvement de tête, son mari qui les regardait.

Le sang de Cumborix bouillait. Il n'aurait pu se retenir de dégainer son poignard sur le champ et de bondir vers le roi pour le provoquer à mort, s'il n'avait eu la satisfaction de le voir baisser le nez, tout confus. Manifestement, Dilaka l'avait remis à sa place. Il se délectait de la honte qu'elle lui avait infligée. Il était fier d'elle et ce lui fut une joie de voir Tasgétios garder l'air contrarié et rester un bon moment sans plus lui adresser la parole.

Mais après cette bouderie, le roi finit par se rapprocher d'elle de nouveau et lui fit tout bas une réflexion accompagnée d'un grand rire. Elle parut se détendre, le gratifia d'un regard aimable et mit sa main devant sa bouche pour lui glisser une réponse qui eut le don de le réjouir. Leur entretien reprit dans la bonne humeur, ponctué de sourires et encore plus confidentiel. Ce fut Cumborix qui redevint maussade. Mais après le banquet, sa jeune épouse accourut vers lui, toute gaie, toute radieuse et lui prit tendrement le bras.

— Je me suis bien amusée. J'espère que toi, mon âme, tu ne t'es pas trop ennuyé. Figure-toi que le roi me faisait la cour. C'est un galant seigneur.

— Un galant seigneur ? Moi je dis que c'est un paltoquet. Tu ne peux savoir l'envie que j'ai de lui flanquer ma main sur la figure.

— Oh, du calme, mon ami ! Oublies-tu que tu lui as prêté, ce matin, serment de fidélité ? Et puis tu as tort de le mal juger. Le terme de « paltoquet » lui va très mal. C'est, au contraire, un homme de qualité. Il est distingué, spirituel. Il est courtois avec les dames.

— Beaucoup trop !

Elle éclata de rire et se serra contre lui.

— J'aime que tu sois jaloux. C'est une preuve d'amour. Mais rassure-toi, je savais lui répondre comme il convient à une honnête femme.

— Je n'en doutais pas, mon adorée. J'ai en toi, tu le sais bien, la plus absolue confiance.

Ils arrivaient à la chambre qu'on avait mise à leur disposition au palais. Avec une fougue sauvage, comme s'il avait encore vingt ans, il la souleva de terre dans ses bras, la jeta sur leur couche et se laissa choir sur elle. Elle l'accueillit avec un regard éperdu et des gémissements haletants.

***

— Je t'ai fait appeler, mon cher Cumborix, dit Tasgétios d'un ton affable, parce que j'ai besoin de toi pour une mission de confiance.

Cumborix marqua son étonnement par un haussement de sourcils, mais attendit la suite.

— Voilà, expliqua le roi : pour garantir la fidélité de la ville de Cénabon à ma personne, j'ai réclamé comme otage le jeune Blédillos, le fils aîné de votre magistrat Vellaunos. J'ai besoin de toi pour l'escorter jusqu'à Autricon.

— Pourquoi moi ?

— Ta jeune femme, mon cher, m'a vanté ta vaillance. Je ne saurais donc trouver chef d'escorte plus sûr pour protéger le précieux otage contre tous les périls de la route.

Savoir que, pendant l'entretien dont il s'était tant irrité, sa tendre Dilaka célébrait ses louanges, comblait Cumborix de bonheur. Néanmoins, quelque chose dans le ton dont usait le roi, le mettait mal à l'aise. Il n'aurait su dire quoi. Était-ce un soupçon d'ironie, une pointe d'envie ou une menace voilée ? il lui semblait, en tout cas, que les paroles trop doucereuses cachaient quelque chose.

— Je me vois mal dans ce rôle de protecteur, protesta-t-il. Le jeune Blédillos et sa famille ne font pas partie de mes amis.

— Je le sais fort bien. Tu es un adversaire politique de Vellaunos. Mais justement ! Je tiens à confier la conduite de l'escorte à quelqu'un qui ne soit pas trop enclin à la faiblesse à l'égard de l'otage. Il faut qu'il le protège, mais aussi qu'il le surveille avec vigilance.

— Pourquoi n'emmènes-tu pas tout simplement Blédillos avec toi quand tu repartiras d'ici ?

— Je dois séjourner quelque temps à Cénabon, car j'ai à y tenir mes assises judiciaires. Je me sentirai plus tranquille, pendant mon séjour, si ma sécurité est garantie par la présence à Autricon d'un otage de votre bonne ville.

Cumborix dut reconnaître, à part lui, que la précaution était sage. Mais il lui était particulièrement déplaisant de penser que ce pourrait être grâce à lui que la sécurité de l'usurpateur serait assurée, et il suggéra :

— Je pense que Magétos ou Dexivos seraient bien mieux qualifiés que moi pour une telle mission.

— Parce que ce sont les plus fidèles soutiens dont je dispose dans la noblesse de Cénabon ? Mais, voyons, réfléchis un peu. C'est, au contraire, parce qu'ils sont mes plus fidèles soutiens que j'ai besoin d'eux ici, à mes côtés.

Il n'y avait plus à discuter.

— Soit. Je conduirai donc Bledillos Vellaunicnos à Autricon. Mais permets-moi de faire un crochet par Samocaion pour ramener chez nous ma chère épouse.

Tasgétios fit du doigt un geste de dénégation sans réplique.

— Pas question ! Ce serait un trop long détour. J'ai grand hâte de savoir mon otage en sécurité à Autricon. Ne crains rien pour Dilaka. Elle restera au palais et l'on y prendra bien soin d'elle.

IX

Comme tout le monde, Damatos était allé voir passer le cortège royal se rendant de la Maison de Réunions au palais. Il avait beau ne porter aucun intérêt à ce roi de pacotille qu'avait imposé le seul bon plaisir d'un général étranger qui n'avait même pas pour lui le droit du vainqueur, il avait beau rester un républicain convaincu, son âme de badaud était la plus forte : il n'allait pas laisser passer semblable événement sans jouir du spectacle. En revanche, il ne se dérangea pas pour assister aux assises judiciaires, sous le chêne sacré. Il était trop pris par son travail : il tenait à terminer rapidement les barriques qu'un important apiculteur lui avait commandées pour mettre fermenter son hydromel nouveau.

À la fin de la journée, une rumeur de voix excitées venant de la rue le fit sortir voir ce qui se passait. Son père et ses sœurs revenaient de l'audience en compagnie du vieux Baditis, de Dubroku, du vannier et de son apprenti, du pâtissier et d'une bonne vingtaine d'autres personnes du quartier qui discutaient bruyamment.

— Alors, s'enquit-il, comment cela s'est-il passé ? Quelle satisfaction lè clan de Suvritus a-t-il obtenue ?

Depuis plusieurs lunes, l'affaire défrayait la chronique. Au cours d'une discussion, un négociant en vins romain, du nom de Curriculus, avait tué d'un coup de hache un neveu du seigneur Suvritus, l'ancien magistrat. L'opinion publique avait suivi avec passion le déroulement de l'enquête puis les controverses juridiques auxquelles ce meurtre avait donné lieu. Le problème était de savoir si les commerçants romains installés à Cénabon depuis un certain temps possédaient les droits de citoyens, auquel cas le coupable devait être condamné à payer au clan de la victime une réconfortante indemnité, ou s'ils restaient des étrangers et ne pouvaient qu'être condamnés à servir de victimes expiatoires lors des prochaines cérémonies de Samonios. On ne connaissait pas de précédents et les deux thèses avaient leurs partisans.

Ce fut le vieux potier qui répondit :

— Révoltant que c'est. On n'a jamais vu chose pareille.

— Toi, tu étais pour la condamnation à mort. Donc c'est l'indemnité.

— Pas plus d'indemnité que de peine capitale. Le clan de Suvritus a été purement et simplement débouté.

Damatos resta interloqué.

— Ce n'est pas possible : il y avait mort d'homme.

— Le roi a déclaré que Curriculus était attaqué, qu'il n'a fait que se défendre et qu'il n'y a donc pas eu meurtre.

— Mais tous les témoins ont dit que l'agresseur était Curriculus qui a frappé alors qu'il n'était même pas menacé !

— Eh oui ! c'est inique, mais c'est ainsi. Tasgétios se moque autant de la vérité que de nos lois. Il ne voulait pas, c'est sûr, déplaire à ses amis romains en condamnant l'un des leurs. Il a...

Damatos l'interrompit :

— Tu dis Tasgétios, Tasgétios... mais ce n'est pas Tasgétios qui a arrêté la sentence, il s'est contenté de la prononcer. Ceux qui ont commis l'iniquité, ce sont les druides juges, puisque ce sont eux qui décident.

Cette réflexion déclencha un tel brouhaha dans le groupe qu'il eut du mal à saisir ce que tout le monde en même temps voulait lui expliquer. Il finit tout de même par comprendre qu'au mépris des traditions les plus sacrées des Celtes, le roi avait eu l'outrecuidance de siéger seul, sans l'assistance de druides et de statuer lui-même. C'était là le pire scandale.

— Mais enfin, c'est insensé ! Seuls les druides sont initiés à toutes les subtilités du droit et peuvent prendre des décisions convenables.

— Tout le monde était indigné. Juger est une fonction sacrée que nul ne peut remplir valablement s'il n'est druide ou assisté de druides, mais ceci n'a pas l'air de troubler notre nouveau roi.

— Au début de l'audience, précisa Iarilla, il a fait un petit discours où il soutenait que le caractère sacré qui s'attache à la royauté lui permet de juger sans prendre l'avis de personne.

— Mais il n'a pas caché, compléta Dubroku, que s'il s'est décidé à le faire, c'est à l'instigation des autorités romaines, parce qu'elles n'admettent pas l'intervention dans le fonctionnement de la justice, du clergé druidique animé, selon elles, d'un très mauvais esprit.

— Si c'est pas abominable d'entendre des choses pareilles! s'exclama Véporoudos que les propos du roi avaient atteint dans sa dignité de père de druide.

Damatos ne laissait pas d'être outré de ce que des étrangers se mêlassent de bouleverser les institutions séculaires, de sages institutions qui avaient fait la preuve de leur efficacité et auxquelles tous étaient attachés; mais il n'en était qu'à demi surpris, car cela correspondait assez à l'idée qu'il était arrivé à se faire des Romains : des envahisseurs grossiers, s'enflant du ridicule de se croire supérieurs au reste du monde et ne s'embarrassant d'aucun scrupule quand il s'agissait de briser ce qui faisait obstacle à leur domination. Or pouvait-il exister un obstacle comparable à l'influence des druides dont la supériorité intellectuelle et spirituelle leur était insupportable et qui dirigeaient à leur manière discrète toute la vie politique et sociale du monde celtique ? Comment n'auraient-ils pas nourri à leur égard une animosité rageuse ? Et quoi de plus facile, pour les éliminer progressivement de la vie publique, que d'utiliser la servilité de créatures de César telles que Tasgétios ?

— Si ça commence, soupira-t-il, ça promet.

Mais le pâtissier protesta :

— Vous me faites bien rire, tous autant que vous êtes! Je ne trouve pas, moi, que ce soit une si mauvaise chose d'interdire aux saies blanches de se mêler de l'administration de la justice. Qu'elles s'occupent donc d'offrir leurs sacrifices et d'enseigner leur théologie et que, pour le reste, elles nous fichent la paix!

Véporoudos s'avança vers lui, en serrant les poings.

— Assez! Maudit porc! Tout le monde sait bien que tu es, comme Tasgétios, un affidé des Romains et que ça n'est pas plus désintéressé. Alors tu ferais mieux de te taire.

Il y eut des murmures approbateurs et un cercle menaçant se resserrait autour de l'homme des gâteaux qui, apeuré, commençait à regretter son zèle romanophile. Nul doute qu'il n'eût passé un fort mauvais moment si une patrouille d'ambactes du roi, en armes, n'avait précisément surgi au coin de la rue.

— Circulez! ordonna celui qui la commandait. Le haut et puissant seigneur Tasgétios, notre bien-aimé roi, interdit les attroupements sur la voie publique. Dispersez-vous et rentrez chez vous.

Devant les lances pointées sur eux, les badauds s'abstinrent poliment de discuter. Ils obtempérèrent, mais sans hâte et en maugréant. Cela non plus ne s'était jamais vu. Leur interdire de palabrer dans les rues ! C'était un comble. Plusieurs émirent, dans le creux de l'oreille de leur voisin, l'hypothèse que quelque chose ne tournait pas très rond dans la tête du haut et puissant seigneur Tasgétios.

X

Le roi était reparti pour sa capitale beauceronne au début de l'aténoux du mois de *rivros*, le mois de la glace, celui qui chez les Latins, du temps où ils croyaient à leurs dieux, avait été dédié à Janus. On approchait des calendes d'*anagantios*, date de la deuxième grande fête de l'année celtique, la fête de la Grande Déesse, la mère universelle, célébrée ce jour-là sous son nom de Brigantia, mais que chacun pouvait, quand cela lui faisait plaisir, appeler aussi bien la Grande Reine (Rigantona), la Très Brillante (Bélisama), la Grande Jument (Épona) ou encore Ana, voire les Trois Matrones. Anipa attendait cette fête avec impatience, car ce serait pour elle l'occasion de retourner à Cénabon : on n'avait jamais vu de parents refuser à une jeune fille bonne à marier l'autorisation de se rendre aux cérémonies des calendes d'anagantios, car cela n'aurait pas manqué d'attirer le malheur sur elle.

Chaque soir, elle sortait sur le pas de sa porte pour observer la lune qui, à l'orient, avait entamé son déclin. Son cœur bondit de joie lorsqu'elle la vit réduite aux cornes effilées du taureau de la Grande Mère prêt à charger, vers la droite, la lumière de Bélénos. Le jour de la fête n'était plus loin et elle allait retrouver son Damatos que, depuis leurs accordailles, elle n'avait revu que de loin en loin, lorsque les affaires de la tonnellerie lui donnaient l'occasion de passer dans les environs. Toujours pour de trop brefs instants : le travail commandait.

Enfin, par une belle nuit glaciale et étoilée, sans un nuage dans le ciel, elle chercha en vain la moindre esquisse de croissant entre le Cygne et Andromède. Alors, elle battit des mains. Le lendemain matin, elle se mettrait en route pour la ville.

Sa joyeuse impatience la tira du sommeil bien avant l'aurore et elle resta longtemps à se tourner et retourner entre ses peaux de loup, en attendant qu'un peu de lumière filtrant à travers le trou du toit lui permît de se lever. Elle s'était couchée tout habillée, sachant que le feu ne tiendrait pas jusqu'au matin et que la fin de la nuit serait très froide, aussi, quand elle sortit du lit, n'eut-elle qu'à enfiler ses sabots, en prenant bien garde de ne pas réveiller ses parents ou son frère. Elle disposa une poignée de paille et une brassée de petit bois sur le foyer. En soufflant patiemment, elle parvint à faire rougeoyer quelques braises qui se cachaient timidement sous les cendres. Soudain, un bouquet de flammes jaillit de la paille et illumina la pièce de clartés dansantes. Après avoir accroché à la crémaillère le lourd chaudron de soupe au petit lait, elle sortit dans la cour. La boue était durcie par le gel et les flaques de purin étaient devenues autant de plaques de glace entre lesquelles il lui fallait louvoyer pour éviter de dangereuses glissades. Ayant brisé la couche de glace à la surface du puits, elle tira un seau d'eau ; le froid piquant ne l'empêcha pas de se mettre torse nu pour s'en asperger à grands jets. Ces ablutions glaciales lui fouettèrent le sang et, dès qu'elle se fut essuyée et frictionnée, elle se sentit toute gaillarde et réchauffée. Avant de renfiler son bustier, elle eut un regard de fierté pour ses seins fermes à qui elle savait gré d'avoir le don d'affoler son cher Damatos, les soutint dans ses paumes ouvertes comme pour une offrande et leur sourit.

Ses parents commençaient à ouvrir les yeux et à s'étirer. Elle remplit de bière une écuelle, la posa sur la table et se lotionna le visage, le cou et les bras avec la boisson pour rendre sa peau douce et lisse. On ne le lui permettait qu'aux jours de fête. Seules les filles de riches pouvaient gaspiller quotidiennement le précieux breuvage pour leurs soins de beauté. Elle se dépouilla de sa robe de travail de grosse bure et la remplaça par sa toilette de fête, alliant le vert et le grenat, avec des franges au bas de la jupe, puis elle entreprit de démêler ses longs cheveux, ce qui n'était pas une mince opération, d'autant qu'elle ne disposait pas de miroir, luxe réservé aux dames de la haute société. Elle se mit ensuite, du bout du doigt, une touche de rouge sur les lèvres et de bleu sur les paupières et passa à ses bras et à ses chevilles des bracelets de cuivre, bien modestes certes, mais suffisants pour mettre en valeur sa peau mate, hâlée par la vie au grand air. Elle se sentit très satisfaite d'elle-même, assurée qu'elle était de plaire ainsi à son petit tonnelier. A la vérité, elle devait bien se douter qu'il l'aurait trouvée belle dans n'importe quelle toilette, mais elle n'aurait pas été femme si elle n'avait pas pris ce prétexte pour faire en sorte de se plaire à elle-même.

Ses parents avaient déjà achevé leur soupe quand elle s'attabla devant la sienne. Seul Vimpis paressait encore au lit.

— Dépêche-toi donc de sortir de là, s'impatienta-t-elle. As-tu oublié que nous partons ce matin pour Cénabon ?

Il bâilla et feignit la surprise.

— Pas possible ? C'est donc pour cela que tu t'es déguisée en bourgeoise et que tu pues la bière ? Mais qu'allons-nous faire à Cénabon ?

Elle vit bien qu'il voulait la taquiner.

— Cesse de faire l'idiot, fichu paresseux. Allez, ouste ! debout !

Elle alla elle-même, pour gagner du temps, atteler au carpenton les deux chevaux de la ferme, Bélios et Minios, bien que le premier, qui avait mauvais caractère, lui fît un peu peur. Mais que n'aurait-elle fait pour être plus vite auprès de Damatos ? Quand l'animal coucha les oreilles et projeta la tête vers elle, bouche ouverte et lèvres retroussées, elle lui assena une bonne claque sur le nez qui le convainquit de ne plus contester son autorité. Ce fut Vimpis qui prit les guides et mena l'attelage à bonne allure. Ils arrivèrent à Cénabon vers le milieu de la matinée et prirent directement la rue qui menait à la tonnellerie. Damatos, qui se rongeait d'impatience, bondit dehors dès qu'il entendit les chevaux.

Anipa lui sauta dans les bras. Ils avaient, on s'en doute, des quantités de choses à se dire, mais ce n'était pas le moment. Le temps de dételer les chevaux et d'avaler l'inévitable gobelet de korma (1) de bienvenue, et il fallait se mettre en route, en famille, pour le néméton de la déesse Brigantia où devait se dérouler la cérémonie religieuse.

Quand ils y arrivèrent, les fidèles étaient déjà nombreux dans la clairière sacrée, car plus d'un avait tenu à venir de bonne heure, afin de pouvoir faire ses ablutions rituelles dans la fontaine avant qu'il n'y eût trop de foule. Les druides en tunique blanche se tenaient au pied du chêne, les vates au pied de l'if et les bardes au pied du bouleau. Damatos et Anipa s'avancèrent vers eux et déposèrent ensemble une

(1) Bière de froment additionnée de miel.

écuelle de lait de brebis au milieu de toutes les offrandes déjà exposées devant les trois arbres. La main dans la main, ils prièrent avec ferveur la triple déesse de les purifier et, en sa qualité de déesse de la fécondité, de faire en sorte que se lève bientôt le jour heureux de leur mariage.

Lorsqu'ils eurent achevé leurs dévotions, un des druides se détacha du groupe et vint vers eux. C'était Krixomaros. Il donna l'accolade à son frère et à sa future belle-sœur. Anipa lui demanda des nouvelles d'Ona.

— Elle est obligée de rester couchée constamment pour ne pas perdre son fruit, mais je pense que maintenant tout ira bien, car elle n'est pas loin de son terme. Avant la prochaine lune, nous nous pencherons sur une petite créature dans son berceau.

Un grand sourire illuminait son visage habituellement grave. Imaginant l'attendrissant tableau, Ona et lui penchés, joue contre joue, sur un berceau où vagit un nouveau-né, Damatos sourit à son tour. Puis il rejoignit avec Anipa le reste de la famille qui attendait, au bord de la fontaine, que des places se libèrent dans le bassin aux lustrations. Quand ils purent y pénétrer, nu-pieds, ils furent saisis par le froid de l'eau. Ils se gardèrent bien, cependant, de ressortir avant de s'être baigné le visage en récitant d'un bout à l'autre les oraisons de la purification.

Les fidèles qui avaient achevé leurs saintes ablutions, se rassemblaient sur le bord de la clairière, du côté du midi. La foule y devint très dense. Au moment où le pâle soleil d'hiver qu'on devinait à peine dans le ciel blanchâtre, atteignit le plus haut de sa course, juste dans le dos de l'assistance, un joueur de carnix emboucha son instrument et fit éclater une sonnerie de chasse. Un frémissement parcourut la foule. L'instant était venu où « Il » allait se manifester. L'attente crispée ne fut pas longue. A l'autre extrémité de la clairière apparut, venu du nord, un majestueux cerf dix-cors qui s'avançait d'un trot hésitant, sans que personne eût seulement entr'aperçu les valets qui l'avaient conduit là.

On était au début de la période de l'année où les cerfs perdent leurs bois, mais celui-ci les avait encore sur la tête dans toute leur gloire arborescente. Il avait été jugé digne d'incarner le dieu Cernunnos et, à sa vue, toute l'assistance tomba à genoux en invoquant le maître de la nature. L'animal, affolé, s'enfuit en quelques bonds spectaculaires vers la lisière de la clairière. Aussitôt, les jeunes gens nobles qui se tenaient aux premiers rangs de la foule, s'élancèrent à sa poursuite.

Le cerf disparut sous le couvert, mais chacun savait qu'il ne pourrait s'y enfoncer bien loin, car toute la partie du bois qui entourait le néméton avait été ceinturée d'une clôture de branchages. Les jeunes gens s'efforçaient de lui couper la route et l'effrayaient avec de grands gestes, aussi le voyait-on, de temps à autre, réapparaître dans l'espace découvert, le traverser en décrivant des zigzags pour échapper aux manœuvres d'encerclement, et disparaître de l'autre côté, entre les arbres. Ses poursuivants couraient sans arrêt, mais, au bout d'un moment, les plus essoufflés allèrent prendre des postes fixes sur le pourtour de la clairière, en se répartissant de manière à pouvoir, par leurs gesticulations, empêcher la bête de regagner l'abri du sous-bois. L'étrange chasse se déroula désormais tout entière sous les yeux du public. C'était un spectacle fascinant. Sur le fond arachnéen du décor forestier dépouillé de ses feuillages, les bonds du royal animal au front soutenant l'image de la vie végétale, et la course en tous sens des jeunes guerriers haletants, aux pieds souples et aux jambes musclées, formaient un ballet qui n'avait plus d'attaches avec le temps. Les fidèles avaient le sentiment d'être introduits au cœur du mystère divin.

Le cerf, par moments, marquait un temps d'arrêt et, baissant la tête, menaçait de ses mortels andouillers l'un ou l'autre de ses poursuivants. Le garçon faisait des bonds de côté. Il avait l'air de danser. Mais la plupart commençaient à donner des signes de fatigue.

Soudain, nouvelle sonnerie de carnix : c'est le signal qui permet aux autres jeunes gens de sortir de la foule et de se porter à la rescousse. Il est de règle que la quête de Cernunnos soit ouverte par les nobles, mais il est ensuite loisible aux autres classes d'y participer.

Vimpis qui a remarqué la présence, dans les rangs des officiels, aux côtés de son père le seigneur Cumborix, de la blonde princesse Cassica, grille de se distinguer. Il aimerait qu'elle le remarque et se dise, ne serait-ce que l'espace d'un instant : « Tiens ! voilà un jeune paysan qui n'a pas froid aux yeux. » Aussi n'est-il pas le dernier à s'élancer et courir sus à la bête encornée. Damatos fait mine de l'accompagner, mais Anipa le retient par la manche.

— Je ne veux pas que tu y ailles, c'est trop dangereux.

Rien n'est plus agréable que de voir qu'on tremble pour vous. Il se débat, mais en y mettant — involontairement, bien sûr — assez de maladresse pour qu'elle puisse l'agripper avec encore plus de force.

— Je n'ai pas peur, proclame-t-il en se rengorgeant.

Elle l'assure qu'elle n'a jamais douté de son courage, mais que, justement, puisqu'elle n'en doute pas, il est bien inutile qu'il se livre à des imprudences pour le lui prouver. Aussi lui promet-il, d'un air résigné, mais non sans un secret soulagement, de rester très prudent et de ne pas s'exposer inutilement. Il tient fidèlement sa promesse. On le voit courir en tous sens et faire de grands gestes des bras, avec assez de décision pour qu'Anipa continue à trembler pour lui, mais en s'appliquant à conserver avec le cerf le minimum de distance en deçà duquel on ne doit plus parler de courage, mais de témérité.

Vimpis, lui, n'a rien promis à personne. Il défie le cerf en face, à portée de sa menaçante empaumure, et lorsque l'animal commence à flageoler d'épuisement, il se précipite à sa tête, s'accroche à un de ses bois et, s'arc-boutant de toutes ses forces, commence à lui tordre le cou pour le maîtriser. Les jeunes nobles, un peu mortifiés d'avoir été devancés, se ruent à son aide et le cerf est traîné et poussé jusqu'à la prêtresse qui l'attend le coutelas à la main.

La blonde princesse Cassica demande au seigneur Cumborix, son père :

— Tu as vu ce garçon qui a sauté aux cornes du cerf ?

— C'est un de mes vassaux, répond fièrement le chef de clan. Il est le fils de Tagausios, un fermier de Lémolanda.

— Eh bien, voilà un jeune paysan qui n'a pas froid aux yeux !

Au même moment, le tonnelier Véporoudos congratulait sa future belle-fille :

— Bravo ! Ton frère, ma chère Anipa, en a remontré à tous ces prétentieux petits aristocrates. Ça fait plaisir. Félicitations.

Elle opina avec dignité.

— Il a été très bien. Je suis contente de lui. Mais j'ai surtout admiré le courage de Damatos. Il s'en est fallu de bien peu que ce soit lui qui capture Cernunnos.

De la gorge du cerf jaillit le flot de sang par lequel Cernunnos régénérait le monde. L'Esprit divin fécondait la matière. Brigantia, la Grande Mère, pourrait enfanter. Après son effacement hivernal, la vie allait refleurir. La Nature allait se réveiller de son long sommeil et les âmes humaines, purifiées par l'eau et sanctifiées par le sacrifice, allaient renaître à une vie nouvelle.

Alors commença la danse liturgique où des vates revêtus de peaux de cerf, ramures dressées au sommet de leurs crânes, et des prêtresses nues malgré le froid, évoquèrent les amours tourmentées de Cernunnos et de la Déesse Mère. Puis le *gutuater*, le druide « père de la parole », s'avança vers l'assistance et déclama des invocations aux divinités, que les fidèles répétèrent avec ferveur. Après quoi, il entama l'homélie de circonstance, exaltant l'espérance et la joie ressuscitées invitant ses auditeurs à répondre du fond du cœur à l'appel au renouvellement que contenait le mythe... bref, rien que l'on n'eût déjà entendu plus de vingt fois. Damatos et Anipa appréciaient son éloquence, mais auraient surtout apprécié que les flots de cette éloquence ne les inondassent pas trop longtemps, car ils étaient transis de froid. Ils soupiraient après la péroraison, mais quand elle vint enfin, quelle ne fut pas leur stupeur d'entendre le prédicateur déclarer :

— Eh bien, Carnutes, mes frères, l'exemple du divin Cernunnos nous enseigne que rien n'est jamais perdu, que dans les périodes d'épreuves où l'avenir nous paraît sous les couleurs les plus sombres, nous devons nous ressaisir, reprendre le contrôle de notre destin, et alors nous verrons arriver le temps du renouveau. Je ne vous apprendrai pas les tristes événements qui viennent de se produire dans notre ville. Un roi indigne, obéissant aux ordres de l'étranger, s'est permis de bafouer nos traditions et d'interdire aux saints hommes qui ont seuls qualité pour dire le droit, de remplir leurs fonctions judiciaires. Il s'est arrogé leurs pouvoirs sacrés et a rendu une parodie de justice. Les dieux châtieront ce sacrilège. Puissent-ils ne frapper que le coupable et nous épargner, nous, le peuple dont il se prétend le roi. Mais roi, il ne l'est pas. Il a usurpé le torque royal au mépris de nos lois. Ceux d'entre vous qui ont été contraints de lui jurer fidélité se demandent s'ils sont engagés par ce serment. Je réponds nettement : non. Un serment extorqué par la force est sans valeur. Nous vous le disons solennellement, nous les druides : c'est un devoir, un devoir sacré pour tous les Carnutes, de résister à l'opression. Notre divine mère Brigantia, la trois fois sainte, bénira et comblera de ses grâces, quiconque saura, dans les pénibles circonstances que nous traversons, garder la tête haute et refuser l'asservissement.

Le ciel leur serait tombé sur la tête, que les auditeurs n'auraient pas été aussi pétrifiés. C'est à peine si quelques-uns osaient tourner un peu la tête pour, d'un simple haussement de sourcils, faire part à leurs proches de leur stupéfaction devant tant d'audace. Damatos murmura à Anipa :

— Par tous les dieux, il a un sacré culot, le petit père ! Je te parie qu'avant deux jours ses propos auront été rapportés à Tasgétios.

Avant que l'assistance, qui retenait son souffle, n'eût recommencé à s'animer, on vit le groupe des druides s'ébranler et, conduit par le Grand Druide de Cénabon en personne, venir avec componction rejoindre le *gutuater.* Le Grand Druide étendit les bras.

— Hommes et femmes du pays Carnute, prononça-t-il, unissons nos prières pour implorer les dieux de ne pas permettre que s'abatte sur nos épaules le joug de la servitude. Demandons à la sainte mère Brigantia, que nous honorons en ce jour, de nous délivrer de la présence de ceux qui veulent injustement nous dominer.

Il leva les mains vers le ciel.

— Ô bienveillante Brigantia, garde-nous libres comme nos pères étaient libres.

Tous les druides levèrent les mains vers le ciel et répétèrent en écho :

— Garde-nous libres comme nos pères étaient libres.

— Et que ton courroux, reprit le grand druide, frappe sans pitié le traître que l'étranger a abusivement placé à notre tête pour servir ses sinistres desseins.

— Que ton courroux, répétèrent les autres druides, le frappe sans pitié.

Les choses allèrent plus vite encore que ne le craignait Damatos. La journée n'était pas achevée et les habitants de Cénabon venaient à peine de rentrer chez eux, quand retentit dans les rues le bruit lourd d'une troupe en marche. Plusieurs centaines de légionnaires romains — une cohorte entière — en tenue de combat, lance au poing, défilaient au pas accéléré en direction du quartier des druides. Avant qu'on ait eu le temps de comprendre, ce quartier était bouclé. Des soldats y entreprirent la fouille méthodique de toutes les maisons. Dans le reste de la ville, des patrouilles circulaient pour empêcher les attroupements.

Parfaitement montée, l'opération policière fut rapidement terminée. Les légionnaires repartirent aussi prestement qu'ils étaient arrivés, emmenant, enchaînés, le grand druide, le *gutuater* et tous les prêtres qui avaient, le matin manifesté leur hostilité au roi Tasgétios. Un espion, manifestement, les leur avait désignés, car aucun des druides qui, par suite d'empêchements personnels, ou parce qu'ils ne voulaient pas participer à un acte séditieux, s'étaient trouvés absents de la clairière de Brigantia, ne figurait parmi les prisonniers. Mais les habitants qui, du pas de leur porte, regardaient avec consternation passer le pitoyable convoi, remarquèrent qu'il y manquait aussi un de ceux qui étaient à la cérémonie : Krixomaros, que l'on avait pourtant bien vu prier avec les autres pour que le courroux de la déesse frappe le roi.

— Ô dieux ! murmura Pennovinda d'une voix blanche, s'il n'est pas là, c'est sans doute qu'il aura cherché querelle aux soldats et que les soldats l'auront tué.

— Mais non, mère, protesta doucement Damatos, ne te mets pas des idées pareilles en tête. Il est bien plus probable que le misérable qui a dénoncé ses confrères, l'a tout simplement oublié.

— À moins, suggéra Anipa, qu'il n'ait eu pitié de lui parce que sa femme est sur le point d'accoucher.

— Courons jusque chez lui. S'il y est, il nous expliquera. Sinon, Ona nous dira ce qui s'est passé.

Ils en furent empêchés par une escouade de hastaires qui arrivaient au pas de charge, casque en tête, sous le commandement d'un petit centurion basané, et commençaient à encercler la maison. Avec quelques-uns de ses hommes, le centurion repoussa sans ménagements toute la famille à l'intérieur de la demeure. Damatos se dit qu'il avait déjà vu ce petit officier quelque part.

— Que personne ne bouge ! hurlait l'empanaché. Où est Krixomaros ?

Damatos remarqua que le visage de sa sœur Iarilla était devenu blême et, du coup, se rappela où il avait vu le centurion : c'était devant l'atelier du charron, le jour où il était allé faire changer une roue de son chariot.

— Nous ignorons absolument où est mon fils, répondit Pennovinda, et nous aimerions bien qu'on nous le dise.

Spurius Protervus Nebulo fit une moue méprisante.

— Je ne te crois pas. Nous allons bien voir.

Il fit un signe à ses soldats et leur ordonna, en latin, de fouiller toute la maison et l'atelier. Puis il saisit rudement Pennovinda par le bras et leva le cep de vigne qui lui servait de cravache.

— Tu vas parler, ou sinon...

Iarilla poussa un cri et se précipita pour arrêter son geste.

— Tu n'as pas honte ? Frapper une vieille femme !

Il se retourna vers elle, en haussant les épaules.

— Ce n'est qu'une barbare.

Mais quand leurs yeux se rencontrèrent, il se mordit les lèvres et se reprit :

— Oh ! pardon... Bon ! elle ne sera pas fouettée. Mais dis-moi si elle sait où se trouve Krixomaros.

— Elle ne le sait pas. Aucun de nous ne le sait. Nous ne l'avons pas vu depuis la fin de la cérémonie.

— Il faut me dire tout ce que vous savez.

Il posa avec hargne, mais sans en être plus avancé, des questions aux uns et aux autres. Il interrogea même Véporoudos, comme si à cette heure de la journée, un jour de fête, il eût été possible d'en tirer des réponses cohérentes. Le chef de famille allait et venait de la table aux piliers du toit en s'y accrochant, et ne cessait de bafouiller à la cantonade : « La question de Kri... de Krisco... maros... c'est pas la question. Moi j' vous le dis, c'est pas la question. »

Ses hommes vinrent rendre compte à Nebulo de ce qu'ils avaient soigneusement fouillé partout, sans rien découvrir. Le centurion prit Iarilla à part et lui dit tout bas, de sa voix roucoulante :

— Eh bien, il nous faut repartir bredouilles. C'est unc chose que je n'aime pas. Je devrais vous faire tous torturer jusqu'à ce que vous parliez ou creviez. C'est pour tes beaux yeux, ma jolie Iarilla, que je me prive de ce plaisir, mais j'y mets pour condition que tu saches m'en témoigner ta reconnaissance. Dès que j'aurai quartier libre, je viendrai te voir et réclamer ma récompense.

Après le départ des soldats, Pennovinda se rendit en hâte, accompagnée de Damatos, chez sa belle-fille Ona. Elle la trouva sanglotant sur sa couche. Les légionnaires ne lui avaient pas fait subir de sévices physiques, mais ils l'avaient questionnée avec rudesse, en la menaçant, et elle en était encore toute bouleversée. Mais ceci n'était rien, disait-elle : ce qui la torturait, c'était de ne pas savoir ce qu'était devenu Krixomaros. Il n'était pas à la maison quand les forces romaines avaient investi le quartier. Il venait juste de partir lui acheter des gâteaux et des fruits. Peut-être cette gentille attention l'avait-elle sauvé.

— Je pense qu'il a vu arriver les légionnaires et a compris ce qu'ils venaient faire. Ainsi a-t-il pu s'enfuir à temps. Mais où se cache-t-il maintenant ?

— Il a probablement quitté la ville.

— Peut-il exister un abri assez sûr pour lui permettre d'échapper aux recherches ? Si on le retrouve, ce sera la mort ou l'esclavage.

— On ne le retrouvera pas, Ona, sois tranquille. Il est plus fin que toute l'armée romaine réunie.

Une lueur d'extase éclaira le regard de la jeune femme.

— C'est vrai, mère, avec une intelligence comme la sienne,

il ne peut pas se faire prendre. A moins... J'ai peur, très très peur, qu'il ne commette des imprudences pour revenir auprès de moi. Nous ne pouvons pas nous passer l'un de l'autre, tu comprends. Je le connais, il bravera n'importe quel péril pour me retrouver, ne serait-ce que quelques instants.

Elle était de nouveau en larmes. Pennovinda et Damatos savaient bien qu'elle avait raison, mais Damatos s'efforça de la rassurer :

— Aie confiance. C'est justement son amour qui l'incitera à la prudence : il sait trop combien tu souffrirais s'il lui arrivait quelque chose.

D'une voix entrecoupée de sanglots, elle gémit que c'était sans doute vrai, mais que même dans ce cas elle avait à affronter, elle, une épreuve terrible : probablement ne pourrait-elle jamais le revoir.

— Allons donc ! la réconforta Pennovinda. Il va laisser l'orage s'éloigner ; après quoi, il trouvera bien un moyen de revenir te chercher. Pour l'instant, il ne faut pas que tu restes seule : tu habiteras avec nous.

— Comme vous voudrez... Ce qui est atroce, c'est que mon bien-aimé ne sera pas auprès de moi lorsque naîtra notre tout petit.

XI

Les premières douleurs survinrent dans la nuit. Les émotions de cette soirée de cauchemar avaient précipité les choses. Ona ne pouvait retenir de petits cris plaintifs. L'état nerveux où l'avaient mise la frayeur et l'angoisse, exacerbait ses souffrances. Elle était sans courage, désemparée. Pennovinda alluma une torche, en grommelant comme on peut grommeler quand on est une vieille femme acariâtre, perclue de rhumatismes, et qu'on est tirée du lit à une heure indue. Les lamentations de sa bru l'irritaient. Que signifiaient ces simagrées ? Pour sa part, elle avait toujours mis ses enfants au monde sans douleur et ne gardait aucun mauvais souvenir de ses cinq accouchements. Elle fit pourtant ce qu'il convenait de faire, mit les hommes dehors, envoya les jumelles réveiller les voisines, chargea Anipa, qui ne devait repartir que dans la matinée, de ranimer le feu et dépêcha Iarilla vers la demeure de Kalmia, la prêtresse accoucheuse.

Accourues, l'air très affairées, les voisines se rassemblèrent autour du lit de la future mère en parlant toutes à la fois pour prodiguer leurs conseils, contradictoires bien entendu, mais tous meilleurs les uns que les autres. Dès son entrée, Kelmia leur imposa silence et prit la direction des opérations. C'était une grande femme maigre au visage parcheminé et au regard autoritaire. Elle fit disposer des torches supplémentaires, examina la parturiente et s'installa à son chevet. Elle lança ses questions d'un ton sec : la grossesse s'était-elle bien passée ? la naissance avait-elle lieu à terme ? Elle s'inquiéta de l'absence du père, le seul homme qui avait le droit d'assister à l'accouchement. Les réponses lui firent faire la grimace. Une grossesse difficile ? aïe ! La naissance une lune avant la date prévue ? aïe, aïe ! Mais quand elle apprit que le père était le druide Krixomaros qui avait échappé à la rafle et était en fuite, elle se pencha sur Ona et posa un baiser sur son front. Elle se mit ensuite en prières, paumes ouvertes vers le ciel, psalmodiant des incantations.

La nuit s'acheva, la matinée passa. Les commères avaient repris leurs bavardages, dérangés de temps à autre par les plaintes de leur sœur en gésine. On les voyait sortir à tour de rôle pour aller chez elles mettre la soupe sur le feu ou lever les enfants, puis revenir le plus vite possible afin de ne pas manquer un spectacle qui promettait d'être plus dramatique qu'à l'ordinaire. Pennovinda, marmonnant toujours, s'activait plus qu'il n'était besoin à ranger, nettoyer, cuisiner, servir des boissons et des en-cas. Anipa, que son frère était venu chercher à l'heure prévue, était repartie pour Lémolanda. Kelmia était toujours assise au chevet d'Ona, lui essuyant le visage quand la sueur l'envahissait, et faisant régner l'ordre dans le groupe des commères.

Ona avait l'air terrorisée. L'enfant tardait trop, ce n'était pas normal. Mais ses douleurs se rapprochaient et devenaient de plus en plus violentes. Enfin, elle poussa des cris déchirants et la prêtresse se mit en devoir d'aider à la venue au monde d'un nouveau petit Carnute. Le travail n'alla pas sans peine et prit plus de temps qu'il n'était souhaitable.

— C'est un garçon !

Ona ne réagit pas. Elle était livide, gardait les yeux clos et la sueur ruisselait de son front. Kelmia lui souleva le buste et lui présenta le bébé.

— Regarde, Ona, c'est un garçon, c'est ton fils.

Elle entrouvrit les paupières. Elle avait les yeux vagues comme si elle émergeait d'un brouillard.

— Un fils..., murmura-t-elle en essayant de sourire. Comme Krixomaros aurait été content !

Elle laissa retomber sa tête en arrière et parut sombrer derechef dans l'inconscience. Laissant aux commères le soin d'emmailloter le nouveau-né, Kelmia la frictionna énergiquement, puis elle fit couler entre ses lèvres le contenu d'une petite fiole qu'elle avait tirée de sa bourse. C'était une potion de sa composition, à base de suc de digitale, de quintefeuille et de poudre de corne de cerf. L'effet ne fut pas immédiat, mais petit à petit l'accouchée reprit ses esprits et un peu de couleur revint à ses joues. Elle demanda à revoir son bébé qu'on avait enfoui dans les fourrures, au creux du petit berceau confectionné par le grand-père tonnelier. Elle le prit dans ses bras et le contempla longuement. Une larme glissait le long de sa joue.

— Mon pauvre petit, soupira-t-elle, dire que ton père et moi nous faisions une telle joie de ta venue !...

Elle réprima un sanglot et continua, comme pour elle-même :

— Il m'avait tant répété qu'il serait à mes côtés, pour me rassurer et pour être le premier à te prendre dans ses bras...

Elle le serra contre son cœur, l'embrassa doucement.

— J'imaginais mon bonheur lorsque mon bien-aimé, en te contemplant tout juste sorti de mon sein, aurait souri de fierté et aurait posé sur mon front un baiser de remerciement. Hélas ! jamais je ne verrai ce sourire sur ses lèvres, jamais je ne recevrai ce baiser...

— Ne dis pas des choses pareilles, gronda Pennovinda en lui reprenant le bébé pour le remettre dans son berceau. Ces joies te sont refusées aujourd'hui, c'est vrai, et nous comprenons ta déception, mais dans quelque temps — peut-être plus tôt qu'on ne pense — ton mari sera ici et tu le verras contempler avec fierté le fils que tu lui as donné.

— Pauvre Krixomaros ! Il ignore encore qu'il a un fils.

Kennicanda intervint, d'un ton affectueux :

— Ne t'en fais pas, Ona. Krixo saura bien nous faire parvenir de ses nouvelles et nous pourrons lui faire savoir qu'il est père. Je serais étonnée qu'il ne trouve pas un moyen de venir aussitôt voir l'enfant.

— Au besoin sous un déguisement, compléta Kennidonna.

— Peut-être, admit Ona, d'une voix faiblissante. Mais il sera trop tard.

Pennovinda s'étonna. Trop tard ? Que voulait-elle dire ? La jeune mère ne répondit pas. Elle laissa de nouveau retomber sa tête, ferma les yeux et rien ne put l'arracher à son silence.

Après sa délivrance, les voisines se retirèrent et les hommes furent admis dans la pièce. Ils s'extasièrent devant le nouveau-né, comme s'ils ne remarquaient pas qu'il était tout maigrichon et avait le visage fripé. Pendant ce temps, la prêtresse attirait Pennovinda à part et lui confiait :

— L'enfant est assez faible. Il faudra prendre beaucoup de précautions. Veiller, en particulier, à ce qu'il ait toujours bien chaud.

— Il est faible... il est faible..., bougonna la grand-mère vexée, c'est normal, non ? puisqu'il est né avant terme.

— Tout ira bien si la mère se révèle bonne nourrice. Mais c'est elle qui m'inquiète le plus. Regarde-la.

La jeune accouchée avait de nouveau perdu ses couleurs et

restait inerte, les yeux fixes, la respiration étrangement lente. De la sueur continuait à perler à ses tempes. La prêtresse retourna près d'elle, lui tâta le pouls, hocha la tête et se remit à la frictionner. Quand elle finit par reprendre un peu de vie, ce fut pour murmurer :

— Ô Krixo, mon aimé, je vais mourir sans que tu sois là pour me tenir la main.

— Allons ! se fâcha Pennovinda, cesse de dire des bêtises. Tu ne vas pas mourir. J'ai déjà vu des femmes mourir de suites de couches : elles avaient une fièvre terrible, et tu n'as pas la moindre température.

Elle lui posa la main sur le front.

— Tu es même plutôt frigorifiée.

Kelmia se hâta de préparer, avec l'eau qui bouillait dans le chaudron suspendu au-dessus du foyer, une tisane de fenouil sauvage.

— Bois, Ona, dit-elle avec une douceur qui ne lui était pas habituelle, cela va purifier ton sang.

Ona but du bout des lèvres.

— Qu'importe ? Je sais bien que je vais mourir. Je le sens. La mort ne me ferait pas peur si mon bien-aimé était là pour tenir ma main dans la sienne. Il ne m'avait jamais quittée et voilà qu'il n'est pas là pour me tenir la main et que je partirai sans lui avoir dit adieu.

Elle se tourna vers le berceau de son fils, que l'on avait rapproché du feu, et le fixa longuement en pleurant et en répétant, à travers ses larmes : « Pauvre petit... pauvre petit... » Puis elle demanda qu'on allât sur-le-champ quérir un druide pour lui donner un nom. Elle ne voulait pas quitter ce monde sans que ses lèvres eussent pu prononcer avec une tendre ferveur le nom du petit être né d'elle. Elle tenait à l'associer dans ses derniers murmures à celui de l'homme dont il était le fils tant désiré.

La prêtresse et la famille se concertèrent. Il ne restait plus à Cénabon que ceux des druides qui ne s'étaient pas compromis aux côtés du grand druide lorsqu'il avait jeté l'anathème sur le suppôt de l'occupant. Ce pouvait être par pusillanimité, mais ce pouvait être aussi en raison de sentiments pro-romains ; comment le savoir ? Kelmia craignait que, par hostilité à un confrère ayant pris position contre César et Tasgétios, celui qu'on ferait venir ne donne à son fils un nom destiné à attirer sur lui le malheur. Cette mise en garde jeta un froid, mais la prêtresse eut une inspiration.

— Attendez ! Je connais un saint homme qui n'a pas pu se rendre à la clairière de Brigantia parce qu'il est aveugle, mais qui ne nourrit aucune sympathie pour les Romains : c'est le bon vieux Mélissos. Quelqu'un pourrait aller le trouver de ma part et le guider jusqu'ici.

Ce fut Damatos qui s'en chargea. Il partit à grands pas, la tête courbée, le capuchon rabattu, sous une pluie froide qui avait chassé les gens des rues. Il avait le cœur lourd. Trop de malheurs s'étaient abattus depuis la veille sur sa paisible famille. Fallait-il croire qu'Ona allait mourir comme elle en était persuadée ? Son état de faiblesse, les émotions qu'elle venait de vivre, l'angoisse expliquaient suffisamment ses idées noires, mais n'y a-t-il pas des cas où les gens pressentent sans se tromper leur fin prochaine ?

Il ramena le vieux druide en le conduisant par le bras avec de grandes précautions, lui faisant éviter les flaques où clapotait l'averse.

— Ton frère Krixomaros est un bon garçon, un bon garçon vraiment, chevrotait le vieillard. Son courage a eu sa récompense, car le malheur est la récompense des meilleurs : telle est la loi. Il n'est pas à plaindre puisqu'il atteint en son éternité la plénitude à laquelle ne peuvent aspirer ceux qui se satisfont des mirages de ce monde d'illusion.

— Je ne saisis pas très bien, saint homme, avoua Damatos. Ce qui me préoccupe présentement, c'est le sort de ma belle-sœur Ona. Toi qui possèdes la connaissance, pourrais-tu prophétiser à son sujet ?

L'aveugle hocha la tête et répondit d'une voix cassée :

— Je vois l'oiseau au doux chant, l'humble litorne, s'envoler vers le couchant, l'horizon morne...

Mais il arrêta là ses vaticinations.

— Oui, jeune homme, je pourrais t'annoncer ce qui est arrivé dans les jours à venir. Mais à quoi bon ? Si tu veux acquérir la sagesse, contente-toi donc de t'inquiéter de ce qui arrivera hier.

Dès qu'ils furent entrés, les vêtements ruisselants, dans la pièce que le nouveau-né emplissait de ses cris, le druide étendit les bras et prononça les paroles de bénédiction. Puis il demanda qu'on emmitouflât bien l'enfant de fourrures et qu'on le lui mît dans les bras. Il invita la famille à descendre avec lui au fleuve. On le guida, à travers une étroite plage de sable, jusqu'au bord de l'eau. Sans souci de la pluie, il sortit le petit être de son douillet emballage et, l'espace d'un instant, le plongea, tout grelottant, dans l'eau purificatrice.

Lorsqu'il l'eut enfoui de nouveau dans ses fourrures, il lui posa la main sur le front, se recueillit, et prononça d'un ton inspiré :

— En vérité, le nom de cet enfant sera Leukétios, car il est toute lumière et passe comme un éclair.

Comme un éclair ? Damatos se demanda ce qu'il fallait entendre par là.

⁂

Ona mourut au crépuscule.

Lorsque l'hémorragie s'était déclenchée, on avait rappelé d'urgence Kelmia, la prêtresse. Elle avait étendu sur le ventre de la jeune femme des feuilles de verveine cueillies de la main gauche, une nuit sans lune, et avait récité d'une étrange voix de tête des formules incompréhensibles. Mais rien n'y avait fait. Sa science avait été impuissante à l'arracher aux divinités de l'Au-delà qui avaient jeté sur elle leur dévolu.

Les yeux de la jeune mère s'étaient emplis de larmes quand elle avait contemplé pour la dernière fois son bébé en soupirant :

— Ô mon petit Leukétios, mon lumineux Leukétios, mon cher trésor... adieu mon tout petit. Ô Krixomaros... mon bien-aimé... Où es-tu donc mon bien-aimé ? Ô Leukétios Krixomaricnos, mon pauvre enfant... Leukétios ! Krixomaros ! adieu...

À peine venait-on de lui clore les paupières, que des coups discrets furent frappés à la porte.

— Pourrais-je parler à la femme du druide Krixomaros ? demanda, d'une voix timide, le jeune garçon qui entrait en relevant le capuchon de sa longue pèlerine.

Les gens de la maison s'entre-regardèrent, déconcertés.

— Hélas, mon pauvre petit, finit par dire Pennovinda, tu arrives trop tard. Le corps de notre chère Ona est bien ici, mais son âme n'y est plus.

Elle montra le lit où reposait la morte. L'émotion de l'enfant fut telle que les paroles qu'il essaya de prononcer s'étranglèrent dans sa gorge et qu'il fondit en larmes. Iarilla s'approcha de lui et lui mit la main sur l'épaule.

— Qui es-tu, petit ? Qui t'envoie ?

— Je m'appelle Tecco. Mon père est charbonnier et nous vivons dans la forêt. Ce matin, je m'étais un peu éloigné de notre hutte pour aller pêcher dans un étang. Mon pied a glissé sur la boue de la rive et je suis tombé à l'eau. Je ne sais pas nager et je me serais noyé si un homme qui, par miracle, se trouvait tout près de là, n'avait entendu le bruit de ma chute. Il a couru, a plongé tout habillé et m'a ramené à terre. Il portait la tunique des druides et m'a dit se nommer Krixomaros.

— Que faisait-il par là ?

— Il était occupé à se construire une petite cabane de branchages dans une clairière, près de la source dont l'eau alimente l'étang. Il n'avait pas d'autre outil que ses deux mains. Alors, pour lui témoigner ma reconnaissance, je suis allé chercher chez moi une hache, un couteau de chasseur, un filet de pêche et des lignes, et les lui ai apportés avec quelques provisions. Je lui ai juré d'être toujours son ami.

— Et le message ?

— Il m'a chargé d'aller dire à sa femme qu'il avait échappé aux soldats romains. Il va vivre en ermite et la forêt est si grande qu'il ne risque pas d'être découvert par ceux qui le recherchent. D'ailleurs, tous les bûcherons veilleront sur lui.

L'enfant poussa un lourd soupir.

— Il comptait m'envoyer plus tard chercher la dame Ona et leur enfant. Je les aurais guidés jusqu'à lui par des sentiers détournés.

— Retourne près de lui, dit Pennovinda, et apprends-lui avec ménagement le grand malheur qui est arrivé. Mais dis-lui aussi qu'il est père d'un joli petit garçon qui a reçu le nom de Leukétios.

L'aire réservée pour les cérémonies funéraires se situait en dehors des remparts, au bord du fleuve, en aval de la ville. Au moment où, précédé de musiciens, le cortège franchissait la porte de l'Ouest derrière la civière portée par quatre jeunes filles sur laquelle était étendu le corps d'Ona revêtu de sa robe de fête, paré de tous ses bijoux et couvert de fleurs, une barque chargée de barriques descendait au fil de l'eau, halée par deux mariniers cheminant le long de la berge et guidée par un troisième qui, debout à l'arrière, manœuvrait un long aviron. Elle vint accoster juste en face du bûcher édifié par Véporoudos avec l'aide de son fils et de son gendre. Les haleurs l'amarrèrent et l'un d'eux s'assit pour se reposer, ôta ses chaussures et laissa pendre ses pieds dans l'eau. L'autre s'approcha du bûcher, du pas tranquille d'un simple curieux.

Quand les porteuses eurent déposé le cadavre sur la pile de bois, l'assistance défila devant lui, chacun adressant à tour de rôle à la défunte quelques mots de joyeux au revoir, lui donnant rendez-vous dans l'autre vie et lui jetant des fleurs, des parfums et de la nourriture. Le marinier fit comme tout le monde. Personne n'avait fait grande attention à lui. On distinguait mal son visage barbu sous son capuchon rabattu. Il resta longuement en contemplation sans dire un mot, retira une bague de son doigt et la lança sur le bûcher. Puis, au lieu de s'éloigner, il alla se placer près du druide qui présidait les funérailles. Alors seulement il parla, d'une voix émue dont le son fit sursauter Véporoudos et les siens.

— Nous devrions nous réjouir en ce jour, chère Ona, puisqu'il n'existe plus pour toi ni souffrance qui déchire, ni temps qui s'écoule, mais seulement l'éternité de la joie. Ceux qui t'aiment, pourtant, sont tristes et inconsolables parce que tu es partie et qu'ils restent, alors qu'ils avaient tant besoin de toi. Que vont devenir sans toi le petit être que tu as mis au monde et l'époux pour qui tu étais tout ? Par-dessus les flots, la divine Épona t'emporte déjà au galop de son cheval vers les Iles d'éternelle jeunesse, sans que celui qui aurait dû te tenir la main à l'instant suprême ait pu échanger avec toi un dernier adieu. Et le voilà qui reste seul et désemparé sur le rivage. Mais son chagrin est égoïste. Tout est bien, puisque tu as accompli ton destin et que tu revis dans la félicité du monde réel, te réveillant après le cauchemar que représente le passage dans notre monde illusoire. Pour nous qui continuons à vivre ce cauchemar, béni sera l'instant du réveil où nous irons te rejoindre. Celui que tu as laissé, seul et désemparé, sur le rivage, soupire après les retrouvailles d'éternité. Au revoir, douce Ona.

Il essuya une larme et s'esquiva.

Au moment où les flammes jaillirent du bûcher et commencèrent à lécher le corps, la barque, sur le fleuve, se remit lentement en mouvement, tirée par ses deux haleurs.

— Si je n'avais pas reconnu sa voix, confia Damatos à ses parents, je ne me serais jamais douté que c'était lui. Avec sa fausse barbe, ses faux sourcils et son grimage, il était impossible à reconnaître.

XII

Personne n'avait commandé la charretée de charbon de bois que venait livrer ce charbonnier dont la face noire comme celle d'un génie infernal, était excavée de l'éclat peu rassurant des deux trous blancs des yeux. Pennovinda resta plantée dans l'embrasure de la porte pour empêcher l'homme d'entrer et l'invita sans ménagements à déguerpir sur-le-champ. Mais il ne bougea pas et sourit d'un sourire amusé qui découvrit ses dents blanches et parut un rictus diabolique.

— Si même ma mère ne me reconnaît pas, lui chuchota-t-il, je peux être tranquille : ce ne sont pas les espions de Tasgétios qui me démasqueront. Je suis venu faire la connnaissance de mon petit Leukétios.

— Par Ésus ! s'exclama-t-elle dans un murmure, tu es encore plus méconnaissable en charbonnier qu'en marinier. Ta voix seule te trahit. Comme je suis heureuse de te voir !

Puis, plus fort, à l'intention des oreilles indiscrètes :

— Entre, charbonnier, et décharge-nous toute ta charretée. Ce charbon de bois est le bienvenu, nous en avions grand besoin.

Il resta en extase devant le chétif petit être en qui survivait sa chère Ona.

— Comme il est beau ! Il ressemble à sa mère, tu ne trouves pas ?

— Oui, mais il a ton front large et ton menton volontaire.

— Quand il sera en âge, je le prendrai avec moi et j'en ferai un savant. Je l'instruirai de la vie des plantes, des bêtes, des étoiles, je lui apprendrai à soigner les malades, je lui enseignerai la philosophie et la poésie. Je suis sûr qu'il deviendra un druide réputé par toute la terre des Celtes. Je lui montrerai surtout à vivre dans la sagesse et la droiture et à entretenir en son cœur l'amour du Créateur que l'on honore sous mille noms car il est au-dessus de tous les noms.

— Bien des années passeront avant que tu puisses le prendre avec toi, mais d'ici là nous aurons bien soin de lui, tu peux compter sur nous. Nous lui avons trouvé une bonne nourrice et il profite déjà.

Ce fut la seule fois que Krixomaros vit son fils. L'enfant survécut quelque temps, mais il était si débile que ses jours étaient comptés. Son immersion dans l'eau lustrale mais froide du fleuve Liger n'avait rien arrangé. Il s'éteignit tout doucement. Damatos comprit alors que c'était son passage sur cette terre qui ne devait être qu'un éclair — *leukétios.*

Damatos était très occupé. Il avait trouvé un client disposé à lui fournir la quatrième et dernière vache de sa dot contre un assortiment de futailles et de baquets dont il se hâtait d'achever la fabrication. Il arrivait au bout et, malgré les malheurs familiaux, son cœur était plein de contentement, car il ne pouvait s'empêcher de penser au moment tout proche où, en amenant triomphalement la vache à son futur beau-père, il lui demanderait de fixer la date du mariage. Le temps d'envoyer deux de ses amis faire la tournée d'invitations, et la cérémonie pourrait avoir lieu dans les premiers jours du prochain aténoux. C'était merveilleux ! Avant que la lune soit pleine, il aurait le droit, face au monde entier, de dire « mon épouse » en parlant de la jolie Anipa. Elle lui appartiendrait pour toujours, elle habiterait dans sa demeure.

Quand il en fut à dresser à la doloire la dernière douelle de la dernière barrique, il calcula :

— Demain soir, je monte ma barrique. Après-demain, il faut que j'aide mon père qui a mis en chantier trois gros cuviers, mais je trouverai bien le temps, ensuite, de faire mon fond et mon couvercle. Le jour d'après, donc, je vais faire ma livraison et je file à Lémolanda avec ma vache.

Les gens sans histoire n'ont pas coutume de prendre en compte, dans leurs prévisions, les événements politiques qui ne sont pas leur affaire. Mais s'ils ne se soucient pas des événements, les événements se soucient d'eux. Damatos en fit l'expérience lorsqu'un chariot s'arrêta devant l'atelier et que l'intendant du roi entra, accompagné d'ambactes en armes.

— Holà, bonnes gens ! hurla ce haut personnage. Je suis envoyé par notre bien-aimé roi, le puissant Tasgétios, réquisitionner tous vos tonneaux neufs.

De saisissement, Véporoudos, Damatos et Trogos restèrent bouche ouverte comme des poissons hors de l'eau. Ils écarquillaient des yeux effarés.

— Réquisitionner ?... Nos tonneaux ?...

— Le glorieux Jules César s'est plaint à notre bien-aimé roi qu'on laisse son état-major et lui-même manquer de vin de leur pays. Notre bien-aimé roi s'est empressé de lui promettre d'envoyer une flotille de Cénabon lui en chercher. Mais le glorieux Jules a demandé qu'on le fasse voyager dans les tonneaux de chez nous plutôt que dans ces amphores de terre cuite que fabriquent les Romains, car elles sont fragiles et surtout n'améliorent pas le goût du vin.

— S'il veut des tonneaux, qu'il les paie ! protesta Véporoudos.

— Faire payer le glorieux Jules César ? Tu n'y penses pas !

— Tasgétios veut donc lui faire un cadeau ? Alors que ce soit lui, Tasgétios, qui m'achète mes futailles. Je lui en vendrai autant qu'il en voudra et il pourra les offrir à son ami César si ça lui fait plaisir.

— Sache, tonnelier, que notre roi vénéré représente le peuple carnute. C'est donc, à travers lui, le peuple carnute qui a décidé de faire ce cadeau au grand chef romain. Tu appartiens au peuple carnute, tu es donc engagé. Tu ne peux pas demander de rétribution pour un cadeau que tu fais.

Les mots de la réponse que lui suggérait son indignation se pressaient à tel point dans la gorge de Véporoudos qu'ils l'obstruaient et ne parvenaient pas à en sortir. Pour leur dégager la voie, il tourna sans façon le dos à l'intendant et à ses sbires, marcha droit vers un fût de cervoise qui trônait, sur ses cales, dans un coin de l'atelier, remplit un grand gobelet qui n'attendait que cela et, se retournant, face à eux, fit cul sec avant de revenir vers eux. Alors, il les apostropha :

— Vous n'êtes qu'une bande de fripouilles. Vous venez tout simplement me voler. C'est une infamie ! Ma famille va être dépouillée, ruinée, jetée sur la paille. Comment allons-nous vivre ?

— Dis-toi que c'est un honneur pour toi que tes barriques parviennent aux pieds du grand César.

— Eh bien, moi, je vais te dire une chose : c'est que ton César, il est en train de mettre le pays carnute au pillage et que j'appelle ça du gri... du brigandage.

L'intendant royal ne daigna pas répondre et ordonna à ses ambactes d'embarquer dans leur chariot tous les récipients neufs. Au spectacle de ces hommes en livrée à damier brun et ocre qui se répandaient à travers son atelier comme une nuée de corbeaux sur un champ et s'emparaient des fruits d'un travail où il avait mis tout son cœur et sa peine, le maître tonnelier vit rouge. Il s'élança en criant : « Au voleur ! » sur deux d'entre eux qui avaient basculé le plus gros des tonneaux et le roulaient vers la sortie. Mais il avait trop présumé de l'équilibre du sol sous ses jambes en mouvement, le sentit osciller, s'incliner à droite, à gauche, puis se dresser traîtreusement à la rencontre de son visage, et il se retrouva affalé le nez dans la sciure, tandis que les ambactes éclataient de rire.

Bras et jambes coupés par l'émotion, incapable de faire un mouvement, Damatos était resté cloué à califourchon sur son banc de travail, les poings crispés sur sa doloire. Il regardait avec désespoir s'en aller les barriques qu'il devait livrer le surlendemain. Tous ses projets s'écroulaient. C'était trop de malchance ! La visite de l'intendant eût-elle eu lieu seulement trois jours plus tard, que tout eût été sauvé. Échouer si près du but... il y avait de quoi pleurer de rage et de découragement. Tout le mal qu'il s'était donné ces derniers temps, il se l'était donné pour rien. Il n'irait pas, le surlendemain, remettre triomphalement la quatrième et dernière vache à son futur beau-père. Quand brillerait la pleine lune, il ne serait pas l'époux d'Anipa, elle n'habiterait pas sa demeure.

Ce qui lui arrivait là était injuste, mais il ne lui restait qu'une chose à faire : se remettre au travail. Il s'efforcerait de reconstituer au plus vite le stock dont il avait été ignominieusement spolié, tout en aidant son père à reconstituer le sien pour que la famille pût manger. Il s'y adonna avec courage, mais il en gardait une profonde amertume et une vive rancœur à l'encontre de l'occupant romain et des autorités carnutes qui collaboraient avec lui. Il en arrivait à ne plus pouvoir rencontrer dans la rue un légionnaire de César ou un ambacte de Tasgétios sans serrer ostensiblement les poings et faire une moue de dégoût.

Il se rendit le surlendemain à Lémolanda, mais ce fut pour s'excuser de devoir faire attendre beaucoup plus que prévu le règlement du solde beuglant et encorné de sa dot.

— J'avais pratiquement achevé le travail quand les gens du roi sont venus et ont tout volé.

— C'est vraiment vexant, constata le fermier Tagausios, tandis que sa fille avait bien du mal à retenir ses larmes. C'est comme pour nous, paysans, quand la grêle détruit une récolte prête à être ramassée. Et si j'ai bien compris, c'est pour les livrer aux Romains que les hommes de Tasgétios t'ont dépossédé de tes tonneaux.

— Exactement. L'intendant ne s'en est pas caché.

Tagausios hocha la tête.

— Mon chef, le seigneur Cumborix, a bien raison de dire que le roi Tasgétios est vendu à César.

— À ce que je vois, observa Damatos, ton chef, le seigneur Cumborix, n'aime pas trop le roi Tasgétios.

— J'en ai nettement l'impression.

Un sourire plein de sous-entendus plissa le coin des lèvres du jeune tonnelier.

— Il l'aimerait encore moins s'il savait ce qui se raconte à Cénabon.

Tagausios attacha sur lui un regard interrogateur, mais ne posa pas de question. Ce n'était pas dans les manières des gens de la campagne. Il attendit les explications qui ne pouvaient manquer de suivre. De fait, Damatos reprit :

— Quand le roi est venu dans notre ville, il y a convoqué toute la noblesse de la vallée. Mais dès le grand jour, il a éloigné Cumborix en lui confiant la mission de conduire un otage à Autricon.

— J'ai su, en effet, qu'il y avait conduit le jeune Blédillos.

— Mais pendant ce temps, le roi gardait dans son palais la belle Dilaka.

Damatos affichait un air amusé. Son auditoire retenait son souffle en fronçant les sourcils.

— Tu ne veux pas dire...

— Je dis. Tout le monde, à Cénabon, est au courant. L'esclave qui a la charge de l'éclairage du palais a raconté au marchand chez qui il se fournit d'huile pour les lampes et de résine pour les torches, qu'en faisant sa tournée d'extinction des lumières dans les cours et les couloirs, après le coucher des hôtes, il a vu chaque soir le roi se glisser dans la chambre de la belle. C'est par hasard qu'il l'a aperçu le premier soir, mais les soirs suivants il guettait sans se faire voir.

— Et il l'a crié sur les toits ?

— Oh non ! Mais la femme du marchand d'huile l'a répété, sous le sceau du secret, à son amie Ovalidia, la femme du nautonier Borvu, qui n'a pas pu le cacher à son amant, le beau Lugogenos, dont la sœur est Banata, l'épouse de Brikkos le teinturier. Moi, je le tiens directement de l'apprenti de Brikkos.

Tagausios remarqua, songeur :

— Ce que tu nous dis là m'étonne. Cette petite Dilaka m'avait fait bonne impression.

— À moi, pas tellement, intervint Vimpis.

— Elle semblait fort éprise de son mari.
— À jeune femme, comme on dit, il faut jeune mari.
— Certains prétendent, ajouta Damatos, qu'elle n'a épousé le seigneur Cumborix que par ambition...

Pendant deux lunes, Damatos travailla avec acharnement, ne ménageant ni son temps ni sa sueur. Ce fut à la fin du mois de qutios, le mois où éclatent les bourgeons, où le pommier se couvre de fleurs, où reviennent l'hirondelle et le ramier et naissent les marcassins, qu'il put retourner à Lémolanda avec, cette fois, dans sa charrette, la dernière vache de sa dot. On calcula le temps qu'il fallait pour la tournée d'invitations, on s'interrogea sur les jours fastes et néfastes, et l'on finit par convenir de faire le mariage le lendemain de la fête du dieu Bélénos. Cette grande fête marquait le premier jour du joli mois de Giamonios dont le nom signifie « sortie de l'hiver ». On allumait de grands feux sur les collines pour célébrer la victoire de la lumière sur les ténèbres et la gloire du dieu solaire; on faisait traverser la fumée de ces feux au bétail pour le pénétrer de la force de renouvellement et le protéger de la maladie; avant le jour, les garçons plantaient en terre des branches d'aubépine devant la porte de leur belle, en invite de fécondité.

À son réveil, Anipa, le cœur battant, se hâta de sortir sur le seuil pour s'assurer que Damatos n'avait pas oublié le rite. Elle sourit de bonheur en voyant l'énorme rameau fleuri fiché juste devant l'entrée. Le garçon avait fait toute la route dans la nuit pour lui apporter ce gage d'amour et il était reparti comme il était venu. Cher, cher Damatos.

La fête de Bélénos s'acheva et Anipa passa sa dernière nuit dans la maison de son père. Réveillée bien avant l'aube, elle offrit pieusement ses premières pensées au divin Bélénos... mais ses pensées avant-premières avaient été pour Damatos. Tout ce qu'elle trouva à dire au dieu fut une action de grâces pour avoir permis que se levât enfin ce jour tant attendu, celui où sa vie allait se fondre dans celle de l'homme qu'elle avait choisi et à qui elle s'était donnée. Elle n'aurait plus, désormais, à se morfondre pendant des jours et des jours dans l'attente de ses prochaines étreintes; tous les soirs elle serait blottie dans ses bras. L'impatience la fit bondir de sa couche et se précipiter à sa toilette.

Elle se trouva lavée, parfumée et fardée bien avant qu'il ne fût temps et resta à tourner en rond en attendant les amies et les parentes qui devaient venir la revêtir de son lourd costume de mariée. Elles arrivèrent les unes après les autres et, sous la direction d'une vieille tante pleine d'expérience, entassèrent sur elle jupes et tuniques chamarrées, firent de sa chevelure un savant édifice, drapèrent avec art sur sa tête et autour de ses épaules un voile multicolore et chargèrent ses oreilles, ses bras et ses chevilles de pendentifs et d'anneaux dorés.

Quand elles eurent achevé de la caparaçonner si lourdement qu'elle avait peine à se mouvoir, elles la poussèrent dehors. La tradition voulait que la future mariée se cachât comme si elle avait peur de l'homme qui allait venir l'enlever. Souvenir des temps primitifs où les guerriers se procuraient des femmes par rapt. Sans doute arrivait-il bien souvent encore que les nouvelles épousées eussent réellement peur, mais ce n'était pas le cas d'Anipa. Retroussant le bas de sa jupe, elle se dirigea avec assurance vers le hangar et se glissa derrière les charrettes, en prenant bien garde de froisser ou salir ses beaux atours.

La voilà tapie dans une encoignure, l'oreille aux aguets, cherchant à se faire toute petite. Elle est partagée entre son amour-propre qui voudrait qu'elle soit découverte le plus tard possible, et sa hâte de tomber dans les bras de celui qu'elle aime. Quand elle entend résonner, à l'autre bout du village, le trot de plusieurs chevaux et des roulements de voitures, elle se sent un peu émue. Elle écoute, le cœur battant, le tohu-bohu de voix enjouées, d'exclamations, de rires qui s'élève dans la cour. Tout en s'efforçant de se rendre invisible, elle forme des vœux pour que celui qui, maintenant, la cherche, ne tarde pas à la découvrir.

Une éternité s'écoule et soudain la silhouette de Damatos se découpe à l'entrée du hangar. Elle reste figée, collée contre la paroi de roseaux, tandis que le jeune homme, penché en avant, jette des regards à droite et à gauche, fouillant l'ombre. Va-t-il repartir sans l'avoir aperçue ? Ce n'est pas l'envie qui lui manque de faire un petit mouvement ou un léger bruit pour attirer son attention, mais sa fierté s'y oppose et elle ne bouge pas, retenant sa respiration. Brusquement, elle voit à la façon dont il tressaille et se redresse qu'il a distingué quelque chose dans l'encoignure. Elle en est un peu vexée, mais surtout soulagée, et elle ne parvient pas à prendre un air effrayé lorsque après avoir enjambé des timons et s'être glissé entre des roues, il vient lui passer autour de la taille une sangle de cheval pour l'entraîner dehors comme une pouliche captive.

Ravie d'être vaincue, elle fait seulement semblant de

résister, se laisse un peu tirer, mais le suit jusqu'à son *kision* dont la vue lui met le cœur en fête, car le gracieux cabriolet d'osier à deux places est tout décoré de fleurs et de rubans et il a ses grandes roues et ses brancards repeints à neuf.

La jeunesse de Lémolanda, massée dans la cour, fait mine de leur barrer la route et de tenter d'arracher la jeune fille à son ravisseur, à qui ne sont ménagées ni les invectives ni les grasses plaisanteries, mais on s'arrange tout de même pour les laisser sauter dans le *kision* et démarrer au galop. Aussitôt, tous les gens de la noce d'enfourcher leurs chevaux ou de grimper dans leurs carrioles et de se lancer à leur poursuite. Anipa a tourné vers Damatos ses grands yeux éperdus de bonheur, mais elle se tient bien raide sur son siège pour ne pas froisser sa belle toilette.

Au bout d'une lieue, le train ralentit, les chevaux passent au trot, puis au pas. Mais en arrivant en vue de la ville, on reprend le galop afin de faire une entrée triomphale.

La foule, rassemblée devant la Maison de Réunions où a été préparé le festin, acclame Anipa que sa parure de noce rend encore plus jolie et qui sourit en rougissant. Les joueurs de flûte et de tambourin entonnent un air de danse et, aussitôt, les mariés se prennent par la main et entraînent l'assistance dans une ronde générale autour de la place. Plusieurs danses se succèdent, selon la coutume, avant que l'on ne passe à table, mais on n'a rien perdu pour attendre. Le banquet, compte tenu des moyens modestes des deux familles, paraît somptueux. L'honneur des parents est en jeu, et tout le monde sait qu'il vaut mieux se nourrir de pain sec pendant plusieurs lunes que de perdre la face en traitant trop chichement ses invités dans une occasion où l'on est le point de mire de la population. Véporoudos a tenu à faire honneur à sa réputation. Il a veillé lui-même, avec une compétence que nul ne songerait à lui contester, à la qualité de la cervoise, du kourmi, du korma et du vin de la Provincia, poussant la conscience jusqu'à goûter à chaque broc, à chaque pichet. Il a fait en sorte aussi que les convives ne risquent pas d'en manquer, si assoiffés soient-ils. Et pour que nul n'hésite à faire honneur à toutes les boissons offertes, il prêche lui-même d'exemple.

Anipa n'a pas grand-faim et elle ne prête guère attention à la succulence de ce qu'elle mange. Elle a la gorge nouée, dans l'attente du moment solennel où on lui apportera la coupe d'hydromel.

Ce moment arrive enfin. Elle prend avec respect et gravité la coupe dans ses deux mains et, selon le rite, verse sur le sol quelques gouttes du blond liquide. Puis elle boit quelques gorgées et tend le récipient à Damatos qui achève de le vider. Leur destin est scellé. Ils s'appartiennent désormais l'un à l'autre pour la vie.

XIII

Le temps avait passé, lentement pour certains, tels les druides déportés à Rome et devenus des esclaves, trop vite pour d'autres dont l'existence était toute de bonheur, ce qui était le cas de Damatos et d'Anipa. Plus de deux ans s'étaient écoulés depuis qu'ils avaient bu ensemble la coupe d'hydromel, philtre magique qui les liait pour l'éternité. Ce furent deux années radieuses pour eux, mais non pour leur pays. Bien des événements, au cours de ces quelque trente lunes, avaient bouleversé la terre des Gaules.

Dès qu'ils avaient réalisé quelle féroce volonté de domination cachait la trompeuse amitié de César, les peuples d'Armorique s'étaient soulevés avec un ensemble parfait et il s'en était fallu de bien peu qu'ils ne débarrassent le monde du fléau. Un combat naval décisif mené par la puissante flotte des Vénètes tournait à leur avantage et allait entraîner la perte des légions aventurées à des centaines et des centaines de milles de leurs bases, dans un pays de forêts et de landes où les harcelaient sans répit des bandes de combattants insaisissables qui leur coupaient à la fois toute retraite et tout ravitaillement, quand, au dernier moment, une malencontreuse chute de vent avait suffi pour que la grande victoire amorcée se transformât en défaite. Les Romains avaient pu continuer en toute sérénité leurs pillages, leurs exactions et ces massacres de populations civiles qui faisaient la fierté du grand César.

Les nouvelles que, par la suite, les messagers avaient apportées aux chefs ou que marchands ambulants et bateliers avaient colportées sur les places publiques, étaient plus désastreuses les unes que les autres. L'armée romaine avait multiplié les agressions. Elle avait mis à mal les Aulerques de la basse Séquana, les Ménapes et les Morins de Belgique, sans parler des Aquitains qui n'étaient pas des Gaulois mais des Ibères, et même tenté un débarquement dans l'île de Bretagne.

Cette série de désastres avait plongé la population de Cénabon dans la consternation. C'est à peine si, de temps en temps, une bonne nouvelle était venue lui remonter un peu le moral, l'espace de quelques jours. Huit cents cavaliers ubiens avaient mis en déroute les cinq mille cavaliers de César. Le vaniteux proconsul avait, devant les Suèves, opéré bravement un repli stratégique sur des positions préparées à l'avance. Cela faisait plaisir, cependant on ne pouvait en tirer nulle fierté, car ni les Ubiens ni les Suèves n'appartenaient au peuple celte : c'étaient des Germains. La tentative de débarquement dans l'île de Bretagne s'était soldée par un échec, et ici on avait bien affaire à une victoire celte, mais César avait été assez malin pour faire passer aux yeux de ses crédules compatriotes et du parti collaborationniste, son rembarquement précipité pour un succès et en retirer une gloire accrue.

Damatos et Anipa s'attristaient comme tout le monde de ces événements, mais rien n'altérait leur bonheur. Ils étaient ensemble et cela seul avait vraiment de l'importance. Certes, l'occupation romaine les irritait, mais ils en supportaient les désagréments avec philosophie. Ni les contrôles intempestifs qu'il fallait subir de fonctionnaires étrangers, ni les autorisations qu'il fallait demander pour les actes les plus simples, ni l'arrogance des militaires croisés dans les rues, n'empêchaient la vie de se poursuivre et leur foyer de s'épanouir dans la paix et la tendresse. Même les réquisitions abusives dont Damatos avait gardé un très mauvais souvenir, n'avaient que des conséquences limitées. Si elles avaient retardé leur mariage, elles ne l'avaient pas empêché.

L'existence leur apportait assez de satisfactions pour que les contrariétés leur parussent légères. Tout en prenant leurs repas à la table commune, ils logeaient à part, dans un appentis qu'on leur avait construit, adossé à l'atelier. Deux charmants bambins leur étaient nés, un garçon rieur et câlin, Dévios, qui se dirigeait allègrement vers son deuxième anniversaire, et une fillette de quelques semaines, Lella. Ils étaient leur joie. Chaque soir, avant de se glisser dans leurs couvertures, les deux époux récitaient ensemble une action de grâces à la bienveillante Brigantia, au fécond Sucellos et au rayonnant Bélénos. Ce n'était pas qu'ils fussent bien riches : les affaires marchaient mal, car la clientèle, pressurée par les

Romains, n'avait plus les moyens d'acheter. Mais ils n'avaient pas besoin de richesses, ils goûtaient les joies simples de l'existence. Adroite de ses mains comme elle l'était, Anipa n'avait pas été longue à devenir une habile tonnelière. Entre les soins aux enfants, elle maniait le fendoir et l'herminette comme si elle n'avait fait que cela toute sa vie. Le travail — qu'il ne leur serait pas venu à l'idée d'assimiler à une corvée — la vie de famille, les fêtes religieuses et les promenades dans la nature en se tenant la main, leur suffisaient pour vivre le cœur content.

Du côté des contrariétés, ce qui projetait le plus d'ombre sur leur bonheur, c'était les relations assez tendues entre Anipa et sa belle-mère. Le caractère de dame Pennovinda ne s'était pas amélioré et la présence d'une belle-fille n'arrangeait rien. Une sourde rivalité s'était instaurée entre les deux femmes. Qu'il s'agît de la tenue de la maison ou des soins aux enfants, la mère de Damatos prétendait tirer de son âge et de son expérience le droit de donner des conseils, à prendre, s'il vous plaît, comme des ordres, et de dispenser ses critiques sans y mettre de formes. Elle avait peut-être raison au fond, mais Anipa avait, comme tous les jeunes, trop confiance dans sa propre compétence pour souffrir tant les conseils — surtout ceux qui voulaient être pris comme des ordres — que les critiques. Elle ne manquait pas de faire exactement le contraire de ce qui lui était conseillé et ripostait aux critiques par des contre-attaques pas très aimables. Comme il se doit, ses petites piques accroissaient la mauvaise humeur de sa belle-mère qui tournait et retournait longtemps dans sa tête avec amertume, les réflexions qui l'avaient blessée. Du coup son caractère devenait encore plus acariâtre.

Véporoudos se faisait un devoir de soutenir sa bru. C'était la dernière chose à faire s'il voulait éviter les scènes avec sa mégère. Excédé par les discussions et les récriminations, il cherchait encore plus souvent que naguère un refuge dans les boissons fermentées. Les résultats se faisaient sentir jusque dans son travail. On le voyait s'évertuer à assembler des douves qui n'avaient pas encore été cintrées, cercler une barrique sans y avoir mis le fond, ou donner des coups de marteau à côté. Il devenait coléreux et, lorsqu'on le contrariait, faisait voler à travers la pièce les pots et les écuelles.

En revanche, les choses allaient beaucoup mieux entre Trogos et Iarilla. Quelque temps après le mariage de son frère, la jeune femme avait accordé au centurion Nebulo le rendez-vous qu'il lui réclamait en récompense de sa mansuétude. Elle avait revêtu sa plus coquette robe à falbalas, ondulé ses cheveux, parfumé son visage, et elle sortait toute guillerette de chez elle pour aller rejoindre le galant officier, quand accourut à sa rencontre son fils Ésox tout essoufflé.

— Maman ! Maman ! haletait-il, viens vite ! Je ne sais pas ce qu'a Camos, il se tortille par terre en donnant des coups de pied et des coups de poing dans tous les sens, et il a rendu tout son déjeuner.

Le sang d'Iarilla ne fit qu'un tour et elle se précipita à la suite du garçon vers le terrain de jeux où il avait laissé son jeune frère. Au milieu d'un cercle de camarades médusés qui n'osaient pas s'approcher, Camos, souillé de ses vomissures, était en proie à des convulsions. Il avait les yeux révulsés. Lorsqu'elle se pencha sur lui, il ne la reconnut pas. Il se débattait si violemment qu'elle dut solliciter de l'aide pour le maîtriser, le soulever et le transporter à la maison. En le couchant, elle tâta son front et constata qu'il était brûlant.

— Les Trois Matrones ont voulu me punir, pensa-t-elle, terrifiée. Elles me frappent dans la personne de mon enfant, parce que j'allais trahir son père. Peut-être va-t-il mourir et ce sera ma faute.

Elle avait honte d'elle-même et l'angoisse lui serrait le cœur.

— Que lui est-il arrivé ? questionna Pennovinda qui contemplait avec effarement son petit-fils dont les convulsions s'étaient calmées, mais qui débitait des paroles sans suite.

Iarilla pensait qu'il pouvait s'agir d'une empoisonnement, puisqu'il y avait eu des vomissements et, d'une pauvre petite voix étranglée, elle interrogea Ésox :

— A-t-il mangé une plante défendue ?

— Sûrement pas. Je m'en serais aperçu, car nous ne nous sommes pas quittés.

Il raconta qu'ils jouaient à la petite guerre avec ses camarades et n'avaient pas arrêté de courir et de se battre, jusqu'au moment où ils avaient été tellement en sueur qu'ils avaient demandé une trêve pour prendre un peu de repos et chercher un peu de fraîcheur. Ils s'étaient assis à l'ombre, sous les tilleuls.

— Camos a choisi la meilleure place, celle où il y avait un bon petit courant d'air qui lui faisait du bien. Quand la bagarre a repris, nous avions retrouvé toutes nos forces. Mais c'est à ce moment-là que Camos s'est arrêté tout d'un coup. Il frissonnait comme une feuille de peuplier. Puis il a vomi et, après, il est tombé par terre et s'est mis à gigoter

— Il a dû prendre un chaud et froid, déclara Pennovinda. Il faut tout de suite appeler le druide médecin.

Ésox partit en courant vers le quartier des prêtres. Pennovinda se chargea de prévenir Trogos qui travaillait à l'atelier et qui abandonna immédiatement son travail pour accourir au chevet de son fils.

Le praticien que ramena Ésox était un druide dans la force de l'âge, au front rasé comme il était de règle, mais à l'abondante chevelure noire en arrière de sa tonsure. Sa barbe de jais était taillée en pointe et ses moustaches cachaient ses lèvres. Il écouta le petit malade délirer, scruta ses yeux injectés de sang, perçut en posant les mains sur lui la fièvre qui le dévorait et les râles de sa poitrine. Alors, il fronça les sourcils, soucieux.

— J'ai l'impression qu'une divinité est irritée contre vous.

Iarilla devint livide.

— Est-ce que... est-ce que, par exemple, ce pourrait être les Trois Matrones ? ne put-elle s'empêcher de demander, en espérant contre tout espoir s'entendre répondre que les maladies des enfants ne sont pas l'affaire des Trois Matrones.

L'homme en blanc la regarda longuement, curieusement, puis affirma :

— Ce sont les Trois Matrones.

— N'y a-t-il plus d'espoir ? interrogea Trogos d'un ton douloureux.

Le druide hocha la tête.

— L'état du petit est très grave, mais rien n'est jamais sans espoir. Vous avez bien fait de m'appeler. Je vais vous sculpter un ex-voto en bois bénit que vous irez déposer dans la fontaine dédiée aux Trois Mères, après avoir offert en sacrifice un agneau noir et trois poules rouges.

— Tu es sûr qu'après cela l'enfant guérira ?

— Voilà une chose qu'on ne peut jamais dire. Mais s'il y a une chance de le sauver, aucun traitement ne saurait être plus efficace. Néanmoins, pour le compléter, je vais vous préparer une potion à base d'ellébore blanc, de miel et de sésame. Je vous l'apporterai dès qu'elle sera prête.

Lorsqu'il revint, Camos dormait d'un sommeil agité. Il le réveilla pour lui faire ingurgiter une cuillerée de sa potion, après avoir prononcé, les paumes vers le ciel, une formule dont nul ne saisit le sens.

L'ex-voto qu'il vint apporter dans la soirée et qu'il fit payer un bon prix, était une planchette ovale sur laquelle étaient grossièrement schématisées, en relief, une trachée et des côtes, la région à guérir. Ce fut Trogos qui se chargea d'aller l'immerger dans la fontaine des Trois Matrones. Neuf bonnes lieues aller et retour, et qui ne pouvaient être faites qu'à pied, par de mauvais sentiers à travers bois où jamais une voiture n'aurait eu la place de passer. Il partit le matin à jeun et revint le soir sans avoir rien mangé de la journée, car un pèlerinage est encore plus efficace s'il se double d'un jeûne. Iarilla le remercia avec une douceur dans la voix dont il avait perdu l'habitude, et s'inquiéta de savoir s'il n'était pas trop las. Toute sa fatigue s'envola sur-le-champ.

Ils veillèrent l'un près de l'autre leur petit malade. Une même expression d'angoisse troublait leurs yeux au moindre de ses gémissements, ils ressentaient le même déchirement pendant ses quintes de toux, ils échangeaient un même regard d'espoir quand son visage devenait plus calme et sa respiration plus régulière. Lorsqu'il réclamait à boire, ils se levaient d'un même mouvement, puis Iarilla laissait son époux aller chercher un gobelet d'eau fraîche et se rasseyait, pensive. Quand venait le moment de faire prendre à l'enfant sa potion d'ellébore blanc, elle tenait la cuiller et Trogos y versait le sirop.

Ils ne se parlaient pas. Les mots étaient inutiles. Chacun restait muré dans sa tristesse, abîmé dans la pensée du pauvre petit que, quelques jours plus tôt, ils voyaient jouer avec tant de vivacité et rire si joyeusement et que maintenant Dis Atir, le dieu de la mort, leur disputait. Ils revivaient ses charmants élans de tendresse, se rappelaient ses mots d'enfant. Quand, entre ces mélancoliques souvenirs, l'un d'eux pensait à l'autre et s'interrogeait à son sujet, quelque chose se nouait dans sa gorge et l'empêchait d'exprimer par des paroles les sentiments qui l'agitaient.

Dès qu'il avait été embauché à la tonnellerie, Trogos s'était pris pour la fille de son patron d'une passion si violente qu'il manquait d'en perdre la tête. Il ne pouvait poser le regard sur son émouvant visage aux yeux de chatte, sur la peau nacrée de ses bras nus, sur sa taille mince et ses hanches harmonieuses, sans sentir monter en lui une sauvage frénésie et il lui fallait lutter désespérément contre lui-même pour ne pas se jeter sur elle comme une bête. Elle n'avait pas été longue à s'en apercevoir et s'en amusait, bien qu'elle en éprouvât un certain malaise, car le moins que l'on puisse dire est qu'elle n'avait pas grande estime pour ce rustaud ! Elle n'aurait pas été femme si, en même temps, elle ne s'était sentie flattée d'éveiller de si violents désirs et d'être l'objet de cette muette adoration. L'idée de tenir en son pouvoir une brute dont elle ferait son esclave n'était pas pour lui déplaire. Elle avait donc joué avec lui comme un chat avec sa proie, déployant toutes ses coquetteries pour le pousser à bout et se dérobant dès qu'elle sentait qu'il allait devenir trop entreprenant. Et puis, un jour qu'il était au bord du désespoir, elle lui avait annoncé sans ambage qu'elle le choisissait pour mari. Il en avait à peine cru ses oreilles et en était devenu comme fou de bonheur. Elle n'avait pas eu à se donner beaucoup de peine pour s'affirmer la maîtresse dans le ménage. Rien que pour pouvoir assouvir chaque nuit le désir qui faisait bouillir son sang, se repaître de son corps frêle et tiède avec la fureur d'un taureau en rut, il rampait devant elle, passait par toutes ses volontés.

Cet excès de docilité avait fini par la lasser. Elle en était arrivée à n'éprouver plus que mépris pour cet être servile, cet amas de muscles court d'esprit qui ne réagissait pas quand elle le traitait comme un chien. Elle cessa même de prendre du plaisir à ses assauts violents mais brefs qui, au début, la chaviraient et la transportaient d'extase.

Comme elle était trop légère et coquette pour se passer d'admirations masculines et que celle, routinière et obligatoire, de son époux ne lui suffisait plus, elle ne tarda pas à se remettre à faire les yeux doux aux jolis garçons. Généralement, cela n'allait pas bien loin, mais il lui était arrivé, une fois par-ci par-là, d'avoir une aventure dans laquelle elle faisait bon marché de la fidélité due au père de ses enfants. Pauvre Trogos ! Maintenant, en le voyant accablé de douleur à son côté et partageant ses angoisses, elle se demandait comment elle avait pu prendre tant de plaisir à l'humilier et à le faire souffrir. Certes, il n'était pas très fin, mais c'était un brave garçon et il lui avait offert tant d'amour... Elle se repentait de sa cruauté et de ses infidélités. Elle avait manqué au commandement enseigné par les druides « Ne fais pas le mal » et le ciel l'en punissait.

Elle savait son châtiment mérité, mais elle implorait en son cœur la pitié des dieux. Qu'au moins leur courroux ne retombât que sur elle-même et non pas sur l'enfant innocent ni sur le malheureux père que le chagrin pouvait briser. Mais elle-même ne pouvaient-ils l'épargner, puisqu'elle était dévorée de remords et prenait l'engagement de changer de conduite, de ne plus retomber dans ses erreurs et de dédommager son pauvre Trogos de tout ce qu'elle lui avait fait endurer, en se montrant dorénavant une épouse dévouée, pleine d'attentions.

Trogos ne réfléchissait pas autant. Ce n'était pas un homme de pensée. Mais en contemplant avec un sentiment d'impuissance le petit malade qui était, avec Ésox son aîné, toute son affection, il revivait son passé. Les deux enfants étaient les fruits de l'amour passionné qu'il avait voué à la femme qui était là, près de lui, et voilà que cette femme, il avait fini par la haïr, accablé de son dédain et de ses avanies. Plus d'une fois, il avait été sur le point de la répudier et de partir chercher du travail ailleurs. Mais il avait toujours été arrêté par la pensée de ses deux gosses dont il n'aurait pas pu supporter d'être séparé. Il les aimait farouchement, ils étaient sa vie. Il reportait sur eux son trop-plein de tendresse déçue. Pour continuer à les voir près de lui, à les prendre sur ses genoux, à jouer avec eux après sa journée de travail, à les initier peu à peu au maniement de ses outils de tonnelier, il aurait souffert n'importe quels tourments.

Et puis sa haine pour Iarilla ne l'empêchait pas d'avoir d'elle un besoin physiquc toujours aussi brutal. Il éprouvait à chaque fois le même trouble lorsque son regard rencontrait ses seins, son ventre, ses bras nus. Tout le ressentiment qu'il pouvait accumuler contre elle au cours d'une journée était impuissant à lui faire abandonner son droit marital de se jeter sur elle, le soir, pour la posséder avec frénésie. Il puisait même dans l'ardeur de sa rage une exaltation qui lui faisait goûter dans ces étreintes toutes de violence, une jouissance qu'il n'avait jamais atteinte au temps de sa tendresse. Il avait beau se dire parfois : « Je ne veux plus d'elle, je me passerai d'elle », sa résolution ne tenait jamais plus qu'un feu de paille. Il était revenu vers elle comme un chien battu.

Maintenant, il ne savait plus trop... Ils étaient là, assis côte à côte, plongés dans la même anxiété, et elle ne l'écrasait plus de son dédain. Son attitude était humble et les rares paroles qu'il lui arrivait de prononcer, elle les prononçait avec une douceur qui le bouleversait. Peut-être, au fond, ne la haïssait-il pas autant qu'il avait cru.

Ils n'abandonnèrent le chevet de leur petit malade ni de jour ni de nuit. Lorsque l'un d'eux, vaincu par le sommeil, allait prendre un peu de repos, l'autre restait veiller. Quand la famille se mettait à table, Trogos allait chercher le repas d'Iarilla qui le remerciait d'un regard, puis apportait le sien et ils mangeaient ensemble, sur leurs genoux. Il ne se souciait plus du travail qui l'attendait à l'atelier. On pouvait bien se débrouiller sans lui. Rien ne comptait que son enfant. Quand il s'absentait, c'était pour aller cueillir les plantes avec lesquelles Iarilla lui préparerait ses tisanes.

Les heures succédaient aux heures, les jours aux jours, interminables. Mais au soir du septième, l'état du petit malade s'aggrava brusquement. Il recommença à délirer. Son pauvre corps amaigri devint plus brûlant que jamais et son visage se couvrit de sueur. Il se débattit, cherchant à se défaire de ses couvertures. Trogos courut rappeler le druide, dont le premier soin fut de s'enquérir si son ex-voto avait bien été offert aux déesses mères. Rassuré sur ce point, le saint homme se hâta à la suite du père angoissé. À peine entré dans la chambre, il étendit les mains au-dessus de l'enfant, leva les yeux vers le ciel et répéta trois fois la mystérieuse formule qui aurait dû chasser le mal. Puis il resta un long moment immobile et silencieux, comme statufié, un pouce dans la bouche. Lorsqu'il recommença à s'animer, il assura qu'il n'y avait plus lieu de se tourmenter, car Bélénos lui avait fait savoir que la guérison était proche.

Mais la fièvre ne faisait qu'empirer et cette nuit-là ni l'un ni l'autre des malheureux parents ne ferma l'œil. Ils avaient laissé allumée une petite veilleuse à huile et ne quittaient pas leur enfant des yeux, s'alarmant au moindre changement sur son visage, à la moindre agitation. Lorsqu'il fut pris, soudainement, d'une fétide diarrhée, ils s'affairèrent ensemble à le nettoyer et changer sa literie. Ils eurent à répéter la même opération plusieurs fois avant le jour et s'en acquittèrent côte à côte, avec une inlassable patience.

Quand la lumière du matin leur permit de se regarder, chacun eut mal en lisant dans les yeux de l'autre un abîme de désespoir. Le druide s'était trompé et leur petit Camos allait mourir. On ne peut rien contre le destin. Devant cette mort, tout ce qui avait pu les dresser l'un contre l'autre paraissait soudain bien dérisoire.

L'enfant poussa un long et douloureux gémissement. Iarilla prit dans la sienne la main de son époux et ils restèrent sans bouger, contemplant le petit visage aux yeux clos que la vie, peu à peu, abandonnait.

Les premières heures de la matinée s'écoulèrent mornes, silencieuses, sans espoir. Camos restait prostré et sa respiration était haletante. Mais subitement il ouvrit les yeux, regarda ses parents avec l'air étonné de quelqu'un qui s'éveille d'un long sommeil et se redressa.

— Ça va mieux, fit-il. Je crois que j'ai été malade, n'est-ce pas ?

— Eh bien... Oui... oui, mon chéri... Une indisposition, balbutia sa mère qui n'en croyait pas ses yeux ni ses oreilles.

— Je me sens guéri maintenant. Je vais pouvoir me lever.

Elle lui tâta le front, les joues. Il n'y avait plus de fièvre. L'enfant souriait de ravissement en voyant ses parents penchés sur lui, épaule contre épaule et main dans la main. Il fallut user de diplomatie pour le convaincre de rester couché encore quelque temps. Le surlendemain, il courait comme un lapin (1).

Cette épreuve traversée en commun avait fait renaître entre les deux époux, sinon l'amour, du moins une affection tranquille et durable. Iarilla avait assez mûri pour que c'en fût fini pour elle des jeux de la coquetterie, des œillades aux beaux garçons, des rendez-vous aux pimpants officiers. Ce revirement n'avait pas été du goût du glorieux centurion Spurius Protervus Nebula (XIVe légion, VIe Cohorte). Il était revenu furieux de son rendez-vous manqué, croyant qu'elle s'était moquée de lui. Lorsque, par la suite, s'étant renseigné, il avait appris qu'elle avait été retenue par la maladie de son enfant, il avait tempêté : « C'est égal ! elle aurait pu me faire prévenir. Ces Barbares sont d'un sans-gêne ! » et il avait attendu avec impatience la guérison du gamin pour réclamer derechef ce rendez-vous qu'il estimait lui être dû. En l'apercevant qui lui faisait des signes à l'entrée de l'atelier, elle tourna le dos ostensiblement, en haussant les épaules. Elle ne fit plus attention à lui. Il en fut si dépité qu'il sollicita de ses supérieurs, par la voie hiérarchique, l'autorisation de la violer. Mais le moment était mal choisi. Le soulèvement de l'Armorique venait d'éclater et le haut commandement ne tenait pas à risquer d'indisposer d'autres peuples qui auraient pu menacer ses arrières. La consigne était de ménager provisoirement les habitants. Le centurion se vit refuser son autorisation et, d'ailleurs, trois jours plus tard la légion levait le camp pour aller se joindre aux autres troupes en perdition dans les landes du pays vénète. Elle ne laissait derrière elle, comme témoin de la domination romaine, qu'une bureaucratie tatillonne — quelques administrateurs au visage rasé et à la toge arrogante, installés dans des maisons de pierre qu'ils s'étaient fait construire à Cénabon aux frais des habitants. Ils étaient à la dévotion de ce fastueux Fufius Cita à qui César avait confié la délicate mission de vider le pays des trois quarts de sa production agricole et de la totalité de ses objets d'art et d'expliquer à la population

(1) Les esprits forts diront peut-être que telle est l'évolution normale de la pneumonie chez les enfants et que le druide n'avait pas besoin de l'inspiration de Bélénos pour la prévoir. En ce cas, ce serait tout à l'honneur de ses connaissances médicales.

qu'en bon latin cela s'appelait poursuivre une œuvre de pacification.

Les fonctionnaires romains faisaient en général exécuter leurs décisions par l'intermédiaire du dévoué roitelet Tasgétios et comptaient sur ses hommes d'armes pour faire régner l'ordre. Les opposants disparaissaient un beau matin, emmenés vers une destination inconnue par des hommes aux tuniques à damier brun et ocre, et on ne les revoyait plus. Les gens bien informés assuraient qu'on les vendait comme esclaves. C'est ce que les légionnaires avaient fait des druides arrêtés à l'issue de la fête des calendes d'anagantios. Le clergé gaulois avait dû se réunir en assemblée extraordinaire dans la forêt carnute pour élire un successeur au grand druide de Cénabon. Son choix s'était porté sur un homme énergique qui n'aimait pas trop les Romains, le vénérable Cotuatos.

Krixomaros continuait à vivre au fond des bois, mais il envoyait de temps à autre de ses nouvelles à sa famille, par le truchement de son fidèle Tecco, le fils du charbonnier. Ainsi avait-on appris qu'il menait une vie fruste mais ne manquait pas du nécessaire : les charbonniers, les sabotiers et les bûcherons qui hantaient la portion de forêt où il avait élu domicile et les paysans qui menaient paître leur bétail dans les parages le considéraient comme un saint, se faisaient un honneur de lui apporter une telle abondance d'œufs, de lait et de farine qu'il en distribuait la plus grande partie aux pauvres qui venaient le voir. Car on venait à son ermitage pour écouter ses enseignements, lui demander conseil dans les difficultés et prier avec lui. Quelques jeunes hommes avaient même bâti des huttes de branchages autour de la sienne et se faisaient initier par lui aux mystères de la religion celtique et aux préceptes de la philosophie. Et tout le monde savait si bien tenir sa langue que ni les Romains, ni les gens de Tasgétios, ni aucun de leurs partisans ou de leurs espions n'étaient parvenus à découvrir le secret de sa retraite.

En raison de la sécheresse, la récolte, qui venait d'être battue, avait été particulièrement mauvaise cette année-là. La moitié seulement des silos des marchands de grain de Cénabon avaient pu être remplis. Damatos et Anipa s'inquiétaient : ils craignaient de ne pas trouver à acheter tout le blé dont ils auraient besoin au long de l'année pour nourrir leur petit Dévios et, quand elle serait sevrée, sa petite sœur Lella. Pour eux, ils se résignaient à se nourrir de racines, de fruits et de lard, mais les enfants ne pouvaient se passer de pain.

— L'hiver va être très dur, soupirait Damatos. Nous allons

connaître la faim. C'est pour nos pauvres petits que cela me fait de la peine.

Il contemplait avec tendresse sa femme qui, corsage dégrafé, donnait le sein à leur dernière-née, quand, au-dehors, la rue s'emplit d'un bruit confus de piétinements, de roulements de chariots, de martèlements de sabots. Il sortit voir ce qui se passait. Une colonne de fantassins romains en armes avait envahi la ville, suivie d'un convoi de fourgons et d'une turme de cavalerie. Les badauds leur emboîtaient le pas, curieux de savoir ce qu'ils venaient faire. Damatos se joignit à eux.

En arrivant au haut de la ville, il vit sortir de chez lui l'intendant Fufius Cita qui venait au-devant des soldats. Après s'être entretenu en latin avec les officiers qui la commandaient, l'homme en toge prit la tête de la colonne et la mena droit aux magasins des marchands de grain. Les cavaliers se déployèrent pour repousser la foule et le reste de la troupe se mit en devoir de faire passer les réserves de blé des silos dans leurs chariots. La foule gronda, cria au vol, protesta que privés de blé tous mourraient de faim. Certains hurlèrent : « À mort Cita ! » Il y eut un mouvement pour tenter d'empêcher les soldats de poursuivre leur tâche, mais la cavalerie chargea. Plusieurs citoyens reçurent des coups de lance, des femmes furent renversées et piétinées par les chevaux, les autres s'enfuirent et, parmi eux, Damatos.

Il fallait bien que l'armée de César mangeât à sa faim.

XIV

Les mains derrière le dos, le seigneur Cumborix observait ses hommes qui, galopant à cru leurs poneys à longs crins, s'affairaient à séparer du troupeau les poulains de deux ans bons à être vendus et à les faire fuir vers l'enclos qui leur était destiné. Un sourire de satisfaction flottait sur ses lèvres. Les jeunes bêtes, aux robes isabelle, gris de fer ou gris souris, étaient superbes ; elles avaient des crinières soyeuses, des naseaux de feu, de grands yeux fiers ; elles étaient hautes d'état, le poil luisant et la croupe rebondie. Il en tirerait bon prix.

Il fut distrait de sa contemplation par le sentiment d'une présence. Il tourna la tête et ses yeux rencontrèrent ceux de Dilaka qui était venue le rejoindre et admirait, elle aussi, en connaisseur, les poulains qui s'agitaient, affolés, dans leur enceinte, trottaient en rond et se cabraient. Elle lui enlaça tendrement les épaules et appuya la tête contre sa joue.

— Dans combien de temps comptes-tu qu'ils seront assez débourrés pour que tu puisses les vendre ?

— Avant quinze nuits (1), ils accepteront le mors et se laisseront monter. J'ai des acheteurs qui m'ont annoncé leur visite avant la prochaine lune, et je dois également me rendre à Cénabon livrer six poulains à Licerius, un trafiquant romain.

Les derniers mots avaient été prononcés avec une certaine gêne et il s'empressa de préciser :

---

(1) Les Celtes mesuraient le temps, non pas d'après le nombre de jours, mais d'après le nombre de nuits.

— Oh, mais ils ne sont pas destinés à l'armée ! Licerius les conduira à Rome où leur utilisation sera purement civile.

Dilaka laissa perler un rire léger comme les bulles d'une fontaine.

— Tu sais, s'ils avaient été destinés à l'armée, ça ne m'aurait pas dérangée. Les Romains ne sont-ils pas nos protecteurs ?

Devant l'air scandalisé de son époux, elle lui plaqua un baiser sur la joue.

— Dis-moi, quand tu iras en ville livrer tes poulains, tu veux bien m'emmener ?

— Avec plaisir. C'est toujours une joie pour moi de t'avoir à mes côtés.

Elle se serra plus fort contre lui.

— Ça, c'est gentil. Tu es le meilleur des maris. Au fait, lorsque ce Licerius t'aura payé, ta bourse sera pleine, nous pourrons faire le tour des boutiques. Je n'ai plus rien à me mettre.

Il poussa un soupir.

— Bon, d'accord, nous ferons le tour des boutiques. Tu sais bien que je ne puis rien te refuser.

Elle lui dédia un grand sourire. Mais soudain elle mit la main sur sa bouche.

— Ah, mais attends... dans une quinzaine de nuits... est-ce que je serai rentrée ?

Elle réfléchit, compta sur ses doigts.

— Oui, pas de problème. Je serai rentrée pour l'ivos de cantlos.

Cumborix la regardait d'un air stupéfait.

— Rentrée ? Mais rentrée d'où cela ?

— Ne te l'ai-je pas dit ? J'ai promis à ma vieille tante Kamuliana de retourner la voir au prochain aténoux. Mais je ne resterai pas longtemps.

— Encore ta vieille tante ! Il est louable d'avoir l'esprit de famille, mais tu te laisses un peu trop accaparer Cela commence à dépasser la mesure !

Dilaka prit un air humble et attristé.

— Il ne faut pas m'en vouloir. J'aime beaucoup tante Kamuliana. Elle m'a toujours gâtée. Maintenant que sa santé décline, je manquerais à mes devoirs si je n'allais pas de temps en temps passer quelques jours près d'elle. Mes visites lui font tant de bien.

Il n'y avait rien à répondre. Quelques jours plus tard, Cumborix, le cœur lourd, agitait la main en regardant s'éloigner la carruca du domaine qui emportait une fois de plus Dilaka vers la ville d'Autricon.

— Tu y crois vraiment à cette histoire de vieille tante ? lui demanda à brûle-pourpoint sa fille Cassica.

Il tressaillit.

— Que veux-tu dire ?

— Oh ! rien. Mais je m'interroge. Et je suis sûre que tu te poses aussi des questions. Ce n'est pas normal, tous ces voyages à la capitale.

— Tu sais... quand un être cher est sur le point de mourir...

— Voilà déjà plus d'un an qu'elle est en train de mourir. C'est bien pratique. Auparavant les escapades à Autricon avaient des prétextes plus variés : l'anniversaire du papa, la maman à accompagner aux eaux, le mariage d'une cousine...

— Dilaka est très attachée aux siens. C'est tout à son honneur.

— Admettons. Mais sa chère vieille tante est une bien étrange personne, ne trouves-tu pas ? Ma belle-mère ne revient jamais de chez elle sans une robe neuve ou un nouveau bijou. Cette générosité me confond.

À vrai dire, Cumborix s'étonnait un peu que la dame Kamuliana couvrît ainsi sa nièce de cadeaux, mais ce devait être une vieille toquée.

— Si ce que raconte ta femme est vrai, poursuivit Cassica, ses visites ne semblent pas tout à fait désintéressées. Je suis outrée qu'on puisse profiter ainsi de la faiblesse d'une moribonde. Mais je ne crois pas qu'elle dise la vérité. Si elle a tant d'affection pour sa tante, pourquoi n'a-t-elle jamais parlé d'elle avant qu'elle ne tombe malade ?

Cumborix dut convenir qu'il n'avait auparavant jamais entendu le nom de Kamuliana. Sa fille continua, impitoyable :

— Et comment expliques-tu qu'elle s'arrange toujours pour te dissuader de l'accompagner lorsqu'elle se rend à Autricon ?

Le coup porta et le chef de famille demanda nerveusement :

— Mais enfin, que cherches-tu à insinuer ?

Cassica s'assit tranquillement sur le timon d'une charrette et l'invita à s'installer près d'elle. Elle tourna vers lui un regard grave.

— Mon pauvre père ! Je voudrais t'ouvrir les yeux. Tu n'as pas été sans remarquer que cette fringale de voyages à la capitale s'est emparée de ta femme juste après le séjour du roi à Cénabon.

— Et alors ? Que vient faire Tasgétios là-dedans ?

— Ai-je besoin de te rappeler qu'il a trouvé le moyen de t'éloigner, tandis qu'il gardait Dilaka avec lui au palais ?

Le visage de Cumborix s'empourpra.

— Assez ! rugit-il. Je n'admettrai pas d'insinuations outrageantes pour celle qui partage ma couche. J'ai en elle une confiance absolue, tu entends ?

Cassica se contenta d'ébaucher un sourire ironique.

— Comme il te plaira. Si tu préfères être aveugle...

Il y eu un long silence gêné. Ce fut lui qui le rompit, poussé par le besoin de présenter une défense qui pût le rassurer luimême.

— Que Dilaka ait eu envie d'aller voir sa famille quelque temps après que cette ordure de Tasgétios soit venu parader à Cénabon, je ne vois vraiment pas ce que l'on peut en déduire. C'est une pure coïncidence.

— Oui, oui, c'est sûrement une pure coïncidence, sourit Cassica ; et elle se mit à parler d'autre chose.

Le seigneur Cumborix promena tout le reste de la journée une fort méchante humeur, houspillant ses gens et malmenant ses bêtes. Comme par un fait exprès, ce fut ce jour-là que choisit son ami Suvritus pour venir lui acheter un de ses jeunes étalons. Et il fallut qu'après avoir examiné les animaux, essayé plusieurs d'entre eux et arrêté son choix sur un grand alezan à crins lavés, il fît part, en prenant le pot de l'amitié, de son étonnement de ne pas voir la maîtresse de maison.

— Elle est allée visiter une parente malade, expliqua Cumborix, maussade.

Remarquant sa gêne, Suvritus railla, d'un air entendu :

— Dans la ville du séduisant Tasgétios, je présume.

Cumborix fit comme s'il n'avait pas saisi l'allusion.

— À Autricon, effectivement, répondit-il avec sérieux. Tu sais qu'elle y a toute sa famille.

— Oh ! bien sûr, par les cornes de Cernunnos ! plaisanta l'autre, avec ce manque de tact que certains aristocrates considèrent comme le summum de la distinction, je sais comme tout le monde qu'elle y a ses attaches.

Il rit à gorge déployée et donna à son ami une grande claque dans le dos.

— Allez ! verse-moi une autre rasade de ton excellent hydromel. La boisson est moins traîtresse que les femmes. Je lève ma coupe au dieu cornu et à tous ceux qui sont, bien malgré eux, sous son patronage.

Cumborix n'apprécia pas ces gaudrioles. Devinant trop bien les ragots qui couraient à Cénabon, il était ulcéré. Il se dit qu'il était indispensable de remettre, au moins, les choses au point pour sa fille et n'attendit pas plus tard que le repas du soir, qu'ils prenaient en tête à tête, pour replacer la question sur le tapis.

— Quelques plaisanteries pas bien fines de mon ami Suvritus, dit-il, m'ont amené à penser qu'on raconte n'importe quoi, en ville à propos des petits séjours de ta bellemère à Autricon. Mais ce qui me peine beaucoup, c'est que, toi, tu prêtes l'oreille à ces inepties.

— Crois-tu donc, rétorqua-t-elle, que j'ai eu besoin de prêter l'oreille à ce qui se raconte pour comprendre dans quel but le roi t'avait expédié en mission pendant que ta jeune épouse logeait dans son palais ?

— Ne me prends pas pour un niais. Je me suis parfaitement rendu compte que ce sinistre sot cherchait à lui faire la cour. Mais qu'il soit parvenu à la détourner de ses devoirs est une supposition tout à fait invraisemblable. Sache que ma chère Dilaka m'a toujours donné la preuve de la tendresse et du dévouement que l'on peut attendre de la plus fidèle des épouses.

Cassica le contempla avec pitié.

— Pauvre père ! Comme elle a bien su t'enjôler ! Je n'avais pas voulu te le dire à l'époque, pour ne pas te faire de peine, mais l'esclave préposé à l'extinction des lumières du palais, a constaté qu'ils passaient toutes leurs nuits ensemble.

Cumborix devint blême et sa lèvre fut prise de tremblements, mais il se ressaisit et sa voix se fit cassante.

— Mensonges ! Ce ne sont que mensonges ! On ne peut ajouter foi aux calomnies imaginées par un méprisable esclave. Tu n'y aurais pas prêté attention si tu n'avais eu déjà de la prévention contre ta marâtre. Il ne m'a pas échappé que tu ne t'entends pas avec elle, et cela me navre.

Il repoussa son assiette et croisa les bras.

— Au fait, explique-moi donc, toi qui aurais gardé le silence pour m'épargner de la peine, comment il se fait que, tout à coup, il te devienne bien égal de me faire cette peine.

— C'est que je viens d'apprendre des choses encore plus graves. Je n'ai plus le droit de me taire, mais au moins faudrait-il que tu veuilles bien m'écouter.

— Je t'écoute.

— Je vais commencer par te poser une question : es-tu bien sûr que la mort de la noble Sukara, ma mère tant regrettée, était une mort naturelle ?

Cumborix écarquilla les yeux.

— En voilà une question ! Tu sais bien qu'elle a succombé à une maladie intestinale ordinaire.

— Moi, j'ai toujours eu des doutes. Dès le début, je me suis dit que des maux de ventre peuvent provenir d'un empoisonnement.

— Tu es folle, murmura-t-il d'une voix blanche. Tu ne vas tout de même pas aller dire que tu suspectes Dilaka, ce serait odieux.

— Je l'ai tout de suite soupçonnée, parce que la mort de maman arrangeait trop bien ses affaires. De la condition de seconde épouse, elle accédait du coup au rang d'épouse véritable et devenait maîtresse de Samocaion. Pour une fille de forgeron, ce n'était pas mal.

— Ce n'est pas une raison pour porter des accusations abominables.

— Tu n'as pas remarqué que, lorsque ma pauvre mère s'est alitée en se tordant de douleur, après avoir été prise de vomissements, Dilaka a fait montre de beaucoup de zèle pour la soigner et a tenu à lui préparer des tisanes qui devaient la soulager, mais après lesquelles, chaque fois, son état ne faisait qu'empirer ?

— J'ai remarqué son dévouement. Cela m'a beaucoup touché. Ce n'est pas sa faute si ses tisanes ne se sont pas révélées très efficaces.

— Je crois qu'elles étaient, au contraire, très efficaces. Tout dépend de l'effet recherché. Mais j'admets que si elles ont hâté la fin de notre chère Sukara, elles n'ont pas pu être à l'origine de son mal. J'ai donc cherché à savoir ce qui avait pu l'intoxiquer. J'ai interrogé les servantes pour savoir si elles n'avaient rien remarqué qui pût me fournir un indice. Mais je suis restée bredouille.

Cumborix triompha :

— Tu vois bien ! Tes soupçons sont odieux. Tu n'as absolument pas le droit d'imaginer de telles horreurs.

— Attends. Je n'avais rien découvert jusqu'ici, mais hier le hasard m'a servie. J'étais allée visiter la femme de notre fermier Épulos, qui venait d'accoucher. Je lui apportais quelques douceurs et je suis restée bavarder un moment avec elle. Nous nous sommes trouvées parler de Maman, pour qui elle avait beaucoup de vénération. Elle m'a dit l'avoir vue pour la dernière fois le jour même où elle est tombée malade, car elle était venue dans la matinée lui apporter du beurre et des œufs. Je lui ai demandé, par acquit de conscience, si elle n'avait rien remarqué de particulier. Et voilà qu'elle m'a cité un petit fait auquel elle n'attachait pas d'importance, mais dont elle se souvenait parfaitement. Dilaka, qui tournait la bouillie sur le feu, avait appelé Maman pour lui demander d'en goûter une cuillerée et de lui dire si elle était salée à son goût. Elle lui a tendu la cuiller pleine. Maman a goûté et déclaré qu'elle était salée comme il faut, mais qu'elle avait un petit goût d'amertume et qu'il fallait sans doute la laisser cuire davantage.

Cumborix fit une moue dédaigneuse.

— Que prétends-tu prouver par là ? Si la bouillie avait été empoisonnée, nous serions tous morts.

— À mon avis, c'est dans la cuiller que le poison a été versé.

Ce n'était qu'une supposition. Il en aurait fallu plus pour convaincre le chef de famille, mais il était troublé. Il décida d'avoir, dès son retour, une franche explication avec Dilaka.

— Mon âme, lui demanda-t-il, d'où vient donc ce collier de jolies perles colorées ? Ce n'est pas moi qui te l'ai offert.

— C'est un nouveau cadeau de tante Kamuliana.

— Tu trouves normal qu'elle te fasse de telles largesses à chacune de tes visites ?

— Mais oui. Qu'y a-t-il d'anormal à ce qu'elle tienne à me témoigner sa reconnaissance quand j'ai fait plus de quinze lieues pour lui tenir compagnie et qu'il m'en reste autant pour le retour ?

Cumborix reconnut qu'il n'y avait, effectivement, rien là d'anormal et s'en voulut d'avoir fait une observation aussi saugrenue. Il passa à la deuxième question :

— Comment se fait-il que tu ne m'aies jamais parlé de ta tante Kamuliana avant sa maladie ?

Dilaka prit un air scandalisé.

— Je ne t'en ai jamais parlé ? Allons donc ! Je t'en ai certainement parlé plus de vingt fois. Seulement tu ne m'écoutes pas ou tu oublies ce que je t'ai dit. Je vois bien que tu te moques de ce qui concerne ma famille.

Elle semblait vraiment peinée et Cumborix restait planté devant elle, bouche bée. Quelques instants plus tôt, il aurait donné sa tête à couper que jamais, au grand jamais, elle n'avait fait la moindre allusion à sa vieille tante avant de lui annoncer d'un ton tragique : « Une sœur de ma grand-mère maternelle, Kamuliana, est au plus mal et voudrait me revoir avant de quitter ce monde. » Mais maintenant, il ne savait plus. Il n'était pas impossible, après tout, qu'elle lui eût parlé d'elle, à un moment ou à un autre, sans qu'il y prêtât attention. Du moment qu'elle l'affirmait... Il était perplexe, cherchait à rassembler ses souvenirs. Il ne voyait vraiment pas... Quoique peut-être... Oui, sans doute, elle avait dû lui parler d'une vieille tante, cela lui disait vaguement quelque chose. Il se sentait coupable et, dans sa confusion, faillit oublier les autres questions qu'il s'était promis de poser. Cela lui revint soudain.

— Pourquoi n'as-tu jamais voulu que je t'accompagne à Autricon ?

— Voyons, mon cœur, tu as bien d'autres choses à faire. Je m'en voudrais de te faire perdre ton temps. Le domaine a besoin de ta présence.

Elle avait raison. Comme toujours. Seuls le cuisant souvenir des moqueries de Suvritus et des accusations de Cassica, et la pensée des ragots qui devaient circuler en ville, le poussèrent à insister.

— Je tiens néanmoins à connaître une parente pour qui tu as tant d'affection. C'est la moindre des choses. Je serais peiné qu'elle disparaisse sans que je l'aie vue une seule fois. À ton prochain voyage j'irai avec toi.

Un pli de contrariété barra le front de la jeune femme.

— Ta compagnie me ferait, bien sûr, grand plaisir, mais... Non, il ne vaut mieux pas. Dans l'état où est ma tante, ce n'est pas possible, ce serait trop pénible pour tout le monde.

— Pénible ou pas, ma décision est prise. J'irai.

Dilaka recourut à l'arme suprême : l'arme larmes.

— Tu n'as pas confiance en moi, hoqueta-t-elle. Je le vois bien. Je ne sais pas de quoi tu me soupçonnes, mais c'est la preuve que tu ne m'aimes pas.

Bouleversé par ses pleurs, Cumborix se sentit coupable, protesta de son amour et voulut l'attirer dans ses bras. Mais elle se déroba.

— Est-ce que je te demande des explications, moi, quand tu pars vendre des bêtes et que tu restes absent deux ou trois jours ? Je t'ai toujours fait confiance. Mais je ne suis pas payée de retour. Tu me blesses cruellement. Tu ne peux savoir le mal que tu me fais.

Devant ses sanglots, il demeurait tout penaud.

— Je n'ai jamais douté de toi, assura-t-il, mais je voudrais te défendre contre les calomnies.

Elle se redressa de toute sa taille, dans un pathétique mouvement de fierté qui la rendait encore plus belle, et essuya ses larmes du bout des doigts.

— Les calomnies, on les traite par le mépris.

Il n'osa pas insister. Mais la journée n'était pas achevée qu'il se reprochait sa faiblesse et se disait que tant que l'abcès ne serait pas complètement vidé, une gêne subsisterait entre eux et la qualité de leur amour en serait altérée. Il ne pouvait en souffrir l'idée. Il rassembla tout son courage pour reprendre son interrogatoire le soir, quand il s'en fut allé la retrouver dans sa chambre.

— Dis-moi, mon âme, quand tu séjournais au palais alors que j'étais envoyé en mission, le roi Tasgétios t'a-t-il fait la cour ?

Elle éclata de rire.

— Le roi ? Me faire la cour ? Quelle idée ?

— Tu me jures qu'il n'y a rien eu entre vous ?

— Bien sûr. Je te le jure sur ce que j'ai de plus cher au monde, c'est-à-dire sur ta propre tête.

Il trouva la formule charmante : n'était-ce pas un témoignage de tendresse ? Rassuré par son serment, il renonça à lui poser les questions qu'il avait préparées sur la cuillerée de bouillie et sur les tasses de tisane : elles lui paraissaient stupides et injustement offensantes.

Dès le lendemain, sa fille le prit à part.

— Père, j'ai un élément nouveau. J'ai interrogé le cocher. Il n'a jamais conduit Dilaka chez une vieille femme qui s'appellerait Kamuliana. Il n'a même rencontré personne, à Autricon, qui connaisse cette Kamuliana. Ta femme se fait toujours déposer chez ses parents et une mystérieuse voiture couverte vient l'y chercher le soir pour la ramener le lendemain matin.

Il fit un geste excédé.

— Cesse de m'importuner avec tes histoires. Que veux-tu que ça me fasse qu'elle passe seulement la soirée et la nuit chez sa vieille tante ? S'il lui plaît d'être, le jour, auprès de ses parents, c'est son affaire.

— Mais voyons...

— Assez, je t'en prie ! Sache que je l'ai questionnée, qu'elle m'a répondu très franchement et que j'ai acquis la conviction qu'il n'y a rien à lui reprocher. Tes accusations étaient parfaitement saugrenues. Ne reviens plus jamais là-dessus.

Pendant plusieurs jours, un froid subsista entre eux, au point qu'ils ne s'adressaient plus la parole. Cela n'échappa pas à Dilaka qui en profita pour ne laisser passer aucune occasion de décocher à sa belle-fille des remarques blessantes. Cassica les encaissait mal et répliquait avec violence, sans ménager les allusions perfides. Mais Cumborix, prenant le parti de son épouse, lui intimait de se taire. La situation devenait pour elle intolérable.

Les choses en étaient là, quand un cavalier en tunique à carreaux bruns et ocre se présenta à Samocaion pour faire savoir au maître du lieu qu'une assemblée des chefs de clan allait se tenir à Cénabon sous la présidence du roi Tasgétios lui-même. L'honorable Dilaka était invitée à accompagner son mari pour prendre part aux festivités qui suivraient la séance.

Cumborix ne cacha pas à sa douce moitié qu'il aurait autant aimé qu'elle déclinât cette invitation, mais elle ne l'entendait pas de cette oreille. Elle partit avec lui pour la ville, parée de la plus belle robe et des plus beaux bijoux que lui avait offerts la bonne tante Kamuliana.

L'assemblée se déroula dans une ambiance lourde et maussade. Tasgétios exposa qu'il revenait d'un conseil de chefs convoqué par le grand Jules César à son quartier général de Samarobriva, et où il avait représenté les Carnutes en compagnie des grands seigneurs Vellaunos, Suvritus, Conconnétodumnos et Soubitès. Les délégués des divers peuples des Gaules avaient étudié avec le proconsul la situation créée par la récolte déficitaire, discuté de la répartition des légions pour leurs quartiers d'hiver, marchandé les impôts à verser à Rome et fixé le contingent de blé que chaque peuple aurait à fournir à l'armée.

— J'ai fait observer, précisa Vellaunos, que la question de la contribution de Cénabon ne se posait plus, puisque les troupes romaines se sont déjà servies.

Le roi lui coupa la parole et s'empressa d'annoncer que les Carnutes n'auraient pas, cet hiver-là, à héberger de légion. Puis il prit un ton dramatique pour rapporter qu'au début du conseil, on avait appris que César venait de perdre sa chère fille, Julia (« Qu'est-ce que ça peut bien nous faire ? » glissa Cumborix à l'oreille de son voisin qui approuva d'un haussement d'épaules), qu'il supportait son deuil avec une admirable sérénité (« Preuve de sa sécheresse de cœur ! » chuchota Cumborix) et que lui, Tasgétios, lui avait exprimé combien la population carnute toute entière prenait part à sa douleur (« Quel menteur ! »).

Au moment de passer à table, le roi se vit entouré d'un cercle d'admiratrices qui pépiaient toutes à la fois, cherchant à attirer son attention. Restée un peu à l'écart, auprès de son mari, Dilaka les observait à la dérobée. Son visage dissimulait mal sa contrariété quand Tasgétios adressait un sourire à l'une ou à l'autre des plus jolies. Lorsqu'il porta à ses lèvres la main de la fille du seigneur Dexivos qui, sans doute, venait de lui dire une gentillesse, elle n'y tint plus. Plantant là le malheureux Cumborix, elle s'en fut écarter les petites péronnelles et prit d'autorité le bras du roi. Il lui sourit largement et la conduisit à table la faisant asseoir à côté de lui. Elle écrasa ses rivales d'un regard de triomphe.

Pétrifié de stupéfaction, Cumborix cherchait à comprendre. Ne se rendait-elle pas compte que l'audace avec laquelle elle avait voulu se mettre en vedette le couvrait, lui, de ridicule ? Par pure frivolité — il ne pouvait s'agir d'autre chose — elle donnait prise, une fois de plus, à la médisance et il devinait les propos moqueurs qui s'échangeaient à voix basse derrière son dos.

Il n'avait pas faim. Laissant vide la place qui lui avait été réservée à la table d'honneur, il quitta la salle à grands pas. Complètement désemparé, il arpenta nerveusement les cours et les jardins du palais. Marcher lui faisait du bien. Il retrouva peu à peu ses esprits et revint à une vue sage des choses. Certes, Dilaka avait agi comme une écervelée, mais il n'y avait pas lieu de prendre cela au tragique. Elle avait sa petite vanité, elle aimait les honneurs, mais sa jeunesse l'excusait : comment aurait-elle pu savoir à quel point son comportement était incongru ? Qui le lui aurait appris ? Il le lui expliquerait sans se fâcher.

Conformément aux habitudes, une bonne partie de l'après-midi fut consacrée aux courses de chevaux dans la plaine. Cumborix y avait engagé deux de ses poulains ; il alla donc prendre place avec les autres propriétaires, près de la ligne d'arrivée, attendant avec une assurance tranquille que Dilaka vienne l'y rejoindre. Sans doute devait-elle être aussi anxieuse que lui, impatiente de connaître le résultat des épreuves, ne serait-ce que pour le surcroît de prestige qu'une victoire vaudrait à leur élevage. Il fut amèrement déçu de la voir s'installer aux côtés du roi dans la tribune d'honneur, s'exposant effrontément aux regards de tout le peuple et distribuant à droite et à gauche sourires et petits saluts de la main. Un tel accablement le saisit que même les courses perdirent pour lui leur intérêt ; il les suivit d'un œil distrait et la défaite de ses couleurs le laissa indifférent. Ce qui lui fit très mal, ce fut de voir sa femme couronner elle-même les vainqueurs qui portaient des couleurs rivales. C'était une trahison.

Il la rejoignit après la dernière course, au moment où les invités reprenaient par petits groupes le chemin du palais. L'entraînant à l'écart de la suite royale, il l'entreprit d'un ton désolé sur sa conduite, tentant de lui faire comprendre combien elle pouvait paraître déplacée, voire scandaleuse, aux yeux d'un noble celte. Elle l'écoutait ouvrant de grands yeux candides, et finit par répliquer que s'il prenait ombrage des hommages qu'elle recevait, c'est qu'il ne pensait qu'à lui, qu'il se souciait bien peu de son plaisir à elle et qu'il n'était qu'un monstre d'égoïsme. S'il l'aimait vraiment, comme il le prétendait, il aurait dû se réjouir de la voir heureuse et adulée. Un peu déconcerté, il reprit patiemment ses remontrances, en insistant sur les devoirs d'une femme de son rang et le souci qu'elle doit avoir de ne pas prêter à la médisance. Elle répondit qu'elle se sentait indemne de tout ce qu'on pourrait raconter, et que ni la médisance ni la jalousie ne sauraient la souiller.

Le repas du soir se déroula entre guerriers, arrosé de copieuses libations, tandis que les femmes soupaient dans une autre salle. Cumborix qui ne pardonnait pas à Tasgétios d'avoir accaparé son épouse, mangeait en silence, l'air renfrogné, ressassant en sa tête tous ses griefs contre le roi. La colère montait en lui, progressivement. Après le rôti, il avala coup sur coup trois cornes d'hydromel, se leva brusquement, renversa d'un geste furieux la cruche de vin qui se trouvait devant lui et hurla :

— Écoute-moi, Tasgétios ! J'ai des explications à te demander.

Il se fit un grand silence. Chacun pensait qu'il allait lui demander des comptes à propos de la belle Dilaka. Mais il fit pire. Parfaitement conscient que cela pouvait lui coûter très cher, mais trop démoralisé pour en faire cas, il l'attaqua sur le terrain politique.

— Tu nous as fait savoir, ce matin, que tu revenais d'une réunion à laquelle tu avais été convoqué par César. De quel droit ce général étranger se permet-il de convoquer les chefs de notre peuple ? Et toi ? Toi qui prétends incarner la nation carnute, comment peux-tu te laisser siffler comme un petit chien ? Tu la couvres de honte, la nation carnute.

Les regards effarés des convives allaient de l'un à l'autre des deux adversaires. Seuls les plus courageux osèrent des murmures approbateurs.

— Mesure tes paroles, Cumborix, grinça le roi. L'amitié de César est pour nous un grand honneur et j'exige qu'on ne parle de lui qu'avec les marques d'un profond respect. Je ne tolérerai pas qu'on ait l'air de le critiquer. Nous devons nous montrer dignes de sa bienveillance.

— La bienveillance de celui qui nous pille !

— Silence ! Notre premier souci doit être de conserver cette précieuse amitié. Je vous en avertis, tous autant que vous êtes : si, par malheur, il arrivait un jour que l'inconséquence de certains indispose César à notre rencontre, je saurais prendre les mesures qui s'imposeraient pour apaiser son juste courroux. Que les fanfarons irresponsables et les esprits rebelles prennent garde ! Je serai sans pitié. J'exècre les trublions.

Il s'exaltait à mesure qu'il parlait. Sa voix était devenue rauque. Son maigre visage d'oiseau se crispait sans perdre son teint cireux.

— Je ne le répéterai pas, cria-t-il. Quiconque manquera désormais à la vénération que l'on doit à notre ami le plus cher, le puissant Jules, sera tenu pour félon. Pour félon, vous m'entendez ! Il subira le châtiment des criminels.

C'en était trop. L'avertissement fut accueilli par des grondements de protestation. Mais le roi fit un signe à ses hommes d'armes, aux aguets à l'entrée de la salle ; ceux-ci se ruèrent à l'intérieur, encerclèrent la pièce, se figeant à deux pas derrière les convives. Leur attitude menaçante ramena le silence.

La fin du repas se déroula dans une atmosphère morne et contrainte. La dernière bouchée avalée, chacun se hâta de se lever et de sortir, au lieu de rester à boire et se chamailler, voire se battre, comme de coutume.

Dans la cour, Cumborix fut très entouré. On le félicitait à voix basse, on lui serrait les mains. Un groupe de jeunes chefs le prit à part.

— Nous voudrions te parler, seigneur, dit l'un d'eux, un certain Catuviros dont le père, Sénocondos, avait été un de ses meilleurs amis. Ce scélérat de Tasgétios a dépassé les bornes. Ça ne peut plus durer. Nous en avons assez, il faut faire quelque chose. Nous tenons à te dire combien nous avons apprécié ta courageuse intervention et combien nous sommes indignés de la réponse que t'a faite ce traître. Nous sommes avec toi.

— J'en suis touché. Mais que voulez-vous qu'on fasse ?

— Nous devons agir d'urgence et prendre des mesures radicales. On ne peut admettre que l'honneur de la nation carnute soit traîné plus longtemps dans la boue.

— Sans compter, ajouta un autre des jeunes gens, le blond Uronertos, que nous sommes tous, maintenant, menacés dans nos vies mêmes.

— Il faut mettre la bête hors d'état de nuire, reprit Catuviros. Nous y sommes résolus. Mais dans une pareille entreprise, il serait bon que nous ayons à notre tête un homme d'expérience.

— Et c'est moi que vous voulez entraîner dans une folle aventure ?

— Tu ne peux refuser. Tu incarnes à nos yeux la fierté carnute. La patrie a besoin de toi.

— Je réfléchirai. Je vous donnerai ma réponse plus tard.

— Pourquoi attendre ? Non seulement tu partages notre haine de la tyrannie, mais, de plus, tu as à venger ton honneur de mari.

C'était une parole de trop. Le visage de Cumborix s'empourpra.

— Calomnie ! Sachez que ma femme est sans reproche.

— Nous compatissons à ta peine, l'assura Catuviros, mais le temps est passé où tu pouvais fermer les yeux pour garder tes illusions. Dilaka est trop fière de pouvoir s'afficher comme la favorite du roi. C'en est fini de leurs rendez-vous clandestins que tu étais seul à ignorer. Leur liaison est devenue publique.

— Je parie tout ce que tu voudras, renchérit Uronertos, qu'on ne se gênera pas, cette nuit, pour te laisser dormir seul.

— Taisez-vous ! ordonna Cumborix d'une voix blanche. Tout ça n'est que mensonge. Vous m'écœurez.

Il tourna les talons et les planta là. Ils échangèrent, derrière son dos, des sourires de satisfaction. Ils étaient sûrs d'avoir touché juste. Cumborix chercha Dilaka parmi les groupes qui allaient et venaient dans la cour. Ce fut elle-même qui s'avança à sa rencontre.

— J'apprends que tu en as fait de belles, à table, lui reprocha-t-elle, hautaine. Qu'est-ce qui t'a pris de te livrer à pareil scandale ?

Il répliqua par d'amers reproches sur l'estime qu'elle manifestait au prince de pacotille imposé par l'occupant et commença à évoquer le mépris et la haine que le peuple nourrissait pour lui, quand elle lui fit signe de se taire et se mit précipitamment à parler de la course de chevaux. Il tourna la tête et vit Tasgétios qui se dirigeait vers eux.

— Mon cher, lui dit le roi d'un ton badin, en prenant le bras de Dilaka, je t'enlève ta femme. Tu permets ?

XV

Une petite chambre aux murs de rondins supportés par un soubassement de maçonnerie. La lampe à huile posée sur le replat du soubassement ne distille qu'un semblant de clarté. Sur la pierre de l'âtre, au centre de la pièce, les braises achèvent de mourir, permettant au froid de la nuit de s'insinuer jusque dans les os du vieux guerrier. Le temps s'écoule avec une lenteur lugubre, aussi lugubre que, sous la lune, le vol silencieux d'un oiseau de nuit au-dessus d'une plaine dont on n'aperçoit pas la fin. Cela fait une éternité que le seigneur Cumborix est assis sur le bord de la couche garnie de peaux de loup que, dans un monde à l'endroit, sa tendre Dilaka devrait, en ce moment, partager avec lui. Il attend encore, au fond d'un abîme de désespoir. Il refusait de se l'avouer, mais il savait dès le premier instant que son attente serait vaine. Il continue pourtant à attendre, parce que si jamais... peut-être... Peut-être tout cela n'est-il qu'un cauchemar qui va finir — et tout sera alors comme avant.

Ses illusions s'éteignent peu à peu comme ces braises, sur la pierre de l'âtre, au centre de la pièce. Il ne servirait à rien de souffler sur elles dans l'intention de les ranimer, elles n'en tomberaient que plus vite en cendres. L'évidence s'impose à lui dans toute sa crudité et sa cruauté : celle qu'il aime lui jouait seulement la comédie de la tendresse. Depuis longtemps elle le bafouait, prodiguant ses faveurs à l'homme qu'il méprise le plus, pour qui il n'a toujours eu qu'aversion. Il se sent soudain vieux, vieux... Pendant qu'il se morfond, solitaire, assis depuis une éternité sur le bord de sa couche garnie de peaux de loup, ils se livrent sur la leur, comme des bêtes, à des ébats qu'il lui fait mal d'imaginer.

À se représenter la nudité sèche et blême du triste sire à la face d'oiseau, étreignant la douce chair qu'il croyait n'être qu'à lui, il est saisi de nausée. Du coup, la détresse qui l'étranglait se mue en sombre colère, un féroce désir de vengeance lui fait bouillir le sang. Il se précipiterait sur l'heure, l'épée à la main, vers la chambre du roi, s'il ne savait qu'elle est bien gardée, qu'il n'aurait aucune chance de parvenir jusqu'aux amants et que sa vengeance lui échapperait. Mais il n'a pas oublié la proposition des jeunes conspirateurs. Ils avaient raison en lui prédisant qu'il serait laissé seul cette nuit. Il leur en a voulu, mais ils avaient raison. Oui, il doit venger son honneur de mari. Oui, il est urgent de débarrasser le pays d'un traître qui l'a vendu et le tyrannise. Oui, son devoir est d'aider de son expérience des garçons généreux qui risquent, parce qu'ils sont jeunes, d'agir inconsidérément.

⁂

En embarquant avec lui dans leur *carruca,* les cheveux défaits et dépouillée de son manteau de pourpre et de ses bijoux, sous l'œil ironique des autres épouses de chefs, l'altière Dilaka lui jetait des regards furibonds, serrait les mâchoires et se murait dans le mutisme. Au moment où il allait secouer les guides pour lancer l'attelage, l'intendant du roi accourut, essoufflé.

— Arrêtez ! Arrêtez ! cria-t-il. Le seigneur Tasgétios vient d'être informé que vous vous apprêtiez à partir à l'improviste et vous fait savoir qu'il en serait très fâché. Il insiste pour que la noble Dilaka profite de son hospitalité jusqu'à la fin de son propre séjour à Cénabon.

— Va dire à ton maître, répondit Cumborix en secouant les guides, que je suis le seul maître de la noble Dilaka.

Quand il était parvenu à l'arracher au cercle de ses flagorneurs et à l'acculer de force dans un coin discret de la galerie extérieure, elle lui avait lancé à la face :

— Pauvre innocent ! Il t'en a fallu du temps pour comprendre ! Tu ne te rendais pas compte que Tasgétios t'est mille fois supérieur. Il se vêt de lin broché d'or et sent l'ambre et non pas le vieux cuir. Ce n'est pas toi qui me couvrirais de bijoux comme il le fait. En t'épousant, je me faisais une fête d'entrer dans la classe noble. Mais je n'ai pas tardé à être déçue, car tu as beau posséder des centaines d'arpents, tu vis chichement. Tu n'es, au fond, qu'un bien piètre seigneur..

Une flamme avait brillé dans ses yeux de jais, tandis qu'elle proclamait comme un défi :

— Je me sens promise à un tout autre destin.

Ses paroles le déchiraient mais l'animaient d'une rage froide.

— Sais-tu que je serais en droit de te mettre à mort ? Nos vieilles lois m'y autorisent et même le roi ne pourrait me le reprocher.

— Si tu oses porter la main sur moi, il te le fera payer cher.

— Tu te trompes. Il s'en gardera bien : quand il ne restera plus de toi qu'un cadavre, tu ne l'intéresseras plus et je ne le crois pas assez sot pour agir contre la loi quand il n'y trouve aucun intérêt.

Devant son air résolu, elle abandonna sa morgue et son ton se fit humble et attendrissant.

— C'est vrai. Mon châtiment serait juste, car je ne suis qu'une misérable. J'ai honte de moi. Je ne sais pas quelle folie m'a prise... Mais je te connais, toi qui es une âme noble, et je sais que tu n'aurais pas la cruauté de verser le sang de celle qui t'a donné le meilleur d'elle-même. J'ai eu des torts, je t'ai fait du mal, mais je me souviendrai toujours des moments merveilleux que nous avons connus dans les bras l'un de l'autre. Les as-tu oubliés ?

Son regard s'embuait et elle joignait les mains, émouvante.

— Je ne te tuerai pas, assura-t-il, mais c'est à la condition que tu jettes au fumier les bijoux dont l'infâme Tasgétios t'a fait le cadeau empoisonné et que tu rentres immédiatement à la maison avec moi, sans chercher à le revoir.

— Jeter mes bijoux ! Ce que tu exiges là est trop dur.

Il avait prestement dégainé son poignard et lui en appliquait la pointe sur le cœur.

— C'est à prendre ou à laisser. Si tu ne m'obéis pas ou si tu appelles à l'aide, tu seras morte avant que quiconque ait pu intervenir.

Il n'avait pas rengainé avant qu'elle n'eût fait disparaître dans le fumier tous les joyaux qu'elle portait sur elle et lacéré le manteau de cérémonie que le roi lui avait récemment offert. À peine de retour sur ses terres, il donna ses instructions à sa fille Cassica :

— Je te charge spécialement de la surveillance de ta marâtre. Elle doit être traitée comme une prisonnière. Veille à ce qu'elle ne quitte le domaine sous aucun prétexte.

— Les choses n'iraient-elles plus aussi bien entre vous ?

Le maître de Samocaion baissa la tête.

— Tu avais vu clair ; c'est un monstre que j'ai introduit dans mon lit.

— Qu'attends-tu pour la répudier ?

— Le moment n'est pas venu. Elle me couvrirait de ridicule en retournant vivre avec son Tasgétios. Mais quand le roi sera mort...

Cassica eut un haut-le-corps.

— Est-il donc malade ?

— Sa santé est excellente, mais on peut mourir en bonne santé.

Il savait pouvoir lui faire confiance et prit plaisir à lui dévoiler l'existence du complot visant à débarrasser le pays du tyran. Il ne lui cacha pas qu'il avait accepté d'en prendre la tête. Elle se jeta à son cou et l'embrassa sur les deux joues.

— C'est magnifique, père ! Je suis fière de toi. Tu resteras dans la mémoire des Carnutes comme un héros de leur histoire.

Ils se regardèrent en souriant, heureux de s'être retrouvés, de se sentir en pleine communion de pensée. Et, soudain, elle dit :

— Au fait, sais-tu que dans une conspiration, une jeune fille est susceptible de rendre de grands services ?

— Quoi ? Tu ne vas tout de même pas demander à t'y joindre ?

— Et pourquoi pas ? Tu ne peux pas refuser : vous avez besoin de moi. C'est mon devoir d'être des vôtres.

Elle battit des mains.

— Nous allons établir notre plan ensemble. Écoute...

***

Après avoir pris tout son temps pour faire sauter son fils sur ses genoux, Damatos se disposa sans entrain à aller au travail.

— Je vois venir le moment où nous n'aurons plus qu'à nous croiser les bras, soupira-t-il, découragé. Nous n'avons plus une seule commande. Nous produisons, mais nous ne vendons pas. Du fait de la récolte désastreuse et des réquisitions, les gens n'ont plus les moyens d'acheter de barriques, de baquets ni de barattes. D'ailleurs, qu'iraient-ils faire de barriques neuves ? Ils n'ont rien à mettre dedans. Quant aux barattes... pour ce que leurs vaches donnent de lait cette année !

Anipa entoura de son bras les épaules de son mari et se serra contre lui.

— Ne te laisse pas abattre, Damatos chéri. S'il n'y a plus de travail à l'atelier, nous utiliserons nos loisirs forcés à ramasser dans la forêt les champignons, les châtaignes, les nèfles et les poires sauvages.

Elle posa un baiser sur son front et ajouta, rassurante :

— D'ailleurs, mon père ne nous laisserait pas mourir de faim. Il n'a pas livré tout son blé.

Damatos lui sourit, enfila ses chaussures et sortit par la porte de derrière qui donnait sur le terrain vague où étaient entreposés les tonneaux neufs et les réserves de bois. Il avait à y prendre quelques planches pour confectionner un fond de cuvier. Quelle ne fut pas sa surprise d'apercevoir au bout de la venelle déserte qui le longeait, un homme au somptueux manteau en damier brun et ocre, à la tunique rouge brochée d'or et au torque étincelant, qui s'avançait à grands pas, sans escorte, accompagné seulement d'une vieille femme en haillons. Il se frotta les yeux. Non, il n'avait pas la berlue, c'était bien le roi Tasgétios lui-même. Que pouvait-il venir faire en ces lieux ? Et comment s'expliquer l'absence de ses éternels gardes du corps ?

La venelle n'était qu'un passage boueux entre, de ce côté, des terrains à l'abandon et, de l'autre, la soue à cochons de la mère Naupréda, un entrepôt désaffecté et une chaumière en ruines, restée inhabitée depuis le décès du vieux Caclavos. Le roi ne semblait pas très rassuré et jetait des regards furtifs à droite et à gauche, tandis que la vieille, un doigt sur les lèvres, le guidait vers une mystérieuse destination.

Avant que Damatos ait eu le temps de se poser beaucoup de questions, une dizaine de guerriers ont jailli de la chaumière en ruines et de l'angle de l'entrepôt. Ils brandissent des épées. En un clin d'œil ils ont encerclé le protégé de César.

Il est des événements dont il est préférable de n'avoir pas été témoin. La réaction instinctive de Damatos est, fort sagement, de disparaître entre deux tonneaux et d'y demeurer accroupi. Il a eu le temps pourtant, de reconnaître en l'homme qui a jailli le premier de la chaumière et qui porte une tunique verte quadrillée de noir, le noble Cumborix, le seigneur de son beau-père Tagausios. Et il lui a bien semblé que le grand blond à la tête du petit groupe sorti de l'angle de l'entrepôt pour couper toute retraite au roi, n'était autre que le jeune Uronertos, bien connu dans Cénabon pour son élégance et sa prodigalité.

***

Tasgétios avait quitté le palais au milieu d'une brillante escorte pour se rendre à la réception offerte par Fufius Cita dans sa grande demeure de pierre blanche couverte de tuiles. Il montait un joli poney alezan dont la bride, toute dorée, était ornée de disques d'émail, et dont le poitrail s'agrémentait d'une bricole supportant une profusion de pompons multicolores et de grelots. Sa garde personnelle, à pied, lance sur l'épaule, l'encadrait non seulement devant et derrière, mais aussi en file serrée sur les côtés : on ne prend jamais trop de précautions. Il n'ignorait pas le mécontentement provoqué par sa politique de collaboration avec l'occupant romain et vivait dans la terreur d'un attentat. Il savait que les druides, dans l'ombre, montaient les esprits contre lui. Sur le conseil des autorités romaines, il en avait fait arrêter un certain nombre par sa police, sous l'accusation de délits imaginaires. Il les avait condamnés à l'exil et avait confisqué tous leurs biens, mais, à son grand dépit, cela n'avait pas amélioré la situation, au contraire. L'hostilité populaire s'en était trouvée accrue. Et s'il conservait, malgré tout, sa sérénité, c'est qu'il se sentait bien gardé. La main criminelle qui aurait voulu s'en prendre à sa vie, ne serait jamais parvenue jusqu'à lui.

Les seigneurs et les gentes dames de la ville et ceux qui étaient logés au palais, suivaient à cheval ou en *kision.* Les autres, ceux qui avaient déjà regagné leurs terres avant que Fufius Cita ne lance ses invitations, arriveraient plus tard, séparément, et se rendraient directement à la grande demeure de pierre blanche couverte de tuiles.

Le cortège descendait la grand-rue quand, à l'angle d'une ruelle adjacente, une vieille femme en haillons s'était approchée du commandant de la garde et lui avait glissé à l'oreille qu'elle avait un message urgent pour le seigneur Tasgétios, de la part de la dame Dilaka.

Le commandant l'écarta avec rudesse. On ne dérange pas un personnage de son importance pendant qu'il marche en tête de la garde royale. Mais elle insista :

— Il faut absolument faire savoir à ton maître que la belle Dilaka court un grand danger et qu'elle l'appelle à son secours.

L'officier se moquait éperdument des dangers que pouvait courir une intrigante pour qui il ne ressentait pas une particulière sympathie. Il poursuivit son chemin, mais la vieille s'attacha à ses pas et continua à le harceler, lui représentant que si, par sa faute, il arrivait malheur à la favorite, le roi ne manquerait pas de le faire supplicier avec le dernier raffinement. N'avait-il jamais entendu parler, par exemple, de ces cages d'osier que l'on faisait flamber au milieu d'un brasier après y avoir enfermé les traîtres, les oreilles coupées, la langue arrachée et un œil crevé ? Il en avait si bien entendu parler qu'il se hâta de questionner :

— Où se trouve Dilaka ? Je vais envoyer tout de suite un détachement pour la protéger.

— Garde-t'en bien, ce serait signer son arrêt de mort. Il faut agir avec discrétion. Elle doit parler elle-même au roi, immédiatement et sans témoins. Je suis chargée de le conduire près d'elle.

Le chef des gardes ordonna une halte et alla faire son rapport au seigneur Tasgétios son maître, non sans l'avertir : « Prends garde ! Il peut s'agir d'un piège. » Le seul nom de Dilaka jetait l'émoi dans le cœur du roi ; l'idée qu'elle pût se trouver en péril le bouleversa. Il avait eu du mal à supporter son départ et n'avait pas manqué de la faire inviter à la réception de Fufius Cita. Il avait même envoyé une voiture et une escorte la chercher chez elle, se doutant que Cumborix se serait bien gardé de l'amener avec lui. Avait-il eu tort ? Son anachronique époux n'en avait-il pas pris prétexte pour prétendre exercer contre elle le vieux droit de vie ou de mort des chefs de famille ? Avec cet esprit rétrograde, il fallait s'attendre à tout.

Dilaka... Il brûlait d'impatience de la revoir. La savoir dans les parages le rendait fou. S'il était vrai qu'elle l'appelât à son secours, comment n'aurait-il pas volé vers elle ? Mais comme, tout de même, la prudence était sa plus grande vertu, il ordonna :

— Assure-toi d'abord que la vieille ne porte pas sur elle de poignard pour m'assassiner, puis demande-lui si elle peut justifier de sa mission.

— Ce n'est pas difficile, répondit la pauvresse quand le commandant de la garde lui eut transmis cette demande. Porte cette bague à ton maître. Il la reconnaîtra et saura que je dis vrai.

En reconnaissant une des bagues qu'il avait offertes à celle qu'il aimait, le roi n'hésita plus. Il sauta de cheval et donna l'ordre à son escorte de rester en place et d'attendre son retour.

— Suis-moi, dit la vieille. La dame t'attend non loin d'ici. Mais il n'y a pas un instant à perdre.

En se précipitant à sa suite, il commença à l'interroger : quelle sorte de péril courait Dilaka ? Pourquoi devait-il se rendre seul auprès d'elle ? Elle se contenta de l'inviter à faire silence.

Il n'a pas le temps d'appeler à l'aide. Il s'écroule, percé de coups. Terrible et magnifique comme une incarnation du dieu Ésus, Cumborix, son épée rougie à la main, se campe devant le corps pantelant dont le sang se mélange à la boue de la venelle, le contemple quelques instants, puis se penche lentement sur lui, le saisit par les cheveux et tranche la tête d'un seul coup de sa lame.

La vieille rejette ses haillons, s'essuie le visage avec le fichu qui recouvrait sa blonde chevelure et, démaquillée, se métamorphose comme dans les contes fées en une ravissante jeune fille.

Les yeux de Cassica brillent d'une joie sauvage tandis que son père plante la tête dégoulinante sur un poteau de clôture, auprès du hangar désaffecté :

— Justice est faite, proclame-t-il avec un peu d'emphase. Tout s'est bien passé, notre plan s'est réalisé à merveille. Maintenant filons, et que chacun se rende séparément à la réception de Cita, comme s'il ne s'était rien passé.

Mais avant même qu'ils n'aient pu se disperser, le guetteur aposté au bout de la venelle accourait, tout essoufflé.

— La retraite nous est coupée, haleta-t-il. Il y avait trop de monde dans la rue des artisans, on ne pouvait plus passer : une voiture escortée d'hommes d'armes du roi a donc bifurqué et arrive par ici.

Cumborix eut un geste rassurant :

— Les ambactes de Tasgétios sont des hommes d'Autricon qui ne connaissent aucun d'entre nous. Vous voyez bien que la précaution de vous faire revêtir des manteaux qui ne sont pas aux couleurs de vos clans n'était pas inutile : vous vous en débarrasserez avant de rejoindre les rues fréquentées. Serrez-les bien sur vos poitrines pour cacher vos tuniques lorsque nous croiserons les hommes d'armes. Nous ne risquons guère d'être identifiés.

— Hélas ! Tu ne sais pas qui se trouve dans la voiture.

— Qui donc ?

— Ta propre femme. Elle nous reconnaîtra et quand elle apprendra que le roi a été tué dans les parages, elle fera le rapprochement.

— Et elle nous dénoncera, compléta Cassica.

Cumborix en était bien convaincu.

— Alors, tentons notre seule retraite possible : fuyons dans l'autre sens, dans la direction d'où venait le roi. C'est risqué, mais...

— Ce serait nous jeter dans la gueule du loup, dit sa fille. Nous tomberions droit sur le cortège royal, qui doit d'ailleurs commencer à s'inquiéter. Tout le monde remarquerait que nous arriverions de la direction dans laquelle le roi a disparu.

Damatos avait tout entendu. Il éprouvait une intense satisfaction à savoir abattu le tyran à qui il n'avait jamais pardonné les injustes réquisitions qui avaient retardé son mariage de plusieurs mois. Il était plein d'admiration et de sympathie pour les courageux guerriers qui venaient de débarrasser le pays carnute de cet être malfaisant, et s'alarmait du péril dans lequel ils se trouvaient. N'écoutant que ses sentiments, et contre toute prudence, il résolut de leur venir en aide. Il sortit de sa cachette, il les héla :

— Par ici, seigneurs ! Vite ! Venez vous cacher dans mes futailles.

L'idée était bonne. Il y avait assez de fûts à couvercle ouvrant, destinés à la salaison du lard et du poisson, et de barriques dont le fond n'avait pas encore été assujetti, pour que chacun pût trouver où se dissimuler.

— Mais où est donc la vieille femme qui a conduit le roi vers vous ? s'inquiéta-t-il. Il ne faut pas l'abandonner.

— Elle est ici, rit Cassica en disparaissant dans un tonneau. Tu vois qu'elle n'est pas abandonnée.

— C'était toi ?

— Je parie que tu te demandes comment, sous mon déguisement de pauvresse, j'ai pu décider le roi à me suivre. Eh bien, figure-toi que j'avais un anneau magique. Oui, oui, un anneau magique. Je n'avais eu qu'à me servir dans le coffret à bijoux de ma belle-mère.

Elle pouffait, trop fière de la réussite de son plan pour pouvoir tenir sa langue. Damatos disposa des couvercles sur tous les récipients qui contenaient des conspirateurs et se remit au travail, aussi tranquillement qu'il put. Déjà approchait le bruit d'une voiture cahotant dans les ornières. Il resta penché à trier des planches en tournant le dos à la venelle, comme si ce qui s'y passait ne l'intéressait pas.

Quand soudain s'éleva le long hurlement horrifié d'une femme, suivi de cris et d'ordres lancés par des voix masculines, il tourna la tête, feignant d'être intrigué, mais sans lâcher la planche qu'il avait entrepris d'extirper d'une pile. Dans sa voiture arrêtée, Dilaka, debout, les yeux hagards, contemplait la tête royale qui s'égouttait en haut de son poteau. Ses bras battirent l'air et elle s'effondra sans connaissance. Les guerriers de son escorte s'agitaient en tous sens, désemparés. Quelques-uns se pressaient autour d'elle, d'autres s'agglutinaient autour du sanglant trophée, s'éparpillaient en quête d'indices, formaient le cercle autour du cadavre décapité qu'ils venaient de découvrir et en comptaient les blessures. Ils discutaient et gesticulaient.

Le chef du détachement finit par apercevoir le jeune tonnelier et vint à lui en courant.

— Holà ! l'homme ! Sais-tu ce qui s'est passé ? Qu'as-tu vu ? Parle ou nous t'arrachons la langue.

Damatos posa sa planche et s'avança, sans pouvoir réprimer un tremblement. Son émotion n'était pas feinte et il n'avait pas besoin de se forcer pour avoir un regard apeuré.

— Je ne sais rien, prétendit-il d'une voix mal assurée. Je sortais de mon atelier et j'ai seulement vu, là-bas, au bout de la venelle, une bande de gueux qui se sauvaient comme des lapins.

— Des gueux, dis-tu ?

— Oui, des individus à la mine patibulaire, sales, hirsutes, en haillons.

— Tu ne les as pas vu commettre leur abominable forfait ?

— Quel forfait ? Je te dis qu'au moment où je suis sorti, ils se sauvaient à toutes jambes.

— Je me demande si je dois te croire. Je vais être obligé d'employer la torture pour m'assurer que tu ne sais rien d'autre. Tu maintiens que tu ignores l'assassinat du roi ?

— L'assassinat du roi ? Grands dieux ! Le roi a donc été assassiné ? Tu penses bien que si j'avais été témoin d'un tel crime, ses auteurs ne m'auraient pas laissé en vie.

Le chef se gratta la tête, déconfit. L'argument était irréfutable.

— Combien étaient-ils ? finit-il par demander.

— Je ne les ai pas comptés. Peut-être une demi-douzaine d'hommes et trois ou quatre femmes.

— Ne peux-tu m'en décrire quelques-uns ? Tâche de te souvenir.

L'imagination de Damatos travailla à vitesse accélérée.

— Je n'ai fait que les entr'apercevoir, mais j'ai bien remarqué une boiteuse aux cheveux grisonnants, vêtue d'une jupe verte, un grand escogriffe au nez comme une corne à boire, et un nabot aussi rouge de barbe que de tignasse.

— Par où se sont-ils enfuis ?

— Ils ont sauté la palissade d'un courtil, là-bas, et couru

jusqu'aux remparts où ils se sont fait la courte échelle pour se hisser sur le chemin de ronde. Ils ont pris la direction de la porte du Nord, en se courbant et en rasant le parapet pour ne pas être visibles d'en bas.

Le chef détacha quelques hommes pour informer les autorités du funeste événement et entraîna le reste du détachement vers la porte du Nord. Les messagers rencontrèrent le cortège royal qui attendait au carrefour et l'annonce de l'attentat mit l'affolement dans ses rangs. Il y eut une ruée vers le lieu du crime. Arrivé sur place, le commandant de la garde royale fit ce que les convenances exigeaient : il déclara qu'en tant que responsable de la sécurité du roi, il avait échoué dans sa mission et devait en tirer les conséquences, qu'en outre il entendait rester fidèle à son chef jusque dans la mort, et il tira son poignard. Il se l'enfonça si vivement et adroitement en plein cœur que la foule applaudit. On n'en attendait pas moins de lui.

Dilaka avait repris ses sens et se lamentait, mais personne ne se souciait d'elle. Tasgétios mort, elle ne comptait plus. Ceux qui l'avaient jalousée pouvaient l'humilier, ceux qui avaient recherché ses faveurs pouvaient l'ignorer. On se détournait d'elle, on ne répondait pas à ses questions angoissées, ses larmes même n'inspiraient aucune pitié.

Quand les hommes qui avaient couru à la porte du Nord revinrent bredouilles, les notables présents dirent qu'il fallait prévenir Fufius Cita. L'intendant devait s'étonner du retard de ses invités... à moins que ses espions ne l'eussent déjà mis au courant. Il arriva en hâte, l'air préoccupé. Il s'inclina devant les dépouilles mortelles du roi et de son chef des gardes et envoya immédiatement un courrier à cheval à Samarobriva, pour rendre compte à César de ce qui venait d'arriver.

Dès que la foule se fut retirée, emmenant sur des boucliers les restes sanguinolents de Tasgétios et de l'officier, Damatos souleva le couvercle du tonneau qui recelait le noble seigneur Cumborix.

— Le danger est passé, annonça-t-il. Je vais atteler mon chariot et vous m'aiderez à y charger les tonneaux. Vous y reprendrez place et je pourrai ainsi vous faire sortir de la ville sans que personne ne se rende compte de rien.

— Nous te devons une grande reconnaissance, ami, dit Cumborix. Je souhaite bien de l'amusement à nos ennemis qui vont fouiller tout le pays à la recherche d'une boiteuse en jupe verte, d'un grand escogriffe au nez comme une corne à

boire, et d'un nabot aussi rouge de barbe que de tignasse.
— Le plus drôle serait qu'ils les trouvent, remarqua Cassica hilare, en sortant de son tonneau. Vous verrez qu'ils y arriveront...

XVI

Était-ce vraiment parce que les silos de Cénabon se trouvaient déplorablement vides, ou bien César agissait-il selon les plans d'une stratégie secrète ? Quoi qu'il en fût, aucune troupe romaine n'était venue prendre ses quartiers d'hiver en territoire carnute, comme cela avait été le cas les précédentes années. Rares étaient ceux qui trouvèrent à s'en plaindre : le pâtissier, quelques cabaretiers que la soldatesque enrichissait, ainsi que les professionnelles de ce métier que l'on dit le plus vieux du monde — bien qu'il y en ait de plus honorables qui soient tout aussi anciens —, et qui était à coup sûr celui de la mère nourricière du fondateur de Rome et de son frère Rémus, puisque chez les Latins les Vénus de carrefour étaient appelées des « louves ». Mais le tout-venant des Cénaboniens se trouvait fort aise de ne plus rencontrer dans les rues de ces légionnaires emplumés et hautains — malgré leur petite taille.

Une dizaine de jours s'étaient écoulés depuis le meurtre de Tasgétios, et comme par enchantement les visages semblaient se dérider, on entendait de nouveau rire dans les maisons et dans les rues. Certes, la disparition du roi n'avait pas mis un terme aux difficultés du temps ; les commerçants continuaient à vendre peu, les artisans à peu produire, l'ombre de César planait toujours ; le petit peuple supportait avec peine les restrictions alimentaires, et nombre d'hommes jeunes et sains ne savaient que faire pour trouver un travail où employer leur force. Néanmoins, un petit vent de liberté s'était mis à souffler sur la nation carnute. On appréciait de nouveau — et d'autant plus qu'on en avait été privé — le plaisir de pouvoir parler haut et fort sans craindre les oreilles indiscrètes, de pouvoir s'attrouper sur une place sans qu'aussitôt les ambactes en armes ne viennent disperser les badauds, de pouvoir vivre et accomplir ces mille et un gestes qu'on avait cru jusque-là naturels, sans se sentir épié et soupçonné dans le moindre de ses mouvements.

La fin tragique de Tasgétios était considérée comme une véritable délivrance. Mais à quels mystérieux justiciers devait-on ce bienfait ? Ceux qui en avaient quelques doutes ou quelques indices préféraient n'en rien dire. Damatos n'avait confié à âme qui vive ce qu'il avait vu et ce qu'il avait fait, sauf à Anipa pour qui il ne pouvait avoir de secrets. Mais avec elle, il était sans nulle crainte : elle saurait garder sa langue.

L'euphorie générale fut brusquement troublée par le bruit lourd des légions en marche, ce sinistre pas cadencé qu'on avait trop souvent entendu déjà dans les rues de Cénabon. L'interminable colonne des fantassins au thorax de cloporte, des turmes de cavalerie et des chariots grinçants tirés par des bœufs résignés, fit son entrée par la porte du Nord, défila sous les regards consternés des habitants et ressortit par la porte de l'Ouest. Le camp fut édifié le soir même à une portée de flèche de la ville.

Le premier magistrat Vellaunos s'y rendit incontinent pour protester.

— César nous avait promis, à l'assemblée de Samarobriva, que les Carnutes n'auraient pas, cette année, à recevoir de troupes, dit-il au gros homme chauve drapé dans un manteau écarlate, devant qui on l'avait introduit.

L'interprète traduisit et le gros homme, en son latin grasseyant, se lança dans un discours dont la véhémence empruntait tour à tour le ton de l'indignation et de la fureur, et qu'accompagnaient force gestes.

— Le légat Lucius Munatius Plancus vous explique, résuma l'interprète, que notre légion était installée chez les Suessiones, en Belgique, comme convenu, et y serait restée tout l'hiver si le crime abominable qui a été perpétré chez vous, n'avait obligé le vénéré César à modifier les dispositions prises. À l'annonce de ce lâche assassinat, il nous a donné l'ordre de lever le camp et de gagner votre pays à marches forcées pour nous établir sous vos murs et surveiller vos agissements.

Lucius Munatius Plancus avait marqué un temps d'arrêt, guettant la réaction du chef carnute. Mais le chef carnute ne répondit rien et ne montra pas ses sentiments. Il n'éprouvait que répugnance pour le gros légat. L'obésité, aux yeux des Celtes, était une tare dégradante. Que l'on pût confier le commandement de tout un corps d'armée à un obèse paraissait à Vellaunos du dernier bouffon. Il réprima son envie de rire et attendit la suite. La voix de Plancus s'enfla et son visage devint cramoisi.

— *Te moneo...*

L'interprète traduisait, à mesure :

— Je te préviens que les rebelles, moi, je sais comment les traiter. Je vous materai, tous autant que vous êtes ! Vous avez intérêt à vous tenir tranquilles. Est-ce bien compris ?

Vellaunos se contenta d'incliner la tête affirmativement.

— Le vénéré César m'a également chargé d'ouvrir une enquête pour découvrir les assassins et les faire conduire devant lui, à Samarobriva. Je compte sur la coopération de la population. Il faut que ces misérables expient leur crime.

— J'ai procédé moi-même à l'enquête. D'après les renseignements que j'ai recueillis, l'attentat est le fait d'une bande de hors-la-loi, dont une boiteuse, un grand escogriffe au nez comme une corne à boire et un nain barbu à la tignasse rouge.

— Nous verrons cela. Je compte reprendre toute l'enquête depuis le début. Avertis tes administrés que quiconque ne dira pas tout ce qu'il sait sera considéré comme complice et sera exécuté.

Damatos était bien ennuyé de s'être trouvé mêlé à cette affaire. Chaque fois qu'il y pensait, l'angoisse lui nouait les entrailles. Il se réveillait la nuit et, dans les ténèbres qui amplifient toutes les craintes, tournait et retournait dans sa tête l'idée qu'il était fatal que quelqu'un rapportât aux Romains l'avoir vu, le soir de l'attentat, gagner la campagne avec un chargement de tonneaux. Une enquête un peu poussée sur la destination de ces tonneaux tournerait à sa confusion. Il se voyait déjà arrêté, torturé, finissant, sous les supplices, par dénoncer Cumborix, Cassica et Uronertos, mais n'échappant pas pour autant à la flagellation à mort ou à la crucifixion.

Il ne prétendait pas avoir une âme de héros. Les actes de courage, les glorieux faits d'armes, c'était l'affaire de ceux qui appartenaient à la classe des guerriers, tels Cumborix et Uronertos, mais non d'un modeste tonnelier. À chacun son rôle. Il regrettait bien de ne pas avoir laissé les conspirateurs se débrouiller tout seuls : après tout, ils s'étaient mis eux-mêmes dans le mauvais pas dont il avait voulu les tirer.

— Non, mon âme, le rassurait Anipa quand, au matin, il lui

confiait ses affres, tu n'as rien à regretter. Tu ne pouvais pas abandonner à leur sort des combattants qui luttaient pour nous. Tu as bien agi et je suis fière de toi. Je suis sûre que la très sainte Andrasta te protégera. Ne te tracasse pas : ceux qui t'ont vu partir avec ton chargement de tonneaux ne diront rien.

Elle avait raison. Les Romains eurent beau multiplier les interrogatoires, ils n'obtinrent aucun renseignement. Personne n'avait rien vu, rien remarqué. À aucun moment il ne fut question d'une charrette chargée de tonneaux. Toute la population se sentait solidaire et, face à l'étranger, observait la loi du silence.

En tant que seul témoin à avoir aperçu les assassins, Damatos fut longuement interrogé, à plusieurs reprises, par les officiers de l'état-major de Munatius Plancus, en présence du légat lui-même. On lui tendit des pièges perfides, on l'abreuva de menaces, on le couvrit de promesses, mais il ne varia pas dans ses déclarations. On en conclut qu'il disait vrai et une nuée de légionnaires se répandit dans la campagne, à la recherche d'une boiteuse, d'un grand escogriffe et d'un nabot rouquin. Ils en trouvèrent très vite la piste car, son récit ayant fait le tour du pays, il ne manqua pas de témoins pour certifier avoir aperçu, avant ou après le crime, une bande d'inconnus à mine patibulaire, parmi lesquels ils avaient parfaitement remarqué une boiteuse aux cheveux grisonnants, vêtue d'une jupe verte, un grand escogriffe au nez si long et si retroussé qu'on aurait pu le comparer à une corne à boire, et un nabot aussi rouge de barbe que de tignasse. Les alibis de toutes les boiteuses aux cheveux grisonnants furent soigneusement vérifiés. On arrêta un nain barbu et rouquin, mais on fut obligé de le relâcher quand tous les témoins, absolument formels, eurent déclaré qu'ils ne le reconnaissaient pas. D'ailleurs, il n'était pas tellement nain, ni tellement rouquin. L'enquête tourna court.

Plancus n'avait pu entendre Dilaka. Lorsqu'il s'était présenté à Samocaion, il avait appris que Cumborix avait répudié son épouse, qu'elle avait quitté le pays et que nul ne savait où elle avait porté ses pas.

Le légat adressa à César un rapport circonstancié où il reconstituait par le menu l'itinéraire étrangement zigzaguant qu'avait suivi la bande de gueux manifestement payée par les ennemis de Rome. Il se faisait une gloire d'avoir établi qu'il y avait dans ses rangs une boiteuse, un grand escogriffe et un nabot au poil rouge, et même, d'après certains renseignements difficiles à contrôler, un borgne et un manchot. Mais la piste se perdait aux abords de l'immense forêt carnute dont il ne pouvait être question de fouiller les quelque trois cent mille arpents... Le proconsul ne lui fit pas parvenir de félicitations.

XVII

— Tu te souviens, Cassica, de la mission que Jules César avait confiée au gros légat Plancus, quand il nous l'a envoyé, l'automne dernier ?

— Si je m'en souviens ! Il l'avait chargé de lui ramener à son quartier général de Samarobriva (1) le quidam qui s'est permis de couper la tête de son cher ami Tasgétios.

— Eh bien, le gros légat Plancus peut maintenant proclamer : « Mission accomplie ! »

— Quoi, père, que dis-tu ?

— Parfaitement ! Il vient de me faire sommer de le suivre à Samarobriva.

Cassica restait muette, l'air affolé, mais Cumborix partit d'un grand éclat de rire.

— Pas comme accusé, mais comme invité. Figure-toi, ma chère, que César me fait l'honneur de me convier à une assemblée de chefs qu'il présidera à la prochaine nouvelle lune.

— C'est donc, observa Trigaranos, le druide du clan, que tu es considéré comme un des principaux chefs de la nation carnute.

Bien que personne, parmi ses concitoyens, ne fût censé se douter du rôle qu'il avait joué dans le guet-apens où était tombé l'usurpateur, le prestige de Cumborix s'était brusquement accru. Les autres nobles lui parlaient avec respect, le peuple lui témoignait une touchante affection. Il est vrai que les jeunes seigneurs qui avaient participé à la conjuration ne

(1) Amiens.

tarissaient pas d'éloges sur son compte et, tout en s'abstenant de faire allusion à l'élimination de Tasgétios, œuvraient à sa popularité. Cette subite ascension dans la faveur populaire aurait pu paraître suspecte aux autorités romaines si on ne leur avait fait croire qu'elle était l'effet des fluctuations de la politique intérieure. Le parti du Taureau commençait à s'user au pouvoir, un mécontentement se faisait jour contre le premier magistrat Vellaunos, et les espoirs se reportaient sur Cumborix qui, en raison de ses sentiments sangliers, apparaissait comme un des chefs de l'opposition. Avides comme elles l'étaient de s'immiscer dans les affaires intérieures des autres, les autorités romaines avaient décidé de le jouer contre Vellaunos en qui elles n'avaient qu'une confiance mitigée. Elles lui témoignaient une considération dont il s'amusait fort.

Les Romains, à ce moment, vivaient dans les transes, sentant l'âme de la Gaule leur échapper et la population s'agiter. L'assassinat de Tasgétios avait fait l'effet d'un coup de tonnerre, galvanisant les hommes du pays et faisant naître chez l'occupant de lourdes appréhensions. Il avait donné le signal du réveil d'une extrémité à l'autre du monde celte. A peine la nouvelle lui en était-elle parvenue, que le vieux chef trévire Indutiomaros avait appelé ses vassaux aux armes et adressé clandestinement des messages aux peuples voisins pour les inciter à préparer le soulèvement contre l'ennemi commun. Le roi des Éburons, Ambiorix, guerrier aussi vaillant que rusé, l'avait entendu et, sans attendre, avait exterminé les quinze cohortes — neuf mille hommes — des légats Sabinus et Cotta. Puis, avec l'aide des Nerviens, des Atuatuques et de quelques autres nations belges, il avait assiégé le camp du légat Cicéron. S'inspirant de l'exemple des Romains eux-mêmes, il l'avait entouré de contrevallations et menait l'assaut à l'aide de tours roulantes et de tortues. Il avait même imaginé de mettre le feu à l'intérieur en le bombardant de balles de fronde faites de charbons incandescents — que les Romains, ignorant la houille, appelaient naïvement « de l'argile fondue brûlante ». Pendant ce temps, Indutiomaros se préparait à assaillir, en pays rémois, la légion de Labiénus, tandis que, dans l'Ouest, des forces armoricaines se regroupaient pour aller attaquer sur l'Orne celle de Lucius Roscius.

Comme beaucoup de chefs connus pour leur hostilité à l'occupant, Cumborix était tenu mystérieusement informé des événements, au fur et à mesure. Des courriers surgissaient de la nuit et, sitôt leur rapport fait s'évanouissaient comme des ombres. Il avait exulté de joie en apprenant le massacre de l'armée de Sabinus et Cotta, applaudi à l'incendie du camp de Cicéron par les charbons ardents et fait des prières pour Indutiomaros.

La victoire que César, appelé à son secours par Cicéron aux abois, avait remportée par ruse sur Ambiorix avait — provisoirement du moins — retourné la situation, mais les Romains avaient bien failli connaître une déroute complète et restaient inquiets. Nerviens et Atuatuques se préparaient déjà à une nouvelle guerre. Indutiomaros continuait à lever des troupes ; il recevait de tous les horizons de la Gaule des ambassades et des messages de soutien. Au plus fort de l'hiver, Cumborix fit, sous la pluie, dans le brouillard et sous la neige, le voyage jusqu'aux bords de la Meuse, afin de lui transmettre le salut de Conconnétodumnos, chef élu de tous les Carnutes (la mort de Tasgétios ayant, en effet, laissé le pouvoir vacant, des élections avaient eu lieu à samonios dernier et c'est Conconnédodumnos qui avait été élevé à la dignité de premier magistrat de l'ensemble du pays carnute, du district d'Autricon comme de celui de Cénabon), de Cotuatos, le grand druide en exercice, et des principaux chefs de tribu. Il lui adressa de leur part un pressant appel à venir les aider à se libérer. On lui proposait un plan qui avait le mérite de la simplicité : il attaquerait le camp de Labiénus, le prendrait d'assaut, traverserait en le ravageant le pays des Rèmes, alliés de César, franchirait les territoires des Suessiones, des Meldi et des Parisii en y levant des renforts et, dès qu'il s'approcherait de leur frontière, les Carnutes se soulèveraient contre les occupants. Le vieux chef trévire lui répondit avec affabilité qu'il était sensible à l'amitié que lui témoignait la fière nation carnute, que les suggestions qu'elle lui faisait entraient tout à fait dans ses vues et qu'elle pouvait se préparer au soulèvement.

Malheureusement, l'attaque du camp de Labiénus se solda par un échec. Sans s'exposer lui-même — il n'était pas fou —, le légat fit effectuer une sortie par la cavalerie de ses alliés rèmes. Le combat entre Gaulois tourna à l'avantage des amis de Rome. Indutiomaros y trouva la mort.

César n'était pas rassuré pour autant. Avant que l'hiver ne fût achevé, il supplia le gouvernement de Rome de lui envoyer des renforts. Il obtint trois légions. De ce fait, sa puissance devint considérable et c'est dans ces conditions qu'au début du printemps, dans la dernière quinzaine du mois d'ogronios, il décida de convoquer l'assemblée des chefs gaulois pour leur faire savoir qu'il était le plus fort et qu'ils devaient se tenir tranquilles.

— Vas-tu t'y rendre ? demanda Cassica à son père.

— Il n'en est pas question. Je ne suis pas aux ordres de César.

— Ce qui serait bien, ce serait que tous les chefs carnutes se passent le mot et qu'aucun ne réponde à la convocation.

Le druide Trigaranos renchérit :

— Il serait encore bien mieux que tous les peuples des Gaules s'entendent pour que personne n'aille à Samarobriva. Imagine la tête de César !

— Ce serait formidable ! s'enthousiasma Cumborix. Ce serait le moyen de lui signifier que nous ne sommes pas ses sujets. Agissons ! Faisons quelque chose pour provoquer cet accord général.

Trigaranos dit qu'il fallait en parler au grand druide. S'il approuvait l'idée, on irait trouver Conconnétodumnos et on lui demanderait de réunir le Grand Conseil des Carnutes.

Le grand druide Cotuatos ne fut pas difficile à convaincre. Conconnétodumnos encore moins. C'était à contrecœur qu'il s'était rendu à Samarobriva lors de la précédente assemblée convoquée par César. Comme les autres chefs, il avait pensé que la courtoisie ne permettait pas de refuser l'invitation du représentant d'un pays allié. De plus, il s'agissait alors de prendre en commun des mesures pour faire face à la situation créée par la mauvaise récolte. Or, désormais personne ne croyait plus que les Romains fussent des alliés ; nul ne pouvait douter que lors de la réunion projetée par César, il ne serait aucunement question de l'intérêt général, mais du seul intérêt de Rome.

— De toute façon, déclara Conconnétodumnos, je n'envisage pas un instant, en ce qui me concerne, de m'absenter de chez moi pour un voyage de plus de cent lieues (1), en pleine période de semailles. Si je ne suis pas là quand mes gens sèmeront le blé, les pois et les graines de chou, le travail risque d'être fait en dépit du bon sens et c'est toute mon année qui sera compromise. Il faut être César pour avoir aussi peu le sens des réalités.

Des messagers sûrs partirent immédiatement informer tous les chefs de clan que le Conseil des Carnutes se réunirait trois jours plus tard, non pas dans la Maison de Réunions, au vu et au su des Romains, mais en secret, dans une clairière de la forêt dont les accès et les abords seraient gardés par les ambactes de Conconnétodumnos.

---

(1) Rappelons que la lieue gauloise correspondait à 2 415 mètres.

TROIS JOURS plus tard, il tombait une pluie froide et drue qui transformait en boue le sol des chemins. Sous l'averse, les chefs carnutes enveloppés dans leurs pèlerines en peau de bête, le capuchon rabattu jusqu'aux yeux, cheminèrent par les sentiers de la forêt, convergeant vers la clairière où était fixé le rendez-vous. Ils s'assirent sur leurs boucliers posés à même le sol. L'eau crépitait sur les jeunes ramilles du fouillis végétal qui, autour d'eux, se fondait dans la muraille liquide. Il allait leur falloir parler à tue-tête pour dominer le bruit continu de dégoulinement, mais ils avaient des voix puissantes, accoutumées à hurler des commandements dans tous les tumultes, ceux des travaux agricoles et ceux des troupeaux, comme ceux des batailles.

Conconnétodumnos présidait, mais la séance fut ouverte par le grand druide Cotuatos, car un chef ne devait jamais prendre la parole avant son druide. Il exposa l'objet de la réunion : les Carnutes allaient-ils envoyer des délégués à l'assemblée qu'un général étranger se permettait de convoquer comme s'il se croyait une sorte de roi suprême ?

— Jamais, rappela-t-il, nos pères n'ont admis qu'un tyran réunisse sous son autorité nos libres nations pour en faire un empire, synonyme d'esclavage. Allons-nous donc admettre qu'un individu qui n'est pas de notre sang et n'a d'autre mérite que de commander quelques milliers de pillards, s'empare de ce funeste pouvoir que nous avons toujours su refuser aux plus nobles des nôtres ? Telle est la question que vous allez avoir à débattre.

Conconnétodumnos pouvait maintenant prendre la parole. Il fit le point de la situation. D'après les derniers rapports qu'il avait reçus, Nerviens, Atuatuques et Ménapes concentraient leurs troupes et s'étaient assuré le soutien des Germains cisrhénans. Les Trévires avaient élu à leur tête des membres de la famille du regretté Indutiomaros. Ambiorix avait promis d'intervenir au premier signal. Les Sénons, voisins immédiats des Carnutes à l'est, avaient suivi l'exemple glorieusement donné par Cénabon et s'étaient débarrassés du roi que leur avait imposé César, un certain Cavarinos. Ils ne l'avaient pas tué, parce qu'il s'était enfui à temps, mais ils l'avaient détrôné et banni. Ils avaient nommé à sa place un homme dévoué à sa patrie, Acco.

— C'est de la provocation ! lança, d'une voix agressive un des guerriers qu'avait le plus affecté le meurtre de Tasgétios, Dexivos, grand gaillard blond à la moustache tombante. César doit être furieux.

Cumborix se leva d'un bond et vint se camper devant Dexivos.

— Encore César ! Mais qu'est-ce qu'on en a à faire des sentiments de ton César ? Qu'il se mêle de ses affaires et non pas des nôtres. Il n'avait pas plus de titre à nommer Cavarinos roi des Sénons qu'à nous imposer l'ignoble Tasgétios. S'il ne se trouvait pas parmi nous des pleutres pour le flagorner, ramper devant lui, devancer ses désirs, il ne se poserait pas en maître.

Dexivos se leva à son tour et lui fit front.

— Tu n'as pas besoin de crier si fort pour nous débiter des âneries. Que tu le veuilles ou non, César est le maître puisqu'il est le plus fort. Il a sous ses ordres soixante mille guerriers en armes.

— Sommes-nous si lâches, demanda Cumborix sur un ton de mépris, que soixante mille brigands nous fassent la loi, quand les peuples des Gaules, en agissant de concert, pourraient aligner plusieurs centaines de milliers de combattants dont le moindre vaudrait bien sept Romains ?

— Agir de concert ? ricana Dexivos. Tu as déjà vu des Celtes capables d'union ? Nous avons grand besoin d'un homme fort pour remettre un peu d'ordre chez nous et les dieux nous ont envoyé Jules César.

— Un ennemi des Celtes ! Tu tiens là le langage d'un traître.

Ils tirèrent leurs épées, mais le grand druide Cotuatos s'était dressé et se jetait entre eux.

— Remettez vos armes au fourreau, ordonna-t-il d'un ton sans réplique. Vous vous battrez plus tard si cela vous fait plaisir, mais la discussion n'avancera pas si les coups tiennent lieu d'arguments. Rasseyez-vous et faites silence, le seigneur Conconnétodumnos n'a pas terminé.

— J'ai encore, en effet, une information très importante à vous communiquer, annonça le magistrat aux cheveux rouges et aux moustaches en croc. Nos voisins, les Sénons, viennent de prendre la décision de ne pas se rendre à la convocation de César.

Cette nouvelle fit l'effet d'un éclat de foudre. Après un instant d'ébahissement, les passions se déchaînèrent. Enthousiasme des uns, vitupérations de quelques autres. « Les inconscients ! les inconscients ! » se lamentait un petit homme à la barbe ruisselante de pluie, le riche Magétos. « C'est de la rébellion, insistait Dexivos, César va sévir et ne nous épargnera pas. » Mais Catuviros, déchaîné, leur lançait : « Vous n'êtes que des imbéciles et des poltrons ! » tandis que tusaient de toutes parts les : « A bas César ! » « Mort aux Romains ! » et « Vive les Sénons ! ». La voix de basse de Conconnétodumnos s'éleva au-dessus du tumulte :

— Les Sénons nous donnent l'exemple. L'honneur exige que nous ne nous montrions pas moins résolus qu'eux. N'est-ce pas ton avis, ô grand druide ?

Cotuatos leva les bras pour réclamer le silence et prononça :

— Nous aurions pu hésiter à bouder la réunion de Samarobriva si nous avions couru le risque d'être les seuls à le faire. Pour moi, la question ne se pose plus, dès l'instant que nous avons la certitude que d'autres n'y seront pas non plus. Ce serait nous couvrir de honte que de nous désolidariser de nos amis sénons. J'ai dit.

Comme pour approuver sa détermination, le ciel suspendit son arrosage. Dans un silence méditatif, les nobles membres du Grand Conseil rejetèrent leurs capuchons et s'entre-regardèrent. Alors s'éleva avec gravité la voix de Cumborix.

— Les Sénons ont réglé leur conduite sur la nôtre vis-à-vis de leur roi fantoche. Personne ne comprendrait que nous ne réglions pas la nôtre sur la leur vis-à-vis du soudard étranger qui se veut au-dessus des rois.

— Envoyons des messagers aux autres peuples pour les inviter à adopter la même attitude, ajouta le druide. César aurait pu faire subir sa colère à une nation isolée, mais il ne pourra rien contre une volonté commune.

Les hochements de tête approbateurs révélèrent que les hésitants étaient maintenant convaincus et que les opposants étaient troublés. Conconnétodumnos saisit le moment pour décider de passer au vote. Il invita l'assemblée à se mettre debout et demanda qui était d'avis qu'au lieu de répondre à la convocation césarienne, chacun reste chez soi à s'occuper de ses semailles. Ce furent presque toutes les lances qui furent brandies en l'air par trois fois. Le druide constata que la majorité avait tranché et que l'on n'irait pas à Samarobriva. Et tous de témoigner leur enthousiasme en frappant frénétiquement de leurs armes l'umbo de leurs boucliers. On désigna aussitôt les ambassadeurs qui iraient porter la bonne parole chez les autres peuples et les convaincraient de ne pas se rendre à la réunion de Samarobriva.

Cependant, les choses ne devaient pas se passer aussi bien que ne l'avaient rêvé Cumborix et ses amis. Les ambassades dépêchées aux Andes et aux Turons des bords de la Liger, aux Bituriges de Champagne berrichonne, aux Lingons du plateau de Langres, aux Éduens du Morvan, aux Rèmes, aux Suessiones, aux Parisii, furent accueillies avec méfiance et écoutées avec réticence. Elles durent se retirer sans avoir obtenu aucun engagement. Seuls les Trévires, ces Belges fiers et vaillants, se rallièrent sans hésiter au projet.

Il ne manquait donc pas beaucoup de délégués quand César ouvrit l'assemblée. Il avait décidé qu'elle se tiendrait, non pas dans la Maison de Réunions de Samarobriva, mais dans son propre camp, à l'extérieur de la ville. Il trônait au-dessus des têtes des chefs gaulois, sur un siège d'ivoire juché en haut d'une estrade de terre. Parqués à ses pieds sur le *forum*, assis sur leurs talons, les nobles seigneurs représentant les puissantes et fières cités des Gaules se sentaient humiliés mais n'osaient pas le dire trop haut. Beaucoup regrettaient, mais un peu tard, leur servilité. Ils ne pouvaient plus rien faire d'autre que d'écouter avec respect l'homme au visage émacié, au nez crochu et à la bouche trop large, qui dardait sur eux des regards furibonds.

— Je constate, vociféra-t-il, qu'il ne se trouve ici aucun représentant des Trévires, ni des Sénons, ni des Carnutes. Qu'est-ce que cela signifie ? Cette racaille se serait-elle mis en tête de ne plus obéir quand César ordonne ?

Il dénoua nerveusement sa ceinture, laissant son laticlave à franges s'étaler en plis mous sur son ventre et ses cuisses. puis il ramena théâtralement un pan de son manteau écarlate sur sa poitrine et roula ses grands yeux globuleux.

— Aurait-on oublié que César descend en droite ligne de la déesse Vénus et qu'il a des rois de Rome dans ses ancêtres ? Je suis plus grand que les rois. Je ne permettrai pas à de misérables Barbares de s'insurger contre mes volontés.

Il brandit un poing menaçant et aboya que ceux qui lui faisaient cet affront le paieraient cher. Il tenait leur absence pour un acte de révolte contre son autorité et il ne fallait compter de sa part sur aucune pitié. Soudain, il se leva et pointa sur l'assemblée un index accusateur.

— Vous me faites horreur, tout autant que vous êtes. Vous êtes une race de vipères. Je suspends la séance, car je vais me mettre en marche à l'instant même contre cette canaille d'Acco, le misérable ver de terre que les Sénons ont eu le front de mettre à leur tête sans m'en demander la permission. Nous reprendrons ces débats dans quelque temps, mais pas ici. Je vous donne rendez-vous, à une date que je vous ferai connaître ultérieurement, dans la ville de Lutèce, à la porte du pays des Sénons, chez les Parisii qui étaient naguère leurs clients, mais qui eux, au moins, ont envoyé des délégués. Allez ! Fichez-moi le camp ! Allez, allez, rompez !

Huit jours plus tard, Conconnétodumnos réunit de nouveau le Grand Conseil carnute et ce fut pour lui communiquer de bien fâcheuses nouvelles. Comme toujours, le manque d'union avait été fatal aux Celtes. Alors que devant une coalition de tous les peuples des Gaules, on ne voyait pas bien ce qu'aurait pu faire César, le lâche abandon des Sénons par leurs voisins de l'est et du nord avait fait d'eux une proie facile. Acco, leur noble chef, n'avait pas achevé ses préparatifs de guerre quand les Romains s'étaient jetés sur leur territoire.

— Acco a donné l'ordre à tous les habitants de se rassembler dans les places fortes, mais cette mesure était encore en cours d'exécution et les convois de paysans avec leurs troupeaux et leurs chariots n'ont fait qu'entraver les mouvements des quelques troupes prêtes à combattre.

Un silence de mort plana sur l'auditoire.

— Les malheureux Sénons, reprit le colosse aux cheveux rouges, ne pouvaient rien faire d'autre que de demander la paix. César était trop ravi de faire l'économie d'une guerre pour persister dans son désir de vengeance. Il s'est contenté d'exiger la livraison de cent otages.

Les fiers guerriers carnutes qui étaient venus là bombant le torse et le regard plein de suffisance, baissaient maintenant la tête, accablés. Tous se disaient que César, si pressé de faire payer aux Sénons leur absence de Samarobriva, n'allait pas manquer de se retourner maintenant contre eux pour les punir, eux aussi, de leur défection. « Si l'on m'avait écouté... », commença Dexivos, mais les grondements hostiles le dissuadèrent d'insister. Les plus chauds partisans de l'opposition au proconsul romain durent pourtant se placer en face de la réalité : le gros des forces romaines, s'il se trouvait chez les Sénons, n'était qu'à deux jours de marche d'Autricon. On ne disposait pas du temps suffisant pour organiser la résistance. Cumborix lui-même constata, découragé :

— Nous ne pouvons compter sur aucun appui. Tout le monde a tiré son épingle du jeu, à la seule exception des Trévires qui sont loin et ne peuvent rien pour nous.

Conconnétodumnos qui, depuis un moment, tortillait sans rien dire une des pointes de sa moustache en croc, laissa retomber son bras, en un geste d'impuissance.

— Les dieux nous ont abandonnés, dit-il. Avant deux jours,

les féroces soldats de César se seront répandus dans nos campagnes, égorgeant nos fils et nos compagnes, violant et torturant, ravageant nos champs, brûlant nos maisons. Ils assiégeront Autricon et Cénabon que nous ne sommes pas en mesure d'avoir garni d'ici là de défenseurs en nombre suffisant. Je ne vois, à ma grande désolation, qu'un seul moyen d'échapper au désastre, c'est de prendre les devants et d'envoyer tout de suite des députés à César pour tâcher de le fléchir.

Il n'y eut pas d'objection. Chacun était conscient qu'il n'existait pas d'autre issue. On convint de déléguer comme ambassadeurs Dexivos et Magétos qui étaient bien vus des Romains et avaient des amis jusque dans l'état-major du proconsul.

— Je suggère, dit Magétos, que nous sollicitions l'intervention en notre faveur des Rèmes qui ont beaucoup de poids auprès de César, car ils figurent parmi ses plus fidèles alliés. Comme ils ont toujours émis la prétention de nous compter dans leur clientèle, ils ne peuvent pas refuser de plaider notre cause.

Ce que Magétos proposait équivalait en fait à une reculade complète, à une humiliation absolue, mais les chefs carnutes étaient alors en proie à une telle panique, à une telle déroute morale, qu'il ne se trouva aucune voix pour soulever quelque objection. Les Rèmes acceptèrent avec une joie altière de jouer leur rôle de médiateurs : par là, ils acquerraient un ascendant certain sur leurs voisins, et ils sauraient incontestablement en profiter le moment venu. Ils n'eurent d'ailleurs pas grand mérite à mener à bien leur mission, César voyant avec soulagement se dissiper la menace d'une révolte qui pouvait fort bien se propager. Il se fit livrer des otages et Conconnétodumnos, Suvritus, Soubitès, Vellaunos durent envoyer plusieurs de leurs fils à son camp. Après quoi il s'en fut à Lutèce, capitale des Parisii, rouvrir la séance du congrès des chefs.

Il n'était plus question pour les nobles carnutes de se dispenser d'y assister. Cumborix ne put que ravaler sa rage en contemplant le proconsul au nez crochu et aux jambes nues qui, du haut de son estrade de terre, abaissait des regards méprisants sur ce qui avait été l'aristocratie des Gaules et n'était plus qu'une tourbe avilie.

César dénoua nerveusement sa ceinture, roula ses yeux globuleux et exposa d'une voix sèche que chaque peuple était tenu de lui fournir au plus vite un corps de cavalerie pour l'aider à soumettre les Trévires. Cumborix se dit que ce genre d'expédition lui aurait terriblement plu s'il s'était agi de combattre des adversaires de sa nation. Il se serait laissé tenter et rien n'aurait pu l'empêcher de se porter volontaire. Mais il ne fallait pas compter sur lui pour prêter la main à la basse vengeance d'un général étranger. Puisque les Carnutes devaient comme les autres nations, fournir obligatoirement un contingent, autant envoyer les jeunes : ils y gagneraient l'expérience guerrière qui leur manquait. Pour lui, il avait mieux à faire, il était plus que temps de s'occuper des semailles.

De retour sur ses terres, il se tint avec passion au courant de ce qui se passait en Belgique. Il avait obtenu de Conconnétodumnos qu'il lui fît parvenir au fur et à mesure toutes les informations qu'il recevait ; grâce à un réseau parfaitement organisé de coureurs transmettant les messages de relais en relais et de crieurs les faisant voler de colline en colline, il était renseigné bien avant les Romains de Cénabon sur le déroulement des opérations chez les Trévires. Les nouvelles, hélas, n'étaient guère réjouissantes. César avait commencé par jeter ses cohortes sur le pays des Ménapes où elles avaient commis d'affreux ravages, pillant, incendiant, violant et torturant jusqu'à ce que, terrorisés par leurs atrocités, les Ménapes eussent déposé les armes. Pendant ce temps, le légat Labienus triomphait par la ruse de l'armée trévire : feignant de s'enfuir en déroute avec ses trois légions, il avait attiré les valeureux guerriers belges dans un traquenard, si bien qu'en arrivant pour l'affrontement décisif, César avait trouvé la besogne faite et n'avait plus eu qu'à cueillir les fruits de la victoire de son lieutenant.

Maintenant, se dit Cumborix avec tristesse, il va s'attaquer au preux Ambiorix, l'Éburon : c'est le seul adversaire qu'il lui reste. Il se trompait. César ne dirigea pas ses pas vers le pays des Éburons, mais s'aventura en Germanie dans l'intention de piller une petite tribu, les Ubiens, dont il pensait pouvoir ravager le territoire sans grands risques. Quelques jours plus tard parvint enfin une nouvelle réconfortante : de l'autre côté du Rhin, l'armée romaine s'était soudain trouvée face au puissant peuple des Suèves et n'avait dû son salut qu'à sa promptitude à repasser le fleuve.

Ce n'était qu'un intermède, qu'une péripétie. César revenait, furieux, et sa hargne ne connaissait plus de limites. Lançant ses légions à la poursuite d'Ambiorix à travers la forêt d'Ardenne, il assouvissait sa fureur sur les paisibles paysans éburons au travail dans leurs champs. Il donnait l'ordre à ses soldats de dévaster, massacrer et torturer sans se laisser arrêter par une sensibilité indigne des vrais Romains.

— Devine jusqu'où il a poussé le raffinement, déclara Conconnétodumnos à Cumborix qui assistait à ses côtés aux compétitions athlétiques organisées à l'occasion de la fête de Lugos.

— Je n'en ai aucune idée. Qu'a-t-il encore imaginé ?

— Il a amicalement invité les peuples voisins des Éburons à participer à la curée.

La curée ?... Cumborix ne saisissait pas. Conconnétodumnos lui expliqua que César appelait sans vergogne tous les peuples celtes et germains, de l'Ardenne au fleuve Rhénos, à envahir le territoire des Éburons et à le piller. Cette invitation paraissait, de prime abord, insolite, car les bandes romaines n'avaient, d'habitude, besoin de personne pour mettre un pays à sac, préférant se réserver le butin pour elles seules. Mais César s'était rendu compte que la forêt d'Arduina, l'Ardenne, était pleine de périls. Il ne pouvait faire aucune confiance à l'esprit de discipline de ses soudards dès que l'appât du profit était en jeu : s'ils flairaient une occasion de brigander, ils s'écartaient de leur route et s'aventuraient dans les petits chemins où la marche en troupe était impossible. Aussi tombaient-ils dans les embuscades tendues par les Éburons.

— César préfère envoyer au massacre d'autres armées que la sienne. Comme il dit, il vaut mieux exposer aux dangers de cette guerre de forêts, la vie des Gaulois que celle des légionnaires.

— Il dit cela ? Le charmant homme ! Mais s'il n'en convoite pas le butin pour lui, quel peut bien être le but de cette dévastation du pays éburon ? J'avoue ne pas bien saisir l'intérêt stratégique de l'opération.

— Je ne crois pas qu'il y en ait. César obéit à une rage aveugle. Il paraît qu'il est comme frappé de folie dès qu'on parle des Éburons devant lui. Les yeux lui sortent de la tête, il trépigne et sa voix devient rauque. Il a juré de les faire massacrer jusqu'au dernier. Il hurle à tous les échos : « Il faut exterminer cette race maudite et effacer jusqu'à son nom même ! »

***

Dans un champ proche de sa demeure, Cumborix surveillait le repiquage des choux, participant souvent lui-même à l'ouvrage, quand on vint l'avertir qu'un messager de Conconnétodumnos lui apportait des nouvelles. Il posa son paquet de plants sur le guéret et se hâta vers l'entrée de la palissade. Quelle nouvelle catastrophe allait-on lui annoncer ?

Quand il eut franchi la porte, ses appréhensions se firent moins vives. Le jeune coureur assis sur la margelle du puits, que les femmes entouraient et questionnaient toutes à la fois en lui servant à boire, n'avait vraiment pas l'air d'un messager de malheur. Il riait aux éclats et ses yeux brillaient. Il se leva à sa rencontre.

— Les dieux te donnent bien, Seigneur, dit-il en s'inclinant.

— Les dieux te le rendent, ami, Que viens-tu m'apprendre ?

— Une bonne nouvelle, Seigneur. Un des peuples que César a déchaînés contre les malheureux Éburons a changé d'objectif en cours de route. Il s'est avisé que le camp romain d'Aduatuca contenait à lui seul plus de richesses que la plus riche des villes éburones et qu'il était mal gardé. On l'appelait au pillage, il a pillé, mais c'est l'armée romaine qui en a fait les frais.

Cumborix s'esclaffa, se donna de grandes claques sur les cuisses et demanda quel était donc ce peuple qui avait joué un si bon tour à César.

— C'est, répondit le messager, un peuple de Germains qu'on n'a jamais vu courber la tête, les fiers Sicambres.

— Et leur pillage du camp romain a été fructueux ?

— L'armée romaine avait entassé au camp d'Aduatuca tout le butin de ses brigandages : un trésor fabuleux. Ils ont tout emporté.

Après avoir laissé le maître de Samocaion rire tout son soûl, l'envoyé de Conconnétodumnos reprit :

— Il y a plus important, Seigneur. La meilleure nouvelle, c'est que le noble Ambiorix a échappé aux recherches des dizaines de milliers d'hommes lancés à ses trousses. Il est sain et sauf et César a abandonné la poursuite.

Ainsi, un rayon de soleil semblait devoir percer les nuages. Cumborix soupira d'aise ; il avait besoin de ne pas avoir l'esprit accaparé par d'autres préoccupations au moment où les travaux des champs requéraient tous ses soins. Les blés étaient mûrs, la chevelure en brosse des plaines où la moindre brise faisait passer des frissons, scintillait de blonds reflets. Il y avait plusieurs arpents à faucher et le domaine ne possédait pas de *vallos*.

Pendant plusieurs jours, ruisselants de sueur sous l'éprouvant soleil d'élembivios, les muscles douloureux et le dos ankylosé, tous les hommes de Samocaion et quelques-unes des femmes manièrent la faucille de la pointe du jour à la tombée de la nuit, avec des gestes d'automates. Le maître lui-même et Cassica prêchaient d'exemple et mettaient leur point d'honneur à être les derniers à lâcher leur outil pour la pause, les premiers à le reprendre. Jules César, ses absurdes guerres, les contraintes de l'occupation... comme tout cela paraissait loin ! A eux revenait la tâche autrement importante d'assujettir comme chaque année un nouveau maillon à la chaîne ininterrompue à laquelle était suspendue la survivance de la race humaine.

Conconnétodumnos lui-même, le grand chef de tout le pays carnute, était trop absorbé par ses propres moissons pour se soucier beaucoup des événements. Il continuait, par principe, à payer des hommes pour espionner César, mais quand ils venaient lui faire leur rapport, il leur en laissait à peine le temps, pressé qu'il était de retourner à ses charrois. Certes, l'extermination systématique des Éburons à laquelle se livrait le cruel proconsul l'affligeait. Mais, après tout, ce n'était pas son affaire. Il ne jugeait même pas utile d'en faire part aux autres chefs, qu'il convenait surtout de ne pas déranger au milieu de leurs travaux.

Cumborix, comme les autres, resta ignorant des carnages et des dévastations que poursuivait dans le nord la barbarie romaine. Il n'en dormit que mieux. Son seul sujet de préoccupation était le temps pluvieux qui ne permettait pas d'entreprendre les battages. Il y eut enfin quelques jours ensoleillés dont il se hâta de profiter et, sa récolte engrangée, il commença tout de suite les labours. C'est alors que la politique qu'il ne demandait qu'à oublier, se rappela brutalement à lui, sous la forme d'une convocation à une nouvelle assemblée que César avait décidé de réunir, cette fois, à Durocortoron (1).

— Quoi ? avait-il protesté, encore une assemblée imposée par César ! Mais c'est une manie !

— Le général veut, comme l'an dernier à pareille époque, s'entendre avec les représentants des cités gauloises sur la répartition de ses légions pour leurs quartiers d'hiver.

Bien entendu, César avait déjà décidé de cette répartition et entendait imposer sa décision. Il n'y avait pas à se dérober, on savait trop ce que cela pouvait coûter. Cumborix dut donc

(1) Reims.

prendre place de nouveau dans la foule assise par terre au pied d'une tribune où l'homme aux jambes nues et au nez crochu se carrait sur son siège d'ivoire. Il le vit dénouer nerveusement sa ceinture et abaisser sur eux ses yeux globuleux. Mais c'est avec stupeur qu'il l'entendit annoncer qu'il allait commencer par juger une affaire criminelle : l'affaire de la conjuration fomentée au printemps par les Sénons et les Carnutes. Il regarda ses voisins, Conconnétodumnos et les autres délégués carnutes. Tous avaient l'air atterré. Que voulait dire César ? Qu'appelait-il « juger la conjuration » ? Il avait accordé son pardon, allait-il renier sa parole et profiter de ce qu'il les tenait en son pouvoir, désarmés et sans troupes, pour les faire arrêter et prononcer des condamnations qui, tel qu'on le connaissait, ne pourraient être qu'effroyables ?

Ils ne tardèrent pas à être fixés. Le proconsul ramena théâtralement un pan de son manteau écarlate sur sa poitrine et ordonna :

— Qu'on fasse entrer l'accusé !

Des trompettes sonnèrent et l'on aperçut, qui arrivait entre les tentes, de l'autre bout du camp, une escouade de gardes empanachés entraînant un prisonnier chargé de chaînes, le cou serré dans un collier de fer et les mains liées derrière le dos. Le malheureux, qui n'avait pas dû pouvoir se raser depuis longtemps, avait le visage hirsute. Ses pommettes portaient les marques noires et jaunes de coups, son nez était brisé, son arcade sourcilière fendue et ses lèvres tuméfiées. Il n'était vêtu que d'une tunique en lambeaux et de braies souillées de boue. Il tenait à peine sur ses jambes. Les gardes le jetèrent au pied de l'estrade et il resta étendu à terre, comme disloqué.

A sa vue, des gémissements de stupéfaction et de chagrin s'élevèrent du groupe des députés sénons.

— Qui est-ce ? demanda Cumborix à l'oreille de Conconnétodumnos.

— Je l'ignore.

Du haut de son estrade, César se pencha vers le pauvre corps pantelant.

— C'est bien toi, interrogea-t-il avec rudesse, que l'on nomme Acco ?

Aussitôt le nom vola sur toutes les bouches avec un étonnement mêlé d'effroi. Quoi ? était-ce là le puissant Acco, le glorieux chef de la nation sénonne, le héros qui avait osé braver l'orgueil de Rome ? Quoi ? cette loque humaine, un prince prestigieux ? Sa déchéance était si choquante que tous les cœurs se serraient.

— Je suis Acco fils de Magalos, homme libre, chef des Sénons.

— Tu n'es pas chef des Sénons, rugit le proconsul. Je t'interdis de prendre ce titre. Je leur ai donné pour roi Cavarinos.

— Nos lois ne prévoient pas ce mode d'élection, ironisa le prisonnier. L'assemblée des Sénons m'a librement et régulièrement choisi pour premier magistrat.

Sa voix douloureuse était à peine audible mais conservait un accent de fierté. Chacun se taisait et évitait tout geste qui aurait pu faire le moindre bruit, afin de ne pas perdre une de ses paroles. On aurait entendu voler un nuage. Il fit un effort pour redresser le buste malgré les entraves qui l'empêchaient de prendre appui sur ses mains. César donna l'ordre aux gardes de l'aider à se mettre debout, puis prit le ton posé d'un vrai juge pour demander :

— Accusé Acco, reconnais-tu avoir été l'instigateur de la rébellion des Sénons, sottement suivis par les Carnutes ?

— Qu'appelles-tu « rébellion » ?

Le proconsul fit un geste d'agacement et sa voix s'énerva.

— Ce n'est pas à toi de m'interroger. Le tribunal, c'est César, et tu dois seulement répondre aux questions de César. Tu ne nies pas que c'est toi qui as poussé les Sénons à ne pas participer à l'assemblée que César avait convoquée à Samarobriva ?

Acco ne fit aucune difficulté pour le reconnaître et déclara prendre l'entière responsabilité de l'attitude de ses chefs de clan. Mais il soutint qu'elle était conforme au droit, un général étranger n'ayant pas qualité pour décider de la tenue d'une assemblée gauloise. Cette réponse déchaîna la colère de César qui en oublia son personnage de juge impartial et redevint l'autocrate aux rages froides que la Gaule avait tristement appris à connaître. Le prisonnier fut abreuvé d'injures. Il subit pourtant ce flot d'outrages sans s'émouvoir et, dès qu'il put placer un mot, insista :

— Tu n'es pas notre chef et ne pas t'obéir n'est pas de la rébellion.

— Assez ! hurla César. Tu en as assez dit, tes aveux sont sans équivoque, la cause est entendue. Au nom du Sénat et du peuple romain et en vertu du droit latin, je te déclare coupable du crime de rébellion et te condamne à la peine capitale. J'ordonne que la sentence soit mise à exécution sur-le-champ et que l'on supplicie le condamné selon la vieille coutume romaine. Qu'on le dépouille de ses vêtements et qu'on l'attache nu au poteau de torture, la tête coincée dans une fourche. Bourreau, tu le battras de verges jusqu'à ce que mort s'ensuive et tu décapiteras son cadavre.

Habitué à la soumission apeurée de ses compatriotes devant la moindre démonstration de force, l'aristocrate des bords du Tibre s'attendait à ce que sa décision fût accueillie par un silence révérenciel. La houle de protestations qu'elle déclencha le surprit. Les chefs celtes s'étaient levés et parlaient tous à la fois, les uns pour clamer leur indignation, les autres implorant pitié pour le condamné. L'attitude de certains était si menaçante que la garde massée derrière l'estrade se mit en marche et s'avança, lances pointées, jusqu'aux premiers rangs.

César resta sourd aux supplications et des soldats entraînèrent Acco vers le poteau de torture, sous les regards impuissants de ses compatriotes qui avaient été contraints de laisser leurs glaives à l'extérieur du camp et se voyaient contenus par des légionnaires en armes.

Cumborix ne put en supporter plus. Il mit ses mains en porte-voix et cria :

— Nobles guerriers des Gaules, allons-nous cautionner par notre présence ce lâche assassinat ? Les mains nues devant un rempart de fer, il ne nous reste qu'un moyen de manifester notre réprobation, c'est de nous retirer avec dignité. Ce témoignage de solidarité adoucira les derniers instants du fier Acco.

Il donna l'exemple en se dirigeant vers la porte du camp la plus proche, immédiatement imité par Conconnétodumnos et les autres Carnutes, ainsi que par la délégation sénonne. Une dizaine d'autres chefs de tribu les suivirent. La sentinelle qui gardait la porte fut impuissante à les empêcher de sortir. S'ils étaient désarmés, ils avaient la supériorité du nombre.

Trop occupé à se repaître du spectacle des souffrances du supplicié pendant qu'on l'attachait au poteau en serrant si fort la corde que des lambeaux de chair étaient arrachés, César n'avait pas prêté attention aux paroles de Cumborix et ne s'aperçut du départ des contestataires qu'au moment où ils franchissaient la porte.

— Les misérables ! trépigna-t-il. Ils s'enfuient parce qu'ils craignent d'être, eux aussi, jugés et condamnés. J'ai reconnu Conconnétodumnos et Vellaunos. Qu'on me donne le nom des autres. Je prononce contre tous l'interdiction de l'eau et du feu.

XVIII

— Eh bien, celle-là est forte ! lança le fermier Tagausios en entrant en coup de vent dans la salle commune. Je viens d'apprendre une nouvelle incroyable.

Il posa sa houe dans un angle de la pièce et se débarrassa de son capuchon avant de faire face à sa femme, son fils et les domestiques qui le regardaient d'un air interrogateur.

— Il paraît que Jules César — vous savez : le grand chef des Romains — a prononcé contre notre seigneur Cumborix l'interdiction de l'eau et du feu.

Ce fut la stupéfaction. L'interdiction de l'eau et du feu était une sanction terrible qui n'était infligée qu'aux plus grands criminels. Exclu de la communauté, celui qui en était frappé se voyait fermer toutes les portes. Il était réduit à errer dans les bois comme une bête sauvage et à se nourrir de baies et de racines. Quiconque aurait eu l'imprudence de l'héberger ou de lui faire l'aumône d'un peu de nourriture, se serait exposé lui-même à de lourdes peines. Renié par son clan, l'interdit de l'eau et du feu n'avait plus le droit de participer aux sacrifices.

— C'est inadmissible ! s'indigna Vimpis. Nous ne pouvons pas laisser faire des choses pareilles. Ce Jules n'a pas le droit...

Son père ne le laissa pas achever.

— Rassure-toi. Les druides ont déclaré formellement que cette sentence est sans valeur et ne peut produire aucun effet.

Une sanction aussi grave, qui détruisait la personnalité d'un être humain, le coupait de ses semblables et le privait des secours de la religion, relevait du domaine sacré et ne pouvait être prononcée que par les druides. En s'arrogeant le pouvoir de l'appliquer, le proconsul romain avait commis un sacrilège tel que tous ceux qui avaient été forcés d'y assister en étaient restés stupéfaits d'horreur. Sitôt informé, le clergé druidique avait réagi : de bouche à oreille se transmettait son invitation à ne tenir aucun compte de cet interdit illégitime. Les chefs que César voulait flétrir avaient regagné leurs terres sans le moindre encombre.

— Tout le clan, dit Tagausios, est derrière le seigneur Cumborix. Personne ne le traitera en proscrit, il ne quittera pas sa lice et demeurera à notre tête.

— Le Jules dont tu parles, remarqua la mère de famille, n'a pas été fin. Prononcer une interdiction de l'eau et du feu sans avoir l'assurance que le clan du condamné en tiendra compte, c'est donner un coup de glaive dans l'eau.

Pour Cumborix, donc, la vie ne changea pas. Ses gens respectaient plus que jamais son autorité, lui témoignant même un plus grand attachement. Il continuait à partager son temps entre la surveillance des travaux des champs, la conduite de ses élevages de chevaux et de chiens, et la chasse au lièvre, au cerf, au sanglier et au loup.

Il conservait sans problème la direction du clan. Dans la pyramide hiérarchique propre à la société celtique, le clan occupait le rang primordial, car c'était la cellule fondamentale dans le domaine économique. Il était propriétaire de la majeure partie de la terre, dont une certaine surface était affermée à l'année aux hommes libres et le reste cultivé en commun. La plupart des troupeaux de bœufs, de moutons et de porcs lui appartenaient également, soit qu'ils fussent gardés par les ambactes du chef, soit qu'ils fussent loués aux paysans libres par des baux à cheptel. Les tribus n'étaient que des fédérations de clans dont les chefs ne disposaient d'autres pouvoirs que ceux que les clans leur déléguaient, de même que les nations n'étaient que des fédérations de tribus. A l'inverse de l'ordre romain qui faisait émaner le pouvoir de l'État et réduisait le citoyen au rang de sujet, l'ordre celtique attribuait la souveraineté à la base — individu, famille et clan — et le sommet n'en détenait que ce que la base voulait bien lui concéder. Au temps des rois, c'était le peuple qui commandait au roi et le roi n'avait pas le pouvoir de commander au peuple : mais ce système avait semblé encore trop imparfait, et l'on avait remplacé les rois élus à vie (ou... jusqu'à destitution) par des magistrats nommés pour un an.

Cumborix aurait donc été un homme heureux s'il n'avait conservé une plaie béante au cœur depuis qu'il avait été contraint de répudier sa belle et altière Dilaka. Il ne parvenait pas à chasser de ses pensées son adorable visage, son regard brûlant, son doux sourire. Le soir, sur sa couche, il était obsédé par le souvenir des moments enivrants qu'ils avaient vécus dans les bras l'un de l'autre, des élans fougueux de la jeune femme, de ses bouleversantes caresses. Cela lui faisait très mal. Et il ne comprenait pas. De tels élans, de telles caresses étaient pourtant preuve de son amour. Comment avait-elle pu trahir cet amour ? Toutes les paroles de tendresse qu'elle lui avait dites résonnaient encore dans sa tête... Plus les jours s'écoulaient, plus elle lui manquait. Il y avait un si grand vide dans sa vie. Il devenait un vieil homme. Et pourtant il se sentait le cœur encore si jeune ! Comme elle aurait pu être heureuse si elle était restée, fidèle, près de lui ! Quelle folie l'avait prise ?

Parfois, il prenait la résolution d'oublier tout ce passé et de se chercher une nouvelle épouse ou même il lui prenait envie de se jeter comme un étalon en rut sur la première venue de ses servantes ou des filles de ses fermiers... mais alors Dilaka lui apparaissait dans tout l'éclat de sa séduction et partait d'un tel rire moqueur qu'il en était aussitôt dégrisé. « Piètre seigneur ! » se gaussait-elle.

Il lui arrivait, pour calmer sa fièvre, de sauter sur son cheval le plus nerveux et de galoper comme un forcené à travers champs et par les sentiers de la forêt. Il revenait au pas, sa monture couverte d'écume, mais son âme apaisée par la course et par les dangers dont il avait triomphé, lorsqu'il avait eu à sauter des rivières ou des arbres abattus, à traverser des marécages, à dévaler des contre-hauts, ou lorsqu'il avait rencontré un ours de mauvaise humeur ou un auroch prêt à charger dont la vue affolait le cheval. C'est au retour d'une de ces randonnées solitaires, qu'il vit soudain se dresser devant lui, au milieu du sentier, un homme vêtu de la tunique blanche des druides, qui lui fit signe d'arrêter.

— Les dieux te donnent bien, seigneur Cumborix, dit le saint homme. J'ai à te parler.

— Comment savais-tu que tu me trouverais ici ?

— Je sais bien des choses cachées.

— Qui es-tu ?

— Je suis Krixomaros fils de Véporoudos, druide du dieu Ogmios.

Krixomaros ? Ce nom n'était pas inconnu à Cumborix. Mais oui ! Bien sûr ! On avait beaucoup parlé de lui, quatre ou cinq ans plus tôt, lorsqu'une partie du clergé de Cénabon avait été arrêtée et déportée pour des propos séditieux tenus lors d'une cérémonie.

— N'est-ce pas toi qui as été le seul à échapper à la rafle opérée par les Romains au temps de feu Tasgétios ?

— Tu l'as dit, Seigneur. J'ai été obligé de fuir Cénabon et de me réfugier au fond des bois.

— Je m'en souviens. Et que me veux-tu ?

— Le grand druide Cotuatos t'a en grande estime, parce que tu as fait preuve d'un beau courage en prenant ouvertement parti, devant César, pour l'infortuné Acco. Il m'a chargé de te convier à une réunion secrète des chefs les plus sûrs, qui se tiendra cette nuit dans mon ermitage. Il y a des décisions très importantes à prendre.

— J'y serai, si tu m'expliques où se trouve ton ermitage.

— Tu ne le trouverais pas, mais on t'y conduira. Sois à minuit au bord de l'étang qu'on appelle le Miroir dc l'Ondine. Un jeune garçon t'y attendra. Tu lui demanderas — c'est le mot de passe — : « N'est-ce point ici que vient boire à la pleine lune le vieux roi des sangliers ? » et il te répondra : « Le sanglier aux crins blanchissants ne se montre qu'aux chasseurs qui en sont dignes. »

⁂

Dans la pâleur du clair de lune qui allonge les ombres des arbres comme de grands bras accusateurs, le seigneur Cumborix avance d'une marche qu'il voudrait plus rapide, sorte de fuite en avant un peu hésitante parfois, lorsque les formes de la forêt se font trop imprécises. A ses pieds, comme les tentacules d'une hydre innombrable, rampent des racines à fleur de sol, des branches tombées, gisent des chicots, des pierres traîtresses, des ornières. Il fait des faux pas pour éviter des obstacles qui ne sont que des touffes d'herbe et manque de se tordre le pied contre des affleurements de roche. Il glisse dans des flaques de boue, achoppe contre des bosses. Son poing se crispe sur la poignée du glaive qui pend à son côté droit et tous ses sens sont en éveil, car la forêt, la nuit, est pleine d'embûches. Il craint de sortir du sentier qu'il connaît bien mais reconnaît mal, et de se perdre. Il ne se sent pas du tout à son aise. La divine Épona au regard lunaire étend des plages vitreuses au centre des clairières et zèbre les chemins. Il entend dans le sous-bois des glissements furtifs, des craquements de brindilles, des battements d'ailes. On a beau être un vieux guerrier sans peur et qui en a vu d'autres, on tressaille lorsque retentit soudain tout près de soi le long et sinistre ululement d'une chouette et l'on éprouve au moins un certain désagrément lorsque monte des obscures profondeurs de la sylve le hurlement des loups se répondant tout au long d'un vaste cercle.

L'itinéraire qui mène au Miroir de l'Ondine lui a paru trois fois plus long qu'en plein jour, mais il parvient enfin au bord de l'étang. Les deux silhouettes qui se découpent sur la rive ne sont pas sans l'inquiéter, car Krixomaros n'a parlé que d'un jeune garçon. Il s'en approche avec un peu d'appréhension et pose la question : « N'est-ce point ici que vient boire à la pleine lune le vieux roi des sangliers ? » C'est avec soulagement qu'il s'entend répondre que le sanglier aux crins blanchissants ne se montre qu'aux chasseurs qui en sont dignes. La plus petite des deux silhouettes lui explique que trois des seigneurs invités à la réunion ont rendez-vous ici, que le premier est arrivé depuis un moment déjà et qu'il reste à attendre le troisième.

Dans le clair de lune, Cumborix dévisage le seigneur arrivé avant lui et s'exclame :

— C'est toi, Suvritus ?

— Heureux de te trouver ici, mon cher Cumborix ! lance l'ancien premier magistrat de Cénabon en lui donnant l'accolade.

Lorsque, peu après, débouche d'un sentier le troisième invité, ils ont le plaisir de reconnaître l'ardent Catuviros. Tous trois se mettent en marche l'un derrière l'autre, à la suite de l'adolescent aussi à l'aise dans le dédale des pistes à peine praticables du cœur de la forêt, qu'un poisson dans sa rivière natale. Après un long cheminement, ils finissent par atteindre une clairière où s'élève une hutte de branchages. Leur guide les invite à y entrer et s'éclipse aussitôt. Une dizaine de guerriers s'y trouvent déjà, assis par terre autour d'un feu qui éclaire leurs visages rudes. Ils entourent le maître des lieux dont la robe de lin blanc paraît insolite dans ce cadre fruste.

Cumborix promène un regard circulaire sur la noble assemblée et reconnaît tout le monde, à l'exception du grand moustachu blond qui occupe la droite de Krixomaros.

— Seigneurs, dit le druide en ouvrant la séance, nous avons l'honneur d'avoir parmi nous ce soir le noble Bucatos, envoyé du grand chef atrébate Commios. C'est pour écouter son message que le grand druide m'a demandé de vous réunir ici. Quand vous l'aurez entendu, vous comprendrez pourquoi la plus absolue discrétion était nécessaire, pourquoi la réunion ne pouvait pas se tenir en ville et pourquoi le vénérable

Cotuatos n'est pas venu la présider lui-même, ne pouvant sortir de Cénabon et gagner la forêt sans attirer l'attention.

Cumborix n'en croyait pas ses oreilles. Un envoyé de Commios l'Atrébate ?... Mais Commios n'était-il pas un grand ami de César ? N'était-ce pas César lui-même qui l'avait fait roi ? En reconnaissance, Commios l'avait servi avec dévouement et avait même joué aux côtés des Romains un rôle de premier plan lors de leur tentative de débarquement dans l'île de Bretagne et dans la campagne contre les Trévires. Cumborix jeta un coup d'œil aux autres chefs : tous semblaient aussi intrigués, pour ne pas dire scandalisés. Conconnétodumnos se fit l'interprète du sentiment général :

— Nous sommes très honorés de la visite du représentant d'un aussi puissant chef que l'illustre Commios, mais nous sommes surpris qu'il faille une réunion clandestine pour l'accueillir, alors que personne n'ignore quels liens unissent le roi des Atrébates et le commandement romain. Nous savons que les Atrébates sont l'objet d'un traitement de faveur de la part de César qui les dispense d'impôt, leur octroie la suzeraineté sur les Morins et se fait leur protecteur. Qu'on me permette de demander — sans vouloir en aucune manière l'offenser — à l'ambassadeur de Commios si nous pouvons le considérer autrement que comme un porte-parole officieux du proconsul.

— Tu seras pleinement éclairé là-dessus, noble Conconnétodumnos, sourit Krixomaros, quand tu auras entendu la communication du seigneur Bucatos.

Il remplit les coupes d'hydromel, leva la sienne à l'amitié entre Carnutes et Atrébates et donna la parole à l'envoyé du roi Commios.

— Il est exact, dit l'Atrébate, que mon glorieux prince était persuadé, comme tant d'autres, que l'instauration de l'ordre romain serait un bienfait pour les Gaules. Il était fier, je n'ai pas à le cacher, de l'amitié d'un grand capitaine comme Caius Julius César et lui vouait une profonde reconnaissance pour la dignité à laquelle il l'avait élevé. Oui, je sais, Seigneurs, que pour vous cette entente avec l'envahisseur était une honte, mais Commios ne le voyait pas ainsi, il était plein d'illusions sur le compte de César. C'est l'assassinat du malheureux Acco qui lui a dessillé les yeux. Après avoir assisté, consterné, à cette scène d'horreur, au meurtre froidement ordonné d'un chef adoré de son peuple, il a compris que ce que les Romains appellent ordre n'est rien d'autre que l'esclavage.

— Nous sommes heureux de te l'entendre dire, approuva Krixomaros.

Un souffle d'espoir mêlé de scepticisme passa sur l'assemblée. L'ambassadeur soutint calmement les regards fixes qui convergeaient vers lui, comme des traits de lumière destinés à percer la pureté de ses intentions. D'une voix qui n'hésitait pas, il continua :

— Commios n'est pas l'homme des positions moyennes, des compromis, des demi-mesures. Non ! Avec lui, c'est tout ou rien. Ayant perdu sa confiance en César, il ne peut que devenir son ennemi mortel. Il a compris que la présence romaine met toute la Gaule en péril.

— Enfin !

— Il se plaît à rendre hommage à la lucidité dont vous, les Carnutes, avez fait preuve. Il m'a envoyé vous assurer de son soutien et de sa loyauté.

Ses paroles furent accueillies par de graves hochements de tête approbateurs. Sans plus. Il n'en avait pas dit assez. Cette protestation de solidarité était certes la bienvenue, mais ne justifiait pas une réunion en pleine nuit au fond des bois. On attendait la suite.

Le regard de l'Atrébate alla de l'un à l'autre. Une flamme étincelait dans ses yeux gris-bleu et il marquait un temps de silence comme pour se concentrer. Soudain, il redressa le buste, croisa les bras, haussa le menton et martela d'une voix énergique :

— Le peuple atrébate est prêt à engager la guerre de libération.

Le ciel leur serait-il tout simplement tombé sur la tête, que les chefs carnutes auraient été moins stupéfaits. Était-ce bien ce même Commios qu'on avait vu s'efforcer de conquérir pour César l'île de Bretagne, puis, tout récemment, contrôler le territoire des Ménapes pour permettre aux Romains de marcher contres les Trévires, qui leur adressait cet appel à l'insurrection ? Comme ils restaient sans voix, Krixomaros leur précisa :

— Le grand druide est au courant. Le noble Bucatos lui a fait part de la détermination de Commios et de son peuple. Aussi suis-je chargé — c'est l'objet de cette réunion — de vous poser la question : les Carnutes estiment-ils, eux aussi, que le moment est venu de prendre les armes pour secouer le joug ?

Transporté d'enthousiasme, Cumborix fut le premier à s'écrier qu'il ne fallait pas attendre. Mais Conconnétodumnos, plus sage, demanda, avant de se prononcer, à être exactement renseigné sur la façon dont la situation se présentait du point de vue militaire.

— Je suis à même de t'éclairer, lui répondit Bucatos. On ne peut rêver moment plus propice. César a de gros problèmes dans son pays et vient de quitter la Gaule pour tenter de les régler.

— Sa carrière politique est, en effet, très compromise, confirma Krixomaros. Son chargé d'affaires, un nommé Clodius, a été tué et, à la suite de ce meurtre, des troubles ont éclaté à Rome. Pour rétablir l'ordre, il est question de nommer un dictateur, qui serait son rival, Pompée.

— Vous pensez bien, continua l'ambassadeur atrébate, que, dans ces conditions, il ne peut être question pour César de revenir en Gaule reprendre le commandement de son armée. Il est retenu à Rome pour un bon moment. A nous de savoir en profiter.

Conconnétodumnos se tortilla la moustache, puis déclara :

— Je crois que tu as raison. Il ne faut pas laisser échapper l'occasion. Dispersées comme elles le sont pour l'hiver, ses légions seront facilement réduites à l'impuissance, du moment qu'il n'est pas là pour en coordonner l'action.

— Aucun de ses lieutenants, ajouta Bucatos, ne possède ses qualités de stratège.

Les avis furent unanimes. L'occasion qui s'offrait risquait de ne jamais se représenter. La victoire était à portée de main. Ç'aurait été une faute impardonnable que de ne pas se précipiter aux armes.

— Bucatos, va dire à ton chef que les Carnutes sont prêts à jouer leur vie pour la liberté de la Celtie, conclut Conconnétodumnos. Les jours qui viennent devront être employés à convaincre les autres nations et je propose que l'on tienne dans deux lunes d'ici une grande assemblée des chefs de toute la Gaule.

Bucatos parut perplexe.

— Où pourrait-on tenir en secret semblable concile ?

Ce fut Krixomaros qui suggéra :

— Il me paraît tout indiqué de le tenir chez nous, au plus profond de notre forêt carnute, dans l'enceinte sacrée habituellement réservée aux assemblées annuelles du collège druidique. Nous y serons en sécurité et les débats se dérouleront à l'abri des oreilles indiscrètes.

— Mais seuls les druides ont le droit d'y pénétrer.

— Je me fais fort de vous obtenir une dérogation, car l'objet de la réunion est saint et il est bon qu'elle se tienne dans un lieu de prière, afin que les dieux soient avec nous, nous inspirent et bénissent notre entreprise.

Avant de se séparer, les guerriers se répartirent les rôles d'ambassadeurs auprès des autres nations qu'il s'agissait de rallier à la coalition. Aux Atrébates était laissé le soin d'entraîner celles des territoires du nord-est qu'on appelait la Belgique ; les Carnutes se chargeaient d'enflammer les territoires plus occidentaux constituant la Celtique. C'est ainsi qu'il revint à Cumborix d'aller porter la bonne parole aux Aulerques cénomans, aux Diablintes et aux Sagii.

Il se mit en route dès le lendemain, après avoir confié la direction du domaine à Cassica. Il voyagea seul, sur sa monture la plus robuste, chevaucha vers le couchant au travers de la plaine beauceronne, puis par des collines boisées et, forçant l'allure, ne mit que deux jours pour parvenir au pays des Cénomans. Il visita l'un après l'autre les chefs de clan, organisa des réunions dans des fermes isolées, dans des grottes, au milieu des bois, prêchant le soulèvement et donnant rendez-vous à ses auditeurs dans la clairière sacrée au cœur de la forêt carnute. Il parcourut ensuite le territoire des Diablintes et celui des Sagii et y présida de nouveaux conciliabules. Au retour, il s'arrêta à la cour de Conconnétodumnos pour lui rendre compte de sa mission. Le grand chef lui apprit que les autres envoyés avaient œuvré avec la même ardeur et que la Gaule entière était en ébullition.

XIX

La sombre forêt carnute est pétrifiée par le froid. Dépouillés de leur feuillage, les troncs massifs et noueux des rouvres séculaires, les fûts lisses des hêtres et des charmes ne sont plus que des pilotis soutenant un plafond bas qui semble sur le point d'accoucher des flocons dont il est gros. Haute en couleur, bigarrée et chamarrée, la foule des chefs s'agite en tous sens dans la vaste clairière qu'encercle une palissade de rondins et qu'ornent des poteaux de bois sculptés d'étranges figures relevant d'un art abstrait. L'air glacial ne permet pas de rester en place et c'est un tournoiement de manteaux multicolores et de casques de bronze hérissés de cornes, de pointes, de boules, de silhouettes de bêtes, d'oiseaux aux ailes déployées. Étincelle l'or des torques, des anneaux et des fibules, scintille le fer des pointes de lance. Les guerriers vont et viennent, se groupent, se séparent, battant la semelle, se frappant les bras et accompagnant leurs bavardages de grands gestes et de bourrades.

Par les avenues qui, des quatre entrées, ouvrent des perspectives toutes droites à travers la forêt, arrivent continuellement de nouveaux cavaliers qui, avant de pénétrer dans l'enceinte, mettent pied à terre et attachent leurs chevaux aux arbres.

Le tourbillon se fige et s'instaure le silence lorsque le grand druide Cotuatos se dresse sur l'énorme pierre de calcaire gris qui occupe le centre de l'aire sacrée. Il salue les illustres guerriers accourus à son appel des contrées les plus éloignées et parmi lesquels il a reconnu Commios l'Atrébate, l'intrépide Luctérios le Cadurque, l'Aulerque Camulogénos, l'Arverne Vercassivellaunos, le Bellovaque Corréos et bien d'autres glorieux princes qu'il ne peut tous nommer. Il voit au premier rang son ami Conconnétodumnos entouré de tous les chefs carnutes. On ne comprendrait pas, il est vrai, qu'il en manque un seul, puisque la réunion se déroule chez eux. Plus méritoire est la présence des délégués osismii et nitiobroges et il tient à les remercier tout particulièrement de s'être déplacés de si loin.

Il déclare la séance ouverte et en rappelle l'objet. Le moment est venu de se pencher sur la triste situation dans laquelle se trouve la Gaule et de rechercher ensemble ce qui peut être fait pour l'en sortir. Avec des accents émouvants, il brosse le tableau des malheurs dont ses populations sont accablées depuis six longues années, depuis le jour funeste où les légions de Rome ont, pour la première fois, franchi la frontière entre la Narbonnaise et le pays ségusiave. Il évoque le pillage de leurs récoltes par la soldatesque étrangère, le vol des trésors de leurs sanctuaires et des produits de leur industrie, l'arrogance des fonctionnaires en toge, leurs exactions, leur rapacité. Il dépeint de manière poignante la misère du peuple, les enfants mourant de faim parce que l'étranger rançonne les campagnes, les jeunes femmes inconsolables après que d'ignobles soudards leur ont ravi leur honneur, les familles privées de toit et ayant perdu tous leurs biens dans les incendies allumés par les légionnaires. Depuis six ans, c'est dans l'insécurité, l'angoisse, le dénuement et la servitude que vivent les paisibles habitants des Gaules, jusque-là si heureux et seulement occupés de la culture de leurs champs et de la vente de leurs marchandises. Six ans pendant lesquels des flots de sang ont rougi les eaux de leurs rivières et transformé en bourbe gluante le sol de leurs cités. Abominable boucherie. C'est par milliers et dizaines de milliers que les crocs de la Louve ont égorgé et éventré des hommes et des femmes, déchiqueté des petits enfants. Que l'on se rappelle les carnages de Nerviens, de Ménapes et de Morins, le massacre sans excuse des sénateurs vénètes, l'extermination des Éburons. Que l'on pense à tous ces braves à qui César a fait trancher les mains ou crever les yeux. Et à tous ceux-là que l'on a connus druides de haute science, guerriers valeureux ou habiles artisans et qui ont été réduits à l'état de misérables esclaves au service des bourgeois de Rome.

Le druide se tourne vers la délégation des Nerviens et pointe son doigt vers un guerrier de haute taille au regard sombre.

— Pourras-tu jamais oublier, ô noble Lovocatus, le moment où tu as découvert les cadavres de deux de tes fils, tués sans motif par un parti de légionnaires, et où tu as appris que le troisième avait été emmené, enchaîné, et que tu n'avais aucun espoir de le revoir ?

Il se tourne vers la délégation ménape.

— Et toi, Sparnacos, s'est-elle effacée de ta mémoire l'atroce scène où des soudards faisaient subir devant toi les derniers outrages à ta jeune femme, après t'avoir attaché à un arbre pour que tu ne perdes rien du spectacle ?

L'interpellé pousse un cri de bête blessée et hurle que si jamais il trouve César en face de lui, il lui arrachera les yeux. Un frisson parcourt l'assemblée. Le grand druide poursuit :

— César et ses brigands ont largement prouvé que, loin d'être nos protecteurs, ils sont nos ennemis les plus implacables, bien pires que les sauvages Germains. Et ce sont ces monstres qui prétendent nous soumettre à leur loi, faire de nous leurs sujets dociles ! Sommes-nous si lâches que nous accepterions l'étranger pour maître, ramperions devant lui et lui lécherions les pieds ? Ou sommes-nous des hommes ?

Malgré l'émotion qu'a suscitée le cri de Sparnacos, malgré la bouleversante éloquence du druide, on sent un certain flottement dans la foule. Beaucoup de chefs, surtout parmi les plus puissants, paraissent gênés. Un Éduen élève la voix :

— Tu parles bien, vénérable grand druide, mais tu oublies que si les Romains, c'est vrai, ont souvent été amenés à sévir trop brutalement, c'était pour rétablir l'ordre, troublé par des irresponsables.

Une voix tonitruante lui répond. C'est celle d'une femme. Le chef du clan du Corbeau, chez les Diablintes, est Touta, veuve de Cunorix, une femme à la carrure d'athlète et à la poitrine généreuse, dont les cheveux gris ruissellent d'un casque argenté surmonté d'un corbeau d'airain. Elle clame son indignation :

— Qui qualifies-tu d'irresponsables ? Ceux qui refusent la servitude ? Ceux qui tiennent à garder la tête haute ? Tu n'as pas le droit de cracher sur eux, car tu ne les vaux pas. Eux seuls méritent d'être appelés des hommes.

L'assemblée se fait houleuse. Tout le monde parle à la fois, les uns discutent âprement avec leurs voisins immédiats, d'autres interpellent des contradicteurs d'un bout à l'autre de la clairière. Cotuatos élève les bras pour réclamer le silence.

— Je connais assez votre fierté, aux uns et aux autres, pour ne pas douter que le joug vous pèse. Ceux qui l'acceptent, parce qu'ils ne voient pas le moyen de faire autrement, sont prêts à le secouer si l'occasion se présente. Il ne serait pas digne de vivre dans la lumière de Bélénos, celui qui accepterait de bon cœur de perdre la liberté.

— Bien dit ! s'exclame Cumborix.

Des tailles se redressent, des yeux s'allument de fierté, des poings se serrent avec résolution. Mais on voit aussi des têtes se baisser et des moues dubitatives plisser des lèvres. Et le brouhaha de reprendre.

— Dans quelle aventure cherche-t-on à nous entraîner ? s'inquiète un chef biturige au manteau à carreaux rouges et bleus. Tu évoquais très bien tout à l'heure, ô grand druide, les atrocités que César a commises chez les peuples qui lui résistaient : les guerriers mutilés, les paysans égorgés, les femmes violentées, les jeunes gens vendus comme esclaves, les villes incendiées. D'accord ! Mais, justement, c'est le sort qui nous attend si nous nous révoltons. Je préfère, à tout prendre, m'accommoder de la protection de Rome et conserver mes mains, mes yeux, ma femme, mes enfants et ma demeure.

Plus d'un l'approuve et l'applaudit. Mais il y a de nombreuses protestations. Les insultes fusent de part et d'autre. « Lâches, cœurs de lièvres ! » — « Cerveaux brûlés ! » — « Pleutres ! » — « Insensés ! » Le grand druide fait des gestes d'apaisement et profite du premier instant où le tumulte faiblit pour reprendre la parole en forçant la voix. On ne l'a pas laissé achever ce qu'il avait à dire. Il comprend la prudence de ceux qui ne veulent pas provoquer de nouvelles hécatombes. Il ne les condamne pas. Leur attitude pouvait, jusqu'ici, être qualifiée de sagesse. Mais tout est changé, maintenant que César n'est plus là.

Il relate, pour ceux qui ne sont pas au courant, les troubles de Rome et le départ précipité de l'ambitieux politicien que l'on ne risque pas de revoir de sitôt. Il ne pourra pas revenir tant que la lutte des partis restera aussi violente dans son pays. L'hésitation n'est plus possible : il faut profiter de la situation. Une action concertée permettra de venir à bout, séparément, de toutes les légions dispersées dans leurs quartiers d'hiver.

— Cette révolte serait une sottise, proteste le chef de la délégation pictonne. Nous sommes des gens pacifiques. Nos ancêtres, à ce que l'on dit, étaient belliqueux et surpassaient les Germains en bravoure, mais ça, c'est le passé. Faire de la guerre sa raison de vivre, c'est bon pour les Germains...

— Et pour les Romains, hurlent quelques interrupteurs.

— C'est bon pour les Germains, dis-je, mais en ce qui nous concerne, la compétence de nos agriculteurs, l'ingéniosité de nos artisans, la science des gens instruits nous ont assuré une vie large et facile et nous ne demandons qu'à en jouir. Je prétends qu'une mauvaise paix est encore préférable à une bonne guerre. Elle cause moins de destructions et moins de pertes de vies humaines.

Jouant des coudes pour écarter la foule, Cumborix se fraie un chemin jusqu'à lui et l'apostrophe d'un ton indigné :

— Ton langage est celui d'un lâche. Bien sûr, nous n'aimons pas la guerre, mais s'il faut la faire, nous ne craignons pas la mort. Mieux vaut mourir au combat que de ne pas recouvrer la gloire militaire du temps passé et la liberté que nous ont léguée nos ancêtres.

Les hochements de tête approbateurs lui montrent qu'il a touché juste, aussi poursuit-il :

— Ce que notre fierté nous commande, notre sécurité l'exige. Pour que prennent fin leurs atrocités, il n'y a pas d'autre solution que de mettre les Romains hors d'état de nuire. Tu te trompes si tu crois qu'ils sont disposés à nous laisser jouir d'une vie large et facile. Ils ont trop besoin de nos richesses pour entretenir leur oisiveté — sans quoi, ils ne seraient pas ici. Il faut être bien naïf pour s'imaginer que la passivité et l'acceptation de la servitude nous mettraient à l'abri des destructions et des massacres. Nous sommes tous menacés du sort du malheureux Acco.

L'effet de ce nom est celui qu'il attendait. Au souvenir du supplice du chef prestigieux, tous sont étreints par le chagrin et soulevés de révolte.

— Acco, reprend-il au milieu d'un silence religieux, voulait assurer à son peuple la paix et la prospérité. Au mépris du droit des gens, les Romains sont allés le chercher chez lui, lui ont intenté un procès inique et lui ont fait subir le martyre dont l'horreur est encore présente dans vos mémoires. Croyez-vous qu'ils se gêneront pour vous traiter de la même façon le jour où ils le jugeront bon ? Ne viennent-ils pas, ô Éduens, d'assassiner lâchement votre noble Dumnorix (1) ? Il ne faut pas se faire d'illusions, notre tour à tous viendra.

Ayant dit, il fend de nouveau la foule et retourne auprès de ses compagnons. Âpre est la discussion générale qui s'ensuit. Beaucoup ont été touchés par ses arguments, mais il subsiste encore des opposants qui répudient toute idée de recours aux armes, et surtout un grand nombre d'hésitants. Commios l'Atrébate et Luctérios le Cadurque ont beau intervenir avec

(1) Cf. Appendice.

véhémence en faveur du soulèvement général, une telle perspective effraie les braves pour qui le titre de guerriers ne représente qu'un statut social. Ils ont appris l'art militaire, mais avec l'espoir de ne jamais passer à l'application pratique.

— D'abord, questionne le chef biturige au manteau à carreaux rouges et bleus, avez-vous un plan ?

C'est Commios qui se charge de lui répondre.

— La première chose à faire, c'est de couper César de son armée avant qu'il n'ait eu vent de nos intentions. C'est chose facile, car les légions n'osent pas, en l'absence du général en chef, sortir de leurs quartiers d'hiver et le général en chef ne peut pas, sans escorte, rejoindre ses légions.

Les partisans de l'insurrection acclament cette déclaration. Ils s'excitent et mènent grand bruit. Parmi les plus enthousiastes, se distingue un jeune délégué arverne qu'on ne peut pas ne pas remarquer car il dépasse de la tête — et même plus — tous ceux qui l'entourent. Son visage est encore imberbe et ses longs cheveux décolorés au lait de chaux et rejetés en arrière sortent raides de son front comme les rayons du soleil. Nul ne peut s'empêcher d'admirer ses traits réguliers, son air volontaire. Ses yeux lancent des flammes et sa parole est ardente. On lui demande qui il est.

— Vous ne le connaissez pas ? s'étonne Vercassivellaunos. C'est mon cousin Nertos fils de Celtillos, prince de sang royal.

Le nom illustre de Celtillos fait impression et le jeune homme est écouté avec déférence. Il plaide avec éloquence pour le soulèvement immédiat et son enthousiasme entraîne des ralliements. Mais la discussion se prolonge. Il subsiste des réticences et, comme toujours, beaucoup de discoureurs n'interviennent que pour le plaisir de s'entendre parler et soulèvent des objections par fierté d'en imaginer auxquelles personne d'autre n'avait pensé. Alors, les Carnutes se consultent entre eux. Il faut en finir. Ils en ont assez de cette indécision. Pour eux, il n'existe pas de problème, ils se sentent engagés par la résolution qu'ils ont prise dans l'ermitage de Krixomaros, en présence de l'ambassadeur atrébate.

Ils n'ont pas besoin de longtemps se concerter. Déjà, levant leurs lances, ils s'avancent en groupe, autour de Conconnétodumnos, jusqu'au pied de la pierre sacrée. D'un bond, Conconnétodumnos rejoint le grand druide au sommet.

— Nobles guerriers, mes frères, tonitrue-t-il, l'heure n'est plus aux tergiversations. Nous autres Carnutes sommes unanimes à estimer qu'il est temps de nous libérer de l'oppression. Aussi, nous vous le déclarons solennellement :

pour le salut commun, il n'est pas de péril que nous refusions et nous prenons l'engagement d'être les premiers de tous à marcher au combat.

Cet exemple galvanise une partie de l'assemblée qui ovationne les Carnutes et, en leur honneur, se met à frapper en cadence de la lance l'umbo de ses boucliers, dans un incroyable vacarme. Pareille exaltation est si contagieuse que, bientôt, les derniers hésitants s'y joignent et tambourinent à qui mieux mieux sur leurs boucliers en criant : « Guerre ! Guerre ! Mort aux Romains ! » Quand Conconnétodumnos, après avoir brandi plusieurs fois sa lance, descend de son perchoir, on se précipite vers lui, on l'entoure, on lui tape sur l'épaule, des dizaines de mains se tendent pour serrer les siennes.

— Nous vous félicitons, ô Carnutes, prononce avec gravité le chef des Lémovices, Sédullos, dès qu'il peut dominer le tumulte. Vous nous montrez la voie du devoir. Nous prenons acte de votre promesse d'engager le combat et vous pouvez être assurés que, dès que vous aurez donné le signal, nous passerons tous à l'action.

— Oui ! oui ! crient cent voix.

Après avoir clamé comme tout le monde son enthousiasme et juré de conduire tous ses hommes au combat de libération, le jeune prince arverne Nertos Celtillicnos s'avise de soulever un problème que personne n'a envisagé :

— Pour sceller notre pacte et nous garantir les uns aux autres qu'il n'y aura pas de défection et qu'en outre il ne se produira pas de fuites, que les Romains ne soupçonneront rien de nos projets avant que l'action ne soit engagée, il faudrait que nous échangions des otages. Mais un échange d'otages est impossible : il ne passerait pas inaperçu aux yeux des Romains, et tout pourrait s'en trouver compromis.

— C'est vrai, approuve le grand druide. Il y a là un dilemme qu'il n'est pas facile de résoudre.

Alors, quittant le groupe des druides qui se tient un peu à l'écart des guerriers, Krixomaros s'approche de la pierre et y monte sans hâte.

— Nul besoin d'otages, dit-il. Je propose que nous recourions au vieux rite du serment sur les enseignes.

La suggestion recueille tous les suffrages. Quand le frère de Damatos redescend du bloc de calcaire, y laissant seul le vénérable Cotuatos, très droit, les bras croisés, le regard tourné vers le ciel, il se fait un silence impressionnant. Après un moment d'immobilité, le grand druide abaisse les yeux sur la foule et donne l'ordre aux porte-enseigne de lui tendre les emblèmes de leurs tribus. Il les lie ensemble pour former un faisceau tenant debout tout seul. Puis il invite chaque délégation à se ranger en colonne derrière son chef, debout et lances dressées.

— Ce faisceau d'enseignes, proclame-t-il, est le symbole de la Celtie ayant retrouvé sa fierté et unie dans une volonté commune. C'est à elle que vous, ses fils, allez prêter un serment solennel auquel vous ne pourrez faillir sans être déshonorés à jamais.

Figés la tête haute et les talons joints, le poing crispé sur la lance, les chefs gaulois fixent leurs regards sur le cône de perches d'où émerge une fantastique ménagerie de bois découpé — chevaux des Rédones et des Osismii, aigles des Carnutes, ours des Helvètes, cerfs, taureaux, coqs, cygnes, corbeaux et surtout sangliers, l'emblème même de la classe guerrière. Et chacun de se demander si c'est le froid ou l'émotion qui le fait grelotter.

Le grand druide bénit les enseignes puis lève les bras.

— Sous le regard d'Ogmios qui lie nos destins et ne pardonne pas le parjure, de Teutatès qui protège les tribus des Celtes et du puissant Lugos qui donne la victoire, voici le serment que vous allez faire : « Le ciel est au-dessus de nous, la terre sous nous, l'eau autour de nous ; si le ciel ne tombe pas sur nous, si la terre ne s'ouvre pas pour nous engloutir et si l'eau ne déborde pas pour nous noyer, une fois la guerre commencée, nous ne l'abandonnerons pas et jusque-là nous garderons secret tout ce qui s'est dit dans cette assemblée. »

C'est là l'engagement religieux extrême, absolu, impossible à rompre, et les Carnutes à qui revient de droit l'honneur de prêter le serment les premiers ont le cœur battant. Le geste qu'ils vont faire est un geste décisif. Ils se mettent en marche lentement, Conconnétodumnos en tête. Tournant dans le sens de la course du soleil — le sens giratoire que l'on est tenu d'observer à l'intérieur du cercle sacré — ils viennent défiler devant la pierre où se dressent le saint faisceau et l'homme des dieux. L'un après l'autre, ils tendent la main droite vers eux et prononcent avec ferveur : « Je le jure ! »

Les Atrébates sont immédiatement venus prendre place à la suite des Carnutes et les autres délégations se mettent en branle à tour de rôle, déroulant une grande spirale. Chacun des guerriers, en passant devant les enseignes, tend la main et prononce avec ferveur : « Je le jure ! »

Quand le dernier a regagné sa place, Conconnétodumnos s'avance face à l'assemblée pour faire observer qu'il reste à fixer la date du soulèvement.

— Le plus tôt sera le mieux ! lance le jeune Nertos fils de Celtillos.

— Il faut que tout le monde soit prêt.

— Dans une quinzaine de nuits, nos préparatifs seront achevés.

— En ce cas, je propose que nous, les Carnutes, engagions l'action dès la prochaine nouvelle lune.

Personne ne soulève d'objection. Tous, maintenant, ont hâte d'agir. C'est un délire d'enthousiasme. Ils tombent dans les bras les uns des autres, s'embrassent, échangent de joyeuses tapes, rient, pleurent, chantent, parlent tous en même temps. C'est la première fois que l'on voit ainsi toutes les nations celtes vibrer d'un même cœur.

XX

Anipa était exactement l'épouse qu'il fallait à Damatos N'aimant pas à être dirigée, elle comprenait qu'il ne l'appréciât pas non plus et s'abstenait de lui dicter ce qu'il avait à faire, ne se permettant même pas de le lui indiquer par des allusions plus ou moins discrètes ou des soupirs de victime résignée. Elle savait que cela lui aurait ôté toute envie de le faire. Sa subtilité féminine trouvait toujours le moyen de lui suggérer l'idée qu'elle avait en tête, en lui laissant croire qu'elle venait de lui. Cela réussissait immanquablement car, aussi amoureux qu'au premier jour, il aurait fait n'importe quoi pour un sourire d'elle et se précipitait au-devant de ses désirs.

— L'air est frisquet aujourd'hui, dit-elle, mais le soleil brille. Ç'aurait été le temps idéal pour emmener les enfants faire une grande promenade dans la campagne, si Lella avait été un peu plus grande. Mais elle n'est pas capable de marcher bien longtemps. Dommage ! Cela aurait fait grand bien à Dévios et j'aurais pu, par la même occasion, chercher dans les prés de la vallée des racines de salsifis et des tubercules d'épiaire qui auraient été les bienvenus pour le dîner.

— Eh bien, va faire un tour avec Dévios et laisse Lella à la garde de sa grand-mère et de ses tantes.

— Impossible. C'est leur jour de grande lessive et elles sont parties au lavoir.

— Écoute... Nous ne sommes, malheureusement, pas bousculés de travail, en ce moment, à la tonnellerie. Je vais rester ici réparer ton métier à tisser — depuis le temps que je te l'ai promis ! — et je surveillerai la petite.

C'était juste ce qu'elle souhaitait qu'il fît.

Seul avec la fillette qui courait partout et jouait avec tout ce qui lui tombait sous la main, il s'était mis en devoir de démonter le métier dont une cheville avait cédé, quand il eut la surprise de voir entrer sans bruit, par la porte de derrière, son frère Krixomaros.

— Je n'espérais pas te trouver chez toi. Je pensais demander à Anipa d'aller te chercher à l'atelier, car j'ai à te parler. Mais ça tombe très bien que tu sois seul.

— Assieds-toi. Tu prendras bien une coupe d'hydromel ?

Dès qu'ils eurent levé leurs coupes, le druide entra directement dans le vif du sujet :

— La patrie a besoin de toi.

— La patrie ?... Tu te moques de moi ?

— Je parle très sérieusement. Tu as fait preuve d'un véritable courage et d'une grande présence d'esprit en venant en aide aux guerriers qui avaient exécuté le traître Tasgétios. Cela donne la mesure de ton dévouement à notre cause et nous savons pouvoir compter sur toi.

Damatos plissa les sourcils et fit front.

— Ah non ! Suffit comme ça ! Je n'aime pas les Romains, d'accord, mais je regrette bien de m'être mêlé d'une affaire qui ne me regardait pas et qui m'a valu trop de soucis et de sueurs froides.

Krixomaros se leva et vint en souriant lui mettre affectueusement la main sur l'épaule.

— Non, petit frère, tu ne le regrettes pas et tu as le droit d'en être fier.

— En tout cas, une fois me suffit largement. Je ne tiens pas à recommencer ce genre de folie. S'il faut encore risquer sa peau, qu'on cherche quelqu'un d'autre, moi j'ai fait assez.

— Ne dis pas cela. Dans le combat pour la justice et la liberté, on n'a jamais le droit d'estimer que l'on a fait assez.

— Je ne suis pas un homme de combat.

— Je le sais. Mais si je m'adresse à toi, c'est qu'il y a un service que toi seul peux nous rendre.

Damatos afficha un air résigné.

— Bon. Explique toujours, mais je ne prends aucun engagement.

— Il faut que je te mette dans le secret des chefs, mais j'ai assez confiance en toi pour le faire. Voilà : il vient d'y avoir une réunion dans la forêt carnute et le soulèvement général de la Gaule y a été décidé.

Damatos pâlit.

— Le soulèvement général contre les Romains ? Teutatès

ait pitié de nous ! Cette insurrection, c'est le peuple qui va en faire les frais, c'est lui qui se fera massacrer.

Son frère dut dépenser beaucoup d'éloquence pour lui faire admettre que le sacrifice, inévitable, de certains était nécessaire pour assurer aux autres la sécurité, la vie et le bonheur, et qu'à tout prendre la mort qui n'est que le passage sans importance d'une vie à une autre, vaut infiniment mieux que la servitude.

— Mais que veux-tu que je fasse ? Je ne sais pas me battre. Je n'ignore pas qu'en cas de guerre, je dois prendre les armes comme tout citoyen, mais ça ne me donne pas pour autant une âme de guerrier. Je suis un pacifique. Je ne me sens pas du tout taillé pour les aventures héroïques et je ne me vois guère tuant de sang-froid un autre homme.

— Tu es un tonnelier et c'est d'un tonnelier que j'ai besoin.

— S'il ne s'agit que de te fabriquer des futailles...

— Pas d'en fabriquer, mais d'en transporter. Un jeune prince arverne d'illustre lignée, Nertos fils de Celtillos, s'apprête à soulever contre l'occupant le peuple de sa ville, Gergovie. Mais il lui faut des armes car la plupart des gens qu'il compte mener au combat ne possèdent chez eux ni lance ni épée.

— Il n'y a donc pas d'arsenal à Gergovie ?

— Nertos craint fort que les magistrats ne lui en autorisent pas l'accès. Notre chef Conconnétodumnos est en mesure de lui fournir tous les glaives, fers de lance et pointes de javelot dont il a besoin ; le problème est de les lui faire parvenir sans attirer l'attention des Romains ni de leurs amis. J'ai eu une idée.

— Ça ne m'étonne pas de toi.

— N'est-il pas encore plus facile de cacher dans des barriques des armes que des conspirateurs ? Or un chariot chargé de barriques neuves ne paraîtra pas suspect s'il est conduit par un homme dont c'est le métier d'en livrer.

Damatos écarquilla des yeux effarés.

— Et tu voudrais que j'aille jusqu'au pays des Arvernes ? Il doit être horriblement loin.

— Quelque chose comme cent vingt à cent trente lieues, répondit son frère d'un air détaché. Une huitaine de jours pour aller, une huitaine pour revenir. D'ici quinze nuits tu seras de retour.

Damatos poussa les hauts cris. Une aussi longue absence était hors de question. Il ne pouvait abandonner pendant tout ce temps sa famille et son travail. D'ailleurs, ce qui lui était demandé là exigeait des qualités de sang-froid, d'énergie, de volonté dont il n'avait pas la fatuité de se croire pourvu. Et puis enfin il avait charge d'âmes, il n'avait pas le droit de prendre de risques inconsidérés.

— À ce propos, rétorqua Krixomaros, tu as ta petite famille à nourrir. Ceux qui m'envoient le savent et m'ont chargé de te préciser qu'ils ne seront pas ingrats : tu seras largement indemnisé de ton temps, de ton désagrément et de tes risques. Rien que pour l'amélioration que cela apportera à la situation financière de ton foyer, tu ne peux pas refuser.

— De toute façon, jamais notre père ne me laissera partir en emmenant notre chariot, notre jument et tout un lot de tonneaux neufs.

— Ceci est mon affaire. C'est moi qui lui parlerai et je me fais fort d'arracher son assentiment. Il faut bien que tu saches que si tu te dérobais, nous aurions tout de même besoin du véhicule, de la brave Vinda et des barriques. Je ne pourrais pas empêcher les hommes de notre réseau clandestin de venir les prendre de force et de les conduire eux-mêmes à Gergovie. Mais alors, vous risqueriez de ne jamais les revoir.

— Par Ogmios ! ce serait... — excuse-moi, Lella va se faire mal avec ce fuseau qu'elle a ramassé, il faut que je le lui reprenne — ne touche pas à ça, Lellila, ma chérie ; donne à papa — je disais : ce serait du vol.

— Pas du tout, ce serait un emprunt. Seulement... la restitution serait problématique. Le franchissement des postes de contrôle serait beaucoup plus difficile, les gardes pourraient avoir des soupçons et s'ils vérifiaient le contenu des tonneaux, ce serait la confiscation de l'attelage et du chargement. Et si, malgré tout, nos gars arrivaient à destination, ils se trouveraient incorporés dans l'armée du fils de Celtillos et auraient autre chose à faire que de ramener ici des tonneaux vides.

Damatos s'affola :

— Mais si j'y vais, ne me gardera-t-on pas, moi aussi, dans l'armée du fils de Celtillos ?

Le druide sourit.

— Sois tranquille. Il est bien entendu qu'on ne te demande ton concours que pour une action unique entrant dans tes compétences. S'il arrivait un jour que tu sois appelé à prendre les armes, c'est que la mobilisation générale aurait été décrétée chez les Carnutes et tu ne pourrais être incorporé que dans la milice de Cénabon.

Damatos baissa la tête et, quand il la releva, ce fut pour demander combien il serait payé s'il arrivait à bon port, à Gergovie. Il ne voulait pas reconnaître qu'il éprouvait tout de même une certaine fierté à jouer un rôle dans la libération de la patrie.

À son retour de promenade, Anipa était radieuse. Elle exhibait un plein panier de racines comestibles et commença avec entrain le récit des ébats de Dévios dans les prés. Damatos avait le cœur gros de devoir l'interrompre pour la mettre au courant de l'aventure dans laquelle il venait de s'engager. Elle éprouva un choc et se jeta dans ses bras, sans pouvoir retenir ses larmes. Mais elle ne chercha pas à le détourner de ce qui apparaissait comme son devoir.

Il se mit en route le lendemain matin. Dans la soirée, une charrette de paille était venue s'arrêter devant la maison et les ouvriers qui l'accompagnaient s'étaient affairés, plus ostensiblement qu'efficacement, à la restauration de la toiture de chaume où l'on pouvait, en cherchant bien, trouver quelques points endommagés par les intempéries. À la nuit tombée, les prétendus chaumiers avaient discrètement transféré dans des tonneaux neufs les glaives, les poignards et les fers de lance cachés sous la paille. Avant que Damatos ne fermât les fûts, ils avaient pris soin d'y tasser de la paille pour empêcher les armes de cliqueter dans les cahots.

Bien que son absence ne dût même pas durer le temps d'une lune, il ressentit, au moment des adieux, le même déchirement que s'il se séparait pour toujours de ceux qu'il aimait. Il prit dans ses bras la petite Lella qui lui sourit d'un sourire adorable. Il couvrit de baisers la peau douce et tiède de ses bonnes joues, puis la tint en l'air à bout de bras pour mieux la contempler. Comme elle était jolie, avec ses courtes boucles, ses grands yeux aux reflets ambrés et son nez mutin comme celui de sa mère ! Quand il se décida à la reposer, il poussa un lourd soupir. Dévios, d'habitude si rieur et turbulent, restait sans bouger et le regardait d'un air grave. Il le souleva à son tour et le bambin lui jeta avec une sorte de détresse ses petits bras autour du cou, serrant désespérément. On aurait cru qu'il pressentait un malheur imprécis. « Ô papa... papa... », gémissait-il comme une imploration, et le cœur de Damatos se serrait.

Ce fut avec une sorte d'angoisse qu'il pressa Anipa sur sa poitrine et unit ses lèvres aux siennes. En s'écartant d'elle, il eut un sentiment d'arrachement. Mais il effaça du bout du doigt la larme qu'il voyait couler le long de son nez et prit un ton faussement enjoué pour assurer :

— Il ne faut pas prendre les choses au tragique. Notre

séparation ne sera pas longue. Avant quinze nuits, je serai de retour.

Elle acquiesça de la tête, en s'efforçant de sourire.

Il hissa dans le chariot son chien Mogus sur qui il comptait pour lui tenir compagnie pendant la longue route et, au besoin, le défendre, y grimpa l'âme bien lourde et secoua les guides. Quand le véhicule sortit de la cour, il se retourna pour faire un dernier signe d'adieu aux trois êtres qui étaient toute sa vie. Il n'aurait pas pu définir l'étrange appréhension qui l'étreignait.

Les choses, pourtant, ce premier jour, se passèrent comme prévu. Au moment où il paya son passage avant de s'engager sur le pont reliant Cénabon à la rive sud de la Liger, le commis du péage se contenta d'observer :

— Tiens ! on va livrer ses futailles de l'autre côté, aujourd'hui.

La brave Vinda ne fit pas la moindre difficulté pour s'aventurer sur l'étroit pont de bois juste assez large pour le passage d'une charrette et, malgré sa longueur interminable, le suivit d'un pas tranquille, sans marquer d'inquiétude quand, entre deux madriers mal joints, on voyait scintiller l'eau. Il prit, sur l'autre rive, la route empierrée qui piquait vers le sud et y chemina sans problème. C'était une route facile, large et toute droite, où il n'y avait aucun risque de s'égarer. Elle s'étirait à travers des landes de bruyère et des bois de bouleau entrecoupés de marécages qu'elle franchissait en se transformant en chaussée de rondins.

La mélancolie de ce paysage indéfiniment recommencé s'accordait à la tristesse de son âme. Rien ne venait le distraire de la pensée de ceux qu'il laissait derrière lui. Il évoquait inlassablement les douces images des petits bras de Dévios noués autour de son cou, du délicieux sourire de Lella ; il revivait les étreintes passionnées d'Anipa la nuit dernière, le chaud contact de sa chair palpitante. Cela lui faisait mal, car il ne savait quand il retrouverait tous ces bonheurs. Il aurait donné cher pour avoir la certitude d'être de retour parmi les siens aussi vite qu'il le leur avait affirmé. Il avait l'impression que sa monotone progression au long de ces étendues de landes et de marais, le rapprochait pas à pas d'un malheur qu'il pressentait sans en imaginer la nature.

Il parvint pourtant sans encombre au petit village sur le bord de la rivière Bébrona — la Rivière des Castors — où, selon ce que lui avait expliqué Krixomaros, il devait trouver une caravane de marchands à laquelle il se joindrait. Il

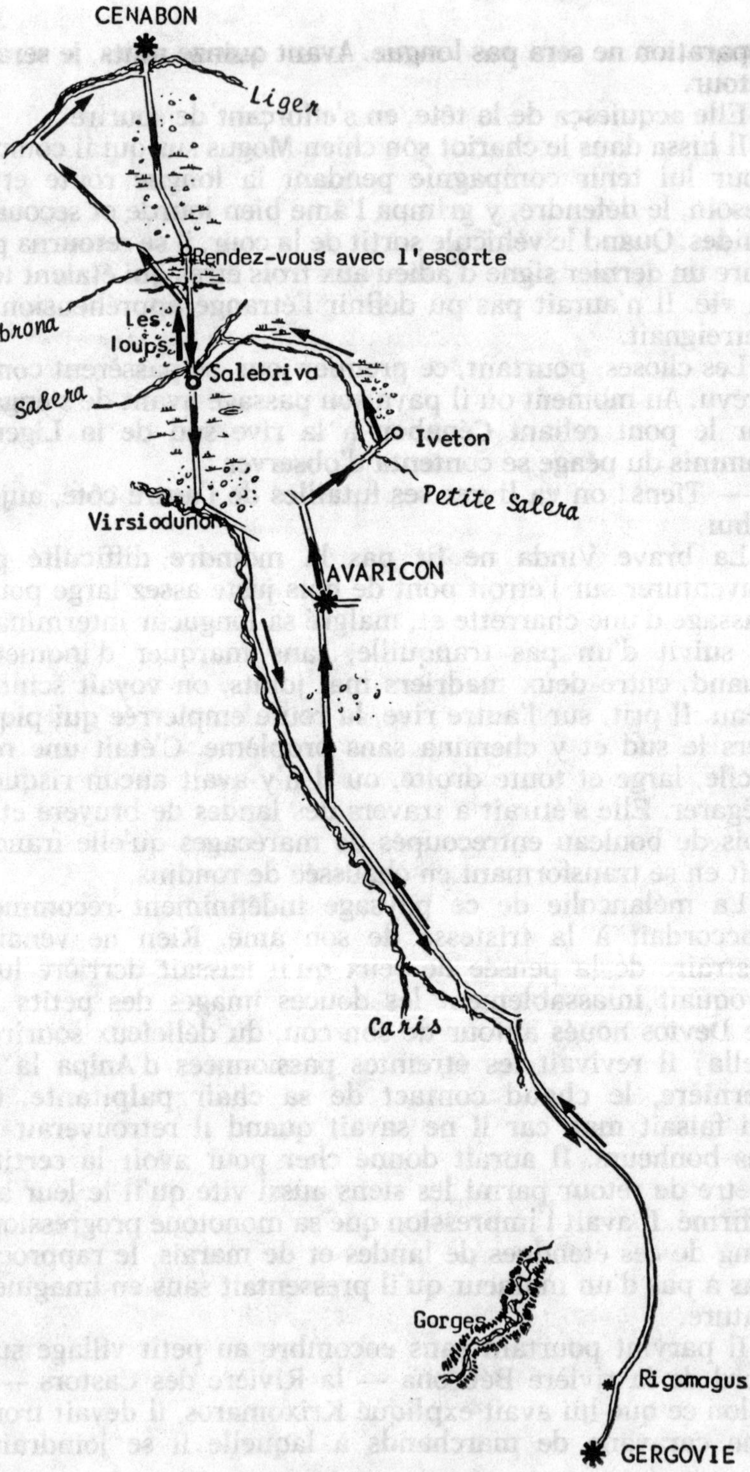

Le premier voyage de Damatos

s'agirait, en réalité, de faux marchands : ce seraient des guerriers arvernes envoyés à sa rencontre pour lui servir d'escorte.

Sur la place du village, il trouva effectivement un groupe de jeunes gens moustachus proposant des étoffes, du sel et des colifichets à un attroupement de femmes, leurs marmots dans les jambes, et de badauds. Il se souvenait qu'en signe de reconnaissance les Arvernes devaient porter, au lieu de ceintures, des cordelières blanches, tandis que lui-même aurait accroché à son vêtement une branchette de houx avec des boules rouges. Il vit que les pèlerines de bure des marchands étaient serrées à la taille par des cordelières blanches. Il glissa dans l'entrebâillement de sa tunique le brin de houx dont il s'était muni et se dirigea vers eux. L'un d'eux, qui devait être le chef, vint à sa rencontre. Il n'avait pas l'air commode. Sa tête ronde aux pommettes saillantes et au teint basané était ombragée d'une tignasse, de sourcils broussailleux et d'une épaisse moustache si noirs qu'ils lui donnaient un aspect presque patibulaire et ses yeux marrons luisaient d'une flamme dure. Ils échangèrent les mots de passe convenus et l'Arverne dit d'un ton sec :

— Nous t'attendions. Nous allons nous remettre en route immédiatement. Ma *reda* sera en tête. Tu la suivras et les deux autres fermeront la marche.

Un peu timidement, Damatos suggéra :

— Vous êtes trois ou quatre par *reda*. L'un d'entre vous pourrait peut-être monter avec moi, que j'aie quelqu'un avec qui bavarder un peu. C'était dur de faire la route dans la solitude et je ne pouvais pas m'empêcher de ressasser des idées noires.

— Tes états d'âme ne m'intéressent pas. Je répartis mes hommes en fonction d'un éventuel combat. Mes trois véhicules assurent la protection du tien, j'y ai besoin de tout mon monde.

Le ton était bourru. Damatos fut un instant tenté de lancer tout à trac : « J'en ai assez ! Prenez mes tonneaux et débrouillez-vous avec. Moi, je rentre chez moi. » Mais il se retint. Quel serait l'accueil des siens s'il revenait sans avoir été jusqu'au bout de sa mission ? Il ne voulait pas perdre la face, il ne voulait pas que Dévios se pose des questions, qu'Anipa puisse penser qu'elle avait épousé un lâche. De plus, son père ne lui pardonnerait jamais d'avoir sacrifié plusieurs tonneaux neufs et perdu la rémunération promise. Non ! ce n'était pas possible, il ne pouvait pas faire chose pareille. Il prit docilement sa place dans le convoi. Sa jument tirant le carpenton à deux roues suivit comme une automate le grand chariot à quatre roues du chef de caravane, auquel étaient attelées deux mules. Et il retrouva l'ennui du cheminement monotone, seul avec ses pensées moroses. Monotonie du paysage infini de bruyères, de bouleaux et de marécages. Monotonie du bercement du chariot au long des ornières boueuses. Monotonie du spectacle de la croupe de la jument se balançant devant lui avec une obsédante régularité.

À la tombée de la nuit, ils établirent leur campement sur le bord d'un ruisseau et les Avernes allumèrent un feu pour faire griller de la viande. Alors seulement il put engager la conversation. Mais il avait un peu de mal à les comprendre, car leur façon chantante et chuintante de prononcer le celtique le déroutait. Il se sentait sot quand, à cause d'un mot ou deux, le sens d'une phrase lui échappait ; mais à la fin du repas, il commençait à se faire à leur accent.

Recroquevillé dans son chariot, il dormit mal. La nuit amplifie les sujets d'inquiétude et l'idée lui vint subitement que ces Arvernes aux visages farouches ne s'intéressaient qu'aux armes cachées dans ses tonneaux et qu'au lieu de le protéger, ils pouvaient fort bien se débarrasser de lui qui leur était plutôt un embarras. La présence de Mogus, pelotonné contre lui, le rassura un peu : on ne pourrait pas lui planter par surprise un poignard entre les deux épaules. Mais si l'on tenait à le faire disparaître, que pourraient-ils, lui et son chien, contre une dizaine de guerriers armés de pied en cap.

Il se réveilla au petit jour. C'est donc qu'il était toujours en vie. Ses compagnons ne lui paraissaient plus aussi effrayants. Quelques heures plus tard, le convoi atteignit la rivière Saléria au-delà de laquelle commençait le pays des Bituriges et se présenta à l'entrée du pont. Du village situé sur l'autre rive, Salébriva, accoururent des guerriers venant faire payer le prix du passage et contrôler la nature des marchandises importées. Les tonneaux du chariot de Damatos ne les intéressèrent pas, du moment qu'on leur disait qu'ils étaient vides, ce qu'ils vérifièrent en retirant des bandes et en constatant qu'il ne coulait pas de liquide. Le chargement des autres véhicules retint davantage leur attention et ils comptèrent avec soin les ballots de tissu, les barils de sel et les lingots d'étain pour calculer les droits à exiger. Moyennant l'abandon d'un des lingots d'étain, ils autorisèrent l'entrée sur leur territoire.

Pour ne pas paraître suspects, les faux marchands prirent le temps de déballer leur marchandise sur la grande place de

Salébriva et de faire l'article avec tout le bagou de vrais camelots. Damatos tremblait qu'on ne lui demandât à acheter ses tonneaux, mais, par chance, personne ne parut tenté. De toute façon, il était décidé à en demander un prix absolument dissuasif.

Les femmes étaient accourues les premières, jacassant et tentant de marchander, mais les hommes vinrent faire cercle à leur tour pour demander des nouvelles des pays que la caravane était censée avoir traversés. Il faisait partie des attributions des vendeurs ambulants de servir de gazettes. Colporteurs d'informations comme de marchandises, ils avaient l'art de créer l'événement, de transformer de modestes faits divers en nouvelles à sensation, n'hésitant pas à inventer les détails qui leur manquaient. Les guerriers arvernes jouèrent à merveille leur rôle. Ils annoncèrent que les légions romaines semblaient faire leurs préparatifs de départ et se disposer à abandonner la Gaule, et que si l'on en croyait les rumeurs, Jules César avait été jeté en prison à son retour à Rome.

Après avoir vendu — au prix fort — quelques aunes de drap prétendu éburovice, on reprit la route. L'heureux franchissement de la frontière avait détendu le chef qui se montra un peu plus amène. Il se décida même à laisser la conduite du chariot de tête à un de ses hommes et à venir tenir compagnie à Damatos pendant une partie de l'après-midi. S'il ne liait pas volontiers conversation, une fois qu'il était lancé, il devenait intarissable. Après avoir confié que l'absence de relief du pays traversé l'ennuyait prodigieusement, il évoqua les montagnes de son pays natal et en fit une description si enthousiaste que Damatos, qui n'avait jamais connu que des horizons plats, était médusé. La perspective de découvrir bientôt cette étonnante contrée de vallées verdoyantes et de sommets dénudés qu'il avait du mal à imaginer, le séduisait. Ce serait une petite compensation à son éloignement des siens.

L'Arverne dit encore qu'il se nommait Drutocatus et que s'il ne portait pas son torque, puisqu'il était déguisé en marchand, il n'en était pas moins de naissance noble et connaissait bien le jeune prince Nertos Celtillicnos.

— C'est mon frère d'armes : nous avons le même âge et avons suivi ensemble l'enseignement des prêtresses au monastère de Bétu.

Damatos n'ignorait pas que si les druides enseignaient les lettres, les sciences et la philosophie aux jeunes gens de toutes les classes sociales, l'initiation guerrière, réservée aux fils de nobles, était dispensée par les femmes consacrées aux dieux, parce que former des hommes est une fonction maternelle.

— Nous étions une dizaine d'apprentis guerriers qui séjournions en même temps à Bétu. C'est un monastère isolé, perdu dans la montagne, loin de tout, mais il abrite les plus éminentes maîtresses de toute la Celtie. C'est la fameuse Avella, la plus fine lame des Gaules, qui nous apprenait le jeu de l'épée et l'éblouissante Épostérovida qui nous entraînait aux finesses de l'équitation.

— Nertos était un bon élève ?

— C'était le meilleur de nous tous. Il nous dépassait aussi bien dans les exercices physiques que dans le domaine intellectuel.

— Dans le domaine intellectuel ? La formation que vous receviez n'était donc pas seulement guerrière ?

Le jeune Arverne se rengorgea.

— Bien sûr, puisqu'il s'agissait d'une initiation. Enfants, nous avions suivi quelques années l'école des druides, mais nous devions nous perfectionner encore dans la poésie et la métaphysique avant de recevoir le torque de chevaliers.

Une question piquait la curiosité de Damatos.

— Tout de même... une escouade de jeunes hommes dans un couvent de femmes, ça me paraît scabreux. Ça ne posait pas de problèmes ?

Drutocatus éclata de rire.

— Aucun problème, car les saintes femmes à qui nous étions confiés n'appartenaient pas à une de ces communautés de gardiennes du feu où la virginité est de règle. Bien au contraire, elles avaient la charge de notre éducation dans tous les domaines. J'ai gardé un souvenir ému de l'exquise *véléta* (1) qui a fait mon initiation. Elle n'était pas très jolie, mais elle était fort experte. Quant à l'ami Nertos, sa qualité de meilleur élève lui a valu les soins attentifs de la supérieure de la communauté elle-même, la révérende Axilis, une fille d'une merveilleuse beauté.

— Parle-moi encore de ce Nertos. Il a appris l'art de la guerre, mais je doute qu'il ait jamais eu l'occasion de se battre pour de bon.

— Si, justement. Une fois sortis de chez les prêtresses, nous avons effectué tous les deux une période d'entraînement dans l'état-major de Jules César.

---

(1) *Véléta,* dont les Germains ont fait « Velléda », a littéralement le sens de « voyante ». Les vélétas étaient prophétesses et poétesses.

Damatos en eut le souffle coupé.

— Vous avez servi les Romains ?

— Parfaitement ! Nous n'estimions pas suffisant d'être entraînés au combat individuel, nous avions besoin de nous familiariser avec la guerre de campagne telle que les Romains la pratiquent.

— Vous êtes donc devenus des mercenaires ?

— Ah ! mais pas du tout ! N'oublie pas que les Romains se proclamaient nos alliés. On n'est pas un mercenaire parce qu'on est attaché à l'état-major d'un général allié. Nous avons combattu à ses côtés contre les Germains qui s'étaient permis de franchir le Rênos. Il y a de cela deux ans.

Damatos le regarda avec un sourire en coin.

— J'ai entendu dire que cela n'a pas été un succès. L'armée romaine n'a-t-elle pas reculé d'abord devant les Ubiens ensuite devant les Suèves ?

— La cavalerie germaine est terrible, tu ne peux pas t'imaginer. Il est exact que huit cents cavaliers ubiens ont mis en déroute les cinq mille cavaliers de César, mais nous avons repris ensuite l'offensive et remporté la victoire. Oh ! je ne dis pas que, compte tenu du rapport des forces, c'était une victoire bien glorieuse, mais c'est seulement lorsque nous nous sommes aventurés au-delà du Rhodanos que les choses ont vraiment mal tourné. Les Suèves nous ont obligés à nous replier un peu plus vite que nous n'étions venus. Tout ceci était excellent pour nous initier à la stratégie, Nertos et moi : César nous expliquait la subtilité de ses plans et ses échecs nous en démontraient les points faibles.

— Je suppose que Nertos se battait avec bravoure ?

— Lui ? C'était un lion. Dès que le combat s'engageait, il fermait un œil qui devenait aussi petit que le trou d'une aiguille et ouvrait l'autre plus grand qu'une coupe d'hydromel, il écartait les mâchoires au point que sa bouche atteignait ses oreilles, ses cheveux lançaient des étincelles et je voyais, je te le jure, je voyais jaillir du sommet de son crâne la lumière du héros. Alors, il s'élançait en hurlant. Avec son seul javelot, il écartait cent cinquante javelots ennemis et cent cinquante balles de fronde, avant de le lancer à son tour sans jamais manquer son but. Après quoi, il tirait son épée et s'il se trouvait seul face à vingt adversaires, ceux-ci n'avaient aucune chance.

XXI

Elle avait fait de son mieux, tout au long de la journée, pour cacher sa peine. Elle s'était affairée, plus activement que jamais, aux soins du ménage, avait joué avec les enfants, aidé à l'atelier, mais son cœur était resté triste et inquiet. C'est le moment où elle s'était glissée dans son lit, le soir, qui avait été le plus dur. Comme la couche conjugale lui apparaissait grande et vide ! Elle avait soupiré en songeant au temps qui s'écoulerait avant que son bien-aimé ne l'enserre de nouveau dans ses bras et elle avait été longue à trouver le sommeil. Réveillée en sursaut, de bon matin, par des vociférations dans la rue et des piétinements, Anipa bondit hors de ses couvertures, se couvrit en hâte et, le cœur battant, se précipita dans la salle commune où ses beaux-parents et les jumelles alarmés eux aussi, étaient levés et échangeaient des regards indécis, hésitant à ouvrir la porte pour se rendre compte de la cause du tumulte.

— Il faut y aller, dit-elle, il faut savoir ce qui se passe.

Pas trop rassurée, elle entrebâilla la porte et vit arriver du bout de la rue une foule de guerriers agitant leurs armes en l'air en criant : « Mort aux Romains ! » A leur tête marchaient d'un pas lent et calme le grand druide Cotuatos, revêtu comme pour une procession de sa tunique blanche brodée d'argent et de son long manteau, mais tenant une lance à la main, et, un peu en retrait, l'épée nue, le grand chef des Carnutes, le colosse aux farouches moustaches rouges, Conconnétodumnos. On reconnaissait dans la troupe vociférante les guerriers de son clan, désignés par leurs tuniques ocre quadrillées de vert et de brun, ceux de Catuviros aux vêtements rayés de rouge et de bleu, ceux d'Uronertos, en damier jaune et noir, de Suvritus, de Vellaunos. Il y en avait d'autres qu'Anipa n'identifiait pas. Elle ouvrit la porte toute grande et invita le reste de la famille à la rejoindre sur le seuil.

— Mort aux Romains ! leur cria un des hommes de Conconnétodumnos qui passait devant eux.

— Mort aux Romains ! répondirent-ils d'une seule voix.

Ils étaient intrigués, se demandant ce qu'il se passait ; ils ne tardèrent pas à le comprendre. Il se produisit un remous dans la foule des guerriers, qui marqua un temps d'arrêt. Les premiers rangs étaient arrivés devant la maison du pâtissier, ami des Romains. Ils poussaient des huées et se ruaient à l'intérieur. Les gâteaux voltigèrent par-dessus les têtes et certains s'en saisirent au vol avec de grands éclats de rire. Puis les plats, les corbeilles, tout le matériel et même les meubles furent jetés sur la rue et mis en pièces. À leur fenêtre, le gros pâtissier se tordait les mains et sa femme pleurait. On ne se fit pas faute de les conspuer, mais on ne leur fit pas de mal.

Anipa tenait à connaître la suite. Remarquant que le cortège tournait en direction du port, elle coupa par de petites ruelles pour y arriver en même temps que la tête de colonne. D'autres badauds avaient eu la même idée et elle se trouva prise dans un courant déferlant en hâte vers les quais. Au moment où elle y parvint, les négociants romains, intrigués par la rumeur de la foule qui approchait, sortaient de leurs entrepôts pour voir ce dont il s'agissait. Elle les vit rentrer précipitamment lorsqu'ils se rendirent compte que les cris de mort les concernaient. Ils se barricadèrent, mais Conconnétodumnos n'eut qu'un geste à faire pour que ses hommes enfoncent les portes.

Anipa frémit en entendant des hurlements d'agonie s'élever de l'intérieur des hangars et des baraques. •Elle aperçut un personnage en toge qui s'enfuyait par une fenêtre, mais il fut vite pris en chasse par une demi-douzaine d'hommes d'armes qui ne furent pas longs à le rattraper et à lui passer leurs lances à travers le corps.

Une partie des émeutiers s'en prenaient aux gabares à l'ancre que leur forme ou leur figure de proue désignaient comme romaines et les défonçaient à coups de hache pour les couler avec leur chargement. Dès qu'elles eurent disparu au fond de l'eau, Conconnétodumnos lança des ordres et les guerriers se regroupèrent, se reformèrent en cortège. Ceux qui sortaient des entrepôts avaient sous le bras qui un baril, qui une amphore, qui un jambon fumé, ou portaient un sac sur le dos. Après leur départ, Anipa s'en fut avec d'autres curieux jeter un coup d'œil dans les entrepôts mis à sac. Elle eut un haut-le-cœur. Des tonneaux éventrés et des amphores brisées s'étaient échappées des mares de vin où, parmi les débris de poteries et les marchandises éparpillées, baignaient les cadavres des trafiquants dont le sang se mêlait au jus des vignes de leur pays, faisant de leurs toges de répugnantes serpillières rougeâtres. Plusieurs habitants de Cénabon, peu dégoûtés, se glissaient au milieu de ces horreurs et emplissaient leurs paniers de quartiers de lard, d'aunes de boudin, de galoches, de pantoufles, d'outres d'huile négligées par les saccageurs.

Anipa ne s'attarda pas à contempler ce spectacle et prit la rue par laquelle elle avait vu partir le cortège des insurgés. C'était celle qui menait au quartier résidentiel où les riches commerçants romains s'étaient fait construire des maisons de pierre blanche. Quand elle y parvint, la dévastation était achevée. Des familles des notabilités de l'import-export il ne restait plus que des corps sans vie. À l'appel de Cotuatos et de Conconnétodumnos, les émeutiers se regroupaient sur la place, devant la demeure de l'intendant Fufius Cita. Anipa avisa une échelle appuyée contre le pignon de la maison d'un charpentier et y grimpa pour dominer la scène. Elle était horrifiée, mais sa curiosité était plus forte que son horreur.

Les portes de bronze du luxueux hôtel de l'intendant étaient closes. Une équipe de guerriers vint quérir un énorme madrier dans l'atelier du charpentier et s'en servit comme bélier. Dès que les battants cédèrent, une horde hurlante se rua dans le bâtiment. Un moment s'écoula. L'homme de confiance de César devait s'être caché et bien caché. Enfin découvert, il apparut dans l'embrasure de ce qui avait été la porte, encadré de guerriers qui le tenaient par les bras et le poussaient de la pointe de leurs glaives. Il était vert de peur. Le grand druide s'avança vers lui.

— Caius Fufius Cita, nous t'accusons d'avoir dépouillé notre peuple, de l'avoir affamé, d'avoir par tes iniques réquisitions réduit beaucoup des nôtres à la misère. Les mères réclament vengeance pour leurs enfants morts de faim par ta faute.

L'adipeux personnage qui tremblotait comme les feuilles d'une roselière quand la parcourt un souffle de brise, bredouilla :

— *Civis romanus sum.*

— Tu dis ?

— Je suis citoyen romain. Vous n'avez pas le droit de toucher à un cheveu de ma tête.

— Nous sommes citoyens carnutes, ton droit n'est pas le nôtre.

— Prenez garde ! Si vous me tuez, César me vengera.

— César est loin et ne reviendra pas, car la Gaule sera libre.

L'intendant se laissa choir à genoux et implora pitié en sanglotant.

— Ton César, demanda Cotuatos, a-t-il eu pitié du noble Acco ?

— Vous êtes une nation généreuse, faites-moi miséricorde et je vous jure de ne plus rien réquisitionner chez les Carnutes. Je ferai nourrir notre armée uniquement par... par les Éduens et les Lingons.

— Tu n'y es pas. Ce que nous voulons, c'est que ton armée reparte chez elle. Mais c'en est assez, l'heure est venue de payer tes forfaits et tes exactions. Seigneur Conconnétodumnos, cet homme mérite la mort.

Conconnétodumnos vint se planter en face de l'accusé.

— Caius Fufius Cita, au nom du peuple carnute, je te condamne à la peine de mort. Mais nous ne sommes pas des sauvages comme tes compatriotes et tu ne subiras pas les tortures que César a infligées au malheureux Acco. Nous nous contenterons de te décapiter.

Il exécuta lui-même sa sentence. Il ordonna aux guerriers qui encadraient l'intendant toujours agenouillé de s'écarter et l'on vit scintiller la lame de son glaive. La tête de l'honorable chevalier romain roula dans la boue.

« Tout ceci est affreux, se dit Anipa, et je n'ai pas trop lieu d'être fière d'appartenir à l'espèce humaine. Qu'ils soient d'un camp ou d'un autre, tant qu'il y aura des hommes d'État et des guerriers, ils ne seront jamais rien d'autre que des bêtes féroces. Mais il faut reconnaître que ce qui leur arrive, les Romains l'ont bien cherché. Que ne sont-ils restés chez eux ! Tant de misères nous auraient été épargnées. À nous tous et, en particulier, à mon Damatos et à moi. Il était temps d'en finir. Je suis contente que la lutte qui nous assurera un avenir libre et radieux soit engagée et que mon bien-aimé y participe. Les scènes auxquelles je viens d'assister sont cruelles, mais l'aube de la Libération se lève. »

XXII

Lorsqu'ils arrivèrent à Virsiodunon, leur seconde étape, les faux marchands y trouvèrent les habitants très excités. On les voyait s'attrouper sur les places et discuter avec animation ; des messagers couraient des postes de guet aux maisons des magistrats et des maisons des magistrats aux postes de guet ; des chefs aux manteaux colorés et aux cous ornés de torques d'or allaient et venaient à pas lents, par deux ou trois, l'air important, les mains dans le dos, s'entretenant à voix basse. Des hommes de peine s'activaient à remettre en état les portions de remparts que l'âge et les intempéries avaient quelque peu dégradées. En passant près des groupes où tout le monde parlait à la fois, Damatos et ses compagnons saisissaient au vol les mots de soulèvement, de vengeance, de libération et de criminelle folie... L'aubergiste qui les reçut les renseigna : les guetteurs de la tour du nord avaient appris, par un message crié depuis l'autre rive du marais, que le matin même les Carnutes s'étaient révoltés, que les Romains établis à Cénabon avaient été massacrés et que le grand druide appelait les autres peuples celtes à suivre cet exemple.

Ces nouvelles bouleversèrent Damatos. Drutocatus, lui, exultait, lui donnait de grandes claques sur l'épaule en s'exclamant : « Vive les Carnutes ! », le serrait sur son cœur et le congratulait. Il commanda une tournée générale d'hydromel et si grandes étaient l'allégresse et l'exaltation de la bande, que les tournées succédèrent aux tournées jusqu'à une heure avancée de la nuit.

Damatos restait partagé entre des sentiments contradictoires. Il était fier des louanges dont les étrangers ne tarissaient pas envers sa patrie, mais n'en était pas moins étreint d'une sourde inquiétude. Ne se hâtait-on pas un peu trop de tenir le pays carnute pour libéré ? La victoire remportée par ses compatriotes ne l'avait été que sur des civils sans armes, non sur les légions. Que réservait l'avenir ? Mais, la générosité de l'hydromel aidant, il finit par se laisser prendre par l'ambiance, laissa éclater sa joie de l'exploit de son peuple et tint à honneur de se montrer le plus excité de tous.

Quand il ouvrit les yeux et réalisa qu'il se trouvait sous une table d'auberge, les fesses sur la poitrine d'un de ses compagnons et la tête entre les jambes d'un autre, il était déjà grand jour. Il avait un mal de crâne terrible.

Drutocatus et ses hommes qui commençaient à s agiter n'étaient pas en meilleur état et le départ, ce jour-là, se fit avec un notable retard.

Il était préférable d'éviter la ville d'Avaricon, capitale des Bituriges : les Arvernes n'avaicnt aucune confiance dans cette nation en trop bons termes avec les Éduens, leurs ennemis héréditaires, et pensaient que la grande cité ne pouvait qu'être truffée d'agents romains, de partisans de la collaboration, d'espions et de délateurs. On risquait de s'intéresser d'un peu trop près au contenu de leurs chariots. Le convoi abandonna la bonne route qui y menait pour une méchante piste au long d'une rivière et sa marche se ralentit. Le sol était détrempé. Il arrivait qu'un véhicule s'embourbe. Il fallait le décharger pour l'alléger, unir ses efforts pour arracher les roues à la boue et réembarquer ensuite les marchandises.

La vallée, bordée de collines boisées, était parfois assez encaissée. Le paysage enchantait Damatos, pour qui il constituait une nouveauté. Le surlendemain, la petite troupe bifurqua dans une autre vallée encore plus étroite qui obliquait vers le sud-est. Drutocatus expliqua que si l'on avait poursuivi droit vers le sud, on n'aurait pas tardé à rencontrer de profondes gorges dont le franchissement avec les chariots aurait été périlleux. Ils roulèrent pendant trois jours par de mauvais chemins à travers des contrées accidentées. Les chevaux peinaient dans les montées. Les brouillards matinaux, les averses, le froid n'ajoutaient rien au plaisir de la route. Brusquement, ils débouchèrent dans une immense plaine qui rappelait à Damatos son pays natal. Les riches champs de blé y alternaient avec des pâturages verdoyants entrecoupés de bosquets. Mais, pour la première fois de sa vie, il aperçut à l'horizon les dents de scie violâtres d'un massif montagneux se découpant sur le gris du ciel.

— Les monts Arvernes ! lui annonça Drutocatus qui lui nomma, en les désignant du doigt, les principaux sommets.

La marche devint facile et les chariots avancèrent bon train. Le lendemain, les monts Arvernes n'étaient plus une lame de scie posée sur l'horizon, mais une masse imposante qui le barrait complètement. Le jeune Carnute était fort impressionné. Jamais il n'aurait imaginé que la terre pût se boursoufler à ce point.

La route que suivait la caravane se rapprocha peu à peu des hauteurs qui se dessinaient sur sa droite.

— Tu vois cette enceinte, là-haut, sur cette butte ? demanda Drutocatus. C'est Rigomagus, la propriété de campagne de Nertos. Elle a été construite par Celtillos, son père. Nous ne sommes plus qu'à cinq lieues à peine de Gergovie.

L'aventure se terminait. Damatos en éprouva un grand soulagement. Il y aurait bien le retour dont tout danger ne serait pas exclu, mais ce ne serait pas la même chose, parce qu'il ne transporterait plus de chargement compromettant, bon à lui valoir la pendaison pour complicité de sédition. Il connaissait maintenant la route et avait pu constater qu'elle ne présentait pas de grosses difficultés. Tout s'était bien passé ; le plus dur, maintenant, était fait.

De la lice de Rigomagus, on les avait aperçus. Un cavalier en était sorti et venait à leur rencontre au petit trot.

— C'est toi, Drutocatus ? cria-t-il dès qu'il fut à portée de voix.

Le chef du convoi se mit debout à l'avant du chariot et agita le bras.

— C'est moi et nul autre, et je rapporte les armes.

— Formidable ! s'enthousiasma le cavalier. Je remonte prévenir le seigneur Nertos. Il est à Rigomagus. Vous y êtes attendus.

— Nous n'avons pas à aller jusqu'à Gergovie ?

— Non. C'est ici que l'armée se rassemblera.

— Tiens ! Qu'est-ce que cela signifie ?

Il n'eut pas de réponse. L'estafette avait fait demi-tour et repartait au grand galop.

Quand les chariots y firent leur entrée, une activité désordonnée régnait à l'intérieur de la lice. Les cours étaient emplies d'une foule d'hommes dépenaillés ressemblant plus à des brigands qu'à de pimpants guerriers. Ils ne portaient ni casques ni manteaux et leurs tuniques, loin d'étinceler de vives couleurs, n'étaient que de gros drap brun. Leurs braies étaient élimées, effilochées, rapiécées. Rares étaient les martiaux ceinturons de cuir, le plus souvent une simple corde nouée autour des reins en tenait lieu. Elle n'avait, d'ailleurs, rien à soutenir, car les glaives de fer brillant brillaient surtout par leur absence. De ces paladins en haillons, les mieux armés portaient une hache de bûcheron ou une fronde découpée à la hâte dans un morceau de cuir; le plus grand nombre se contentaient de gourdins. Mais avec ces gourdins on en voyait dans tous les coins s'exercer au combat, s'y adonnant de si grand cœur que certains s'effondraient, assommés pour de bon. Le premier réflexe des autres était alors d'éclater de rire et de les couvrir de quolibets. Damatos trouvait inquiétants leurs visages sombres et burinés, leurs regards farouches sous des sourcils broussailleux, leurs chevelures hirsutes et leurs moustaches mal taillées.

— Voici Nertos, annonça Drutocatus en lui montrant un jeune homme de haute stature dont l'élégance faisait un curieux effet au milieu de son armée de gueux et qui s'avançait à leur rencontre, entouré d'un état-major sensiblement plus présentable, lui aussi, que la piétaille.

Plusieurs des officiers avaient un teint clair qui aurait suffi à les distinguer des hommes du rang, mais le teint du jeune chef était plus clair encore, ses cheveux étaient de la couleur du froment et son visage était entièrement rasé. Une cuirasse dorée, ornée de ciselures, flamboyait sur sa tunique rouge quadrillée de vert et de jaune. De ses épaules tombait un long manteau pourpre retenu par une grosse fibule délicatement ouvragée et sertie d'émaux. Sa prestance impressionna Damatos.

— Les dieux vous donnent bien, à toi fils de la noble nation carnute, et à toi Drutocatus mon frère. J'ai appris le succès de votre expédition. Je vous félicite et j'espère que, grâce à vous, je vais pouvoir équiper beaucoup de ceux qui n'ont encore pour se battre que leurs mains nues.

— Nous apportons deux mille pointes de lance et cinq cents glaives, sans parler des poignards ni des pointes de flèche.

Le géant aux cheveux de froment fit la grimace.

— On est loin du compte. Évidemment, les druides qui ont organisé l'opération ne pouvaient pas savoir... Enfin, peu importe ! Avec ces armes-ci nous allons conquérir celles qui nous manquent.

Il fit décharger les tonneaux par ses ambactes et Damatos, à coups de maillet, en décercla le haut pour retirer les couvercles. Le forgeron de l'armée vérifia l'état des armes à mesure qu'elles étaient sorties de la paille et rangées sur le sol. Nertos, après avoir donné ses instructions pour la distribution, invita Drutocatus et Damatos à le suivre dans son logis.

Dans la salle d'honneur décorée de têtes de bêtes sauvages et de têtes humaines naturalisées, de boucliers et de trophées d'armes, ils s'assirent en rond, Damatos en face de Nertos qu'entouraient son druide, son barde et ses aides de camp, et chacun but à son tour à la grande corne qui circula emplie d'un somptueux hydromel.

— Ceux qui ont bravé mille dangers pour convoyer jusqu'ici les lances et les épées qui nous assureront la victoire, prononça le jeune chef, ont droit à toute la reconnaissance de la nation arverne. Le service que vous venez de me rendre m'est d'autant plus précieux que mes besoins en armes dépassent de loin mes prévisions et que je vais devoir engager immédiatement une bataille qui n'était pas dans mes plans. Par le serment prêté sur les étendards, je m'étais obligé à mobiliser mon clan dès que les Carnutes auraient donné le signal du soulèvement et je comptais entraîner à notre suite le petit peuple de Gergovie sur qui je me flatte d'avoir une certaine influence. C'est pour lui que j'avais demandé aux druides de me procurer des armes. Mais les choses ont tourné tout autrement que je ne l'envisageais.

Il fit un mouvement de tête à droite et à gauche, comme pour prendre son druide et ses officiers à témoins.

— On ne se méfie jamais assez de sa propre famille. C'est en son sein que se trament les pires infamies.

Le druide et les officiers approuvèrent de la tête.

— Aussitôt que la nouvelle, clamée de proche en proche à travers les campagnes, de l'insurrection de Cénabon est parvenue à Gergovie, je me suis empressé de rassembler les gens de mon clan et mes clients et je n'ai pas eu de peine à les enflammer. La réaction des autres habitants de la ville, du moins ceux de condition modeste — en particulier ceux du parti du Taureau dont j'ai l'honneur d'être le chef local — a dépassé mes espérances. Notre exemple les galvanisait et ils ont tous couru aux armes. Malheureusement, un triste individu s'est mis au travers de nos desseins et ce triste individu, j'ai honte de le dire, est un de mes proches parents.

Il poussa un soupir désabusé.

— Comme Drutocatus le sait, mais je le dis pour notre ami Damatos, le premier magistrat de Gergovie, le maître de forges Gobannitio, est un frère de ma mère. Je ne suis guère fier d'être son neveu, car c'est un homme veule et intéressé. Il est à la tête du parti du Sanglier et méprise le peuple. Il m'écœure ! Quand il s'est rendu compte de l'ardeur guerrière qui s'emparait de la cité, il s'est alarmé. Après avoir fait garder militairement les dépôts d'armes, il a convoqué d'urgence le Conseil. En tant que chef de mon clan, j'avais le devoir de me rendre à cette réunion et j'y suis allé en m'imaginant que nous allions y débattre des actions à engager pour que la nation arverne tienne honorablement sa place dans la guerre. Je me faisais des illusions. Que la Morrigan emporte mon oncle ! À peine la séance ouverte, cet être abject s'en est pris à moi avec rage, m'accusant d'être un fauteur de désordres, de semer le trouble au sein d'une population bien tranquille qui ne demande qu'à jouir des bienfaits de la paix, et de chercher à entraîner les gens dans des aventures qui ne peuvent mener à rien. Je lui ai répliqué assez vertement que la fière nation arverne avait fait un serment lors de l'assemblée dans la forêt carnute et que l'honneur exigeait qu'elle le tînt. Mais je me suis entendu rétorquer, d'un ton cauteleux, que les délégués arvernes ne figuraient à cette assemblée qu'à titre d'observateurs et n'avaient pas qualité pour prendre de quelconques engagements. Pour que le serment fût valable, soutenait-il, il aurait fallu qu'il eût été ratifié par le Conseil, ce qui n'était pas le cas.

En l'écoutant, Damatos se forgeait son opinion sur le jeune chef. Il était évident que c'était un orateur ; il discourait avec élégance et autorité. Son âme aristocratique lui inspirait à la fois de la droiture et une certaine suffisance. En même temps, il savait ce qu'il voulait et devait être tenace, peut-être même entêté. Et s'il s'efforçait à une certaine retenue distinguée, on sentait sous ses paroles une violence contenue.

— Gobannitio ne manque pas d'aplomb ! s'exclama un des chefs assis près de lui. Lorsqu'on nous a députés chez les Carnutes, il n'a jamais été question que nous ne soyons que de simples observateurs et ne disposions d'aucun pouvoir. Je te précise, Damatos, que je faisais partie de la délégation. Je m'appelle Vercassivellaunos et suis cousin de Nertos.

— J'ai eu beau protester, reprit ce dernier en maîtrisant son courroux, et j'ai eu beau dénoncer les agissements de l'armée de brigands que Rome a lâchée sur nous, la bande de couards qui exerce l'autorité à Gergovie m'a fait savoir qu'il n'était pas question de trahir l'amitié de César. Oh ! Par tous les dieux ! je me suis battu. Je n'ai pas manqué de rappeler par quoi se traduit pour nous l'amitié de César. J'ai rappelé le cas d'artisans ruinés par les impositions, de jeunes pâtres arrachés à leurs montagnes pour servir de gladiateurs dans ces répugnantes boucheries romaines que sont les jeux du cirque, de belles filles de nos villages réduites à l'état d'instruments des plaisirs de la faune pourrie des bords du Tibre. Mais j'avais affaire à des sourds. Tout ce qui les intéresse, c'est leur petite tranquillité, et les petits profits qu'on peut réaliser dans les trafics avec les Romains. C'est en vain que je les ai conjurés de penser au salut de la patrie. Gobannitio m'a couvert d'injures et a proposé au Conseil de me décréter ennemi public et de me frapper de bannissement. Il a obtenu un vote à une forte majorité. Les jeunes chefs me soutenaient, mais j'avais contre moi tous les barbons cacochymes tremblant dans leurs braies pour leur sécurité, leur confort, leurs affaires.

— Ainsi, tu as été banni de Gergovie ?

— Pire que cela : expulsé. À peine le Conseil avait-il prononcé son inique sentence, que des ambactes de mon oncle se saisissaient de moi et que j'étais conduit sous bonne escorte à la porte de la ville et chassé comme un malfaiteur.

— Tes partisans n'ont pas réagi ?

— Les hommes de mon clan ont appris la chose trop tard. Quant aux braves gens qui se trouvaient dans les rues, quand ils m'ont vu passer encadré de soldats, ils n'ont pas compris ce qui arrivait.

Nertos serra les poings.

— Comme bien vous le pensez, je ne suis pas près d'oublier l'affront. Loin de me faire perdre courage, il n'a fait que renforcer ma résolution. Je me suis retiré ici et tous les miens m'y ont rejoint. Mais mener mon clan au combat ne me suffisait plus. Désormais, c'est toute l'armée arverne que j'entends entraîner derrière moi. Puisque notre nation est trahie par ses chefs, je serai, moi, fils de Celtillos, le nouveau chef qui lui rendra son honneur.

Le barde qui se tenait debout derrière lui ponctua cette proclamation d'un accord de harpe et improvisa un chant :

Vont les branches du chêne se couvrir de tendres bourgeons
Et le front du vieux cerf s'orner d'une neuve ramure
Quand le daguet prendra sa place.
Le sénile Balaros, sombre roi des Ténèbres,
L'affreux géant dont la lourde paupière
Occulte un œil unique,
Le dévoreur du monde,
Par traîtrise a voulu se défaire du fils de sa fille,
Lugos, le Héros lumineux,
Le jeune dieu beau et fort,
Vers qui monte l'amour fervent des foules.

Or Lugos, le Héros lumineux,
Le jeune dieu beau et fort et de race royale,
A détrôné le vieux tyran
Et règne à sa place dans la lumière...

Maponos, le Fils jeune, a évincé le Père...

Marcos, le chenu Roi-Cheval,
Aux oreilles d'animal,
A mis dans son lit, sans avoir son amour,
La belle aux cheveux d'or,
Mais le Héros, soleil jeune et fort,
Drustanos, son neveu,
Beau, jeune et de race royale,
Au jeu d'amour l'a évincé.
Et c'est en vain qu'il l'a chassé,
Qu'il l'a voulu faire périr,
C'est au neveu et non à l'oncle que la belle a donné son cœur.

On applaudit et Nertos reprit :

— J'ai envoyé mes ambactes enrôler dans la campagne et les forêts les humbles paysans, les bûcherons, les sans-travail, les hors-la-loi et j'en ferai une armée fantastique qui mettra à la raison l'arrogante clique des notables gergoviens et fera trembler les légions de Rome. Les premiers contingents recrutés sont ici et s'entraînent. Vous les avez vus. Mais il y en a de plus nombreux, recrutés après eux, qui attendent massés dans les clairières des forêts voisines. Je vais donner mes ordres pour que le rassemblement général ait lieu demain à l'aube, dans la plaine. Nous serons plus de dix mille et vous comprenez pourquoi nos besoins en armes dépassent de loin ce que j'envisageais.

— Tu vas avoir du mal à te faire obéir de ces miséreux, de ces gens sans aveu, de ces hommes de sac et de corde, observa Drutocatus.

— Exact. Pour obtenir le minimum de discipline indispensable, je vais être obligé de me montrer très dur. Je ne pourrai pas faire de sentiment. Je dois frapper les moindres manquements de châtiments terribles. Mais je vais avoir là une armée comme il en est peu. Mes hommes sont de ceux que rien ne fait reculer. Bergers ou bûcherons de la montagne, ils sont habitués à se battre contre les loups, contre les ours. Miséreux ou hors-la-loi, ils ont pour survivre égorgé biches, sangliers et aurochs, voire, à l'occasion, quelques riches voyageurs ou des soldats lancés à leurs trousses. Ce ne sont pas des cœurs tendres, mais ce sont des gens à qui la mort ne fait pas peur. Demain, j'entrerai à leur tête dans Gergovie et j'en chasserai mon bon oncle et sa coterie de vieilles canailles.

Le barde plaqua un nouvel accord et reprit son chant :

Taranis, le Père, a été évincé
Par Maponos, le soleil, le Fils jeune...
Le sénile Balaros a été évincé
Par celui dont il se voulait débarrasser,
Son petit-fils, le Héros beau et fort...
Et le vieux roi Marcos a été évincé
Par son neveu qu'il avait chassé,
Le Héros beau et jeune et de race royale.

— Es-tu donc de race royale, seigneur Nertos ? questionna Damatos.

— L'ignorerais-tu ? Mon père, Celtillos, descendait en droite ligne des rois qui ont longtemps régné sur notre nation et il s'était mis en tête de restaurer la monarchie. Élu premier magistrat, il a imposé l'hégémonie arverne à tous les peuples voisins et il a, un jour, voulu se faire proclamer souverain de l'ensemble de cet empire. Mais ce grand dessein s'est heurté à l'hostilité des nobles et de la haute bourgeoisie de Gergovie qui ont décrété son arrestation. Il a été condamné à mort. Je n'ai appris son exécution qu'après coup, car je me trouvais alors, pour mon éducation, à la cour du chef vellave Artorix. Mais dès que la nouvelle m'en est parvenue, j'ai juré de le venger et de réaliser son rêve.

Le jeune guerrier se tait et son regard bleu se fait lointain. Il ne semble plus voir ceux qui l'entourent, mais contempler au-delà des murs de la salle quelque scène invisible. L'auditoire respecte sa méditation. Il finit par se secouer et revenir sur terre.

— Gobannitio est un misérable traître ! s'emporta-t-il. Je suis sûr qu'il était de la cabale contre le noble Celtillos, l'époux de sa propre sœur. Il a son sang sur les mains. Il le paiera. Mon cher Damatos, tu assisteras demain à une belle fête.

Damatos se caressa le menton d'un air embarrassé.

— C'est que..., s'excusa-t-il timidement, je comptais reprendre dès demain matin la route de Cénabon. J'ai hâte de retrouver ma femme et mes enfants.

Nertos sourit, avec cet air affable qu'il savait prendre lorsqu'il le voulait et qui rendait son charme irrésistible.

— C'est bien compréhensible, dit-il. Malheureusement, il n'est pas possible que tu nous quittes si vite. Pour plusieurs raisons. La première, c'est que ta jument vient de faire plus de soixante-dix lieues sans désemparer et a besoin de repos avant de reprendre la route.

Damatos reconnut bien là le vrai cavalier pour qui le cheval passe toujours avant son maître.

— Deuxième raison : personne ne comprendrait qu'après le service que tu nous a rendu, tu ne figures pas au banquet de la victoire.

— Mais...

— Un refus me désobligerait. Il y a une troisième raison, c'est que je tiens, au cours des cérémonies qui vont se dérouler, à célébrer comme il se doit la vaillance du peuple carnute qui a levé l'étendard de la lutte pour la libération. Il me faut un Carnute pour représenter sa nation.

— Moi ? représenter...

— Tu es ici et tu es carnute. Enfin, dernière raison : j'ai besoin que tu assistes aux importants événements qui vont se dérouler maintenant, pour pouvoir en porter témoignage dans ton pays. C'est très important.

Damatos comprit qu'il y avait d'autant moins à discuter que, de toute évidence, on ne lui verserait pas la rémunération promise avant qu'il ne fût officiellement autorisé à repartir. Il assista donc, le lendemain, dans le petit jour, au rassemblement sur les prairies, au pied de la butte, d'une singulière armée. En dehors des formations bien équipées d'ambactes de Nertos, d'hommes de son clan ou de paysans aisés de la plaine, et de quelques pelotons de cavalerie formés de petits nobles campagnards, on ne voyait que des groupes de bûcherons descendus des collines leur hache sur l'épaule, des fermiers de la montagne, laboureurs de pierraille au visage rude et au regard méfiant, des bergers à l'âme farouche forgée dans la solitude des crêtes en la compagnie de maigres vaches et de moutons stupides, des ouvriers des faubourgs, des indigents, des mendiants et des proscrits sortis pour l'occasion de leurs cavernes et de leurs halliers. Une partie seulement avaient pu être dotés de lances, de javelots ou de glaives, ou étaient parvenus à se confectionner des arcs ou des frondes. La plupart n'avaient que leurs bâtons. Tous étaient accourus à l'appel du descendant de leurs rois pour défendre leur droit à la vie et au profit de leur travail, leur liberté, l'avenir de leurs enfants. Nertos qu'on apercevait galopant en tous sens, d'un bout à l'autre du terrain, sur un petit cheval isabelle, vif et nerveux, à longue crinière, longue queue et membres courts, parvint à ranger en ordre de marche cette foule hétéroclite, les mieux armés devant, les porteurs de bâtons derrière, pour faire masse.

À la suite de l'immense colonne, se mirent en route des fourgons de ravitaillement tirés par des bœufs ou des mules et des chariots bondés de femmes curieuses d'assister aux faits d'armes de leurs époux. Damatos trouva une place dans un véhicule chargé de charcuterie et fit sans se fatiguer toute la route qui, à travers la plaine, conduisait à l'éperon escarpé en haut duquel se dressait la forteresse de Gergovie. Il resta au pied et regarda de loin les bataillons de gueux en faire l'ascension, les uns par l'étroit chemin serpentant sur le flanc sud, les autres parmi les buissons, au long des pentes. D'où il était, il n'apercevait qu'une petite portion des remparts couronnant le sommet. Ils étaient couverts de guerriers, mais ces guerriers ne bougèrent pas quand les assaillants atteignirent le pied des murailles et, brusquement, disparurent.

Il s'en fut rejoindre un des groupes de femmes qui, comme lui, observaient de loin, et fit remarquer :

— On n'entend plus rien, on ne voit plus rien. D'ici, pourtant, on devrait percevoir le tumulte de la bataille.

— L'assaut n'est peut-être pas commencé, suggéra une des femmes. Les nôtres ont dû se contenter, pour l'instant, d'investir la place.

— Regardez ! s'exclama une autre.

Elle désignait du doigt un groupe de personnages richement vêtus qui descendait le chemin en grande hâte.

— Par Teutatès, le gros qui est en tête et qui a l'air d'avoir le feu aux trousses, c'est Gobannitio. Je reconnais bien sa silhouette, son allure et ses couleurs : des rayures horizontales noires et rouges. Ceux qui le suivent et qui semblent très pressés eux aussi, ce sont les notables de Gergovie.

— Ils décampent sans qu'il y ait eu bataille. C'est formidable ! Nos hommes sont vainqueurs et aucun d'eux ne manquera ce soir à l'appel.

Damatos décida de monter jusqu'à la ville. Si elle était entre les mains de Nertos, il ne risquait pas de recevoir une flèche ou une balle de fronde perdue. A mi-chemin du raidillon, il vit venir à sa rencontre Drutocatus, la mine épanouie.

— Victoire ! criait-il, victoire ! Nertos a chassé de la ville Gobannitio et sa clique.

Lorsqu'il fut plus près, il expliqua que la garnison avait refusé de se battre contre une armée de compatriotes commandée par un prince vénéré de tous. Lorsque Gobannitio avait ordonné le tir, les soldats s'étaient retournés contre lui, avaient désarmé sa garde et l'avaient fait prisonnier, avec ses conseillers et son état-major. Puis ils avaient ouvert toutes grandes les portes de la ville. En y faisant son entrée, Nertos avait été acclamé par la population.

— Je descendais justement te chercher, parce que vont se dérouler, dès cet après-midi, des élections pour pourvoir au remplacement des magistrats expulsés. Le peuple est en effervescence, il voudrait proclamer Nertos roi des Arvernes. Des événements importants vont avoir lieu et il faut que tu en sois témoin.

Les élections, chez les Celtes, avaient toujours lieu sous le contrôle des druides qui veillaient à leur régularité, à leur loyauté et à leur conformité aux traditions. Ils s'assuraient aussi qu'elles fussent en accord avec la volonté du Ciel. Une grande nervosité régnait dans la ville dans l'attente du verdict des dieux au sujet de l'éligibilité du fils de Celtillos. On se demandait ce qu'il se passerait si le collège druidique suscitait une autre candidature. Les porteurs de gourdins de l'armée paysanne avaient envahi les dépôts d'armes et s'y étaient servis. Ils parcouraient maintenant les rues en brandissant leurs lances et vociféraient : « Nous voulons Nertos pour roi ! Nertos pour roi ! Nertos pour roi ! »

La grande place de Gergovie était trop petite pour contenir tout le peuple qui s'y rua au moment de l'élection. Normalement, elle n'aurait dû accueillir que le corps électoral fixé par la coutume, les clercs, les porteurs de torque, les chefs de clans et de villages et quelques autres notables. Mais les petites gens, les artisans, les simples manœuvres, la piétaille de l'armée de gueux l'avaient envahie pour clamer leur volonté.

Le tumulte était à son comble quand les druides arrivèrent en procession, pour présider au vote. Afin de dominer la foule ils montèrent sur le chemin de ronde et Damatos fut frappé de stupeur en remarquant parmi eux son frère Krixomaros qu'il pensait toujours dans sa forêt carnute et dont il se demandait bien ce qu'il faisait au milieu de ces étrangers.

– Nous avons consulté les auspices, annonça le druide qui remplissait l'office de gutuater, et les dieux nous ont fait connaître leur désir que vote à cette élection l'ensemble du peuple : vous tous qui êtes ici pour acclamer notre vaillant prince, Nertos fils de Celtillos.

Cette proclamation fut accueillie par des hurlements de joie.

— Citoyens du pays Arverne, poursuivit le porte-parole des

dieux, le grand druide Cotuatos nous a envoyé un légat, le saint homme Krixomaros, pour nous faire savoir qu'il propose à vos suffrages pour remplir la charge de chef de cette nation, le noble Nertos. Avant d'ouvrir le vote, je demande s'il y a d'autres candidats. Non ? Pas d'autres candidats ? Je déclare le vote ouvert. Que ceux qui veulent pour chef Nertos Celtillicnos lèvent leur lance, leur épée ou leur main droite.

Toutes les mains, toutes les armes se levèrent, d'un seul geste, et une clameur d'enthousiasme retentit. De nombreuses voix crièrent : « Nertos pour roi ! Nertos pour roi ! » Alors, le chef des druides de Gergovie prit la parole :

— Arvernes, mes frères, j'entends monter de vos rang le cri : « Nertos pour roi ! » Certes, ses ancêtres portaient ce titre et il en serait digne. Mais, depuis longtemps, ce titre n'existe plus chez nous. On ne peut le rétablir qu'en changeant la loi.

— Qu'on la change ! hurlèrent les plus excités.

— Eh bien, je mets la question aux voix. Voulez-vous que le titre de roi des Arvernes soit rétabli et qu'il soit attribué au noble fils de Celtillos que vous venez d'élire pour votre chef ?

Il n'y eut qu'un cri : « Nous le voulons », tandis qu'une nouvelle fois se levaient tous les bras, toutes les lances, tous les glaives.

— Je constate que le peuple arverne a proclamé roi le prince Nertos. Nous allons nous retirer avec lui dans le bois sacré pour lui conférer l'initiation royale. Il y passera la nuit et je vous invite à vous rendre demain sur la sainte colline de Némossos où il sera procédé à son sacre selon l'ancienne tradition.

La foule laissa éclater son enthousiasme. Les guerriers tambourinèrent avec frénésie, du talon de leur lance ou du pommeau de leur épée, sur l'umbo de leur bouclier. Du haut du rempart, Nertos prononça un petit discours de remerciement et, avant de suivre les druides, donna l'ordre à son intendant de faire distribuer au peuple et à l'armée tout le vin des caves de son oncle Gobannitio et des autres notables bannis de la cité — attention qui alla droit au cœur de tous. La soirée, à Gergovie, ne fut pas triste.

Damatos et Drutocatus se rendirent ensemble, le lendemain, au milieu d'un immense concours de peuple, à la colline sacrée de Némossos, un mamelon qui marquait l'extrémité nord-ouest de l'éperon, en dehors des murailles de la ville. De son sommet la vue embrassait un vaste horizon. Ses rebords, à l'orient et au midi, surplombaient la plaine où s'étalait le damier bicolore des labours et des prés. Au nord moutonnaient d'autres collines et, à l'ouest, les remparts de Gergovie se détachaient sur un fond de montagnes lointaines aux crêtes enneigées. La foule formait cercle autour de l'aire où se dressait un grand poteau de bois sculpté de symboles. Ils furent conduits à l'emplacement réservé aux personnalités, en avant du premier rang, et Damatos se sentit tout confus de se trouver au milieu des grands chefs, des nobles dames et des plus éminents lettrés et artistes.

Un cortège déboucha du bosquet sacré qui occupait la lisière septentrionale du mamelon. Derrière les flûtes et les tambourins, le collège des druides arvernes au grand complet précédait Nertos sans armes, sans autres bijoux que son torque, sans manteau et pieds nus, et l'accompagna au pied du poteau sculpté où il resta immobile, les bras croisés sur la poitrine, tout le temps que les musiciens jouèrent des hymnes et qu'un barde chanta, en caressant les cordes de sa harpe, les exploits de la nation arverne.

Il y eut une sonnerie de carnyx et des quatre points cardinaux arrivèrent des files de prêtresses vêtues de longues robes noires, portant des objets magiques. Quand leurs quatre groupes se furent arrêtés, à égale distance du poteau central, un druide conduisit Nertos de l'un à l'autre, en lui faisant suivre le sens de la course du soleil. Le groupe de l'est lui remit une longue lance ruisselante de sang et le druide l'invita à ne faire usage des armes que pour défendre les justes causes. Le groupe du sud posa devant lui un énorme chaudron où le druide puisa un mystérieux liquide parfumé qu'il lui fit couler sur la tête en disant qu'il l'oignait de la force et de la sagesse. Les prêtresses de l'occident, région de la mort, lui présentèrent un grand plat sur lequel il y avait une boule noirâtre et rougeâtre dont Damatos, de prime abord, ne distingua pas bien la nature et le convièrent à la prendre entre ses mains et à la contempler sans ciller. Damatos recconnut alors avec horreur la tête de l'intendant Caius Fufius Cita. « Notre destin à tous, dit le druide, est de quitter un jour cette vie pour une autre. Mais avant que ton tour ne vienne, ô Roi, puisse ton glaive, comme la faux d'un bon moissonneur, faucher par milliers les têtes de nos ennemis. » Après avoir reposé la tête dans le plat, Nertos poursuivit son périple solaire jusqu'au saint groupe de femmes qui marquait la direction du pôle, siège primordial de la royauté universelle. La véléta qui en paraissait la supérieure ouvrit les mains et il y prit une petite chose ronde pas plus grosse qu'une pomme. Les places d'honneur étant précisément de ce côté, Damatos se trouvait assez près pour constater que la surface de l'objet était ponctuée de cupules et divisée par cinq raies en relief formant comme une étoile à cinq branches. « L'œuf de serpent marin, déclara le druide avec respect, confère le pouvoir spirituel et ne peut être touché que par ceux qui remplissent une fonction sacrée. Pose ta main sur lui. » Il ne précisa pas, parce qu'il l'ignorait tout autant que les spectateurs, qu'il s'agissait d'un oursin fossile, pas plus œuf que serpent, trouvé naguère bien loin du pays arverne, dans un banc de craie, et transmis au clergé gergovien comme une relique.

Il revinrent au centre et les druides revêtirent Nertos d'un manteau pourpre, le ceignirent d'une épée, ornèrent ses poignets de bracelets d'or, enfilèrent des chaussures à ses pieds, lui mirent au bras un bouclier. Après quoi leur chef prononça d'un ton solennel :

— Fils de Celtillos, lorsque tu as reçu le torque des chevaliers, nous t'avons attribué cet interdit : « Tu ne refuseras jamais à une femme le gobelet d'eau qu'elle t'aura demandé. » Maintenant que nous te conférons la dignité royale, nous t'en imposons un second : « Tu ne marcheras jamais au-devant de la mort autrement qu'à cheval. » Agenouille-toi, tu vas recevoir ton nom de roi.

Le jeune homme se mit à genoux.

— Fils de Celtillos, parce que tu as rassemblé une armée telle qu'on n'en a jamais vu, une armée d'hommes redoutables entre tous parce qu'ils ne sont pas des guerriers de naissance, mais des hommes du peuple soulevés par leur foi, auxquels nous tenons à rendre hommage, tu ne t'appelleras plus désormais Nertos, tu t'appelleras « le Roi des Super-guerriers (1) ».

La foule accueillit les paroles du chef des druides par une tempête d'acclamations. Fiers d'être glorifiés dans le nom de leur chef, les guerriers improvisés frappèrent à coups redoublés sur leurs boucliers en scandant avec enthousiasme :

— Ver-cingéto-Rix ! Ver-cingéto-Rix ! Ver-cingéto-Rix (2) !

Le héros fut invité par les druides à monter sur une grosse pierre noire. C'était la pierre du sacre des temps passés.

---

(1) « Roi » se disait en gaulois *rix;* le préfixe correspondant au latin *super* et au grec *hyper* était *ver,* et le mot signifiant « guerrier » était *cinges,* génitif pluriel *cingéton.*

(2) Je vous en conjure, ne prononcez pas, comme on vous l'a appris à l'école, « *versinjétorix* ». Le fils de Celtillos n'avait rien de commun avec un singe vert. Les Gaulois prononçaient « *verkinnguétorix* ».

Quand il se dressa, rayonnant de majesté, sur ce socle vénérable, il en sortit une sorte de mugissement qui témoignait que l'élection avait reçu l'agrément des dieux.

Tout aussitôt on amena au pied de la pierre une jument blanche que les sacrificateurs immolèrent. On fit boire au nouveau roi un bol de son sang afin de réaliser son union avec la souveraineté incarnée par la déesse Épona, la déesse des chevaux.

Comme il se doit, la journée s'acheva par un immense et fastueux banquet où étaient fêtés à la fois la victoire sur Gobannitio et le sacre de Vercingétorix.

XXIII

Il n'avait pu échanger avec son frère que quelques mots entre la cérémonie du sacre et le début du festin. Krixomaros lui avait confié qu'il était en mission officielle, envoyé par le grand druide Cotuatos, que c'était lui qui, forçant les étapes et coupant au plus court, avait apporté, bien cachée dans un double fond de son *kision,* la tête de Fufius Cita, et qu'il allait demeurer avec l'armée arverne en qualité de représentant du grand druide. Il se réjouissait que le transport d'armes se fût bien passé.

— Tu ne peux savoir combien je suis heureux qu'il ne te soit rien arrivé de fâcheux. Tu t'en es très bien tiré. J'espère que ton retour se passera aussi bien. Quand repars-tu ?

— Dès demain matin.

— Parfait. L'intendant de Vercingétorix te réglera ce qui t'est dû avant ton départ. Bon voyage. Embrasse bien pour moi tous les nôtres. Il faut maintenant que je te quitte, car j'ai à poursuivre d'importants entretiens.

Mais le lendemain, alors que Damatos attelait sa jument pour le départ, il le vit accourir tout essouflé.

— Arrête, ne pars pas ! Je suis navré, mais il est indispensable que tu changes tes plans.

Damatos ressentit comme un choc. Il ne comprenait pas. Il balbutia :

— Que se passe-t-il ?

— Tu ne vas pas pouvoir traverser le territoire des Bituriges. Les ambassadeurs que nous leur avions envoyés viennent de rentrer et nous ont informés que ces pleutres refusent de se joindre au soulèvement et se proclament du parti des Romains.

Il se raccrocha à un espoir dérisoire :

— Mais qu'est-ce que ça change pour moi ?

— Ce que ça change ? Malheureux, réfléchis un peu ! Tu es carnute, donc pour eux un ennemi, et tu arriverais du sud, c'est-à-dire de la direction du pays arverne. Que faudrait-il de plus pour être passé par les armes ou vendu comme esclave ?

Damatos était effondré.

— Que puis-je faire ? implora-t-il. Il faut pourtant que je retourne auprès de ma chère Anipa et de mes enfants.

— Je ne vois qu'une solution, répondit son frère. L'armée de Vercingétorix va marcher sans tarder contre les Bituriges pour obtenir leur soumission et leur ralliement. Tu n'as qu'à faire route à sa suite, au milieu des convois de fourgons. Je ne dis pas que ce sera absolument sans risque, car l'ennemi peut attaquer les convois, mais ce sera tout de même cent fois moins périlleux qu'un retour solitaire.

Damatos n'hésita pas. C'était cela ou attendre à Gergovie l'issue du conflit et il avait trop grande hâte de retrouver son foyer pour l'envisager. Il assista, bouillant d'impatience, aux préparatifs de l'armée qui s'organisait, s'équipait et s'approvisionnait pour l'expédition, tout en se grossissant de jour en jour de nouveaux contingents accourus des villages les plus reculés de la montagne.

— Le temps passe, se plaignait-il à Krixomaros quand il le rencontrait. Pourquoi ne part-on pas ?

— Un peu de patience ! Nous avons envoyé des ambassades aux autres peuples pour les engager à rester fidèles à la parole donnée. Nous attendons leur retour.

Les unes après les autres, les ambassades revinrent et il put annoncer le succès de leurs démarches.

— Les Sénons, les Parisii, les Pictons, les Cadurques, les Turons se sont déclarés à nos côtés. Avec celle des Bituriges, nous n'avons à déplorer que la défection des Rutènes. Et nous attendons incessamment d'autres ralliements.

Ces autres ralliements ne tardèrent pas. Ce fut d'abord celui des Aulerques des collines du Perche et de la vallée de la Méduana, puis celui des Lémovices du rebord occidental du Massif Central et celui des Andes des bords de la Liger, en aval des Turons. Enfin Krixomaros annonça triomphalement que les peuples riverains de l'Océan entraient dans la lutte.

C'est alors que s'ouvrit à Gergovie une importante conférence à laquelle étaient représentées toutes les nations alliées, afin de définir les modalités d'une action commune. Krixomaros y participa en tant que légat du grand druide et fit, de sa part, la proposition que, pour coordonner les opérations militaires, on désignât un général en chef qui aurait autorité sur toutes les armées. L'idée fut accueillie avec enthousiasme et, à l'unanimité, le commandement suprême fut conféré à Vercingétorix.

Le nouveau généralissime ne perdit pas de temps. Il constitua deux corps d'armée et plaça l'un d'eux, composé des troupes cadurques, vellaves, santones et pétrucorres, sous les ordres du chef cadurque Luctérios, en le chargeant d'aller mettre les Rutènes à la raison. Il prit lui-même la tête de l'autre, formé de ses Arvernes, des Lémovices, des Ségusiaves et des Pictons, et marcha sur le pays des Bituriges.

Damatos éprouva un grand contentement à pouvoir enfin se mettre en route. Son carpenton bâché trouva place entre les charrettes à bœufs chargées de victuailles, les *bennas* à deux chevaux emplies de javelots, de flèches et de balles de fronde, et les chariots de toute espèce contenant les bagages et parfois les femmes des soldats. Il refit ainsi en sens inverse le chemin qu'il avait parcouru à l'aller dans la compagnie de Drutocatus et de son équipe, mais son état d'esprit était tout autre ; il se disait que chaque tour de roue le rapprochait un peu plus de ceux qu'il aimait. Il ne pensait qu'à la joie des retrouvailles, vivant par avance le moment merveilleux où il arrêterait son véhicule à la porte de la tonnellerie, savourant le bonheur de serrer dans ses bras Anipa et les deux petits qui seraient accourus avec des cris joyeux, imaginant leur ravissement lorsqu'il leur remettrait les cadeaux qu'il avait achetés pour eux à Gergovie, un collier d'améthyste pour Anipa, un petit cheval à roulettes pour Dévios et une poupée de bois pour Lella. Le cheval avait un grelot au cou, qui tintait joliment. La poupée figurait un poupon emmailloté, ce qui la dispensait de bras et de jambes. Il se retournait vers l'arrière du chariot pour les contempler et souriait.

Si le retour était infiniment moins éprouvant moralement que l'aller, il l'était physiquement beaucoup plus. La température avait baissé et, immobile sur la banquette, Damatos souffrait terriblement du froid. Ses mains étaient gelées ; le vent du nord qu'il recevait de face lui brûlait le nez, lui mordait les oreilles, lui gerçait les lèvres, faisait pleurer ses yeux.

Parfois Krixomaros, abandonnant la conduite de son *kision* à un soldat ravi de l'aubaine, venait lui tenir compagnie le temps d'une étape. Il l'emmenait partager les repas d'un groupe de clercs et d'officiers, parmi lesquels il avait plaisir à retrouver Drutocatus.

Il se produisit bien quelques escarmouches entre l'avant-garde et des détachements bituriges, mais cela se passait très loin de lui et il n'en entendait parler que le soir au bivouac. Il ne se serait pas senti en guerre sans un incident auquel il se trouva mêlé. La colonne traversait une petite rivière sur un pont étroit, formé de grosses dalles de pierre, sur lequel tout croisement était impossible. Au moment où son chariot était engagé sur ce pont et en occupait toute la largeur, survint en face un cavalier qui remontait au galop le convoi de véhicules. Voyant le passage obstrué, l'homme, en pleine vitesse, détourna son cheval pour le faire sauter dans la rivière. L'animal surpris, effrayé par la rive abrupte et l'eau scintillante, se déroba. Il exécuta un demi-tour très sec qui désarçonna le malheureux et le projeta en plein milieu de la rivière où sa tête heurta le fond de cailloux. Il y resta inanimé et c'eût été la noyade certaine si Damatos n'avait bondi de son chariot pour se précipiter à son secours. L'eau n'était pas profonde, il avait pied et n'eut pas trop de mal à le tirer sur la rive. Avec l'aide d'un autre conducteur, il le transporta dans son chariot. Il l'enveloppa de couvertures et profita de la première halte pour appeler le druide médecin.

— Crâne indemne mais fracture du bassin, diagnostiqua le praticien. Tu n'es pas près de pouvoir remonter à cheval.

Il se fit raconter par Damatos ce qui s'était passé et demanda au blessé qui semblait terrorisé :

— Mais que faisais-tu donc à l'arrière et pourquoi galopais-tu en sens inverse de la marche de l'armée ?

— Euh... Je... j'avais une mission... Je portais un message à Gergovie.

— Quel message ?

— Je n'ai pas le droit de le dire.

— Comment te nommes-tu ? Quel est ton chef ?

L'homme parut hésiter, mais finit par dire son nom. Il s'appelait Mélos, était picton et avait pour chef Sparnacos, de la tribu du Renard. Le druide dit qu'en allant préparer une potion calmante, il se mettrait en quête de ce Sparnacos pour l'informer de l'accident. Les grands yeux effarés de Mélos s'agrandirent encore, mais il garda le silence jusqu'à ce que le druide fût reparti. Alors, il déclara à Damatos :

— J'ai peur. Mon chef va venir. Il ne faut pas qu'il me trouve ici. Tu es bon et secourable. Porte-moi jusqu'au petit bois, là-bas, et cache-moi dans les buissons. Tu diras à Sparnacos que le druide s'est trompé, qu'il n'y avait pas de fracture et que je me suis sauvé.

Damatos restait bouche bée. Il ne comprenait pas. Ou

plutôt il ne voulait pas chercher à comprendre. Il se sentait mal à l'aise, n'osait pas demander d'explications, et recourut à une échappatoire :

— T'imagines-tu que j'ai la force de te porter ?

— Demande de l'aide, trouve quelqu'un de discret, mais surtout, je t'en supplie, fais vite !

— Mais enfin... pourquoi ?

— Je suis en grand péril. Tu es mon seul espoir. Ce n'aurait pas été la peine de me tirer de l'eau si, maintenant, tu ne faisais plus rien pour me sauver.

Damatos était troublé par le regard suppliant que le blessé fixait sur lui. Il était tenté de répondre à son appel sans rien demander. Mais un restant de raison lui représentait qu'on ne se laisse pas entraîner dans une aventure aussi scabreuse sans en savoir davantage.

— De quel péril parles-tu ? se décida-t-il à demander Qu'as-tu à craindre de la venue de ton chef ?

— Je te dirai cela plus tard. Le temps presse.

Cela n'était pas pour le rassurer et renforçait ses soupçons

— Tu es un déserteur ?

L'homme eut un haut-le-corps et protesta :

— Oh non ! Enfin... pas vraiment. Tu n'as jamais été au combat, tu ne sais pas ce que c'est... Tu ne peux pas comprendre... Il y a des moments où l'âme commande, mais le corps ne lui obéit plus. Mon âme n'a pas déserté, seul mon corps a eu un instant de faiblesse. Mais on ne me le pardonnera pas.

— Tu es pourtant guerrier de métier. Je vois à ton cou le torque de chevalier.

— Oui, j'appartiens à la classe des guerriers — et c'est pourquoi je sers dans la cavalerie. Mais on peut être de naissance noble et n'avoir jamais guerroyé. On m'avait appris à me battre, d'accord, mais je n'avais pas, jusqu'à ce jour, combattu pour de bon. C'était la première fois. Sparnacos, notre chef, nous a emmenés pousser une reconnaissance dans un petit village et nous nous sommes heurtés à un détachement de cavaliers bituriges. Ils étaient plus nombreux que nous et, quand ils ont chargé, je ne sais pas ce qui m'a pris. Je me suis retrouvé galopant ventre à terre vers l'arrière sans avoir à aucun moment voulu m'enfuir, je te le jure.

Damatos n'aurait pas osé affirmer qu'en pareille circonstance il n'aurait pas cédé à la panique.

— Je te comprends, dit-il. Je crois que ça peut arriver à tout le monde. N'empêche que, pour tes chefs, tu t'es rendu coupable de désertion devant l'ennemi, n'est-ce pas ?

— Hélas ! Si je tombe entre leurs mains, je vais être exécuté. Sauve-moi, je t'en conjure. J'ai des biens, je ne serais pas ingrat.

Il n'aurait jamais dû dire cela. Damatos, qui commençait à se laisser attendrir, en fut blessé et se rebiffa.

— Je ne suis pas de naissance noble, moi, mais je ne suis pas à vendre.

L'homme comprit son erreur et s'efforça de la rattraper.

— Pardonne-moi. Je suis affolé, je ne sais plus ce que je dis. Je n'ai pas voulu te vexer. Mais je pense aux miens : j'ai une femme que j'aime et trois petits enfants. Tu ne voudrais tout de même pas que, par ta faute, ils soient privés de leur unique soutien. Tu ne voudrais pas être responsable de ma mort et de leur détresse.

Une larme roulait sur sa joue et Damatos en était tout retourné. Être responsable de sa mort ? Non, ce n'était pas possible. Il décida d'aller sur-le-champ chercher de l'aide. On l'emmènerait dans une cachette et on viendrait l'y reprendre une fois le danger éloigné. Mais il était déjà trop tard. Le druide médecin revenait, accompagné d'un officier et de deux hommes d'armes. L'officier passa la tête dans l'ouverture du chariot.

— Les dieux... les dieux te donnent bien, Sparnacos..., balbutia le blessé d'une voix blanche.

Son visage était décomposé.

— Qu'est-ce que cela signifie, cavalier Mélos ? interrogea Sparnacos. Tu prétends que tu étais chargé de porter un message à Gergovie.

— C'est-à-dire... pas exactement... le vénérable druide m'a mal compris... je voulais dire que... que je pensais utile d'aller rendre compte aux dirigeants...

Son chef l'interrompit brutalement.

— Trêve de mensonges ! Tu étais avec nous quand nous nous sommes colletés avec un parti de cavaliers bituriges, mais après la bagarre, nous ne t'avons trouvé ni parmi les morts, ni parmi les rescapés. Reconnais que tu as eu la frousse et que tu as tourné bride.

Il passa aux aveux.

— J'ai perdu la tête. C'était mon premier combat. La prochaine fois ça ne sera plus pareil. Je te jure de me racheter. Je serais dorénavant volontaire pour les missions les plus dangereuses. Si je dois mourir, que ce soit dans l'honneur Donne-moi ma chance.

Sparnacos l'écrasa d'un regard de mépris et lui répondit d'un ton sec que ce n'était pas possible, que les ordres de

Vercingétorix étaient formels et que tout fuyard devait passer en jugement. Il commanda à ses hommes de l'emmener. Sans souci de ses gémissements de douleur, ils le prirent l'un par les pieds, l'autre sous les aisselles, le sortirent du chariot et l'emportèrent sans ménagements. Damatos les suivit de loin.

Quand les carnyx sonnèrent le rassemblement, l'armée se déploya en carré devant l'estrade où Vercingétorix se tenait debout au milieu de son état-major. Les bras croisés, le général en chef contemplait d'un air de profonde répulsion le blessé étendu à ses pieds. Il en mena lui-même l'interrogatoire, mais Damatos qui se tenait derrière les troupes était trop éloigné pour saisir la moindre parole. Il voyait seulement les gestes de supplication de l'accusé.

Vercingétorix prit l'avis de Krixomaros et d'un autre druide qui se trouvaient à ses côtés et leva les bras pour prononcer son jugement. La sentence fut répétée de proche en proche par tous les officiers qui se trouvaient sur le front des troupes, afin que nul n'en ignore et que l'exemple profite à tous. Damatos l'entendit en frissonnant.

— Celui qui a fui devant l'ennemi doit périr dans les supplices.

Il était au désespoir. À ses oreilles résonnait encore le reproche du malheureux : « Tu ne voudrais pas être responsable de ma mort ? » Responsable. Il était responsable de cette fin misérable. S'il n'avait pas tergiversé, s'il avait tendu tout de suite, sans discuter, une main secourable, cet homme ne serait pas là, exposé au mépris de tous et condamné à une mort infamante. Mais aussi, quelle cruauté de la part du roi et de ses conseillers les druides — y compris Krixomaros ! La torture et la perte de l'existence pour un simple instant de faiblesse !

Déjà on dressait le bûcher sur lequel le déserteur allait être rôti vivant. Avant de l'y jeter, les bourreaux prirent soin de lui couper les oreilles et de lui crever les yeux. Le pauvre homme poussait des hurlements déchirants qui parvinrent, malgré la distance, jusqu'aux oreilles de Damatos. Les bourreaux se mirent à quatre pour le lancer sur le tas de bûches, désarticulant du même coup sa hanche brisée, si bien que l'on voyait pendre sa jambe en arrière. Ils le laissèrent souffrir un bon moment avant de mettre le feu au bois. On entendit alors grésiller la graisse humaine, tandis que dans une fumée noire se répandait une odeur de chair grillée.

Damatos fit grise mine à son frère lorsqu'il vint le chercher pour le dîner.

— Laisse-moi ! Je vais manger avec les simples combattants.

— En voilà une idée ! Quand on a l'honneur d'être admis à leur table par des chefs...

— J'en ai assez des nobles guerriers pleins de suffisance et des clercs au cœur sec ! Je les vomis.

Krixomaros était déconcerté.

— Mais enfin, qu'est-ce qui ne va pas ?

Damatos ne répondit pas. Krixomaros plongea son regard dans le sien.

— Je crois deviner. Tu m'en veux de la condamnation à mort du fuyard que tu avais recueilli.

— Parfaitement, je t'en veux. C'est de la barbarie.

Le druide sourit.

— Je te reconnais bien là. Cette compassion t'honore et crois bien que, si je l'avais pu, j'aurais aimé épargner ce guerrier, ne fût-ce que pour sa femme et ses enfants. Mais je devais penser à ses vingt mille camarades. Le plus sûr moyen d'écarter d'eux la tentation de la fuite était de frapper tout de suite très fort. Dis-toi qu'il n'est pas d'armée où la lâcheté ne soit punie de mort. Vercingétorix m'a expliqué comment César arrive à faire de ses Latins des soldats courageux : lors des attaques, des sous-officiers marchent en serre-file avec mission d'abattre sans pitié les braves légionnaires qui auraient, par inadvertance, oublié dans quelle direction se situe l'ennemi. Vercingétorix aurait volontiers institué chez nous ce système dont il a constaté l'efficacité, s'il n'avait eu peur de vexer nos guerriers à qui le courage est plus naturel qu'aux gens du Latium et qui se battent surtout pour faire la preuve de leur vaillance. Seulement si l'on fait confiance à leur bravoure, on doit être d'autant plus impitoyable à la moindre défaillance.

Damatos baissa la tête. Il ne trouvait rien à répondre. Il suivit son frère vers le feu de bivouac où les attendaient Drutocatus et quelques officiers, mais il ne mangea que du bout des lèvres. Il n'avait vraiment pas faim.

Le lendemain, l'armée plantait le camp devant Avaricon, la capitale du pays Biturige. Damatos fut impressionné par les dimensions de la ville et la hauteur de ses murailles, des murailles qui étaient, d'ailleurs, d'un aspect fort plaisant à l'œil, car le parement de pierre était agrémenté, à intervalles réguliers, de jolis disques de bois qui n'étaient autres que l'extrémité des poutres transversales de la charpente. Comme beaucoup de murs gaulois, en effet, le rempart d'Avaricon renfermait une charpente de poutres entrecroisées, noyée dans la maçonnerie, qui le rendait parfaitement insensible aux pires coups de bélier. Il était couronné d'un beau parapet de gros blocs de pierre de taille assemblés avec précision. L'entrée, précédée d'un pont de bois enjambant un fossé, était surmontée d'un charmant pavillon de guet en rondins, avec un toit de chaume.

Comme la cité était cernée de trois côtés par des marais, Vercingétorix fit dresser les tentes et parquer les chariots sur la pente qui descendait vers cette entrée, sur le quatrième côté, au sud-est. Il aurait été vain d'espérer enlever d'assaut une place aussi puissante et l'on n'aurait pu en venir à bout qu'en l'affamant, ce qui aurait pu demander de longs mois, mais le jeune roi arverne avait quelque raison de douter de la volonté de résistance des habitants. Il avait appris de ses espions que dès son entrée sur le territoire biturige, ils avaient envoyé une ambassade aux Éduens, dont ils étaient les clients, pour les prier de venir à leur secours. Sur les instances des légats que César avait laissés chez eux, les Éduens avaient accueilli favorablement cette requête et fait partir une armée de renfort pour Avaricon. Mais elle n'avait pas été plus loin que les rives de la Liger. Au lieu de traverser le fleuve, elle avait fait demi-tour et était rentrée chez elle en prétextant qu'elle craignait que les Bituriges ne l'aient attirée dans un piège et ne se retournent contre elle. Tout cela ressemblait fort à un coup monté pour donner le change aux autorités romaines. En tout cas, abandonnés par leurs protecteurs, les gens d'Avaricon ne devaient pas être d'humeur très combative. De fait, il ne se passa guère de temps avant qu'un groupe de parlementaires ne sortît de la ville et ne vînt demander audience à Vercingétorix. Quand ils ressortirent de la tente royale, le bruit se répandit très vite qu'ils avaient proposé l'ouverture de négociations et invité les chefs de l'armée à un festin, le lendemain, à l'intérieur de la forteresse. L'état-major s'y rendit en grand apparat, coiffé de ses casques étincelants et cornus, drapé dans ses manteaux bariolés et montant des chevaux de parade.

Drutocatus avait été de la fête. Lorsqu'il rencontra Damatos, il lui raconta combien l'accueil des Bituriges avait été cordial et le repas succulent. On avait bu fort congrûment et les pourparlers avaient été engagés. Les choses se présentaient très bien. Le principe du ralliement des Bituriges à la coalition semblait acquis et il devait être possible de s'orienter vers un accord sur les questions qui restaient en suspens, comme celle des otages à fournir. Les négociations allaient se poursuivre et on allait rendre la politesse aux dirigeants d'Avaricon en leur offrant, au camp, sous la tente royale, un banquet digne de leur rang.

Quand sonnèrent les carnyx de la ville et que les portes s'ouvrirent en grand pour la sortie du cortège, Damatos se précipita pour jouir du spectacle et se joignit à la foule des soldats qui faisaient la haie de l'entrée du camp à la tente de Vercingétorix. La vue valait la peine. Les lanciers bituriges qui ouvraient la marche s'arrêtèrent à cent pas du camp et les personnalités poursuivirent seules derrière les porteurs d'enseignes avançant à pied et dressant très haut leurs silhouettes d'animaux en bois découpé ou en bronze doré. C'était un festival de couleurs, de tissus rayés de teintes vives ou quadrillés de coloris multiples, de bijoux d'or et d'argent, de cuirasses scintillantes. Les chefs militaires étaient à cheval et arboraient sur leurs casques des têtes de sanglicr, de bœuf, de coq, de loup ou de monstre fabuleux. Le vent faisait flotter leurs manteaux. Les magistrats aux tuniques brodées et aux capes doublées de fourrure, arrivaient dans des *kisia* d'osier à deux chevaux, certains même dans des *carrucas* peintes de couleurs vives, où avaient pris place avec eux leurs femmes et leurs concubines.

Damatos, soudain, tressauta. L'élégante qui se pavanait aux côtés d'un haut dignitaire dans une des voitures qu'il voyait passer devant lui, il la connaissait. Sa présence ici était incroyable, et pourtant le doute n'était pas possible. Ce visage de déesse, ces cheveux d'ébène accordés à de grands yeux de jais à l'éclat intense, quand on les avait vus une fois, on ne pouvait les oubier. Et il les avait contemplés le jour du meurtre de Tasgétios. Il avait devant lui la belle Dilaka, l'épouse répudiée du seigneur Cumborix.

XXIV

Damatos entrouvre les yeux, sur le qui-vive. Le sixième sens dont se voient dotés ceux qui sont entrés dans l'intimité des chevaux l'avertit, en le tirant du sommeil, que quelque chose est arrivé à Vinda. Il écarte les pans de la bâche de son carpenton et glisse un coup d'œil au-dehors. Dans la clarté sulfureuse dont le clair de lune inonde le camp, il aperçoit la jument s'éloignant d'un pas tranquille. Il bondit au chariot, voit le licol cassé qui pend au bout de sa longe. Manifestement, dame Vinda s'ennuyait et a tiré au renard. Ce n'est pas dans ses habitudes, mais on ne peut se fier aux habitudes d'un animal que la nature a créé éminemment fantaisiste.

— Viens, Mogus, il faut que nous la rattrapions avant qu'elle n'ait causé de dégâts dans le camp ou n'ait disputé un assaut de coups de sabots avec un congénère.

Le chien ne se le fait pas dire deux fois et saute du véhicule en agitant la queue. À leur approche, l'évadée, par pure espièglerie, prend le petit trot, au risque d'aller s'empêtrer dans les tendeurs des tentes. Mais Mogus n'a pas besoin qu'on lui explique ce qu'il doit faire. Il décrit, ventre à terre, une grande courbe pour aller se placer devant elle et lui barrer la route. Elle n'insiste pas, pile net et descend, d'un air innocent, le bout du nez jusqu'à lui, comme pour flairer ses intentions. Puis elle attend placidement que son maître vienne la chercher.

C'est alors que Damatos s'avise qu'il n'a pas de licol à lui passer pour la ramener. Qu'à cela ne tienne : il y en a sûrement plus d'un en réserve dans les voitures des invités bituriges dont les chevaux somnolent entre les brancards, du côté du pavillon royal, en attendant la fin des ripailles et des beuveries de leurs patrons. Rien de plus facile que d'en emprunter un, juste le temps d'un aller et retour. Il se rapproche sans bruit de la grande tente, éclairée de l'intérieur, d'où s'élèvent, par instants, des rires, des bruits confus de voix éraillées, des bribes de chants. Sans se faire voir des sentinelles qui gardent l'entrée, il inspecte les véhicules rangés alentour. Il n'a pas longtemps à chercher. À l'arrière d'une *carruca* bleue pend justement un magnifique licol de cuir ouvragé, orné de cabochons et de disques d'argent sur lesquels un rayon de lune fait miroiter des gouttes de lumière. Il s'en empare promptement et revient le passer à la tête de sa roturière bidette qui, de sa vie, ne s'est jamais vue aussi richement parée. Ainsi peut-il la rattacher à son anneau, à l'arrière du carpenton, et entreprendre, à la lueur d'une lampe à huile, la réparation du licol cassé. Recoudre le cuir lui prend un bon moment et, lorsqu'il peut enfin réharnacher la brave jument d'une manière un peu mieux en rapport avec sa condition, le jour commence déjà à poindre. C'est dans la demi-clarté blafarde du crépuscule de l'aube que, transi de froid, il traverse le camp pour aller rapporter où il l'a pris le licol de luxe aux disques d'argent.

Il n'est plus bien loin de la *carruca* bleue lorsque, brusquement, de la tente du festin commencent à sortir en titubant les premiers invités. Ils gagnent leurs voitures et Damatos voit un gros homme et plusieurs femmes monter dans celle où il allait remettre le licol. Alors, il s'affole. Impossible de restituer son emprunt sans se faire voir. Impossible, même, de demeurer où il est, exposé aux regards de tous ces gens. Si jamais on le remarque porteur d'un harnais qui ne lui appartient pas, on va l'accuser de vol et Vercingétorix ne doit pas être tendre pour les voleurs. Avisant un bouquet d'ifs dont les branches traînent à terre, il se glisse jusqu'à lui et se coule à plat ventre sous l'épais feuillage.

De sa cachette, il peut observer les environs du pavillon royal et il assiste, consterné, au départ de la *carruca* bleue. Comme il n'entend pas s'approprier le licol, il ne voit pas d'autre solution que de l'abandonner là où il est, sous l'if, et de se retirer en catimini. C'est ce qu'il va faire, lorsqu'il aperçoit, sortant de la tente, un homme de haute taille qui montre l'arbre du doigt à l'élégante qui se tient à son côté. Et les voilà qui se mettent en marche dans sa direction. Il s'alarme : ont-ils remarqué quelque chose se suspect ? Lui, en tout cas, ne peut plus sortir de son refuge sans être immédiatement repéré.

Le couple approche. Quelle n'est pas son émotion lorsque,

dans la pénombre du petit jour, il reconnaît en l'homme de haute taille le roi des Avernes en personne, et en la jeune femme la belle Dilaka. Mais ce qui est pour lui un soulagement, c'est que, manifestement, ils ne viennent pas examiner quelque chose qui les aurait intrigués, ils viennent chercher un endroit à l'abri des regards. Ils s'efforcent de se fondre dans l'ombre de l'if et, aplati sur le sol, il voit leur pieds s'approcher de lui, presque à le toucher. Il donnerait cher pour se trouver à cent lieues de là : on n'a jamais intérêt à surprendre les secrets des grands. Il retient sa respiration, se colle à la terre, et s'interdit le plus infime mouvement qui pourrait faire craquer une brindille.

Sa première idée a été qu'il allait être témoin d'une aventure galante, mais lorsque Vercingétorix commence à parler, c'est d'un ton impatient et autoritaire qui n'a rien à voir avec celui d'un séducteur faisant sa cour à sa belle.

— Eh bien ? Nous voici à l'abri des oreilles indiscrètes, je t'écoute. Qu'as-tu de si important à me confier ?

La voix de Dilaka, au contraire, est pleine de douceur.

— Noble seigneur, dit-elle, j'admire ton combat. Ton audace et ta vaillance m'ont soulevée d'enthousiasme et m'ont gagnée à l'idéal que tu défends.

— Au fait, au fait...

— Excuse-moi. Je suis si émue de me trouver en présence du héros dont rêvent toutes les femmes d'Avaricon... Pardonne mon trouble. J'en viens au fait. Voilà : les négociations entre toi et les chefs bituriges n'avancent pas parce que tu ne connais pas les dessous de notre politique. Il faut que je t'explique. La prépondérance au sein du Conseil est âprement disputée entre le premier magistrat Lanorix, aussi brouillon et indécis que gonflé de son importance, et le chef de l'armée, Gargénos, un homme ambitieux et dur.

— C'est auprès de Gargénos que j'ai trouvé le meilleur soutien.

— Évidemment. Puisqu'il commande l'armée, l'entrée en guerre contre les Romains serait pour lui l'occasion d'accroître son prestige et sa puissance. Mais c'est Lanorix qui détient la majorité au Conseil.

— Je le ferai plier. Il faut qu'il se déclare en faveur de la guerre de libération.

— Ce n'est pas qu'il soit contre, mais il craint que le ralliement des Bituriges à la coalition ne soit perçu comme un succès de Gargénos.

— Je vois ! C'est pour cela qu'il y pose des conditions que je jugeais ridicules. Si je lui cède, je lui permets de sauver la face, car tout le monde y verra un triomphe de sa politique sur celle de son rival.

— C'est ce que je voulais te dire.

Damatos aimerait qu'ils en terminent vite, car avec le froid qu'il fait, il sent venir le moment où il sera pris d'une quinte de toux ou de subits éternuements, ce qui signerait son arrêt de mort. Il éprouve déjà des picotements dans le nez. Mais Vercingétorix reprend :

— Tu me certifies que si j'en passe par ses exigences, en particulier sur la question des otages, je m'assure les suffrages de son parti et, comme les partisans de Gargénos me sont déjà acquis, j'aurais ainsi pour moi la totalité du Conseil ?

— Ce n'est pas si simple. Tu ne sais pas encore tout. Dans le parti de Lanorix, il existe une fraction d'irréductibles qui se désolidariseront de lui, car ils ne veulent à aucun prix de la guerre contre César. Essentiellement pour des questions d'intérêt. Le meneur de ces irréductibles n'est autre que mon seigneur et maître, le riche Drucoviros, qui gagne des sommes fabuleuses dans l'exportation à Rome de salaisons et charcuteries gauloises. Il est très influent et il est capable de faire échouer le projet de ralliement, à moins que tu n'arrives à le mettre dans ton jeu.

— Que puis-je faire pour cela ?

— Procure-lui une compensation à la perte de son marché romain. Il ambitionne depuis longtemps de se voir confier la perception des péages sur les ponts de la route de Noviodunon. Interviens en sa faveur. Après toutes les concessions que tu auras faites, on ne pourra rien te refuser.

— Tu sais défendre les intérêts de l'homme avec qui tu vis.

— Ce n'est pas pour lui que je le fais.

Damatos l'entend soupirer.

— Il ne m'a pas fait trouver le bonheur dont je rêvais, murmure-t-elle. C'est un être rude et grossier qui ne pense qu'à son commerce et à son argent. J'ai trouvé auprès de lui l'aisance et même le luxe, mais ce n'est pas de cela que mon cœur était avide, c'était de tendresse.

Vercingétorix doit être un peu ému, car il abandonne son ton de chef pour déclarer avec sollicitude :

— Douce et sensible comme je te devine, tu méritais cette tendresse.

— Vois-tu, explique-t-elle avec des accents de tristesse voilée, j'étais une pauvre orpheline, de sang noble, mais sans fortune. Partager la couche d'un homme aussi puissant que Drucoviros me semblait une fabuleuse destinée. Lorsqu'il m'a proposé l'union celtique à l'année, la jeune vierge ingénue et sentimentale que j'étais s'est imaginée qu'elle allait vivre une merveilleuse idylle. Hélas ! il m'a fallu très vite déchanter.

Damatos étouffe d'indignation. Comment l'ancienne maîtresse de Tasgétios, l'épouse adultère du seigneur Cumborix, peut-elle avoir l'audace de débiter d'un ton aussi touchant des mensonges aussi éhontés ? Que ne peut-il mettre Vercingétorix en garde, lui crier gare ! Le silence auquel il est condamné lui devient difficilement supportable quand, au travers des branches, il voit les mains du roi s'emparer de celles de la jeune femme et qu'il entend :

— Noble amie, ton malheur me touche. Mais pourquoi Drucoviros t'a-t-il introduit dans sa maison s'il ne brûle pas pour toi des feux de cette passion dont tous les cœurs masculins s'embrasent dès que tu parais ?

— Je ne pense pas, cher seigneur, être si incendiaire. Il me serait doux de savoir qu'un cœur masculin — un seul — bat pour moi. Mais ce n'est qu'un rêve. Quant à Drucoviros, s'il m'a convoitée c'est qu'il est utile à son prestige d'exhiber une compagne pas trop laide. Rien de plus.

— Pas trop laide, dis-tu ? Tu ne sais pas que tu es belle plus belle que toutes les femmes que j'ai jamais vues. Si j'étais à la place de Drucoviros, je me dirais que je possède le plus précieux des joyaux et je saurais prendre soin d'un pareil trésor.

— Que ne me dit-il des mots aussi doux ! Je sens que toi, au moins, tu me comprends, que tu te rends compte de mon besoin de pouvoir m'appuyer sur l'épaule d'un être fort qui me protégerait et satisferait ma soif d'affection et de caresses.

Damatos ne peut qu'imaginer les battements de paupières dont elle doit accompagner cet appel, mais il ne tarde pas à constater qu'arrive ce qui devait arriver : les deux corps qu'il ne voit que d'en bas se rapprochent doucement, s'écrasent l'un contre l'autre, des bras musclés enlacent une taille fine. Le feuillage lui cache les deux visages qui se tendent l'un vers l'autre, mais il imagine le long baiser qui s'échange. Il lui paraît interminable — ce qui n'est sans doute pas du tout l'avis des principaux intéressés. Et voilà que sa gorge se met à le gratter et qu'il doit faire un gros effort pour retenir la quinte de toux qui voudrait s'en échapper. Mais, ouf ! le roi se décide enfin à entraîner sa compagne par le bras, en lui susurrant :

— Viens, mon âme. Sous ma tente nous attend une couche garnie des plus moelleuses fourrures.

— Mais, se récrie-t-elle, tous tes invités ne se sont pas encore retirés.

— Oh ! ceux qui restent ne nous dérangeront guère : ce sont les plus francs buveurs, que les suaves vapeurs de vin et de l'hydromel ont plongés dans un profond sommeil.

— Par bonheur, c'est le cas de cher Drucoviros. Il est ivre mort. Cependant, je me sentirais plus à mon aise si tu le faisait jeter hors de la tente. Qu'on le flanque dans notre *carruca,* il m'y attendra aussi bien.

Elle rit et se serre contre le roi. Damatos hoche la tête, marri, en les voyant se diriger, tendrement enlacés, vers le pavillon. Mais il peut enfin s'extirper de sa cachette... et tousser tout son soûl

Le soir même son frère Krixomaros lui annonça qu'à l'issue de nouvelles palabres, les Bituriges avaient fini par se rallier à l'insurrection. Certes, on avait dû leur faire de nombreuses concessions, mais tout le monde était content, à commencer par le personnage qui semblait jusque-là le plus irréductible, un certain Drucoviros, qui avait trouvé le moyen, dans l'affaire, de se faire concéder, on ne savait trop pourquoi ni comment, la perception des péages des ponts sur la route de Noviodunon.

— Rien ne s'oppose donc plus à ce que je continue seul vers Cénabon ? demanda Damatos, ravi.

— Il n'y a plus de danger. Tu seras en pays ami.

— Je partirai dès demain, au lever du jour.

Quand il prit congé de lui, le lendemain matin, Krixomaros lui fit part d'une mauvaise nouvelle qu'on venait de recevoir à l'instant : César, que l'on croyait retenu pour longtemps à Rome, était en pays arverne. Dès qu'il avait appris que l'armée de Luctérios menaçait la Provincia, il était venu en hâte et avait franchi les Cévennes, dans la neige, avec des renforts.

— Il faut reconnaître que c'est un exploit. Son arrivée subite a frappé la population arverne de stupeur, car elle se croyait protégée par cette chaîne comme par un rempart. Il paraît qu'on n'a jamais vu personne, fût-ce un voyageur isolé, en pratiquer les sentiers à cette époque de l'année.

Sur l'ordre de leur cruel général, les cavaliers romains s'étaient répandus dans toutes les directions pour terroriser les habitants par des tortures et des massacres. Vercingétorix venait de recevoir un appel au secours de ses malheureux compatriotes que les atrocités commises par ces bandes déchaînées avaient plongés dans la désolation et le désespoir.

Ces nouvelles affligèrent Damatos. Il maudit la barbarie latine et exprima le vœu que Vercingétorix fasse payer cher leurs crimes à César et à sa horde de tortionnaires. Mais cela ne jeta qu'une légère ombre sur sa joie de voir enfin approcher le terme de sa séparation d'avec les siens. D'Avaricon, il n'était guère à plus de quarante lieues de Cénabon : en marchant bien, c'était l'affaire de deux jours.

XXV

— À droite ou à gauche ? Qu'en penses-tu, Vinda ?

Les deux branches de la bifurcation qui s'ouvrait devant lui avaient rigoureusement le même aspect. Même largeur — juste la largeur nécessaire pour que deux charrettes pussent se croiser — même sol grossièrement empierré, avec une rigole au milieu pour l'écoulement des eaux de pluie, mêmes ornières de part et d'autre. La brume qui noyait le paysage empêchait de situer le soleil et d'en déduire laquelle des deux routes épousait le mieux la direction du nord — ce qui, de toute façon, n'aurait pas voulu dire grand-chose, car aucune loi divine ou humaine n'interdit à un chemin orienté au départ vers le septentrion de conduire en définitive à l'orient ou à l'occident. Au comble de l'embarras, Damatos se raccrochait à l'espoir que l'instinct de sa jument lui ferait prendre d'elle-même la bonne voie. Mais Vinda ne semblait pas moins perplexe que lui. Elle savait bien que son écurie était droit devant elle, seulement n'étant jamais passée par ici, puisque à l'aller on avait évité Avaricon, elle ignorait tout autant que son maître dans quel sens il fallait commencer par obliquer pour parvenir droit devant.

— Allez ! décida Damatos à tout hasard, on prend à droite. La route de gauche risque de tourner vers Virsiodunon et l'on m'a bien expliqué que je gagnerais du temps en filant directement sur Noviodunon — Noviodunon-des-Bituriges, bien sûr, pas Noviodunon-des-Éduens. Parce que des Noviodunon, j'ai l'impression qu'il en a été éparpillé autant sur le sol celtique, que de charcuteries dans ma bonne ville de Cénabon.

Il avait calculé qu'il serait à Noviodunon vers le milieu de la journée et pourrait faire étape, le soir, à Salébriva. Mais l'inquiétude s'empara de lui lorsque son estomac lui signala que le milieu du jour était largement dépassé, et qu'un coup d'œil en arrière le lui confirma : le disque pâle du soleil qui transparaissait à travers les nuages, maintenant que la brume était dissipée, était haut dans le ciel et juste dans son dos. S'il avait pris la bonne route, il serait passé à Noviodunon depuis longtemps; or la ville n'était même pas en vue à l'horizon. Aussi loin qu'il portât ses regards, il n'apercevait que des boulaies monotones et de sinistres étendues de marécages où ne se manifestait d'autre vie que, de temps en temps, un vol de colverts ou de sarcelles, ou la déambulation compassée, les pieds dans l'eau, d'un héron allongeant le cou. Il devenait manifeste qu'il avait choisi la mauvaise branche de la fourche et il se demandait bien où elle le mènerait. Il n'avait que le choix de retourner sur ses pas, mais il lui faudrait plusieurs heures pour se retrouver à l'embranchement, et il n'était pas sûr d'y arriver avant la nuit, ou de continuer la route, avec l'espoir de s'être tout de même un peu rapproché de son but. Sans doute finirait-il par rencontrer un village où il pourrait demander son chemin. C'est à cette dernière solution qu'il s'arrêta et il arriva effectivement, à la nuit tombante, à un village entouré de champs et de prairies, au centre d'un cercle de forêts.

— Noviodunon! s'exclamèrent les habitants qu'il interrogea, tu lui tournes le dos. Ici, c'est Ivéton (1) et Noviodunon est à cinq bonnes lieues vers le couchant.

C'était une demi-journée de marche qu'il avait perdue inutilement. Si près du but, c'était par trop rageant! Il ne serait pas le lendemain chez lui comme il y comptait tant, et comme il y aurait été s'il s'était décidé pour la branche de gauche au lieu de celle de droite. Amère était sa désillusion.

— N'y a-t-il pas moyen de gagner Cénabon directement d'ici?

— Directement, non. Mais tu n'es pas obligé de retourner sur Noviodunon; tu peux suivre la rivière que tu viens de traverser avant d'arriver : c'est la Petite Saléra et en la longeant pendant une quinzaine de lieues, tu arriveras à Salébriva où tu retrouveras la route de Cénabon.

— Une quinzaine de lieues! Cela fait presque une journée de marche!

— Tu peux même compter une journée entière, car tu

(1) Ivoy.

n'auras que de mauvais chemins, des pistes à travers bois et des chaussées boueuses entre les étangs. Mais tu ne risqueras pas de t'égarer : la rivière te servira de guide.

De Salébriva, il le savait par expérience, il serait encore à une journée de Cénabon. Cette pensée le plongeait dans l'abattement. Il s'était tant réjoui à la perspective d'arriver le lendemain, qu'un retard de vingt-quatre heures maintenant lui était plus dur à supporter que tous les jours d'attente à Gergovie et devant Autricon.

L'excellence de l'accueil qu'il reçut à la petite auberge du lieu, où il était le seul client, le réconforta quelque peu. Il repartit bien reposé, au point du jour. Le froid était piquant et le ciel blanchâtre. Il n'avait pas parcouru une lieue que les premiers flocons de neige commencèrent à voltiger entre le voile de nuages et la terre gelée. Bientôt leur chute se fit plus rapide, plus dense, et le sol se couvrit d'une mollc couche immaculée qui, en s'épaississant, rendit la marche de la jument de plus en plus difficile. L'attelage ne progressait plus que très lentement, par l'étroit sentier qui serpentait à travers la forêt de chênes et de bouleaux dominant la rive droite de la rivière. Mais les choses devinrent bien pires lorsque la piste s'aventura au milieu des marais gelés et que, sous la neige qui recouvrait tout, ses bords cessèrent d'être discernables. Le risque était grand de s'en écarter sans le savoir et de se retrouver dans l'eau, car la croûte de glace ne résisterait pas au poids du carpenton. Damatos descendit de son siège pour marcher à la tête de sa jument. À eux deux, ils parvinrent à garder la piste, mais en n'avançant que pas à pas, et, quand le soir tomba, ils étaient encore loin de Salébriva. Il fallait se résigner à camper en pleine nature, dans le plus angoissant isolement.

Damatos arrêta le chariot près d'un bouquet d'arbres, détela Vinda et l'attacha solidement, du côté abrité du vent. Il avait, par bonheur, des provisions de grain suffisantes pour lui en servir une copieuse ration, car il n'y avait rien à pâturer. Il alluma un grand feu destiné à la fois à le réchauffer, à cuire son repas et à éloigner les bêtes sauvages, et prépara tout à côté un grand tas de bois mort pour le réalimenter quand le besoin s'en ferait sentir. Il se glissa dans ses couvertures, mais dormit très mal. Les hurlements des loups se répondant dans le lointain lui glaçaient le sang et l'empêchèrent longtemps de trouver le sommeil. Il avait tout de même fini par s'assoupir quand les grognements de Mogus et les hennissements de terreur de Vinda le réveillèrent en sursaut. Il ne fit qu'un bond pour aller jeter une brassée de petit bois sur les braises qui rougeoyaient encore. A la lueur de la flamme qui jaillit haute et claire en pétillant, il vit déguerpir lourdement un ours qui devait s'être promis un festin de viande de cheval.

Il ne put se rendormir. Les hurlements des loups se rapprochaient et il n'aimait pas ces bêtes-là qui, en théorie, craignent l'homme, mais sont parfaitement capables de lui faire un mauvais sort quand elles ont trop faim et sont en nombre. Il resta calfeutré dans ses couvertures à l'intérieur du chariot, mais il surveillait le feu et, dès que les flammes baissaient, se levait pour aller y rajouter du bois. Les fauves, cependant, devaient être à la poursuite d'une proie, car leur sinistre sérénade décrut au loin et s'effaça. Un silence de mort s'étendit, troublé seulement de temps à autre par le brusque cri d'un oiseau de nuit déchirant les ténèbres puis tremblotant comme une moquerie angoissée. Chaque fois, Damatos sursautait, le cœur battant. Entre-temps, il lui arrivait de somnoler, mais sans dormir vraiment et sans cesser de rêver à la douceur du foyer qu'il ne retrouverait pas aussi vite qu'il l'avait escompté.

La neige continuait de tomber et, quand le jour naissant lui permit de se remettre en route, la couche était si épaisse que la pauvre Vinda y enfonçait jusqu'au-dessus du boulet. Il ne parvint à Salébriva que dans l'après-midi. Tout espoir étant perdu d'atteindre Cénabon le jour même, il fit une pause pour se restaurer, nourrir ses animaux et compléter ses provisions. Instruit par l'expérience, il était obligé de considérer qu'avec ce temps de nouveaux retards étaient possibles, bien qu'heureusement improbables maintenant, et il valait mieux qu'en ce cas il eût de quoi subsister. Il se remit en route, après avoir calculé qu'il pouvait encore faire à peu près cinq lieues avant la nuit. Il savait trouver au bout de ces cinq lieues une petite bourgade carnute où il pourrait passer une meilleure nuit que la précédente.

Il ne fit pas ces cinq lieues et passa une nuit plus détestable encore. Au sortir d'un bois, la route déboucha sur une lande balayée par un vent glacial et Vinda se faucha, glissant sur une plaque de verglas cachée par la neige. Dans sa chute, elle cassa un de ses brancards dont le moignon déchiqueté pénétra dans sa cuisse. Lorsque Damatos l'eut dégagée de ses harnais et aidée à se relever, il constata qu'un lambeau de peau pendait et que le sang coulait d'une plaie pas très belle à voir. La pauvre bête boitait bas, il ne pouvait être question de lui commander un pas de plus. Complètement désemparé

Damatos fut d'abord tenté de l'abandonner là, de ne pas se soucier non plus du carpenton et de poursuivre sa route à pied. Il n'aspirait qu'à une chose : se retrouver enfin chez lui. Il commençait déjà à enfourner dans une musette des provisions pour la route et les sesterces d'argent qu'il avait gagnés, quand il se reprocha ce mouvement de lâcheté. S'il plantait là la malheureuse jument, elle ne tarderait pas à être la proie des fauves, et il n'avait pas le droit de la condamner à cette mort horrible, elle qui faisait en quelque sorte partie de la famille, qu'elle avait fidèlement servie pendant plusieurs lustres, et à qui étaient liés tous ses meilleurs souvenirs. Lui revenaient à l'esprit toutes leurs randonnées à travers la campagne où il avait goûté tant de joies. Et n'était-ce pas avec elle, grâce à elle, qu'il avait fait, un beau jour d'été, la connaissance de sa chère Anipa ? N'était-ce pas elle aussi qui tirait d'un bon trot le *kision* fleuri et enrubanné qui les emportait au matin de leurs noces ? Il ne pouvait souiller cette image radieuse d'une sordide flaque de sang. Trahir la pauvre bête qui attachait sur lui un regard émouvant où se lisait plus encore de confiance que de détresse, ç'aurait été trahir tout un passé, tirer un trait sur ses plus chers souvenirs ! Non ! cela ne se pouvait. Vinda tenait une trop grande place dans tout ce qui avait fait son existence pour qu'il pût se détacher d'elle avec cette désinvolture. Et puis, enfin, les animaux sont aussi bien que les humains des êtres vivants créés par les dieux, on leur doit la même protection et la même affection. Peut-être même plus encore, s'il est vrai qu'une jument est une manifestation de la céleste Épona. Ne pas se soucier de ses souffrances, ce serait s'exposer à la vengeance de la déesse.

S'ajoutaient à cela des raisons plus terre à terre d'attendre sur place la guérison de la brave bête. Il ne pouvait pas prendre le risque de perdre le carpenton familial et les tonneaux neufs qu'il contenait. Ils représentaient une valeur trop importante. Or s'il les quittait, rien n'assurait que, lorsqu'il reviendrait les chercher avec un autre cheval, ils seraient encore là. Les biens abandonnés n'appartiennent à personne et les premiers voyageurs passant sur la route seraient trop heureux de profiter de l'aubaine.

— Sois tranquille, ma bonne Vinda, je ne commettrai pas la lâcheté de t'abandonner aux bêtes féroces et j'ai honte d'y avoir pensé. Il faut comprendre mon désarroi. Voir encore repoussé le moment de la réunion avec ceux que j'aime m'est un crève-cœur. Et je suis déchiré en imaginant l'angoisse de ma tendre Anipa qui ne me voit pas revenir, alors que l'époque prévue de mon retour est passée depuis longtemps. Mais je ferai mon devoir.

Le plus urgent était de mettre la jument à l'abri du froid et des fauves — et de s'en abriter lui-même. Il était possible d'édifier dans le bois un enclos de branchages. Il y poussa son chariot à la force des bras et obligea la blessée à marcher jusque-là. Il travailla à la construction de la clôture tout le reste de la journée, abattant des troncs à la hache et les liant aux arbres. Il n'y avait rien à faire pour enfoncer des pieux dans le sol gelé, mais il tressa des claies de branchages. Le crépuscule vint le surprendre avant qu'il eût terminé. Il se mit en devoir d'allumer un feu, mais la sciure du rondin dans lequel il faisait tournoyer la pointe d'un pivot de bois dur n'avait pas encore commencé à rougeoyer, que le loup était là. Un vieux loup solitaire à la crinière blanchissante qu'avait attiré l'odeur du sang de Vinda. La loi de la nature voulait qu'il considérât un animal blessé comme inscrit d'office au menu de son dîner. Les grondements terrorisés de Mogus, dont le poil se hérissait et qui se terrait sous le carpenton, avertirent Damatos. Il découvrit le fauve qui se coulait entre les buissons couverts de neige, en rasant le sol et en retroussant méchamment les babines. Laissant là sa besogne d'allumage, il se mit debout d'un bond et s'empara de sa cognée. Il ne se sentait pas trop fier. Le loup, qui n'avait rien contre lui mais n'entendait pas se voir interdire l'accès à son festin, lui faisait face, couchant les oreilles, plissant le nez et découvrant ses crocs, et se ramassait, prêt à lui sauter à la gorge. Il s'efforça de ne pas montrer sa peur qui aurait encouragé la bête à le charger. Il ne fit pas un geste de recul. Mais il ne pouvait empêcher ses jambes de trembler, ni une sueur froide, dont le loup devait percevoir l'odeur, de sourdre de tout son corps. Il leva sa hache. L'animal recula lentement, en grognant et sans cesser de montrer les dents.

Damatos se dit qu'il fallait profiter de l'avantage qu'il venait de prendre et risquer le tout pour le tout. Il fit trois pas en avant, la hache prête à frapper. Il était parfaitement conscient que cela pouvait déterminer le fauve à attaquer et que les horribles crocs pouvaient se planter dans sa gorge avant qu'il n'ait le temps d'abattre sa hache. Mais c'était sa seule chance. Le loup, heureusement, avait aussi peur que lui. Il devinait que le fer d'une cognée peut faire très mal. Il fit un prompt demi-tour et prit la fuite, la tête basse et la queue entre les pattes. Mais il fallait s'attendre à ce qu'il revienne. Damatos, après avoir calmé par des caresses la malheureuse Vinda qui tremblait de tous ses membres et Mogus qui ne semblait pas moins épouvanté, se hâta d'allumer son feu et, avant même de songer à dîner, se confectionna un épieu en taillant un long et solide bâton dont il fit durcir la pointe au feu. Avec cette arme, il pourrait transpercer un agresseur sans avoir à s'en approcher d'aussi près que pour le combattre à la hache.

La nuit était tombée quand il partagea avec Mogus le repas du soir. Peu lui importait, car il était décidé à ne pas se coucher et à monter la garde toute la nuit. Bien lui en prit. Le vieux loup n'avait effectivement pas renoncé à sa proie et revint en tapinois, à la faveur de l'obscurité, tenter d'aborder la jument sans se faire voir de l'homme. Il y aurait réussi sans Mogus dont, une nouvelle fois, les gémissements et les grognements donnèrent l'alerte. Damatos, l'épieu au poing, scruta les ténèbres. Les deux ronds phosphorescents qui brillaient comme une paire de lumignons le firent frémir d'effroi, mais ils offraient le précieux avantage de permettre de situer l'ennemi. Il avança vers eux en pointant son arme. Le fauve, se voyant découvert, chargea et vint s'enferrer sur la pointe de l'épieu tendu vers lui, qui lui entra par la gueule et lui ressortit près du garrot. Damatos, sous le choc, roula à terre, mais la bête qui se débattait dans les convulsions de l'agonie, ne pouvait plus rien contre lui. Le bâton coincé entre ses mâchoires l'empêchait de se servir une dernière fois de ses redoutables crocs pour faire payer chèrement sa vie.

Un péril était éliminé, mais d'autres pouvaient surgir de la nuit. Damatos resta debout, allant et venant à grands pas dans la neige, les poings serrés sur son épieu. Quand il se sentait trop las ou qu'il avait trop froid, il s'accroupissait un moment devant le feu, mais il lui fallait alors lutter pour ne pas s'endormir. Ses paupières se fermaient malgré lui.

L'aube lui fut une délivrance, mais il ne se sentit vraiment tranquille que lorsqu'il eut achevé son enceinte de claies, haute de plus de cinq coudées, avec une interruption à hauteur des yeux, suffisante pour observer au-dehors et pour faire saillir son épieu, mais trop étroite pour permettre le passage d'un carnassier. Il avait doté cette espèce de fortin d'une robuste porte et installé un toit au-dessus de la jument pour la protéger des intempéries. Se sentant enfin en sécurité, il se permit une bonne sieste pour rattraper le sommeil perdu.

Plusieurs jours passèrent. La cuisse de la jument avait horriblement gonflé et l'enflure descendait le long de la jambe. La neige avait cessé, mais une pluie glacée tombait presque sans discontinuer. Damatos profita du ramollissement du sol pour y enfoncer des pieux qui renforcèrent sa clôture. L'occupation ne lui manquait pas. Entre le ramassage du bois pour le feu et la préparation des repas pour lui et pour ses animaux, il travailla à refaire un brancard neuf au carpenton, se confectionna un arc et des flèches et se procura du ravitaillement en chassant le petit gibier avec son chien. Il n'avait pas à se soucier du problème de l'eau, car il avait pris la précaution de remplir un de ses tonneaux de neige qui avait fondu.

Il ne voyait passer personne sur la route transformée en bourbier. La saison n'incitait pas aux voyages. Le troisième jour, pourtant, il aperçut un chariot venant du nord et se porta à sa rencontre pour avoir des nouvelles de Cénabon. Le conducteur était un roulier faisant le transport du minerai d'étain d'Armorique vers la Méditerranée. Il lui donna de Cénabon, où il était passé la veille, d'excellentes nouvelles. La ville était calme. Maintenant qu'elle s'était débarrassée des occupants romains, on y respirait un air de liberté, on s'y sentait entre soi. Les institutions avaient recommencé à fonctionner sans entraves selon le droit celtique, à la grande satisfaction de tous. Le commerce ne se portait que mieux de ce que les productions du pays ne prissent plus le chemin de Rome.

— As-tu rencontré le tonnelier Véporoudos... ou quelqu'un de sa famille ?

— Non. Je regrette, je ne les connais pas.

Le marchand disparu, la route redevint déserte. Damatos aurait pourtant bien voulu trouver quelqu'un se rendant à Cénabon, car il l'aurait chargé d'aller rassurer Anipa, de lui dire qu'il n'allait pas tarder à rentrer, qu'il fallait seulement qu'il attende que sa jument soit guérie, mais qu'elle n'avait pas à se tourmenter pour lui. Malheureusement, s'il passa des voyageurs à proximité de son fortin, ce fut pendant qu'il en était absent, soit qu'il se fût enfoncé dans la forêt pour y ramasser du bois, soit qu'il fût à la poursuite d'un lièvre ou traquât la bécasse.

Enfin, vint un jour où la plaie de sa jument lui parut suffisamment cicatrisée. L'enflure n'avait pas entièrement disparue, mais la cuisse ne semblait plus douloureuse, il pouvait la palper sans provoquer de réaction de défense. Il emmena la convalescente marcher un peu sur la route. Elle était ankylosée au départ, mais le mouvement dégourdit ses membres et au bout d'un moment elle ne boitait plus. Il décida de repartir dès le lendemain matin.

C'était compter sans les loups. À la fin de la nuit, on les

entendit hurler sur la lande. La meute affamée qui errait à la recherche de gibier ne manqua pas d'être attirée par l'odeur de cheval et de chien. Prévenu par la voix geignarde de Mogus et l'agitation de Vinda, Damatos se leva, alla vérifier si la porte de l'enclos était solidement barricadée et remis du bois sur le feu. Coulant un regard à travers la fente de la palissade, il vit, dans la demi-clarté de l'aube, la meute arriver au petit trot et, avec une discipline parfaite, encercler la place. Il compta neuf bêtes : le père, un loup gris superbe, de grande taille, à la queue dressée comme un panache de cavalier romain, la mère plus petite, au pelage fauve, et sept louvards laissant, par modestie, leur queue tomber vers le bas, mais découvrant une dentition déjà redoutable. Quand ils eurent fait le tour de l'enceinte en se suivant à distance, et constaté qu'elle ne comportait pas de brèche, ils essayèrent à qui mieux mieux de la sauter, mais leurs bonds les plus furieux ne leur permirent pas de toucher le sommet, fût-ce du bout des griffes. Ils ne se découragèrent pourtant pas et Damatos, fort peu rassuré, les vit, jusqu'à ce qu'il fît grand jour, trottiner en tous sens autour de son fortin. Par moments, l'un d'eux faisait une nouvelle tentative et le choc de son bond contre la palissade la faisait trember. Désappointé de son échec, il s'asseyait, levait le nez vers le ciel et lui adressait cette plainte lugubre qui vous glace le sang.

À plusieurs reprises, Damatos essaya, par la fente, de planter son épieu dans la gorge d'un assaillant, mais la bête se dérobait et c'était une autre qui, de l'autre côté de l'enceinte, faisait un grand bond pour tenter le franchissement.

Le lever du soleil ne fit pas partir les loups. Semblant renoncer à emporter la place de force, ils se mirent à l'abri d'un buisson de houx et attendirent avec patience, comme s'ils avaient la conviction qu'un des occupants, à deux ou quatre pattes, finirait bien par sortir et qu'ils pourraient le prendre en chasse. L'un ou l'autre d'entre eux, à tour de rôle, montait la garde pendant que les autres somnolaient, ses inquiétants yeux jaunes fixés sur la porte de l'enceinte. Damatos se demandait combien de temps durerait ce siège et comment il se terminerait. Il passait une partie de son temps à cajoler sa jument et son chien, en s'efforçant de les rassurer par des discours débités sur un ton faussement calme. Il avait été obligé d'attacher solidement Vinda au chariot et de lui entraver les pieds, car sa blessure ne l'empêchait plus de se livrer à des mouvements désordonnés et, dans son affolement, elle aurait été capable de chercher à s'enfuir, en démolissant la palissade. Quant à Mogus, il restait continuellement dans ses jambes, le poil hérissé et geignant lamentablement.

La journée se passa sans que les loups prissent d'autre initiative que, de temps à autre, venir flairer le bas des fascines derrière lesquelles cela sentait si bon la chair fraîche, ou bien de trottiner de long en large devant elles en plissant le nez et en exhibant la menace de leur belle dentition blanche. Damatos essaya contre eux l'arc et les flèches qui lui avaient permis de mettre à son ordinaire lapins et gibier à plumes. Mais les flèches dépourvues de pointe de métal ne leur firent que de bénignes écorchures dont l'effet le plus certain fut de déclencher leur colère. Ils se ruèrent en grondant contre la palissade, en des charges impuissantes.

Ce qui inquiétait le plus Damatos était de voir sa provision de bois toucher à sa fin. Pour la ménager, il ne mangea de la journée que du jambon fumé et des céréales, sans les faire cuire. Si la meute devait être encore là à la nuit tombée — et, pourquoi pas ? les nuits suivantes — l'idée de demeurer sans feu pendant qu'elle rôderait autour de lui dans les ténèbres le faisait frémir.

Avec le soir, les fauves s'animèrent. Ceux qui dormaient encore se réveillèrent, s'étirèrent et rejoignirent les autres qui se rassemblaient autour du père loup. Comme s'ils avaient reçu des ordres, ils se précipitèrent avec ensemble contre la palissade, s'imaginant qu'en unissant leurs forces ils parviendraient à la renverser. Mais elle était trop bien assurée par les troncs liés aux arbres et les pieux enfoncés en terre pour céder même à de tels coups de boutoir. Damatos se mit en devoir de rallumer le feu pour la nuit. Il durerait ce qu'il durerait.

L'obscurité n'était pas encore complète quand les loups, changeant de tactique, entreprirent de s'attaquer en groupe aux branches entrelacées. Ils se mirent à ronger et tirer au même endroit avec méthode et persévérance. Damatos jugea qu'ils étaient parfaitement capables de pratiquer ainsi une brèche suffisante pour se glisser, l'un après l'autre, à l'intérieur. Il fallait contre-attaquer. Il inséra doucement la pointe de son épieu dans un interstice entre les branches et, brusquement, poussa de toutes ses forces. Un des loups qui se trouvaient de l'autre côté reçut le dard dans le gras de l'épaule et poussa un hurlement. Il s'éloigna en sautillant sur trois pattes, tandis que les autres s'enfuyaient ventre à terre. Mais ils ne furent pas longs à se ressaisir. Le chef à la queue dressée et la louve revinrent flairer le blessé qui s'était couché sur le flanc et restait sans mouvement. Ils mirent tendrement le bout de leur nez contre le sien, le léchèrent, léchèrent sa plaie. Les autres louvards, en cercle autour d'eux, contemplaient la scène sans montrer leurs sentiments. Puis la meute reprit son attaque et travailla plus rageusement encore la clôture à coups de dents et de griffes. Mais elle s'était scindée en deux groupes qui s'étaient postés à deux points opposés de l'enceinte, de manière que l'un pût continuer à besogner quand Damatos et sa redoutable pique obligeaient l'autre à reculer. Force fut au jeune homme de faire la navette entre eux, l'épieu toujours pointé, les repoussant tour à tour et réparant de son mieux, à mesure, les dégâts qu'ils venaient de faire.

Quand la nuit devint noire, il prit dans le feu un tison enflammé et, sans cesser de tenir sa lance dans la main droite, le brandit dans la main gauche, à la fois pour s'éclairer en allant et venant, et pour impressionner les fauves. Il espérait que la flamme dansante les éloignerait de l'enclos ; malheureusement ils ne l'apercevaient que vaguement, entre les branches, et ne s'en inquiétaient que lorsqu'elle arrivait tout près d'eux. Mais sa lueur lui permit, depuis un des points attaqués, d'apercevoir, à l'extrémité opposée, la tête de la mère louve se coulant à travers une ouverture que son équipe avait réussi à pratiquer. Il eut le réflexe de lui lancer sa torche en pleine gueule. Elle fit un bond en arrière, atrocement brûlée, et ce fut la débandade. Il profita du répit pour éteindre à grands seaux d'eau le feu qui commençait à prendre dans la clôture, et pour reboucher les brèches à la hâte, en coinçant derrière plusieurs de ses tonneaux. Un moment passa avant que les fauves ne se lancent de nouveau à la charge, mais les sept encore valides revinrent et s'acharnèrent à secouer, choquer, mordre, tirailler le rempart de bois. Le chef de la meute avait été mis dans une fureur diabolique par la vue des souffrances de sa compagne. Damatos devait être partout à la fois pour défendre son enceinte à la pointe de l'épieu, sans cesser pour autant d'entretenir le feu — tant, du moins, qu'il eut du bois à y mettre. Lorsqu'il n'eut plus de quoi l'alimenter, l'angoisse lui tordit les entrailles. Plongé dans une obscurité totale, il était condamné à ne plus bouger et ne pouvait même plus épier les mouvements de l'ennemi qu'il sentait s'agiter tout alentour. Il restait planté sans pouvoir rien faire d'autre que prier les dieux pour que la palissade résistât d'elle-même à tous les assauts. Sinon — et ses jambes se dérobaient à cette perspective — le moment viendrait où il recevrait brusquement le choc d'un fauve lui sautant à la gorge et, avant d'avoir pu esquisser un geste, sentirait les crocs se planter dans son cou.

L'idée lui vint qu'il serait un peu plus à l'abri dans son chariot. Les loups ne viendraient probablement pas l'y chercher, car ce qui les intéressait, c'était de dévorer la jument et le chien. Il regretterait ses bons compagnons, mais il ne pourrait plus rien pour eux et leur devrait, du moins, la vie sauve. Il essaya de se diriger, à tâtons, vers le véhicule. Son pied heurta, dans le noir, la marmite posée près de ce qui avait été le feu et l'envoya rouler contre le fer de sa hache laissée à proximité. Le bruit de cloche qui éclata dans la nuit le fit sursauter, mais il se dit qu'il avait dû faire sursauter aussi les loups et les épouvanter. Cela lui donna une inspiration. Il se mit à quatre pattes pour ramasser la marmite et la hache et, dès qu'il les eut trouvés, s'en servit pour battre un tam-tam infernal. Tout en tambourinant à grands coups, il se dirigea précautionneusement vers la palissade et regarda à travers la fente. Les paires de points phosphorescents qui trouaient la nuit comme des lumignons s'étaient éloignées à distance respectueuse. Elles restaient tournées vers lui, mais immobiles. Plusieurs heures s'écoulèrent ainsi, les loups continuant à guetter sans oser approcher, et lui continuant à faire résonner sa marmite.

Avec le temps, on s'habitue à tout. Les bêtes finirent par s'accoutumer au carillon. L'une d'elles, plus hardie que les autres, se décida à braver ce bruit étrange et Damatos vit une des paires de points lumineux se détacher du groupe et s'avancer avec prudence. Comme il ne se passait rien, les autres suivirent. Le ballet autour de l'enceinte reprit.

C'est seulement après le lever du jour qu'arriva ce qui devait finir par arriver. À force d'être malmenées, les fascines cédèrent. Babines retroussées et gueules grandes ouvertes, les loups firent irruption dans l'enclos. Plus mort que vif, Damatos les tint un moment en respect en frappant de plus belle le fond de sa marmite avec le fer de sa hache, mais il ne se faisait plus aucune illusion, il savait que c'en était fait de lui, qu'il ne pouvait pas lutter et qu'il ne reverrait jamais Anipa, ni son petit Dévios, ni sa petite Lella. Il abattit sa hache sur le premier loup qui se décida à le charger et fit voler son crâne en éclats, mais avant qu'il eût relevé son arme, un second fauve bondissait...

La bête fut fauchée en plein bond et Damatos, interloqué, la vit s'abattre à ses pieds, un grand trou sanglant à la nuque. Les autres avaient disparu.

N'y comprenant rien, il se risqua hors de l'enclos pour avoir l'explication de ce dénouement inattendu. Un groupe de paysans s'avançait à sa rencontre et plusieurs tenaient une fronde à la main.

— Il était temps que nous arrivions ! lança l'un d'eux. Remercie Bélisama de ce que les balles de ma fronde manquent rarement leur but.

— Tu m'as sauvé la vie, ami, et je t'en suis infiniment reconnaissant. Mais par quel miracle vous trouviez-vous, toi et tes compagnons, en cet endroit perdu, à une heure aussi matinale ?

Les paysans lui montrèrent un peu plus loin sur la route une foule d'hommes, de femmes et d'enfants qui arrivaient de la direction du nord, les uns à pied, les autres entassés dans des charrettes tirées par des bœufs ou des mulets.

— Nous marchons en éclaireurs devant les gens de notre village qui fuient vers le sud.

— Pourquoi cette fuite ?

— Nous avons quitté nos maisons dans la nuit, quand un messager est venu nous avertir de l'arrivée de Jules César et de ses légions qui brûlent tout sur leur passage et massacrent gens et bêtes.

Damatos réfléchit et avoua ne pas comprendre.

— Jules César ? Je sais que Jules César est revenu et a lâché ses hordes sur le pays arverne pour le mettre à feu et à sang, mais le pays arverne est au sud et vous venez du nord.

— C'est pourtant ainsi. Il arrive du nord derrière nous. Le messager nous a raconté le massacre auquel il a échappé et nous avons aperçu la lueur des incendies.

Le cœur de Damatos se serra d'une brusque angoisse et ses lèvres se mirent à trembler.

— Mais... si les Romains arrivent du nord, ils sont forcément passés par Cénabon...

— Nous n'en savons rien. Nous ne disons que ce que nous savons.

Il reprit un peu espoir. Il n'était pas impossible, après tout, que César, partant du pays arverne, eût suivi la rive gauche du fleuve Élaver puis de la Liger avant de se rabattre vers le sud. Il avait hâte de s'assurer que Cénabon était indemne.

— Tu veux aller à Cénabon ? dit le paysan à qui il devait la vie sauve. Ne prends surtout pas cette route, car tu te trouverais nez à nez avec l'armée romaine qui nous poursuit. Il faut faire un détour. Le premier chemin à gauche te conduira à travers bois vers la Liger, en aval de Cénabon. Tu n'auras plus qu'à suivre la berge vers l'amont.

Le conseil était judicieux. S'il voulait arriver vivant à Cénabon, il n'avait pas le choix. Il attela rapidement Vinda.

La pauvre jument était encore sous le coup de l'émotion, mais quand elle eut compris qu'on retournait vers l'écurie, elle retrouva toute sa vaillance. Ils atteignirent les bords de la Liger dans l'après-midi, longèrent le fleuve par le chemin de halage étonnamment désert et ne s'arrêtèrent que lorsque la tombée de la nuit rendit la marche par trop périlleuse. Ils ne devaient plus être bien loin du pont de Cénabon.

Bêtes et homme, qui avaient beaucoup de sommeil à rattraper, s'endormirent lourdement et si le hasard avait voulu que des bêtes féroces errent dans les parages, elles auraient pu festoyer sans avoir à se donner grand mal. Mais il ne passa que des blaireaux et des renards.

XXVI

Cette ligne noire qui, là-bas, barre à contre-jour le miroitement de l'eau, c'est bien le pont. Le pont ! enfin ! Il semble simplement posé à la surface du fleuve dont la crue cache ses piles. Il a perdu sa superbe de la belle saison, lorsqu'il dominait de haut les bancs de sable divisant l'étendue liquide en une somnolente résille. L'eau s'étale, immense, au niveau des terres, sans que rien ne vienne arrêter le regard qui glisse sur son étendue grise. Pas même une barque. C'est étrange, cette absence complète de vie, alors qu'à l'accoutumée on ne saurait longer longtemps la Liger sans voir passer une barge, voile déployée, au milieu du courant, ou un chaland halé depuis une des berges, ni apercevoir quelque pêcheur dans sa plate. Mais Damatos se refuse à s'en inquiéter, se disant que la montée des eaux a rendu la navigation peu sûre et que sans doute aussi l'élimination des négociants romains a entraîné une diminution du trafic.

Il arrive assez bien à se raisonner et dominer son appréhension, jusqu'au moment où, dans l'herbe du bord du chemin que le fleuve sorti de son lit vient affleurer, il aperçoit une forme humaine inerte, les vêtements avachis, détrempés d'eau et de vase. Il arrête le carpenton, descend se rendre compte, retourne le noyé pour en voir la face et guetter un souffle de vie. Horreur ! il reconnaît, malgré sa peau verdâtre, son rictus et ses yeux exorbités, le vieux Baditis, le potier. Il est mort et bien mort et a dû séjourner dans l'eau un bon moment. Pauvre vieux... Damatos qui l'a toujours connu, qui avait plaisir, quand il était tout petit, à aller bavarder avec lui, le revoit alignant avec amour, sur le pas de sa porte, ses jolies céramiques peintes, ses pots, ses écuelles. Qu'a-t-il pu lui arriver ? Les Romains ?... Non, non ! Il ne veut pas céder à la panique. Sans doute un simple accident. Un banal accident. Il suffit d'un faux mouvement en enjambant le platbord d'une gabare pour y embarquer un lot de poteries : c'est le plongeon, et l'on est emporté par le courant avant que personne n'ait eu le temps d'intervenir.

L'état du cadavre ne lui permet pas de le hisser seul dans son chariot pour le ramener en ville. Dès qu'il sera arrivé, il fera prévenir les autorités pour qu'on vienne le chercher. Allez ! hue, Vinda ! Accélère le pas, ma fille, nous ne sommes plus loin de chez nous.

Un autre cadavre... un autre cadavre dans l'herbe, au bord du chemin de halage. Un cadavre de femme, cette fois. Damatos a pâli et sauté de son siège. Quand il retourne la noyée sur le dos, la tête manque de se décoller : le cou est tranché jusqu'à la moitié. Il contemple, horrifié, la plaie béante et noirâtre et a envie de vomir. Il n'ose pas regarder le visage... Quand, enfin, il s'y décide, il éprouve un soulagement, comme s'il s'était attendu à découvrir le visage d'Anipa. Par bonheur, cette face plombée, ces lèvres noires, ces yeux vitreux sont ceux d'une inconnue, une blonde à la face en lame de couteau. Soulagement, certes. Mais anxiété à la pensée qu'il ne s'agit plus d'accident. Il y a cette entaille au cou, cette entaille faite par un glaive...

Il marche à grands pas affolés au bord du chemin, comme dans un cauchemar. Vinda le suit d'elle-même, tête basse. Voici qu'il croit apercevoir, un peu plus loin, d'autres corps dans l'herbe au bord de l'eau. Il ne se trompe pas, hélas. Il y a bien une vingtaine de noyés, dont plusieurs sont égorgés ou éventrés. Il les examine les uns après les autres et en identifie quelques-uns. Une femme maigre et osseuse, au long nez, maintenant pincé par la mort, à la bouche trop grande, aux joues boutonneuses : c'est Voltona, la fille du cordonnier, qui naguère lui faisait les yeux doux et dont il se moquait sans pitié. Il n'a plus envie de se moquer. Et voici, à quelques pas d'elle, ses luxueux vêtements réduits à des guenilles fangeuses, le noble seigneur Suvritus lui-même, les doigts crispés sur son épée, les tripes répandues hors de son ventre.

Les jambes de Damatos se dérobent. Il y a eu bataille. Cénabon a été attaqué. Combien de morts ? Les siens sont-ils parmi les survivants ? C'est seulement en évoquant cette idée qu'il se rend compte qu'il a vraiment peur. Une tenaille se referme sur sa gorge, descend arrêter les battements de son cœur, tombe dans ses entrailles et les tord.

Il continue de marcher, mais son pas se fait plus lent. Il

tombe une petite bruine bien en harmonie avec sa détresse. Tous les cinquante pas environ, il est obligé de s'arrêter et d'arroser le bord du chemin. C'est stupide, c'est humiliant cet empire des besoins physiques les plus vulgaires dans les moments poignants ; mais il n'y peut rien, l'émotion lui porte sur la vessie. Il approche du pont. Son regard se fixe sur l'autre rive où il entr'aperçoit la ville — sa ville — entourée de ses remparts. Un trou noir marque la porte Sud. Mais, même en plissant les yeux, il ne parvient pas à distinguer les sommets des hauts toits de chaume qui devraient apparaître par-delà la muraille. Et en avant, sur le port, il ne reconnaît plus les silhouettes des entrepôts et des baraquements, il a l'impression de ne discerner que des espèces de carcasses. La bouche sèche, il remonte dans le carpenton et s'engage sur le pont qui ne lui a jamais paru si long. Quand il en a parcouru à peu près les trois quarts, il trouve les garde-fous arrachés et la progression devient périlleuse, car il suffirait que la jument dévie d'un rien pour que le chariot verse dans le fleuve. Sa main se crispe sur les guides, mais la brave Vinda avance bien droit, d'un pas égal. En jetant un coup d'œil au-dessous de lui, pour s'assurer qu'il n'est pas trop près de l'un des bords, il aperçoit des cadavres accrochés aux débris des garde-fous qui pendent dans l'eau. Il reconnaît celui de la petite Sirona, l'amie de sa sœur Iarilla. Les autres, Cernunnos soit loué, sont des inconnus.

Au débouché du pont, une scène insoutenable l'attend. Les quais sont jonchés de corps sanglants et mutilés que déchiquettent des nuées de rongeurs et de corbeaux. Des bâtiments de bois du port, il ne reste que des poutres noircies autour de tas de cendres d'où émergent quelques morceaux de ferraille et débris de poterie.

Il a arrêté le carpenton et est descendu à terre. Le cœur serré d'angoisse, il parcourt le champ de carnage, passant l'inspection des morts et faisant fuir les charognards. Pour n'être pas facile parce que trop de visages ont été défigurés par les coups de glaive ou dévorés par les bêtes, l'identification des cadavres ne lui pose pas de problème, en ce sens qu'il reconnaîtrait immédiatement ceux de sa famille à leur taille, leurs formes et leurs vêtements. Certaines faces sont intactes ou peu abîmées et il identifie les restes du joaillier Drutalos et de sa fille Kokka, ceux de Luguselva, de la dame Arbina, du nautonier Borvu, le mari de la petite Ovalidia, et du beau Lugogénos, son amant. Il pense reconnaître le cordonnier Crokkéni, bien que sa tête ait été fendue en deux. Il voit un groupe de druides unis dans la mort. Mais de ceux qu'il aime pas de trace. Il respire mieux. Il est permis d'espérer qu'ils aient échappé à l'hécatombe. Allez, Vinda, ahie! nous rentrons chez nous.

La porte de la ville est béante. Des vantaux il ne subsiste que des morceaux de madriers calcinés et le pavillon de guet en bois qui la surplombait a entièrement disparu. Que va-t-il trouver derrière? Il la franchit avec appréhension. Le voici dans la ville et ce qu'il contemple est pire que tout ce qu'il pouvait imaginer. À part celles qu'ont construites les Romains et dont se dressent les murs de pierre noircis et vides, il ne reste plus une maison debout, ce ne sont partout qu'enchevêtrements de poutres noires et craquelées et monceaux de cendres et de charbon de bois. Ici et là, au milieu de ce chaos, gisent quelques cadavres plus ou moins carbonisés. Vinda refuse d'avancer, essaie de se cabrer. Il la tire par la bride. Il faut y aller, il faut retrouver ce qui a été la tonnellerie. Il écarte des poutres, des corps, pour dégager devant le chariot ce qui était des rues. Les maisons, les boutiques, ne sont plus reconnaissables et il lui faut compter les voies qu'il croise pour retrouver sa propre rue. Son cœur se serre encore plus. Ici était le cabaret où son père aimait étancher sa soif avec le vieux Baditis et quelques lurons comme le vannier et son apprenti, là la boutique du joaillier, là encore la pâtisserie. Le corps du pâtissier, au milieu de la chaussée, est encore identifiable, bien que les flammes l'aient rendu noir comme du charbon. À quoi lui auront servi toutes les richesses tirées du trafic avec l'occupant? L'occupant ne l'a pas épargné pour autant.

Un soubassement de pierres, trois poutres à demi consumées, des pots et des écuelles parmi les cendres — mais pas de pièces de valeur : l'ennemi, manifestement, les a pillées — c'est tout ce qui reste de l'humble demeure du potier. Damatos revit l'émotion qu'il a éprouvée, tout à l'heure, en découvrant le cadavre du vieil homme dans l'herbe de la berge où le fleuve l'avait déposé. Mais la maison suivante était la tonnellerie. Il s'arrête devant des pièces de charpente effondrées et noircies et un lit de cendre et a du mal à réaliser qu'il est devant chez lui. Vinda, qui a stoppé d'elle-même, renâcle, toute désemparée. Pour lui, il reste figé, les jambes coupées, et contemple sans faire un mouvement l'emplacement du tendre logis où il a vécu ses heures de bonheur, goûté les nuits d'amour dans les bras d'Anipa, vu s'ébattre leurs deux bambins. Où sont-ils, maintenant, ces trois êtres qui sont sa chair et son sang? Faut-il accepter l'affreuse idée qu'ils ne seraient plus que cendre au milieu de toutes ces cendres ?... Non ! Ce n'est pas possible. Non ! Quand vous voyez les flammes dévorer votre maison, si vous êtes à l'intérieur, vous n'y restez pas. Vous vous ruez dehors, coûte que coûte, et là de deux choses l'une : ou bien vous tombez sur les soldats ennemis et ils vous tuent, ou bien vous parvenez à vous échapper. Si les siens sont morts, il doit découvrir leurs corps ; s'ils sont vivants, il doit les retrouver.

Il sait qu'il n'y a pas un instant à perdre, et pourtant il ne bouge pas. Il est comme paralysé. Il a trop peur de ce qu'il va trouver, et il a du mal à détacher ses regards du tas de cendres qui est le seul vestige du foyer qu'il se faisait une telle joie de retrouver. Si souvent il avait vécu par avance ce retour ! Dévios accourait se jeter à son cou en criant : « Papa ! voilà Papa ! » et Anipa, amenant par la main la petite Lella, suivait d'un pas plus calme, mais le visage illuminé de bonheur. Embrassades. Câlins. Les enfants battaient des mains et poussaient des exclamations de ravissement lorsqu'il leur remettait le petit cheval à roulettes et la poupée de bois... Quand pourra-t-il déposer entre leurs menottes ces cadeaux qu'il s'était fait une fête de leur acheter ? Quand passera-t-il au blanc cou d'Anipa le collier d'améthyste qui — il le sait — lui ferait tant plaisir ? Où sont-ils, présentement, sa bien-aimée et leurs enfants chéris ?

Allons ! Il faut se décider. Viens ici, Mogus, tu vas m'aider à chercher.

Le chien ne semble guère pressé de quitter le chariot. De l'ouverture de la bâche, il contemple avec un regard triste et tout déconcerté les lieux familiers qu'il retrouve si différents de ce qu'ils étaient lorsqu'il les a quittés. Visiblement, il ne comprend pas. Et il s'étonne de ne pas y voir les êtres dont la présence en était inséparable dans sa mémoire de chien. « Qu'attends-tu ? Viens ! Cherche ! » Il répond à l'appel et saute du chariot, mais sans entrain. Il flaire de droite, de gauche — malheureusement le crachin qui a éteint les braises de l'incendie a aussi presque effacé les odeurs. Ce n'est qu'avec hésitation qu'il finit par faire le tour des décombres et conduire son maître à la ruelle où, il y a moins de dix-huit mois, il a vu le roi Tasgétios tomber sous les coups des conjurés.

Damatos reste pétrifié d'horreur et de douleur. Dans la boue de la ruelle et du terrain vague sont éparpillés des corps ensanglantés. Il y a là son père et sa mère, la gorge tranchée, Iarilla, la poitrine lardée de coups d'épée, serrant encore contre elle les cadavres de ses petits Ésox et Camox, les deux jumelles pour qui il avait tant d'affection, affreusement éventrées, et plus loin, à l'orée de la venelle, Trogos face contre terre, une hache au poing, entouré de plusieurs soldats romains au visage écrasé et à la poitrine défoncée. Le colosse aura, comme un bon chien de garde, défendu sa famille jusqu'au bout.

Mogus renifle les corps, sans avoir l'air de trop bien saisir, et gémit. Damatos, d'un pas mal assuré, s'approche de chacun tour à tour, s'agenouille pour baiser son front glacé et lui clôt pieusement les paupières. Des foules d'images défilent dans son souvenir, qui lui font très mal. Son père lui apprenant avec patience à donner le galbe voulu à une douve. Sa mère assise près d'une méchante lampe à huile et ravaudant des braies alors que le reste de la famille est déjà couché. Son père encore, monté sur la table et chantant d'une voix pâteuse des romances d'amour. Les jumelles le taquinant, se moquant de lui gentiment pour une tunique dont la couleur ne leur plaisait pas ou pour une amourette imaginaire qu'elles lui attribuaient. Mais aussi Kennicanda déclarant, face à leurs parents : « Moi, j'aimerais avoir une belle-sœur de la campagne » et Kennidonna renchérissant : «6Elles sont gentilles, les filles de la campagne. » Chères, chères petites sœurs... Les larmes lui viennent aux yeux, mais, en même temps, une folle espérance renaît au fond de son cœur, puisque parmi les cadavres ne figurent ni Anipa ni leurs enfants. Seraient-ils parvenus à s'enfuir ?

« Cherche, Mogus, mon bon chien. Cherche encore. » Mais Mogus ne trouve pas de piste. Alors Damatos réfléchit. Si Anipa et les enfants ont pu s'enfuir, où auront-ils cherché refuge ? Une réponse semble s'imposer : il y a tout lieu de penser qu'ils auront gagné l'abri pour eux le plus sûr, la ferme des parents d'Anipa. Située à l'ouest de Cénabon, elle ne risque guère d'avoir reçu la visite des Romains et les fugitifs y ont le vivre assuré, ainsi que toute l'assistance morale dont ils doivent avoir besoin. Il n'y a pas à hésiter. Il reviendra plus tard s'occuper des corps de ses morts, pour l'instant il faut faire diligence vers Lémolanda. Il saute à la hâte dans le carpenton et fait claquer son fouet.

Quand il entre dans la cour, Tagausios et Vimpis, occupés à scier du bois, lui adressent du bras un joyeux salut.

— Anipa est-elle ici ? interroge-t-il d'une voix blanche.

— Anipa ? Mais non. Pourquoi ? Elle n'est pas chez toi ?

Voyant sa mine défaite, ils s'inquiètent. Que se passe-t-il ?

— Vous ne savez donc pas ? L'incendie de Cénabon... les massacres...

Non, ils ne savent rien. Il les met rapidement au courant. Les deux hommes sont devenus livides et Vimpis décide :

— Il faut immédiatement retourner en ville poursuivre les recherches. Je t'accompagne. Nous fouillerons toutes les rues, l'une après l'autre, et nous tâcherons de trouver, aux alentours, des survivants, pour les interroger. J'attelle mes deux chevaux au *kision :* ta pauvre jument paraît morte de fatigue et boite d'un postérieur. Pendant ce temps, tu vas aller manger un morceau à la maison, car je suppose que tu n'as pas déjeuné.

— Je n'ai pas faim. Je t'aide à atteler. Nous prendrons Mogus avec nous, il pourra peut-être nous aider.

Inspecter méthodiquement toutes les rues de la ville, à travers les décombres, n'est pas très difficile. Damatos les connaît assez pour en retrouver le tracé et ne pas risquer d'en oublier une seule. Il les parcourt à grands pas, l'œil aux aguets, suivi de son beau-frère et de Mogus qui renifle consciencieusement de tous côtés. En traversant ce qui était le quartier des druides, il est effaré de constater que les ruines béantes du petit sanctuaire d'Ogmios et de l'oratoire des Trois Matrones ne renferment plus aucun vase d'or ou d'argent serti de pierres précieuses, aucun objet de culte, aucune statuette de pierre, aucun bijou ou arme offert en ex-voto. Sans aucun respect pour ce qui est sacré, les sauvages agresseurs ont tout emporté avant de mettre le feu et cette profanation le bouleverse.

Dans les vestiges des maisons et au milieu des chaussées, il découvre de nouveaux cadavres. Il reconnaît ceux de Brikkos, le teinturier et de sa femme Banata, celui de la blonde servante du cabaret dont, face à ses yeux morts figés dans une expression d'horreur, il évoque le regard effronté. Voici aussi quelques corps de légionnaires romains. Mais pas de trace d'Anipa ni des petits.

— Ou bien, dit Vimpis, ils ont pu s'échapper de la ville, ce que j'espère, ou bien, au contraire, hélas, ils n'ont pas pu sortir de leur maison en flammes.

Un sanglot secoue Damatos.

— Ce serait affreux... mais nous devons vérifier. Nous allons fouiller les cendres de la maison. Oh ! tout ceci est atroce... La guerre est quelque chose d'abominable. Abominable...

— Attends ! Auparavant, dis-moi : n'existe-t-il pas quelque part un chemin détourné qui aurait permis à ma sœur de gagner le pont sans se mêler à la foule qui, j'imagine, devait embouteiller les rues étroites ?

— Un chemin détourné ? Ah si ! j'en vois un. Quand on part par la porte de l'Est, au lieu de prendre la route de Vellaunodunon, on peut tourner tout de suite à droite dans un sentier qui se faufile vers la Liger. On arrive au bout du port.

— Mon avis est que nous allions d'abord l'explorer. Nous ne devons rien négliger.

La porte de l'Est a été brûlée comme les autres et n'est plus qu'une échancrure béante dans la muraille. Ils s'engagent dans le petit chemin à droite et Mogus qui batifolait autour d'eux d'un air indifférent, change brusquement de comportement, comme si quelque chose l'avait frappé. Il hume l'air dans toutes les directions, renifle les cailloux et les touffes d'herbe, zigzague, tournique et commence à descendre le sentier, en flairant le sol d'une manière d'abord hésitante, puis de plus en plus fébrilement. Il accélère l'allure, agite la queue. Soudain, il quitte le chemin et se met à courir à travers un champ de choux en partie piétiné. Au milieu du champ il s'arrête, le museau contre terre et la queue basse, devant un fouillis de choux. Puis il redresse la tête et lance vers le ciel un long hurlement plaintif.

Damatos a couru derrière lui et le rejoint, le cœur serré d'angoisse. Il pousse un grand cri. Ils sont là. Ils sont là, Dévios et Lella, ses deux petits, baignant dans leur sang, les yeux fixes écarquillés dans un poignant étonnement.

Le malheureux père s'effondre à genoux et embrasse comme un fou les deux petits visages dont le froid lui cause un choc. Il pleure en silence. Vimpis s'est approché et reste immobile près de lui, les traits bouleversés. Il murmure d'une voix brisée : « ô dieux !... ô dieux ! »... Puis avec douceur :

— Ils sont heureux, maintenant, dans la terre d'immortalité.

Damatos ne répond rien. Mais tout à coup il hurle :

— Mais où est Anipa ? Anipa, ma douce, mon âme, où es-tu donc ?

— Nous devons continuer à la chercher, déclare Vimpis.

Damatos prend dans ses bras le cadavre de Dévios et se relève, le serrant sur son cœur comme il le faisait, le soir, avant qu'il n'aille au lit. Son beau-frère ramasse doucement, pieusement, la petite Lella et les voilà qui reprennent leur douloureuse quête, portant les corps roidis des enfants avec d'infinies précautions comme s'ils avaient peur de leur faire mal. Ils se laissent guider par Mogus qui décrit une grande courbe à travers le champ et les ramène sur le sentier, en aval.

A sa suite, ils descendent vers le port, enjambant quelques morts : des enfants, des vieillards, mais pas de femmes. Ils ne comprennent pas. Il n'est pas pensable qu'Anipa se soit enfuie en abandonnant ses enfants. Telle qu'ils la connaissent, même si les petits avaient été tués sous ses yeux, elle serait restée avec eux et se serait laissé tuer sur leurs corps.

Quand ils débouchent sur le quai jonché de cadavres, Mogus, manifestement, perd la piste. Il erre en tous sens, renifle de droite et de gauche, part dans une direction puis revient penaud et s'élance dans une autre. Trop de gens se sont massés ici pour qu'il soit possible, même au plus subtil odorat canin, de démêler leurs voies édulcorées par la bruine.

— Écoute, suggère Vimpis, il se fait tard, la nuit va tomber, ce que nous avons de mieux à faire maintenant, c'est d'embarquer tous tes morts dans le *kision*, de les emporter au champ des funérailles, et de leur dresser un bûcher commun.

— Sans la présence d'un druide ?

— Où veux-tu trouver un druide ? Nous chanterons nous-mêmes le chant d'adieu.

Damatos s'est enfoui le visage dans ses mains. Quand il les écarte, c'est pour déclarer :

— Non. Nous allons incinérer mes parents, mes sœurs, mes neveux, mon beau-frère, mais pas mes petits Dévios et Lella. Je ne veux pas qu'ils partent pour les îles d'éternelle jeunesse sans emporter avec eux le cheval à roulettes et la poupée de bois que je leur ai ramenés de mon voyage, parce que je me faisais une telle fête de... de leur joie quand... quand...

Il ne peut achever, sa voix s'étrangle et il éclate en sanglots. Vimpis comprend. Il n'insiste pas. C'est entendu, on ne mettra sur le bûcher, au cimetière de Cénabon, que Véporoudos, Pennovinda, les jumelles et la famille de Trogos. On ramènera à Lémolanda, sur les genoux de leur père, les deux petits cadavres que l'on brûlera là-bas en compagnie des jouets avec lesquels ils n'auront jamais joué.

— Nous mettrons leurs cendres dans une urne que nous enterrerons au pied de l'if. Demain, nous reprendrons nos recherches pour découvrir le corps d'Anipa.

Ainsi fut-il fait. Mais quand ils revinrent à Cénabon, le lendemain, ils ne trouvèrent plus la ville aussi déserte. Des vivants erraient, désemparés, parmi les décombres. C'étaient des habitants qui avaient pu s'enfuir et qui revenaient, le danger passé. Damatos les interrogea avidement mais ne put recueillir aucune information au sujet d'Anipa. Tout ce qu'il apprit fut que César avait fait brusquement son apparition chez les Sénons et mis le siège devant Vellaunodunon avec des forces considérables — huit légions, disait-on. On s'attendait bien à ce qu'il marche ensuite sur le pays carnute et Conconnétodumnos avait entrepris de rassembler des troupes pour défendre Cénabon. Mais il avait été gagné de vitesse. Les Romains que l'on croyait immobilisés pour un bon bout de temps sous Vellaunodunon, avaient surgi brusquement et planté le camp devant la ville.

— Ils sont arrivés vers le soir, il y a quatre jours de cela. L'heure avancée ne leur permettait pas de nous attaquer sur-le-champ, mais nous ne nous faisions pas d'illusions, nous savions qu'ils se jetteraient dès le lever du jour sur la ville dépourvue de défenseurs. Nous avons donc décidé d'évacuer la place à la faveur de la nuit. Un peu avant minuit, la porte du Sud a été ouverte et nous avons commencé à sortir en silence et à gagner le pont. Nous autres, qui étions en tête, nous avons pu traverser, mais nous ne savons pas ce qui s'est passé derrière nous. Nous avons entendu des cris et nous nous sommes mis à courir.

Les fugitifs s'étaient égaillés dans les bois. Certains avaient trouvé refuge chez les bûcherons. D'autres avaient gagné des fermes isolées. Beaucoup s'étaient trouvés séparés de leur femme ou de leurs enfants et ne savaient ce qu'ils étaient devenus.

— Pour avoir plus de renseignements, dit un des rescapés, vous auriez intérêt à aller jusqu'à la ferme où j'ai eu la chance d'être hébergé. Le brave fermier, qui se nomme Sédulios, quand je lui ai dit ce qui arrivait, a été faire le guet en haut d'un arbre et, dès qu'il a vu le dernier soldat de l'arrière-garde de César disparaître en direction du pays biturige, il a attelé son char à bœufs et est parti à Cénabon ramasser les blessés. Il les a ramenés chez lui où sa femme et ses filles les soignent de leur mieux. Tous ne sont pas en état d'être interrogés, mais il y en a qui ont repris assez leur sens pour répondre à des questions. À commencer par le grand druide Cotuatos.

— Le grand druide ? Explique-nous vite comment nous rendre à la ferme de ce Sédulios.

Ils s'y rendirent au galop des chevaux de leur *kision* et, quand ils se furent présentés, le fermier Sédulios leur dit que le vénérable Cotuatos, qui avait reçu un coup de lance à moins d'un pouce du cœur, allait beaucoup mieux et qu'il pouvait lui demander s'il consentait à les recevoir à son chevet. En apprenant que c'était le frère de Krixomaros qui demandait à le voir, le grand druide s'empressa de le faire prier de venir. D'une voix faible, mais parfaitement audible, il lui expliqua que rares avaient été les habitants de Cénabon qui avaient pu s'enfuir, car l'étroitesse du pont et des rues y conduisant avait bloqué cette foule terrorisée qui cherchait à passer toute à la fois. Or, César, qui s'attendait sans aucun doute à cet exode nocturne, avait gardé une partie de ses troupes à veiller sous les armes et envoyé des patrouilles observer les mouvements des assiégés.

— Dès que les premiers fuyards se sont engagés sur le pont, les légionnaires sont accourus et ont chargé la foule amassée devant l'entrée. Cela a provoqué une ruée affolée et une tragique bousculade dans l'obscurité. Les garde-fous du pont ont cédé et des quantités de malheureux sont tombés à l'eau et ont été emportés par le courant, tandis que les autres restaient entassés et immobilisés sur le quai, à la merci des soldats. C'est à ce moment que j'ai reçu un coup de lance et ai été laissé pour mort.

— Mes parents, eux, ont été massacrés à l'intérieur de la ville, dit sourdement Damatos, et mes deux enfants dans le petit sentier qui part de la porte de l'Est.

— En ce cas, leur fin se situe après que j'eus perdu connaissance et je ne sais ce qui s'est passé entre-temps.

— Il y a un autre blessé qui pourrait peut-être te renseigner, intervint l'excellent Sédulios, car je l'ai ramassé dans une rue de la cité.

Il les conduisit, Vimpis et lui, près de la couche où geignait et râlait un homme aux cheveux gris.

— Camavos, dit-il, a été sérieusement commotionné, mais il peut soutenir une conversation si elle ne dure pas trop longtemps. Je crois, Camavos, que tu étais de ceux qui n'avaient pas pu franchir la porte du Sud avant la charge des tueurs de César ?

— Exact, répondit le blessé. La porte a été refermée en hâte et, faute de rien pouvoir faire d'autre, chacun est rentré chez soi et s'y est barricadé.

— Quand César a-t-il donné l'assaut ?

— Il n'a pas attendu la fin de la nuit. Il a fait tout de suite incendier les portes et ses soudards ont envahi la ville. Ils avaient des torches pour s'éclairer et ils ont tout pillé. Ils enfonçaient nos portes, ils entassaient dans des sacs et des filets tous nos biens les plus précieux, tous les souvenirs auxquels nous tenions le plus. Ils violaient des femmes et des fillettes, torturaient et massacraient ceux qui avaient eu le tort de les défier en se barricadant trop bien. Puis ils ont ordonné le rassemblement de tous les hommes et femmes valides sur la grande place. Ils abattaient sans pitié ceux qu'ils voyaient essayer de s'enfuir. Je me méfiais. Je ne me suis pas rendu sur la place et je ne me suis pas enfui : je me suis caché dans un coin de ma maison et je crois que plus d'un a fait comme moi.

— Les Romains t'en ont délogé ?

— J'espérais qu'ils ne reviendraient pas chez moi, puisqu'ils y avaient volé tout ce qu'il y avait à voler, et j'ai attendu un long moment, sans bouger ni faire de bruit ; mais, tout d'un coup, j'ai entendu autour de moi des crépitements : des flammes commençaient à dévorer les murs. Que pouvais-je faire d'autre que me précipiter dehors ? C'est alors que j'ai reçu un coup d'épée dans le flanc et ai perdu connaissance.

— Les choses se sont certainement passées de la même façon pour tes parents et tes sœurs, dit Vimpis à Damatos. Mais le mystère de la disparition d'Anipa reste entier.

Il expliqua au blessé où ils avaient découvert les corps des pauvres petits Dévios et Lella sans trouver trace de leur mère.

— Je me suis aperçu, effectivement, répondit l'homme, que devant l'engorgement des rues menant à la porte du Sud, plusieurs personnes ont préféré prendre un itinéraire détourné et se sont dirigées vers celle de l'Est. Elles ont dû obtenir qu'on la leur ouvre, et on aura refermé derrière elles.

— Qu'est-ce qui t'a empêché de faire comme elles ?

— Ça me paraissait trop risqué. C'était dans cette direction-là que campait le gros des troupes romaines.

— Je vois. Se disant que c'était leur seule chance de salut, Anipa aura pris ce risque, emmenant les enfants avec elle, mais des légionnaires les auront aperçus et se seront lancés à leur poursuite.

— C'est ce que je pense. Ils ont dû tomber sur une patrouille. Les enfants, forcément, ont été vite rattrapés, mais la maman courait plus vite et a sans doute pu échapper à ses poursuivants.

Damatos protesta, d'un ton agressif :

— Ce n'est pas vrai. Je le souhaiterais, parce qu'elle au moins, me resterait, mais je sais que ce n'est pas vrai. Jamais elle ne se serait sauvée en laissant les petits.

Il y eut un silence gêné , jusqu'à ce que l'excellent Sédulios intervînt de nouveau :

— Écoutez. J'ai vu une chose. En poursuivant leur marche vers le sud, après l'incendie de la ville, les légions romaines n'étaient pas suivies seulement de lourds chariots de butin, mais aussi d'une interminable colonne de captifs, hommes et femmes, enchaînés et poussés à coup de fouet. Pour moi, ces monstres de soldats se sont emparés de la dame Anipa qu'ils peuvent vendre comme esclave, et se sont débarrassés des enfants dont ils n'avaient que faire.

Domatos écarquilla des yeux éberlués, resta un moment bouche bée, puis secoua la tête et déclara :

— C'est la seule explication plausible. Mais alors Anipa est vivante. Je la retrouverai. J'irai jusqu'au bout du monde s'il le faut, mais je la retrouverai.

— Hélas, observa Vimpis, tu n'en seras pas plus avancé, puisqu'elle va être vendue comme esclave.

— Je paierai le prix qu'il faudra pour sa rançon, mais je la libérerai. J'y sacrifierai, s'il le faut, tout ce qu'il me reste de biens — ma jument, mon carpenton, mon chargement de tonneaux neufs, le pécule que j'ai ramené de Gergovie — mais je la libérerai, même si nous devons, après cela, mendier notre pain.

Il prit les bras de son beau-frère et les serra.

— Tu entends, Vimpis, je la retrouverai et je la libérerai.

DEUXIÈME PARTIE

LES LIS DU PROCONSUL

I

Il ne pleuvait plus, mais le ciel blanchâtre barbouillé de gris se reflétait dans les ornières du chemin et les sillons des champs où stagnait l'eau des pluies précédentes. De son pas calme, la jument grise pataugeait dans la boue de la petite route menant au domaine de Samocaion. Assis côte à côte, jambes pendantes, sur l'avant du carpenton, les deux hommes regardaient défiler les labours maussades et les squelettes d'arbres infiniment tristes. Abîmés dans leurs pensées, ils n'éprouvaient pas le besoin de parler. Vimpis avait tenu à accompagner Damatos dans la recherche de la sœur qui lui était chère, mais il avait fait remarquer que l'invasion du territoire biturige par l'armée de César rendait l'expédition périlleuse et qu'il serait bon de commencer par aller demander conseil et assistance au seigneur Cumborix. C'était le devoir des nobles d'assurer à leurs vassaux frappés par le malheur ou victimes d'injustices, la protection de leur autorité, de leur savoir et de leurs armes. N'était-ce pas leur raison d'être ?

Au sortir d'un bois de chênes, l'allée traversait en ligne droite une grande prairie pour se terminer devant l'entrée de la palissade ceinturant la lice. Ils trouvèrent le portail ouvert et, chose étrange, nul gardien ne vint à leur rencontre pour leur demander qui ils étaient et ce qu'ils voulaient. Il n'y avait pas âme qui vive dans la cour. Ils risquèrent un regard dans l'écurie et n'y virent ni chevaux, ni palefreniers. Ils ouvrirent la porte d'une remise à voitures et la trouvèrent vide. À cette heure, les troupeaux pouvaient être au pâturage, mais où étaient les coqs et les poules ? Les laboureurs pouvaient être aux champs, mais où était le personnel des ateliers, de la meunerie, des cuisines, du potager ? Le silence des lieux et leur air d'abandon étaient étranges et inquiétants. C'est seulement lorsque, ayant contourné les communs, ils approchèrent du chenil, qu'un brusque concert d'aboiements rageurs leur manifesta avec éclat que Samocaion appartenait toujours au monde des vivants.

— Si le seigneur Cumborix était parti à la chasse ou s'il était allé rejoindre l'armée, observa Vimpis, ses chiens de combat ne seraient pas ici et par contre on y verrait ses domestiques.

— Il se passe quelque chose d'anormal.

— Retournons vers le logis principal. Il faut que nous y entrions. Je me demande ce qui nous y attend.

La porte était fermée. Ils frappèrent en hélant : « Holà ! quelqu'un ? » À leur soulagement, un pas léger résonna sur le plancher, puis la porte s'ouvrit. Vimpis reconnut la jeune fille blonde et svelte qui apparaissait sur le seuil, mais elle avait les yeux rougis et les traits défaits. Si le pli amer de sa bouche altérait la beauté de son visage aux lignes très pures, il le rendait pathétique. Les reflets luisants de ses joues révélaient qu'elles avaient été mouillées de larmes. Elle se taisait. Son regard alla de l'un à l'autre et elle eut un petit tressaillement en voyant Vimpis. Elle garda fixés sur lui ses yeux bleu lavande qu'une poignante détresse faisait virer au gris.

— Excuse-nous, noble Cassica, balbutia le jeune homme, nous voudrions parler au seigneur Cumborix.

— Vous voulez voir mon père ? Entrez, vous le verrez.

Au milieu de la grande salle glaciale où l'on avait éteint le feu, le corps rigide du chef de clan, revêtu de son plus riche costume, reposait sur une civière posée sur deux tréteaux. Sa poitrine et son ventre étaient recouverts par son bouclier de cuir fauve à l'umbo de bronze ciselé. A son cou brillait son torque d'or, des bracelets encerclaient ses bras nus et son épée, posée sur le bouclier, avait été tordue, pliée en deux, afin de demeurer inutilisable. Cassica devait expliquer, par la suite, qu'elle avait eu bien du mal à la ployer sur la forge du domaine. C'était un travail dont elle n'avait pas l'habitude. Elle aurait bien voulu la plier en trois, mais en avait été incapable ; les dieux le lui pardonneraient certainement.

Damatos et Vimpis restaient muets de saisissement.

— Voilà... hoqueta la jeune fille, voilà ce que les Romains maudits ont fait du glorieux Cumborix.

— Qu'Épona, finit par prononcer à mi-voix Vimpis, conduise le noble seigneur, par-delà les océans, aux îles de la félicité et de l'immortalité. Comment ce malheur est-il arrivé ?

— Mon père venait de recevoir un message de Conconnétodumnos l'invitant à rallier sans délai, avec ses ambactes et ses chiens de guerre, le camp où il rassemblait des troupes pour aller défendre Cénabon. Il se préparait au départ quand brusquement a surgi dans la lice un détachement romain qui n'a pas été long, profitant de l'effet de surprise, à massacrer tout le monde afin de pouvoir voler nos bijoux, nos objets d'art, nos vivres, en charger nos propres véhicules et les emmener avec nos bœufs et nos chevaux. Ces sauvages n'ont laissé que les chiens, dont ils avaient trop peur et dont ils n'auraient rien pu faire.

— Mais toi...?

— J'ai échappé au carnage parce que j'étais à laver le linge au lavoir avec trois de mes servantes. Un pâtre qui gardait notre troupeau en forêt y a également échappé, ainsi que Trigaranos, notre druide, parti faire ses dévotions à la fontaine de Bélisama. C'est en rentrant du lavoir que mes servantes et moi avons découvert mon père et nos gens baignant dans leur sang. Certains respiraient encore et ont pu nous dire ce qui s'était passé. Nous leur avons prodigué nos soins, mais en vain. Ils avaient été lardés de coups d'épée et de coups de lance avec une telle sauvagerie qu'ils n'ont pas survécu longtemps. Mes trois servantes et le pâtre ont passé la journée d'hier à brûler des cadavres. Il ne reste plus que celui de mon noble et vénéré père. On dresse en ce moment son bûcher et ses funérailles auront lieu demain soir. J'ai pu faire prévenir quelques amis seulement.

Ce disant, la jeune fille ne put retenir des sanglots. Vimpis qui ne savait quelle contenance prendre et se tortillait gauchement les mains sans oser approcher, murmura :

— C'est une chance que tu aies eu cette tâche au lavoir.

Elle protesta, d'une voix presque dure :

— Une malchance, au contraire. J'aurais bien préféré être tuée avec les autres.

— Ne dis pas cela.

Cassica poussa un soupir, se laissa choir sur un tabouret et enfouit son visage dans ses mains.

— Quel intérêt pourrais-je encore trouver à l'existence, alors que j'ai tout perdu ? Je n'ai plus de parents, plus d'affections, je suis totalement ruinée, il m'est impossible de continuer à vivre en fille de noble et mon avenir est sans but Je ne vois devant moi qu'un grand trou noir.

La compassion qui envahissait le cœur de Vimpis refoulait,

pour en prendre la place, le sentiment de révérence qui le paralysait et il osa parler d'un ton incisif.

— Tu n'as pas le droit de tenir ce langage, fille de Cumborix. La mort de ton père a fait de toi notre chef de clan et nous avons besoin de toi. Ta vie n'est pas sans but : c'est à toi de nous guider et de nous protéger.

Elle écarta les mains et fut impressionnée par l'étrange intensité du regard de son vassal qui plongeait jusqu'au fond du sien. Elle frémit, mais soupira :

— Je ne me sens pas digne de remplir un tel rôle. Il y faudrait un courage qui me fait défaut. Je suis brisée et abattue.

Ce fut Damatos qui se récria :

— Tu voudrais nous faire croire que tu manques de courage, toi qui as fait preuve de tant de détermination et d'audace dans l'élimination de l'usurpateur Tasgétios !

Cassica sursauta et questionna vivement :

— Qui te permet de penser que j'aurais pu être mêlée à cette affaire ?

— Pour en douter, il faudrait que je doute de mes propres yeux. Ils ont vu une pauvresse conduire le roi vers ses meurtriers, et ils l'ont vue ensuite rejeter ses haillons, essuyer son maquillage et se transformer en une ravissante princesse.

Elle le dévisagea avec une attention qu'elle n'avait pas eue jusque-là et s'exclama :

— Par Ésus ! Je te reconnais. Tu es le tonnelier qui nous a cachés dans ses tonneaux.

— Pour te servir, noble dame.

Ce fut au tour de Vimpis de marquer de la stupéfaction.

— Tu ne m'avais jamais parlé de ça, Damatos.

— Il était capital que je sache tenir ma langue. Même mes intimes, même ceux en qui j'avais le plus confiance ne devaient rien savoir.

— Tu as été admirable, dit Cassica. Les Romains n'ont rien pu découvrir.

Vimpis se mordit les lèvres. Il était un peu dépité, non seulement d'avoir été tenu dans l'ignorance du haut fait de son beau-frère, mais surtout de le voir prendre la vedette dans l'entretien et accaparer les louanges de la jeune fille. Il coupa court :

— Fille de Cumborix, ceux de ton clan savent que tu n'es pas femme à te laisser abattre par l'adversité. Songe qu'un devoir sacré t'est échu, celui de venger ton père.

Elle se redressa, le fixant d'un air pensif, et son visage, peu à peu, exprima plus de fermeté.

— Tu as raison, convint-elle. Oublie cet instant de faiblesse qui a pour excuse la profondeur de mon chagrin. Oui, le but de ma vie sera désormais de venger mon père et je poursuivrai d'une haine implacable tout ce qui est romain.

— Ce n'est pas seulement une vengeance personnelle que tu dois exercer, mais celle du clan tout entier ; trop des nôtres ont été massacrés, emmenés en captivité ou dépouillés de tout ce qu'ils possédaient.

— C'est vrai, il m'appartient de les venger, eux aussi. Je ferai tout ce qui sera en mon pouvoir pour contribuer à la lutte contre les oppresseurs de notre peuple.

— Je suis heureux de voir que le Clan a toujours un chef. Nous étions venus ici implorer le secours du seigneur Cumborix. Nous implorons celui de la noble princesse qui se révèle son digne successeur.

Elle le dévisagea avec douceur et s'enquit :

— Tu ne t'es pas présenté. Mais je crois te reconnaître. Tu es bien, n'est-ce pas, le fils de Tagausios, du village de Lémolanda ?

— C'est exact. Je me nomme Vimpis.

— Tu as réalisé un magnifique exploit, Vimpis, lors de la chasse du cerf sacré, il y a quatre ans.

Le jeune homme n'en croyait pas ses oreilles. Ainsi, elle l'avait remarqué, elle se rappelait de lui. C'était plus qu'il n'aurait jamais osé espérer.

— Tu t'en souviens donc encore ? s'étonna-t-il.

— Comment l'aurais-je oublié ? Tu ne peux t'imaginer comme j'étais fière que le beau champion dont j'admirais la hardiesse fût un vassal de mon père.

Elle lui sourit et ce sourire le combla de bonheur.

— Que puis-je pour toi ? s'enquit-elle. Dis-moi ce qui vous amène, toi et Damatos, et tout ce que je pourrai pour vous, je le ferai.

Ils racontèrent leur propre tragédie, si peu différente de la sienne, leurs deuils, leur douleur, et puis la disparition d'Anipa et leur décision de partir à sa recherche.

— Mais nous sommes conscients que ce serait folie de notre part de nous aventurer seuls, désarmés et dépourvus du moindre renseignement, sur le territoire des Bituriges, maintenant que l'armée de César l'a envahi.

— Vous auriez effectivement plus de chances d'y perdre la vie que de retrouver la disparue. Mais je ne sais quel conseil vous donner et je vois mal quelle aide je pourrais vous apporter. Il faut que je réfléchisse à tout cela. Je pense pouvoir vous en dire plus demain. En attendant, vous êtes mes hôtes. Il n'est pas question que vous repartiez avant les funérailles de mon père.

Les servantes qui rentraient à ce moment de dresser le bûcher dans le champ des Morts, apportèrent une grande jatte de lait des vaches que le pâtre venait de ramener du pâturage. Il fallut s'en contenter pour tout souper.

Cassica déclara qu'elle restait veiller le corps de son père, mais qu'il était temps pour Vimpis et Damatos d'aller prendre du repos. En maîtresse de maison accomplie, elle ajouta que si dormir seul, même dans un bon lit, leur paraissait manquer d'agrément, chacun d'eux pourrait être pris en charge par une des jeunes servantes qui se ferait un plaisir de lui consacrer sa nuit. Sans même un regard pour les trois charmantes pucelles qui faisaient mine de baisser pudiquement les yeux, mais ne manquaient pas de soulever par instants les paupières pour glisser un coup d'œil en coulisse dans sa direction, Damatos déclina l'offre. Il était pour lui impensable de se livrer aux plaisirs de l'amour avec une autre que sa bien-aimée, Anipa, la chair de sa chair.

— Et toi, Vimpis ? demanda Cassica.

— Ces jouvencelles sont ravissantes, néanmoins je dormirai seul moi aussi.

— Tu n'as pourtant pas les mêmes raisons. N'es-tu pas célibataire ?

— Je le suis. Mais...

— Mais quoi ?

— Rien. J'ai envie d'être seul, c'est tout.

Une lueur de malice brilla dans les yeux de la princesse.

— Je devine. Une autre belle occupe toutes tes pensées.

Il hocha la tête, les traits crispés.

— Je ne peux pas te répondre.

— Excuse-moi, je ne voulais pas être indiscrète. Eh bien, venez. Je vais vous montrer votre chambre.

Elle resta sur le seuil, tenant le flambeau, pendant qu'ils se dirigeaient vers leurs lits respectifs, et leur souhaita le bonsoir. Malgré lui, Vimpis ne put s'empêcher de se retourner et de la contempler un long instant, silencieusement, avec un regard troublé. Elle esquissa un pas dans sa direction, mais se reprit et recula, tandis que lui-même se hâtait de détourner la tête et de reprendre sa marche. « Vimpis aurait mieux fait d'accepter une des jolies servantes comme compagne de lit », se dit Damatos qui n'aimait pas les complications.

Le lendemain matin, Cassica leur fit part de la décision qu'elle avait prise. Elle allait lever une petite troupe, se mettrait à sa tête et l'emmènerait rejoindre l'armée de Vercingétorix qui, aux dernières nouvelles, devait se trouver devant une ville des Boïens appelée Gorgobina (1).

— Vous pourrez venir avec nous. Sous la protcction de nos armes, il vous sera possible d'avancer à travers le pays biturige et de chercher la trace des captifs.

— C'est combattre sous tes ordres que je voudrais, s'enflamma Vimpis. Tu aurais en moi le plus fidèle et le plus dévoué de tes hommes. M'acceptes-tu dans ta troupe ? Cela ne m'empêchera pas, au hasard des étapes, de m'occuper de la recherche de ma sœur.

— Ce me sera une grande joie, répondit-elle avec chaleur, de compter dans ma troupe le champion qui terrasse un cerf en se jetant à sa tête.

Damatos ressentit l'enrôlement de son beau-frère comme une sorte de lâchage. Il aurait souhaité qu'ils pussent mener librement leur quête, tous les deux, sans avoir à rendre de comptes à personne ni à se plier à aucune discipline. Un soldat n'est jamais libre. Pour sa part, en tout cas, il n'était pas question qu'il s'engageât.

Comme on ne lui demandait rien, et qu'il s'en sentait quelque peu vexé, il prit les devants et se montra catégorique :

— Ne comptez pas sur moi. Je suis un homme de paix. Le jeu des entr'étripages me fait horreur. Mon seul but est de retrouver ma femme. Aussi me contenterai-je de vous suivre, dans mon chariot, sans chercher à partager la gloire de vos faits d'armes.

— Comme tu voudras. Chacun est libre, admit Vimpis avec indifférence.

Il se retourna vers Cassica.

— Comment feras-tu pour te procurer des armes ?

— Pas de problème ! Quand l'horizon s'est chargé de menaces, mon père a pris la précaution, selon la vieille coutume, d'en enterrer une réserve suffisante pour faire face à toute éventualité, et il m'a révélé l'endroit exact. Tout à l'heure, tu viendras m'aider à les déterrer.

— Et pour ce qui est des vivres ?

— Les Romains ont pillé notre grain et raflé nos troupeaux, c'est vrai, mais tu sais qu'une vingtaine de vaches et de cochons leur ont échappé, ce sont les bêtes que Bâregos, le pâtre, avait emmenées pâturer en forêt — les laitières et les

(1) La Guerche.

porcs à l'engrais qui ont leurs étables à l'intérieur même de la lice. Je vais dire à Bâregos de nous faire des fromages, de tuer et saler une vache et plusieurs cochons, et je vendrai les autres bêtes pour acheter du grain.

Les funérailles du seigneur Cumborix se déroulèrent devant une assistance qui était à peine le quart de ce qu'elle aurait été en des circonstances normales. Faute de messagers pour la porter au loin, puisque tous ses ambactes avaient été tués, la nouvelle de sa mort ne s'était répandue que dans les environs immédiats et l'on ne voyait autour du bûcher funèbre que des paysans et quelques rares hobereaux du voisinage. Il n'est pas besoin de préciser que la haute société de Cénabon manquait à l'appel, pour l'imparable raison qu'elle se trouvait elle-même, à ce moment, sur les bûchers funèbres, ou en route pour les ergastules de Rome. Le druide Trigaranos présidait la cérémonie et il chanta avec beaucoup d'émotion les louanges du défunt et de ses ancêtres, et l'horreur de la tragédie dans laquelle il avait trouvé la mort.

Quand il ne resta plus de son père qu'un malheureux petit tas de cendres et d'os calcinés, Cassica, surmontant sa douleur, harangua les hommes présents, appelant à la vengeance et réclamant des volontaires pour constituer sa troupe de combattants. Comme tous ceux qui, dans tous les temps, ont eu à recruter des guerriers, elle sut faire appel aux nobles sentiments d'amour de la patrie et de défense du peuple, exalter la fierté nationale, mais aussi faire miroiter des perspectives beaucoup plus terre à terre de joyeux pillages et de fastueux butins. Les volontaires ne manquèrent pas.

— Rassemblement ici, demain matin, dit-elle.

II

— Oui, dit la vieille femme, les soldats sont passés par ici : il y a quatre jours de cela. Des milliers et des milliers qu'ils étaient. Des dizaines de milliers sûrement. Sur la route, ça n'arrêtait pas de passer et de passer.

— Dis-moi, grand-mère, derrière les soldats, est-ce qu'il n'y avait pas des civils enchaînés ?

— Ah si donc ! Pour ça oui, il y en avait. Des milliers aussi. Ils avaient des fers aux pieds et étaient attachés les uns aux autres avec des cordes. Ils marchaient par rangs de six. Des hommes, des femmes. Il y en avait qui étaient tout jeunots. Si c'était pas malheureux de voir ça ! Les pauvres bonnes gens, j'avais pitié d'eux tellement qu'ils avaient l'air tristes. Où donc les emmenait-on comme ça, pareils comme des bestiaux qu'on mène à la foire ?

— C'est à Jules César qu'il faut demander ça.

Damatos remercia la vieille de ses renseignements et mit sa jument au trot pour rattraper la petite compagnie de Cassica. Elle se composait d'une trentaine de garçons en vêtements de paysans — braies disparates et capuchons de grosse bure — mais portant fièrement l'épée au côté et la lance sur l'épaule. En tête, la jeune fille, revêtue d'une cotte de mailles et coiffée d'un casque de fer orné de cornes, chevauchait un petit étalon poilu, de robe isabelle, qui ne payait guère de mine. C'était, en réalité, une bête de labour qu'elle avait récupérée chez le fermier à qui son père l'avait louée pour le temps des semailles. Peu habitué à être monté, l'animal, qui répondait au nom de Crinos, avait beaucoup de mal à se faire à l'idée qu'il était promu cheval de guerre. Il n'avançait qu'à regret, sans se presser malgré les coups de talons de sa cavalière.

Cassica avait mis des braies d'homme, aux couleurs de son clan, et montait à califourchon. Derrière elle venait la meute des chiens de guerre, tenus en laisse par Bâregos, le pâtre, qu'ils connaissaient assez pour accepter son autorité, et par deux garçons de ferme vigoureux, armés de grands fouets. La piétaille suivait à distance respectueuse, car il ne faisait pas bon approcher de trop près les monstrueux molosses qui avaient conservé des instincts de fauves. Le carpenton de Damatos fermait la marche, ses tonneaux emplis de viande salée et de grain, et l'arrière de la caisse envahi d'outils, de javelots et de balles de fronde.

Cassica fit établir le bivouac, le premier soir, dans un bois de bouleaux où chiens et chevaux purent être attachés à des arbres. Avant de permettre à ses hommes de se reposer, elle commença leur entraînement au combat, leur apprit le maniement de la lance et de l'épée, les exerça au jet du javelot et au tir à la fronde. En vraie fille de guerrier, ces jeux lui étaient familiers. Son père lui avait donné des leçons — il n'avait personne d'autre à qui transmettre sa science, depuis la mort de son dernier fils.

Elle observait Vimpis. Elle éprouva une vive joie — qu'elle ne chercha pas à s'expliquer — en constatant qu'il était le plus adroit de tous au lancer du javelot et qu'il jouait de l'épée avec une assurance et une dextérité que les autres n'avaient pas. Elle se garda bien, cependant, de le féliciter en premier. Elle adressa d'abord des compliments à un certain Larix, un colosse qui ne se tirait pas trop mal du maniement du glaive et lui fit l'honneur de l'inviter à disputer un assaut avec elle.

— N'hésite pas à frapper fort et juste. Si tu arrives à percer ma garde, ce sera tant pis pour moi.

— Mais si... si je te blesse ?... si je te tue ?

Elle éclata de rire.

— Il faudrait que tu le puisses ! Cela ne m'inquiète guère. Mais je t'en donne formellement l'autorisation. Je te la donne devant trente témoins. Si tu arrivais à me tuer, personne ne devrait t'en tenir rigueur. Allez ! en garde !

Elle se contenta de se défendre. L'homme cognait comme un sourd, faisant d'impressionnants moulinets, fauchant de droite à gauche et frappant de grands revers de gauche à droite, essayant même des coups bas. À chaque attaque, Vimpis devenait blême. Il voyait déjà Cassica s'effondrer, la tête tranchée ou le flanc entaillé. Comment une frêle jeune fille pouvait-elle prétendre résister aux furieux assauts d'une brute qui devait bien faire deux fois son poids ? Elle avait commis une folie en lui lançant pareil défi. Il en était malade. Chaque fois qu'il voyait s'abattre le glaive du colosse, il éprouvait un choc violent et manquait défaillir d'émotion. Mais la frêle jeune fille parait chaque fois le coup comme en se jouant. Tout en faisant danser sa lame par de secs mouvements de poignet, elle riait, se moquait du maladroit, lui prodiguait ses critiques et ses conseils et invitait les autres à bien observer... pour apprendre ce qu'il ne fallait pas faire. Jusqu'au moment où elle mit fin au jeu en lui faisant voler le glaive des mains.

— Tu as encore à te perfectionner, Larix, dit-elle. Bon ! à un autre maintenant. Voyons... Qui donc encore ne se débrouillait pas trop mal ?

Elle parcourt du regard le cercle des apprentis guerriers. Vimpis la fixe intensément, convaincu que c'est lui qui va être désigné. Il a conscience de l'avoir mérité et serait déçu qu'elle ne l'ait pas remarqué. Il est partagé entre cet espoir et la terreur à l'idée qu'en ce cas il devra se battre contre elle. Mais le regard de la jeune fille passe sur lui comme si elle ne lui prêtait pas la moindre attention, pour s'arrêter plus loin sur un petit bonhomme nerveux du nom de Matomélos qui est loin de le valoir — au lancement du javelot, n'a-t-il pas raté deux fois la cible ? C'est lui qu'elle choisit comme nouvel adversaire et Vimpis est écœuré. Il ressent ce choix comme une injustice et une humiliation. À moins... — une idée lui vient — à moins que Cassica ne veuille pas qu'ils s'affrontent, elle et lui, les armes à la main. Cette supposition le réconforte, lui fait chaud au cœur, et c'est l'âme sereine qu'il peut contempler les passes d'armes entre Matomélos et l'instructrice. Matomélos s'efforce à un jeu plus subtil que celui de Larix, mais il ne tarde pas à voir son glaive voltiger à son tour.

— Eh bien, dit Cassica, jamais deux sans trois. Qui vais-je choisir pour être le troisième ? Tiens ! Vimpis. Viens ici, Vimpis, je serais curieuse de voir ce que tu vaux face à un adversaire qui n'est pas disposé à te faire de cadeaux.

Vimpis reste interdit. Il ne s'attendait plus à être choisi et, lui qui y avait tant aspiré, il est maintenant pris de panique. Il aura beau faire tout ce qu'il pourra pour frapper à côté, il suffit que la malchance s'en mêle pour qu'il atteigne la jeune fille. Sa cotte de mailles la protège, certes, mais elle laisse à découvert le visage, le cou, les bras et les jambes. Il se récuse :

— J'ai trop peur de te blesser.

Elle s'esclaffe :

— Voyez-moi le prétentieux ! n'aurais-tu pas peur plutôt de recevoir un mauvais coup ?

Sa réaction sous l'affront est celle qu'elle attendait : son visage s'empourpre d'indignation et il tire son épée. Ils croisent le fer. Au début, il n'attaque qu'avec précaution, se retient, ne pousse pas trop loin les coups dont il a compris le danger, mais elle n'est pas dupe et, d'un ton sarcastique, fustige sa mollesse.

— Tu appelles ça des passes d'armes ? Je n'ai jamais rien vu d'aussi faible. Ton attaque au flanc manquait de décision. Recommence-la, mais avec plus d'énergie. Je te la ferai répéter autant de fois qu'il faudra, mais je veux que tu arrives à la porter franchement et vivement. Tu n'es pas en train d'agiter un épi de blé à la procession de la fête de Lugos. Tiens ton arme avec fermeté. Le coude plus haut. La garde parallèle au dos de ta main. Avance davantage le pied gauche. Contrôle ta respiration.

Impossible de continuer à faire seulement semblant de se battre. Il est obligé d'y aller pour de bon. À contrecœur d'abord, mais peu à peu il se prend au jeu. Et comme elle continue à le piquer, à le railler, à le houspiller, il finit par sortir de ses gonds et ferrailler avec fureur. C'est ce qu'elle cherchait. Il devient intéressant de parer ses attaques. Elle ne lui en reproche pas moins de ne pas contrôler suffisamment ses nerfs et il fait son profit de l'observation. Il s'applique davantage, sa technique se fait plus précise. On le voit calculer ses coups et les porter assez adroitement pour qu'ils deviennent réellement dangereux. Alors Cassica, au comble du plaisir, ne se contente plus de la défensive. Elle pousse de redoutables attaques jusqu'à l'extrême point à partir duquel elles peuvent être meurtrières, et ne les retient qu'au tout dernier instant. Ils jouent avec la mort et semblent y goûter l'un et l'autre une étrange volupté. Cela n'échappe pas aux spectateurs. Cassica a eu beau chercher à donner le change en défiant d'abord deux autres de ses hommes, tous devinent que ce qu'elle voulait avidement, c'était ce périlleux affrontement avec Vimpis où chacun livrerait sa vie à l'autre avec une sorte d'ivresse.

Lorsqu'elle jugea le moment venu d'arrêter le combat, parce qu'il fallait tout de même bien qu'il eût une fin, Cassica recourut à la botte qui lui avait permis de désarmer ses précédents adversaires. À sa grande surprise, Vimpis parvint à la parer et ils restèrent poignet contre poignet, lame contre lame, dans une haletante partie de bras de fer. La jeune fille finit par capituler, humiliée et ravie à la fois.

— Arrêtons là, dit-elle. Nous avons fait match nul. Je te félicite, Vimpis, j'ai trouvé en toi un adversaire digne de moi.

ils remirent l'épée au fourreau en se souriant. Après le souper la pluie avait repris et Damatos offrit à Cassica l'hospitalité de son chariot bâché, mais elle refusa. Elle tenait à partager le sort de ses hommes, recroquevillés pour la nuit dans leurs capuchons, autour du feu de bivouac. Elle prit grand soin de ne pas avoir Vimpis pour voisin et s'étendit entre deux rustres qu'elle connaissait à peine. Il fallait que chacun comprît qu'on ne devait pas voir en elle une femme, mais le chef. Néanmoins, elle vérifia, avant de s'abandonner au sommeil, que le poignard qu'elle portait à la ceinture jouait aisément dans sa gaine.

Plus d'un des fiers guerriers se réveilla perclus de douleurs dans les articulations, toussant ou tourmenté par un mal de gorge. Le nez de Vimpis coulait et Cassica souffrait des reins. Seul Damatos qui avait dormi confortablement sous la capote de son carpenton, s'était réveillé frais et dispos. La remise en route fut plutôt pénible, sauf pour lui. Il apprécia fort de n'avoir pas à marcher sous la pluie mais seulement, bien à l'abri, à tenir les guides pour diriger sa jument. Il reconnaissait les lieux qu'il avait traversés en allant à Gergovie, salua au passage l'emplacement du camp, au bord d'un ruisseau, où il avait passé la première nuit avec Drutocatus et ses compagnons et sut, en franchissant le pont sur la Saléra, qu'il entrait en pays biturige.

Les portes de Salébriva sont fermées et Cassica doit parlementer un long moment pour se les faire ouvrir. Bien sûr, nous sommes alliés, depuis que nous autres Bituriges sommes entrés dans la coalition, mais l'armée romaine n'est pas loin et qu'arriverait-il si jamais César apprenait qu'une troupe carnute en armes avait obtenu le passage ? Une toute petite troupe, d'accord, mais enfin on a vu des villages incendiés pour moins que ça... Certes, nous ne voudrions pas déplaire non plus à Vercingétorix, d'autant moins qu'il pourrait arriver ici d'un jour à l'autre, mais nous aurions bien préféré n'être pas mêlés à tout cela. Enfin bon, entrez, mais contentez-vous de traverser sans vous arrêter. Il est bien entendu que pour les Romains nous aurons cédé à la force.

— Conduis le chariot à ma place, dit Damatos à son beau-frère. Je vais interroger discrètement quelques habitants et je vous rattraperai un peu plus tard.

Flanqué de son fidèle Mogus, il entra dans une taverne et commanda une cervoise.

— Paie d'abord, étranger, dit le cabaretier. Les gens qui ne

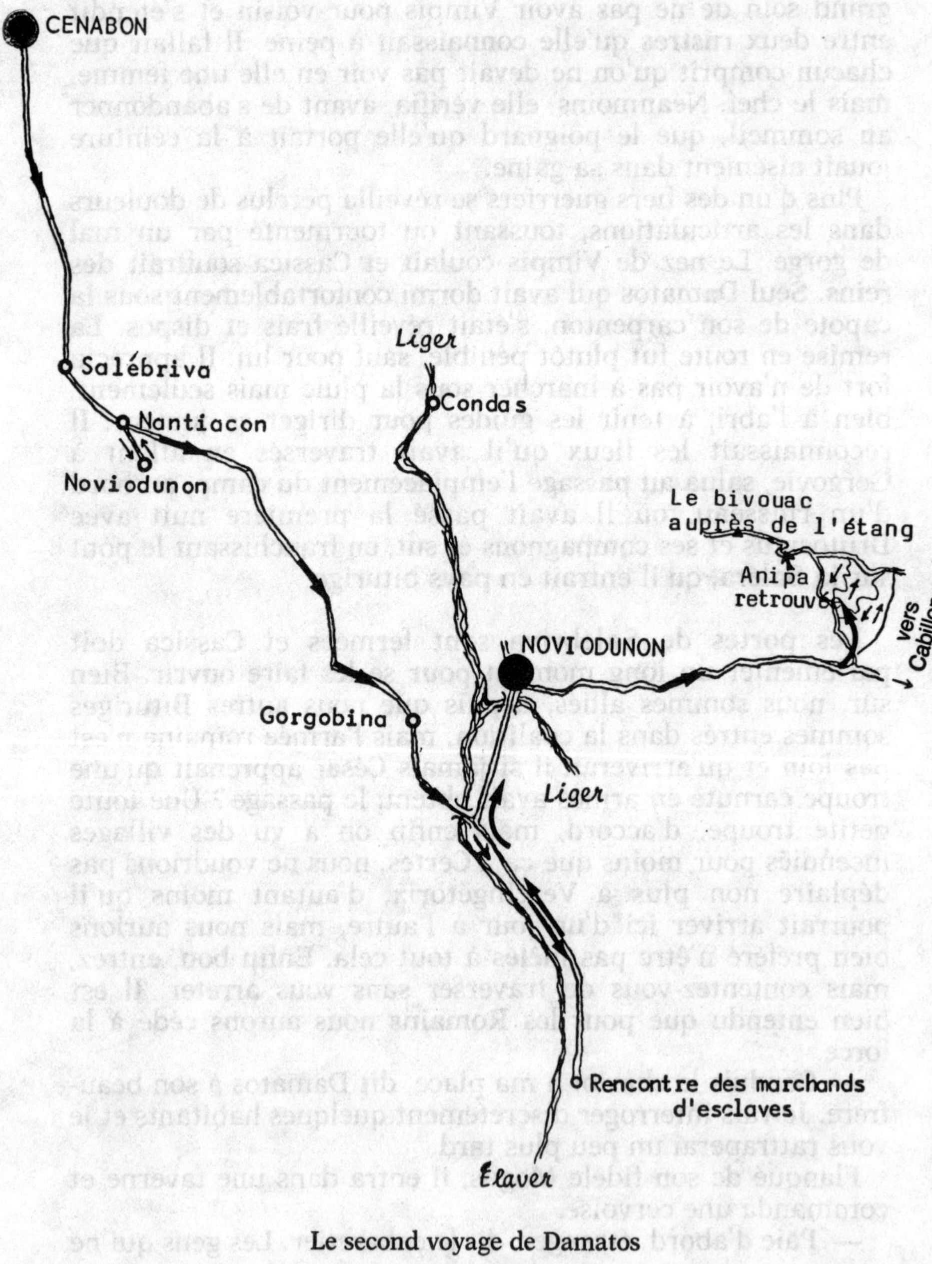

Le second voyage de Damatos

sont pas d'ici doivent mettre l'argent sur la table s'ils veulent que je les serve.

Malgré le peu d'aménité de cet accueil, Damatos paya sans discuter. L'autre, en lui apportant sa cervoise, questionna d'un ton méfiant :

— Tu fais partie, n'est-ce pas, de cette petite compagnie de guerriers carnutes qui vient de passer ?

Il s'empressa de s'en défendre.

— Pas du tout. Je suis carnute, mais nullement homme de guerre. Je suis un pèlerin. Je me rends au sanctuaire de Borbona (1) pour implorer la bonne déesse de me guérir de mes rhumatismes. J'ai rencontré en route ces guerriers de mon pays qui allaient dans la même direction que moi et je me suis mis sous leur protection, parce que je suis plus tranquille de ne pas voyager seul. Mais je ne suis pas des leurs.

— Tu vas à Borbona ? Eh bien tu n'es pas rendu ! Il y a plus de cinquante lieues. Par où comptes-tu passer ?

— Je n'en sais rien, je suis les guerriers, mais je pense que nous allons passer par Noviodunon (2).

La cabaretier s'esclaffa :

— Par Noviodunon ! Tu crois que tes guerriers vont passer par Noviodunon ?

Il se tourna vers les consommateurs attablés dans un autre coin de la salle et les prit à témoin.

— Vous avez entendu ça ? Des guerriers carnutes passer par Noviodunon !

Ce fut un éclat de rire général.

— Je n'ai rien affirmé, protesta Damatos. J'ignore quelles sont au juste les intentions des guerriers et tout ce que je sais, c'est qu'ils ont pris le chemin de Noviodunon, ce qui ne veut pas dire qu'ils vont le continuer jusque-là. Mais pourquoi ne passeraient-ils pas par Noviodunon ?

— Pourquoi ? Mais parce qu'il leur faudrait, pour cela, traverser les lignes romaines.

Le renseignement était d'importance.

— Tu veux dire que les Romains sont installés entre ici et Noviodunon ?

— Ils font le siège de Noviodunon. Cela fait trois jours déjà qu'ils ont commencé à l'investir. Ils étaient passés par ici la

(1) Aujourd'hui Bourbon-l'Archambault.
(2) Il s'agit ici de Noviodunon des Bituriges : Neuvy-sur-Barangeon.

veille, Jules César en tête. D'après leurs aigles dorées, on a compté huit légions.

— Une armée terrifiante !

Damatos vida son gobelet de cervoise et se leva.

— Au fait, demanda-t-il, puisque vous avez vu passer l'armée de César, vous pourriez peut-être me dire si c'est vrai ce qu'on m'a raconté, qu'elle est suivie de milliers de captifs et de captives ?

Le cabaretier et ses clients s'entre-regardèrent. Des captifs ? Non, aucun d'eux n'avait remarqué de captifs. Devant l'air déçu de Damatos, ils alléguèrent qu'ils n'avaient peut-être pas fait bien attention — tant de gens étaient passés devant eux, légionnaires, auxiliaires, valets, filles à soldats, colporteurs... — ils n'étaient pas restés contempler béatement ce défilé d'envahisseurs — certains étaient demeurés enfermés chez eux, d'autres n'avaient regardé que le début...

Il restait cloué sur place, l'air désemparé, et il fallut que Mogus, sautillant autour de lui, l'entraînât dehors pour qu'il s'efforçât, en hâtant le pas, de rejoindre son carpenton qui avait un bon quart de lieue d'avance.

En reprenant les guides à Vimpis, il le mit au courant de ce qu'il avait appris.

— Bizarre, dit Vimpis, que personne à Salébriva n'ait remarqué la colonne de captifs. Cela m'inquiète un peu. Pour ce qui est de la présence des Romains sous les murs de Noviodunon, je vais en informer Cassica. Mais il n'y a pas de quoi perdre notre sang-froid, nous en sommes encore à huit lieues.

Cassica décida que pour tâcher d'avoir des renseignements plus précis, il fallait se rapprocher du front. On continuerait donc la route jusqu'au prochain village.

— Damatos, je vais te demander de passer devant nous et de prendre une centaine de pas d'avance. Quand tu trouveras un village, tu y arrêteras ton chariot pour faire le ravitaillement, mais en même temps tu tâcheras de recueillir des renseignements sur la position exacte de l'ennemi et l'évolution de la situation.

Elle lui remit une bourse.

— Achète-nous tout ce que tu trouveras d'œufs, de farine, de fromages, de beurre et de volailles. Et aussi des choux. J'ai envie de manger une potée de choux.

Les trois ou quatre heures qu'il passa en éclaireur, à une bonne distance devant la petite troupe, furent un supplice pour le jeune tonnelier. Le carpenton avançait au pas mesuré de la jument à travers une interminable forêt dont les profondeurs pouvaient cacher tous les dangers. Si brusquement surgissaient des bêtes sauvages ou des brigands, les guerriers et les chiens de Cassica arriveraient trop tard à la rescousse. La route déserte n'en finissait pas de s'étirer à travers la sylve sans que jamais apparût l'ombre d'une bourgade ou d'une ferme isolée et cette sinistre solitude mettait Damatos très mal à l'aise. Mais il était plus mal à l'aise encore des soucis qu'il se faisait depuis que les gens de Salébriva lui avaient dit n'avoir pas vu passer le troupeau de captifs.

Enfin apparut un petit village et il put arrêter son véhicule au milieu d'un cercle d'enfants curieux renforcé de quelques femmes. Il apprit que le village s'appelait Nantiacon (1) — c'est-à-dire l'endroit où il y a des vallées — et qu'il ne se trouvait qu'à deux lieues et demie de Noviodunon. Les habitants se montrèrent accueillants et il n'eut aucune difficulté, en faisant le tour des fermes, à mener à bien ses approvisionnements, tout en glanant des informations sur le dispositif romain et les mouvements des troupes.

— Un marchand de sel ambulant qui venait de Noviodunon et avait pu franchir les lignes, rapporta une paysanne, m'a dit ce matin que les gens de la ville ont adressé un appel au secours désespéré à Vercingétorix, mais que rares sont ceux qui pensent qu'il arrivera à temps et beaucoup parlent déjà de reddition.

Il lui posa son habituelle question :

— Quand les légions de César ont défilé à travers ton village, n'étaient-elles pas suivies d'une longue colonne de captifs ?

— Des captifs ? Oh non ! S'il y avait eu des captifs, je les aurais bien remarqués, les pauvres. Non. Sûr de sûr, il n'y en avait pas.

Cassica et sa troupe, qui avaient fait une halte pour lui laisser le temps de mener son enquête, arrivèrent sur ces entrefaites.

— Nous ne pouvons continuer la route, déclara Cassica quand il lui eut transmis les nouvelles, ce serait nous jeter dans la gueule... de la louve. Il ne saurait pourtant être question de faire demi-tour, alors que nous sommes venus pour nous battre.

— Veux-tu mon avis ? proposa Vimpis.

Elle lui adressa un regard interrogateur.

---

(1) Nançay.

— Je t'écoute.

— Vercingétorix ne peut pas abandonner Noviodunon à son sort. Cela lui ferait perdre la confiance des Bituriges. Il ne peut pas permettre qu'une facile victoire vienne renforcer le prestige de César. Non ! s'il est un vrai chef, ce que je crois, nous n'allons pas tarder à le voir accourir. Ce que nous avons donc de mieux à faire est de l'attendre tranquillement ici.

Le visage de la jeune fille s'éclaira.

— Je crois que tu as raison. Tu es de bon conseil, Vimpis Nous n'allons pas nous installer dans le village même, parce que ce serait l'exposer aux représailles si jamais les Romains l'apprenaient, mais nous allons bien trouver un emplacement de camp dans les environs.

Les villageois, dont ils apprécièrent la complaisance, s'empressèrent de leur chercher l'endroit convenable. Après en avoir délibéré entre eux, ils les conduisirent dans une pâture au bord d'une petite rivière, en lisière de forêt. Ils n'entendaient pas qu'ils restassent exposés aux intempéries et insistèrent pour les aider à se construire un grand abri avec un compartiment pour les chevaux, un autre pour les hommes et un autre pour les chiens. Ils apportèrent des bottes de roseaux pour le couvrir et des charretées de fougère pour tapisser le sol.

À peine la construction achevée, l'entraînement militaire reprit. Derrière Cassica infatigable, les hommes durent courir, ramper, sauter, jeter le javelot, pointer la lance. Elle leur fit disputer des épreuves de course à pied, de lutte, de lancer et d'escrime. Dans tous ces exercices, Vimpis mit tout son cœur à se montrer le meilleur. À la course de soixante pas, il arriva au but avec vingt pieds d'avance sur le plus rapide de ses concurrents, en course de fond il se révéla le plus endurant, à la lutte il parvint, grâce à son agilité, à terrasser même Larix, le colosse, en lui faisant perdre adroitement l'équilibre. Le lendemain matin, il triompha dans les assauts à la lance et à l'épée que Cassica organisa avec des armes d'exercice. Elle ne put retenir l'exclamation :

— Par Épona ! il est doué, l'animal !

Il ne laissa pas passer l'occasion d'interroger :

— Crois-tu que je serais capable, maintenant, d'en découdre avec les Romains ?

— Ce serait un bon exercice pour parfaire ton instruction, sourit-elle.

Elle fit quelques pas de long en large en réfléchissant. Elle avait senti son impatience et ne tenait pas à le décourager en freinant son ardeur, et de plus elle avait grande envie de le mettre à l'épreuve.

— Écoute, Vimpis, dit-elle, je pense à une chose : quand nous nous présenterons devant Vercingétorix, il ne prendra pas au sérieux notre minuscule formation si nous ne lui apportons pas une preuve de ce dont nous sommes capables. Que dirais-tu de mettre à ses pieds une ou plusieurs enseignes romaines ?

— Ça ne me paraît pas une mauvaise idée.

— Voilà ce que tu vas faire : tu vas prendre trois hommes avec toi, vous allez vous approcher de Noviodunon et examiner discrètement les positions romaines pour m'en faire rapport. Mais par la même occasion, comme les opérations de siège impliquent un va-et-vient continuel, ce serait bien de la malchance si vous ne rencontriez pas quelque part un brillant porte-enseigne se promenant avec son fourbi sur l'épaule.

— D'accord. Nous te rapporterons le trophée.

— Je te confie le commandement de l'expédition. Mais attention ! Soyez prudents. Ne vous faites pas voir, cachez-vous dans les buissons, et n'attaquez pas à moins d'un contre trois.

— Nous serons quatre, ça nous permet d'y aller si les Romains ne sont qu'une douzaine.

— Mettons dix. Pas plus. Vous n'êtes pas encore des combattants assez confirmés pour que je vous en permette davantage.

Avant la fin de l'après-midi les quatre hommes revinrent, bombant le torse. Vimpis brandissait un bâton doré orné de macarons et de fausses couronnes de laurier, le faisait tournoyer, le lançait en l'air. En le remettant à Cassica, il lui avoua, l'air penaud :

— Ils n'étaient que huit. Nous tâcherons de faire mieux la prochaine fois.

Puis il expliqua :

— Les Romains vont et viennent sans méfiance. Ils ont l'air très sûrs d'eux. On dirait qu'ils considèrent d'ores et déjà la partie comme gagnée. J'ai peur que ce soit le cas, car nous avons aperçu une délégation qui sortait sans armes de la ville et se dirigeait vers le camp de César.

— Les lâches ! s'emporta la jeune fille. Que n'ont-ils la patience d'attendre l'armée de Vercingétorix qui doit être en route pour les délivrer.

— Qu'allons-nous faire ?

— Rien d'autre, pour l'instant que ce que nous faisons :

nous entraîner au combat et guetter la venue de Vercingétorix. Mais parlons de toi. J'ai une nouvelle à t'annoncer.

Elle croisa les bras et le fixa droit dans les yeux.

— J'ai voulu savoir, dit-elle d'un ton grave, si tu étais capable de commander des hommes et de les conduire à la bataille. La façon dont tu as rempli ta mission correspond à ce que j'attendais de toi. J'ai décidé que tu serais désormais mon lieutenant.

Damatos observa le visage de son beau-frère qui rayonnait de joie et de fierté, et se sauva cacher sa détresse au fond de son chariot. Maintenant que Vimpis avait accédé au rang de chef, il n'allait plus penser qu'à la gloire des armes et à l'ivresse de mener des hommes. Il n'allait plus se soucier de leur quête. Il allait falloir la poursuivre seul. Mais comment ?

III

Le temps n'était pas à la joie à l'intérieur de l'enceinte de l'opulente ville d'Avaricon, capitale des Bituriges Cubi. Les habitants à la figure ronde et aux grands yeux paisibles se rassemblaient pour échanger les nouvelles et discuter avec passion des mesures qu'à la place des autorités ils s'empresseraient de prendre pour faire face à une situation dont ils étaient angoissés. À peine signalait-on l'arrivée d'un voyageur semblant venir du nord du pays, que, malgré la pluie et le froid, les commerçants sortaient de leurs boutiques, les potiers abandonnaient leurs tours, les foulons s'extrayaient de leurs cuves, les tonneliers posaient leurs doloires, les bourreliers leurs alènes, les charrons leurs tarières, les teinturiers délaissaient leurs bacs, les ouvriers de la savonnerie et ceux de la tannerie suspendaient le travail et, à l'exception du personnel des forges et des fonderies qui ne pouvaient interrompre les opérations de fusion, de coulage ou de forgeage, tout le monde courait vers la porte pour avoir des informations toutes fraîches sur l'évolution des événements auxquels était suspendu leur propre destin.

Serrant sur sa tunique brodée sa longue cape doublée de fourrure dont la pluie lui avait fait rabattre le capuchon, le seigneur Drucoviros passait auprès des groupes sans leur accorder un regard et se hâtait vers sa demeure. La séance du Conseil à laquelle il venait d'assister s'était déroulée dans une atmosphère lourde et tendue. Dès l'ouverture des débats, il avait cherché à devenir le maître du jeu en prenant à partie l'orgueilleux Gargénos, le chef de l'armée, et en accusant son bellicisme d'avoir entraîné le pays dans une aventure sans issue, alors que si on l'avait écouté, lui, Drucoviros, on goûterait encore les délices de la paix. Gargénos avait répliqué avec morgue que la situation était loin d'être aussi alarmante que les cœurs faibles le prétendaient, qu'il avait une confiance inébranlable en la victoire finale et que les misérables qui, dans les circonstances présentes, tenaient des propos défaitistes, devaient être considérés comme des traîtres. Il avait poussé la malignité jusqu'à faire une perfide allusion — comme si cela avait quelque chose à voir dans le débat ! — aux conditions peu claires dans lesquelles celui qui prétendait lui faire la leçon s'était fait concéder la perception des péages sur les ponts. Cette passe d'armes avait permis au premier magistrat Lanorix de s'arroger le beau rôle en les rappelant tous les deux à l'ordre, en leur signifiant que l'heure n'était plus aux querelles mesquines et en prononçant un discours pathétique pour faire appel à l'union sacrée devant le péril extérieur. Puis il avait fait le point de la situation et mis le Conseil au courant des dernières informations que lui avaient apportées les agents secrets envoyés par lui à Noviodunon et aux alentours. Il était bien exact que huit légions investissaient la petite ville, sous la conduite de Jules César en personne. Il n'était pas contestable qu'établie en terrain plat, dépourvue de défenses naturelles et ne disposant que d'une garnison insignifiante, la place ne pouvait tenir longtemps. On ne pouvait songer à lui porter secours, car Avaricon avait besoin de tous ses hommes pour assurer sa propre défense. Mais les assiégés avaient dépêché des messagers à Vercingétorix, l'armée gauloise allait accourir, elle mettrait les Romains en fuite et Avaricon ne risquerait plus rien.

— Combien de temps lui faut-il, à Vercingétorix, pour être à Noviodunon ? avait demandé un membre du Conseil.

— Il est toujours chez les Boïens à faire le siège de Gorgobina. Gorgobina est à vingt lieues d'ici, dans le sud-est, et Noviodunon à douze lieues dans la direction opposée. Trente-deux lieues, ça représente deux jours de route.

Derrière leurs remparts, les Noviodunïens pouvaient attendre beaucoup plus de deux jours, avait assuré le général Gargénos. Mais lui, Drucoviros, lui avait coupé son effet en posant la question :

— Qui te dit que ton Vercingétorix attache assez d'importance à une méchante bourgade comme Noviodunon pour renoncer à cause d'elle à la prise de Gorgobina ?

Cela avait jeté un froid dans l'assemblée.

Les eaux de pluie débordant du caniveau — il n'y avait, comme partout en Gaule, qu'un seul caniveau au milieu de la chaussée — éclaboussaient le bas de ses braies tandis qu'il remontait la rue principale et il pestait contre la rigueur du climat. Il passa sans tourner la tête devant les jolies boutiques de céramique et d'orfèvrerie, longea les étalages des marchands de tissus, des selliers et des armuriers, protégés par leurs auvents, et tourna dans la rue bien droite, bordée de jardins et de terrains de jeux, qui menait au quartier résidentiel. Sa maison était une des dernières, à l'écart des bruits et de l'agitation, et c'était sans conteste la plus belle de toutes. Entourée de fleurs, elle se distinguait par ses dimensions imposantes. Les pans de bois de son colombage étaient peints de couleurs vives et sa porte était précédée d'une charmante avancée couverte.

Il claqua la porte derrière lui et appela d'un ton rogue :

— Dilaka !

La favorite accourut.

— Dilaka, fais-moi apporter des vêtements secs pendant que j'enlève ceux-ci qui sont trempés. Tu m'aideras à me changer.

La brune jeune femme aux grands yeux de velours s'empressa d'aller donner ses ordres aux servantes et revint le frictionner avec une serviette, mais en profitant du plaisir que lui procuraient ces soins auxquels elle ajoutait de troublantes chatteries, pour l'interroger sur les nouvelles qu'il avait apprises au Conseil.

— Ça va mal, bougonna-t-il. Noviodunon n'est pas en mesure de résister aux Romains plus de quelques jours. César a mis en ligne huit légions, ce qui représente cinquante mille hommes. Quand il se sera emparé de Noviodunon, la route lui sera ouverte pour venir nous attaquer. Ah ! ils ont fait du beau travail, nos gouvernants qui n'avaient à la bouche que le mot de « libération ». Libération ? Allons donc ! C'est à l'extermination que nous allons. Et ces imbéciles s'imaginent que le salut va nous venir de leur Vercingétorix ! Pauvres crétins !

Dilaka avait sursauté.

— Vercingétorix arrive ?

— Les assiégés lui ont adressé un appel au secours, mais je suis persuadé qu'ils se font des illusions. Pour moi, il ne bougera pas.

Dilaka plongea ses yeux dans les siens, d'un air impérieux.

— Il faut absolument qu'il le fasse. S'il ne se hâte pas d'accourir, c'en est fait de nous. Notre ville, la plus belle de toutes les villes celtes, sera prise d'assaut et notre jolie maison dont nous sommes si fiers sera rasée ou brûlée. Même si, par miracle, nous en réchappions, nous serions ruinés.

Tandis que si Vercingétorix vient nous défendre, ce sera l'occasion pour toi de faire des affaires magnifiques. Il faudra te proposer pour être le fournisseur de l'armée. Tu es mieux placé que quinconque pour la ravitailler en salaisons et cochonnailles.

— C'est vrai. Je n'avais pas pensé à cela.

— Ton commerce ne va pas fort depuis l'arrêt des exportations vers Rome. Il faut le relancer.

— Tu as raison, mais qui pourrait convaincre Vercingétorix de venir à notre secours ?

Elle l'aida à enfiler les vêtements secs qu'apportaient les servantes.

— Il faudrait à la fois faire appel à sa raison et à son cœur en lui démontrant l'intérêt stratégique de Noviodunon, en lui représentant quel effet désastreux auraient de nouvelles victoires de César et combien, au contraire, son propre prestige sortirait grandi d'un triomphe, non pas sur les misérables Boïens de Gorgobina, mais sur l'armée romaine, et en même temps en évoquant les terribles angoisses que vivent les gens de Noviodunon et que nous vivons nous-mêmes, à Avaricon, les horribles massacres qui nous menacent, tout le sang et toutes les larmes qui seront notre destin s'il ne vole pas à notre secours.

— Oui... tout ça, c'est très joli, mais je ne vois pas quel ambassadeur serait capable d'être assez persuasif...

Elle lui fit face.

— Seule une femme, déclara-t-elle d'un ton décidé, saura trouver les mots capables de l'émouvoir. Il faut que j'y aille.

— Toi ? Quelle idée !

Elle sourit, un peu mystérieuse.

— Je suis sûre qu'il m'écoutera. Cours immédiatement dire au seigneur Lanorix de m'envoyer comme ambassadrice. Qu'il me donne une escorte et je partirai sur l'heure pour Gorgobina. Le salut de la patrie l'exige.

Le salut de la patrie importait certainement moins à l'exportateur de charcuterie que la préservation de ses biens et le développement de ses affaires, mais quand le tout était lié, il n'y avait pas plus patriote que lui. Il s'empressa d'aller trouver Lanorix. Une heure plus tard, la *reda* de Dilaka roulait vers Gorgobina, au grand trot de ses quatre chevaux bais, encadrée par dix cavaliers casqués et fortement armés. Elle arriva dès le lendemain matin en vue de la ville, après une bonne nuit passée dans une auberge à proximité d'un gué.

Groupées par clans et par nations, les troupes de Vercingétorix occupaient toute la vallée, mais on ne pouvait pas parler de camp, car on ne voyait ni tentes ni abris et les chariots, au lieu d'être disposés en cercle étaient rangés en colonne. Les soldats, d'ailleurs, ne semblaient accorder aucun intérêt à la cité de Gorgobina. Il ne s'en trouvait aucun au pied des murailles et les travaux de siège qui avaient été commencés semblaient complètement abandonnés. On avait comblé de fagots les fossés, construit des abris couverts pour les archers et les frondeurs et entrepris l'édification de tours d'assaut, mais il n'y avait pas un archer ni un frondeur sous les abris, personne aux abords des fossés, et nul ne travaillait à l'achèvement des tours. Les guerriers semblaient uniquement préoccupés des soins à leurs chevaux et du rangement de leurs bagages.

Des hommes de garde barrèrent la route à la *reda* et à son escorte.

— Je suis ambassadrice de la nation biturige, annonça Dilaka en montrant à son doigt l'anneau officiel orné d'un aigle qui faisait foi de sa mission. Je suis chargée d'un message des autorités d'Avaricon pour le grand chef Vercingétorix. Voudriez-vous me conduire à lui ?

— Descends de voiture, laisse ton escorte ici et suis-nous. Un peu plus, tu arrivais trop tard : nous levons le camp.

— Vous levez le camp ? Sans avoir pris Gorgobina ?

— Nous partons secourir Noviodunon.

Bien que cela rendît sa mission sans objet, Dilaka se réjouit : elle n'encourait plus l'échec qui lui aurait fait perdre la face, et puisque la décision du roi arverne était prise dans le sens qu'elle souhaitait, elle pourrait toujours, devant les habitants d'Avaricon, s'en attribuer le mérite. De toute façon, elle n'allait pas retirer sa demande d'entrevue, l'important pour elle étant de revoir Vercingétorix. Elle l'aimait. Ou du moins s'en persuadait-elle, se gardant bien de se poser des questions sur le rapport qu'il pouvait y avoir entre ses sentiments et le fait que le jeune homme fût le plus haut personnage de toute la Celtie, celui devant lequel s'ouvrait un avenir fabuleux. Elle n'était pas femme à se satisfaire de partager le sort d'un petit noble de second rang, qu'il fût chef de clan ou riche exportateur. Elle avait été à deux doigts d'atteindre à la brillante destinée dont elle s'estimait digne, quand l'épouvantable fin de son cher Tasgétios avait mis un terme à ses espérances. Elle en avait été profondément bouleversée. Sans ce crime dont elle aurait voulu connaître les auteurs pour les poursuivre de sa haine, elle ne doutait pas qu'elle serait devenue reine des Carnutes. Bien entendu, il lui aurait fallu pour cela se débarrasser discrètement et proprement de la première épouse du roi, mais c'était une triste nécessité dont elle commençait à avoir l'habitude. Il n'y aurait eu aucune raison pour que les choses ne marchassent pas aussi bien que lorsqu'elle avait eu à se défaire de l'insupportable Sukara. Mais, après tout, n'était-ce pas une faveur des dieux que toutes ces épreuves qui, sur le moment, lui avaient arraché bien des larmes : l'assassinat de l'homme qu'elle aimait, sa répudiation par le mari auquel elle avait conservé aussi un peu d'affection, la longue errance pendant laquelle elle avait vécu d'expédients, jusqu'au jour où elle avait rencontré le noble Drucoviros qui lui assurait une vie confortable et même luxueuse, mais pour qui elle n'éprouvait vraiment pas la grande passion dont elle rêvait... Tout cela, maintenant, se révélait bénéfique, puisque cela lui ouvrait le chemin vers la couche de celui qui était plus grand encore que Tasgétios, qu'elle aimait comme elle n'avait jamais aimé, et qui, lui, au moins, n'était pas déjà encombré d'une épouse. Il n'avait pas dû garder un mauvais souvenir de leurs folles étreintes sous sa tente, devant Avaricon. Elle allait pouvoir faire aujourd'hui un nouveau pas en avant vers son but.

Les hommes de garde la conduisirent à un aide de camp de Vercingétorix qui commença à la questionner.

— Va seulement dire au roi, répondit-elle, très sûre d'elle, que c'est Dilaka qui lui est envoyée en ambassadrice par les chefs des Bituriges et demande à le voir.

L'aide de camp courut vers un groupe de chefs dont les casques ornés de toutes sortes de pointes, de rouelles, de cornes et d'animaux, signalaient le haut rang, et que dominait la haute stature de leur chef suprême, Vercingétorix. Quelques instants plus tard, le jeune roi était là, s'avançant à grands pas vers elle et s'exclamant :

— Dilaka ! Quelle bonne surprise ! Sois la bienvenue. Te voilà ambassadrice maintenant ? La diplomatie serait l'art le plus délicieux du monde si l'on voulait bien ne jamais m'envoyer que de tels ambassadeurs.

— Tu me verrais alors jalouse des autres ambassades, repartit-elle en riant.

— Quel message m'apportes-tu au nom de mes excellents amis bituriges ?

Elle se garda bien d'avouer que sa mission n'avait plus de raison d'être et fit comme si elle ignorait que l'armée levait le camp. Elle commença à débiter le discours qu'elle avait préparé pour le supplier de venir sauver Noviodunon dont la chute mettrait Avaricon en péril mortel, et pour lui faire miroiter la gloire dont il se couvrirait en mettant en fuite César et ses dix légions, mais il l'interrompit :

— Inutile de te donner le mal de plaider une cause déjà gagnée. Nous sommes en train de lever le camp pour marcher sur Noviodunon.

— C'est merveilleux ! Tu es un grand chef. Ton nom va être béni dans tous les foyers bituriges.

Il ne parut pas insensible à ce compliment sorti d'une jolie bouche. Un peu d'émotion passa dans son regard. Elle en profita.

— Me permettrais-tu, demanda-t-elle, de faire la route avec vous jusqu'à Avaricon ?

— Bien sûr. Je te préviens que je ne compte pas passer par Avaricon, mais couper au plus court, ce qui me fera bien gagner deux lieues. Il faudra donc que tu nous quittes lorsque nous arriverons à l'embranchement, mais ce ne sera pas avant le milieu de la matinée de demain.

— T'avouerai-je que la foule de tes guerriers me fait un peu peur ? Je me sentirais plus rassurée si ma *reda* pouvait cheminer à côté de ton cheval. Et puis la route me paraîtrait tellement plus agréable en ta compagnie. Est-ce impossible ?

— Ma foi, je ne vois pas ce qui s'y opposerait. Ce sera pour moi un grand honneur de chevaucher auprès de l'ambassadrice des Bituriges.

Il s'excusa de la quitter pour aller donner ses ordres et l'invita à faire avancer sa *reda* jusqu'à l'endroit où se tenait l'état-major, immédiatement derrière la cavalerie qu'il comptait faire partir en avant-garde. Son escorte pourrait suivre à peu de distance.

Elle ne le revit que lorsque toutes les unités eurent été rangées en ordre de marche. Il montait un fringant étalon blanc aux longs crins, au bout du nez rose et à l'œil hardi, qui rouait l'encolure en mâchant son mors et dansait sur place. Avant de la rejoindre, il leva le bras et aussitôt éclatèrent les sonneries de carnyx, reprises en écho d'un bout à l'autre de l'impressionnant ruban de bataillons en armes déroulé au long de la vallée. Alors, cavalerie en tête, l'immense armée celte s'ébranla.

Les cavaliers, qui forçaient l'allure, furent bientôt hors de vue. Vercingétorix se trouva en tête du gros de l'armée, avec son état-major et la *reda* de Dilaka. Du haut de son cheval, il se trouvait au niveau de la séduisante ambassadrice, aussi purent-ils occuper les longues heures de l'étape à se raconter leurs vies.

Quand le soir approcha, elle fit soudain mine de s'effrayer.

— Vais-je devoir passer la nuit dans ma *reda ?* Je n'ai pas de tente et je ne cache pas que la perspective de dormir sans protection au milieu des soldats me terrifie.

— Mon plus grand désir serait de te protéger...

— Vrai ? Tu irais jusqu'à m'herberger dans ta tente ? Oh ! comme je suis heureuse ! Je saurai faire de ta nuit une nuit de joie et de folle ivresse.

Elle était irrésistible. Quand, à l'étape, le pavillon royal eut été dressé, ils y pénétrèrent ensemble, main dans la main, en se regardant avec tendresse.

IV

Laissant Cassica et ses hommes à leurs simulacres de combats, à leurs manœuvres d'ensemble, à leurs lancements de javelot et à leurs pas de gymnastique derrière les chiens de guerre, Damatos partit de bon matin à pied, Mogus sur ses talons, en direction de Noviodunon. Son affaire, à lui, était la collecte de renseignements.

Depuis Nantiacon, la forêt s'éloignait progressivement de la route qui s'avançait entre des étendues de plus en plus larges de champs labourés dont la terre lui semblait grise et légère en comparaison de celle de son pays. De loin en loin apparaissait une ferme isolée, parfois d'aspect cossu, et il quittait alors la route pour le petit chemin de terre qui y conduisait. Continuant à se présenter comme un pèlerin allant prier Épona, il était généralement bien accueilli. On lui disait tout ce qu'on savait sur les mouvements des troupes romaines, mais lorsqu'il demandait si l'on n'avait pas vu passer à leur suite un convoi de prisonniers, il n'obtenait que des réponses négatives. La trace était définitivement perdue et il venait de prendre la décision de faire demi-tour et de retourner à Salébriva, quand les renseignements qu'il recueillit d'un passant arrivant de la direction de Noviodunon et qui lui furent confirmés par tous les gens rencontrés par la suite, en approchant de la ville, l'amenèrent à reconsidérer la question. Les portes, lui disait-on, avaient été rouvertes parce que les pourparlers de reddition touchaient à leur fin, que les députés envoyés à César avaient obtenu qu'il pardonnât la « rébellion » et épargnât la vie des habitants, moyennant la livraison des armes et des chevaux et la fourniture d'otages. Déjà une partie des otages avait pris le chemin du camp romain et l'on avait vu des centurions et quelques soldats faire leur entrée dans Noviodunon pour rassembler les armes et les chevaux. Il décida d'en profiter pour s'introduire dans la place où il avait des chances de récolter des renseignements intéressants.

Aux sentinelles qui montaient la garde à l'entrée en attendant d'être relevées par des soldats romains, il conta sa petite fable habituelle du pèlerinage au sanctuaire de Borbona. On le laissa passer : puisqu'on faisait la paix avec l'envahisseur, quelles précautions aurait-on pu avoir encore à prendre ? Il trouva la ville en proie à une morne agitation. Sorties de chez elles pour observer les événements, les femmes s'égaillaient en tous sens, leur marmaille dans les jupes ; les chefs couraient distribuer leurs ordres ; des guerriers descendaient les rampes du chemin de ronde et lentement, tête basse, emportaient leurs lances, leurs glaives et leurs boucliers vers la place centrale où ils allaient les déposer sur le tas que surveillaient une demi-douzaine d'empanachés de l'armée de César, sous la protection d'un détachement de hastaires ; des hommes de peine vidaient l'arsenal pour compléter l'oblation ; des soldats romains circulaient de maison en maison et les fouillaient, à la recherche d'armes cachées ; des officiers de cavalerie assistés de palefreniers berbères rassemblaient les chevaux sur le foirail, malgré les supplications de leurs propriétaires et les larmes des enfants, pour qui les bonnes bêtes faisaient partie de la famille.

Damatos erra au hasard, affligé par ce spectacle de capitulation et se demandant un peu comment entamer son enquête. Soudain, il avisa un militaire grisonnant qui se recroquevillait dans un angle, à l'entrée d'une écurie vide. Peut-être comprenait-il le celtique.

— Fait pas chaud, hein ? lui lança-t-il.

— Ce froid et cette humidité c'est horrible, répondit l'autre à qui, effectivement, la langue gauloise semblait familière.

— Et que fais-tu donc ici, à te geler ?

— Il fait moins mauvais dans cette baraque que dehors Ma tâche était de vérifier s'il ne restait pas de chevaux chez les particuliers, mais j'ai terminé l'inspection des maisons dont j'étais chargé et je n'ai rien trouvé.

— Mais, dis donc, tu parles notre langue à la perfection.

— Parbleu ! J'ai été cinq ans en garnison à Narbo, chez les Volques Arécomiques, et j'étais en ménage avec une adorable jeune Narbonnaise.

Une idée jaillit dans l'esprit de Damatos.

— Tu me fais pitié, dit-il. Viens, je te paie un verre. Que dirais-tu d'un petit aminéen aux aromates ?

— Ça ne serait pas de refus, mais je n'ai pas le droit, je suis en service.

— Bah ! personne n'en saura rien. Ta tâche est accomplie, tu ne vas pas rester t'ennuyer et te geler ici. J'aperçois une taverne à deux pas. Nous n'y resterons pas longtemps, mais un bon petit remontant te fera du bien.

— Bon, alors en vitesse.

Dans la taverne, il n'y avait personne d'autre que l'hôtesse. Elle n'avait pas d'aminéen, mais elle proposait un excellent falerne à l'aloès, un massilien fumé ou un vin cuit de chez les Voconces. Ils choisirent le voconce et Damatos, décidé à ne pas regarder à la dépense, ne cessa de remplir le gobelet de son invité à mesure qu'il le vidait, tout en se gardant, pour sa part, d'outrepasscr lcs doses en deçà desquelles sa lucidité ne risquait pas d'être troublée.

Il commença par questionner benoîtement le Romain sur son pays, sur sa famille, sur la vie des camps, puis, lorsque les bienfaits du volconce cuit eurent commencé à lui délier la langue, il le fit parler sur les opérations en cours, l'itinéraire suivi par César, les objectifs fixés. L'homme ne savait rien des objectifs, mais il put raconter l'expédition telle qu'il l'avait vécue jusqu'à ce jour. Sa légion avait pris ses quartiers d'hiver chez les Lingons, du côté des sources de la Matrona (1), et l'on y vivait dans les transes depuis que l'on avait appris le soulèvement de la population de Cénabon et l'entrée en campagne de Vercingétorix. Mais un beau jour, on avait eu la stupéfaction de voir arriver au camp, à la tête d'un petit détachement de cavalerie, Jules César en personne, que tout le monde croyait encore à Rome. Après avoir traversé les monts Cévennes dans la neige, il avait laissé ses troupes ravager le pays des Arvernes sous le commandement d'une jeune brute — oui, c'était son nom, il se nommait Brutus — et avait filé avec une petite escorte à Vindobona, sur le fleuve Rhodanos, où il avait trouvé de la cavalerie fraîche. Il avait alors remonté en toute hâte vers le nord, la vallé du Rhodanos et celle de l'Arar, et avait fait irruption à l'improviste chez les Lingons.

— Pour nous, moi je te dis, ça n'a pas traîné. Ah ça non ! Sac au dos et en avant ! Il nous a emmenés à marches forcées à Agédincon — tu connais Agédincon ? non ? ça fait rien — bon,

(1) La Marne.

il nous a emmenés, que je te disais, à marches forcées — où ça déjà ? — ah oui ! à Agédincon — tu connais pas Agédincon ? bon, tant pis ! C'est une grande ville. Il y avait déjà là six légions ; avec nous ça faisait huit et il en a fait rappliquer deux autres qui campaient chez les Rèmes. En tout, moi je te dis, ça faisait dix. Dix, t'entends ? Bon, il en a laissé deux sur place avec nos bagages et nous autres — les huit autres, quoi ? — nous voilà partis censément pour le pays des Boïens où ce que Végin... Vertin... Vercingétorix — vous en avez des noms vous autres ! — il avait commencé à assiéger un village dont je me rappelle plus son nom. Ça n'a pas d'importance. Mais je t'en fiche ! le pays des Boïens, c'était droit au sud, moi je te dis, et nous on a marché vers l'ouest. Il nous a fallu que trois jours pour prendre la ville des Sénons, comment déjà ?

— Vellaunodunon ?

— Tout juste ! Vel-lau-no-du-non — vous avez de ces noms, vous autres Gaulois !... En trois jours qu'on l'a prise, tu te rends compte, petit gars ? Oh mais c'est que moi, je me suis battu comme un lion. Un vrai lion que je suis, héros pour dire les choses comme elles sont. Va pas dire le contraire.

— Je ne dis pas le contraire.

— Ah bon ! Donc on l'a prise, mais on n'a pas eu le droit de s'y arrêter. Marche toujours, pauvre fantassin ! Marche ou crève ! On a continué, toujours vers l'ouest, moi je te dis, jusqu'à Cénabon.

Les choses commençaient à s'éclairer pour Damatos qui n'avait jamais compris comment César, que l'on avait vu se jeter sur le pays Arverne, avait pu arriver du nord de la Liger pour attaquer Cénabon.

— Et comment ça s'est passé, à Cénabon ? questionna-t-il, en s'efforçant de dissimuler l'émotion qui l'étreignait à ce seul nom.

— Ah ! ça, c'était vraiment la fête, la grande fête. Alors là, moi je te dis, c'était la grande fête. Mais je sais pas si je peux te raconter, des fois que ça serait un secret militaire.

— Un secret militaire ? Tu veux rire ? Ah mais bon, j'ai compris. Hôtesse ! un autre pichet de voconce.

Quand il lui eut rempli son gobelet, il ne fut plus question de secret militaire.

— On n'a pas eu le temps de dormir, cette nuit-là, mais ça faisait rien. Quand on a foncé dans le tas des bonnes gens qui s'entassaient à l'entrée du pont, moi je te dis : c'était la fête. J'avais jamais eu autant de plaisir. Le sang pissait partout. Et quand on a mis le feu aux portes pour déloger les bourgeois qui s'étaient bouclés dans la ville, c'est ça qui était drôle. Ils s'attendaient pas à ce coup-là. Et puis ces grandes flammes dans la nuit, qui illuminaient les remparts, moi je te dis, c'était magnifique. Je suis sensible, moi, j'aime les beaux spectacles. T'aurais vu ça, ces flammes... ! Et puis en entendant les femmes et les marmots beugler de terreur de l'autre côté, on se sentait les rois du monde.

Dans son enthousiasme, le héros voulut accompagner ses paroles de grands gestes évoquant tour à tour les flammes qui s'élevaient et les légionnaires qui cognaient, mais tel était son état d'euphorie qu'il ne lui en fallut pas plus pour perdre l'équilibre et manquer de tomber de son tabouret, à la renverse. Il se raccrocha désespérément à la table, parvint à se rétablir et éclata de rire. Damatos ne supporta pas sans agacement ce rire bruyant et convulsif qui n'en finissait pas, mais le moment vint tout de même où le récit reprit.

— C'est comme quand on a incendié la ville... Oui, mais ça c'était le lendemain. On a attendu le lendemain, tu comprends, parce qu'il fallait qu'on y voie clair pour... — ah ! mais, au fait, faut que je t'explique : je dis le lendemain, parce que pour nous la journée commence au lever du soleil, mais je sais que vous, les Gaulois, vous la faites commencer à la tombée de la nuit. Alors, pour vous c'était le même jour. Mais c'est pas grave. Moi je te dis : c'est pas grave. Donc fallait qu'on voie clair pour le pillage et on n'a mis le feu aux baraques qu'après.

Il repartit d'un rire bruyant et tapa sur la table.

— Mais maintenant, mon petit gars, je suis riche. Riche, t'entends ? Ah ! tu croyais que j'étais qu'un pauvre légionnaire sans le sou, un minable, mais non, mon petit gars, tu te trompes : cette fois, j'ai fait fortune. On a tous fait fortune. Loué soit le grand César. Grâces soient rendues à sa générosité. Il a distribué à ses légionnaires tout le butin. Tout, t'entends ? Y compris les bonnes gens.

— Y compris les bonnes gens ? s'étonna Damatos. Que veux-tu dire par là ?

— Ben oui, quoi ? On a eu droit, chacun, à un habitant de la ville comme esclave. Ceux qu'en ont pas eu, parce qu'il n'y en avait pas tout à fait assez pour tout le monde, on leur a donné en compensation des bijoux, des objets d'art, des ustensiles de cuisine, des vases sacrés raflés dans les sanctuaires, mais ma légion a été servie dans les premières et on a tous eu des esclaves. J'ai des copains qui sont repartis avec des jolies petites femmes, mais moi on m'a attribué un grand gars costaud qui était ouvrier charron. J'aimais autant : à Rome, ces types-là ça fait prime sur le marché, ça se vend très bien.

Damatos sut qu'il touchait au but et demanda, d'un air qu'il s'efforçait de faire paraître indifférent :

— Et qu'en avez-vous fait de vos esclaves ? Les avez-vous gardés avec vous pour aller les vendre à Rome après la guerre ?

— T'es pas fou ? Rome, on n'est pas à la veille d'y retourner, moi je te dis. Tu nous voyais pas nous encombrer jusque-là de notre troupeau ? On a tout vendu. Il traîne toujours autour de l'armée des marchands italiens à l'affût des bonnes occasions. Dès le premier soir, on les a vus accourir. Ils ont examiné nos prisonniers et ils ont commencé par nous proposer des prix dérisoires. Les cours étaient tombés très bas, qu'ils disaient, à cause de l'abondance de la marchandise. Note bien que, d'un sens, ils n'avaient pas tort. Mais on a discuté et ils ont monté un peu leurs chiffres. Moi, j'ai pas à me plaindre : j'ai tout de même obtenu deux cents deniers de mon charron. Un joli magot pour un pauvre légionnaire.

Damatos lui remplit une nouvelle fois son gobelet.

— Si les marchands ont l'intention d'aller revendre les esclaves à Rome, comment se fait-il qu'ils n'aient pas pris la même route que vous, droit vers le sud ?

— Ça, mon gars, c'est eux que ça regarde. Leur caravane a pris la direction de l'est — va savoir pourquoi ! Moi je pense — si tu veux mon avis — qu'ils avaient peur à l'idée de devoir passer par le pays des Arvernes, nos pires ennemis, et qu'ils vont chercher à traverser la Liger pour entrer chez les Éduens. C'est sûr que par la vallée de l'Arar et du Rhodanos ils peuvent gagner la Provincia en toute tranquillité. Enfin, moi je dis ça comme ça... Au fait, comment que tu sais qu'ils ont pas pris la même route que nous ?

Damatos fit un geste évasif et commença un vague : « Eh bien... » en cherchant que répondre, mais il n'eut pas à en dire plus, car juste à ce moment retentit dehors une immense clameur suivie de bruits de courses précipitées qui le fit bondir jusqu'à la porte pour se rendre compte de ce qui se passait. Mogus sautillait en se collant dans ses jambes et en agitant la queue. Le légionnaire voulut se lever, mais il eut beau s'accrocher à la table, il chancela et dut se rasseoir. Du seuil, Damatos vit des guerriers novioduniens sans armes courir vers la place centrale et d'autres, non moins pressés, en revenir armés de pied en cap. Il vit aussi des chefs très excités, en particulier un grand athlète en tunique noire et en saie à rayures bleues et mauves, qui gesticulaient en criant . « Aux remparts ! Vite, vite, à vos postes ! Fermez les portes, garnissez les tours de guet. » Il vit encore vers la porte la plus proche la demi-douzaine d'empanachés qui tout à l'heure présidaient à la réception des armes, suivis de leur détachement de hastaires, lances pointées. Quelques autres Romains et des palefreniers berbères passèrent à leur tour comme des flèches, tandis que la portion de rempart que Damatos apercevait entre les maisons se garnissait de défenseurs. Quand il constata que des femmes et des gamins, poussés par la curiosité, avaient posé une échelle contre l'enceinte et l'escaladaient à la hâte, il fit ce que n'importe qui aurait fait à sa place, il suivit le mouvement, en priant Mogus de l'attendre bien sagement au pied de l'échelle. Une fois sur le chemin de ronde, il suivit les regards de la foule qui se concentraient sur une portion de la plaine et y découvrit, arrivant du sud-est, la masse compacte et hérissée de lances d'une cavalerie multicolore. La cavalerie de Vercingétorix !

Profitant de la ruée vers les remparts et du désordre causé par la surprise, centurions et soldats romains avaient pu s'enfuir jusqu'à l'une des portes et, en menaçant de leurs armes les préposés à sa surveillance, se l'étaient fait ouvrir afin de rallier le camp de César plus vite qu'ils n'étaient venus. Damatos songea au malheureux qu'il avait laissé au cabaret. Il avait pitié de lui et ne lui voulait pas de mal ; il redescendit prestement du rempart pour l'inviter à fuir s'il en était encore temps. Mais il le trouva profondément endormi sous la table. Même avec de l'aide, le pauvre bonhomme n'aurait jamais pu atteindre la porte. Le mieux était de le laisser là : il n'y risquait pas grand-chose.

Il remonta sur le chemin de ronde et alla prendre position du côté nord, afin d'observer les mouvements aux alentours du camp de César. Affluèrent vers lui, pour se mettre à l'abri, les soldats qui patrouillaient, fourrageaient ou gardaient les travaux de siège. Puis, soudain, en sortirent par la brèche dans la palissade que les Romains appelaient « porte sinistre », des escadrons de cavalerie, en nombre impressionnant et défilant en ordre impeccable derrière leurs officiers. Ils allèrent se ranger dans les labours, chaque turme sur trois rangs et précédée de son préfet tout de rouge vêtu, accompagné de son porte-étendard. Les dix turmes de chaque légion s'étageaient les unes derrière les autres, parallèlement à celles des légions voisines : une belle parade militaire. Damatos évalua qu'il pouvait bien y avoir là entre deux et trois mille cavaliers, mais les Gaulois ne devaient pas être moins nombreux. Ils venaient de réapparaître dans son champ de vision, sur la droite, marchant droit à l'ennemi. Il fit la grimace. N'aurait-il pas été préférable que le combat ne s'engageât que lorsque le gros de l'armée de Vercingétorix aurait été là ? Mais allez donc freiner des guerriers celtes impatients de faire montre de leur bravoure ! De son côté, César n'avait pas intérêt à attendre l'arrivée du gros des forces de son adversaire. Les sonneries perçantes des clairons d'airain retentirent, le porte-étendard qui se tenait auprès du légat commandant l'ensemble de la cavalerie leva son *vexillum* et toutes les lances s'abaissèrent. Le légat tira son glaive, le brandit, puis l'étendit vers l'avant. Les cavaliers de Rome s'ébranlèrent, en rangs serrés, et prirent le trot.

Sur leurs petits chevaux aux longs crins, les Celtes, eux, s'étaient arrêtés et seul le chef qui les commandait se porta au grand galop à la rencontre de l'ennemi. On le vit aller et venir en caracolant devant le front des Romains et l'on se rendait compte, à ses grands gestes, qu'il injuriait copieusement le légat et le provoquait en combat singulier. Mais le légat ne semblait lui prêter aucune attention et ses escadrons continuaient leur progression au trot, bien alignés. Le chef gaulois dut tourner bride et revenir vers ses troupes. Ces hommes de César n'avaient aucune éducation et faisaient la guerre comme un métier, non comme un art. Ils ne respectaient aucune règle. Le Celte, désappointé, fit un signe en faisant volter son cheval et de la masse désordonnée de ses cavaliers s'élevèrent des hurlements sauvages. Ils s'élancèrent au galop de charge, mais, brusquement, quand ils ne furent plus qu'à une douzaine de pas des Romains, ils se déployèrent pour les déborder tout en lançant leurs javelots. Nombreux furent les fils de la Louve qui mordirent la poussière, un javelot à travers le corps, sans que les Gaulois, pour leur part, aient eu une seule perte puisqu'ils étaient restés hors de portée des lances ennemies. Ils étaient déjà rendus à l'autre bout du champ de bataille. Ils firent pirouetter leurs poneys aussi agiles que rapides et revinrent à la charge, à revers, en lançant leurs seconds javelots. Une partie des Romains, devinant la manœuvre, avaient voulu faire front en opérant un demi-tour, non sans bousculer leurs voisins. D'autres avaient cru plus utile un simple face-à-gauche ou face-à-droite. Certains s'étaient arrêtés, d'autres continuaient leur marche. C'était le plus grand désordre. Lorsque les javelots volèrent et creusèrent de nouveaux vides dans leurs rangs, ce fut la panique. Ils talonnèrent leurs montures et s'enfuirent en direction de leur camp, poursuivis par les cavaliers celtes qui avaient tiré leurs épées et frappaient de grands coups de taille.

Damatos exultait. Victoire ! Victoire ! En haut de la tour de guet du camp romain, il apercevait César, reconnaissable à son *paludamentum* pourpre et à sa tête nue, qui levait les bras au ciel, puis frappait la balustrade d'un poing rageur. Mais il le vit, soudain, se retourner vers l'intérieur du camp et faire un geste de la main. Quelques instants plus tard, débouchait de la porte prétorienne un corps de cavalerie tenu jusque-là en réserve. Montant de forts chevaux poilus, les nouveaux venus étaient d'aspect terrifiant. Ils étaient de haute taille et revêtus de peaux de bêtes. Comme ils ne portaient pas de casques, leurs longs cheveux, aussi rouges que leurs barbes, flottaient au vent et leur donnaient l'air d'être auréolés de flammes. Ils n'avaient pas de braies, mais leurs jambes étaient entortillées jusqu'aux genoux dans des guenilles retenues par des lanières de cuir entrecroisées. Ils fondirent sur les Gaulois trop sûrs de leur victoire, en poussant des cris encore plus effrayants que les leurs. Ce fut leur tour de lancer des javelots en pleine course — ce que les Romains ne savaient pas faire — et la cavalerie celte, qui s'était déjà défaite des siens, éprouva de lourdes pertes sans pouvoir répliquer. Arrêtée dans son élan, elle interrompit la poursuite des fuyards et engagea le combat corps à corps avec les hommes en peaux de bêtes. C'étaient des Germains que César avait racolés nul ne savait où. Le choc fut sanglant. Les Germains étaient de tout autres adversaires que les légionnaires et, de surcroît, ils avaient leurs forces intactes et des montures fraîches. Leur armement aussi leur assurait la supériorité : leurs épées étaient nettement plus longues que celles des Gaulois et nombre d'entre eux étaient armés de lourdes haches. Les guerriers de Vercingétorix luttèrent vaillamment, mais le combat était par trop inégal et ils finirent par faire demi-tour et se replier sur le gros de l'armée, au loin dans le sud-est.

Dans Noviodunon régnait la consternation. La crainte des représailles de César rendait les gens fous de terreur. Ils s'en prenaient aux chefs qui avaient appelé aux armes lorsque la cavalerie était apparue, en particulier au grand athlète en tunique noire et en saie à rayures bleues et mauves. Les femmes les injuriaient. Les commerçants ne trouvaient pas de mots trop forts pour stigmatiser leur attitude qu'ils n'auraient pas trouvé de mots trop forts pour magnifier sans l'imprévisible intervention germaine. Quelqu'un réclama qu'on les pende. Les principaux magistrats de la cité arrivèrent d'un pas solennel, l'air grave, leur déclarèrent qu'ils étaient en état d'arrestation et ordonnèrent qu'on se saisisse d'eux : on allait les livrer à César en lui apportant la capitulation de la ville.

Damatos était écœuré. Il n'avait plus rien à faire ici. Comme les portes avaient été rouvertes, il siffla son chien et repartit vers le cantonnement de Cassica. Il trouva la jeune fille donnant une leçon d'équitation à Vimpis, fier comme un coq sur le rustique Crinos.

V

— Je tiens à ce que nous fassions notre petit effet en arrivant, dit Cassica. Pour être prise au sérieux, une troupe aussi squelettique que la nôtre et, qui plus est, conduite par une femme, doit montrer ce dont elle est capable. Mettez-vous en rang par trois. Vous marcherez au pas cadencé.

— Comme des Romains ?

— Pas de discussion ! Vous marcherez au pas cadencé, ainsi que je vous l'ai appris, la lance sur l'épaule et les javelots en bandoulière. J'irai devant, à cheval, et Vimpis me suivra, portant toutes les enseignes que nous avons prises à l'ennemi. Les chiens tenus en laisse par Bâregos avanceront sur notre flanc droit, ceux des deux autres maîtres-chiens sur notre flanc gauche. Compris ? Le chariot de Damatos fermera la marche.

S'étant mis en route de bon matin et ayant contourné Noviodunon par l'ouest, ils n'avaient pas rencontré un seul Romain sur leur chemin et étaient arrivés en vue du camp de Vercingétorix. Ils prirent le pas cadencé. À l'entrée du camp, elle déclina aux sentinelles, sur un ton plus militaire que nature :

— Cassica fille de Cumborix et son clan, les Rectocaticni des Carnutes. Nous avons fait au plus vite pour rejoindre l'armée, mais nous venons d'au-delà de Cénabon. Veuillez nous annoncer au grand chef Vercingétorix.

Le grand chef Vercingétorix et son état-major pouffèrent de rire quand on leur annonça qu'arrivait en renfort un bataillon carnute... d'une trentaine d'hommes sous la conduite d'une jolie fille.

— Krixomaros, mon cher druide, ce sont tes compatriotes. Ne serait-il pas bon que tu ailles voir ce dont il retourne ?

Le druide fut bientôt de retour.

— Il s'agit bien, dit-il, de la fille du noble Cumborix et d'hommes de son clan auxquels s'est joint mon frère Damatos, que tu connais. Tu peux leur faire confiance. Les Romains, m'a dit Cassica, ont assassiné son père et elle est avide de vengeance.

— Et ton frère, que vient-il faire ?

Les mâchoires de Krixomaros se serrèrent.

— Il m'a appris le massacre de mes parents, de mes sœurs, de mes neveux.

Le roi, ému, s'avança jusqu'à lui et posa ses deux mains sur ses épaules.

— Sois assuré, mon âme, que je compatis. Allons ! qu'on fasse venir cette Cassica et sa troupe.

Il ne fut pas peu surpris de les voir arriver au pas, dans un alignement irréprochable — ce qui n'était pas particulièrement dans les habitudes des Celtes. Il eut tout de même du mal à garder son sérieux à la vue du vilain petit cheval de labour — encore plus vilain du fait qu'il avait son poil d'hiver — que montait très fière et très droite la vierge guerrière. Quand, au commandement aboyé par Vimpis, les trente hommes s'immobilisèrent avec un ensemble parfait et que la jeune écuyère fit faire à son *manuus* (1) une courbette digne d'un cheval de haute école, avant de sauter à terre, il glissa à voix basse aux officiers qui se tenaient près de lui :

— Quelle bande de m'as-tu-vu ! Mais ils ont de beaux chiens.

Cassica se tenait au garde-à-vous devant lui, raide dans sa cotte de mailles et ses braies d'homme, la main droite posée sur le pommeau de son glaive. Elle avait ôté son casque cornu, qu'elle tenait sous son bras gauche, et ses cheveux blonds s'étaient déroulés en ondes souples. Elle le dévisageait d'un regard franc et volontaire et, d'un seul coup, il perdit toute envie de se moquer. Il était subjugué par son air décidé et touché par la grâce délicate de ses traits, le bel ovale de son visage, la merveilleuse lumière de ses yeux bleus. L'émotion qui l'étreignait était telle qu'il n'en avait jamais ressenti et il était incapable de prononcer une parole. Ce fut elle qui rompit le silence.

— Seigneur, permets-moi de te présenter ma compagnie.

---

(1) *Manuus* (mot gaulois) : petit cheval de trait.

Elle n'est pas bien nombreuse, parce que les bêtes puantes de Rome ont décimé mon clan, mais son habileté et sa vaillance compensent la faiblesse de l'effectif. Vois les trophées pris à l'ennemi dont nous te faisons hommage.

Vimpis vint déposer aux pieds du roi les enseignes romaines. Il y en avait cinq dont une aigle argentée.

— Je te fais mes compliments, ô noble Cassica dont la valeur guerrière n'a d'égale que la beauté, prononça Vercingétorix d'une voix devenue grave. Je constate que vous n'êtes pas des plaisantins.

— En doutais-tu donc ?

— Ce n'est pas ce que je veux dire...

— Je veux t'en donner d'autres preuves, dit la jeune fille précipitamment. Je vais te montrer comme nous savons manœuvrer.

Avant que le roi eût pu répondre, un de ses généraux laissa tomber d'un ton rogue :

— Nous n'aimons pas les prétentieux. Nous n'avons que faire de tes manœuvres !

Vercingétorix l'apaisa d'un geste.

— Ce spectacle n'est pas pour me déplaire et il me permettra de savoir comment utiliser au mieux cette petite formation. Nous te regardons, Cassica.

La jeune fille sauta à cheval et donna l'ordre à Vimpis de lancer les commandements pour mettre la troupe en marche. Quand il cria : « En avant ! » les hommes s'ébranlèrent du même pas. Cassica les conduisit vers un large espace libre, un guéret au bout duquel se dressait, dans sa blanche robe de bal, un bouleau solitaire. Elle ordonna de prendre la formation de combat et Vimpis hurla des « Face à gauche... gauche ! — Déployez-vous ! — Les chiens devant ! — Allongez le pas ! », puis : « Javelots en mains ! » Avant d'avoir eu le temps de réaliser, les spectateurs voyaient le groupe progresser en ordre de bataille, en ligne sur trois rangs, les chiens de guerre ouvrant la marche.

L'entourage de Vercingétorix contemplait la scène avec un peu d'étonnement, mais en affichant des moues dédaigneuses. À quoi rimaient ces mouvements d'ensemble ? La guerre est affaire individuelle. La seule règle est qu'il appartient à chacun d'avoir à cœur d'y montrer un peu plus d'audace et de courage que le voisin. Mais le roi, lui, semblait prendre intérêt à la démonstration. Son stage à l'état-major de César lui avait appris que les Romains gagnaient les guerres non par la vaillance, mais parce qu'ils disposaient de masses humaines bêtes et disciplinées. Sans aller jusqu'à transformer comme eux les hommes en mécaniques, ce qu'aucun Celte n'aurait accepté, il aurait aimé avoir le plus possible de petites unités bien soudées, entraînées à combattre efficacement en équipe.

De son chariot, Damatos suivait, lui aussi, le spectacle. Ce qui lui importait, c'était de savoir ce qui allait en résulter. Si les hommes de Cassica étaient incorporés à l'armée de Vercingétorix, il pourrait faire ses adieux à Vimpis.

Cassica fit marquer une halte, le temps de découpler les chiens, puis cria elle-même : « À l'attaque ! » Les mâtins partirent comme des flèches, dans un rauque concert d'aboiements. Les hommes suivirent au pas de charge, en ne vociférant pas moins. Elle restait à leur hauteur, en maintenant son cheval au petit galop rassemblé. Tous brandissaient leurs javelots au-dessus de leurs têtes. Quand ils furent à dix pas du bouleau solitaire, ils lancèrent l'arme, de la manière qui s'appelait en gaulois *xunèma* et toutes les pointes allèrent se ficher, bien groupées, dans le tronc blanc. Au commandement, les guerriers firent demi-tour, empoignèrent leur deuxième javelot et, tout en courant, le lancèrent à son tour, mais derrière eux, de la manière appelée *stoloutégon*. Bien peu ratèrent le bouleau. A ce moment, les maîtres-chiens émirent d'étranges vocalises et leurs fauves, docilement, décrivirent un demi-cercle et revinrent se faire attacher.

— Voilà une troupe efficace, déclara Vercingétorix. J'en connais plus d'une qui aurait intérêt à prendre modèle sur elle.

Les chefs qui l'entouraient affichèrent un air renfrogné mais se turent.

En ramenant ses hommes, Cassica se livra à une petite exhibition de ses talents équestres, faisant accomplir à son rustique laboureur des appuyers et des pirouettes et effectuant au galop des exercices de voltige. Elle se tenait debout sur le dos de sa monture. Elle sautait à terre, courait, s'accrochait à la crinière et se remettait à cheval d'un bond. Elle ramassait sans ralentir un javelot posé sur le sol.

— Approche, fille de Cumborix, ordonna le roi. Je viens de prendre une décision. J'ai besoin d'un chef pour notre bataillon de femmes guerrières. Personne ne saura mieux que toi en faire un corps d'élite. Je t'en confie le commandement.

— Je suis très honorée, très touchée, seigneur, mais...

— Il n'y a pas de « mais » ; c'est ma volonté. Ne te fais pas de souci pour la petite troupe d'hommes de ton clan que tu m'as amenée. Ce sera une des compagnies d'élite de la division carnute et elle sera sous les ordres de ce garçon qui te servait de lieutenant et qui me paraît très capable.

— Vimpis ? Mais il n'appartient pas à la classe noble !

— Et alors ? Ce n'est pas avec des guerriers de naissance que j'ai pu vaincre mon oncle Gobannitio et me rendre maître de Gergovie, mais avec une armée de gueux. J'ai distribué des commandements à des paysans, des bûcherons, des hors-la-loi et je n'ai pas eu lieu de le regretter. Tu pourras laisser ton cheval à ce Vimpis, car je vais t'en faire donner un convenant mieux à ton état.

Damatos, dans son chariot, avait tout entendu. Son beau-frère promu officier dans la division carnute ! C'était pire qu'il n'imaginait. Il s'abandonnait à la mélancolie, lorsqu'il fut hélé par Krixomaros qui l'invitait à venir marcher un peu avec lui pour lui raconter en détail ce qu'il savait de la fin de ceux qu'ils aimaient.

— Puissent les âmes de nos chers parents, de tes pauvres petits, de nos sœurs, de nos neveux, dit-il d'une voix émue quand le récit fut achevé, ne point errer invisibles sur cette terre, ni se réincarner en souris, lièvres, oies ou colombes, encore moins aller habiter dans des arbres ou des pierres levées, mais qu'elles voguent vers les îles paradisiasques où tout est beau et pur, où nul ne souffre ni ne fait le mal, où tout est amour.

— Mais qui en décide ? s'insurgea Damatos. Quel dieu ou quelle déesse s'est arrogé l'effrayant et injuste pouvoir de rejeter de l'éternel séjour de félicité ceux qui ont quitté cette vie, ou au contraire de les y admettre. Est-ce Épona, la conductrice des âmes ? Ogmios, le dieu lieur ? Dis Atir, le dieu de la mort ? Ou encore Cernunnos, maître des enfers ? Ésus, le destructeur, ou Taranis le dieu suprême, possesseur du chaudron de résurrection ?

— Ce genre de question, petit frère, n'a pas de sens pour les initiés. C'est l'homme lui-même qui choisit son destin. Chacun doit s'accomplir, se réaliser soi-même : tel est le but de notre vie terrestre. C'est en se trouvant qu'il trouve Dieu. Au sein du divin, il restera pour l'éternité ce qu'il est devenu. Seulement si, en franchissant la porte lumineuse qu'est le trépas, il prend conscience d'avoir raté l'expérience, il lui est possible de la recommencer et de parcourir un cycle de réincarnations.

— Comment veux-tu (la voix de Damatos trembla) comment veux-tu que mes pauvres enfants, assassinés à l'âge le plus tendre, aient eu le temps de s'accomplir, de se réaliser eux-mêmes et de se trouver pour trouver Dieu ?

Le druide qui marchait tête basse, les mains enfouies dans les larges manches de sa robe blanche, se redressa, décroisa les bras et entoura affectueusement l'épaule de son frère.

— Sache que le temps est si relatif que rien n'empêche qu'en quatre ans ton cher petit Dévios ait vécu aussi longtemps que notre père en plus de cinquante années.

Damatos écarquilla les yeux d'étonnement et ils restèrent un moment sans parler. Puis Krixomaros reprit d'une voix très douce :

— Applique-toi à retrouver ta sérénité. Je sais ce que c'est, vois-tu, de perdre un enfant, une créature née de soi, que l'on chérit et pour qui l'on avait formé tant de rêves d'avenir. Je sais trop bien que c'est une blessure qui ne peut se refermer. La mienne n'a pas cessé de saigner. Mais il faut se dire que la mort n'existe pas, qu'elle n'est qu'une apparence pour les seuls yeux de ceux qui restent. Vois cette terre dans laquelle nous marchons, ce rideau d'arbres sur le bord du champ, ce ciel uniformément gris au-dessus de nos têtes : c'est l'image de la mort. La terre est nue et comme frappée de stérilité ; les arbres ne portent plus de feuilles et leurs branches semblent desséchées, dans la tristesse du ciel on cherche en vain le soleil. Et pourtant ! Et pourtant la vie est là. Dans la terre boueuse fourmillent les graines occupées à pousser leurs germes vers la surface qu'elles couvriront bientôt d'un tapis vert bouillonnant de vie. Les rameaux dénudés des arbres que tu vois là préparent l'explosion de leurs bourgeons. Et derrière le voile de nuages, le soleil est bien présent dans le ciel. Oublie les apparences et tâche de ne considérer que la réalité.

— Je ne suis pas un philosophe comme toi.

— Tu es néanmoins capable de comprendre que ceux que nous aimions sont délivrés du monde de l'illusion et sont entrés dans la vraie vie.

— Ce n'est pas ce qui m'empêchera d'être triste jusqu'au désespoir.

— Ne pense pas à toi, mais à eux. Alors tu souriras. Et puis songe que ton malheur est moindre que le mien : alors qu'il ne me reste plus rien, tu as toujours une femme, une femme aimée qu'il t'appartient de retrouver pour commencer avec elle une nouvelle vie.

— La retrouverai-je jamais ?

— Oui, tu la retrouveras, foi de druide. Pour commencer, je vais dès demain matin interroger nos espions. Je serais bien étonné qu'il ne s'en trouve pas un ou deux qui puissent me dire quelque chose au sujet du convoi d'esclaves.

Krixomaros s'interrompit brusquement.

— Excuse-moi, il faut que je te quitte. Vercingétorix a convoqué pour ce soir le conseil de guerre et je viens de voir entrer dans sa tente plusieurs des chefs qui doivent y prendre part. Il faut que je les rejoigne, le conseil va bientôt commencer. Je te retrouverai demain.

Il se hâta vers le pavillon royal. Les chefs des nations coalisées y étaient rassemblés, parterre multicolore scintillant de l'or des torques et des bracelets, et discutaient par petits groupes. Il remarqua une tête nouvelle : la jolie Cassica qui se tenait un peu à l'écart, seule femme parmi tous ces guerriers. Il eut d'abord un mouvement de surprise, puis se dit qu'en fait sa présence n'avait rien que de normal. Du moment qu'elle avait reçu le commandement du bataillon de femmes guerrières, elle avait sa place au conseil des chefs. Vercingétorix la fit venir près de lui pour la présenter. Il le fit en termes si chaleureux qu'elle rougit, gênée.

En qualité de représentant du grand druide Cotuatos, Krixomaros ouvrit la séance. Il invoqua les dieux et les adjura d'éclairer ceux qui avaient à prendre de graves décisions dont dépendaient, en ces heures cruciales, tout l'avenir des peuples celtes. Puis il invita les nobles seigneurs présents à bien prendre conscience de l'importance de l'enjeu, à ne se laisser guider par aucune autre considération que celle de l'intérêt général, c'est-à-dire de la liberté de leurs peuples, et à faire abstraction de toutes questions de personnes, de toutes leurs petites rivalités, de toutes les querelles qui avaient pu les diviser, en sacrifiant au besoin des intérêts qui pouvaient être légitimes mais qui n'étaient pas l'essentiel.

Le druide avait parlé, le « roi des super-guerriers » pouvait maintenant prendre la parole. Il rejeta son manteau en arrière, croisa les bras sur la poitrine et fit du regard le tour de l'assistance.

— Le sort, jusqu'ici, commença-t-il de sa voix puissante, n'a pas été favorable à nos armes. César vient, coup sur coup, de s'emparer de Vellaunodunon, de Cénabon et de Noviodunon.

— Ce n'est pas César qui nous a battus, interrompit d'un ton rageur le chef des Atrébates, c'est la horde de Germains qu'il soudoie. Sans elle, nous l'écrasions.

— Je ne dis pas le contraire, mais laisse-moi parler, Commios, je te prie. Que sa victoire ne soit pas une victoire romaine mais germaine ne change rien pour nous. Les Germains peuvent encore nous infliger des revers. La leçon que nous devons en tirer, c'est qu'il faut conduire la guerre autrement que nous ne l'avons fait jusqu'ici.

— Parfaitement ! lança avec impétuosité Dumnacos, chef des Andes. Dès que l'armée de César aura quitté Noviodunon, jetons-nous sur elle pendant qu'elle sera encore en formation de marche et massacrons-la jusqu'au dernier homme.

— Tu es habile stratège, mon cher Dumnacos, et ton plan serait excellent si nous avions affaire à n'importe quel autre adversaire que les Romains. Quand ils se savent en pays ennemi, ils avancent en *agmen quadratum,* couverts par des détachements d'*exploratores* et constamment renseignés par les espions qu'ils envoient de tous côtés. En un clin d'œil nous les trouverions rangés en bataille et tu peux être sûr que César recommencerait le coup qui lui a si bien réussi de lâcher au dernier moment ses féroces cavaliers germains gardés frais et dispos.

— Ça c'est bien vrai ! approuva à tue-tête Commios.

— J'ai un autre plan à vous proposer, reprit Vercingétorix, et je crois que c'est le seul qui puisse nous assurer la victoire. Mais je vous demande instamment de ne pas m'interrompre. Voilà : nous ne viendrons à bout des Romains qu'en les affamant. Par tous les moyens, il faudra viser à ceci : leur interdire totalement le fourrage et les approvisionnements. La chose est facile, car nous disposons d'une nombreuse cavalerie et cette période de l'année nous est favorable. Comme il n'y a pas d'herbe à couper, les ennemis seront obligés de se disperser pour piller le foin des granges : nos cavaliers peuvent journellement anéantir tous les fourrageurs. Mais ce n'est pas tout. Lorsque le salut commun est en cause, il n'y a plus à attacher d'importance aux biens matériels. Il est indispensable d'incendier les villages et les fermes dans toute la zone que les hommes de César semblent pouvoir ratisser pour fourrager. En ce qui nous concerne, nous aurons tout en abondance, car les populations chez qui nous combattrons ne se feront pas faute de nous ravitailler. Ou bien la famine viendra à bout des Romains, ou bien il leur faudra s'aventurer, au péril de leur vie, trop loin de leur camp : peu importe qu'on les massacre ou qu'on leur enlève leurs bagages, sans lesquels il n'est pas possible de faire la guerre. De plus, il conviendra d'incendier les places fortes que leurs murailles et la configuration des lieux ne mettent pas à l'abri de tout danger, afin qu'elles ne servent pas aux nôtres de refuges pour fuir le combat, ni aux Romains d'objectifs pour se procurer abondance de vivres et butin.

Comme on entendait quelques murmures du côté du petit groupe des chefs bituriges, il s'emporta :

— Trouvez-vous ces mesures trop rigoureuses ou cruelles ? Je crois que vous trouveriez autrement plus dur de voir vos fils, vos filles et vos épouses emmenés en esclavage, tandis que vous-mêmes seriez massacrés. Car c'est là le sort qui attend les vaincus.

Il n'y avait rien à objecter. C'était l'évidence même. Le plan de Vercingétorix — qu'il ne pouvait pas imposer, mais seulement proposer, car il n'était que le roi et avait affaire à des hommes libres — fut adopté à l'unanimité. Pendant que, les uns après les autres, ses généraux se retiraient, il restait songeur. Il s'approcha de Cassica.

— Reste un instant, veux-tu ? Je voudrais... je voudrais ton avis.

Elle écarquilla des yeux étonnés. Quand ils furent seuls, il la fixa d'un regard triste qui contenait comme un appel au secours.

— Ne me juges-tu pas trop dur ? s'inquiéta-t-il. Voici que je vais lancer mes guerriers sur les campagnes de mes alliés bituriges comme une nuée de freux sur un semis de pois. Ils vont brûler leurs demeures, détruire tous les biens auxquels sont attachés leurs souvenirs, incendier leurs réserves de vivres. Je ne puis m'empêcher de me mettre à la place de ces pauvres gens : quelle ne sera pas leur douleur quand ils verront tout cela partir en fumée ! Et que vont-ils devenir ?

Cassica se sentait mal à l'aise.

— Pourquoi, seigneur, me demander cela à moi ?

Il soupira.

— J'ai tant besoin de confier mes tourments à une âme compatissante. Je ne vais tout de même pas en faire étalage devant les rudes soldats qui m'entourent, je deviendrais objet de risée. Mais je suis sûr qu'une femme, être de douceur et de charité, ne se moquera pas et me comprendra.

La jeune fille était de plus en plus gênée.

— Bien sûr, je te comprends, seigneur, et tes scrupules t'honorent. Mais tu n'as pas à regretter ta décision : elle est sage. À ta place, je n'aurais pas davantage hésité. D'ailleurs, j'ai tout de suite voté pour.

Le regard du jeune chef restait douloureux.

— Parles-tu sincèrement ? Je ne doute pas que ta raison m'approuve, mais ton cœur est-il à l'unisson ? Ne me taxe-t-il pas de cruauté ?

Elle sentit s'éveiller en elle de la compassion pour ce chef qui était à la tête de plus de trente nations, ce prince dont plusieurs centaines de milliers d'hommes vénéraient le nom, et qui se révélait un homme déchiré, seul, ayant besoin d'aide et d'un peu d'affection.

— Comme toi, seigneur, je suis touchée de pitié pour ces malheureux que les tristes nécessités de la guerre vont priver de leur toit et de tout ce qui devait assurer leur subsistance. Mais dis-toi bien qu'ils ne sont pas les seuls. N'ai-je pas, moi aussi, tout perdu ? Mon sort est pire que le leur, car ils ne perdront que leurs biens, tandis que je pleure ceux que j'aimais. Ton action leur conservera ceux qu'ils aiment et je les envie.

Elle avait trouvé les mots qui pouvaient le réconforter. Il lui prit les mains et les serra avec effusion.

— Merci, chère Cassica, tes paroles me font du bien. Il n'est que trop vrai que le peuple biturige n'est pas la seule victime de cette guerre qui nous impose la cupidité de César. Tant d'autres en ont souffert plus durement : les Vénètes, les Ménapes, les Trévires, les Éburons, la population de Cénabon, pour ne parler que des cas les plus atroces. Merci de m'avoir amené à faire la comparaison.

Il lui tenait toujours les mains, et elle se rendait compte qu'il était profondément ému. Elle lisait dans ses yeux une bouleversante tendresse et se sentait l'objet d'un désir fou qui la pénétrait et la brûlait jusqu'au fond des entrailles. Il aurait pu profiter de son rang et de son prestige pour l'attirer contre lui d'autorité, et sans doute alors l'aurait-elle détesté, mais il n'en faisait rien et se contentait de la contempler avec des yeux éperdus. Elle en était troublée. Elle sentait au creux de sa chair un appel, une envie de s'abandonner. Pourquoi non ? Le jeune prince était d'une beauté virile, il était le héros dont elle admirait l'audace, elle avait de l'estime pour ses qualités de cœur. Depuis qu'il s'était confié à elle, elle éprouvait à son égard une sorte d'affection maternelle. Elle aurait pu l'aimer... Quelque chose pourtant la retenait. Elle ne savait pas quoi — ou ne voulait pas le savoir. Elle l'aimait bien, elle se sentait incapable de l'aimer tout court. Comme si son cœur ne lui eût plus appartenu. Elle avait l'étrange impression que céder à cet appel de la chair qui la portait vers le roi eût été de sa part une trahison. Elle ne se demandait pas qui elle aurait trahi. Elle se refusait à se le demander.

— Je suis heureuse, seigneur, dit-elle brusquement, d'avoir pu t'aider à retrouver ta confiance en toi. Tu as entrepris une grande tâche, il te faut marcher vers ton but sans t'en laisser distraire par rien.

Comme il pressait plus fort ses doigts, elle le pria d'une voix ferme :

— Permets maintenant que je me retire.

Il la laissa aller. Il ne s'expliquait pas bien sa réticence, mais il tenait à respecter sa liberté. Il avait conscience d'avoir accompli un grand pas dans son cœur et cela lui paraissait déjà beaucoup. Il ne voulait pas la brusquer ; il voulait prendre le temps de la conquérir.

— Pourrai-je encore m'ouvrir à toi de mes préoccupations, quand le poids s'en fera trop lourd ? implora-t-il avant de lui lâcher les mains.

— Mon dévouement ne te fera jamais défaut, seigneur, répondit-elle avec douceur.

VI

Vimpis était venu faire ses adieux à son beau-frère, avant d'emmener ses hommes brûler les granges et évacuer le bétail d'une ferme isolée dont on apercevait d'ici le toit de chaume, au creux d'un vallon, auréolé de la fine résille grise d'un bosquet de hêtre. Il avait l'air gêné.

— J'aurais aimé t'accompagner, crois-le bien. Mais j'ai choisi la voie des armes et ne puis plus qu'obéir aux ordres. D'ailleurs, j'ai le sentiment de t'être plus utile en me battant pour venger tes enfants, qu'en errant avec toi à la recherche de ma sœur, ce qui ne te donnerait pas plus de chances de la retrouver. Tu as prouvé que tu es capable de voyager seul dans des conditions difficiles. Tu t'en tires très brillamment.

— Tu n'as pas à t'excuser, avait répondu Damatos assez sèchement. Ton destin est de faire la guerre, fais-la.

— Je voudrais quand même t'aider. Cassica m'a donné son étalon, le brave Crinos, mais je n'ai pas besoin de cheval pour conduire des fantassins. Je t'en fais cadeau. Avec un attelage à deux chevaux, ton carpenton pourra soutenir une allure plus rapide et prolonger les étapes.

Un des charrons de l'armée était venu remplacer les brancards du véhicule par un timon à joug. Il achevait son travail quand Krixomaros arriva, l'air content de lui.

— J'ai des nouvelles, Damatos. J'ai fait parler nos espions : plusieurs d'entre eux ont rencontré la caravane de captifs.

— Où cela ?

— Dans la vallée de l'Élaver. Elle a franchi la rivière et la longe droit vers le sud, sur la rive droite. En te hâtant, tu devrais pouvoir la rattraper en trois ou quatre jours, car les pauvres gens, épuisés et mal nourris, n'avancent qu'à petites étapes.

Les premières lieues furent éprouvantes. Les chevaux n'étaient pas habitués à travailler en paire ; ils mettaient beaucoup de mauvaise volonté à avancer et ne conjuguaient pas leurs efforts. Parfois l'un d'eux se rebellait, ruait, tentait un écart, ou encore s'arrêtait net. Mais ils finirent par s'accoutumer au joug et s'habituer l'un à l'autre. A la fin de la journée, ils tiraient avec un parfait ensemble et étaient devenus les meilleurs amis du monde. Ils exigèrent, pour la nuit, d'être attachés l'un près de l'autre. Un cheval n'est jamais embarrassé pour faire comprendre ses exigences. Ils poussaient des hennissements désespérés dès qu'ils étaient éloignés l'un de l'autre de plus de quatre pas. Crinos attaché, Vinda refusait de suivre son maître, dont les efforts pour la tirer par la longe étaient vains : elle tirait en sens contraire, et elle était la plus forte. Il ne fut pas long à comprendre ce qu'ils voulaient et céda.

Les étapes suivantes furent effectuées à bonne allure. Les chevaux avançaient de façon si régulière qu'il arriva à Damatos de leur faire confiance au point d'abandonner les guides pour se livrer, tout en roulant, à des occupations telles que l'écrasement du grain pour les galettes du soir ou le reprisage d'un accroc à ses vêtements. C'était toujours du temps de gagné. Il ne rencontrait guère d'habitations au long de la route — assez cependant pour pouvoir se procurer le foin quotidien de ses bêtes, auxquelles il donnait aussi, le matin, avant de partir, de copieuses rations d'orge ou de blé (1). Entre la jument et l'étalon, c'était maintenant le grand amour. Il eut le malheur, un soir, de les laisser en liberté pour la nuit dans un enclos près d'une ferme. Il lui fallut une bonne heure, le lendemain matin, pour les rattraper. Quand il s'approchait de Vinda, Crinos le chargeait. Quand il allait passer le licol à Crinos, Vinda s'intercalait entre eux. Quand il tendait un seau de grain à l'un, en essayant de lui passer une longe autour du cou, c'était l'autre qui, par-derrière, venait plonger son nez dans le récipient. Lorsque, enfin, il fut venu à bout de Vinda par la gourmandise, il n'eut pas besoin de se mettre en peine de Crinos.

(1) L'avoine n'était pas encore cultivée à l'époque et c'était bien dommage car elle est plus nourrissante pour les chevaux que l'orge et ne risque pas comme le blé de provoquer chez eux coliques ou fourbure.

L'étalon vint de lui-même prendre sa place sous le joug au côté de sa compagne.

Les lieues s'ajoutaient aux lieues sans trop d'incidents. La route n'était pas trop large ni trop bien entretenue, les ornières en étaient profondes et bourbeuses, du moins était-elle à peu près plate et assez droite. Notre voyageur n'y fit pas de mauvaises rencontres. Le seul ours qu'il aperçut, traversant la chaussée à une cinquantaine de pas, déguerpit sans demander son reste. Un troupeau d'aurochs descendu boire à la rivière ne se dérangea même pas quand le chariot grinçant passa à proximité. Quant aux brigands qui s'étaient multipliés par toute la Gaule depuis que les réquisitions romaines avaient réduit des milliers de gens à la misère et qu'incendies et massacres en avaient chassé de chez eux des milliers d'autres, la chance voulut qu'il ne s'en trouvât pas à hanter les parages.

La traversée de l'Élaver s'effectua sans problème, bien que la rivière fût en crue. Elle affleurait les grosses dalles de pierre dont était fait le pont, mais ne les submergeait pas. Le quatrième jour, en fin d'après-midi, le chariot fit son entrée dans un petit village sur le bord de l'eau. Damatos décida d'y passer la nuit et s'enquit de l'hôtellerie. On lui montra, au bout d'une venelle, une palissade entourant une ferme un peu plus grande que les autres. Il y avait là, lui dit-on, quelques chambres pour héberger les hôtes de passage et une grande salle pour leurs repas. Il poussa le portail et pénétra dans la cour. Il éprouva un choc. Plusieurs centaines de loques humaines y étaient entassées, assises ou couchées à même le sol. Leurs chevilles étaient reliées par des fers et des soldats les surveillaient, appuyés sur leurs lances. Ils ne portaient pas la tenue des légionnaires romains, mais des cottes de mailles à la gauloise et des casques pointus.

Damatos, le cœur battant, sauta de son chariot, scruta avidement le troupeau de malheureux parmi lesquels, sans doute, se trouvait sa bien-aimée Anipa, et commença à en faire lentement le tour.

— Que signifie ? interrogea rudement un des gardes, en croisant la lance, que fais-tu là ?

— J'ai besoin d'une belle esclave, répondit-il. Si je trouve ici ce qu'il me faut, je vous l'achète tout de suite.

— Ce n'est pas à nous que tu l'achèteras, mais à ceux qui nous emploient. Ils sont dans la maison à faire ripaille. Ce sont des marchands italiens, des « vénaliciaires », comme on les appelle.

— Et vous, les gars, d'où êtes-vous ? À vous entendre parler, je pense que vous devez être gaulois.

— Exact. Nous sommes de la Provincia. Les marchands nous ont recrutés pour leur servir d'escorte.

— Tu permets que j'examine de près les filles à vendre ?

— Si tu veux. Mais pas d'entourloupettes, hein ? Tu as peut-être une idée derrière la tête, mais nous te tenons à l'œil.

Il eut beau dévisager attentivement, l'une après l'autre, toutes les captives, il ne reconnut pas Anipa. Si elle avait été là, elle aurait poussé une exclamation en le voyant. D'ailleurs Mogus, resté dans le carpenton, considérait la scène avec indifférence, alors que s'il avait senti l'odeur de sa maîtresse, il n'aurait pas manqué de bondir du véhicule et de se précipiter vers elle en agitant la queue.

Damatos était amèrement déçu et découragé. Il ne comprenait pas. Qu'était devenue sa femme ?

— Je ne trouve pas mon affaire, dit-il. D'où proviennent au juste ces esclaves ?

— Va demander ça à nos patrons ; nous autres, on n'a pas à le savoir, répondit prudemment le chef des soldats.

Lorsqu'il entra dans la salle, les trois personnages en tuniques écrues et sans braies qui y étaient attablés, s'empiffraient de boudin, de foie gras, de truites aux amandes, de poulet rôti et de purée de pois, et vidaient force gobelets de vin rouge. L'hôtesse s'empressait autour d'eux. Il lui demanda à loger et commanda un démocratique ragoût de choux arrosé de vulgaire kourmi, puis sollicita des marchands l'autorisation de s'installer à leur table. Il se présenta comme un transporteur routier qui venait de livrer un chargement de minerai biturige à une fonderie arverne et errait maintenant un peu au hasard, à la recherche de fret de retour. Avec les événements, le commerce était à moitié paralysé et il allait finir par rentrer chez lui à vide. Les vénaliciaires répondirent en riant, dans un gaulois à peu près correct, qu'il ne fallait pas compter sur eux pour lui fournir du fret car leur marchandise était destinée à l'aristocratie romaine. Ils ne cachèrent pas — pourquoi l'auraient-ils fait ? — qu'elle provenait de la mise à sac de Cénabon.

— Mais vous n'avez ici que quelques centaines de têtes, remarqua Damatos, sautant sur l'occasion. On raconte pourtant qu'à Cénabon César a fait plus de trente mille prisonniers.

— C'est de l'exagération, mais on peut parler de près de vingt mille.

— Où sont donc les autres ?

— Ils ont été achetés par des collègues. Au début, nous faisions route ensemble. Chacun se sentait plus en sécurité. Si tu avais vu cette caravane ! C'était impressionnant. Mais quand nous avons atteint la rive de la Liger, nous nous sommes chamaillés. On venait d'apprendre que l'armée gauloise avait abandonné le siège de Gorgobina pour se porter sur Noviodunon. Nous autres, nous étions d'avis de profiter de ce qu'ainsi la voie était libre, pour remonter la vallée de l'Élaver, en traversant la rivière au premier pont afin d'être en territoire boïen. Cela permettait un gain de temps considérable. Les autres objectaient qu'au sud des Boïens, on se trouverait sur les confins du pays arverne et que la population risquait d'être hostile. Certains proposaient de passer la Liger et de suivre la rive droite du fleuve, vers le sud. Seulement il aurait fallu franchir ensuite les Cévennes et l'hiver n'est pas fini. La majorité préférait continuer vers l'est. Nous nous sommes séparés.

Damatos feignit de n'attacher à ces explications qu'un intérêt poli.

— Ah tiens ? vers l'est.

— Eh oui ! s'esclaffa un des marchands, ces crétins ont l'intention de traverser d'ouest en est tout le pays éduen pour gagner la vallée de l'Arar. Je ne les vois pas rendus de si tôt à Cabillona !

— Sûr, dit un autre, que ça leur fait un sacré détour.

— De plus, renchérit le premier, du pont de Condas à Cabillona, ils vont parcourir un pays très accidenté où ils n'avanceront pas vite.

— Il faut quand même reconnaître, convint le troisième, qu'ils auront l'avantage d'être en territoire ami. Et puis, à partir de Cabillona, ils rattraperont un peu du temps perdu, car leur marche jusqu'à la Provincia ne posera plus de problème. La descente de la vallée de l'Arar et de celle du Rhodanos, ce sera une simple promenade.

— Excusez-moi, dit Damatos, mais je ne connais rien à la géographie et...

Il se reprit en s'avisant qu'un transporteur routier était censé connaître tous les itinéraires.

— Je veux dire que je n'ai pas encore eu l'occasion de circuler dans les régions dont vous parlez ; je suis carnute et nous sommes en assez mauvais termes avec les Éduens. Où donc se situe Cabillona ? Et ce pont de Condas ?

Le premier marchand sortit de la besace qu'il avait posée à terre près de lui, une tablette de cire et un stylet. Il dessina dans la cire un demi-cercle terminé par une fourche allongée.

— Voilà : ça c'est la Liger. La branche de gauche de la fourche, c'est son affluent l'Élaver. Nous sommes ici, sur le bord de l'Élaver, à deux jours de marche du confluent. Plus au nord, là, sur la Liger, c'est Condas. Toute la contrée, à droite, c'est chez les Éduens. C'est un pays au relief tourmenté.

Il traça tout à fait à droite, sur le bord de la tablette, une ligne parallèle à celle qui représentait l'Élaver.

— Ceci, expliqua-t-il, c'est l'Arar, qui se continue par le Rhodanos. La ville de Cabillona est ici, sur l'Arar.

Damatos fixa intensément le plan pour en graver tous les détails dans sa mémoire.

— Et si je voulais aller faire un tour chez les Éduens, demanda-t-il, histoire de me livrer à l'importation chez moi d'armes et d'outils de Bibracte ? L'opération ne serait pas sans risque, mais elle devrait être fichtrement rentable. Quel itinéraire faudrait-il que je suive ?

— L'itinéraire... ce n'est pas difficile. Mais nous ne savons si nous pouvons renseigner quelqu'un que nous ne connaissons pas et qui pourrait bien, après tout, être un espion de ce Vercingétorix de malheur...

— Un espion, moi ? Grands dieux ! Je vous jure par Bélisama que je ne suis l'espion de personne et ne m'occupe que de mes affaires... Mais si vous refusez de me renseigner, tant pis. N'en parlons plus... Que cela ne nous empêche tout de même pas de vider une bonne petite coupe de falerne...

Les Italiens n'avaient rien contre. Il commanda le meilleur vin de la cave de l'auberge.

— Ainsi donc, reprit le marchand, dès que le falerne lui eut éclairci la gorge, tu voudrais savoir l'itinéraire pour te rendre en pays éduen ? Eh bien, tu descends tout simplement la vallée où nous sommes jusqu'au confluent de la Liger et de l'Élaver. De là, tu suis la Liger vers l'amont sur quelques lieues. Tu arrives alors au pont que tu n'as qu'à traverser pour être à Noviodunon des Éduens.

Il promena son doigt sur la carte.

— Ici, tu vois.

VII

La loi, certes, doit être la même pour tous, mais il n'est pas de règle qui ne souffre exception : l'art de gouverner serait à la portée du premier imbécile venu, s'il suffisait de fixer des principes et d'en faire ensuite une application aveugle. Quand on est engagé dans l'action, les principes perdent leur infaillibilité, on doit affronter des problèmes humains. Vercingétorix savait que, dans l'abstrait, il avait eu raison d'ordonner la destruction de toutes les agglomérations où l'ennemi aurait pu trouver à se ravitailler. Ses scrupules du début avaient été balayés par son entretien avec Cassica. Tous les villages et les petites villes à vingt lieues à la ronde étaient maintenant réduits en cendre et il n'en éprouvait aucun regret, car rien d'autre n'importait que la victoire et le principe de la terre brûlée devait assurer cette victoire. Mais il se trouvait maintenant devant un cas particulier, un problème humain.

En contemplant les visages altérés par le désespoir qui se tendaient, suppliants, vers lui, il était gagné par le doute. Oui, il y avait un principe : si l'on faisait le vide complet devant César, au fur et à mesure de son avance, c'en était fait de l'armée romaine, alors que si une seule ville subsistait intacte, tout le plan pouvait s'effondrer. Mais tout de même... la plus belle ville des Gaules... une perte irréparable pour la civilisation...

Le cas d'Avaricon n'avait pas été soulevé lors du conseil de guerre où avait été décidé l'incendie de tous les lieux habités. Beaucoup de chefs, notamment les Bituriges, étaient persuadés que César allait obliquer vers l'est pour rejoindre la Liger dont il remonterait la vallée. Pour eux, la capitale n'était donc pas en cause. Des ordres avaient même été donnés pour la destruction des villes carnutes et sénonnes bordant le fleuve. Ceux qui, comme Vercingétorix, pensaient, au contraire, qu'après Noviodunon l'objectif du proconsul serait fatalement Avaricon, ne voyaient aucune raison de l'exempter du sort commun et n'en avaient pas parlé, tant cela leur paraissait aller de soi. Le généralissime avait cependant attendu d'avoir la certitude que César se dirigeait bien vers le sud pour donner à la population l'ordre d'évacuer la ville et d'y mettre le feu. Mais l'ordre n'avait pas été exécuté. Une délégation de hauts personnages avait accouru à bride abattue et demandé une réunion immédiate du Conseil.

Devant les généraux des nations coalisées, le premier magistrat biturige, Lanorix, avait plaidé avec éloquence et force soupirs pour qu'une exception soit faite en faveur de la ville « la plus belle, ou peu s'en faut, de toute la Gaule, la protection et l'ornement de leur pays ».

— Non ! avait explosé Vercingétorix. Pas question de dérogation ! Toutes les cités doivent être livrées aux flammes, la vôtre comme les autres. Si elle était épargnée et que César s'en empare, la destruction des campagnes n'aurait servi à rien et la victoire nous échapperait.

— Si César s'en emparait, bien sûr. Mais jamais César ne s'emparera d'Avaricon. Nos remparts sont solides et tu sais bien que la ville est entourée de tous côtés par des cours d'eau et des marais. Il n'existe qu'un seul accès, au sud-est, et il est d'une extrême étroitesse.

— Je vous ai dit non, et je le répète. Je connais César : un seul accès lui suffira. Il y fera construire par ses soldats des plates-formes et des tours pour atteindre le sommet de vos murailles.

— Nous les détruirons au fur et à mesure. Et si, par impossible, l'ennemi arrivait à achever un de ces ouvrages et à prendre pied sur l'enceinte, nous saurions l'en faire redescendre plus vite qu'il n'y serait monté.

Vercingétorix n'avait pas eu le temps de répondre pour exprimer son scepticisme, qu'une femme qui faisait partie de la délégation s'était jetée à ses pieds. Elle était très belle et son visage mouillé de larmes était émouvant. Elle le suppliait de laisser parler son cœur qui ne pouvait manquer d'être torturé à la pensée de toutes les merveilles qui s'en iraient en fumée. Elle évoquait les beaux et grands édifices aux colombages multicolores et aux poutres finement sculptées, les larges avenues bordées de tilleuls, les jardins fleuris de crocus, de pervenches et d'ellébores, les enceintes sacrées où, dans de profonds puits, étaient abrités des reliques de saints personnages et les bois des cerfs sacrifiés à Cernunnos, et où des coffres de pierres brutes abritaient les chaudrons sacrés. Dans quelle autre ville, demandait-elle, voyait-on autant de riches demeures de bois au long de rues bien pavées, de places bordées de galeries couvertes, de fortifications savamment agencées ? Quelle autre possédait des usines et des ateliers à l'équipement aussi perfectionné et aussi coûteux ? Tout cela pouvait-il disparaître en un instant ? Qui avait le droit de dépouiller les Bituriges de ce fastueux patrimoine que leur avaient légué les générations qui les avaient précédés et qui leur était cher ? Comment pouvait-on vouloir que cessât le culte des dieux dans les lieux qui leur étaient consacrés et que des milliers de familles, des dizaines de milliers d'êtres humains fussent à jamais frustrés des souvenirs de leurs ancêtres, coupés de leurs racines et de leur passé ? Elle savait que le grand chef qui menait vers la victoire toutes les armées des Celtes, était un homme pieux et généreux qui aimait le peuple et le comprenait. Elle était sûre qu'il ne serait pas inaccessible à la pitié.

En reconnaissant Dilaka, Cassica avait eu un mouvement de recul. Jamais elle n'aurait imaginé que l'épouse répudiée de son père pourrait un jour figurer parmi les notables d'une cité étrangère, avec laquelle elle n'avait aucune attache. Quel jeu diabolique avait-elle joué ? Elle était atterrée. Vercingétorix avait semblé écouter avec beaucoup de complaisante attention le discours de la belle éplorée. Il était visible qu'il repaissait ses yeux du visage au dessin délicat que la détresse rendait plus troublant encore, et se laissait émouvoir par les grands yeux humides, noirs et profonds comme la nuit, agrandis par la supplication.

Le roi, effectivement, éprouvait une âpre volupté à s'abreuver de la ferveur implorante de ces beaux yeux. Il éprouvait une certaine gloriole à voir à ses pieds, devant tous les grands chefs, cette créature dont la beauté les éblouissait tous. Et il souriait à la pensée qu'ils l'auraient envié davantage encore s'ils avaient su qu'il l'avait possédée. Ce souvenir l'exaltait et il n'avait pas de mal à imaginer, sous la riche robe céladon brodée d'or et ornée de clochettes, qui s'arrondissait sur le tapis autour de ses genoux, le corps nu dont ses mains avides avaient caressé le moindre relief et le moindre repli, la peau douce et tiède, les seins tendres, les cuisses longues et lisses, l'ondulation lascive des hanches. C'était pour lui sujet de fierté que les regards concupiscents qui se concentraient sur elle. Le plaisir qu'il en ressentait lui faisait prêter une oreille particulièrement bienveillante aux arguments qu'elle développait. Pour un Celte, les arguments n'ont jamais de valeur par eux-mêmes, ils sont seulement les prétextes qui permettent de justifier les décisions prises par le cœur. Vercingétorix était celte jusqu'au tréfonds de son être et sa décision était sans doute prise sans qu'il en eût conscience, mais il se méfiait de lui-même et se tourna vers Krixomaros.

— Qu'en pense notre vénérable druide ?

Le frère de Damatos se leva, croisa les bras, courba la tête pour se recueillir, puis se redressa.

— Je n'ai pas à donner d'avis au point de vue de la stratégie, c'est votre affaire à vous, militaires. Il est certain qu'épargner Avaricon comporte un risque, un risque qui peut être mortel. Mais je n'interviendrai qu'au plan humain. Les trésors de l'architecture biturige, les lieux sacrés imprégnés des prières des hommes au long des siècles, l'équipement industriel, artisanal et commercial d'une cité à la pointe du progrès, tout cela constitue un patrimoine irremplaçable. Nous avons pris les armes pour défendre notre civilisation. Il serait paradoxal que nous commencions par détruire les chefs-d'œuvre de cette civilisation.

— C'est un point de vue, admit Vercingétorix sans montrer combien il se sentait soulagé. Y a-t-il des avis contraires ?

Un vieux guerrier à l'aspect rude se leva. Il avait des sourcils en broussaille et une moustache poivre et sel semblable à l'échine hérissée d'un sanglier. Ses yeux gris avaient des éclats métalliques, ses pommettes couperosées et son nez vultueux révélaient un homme qui n'aurait pas aimé mourir de soif et usait d'un traitement préventif. Il rejeta en arrière sa cape brune rayée de noir, découvrant une tunique de peau sanglée d'une chaîne de métal en guise de ceinturon. C'était un Arverne de haute lignée portant le nom peu flatteur de Critognatos : « celui qui a l'habitude de trembler », que démentait son aspect de farouche guerrier.

— Je vous en ficherai, moi, des valeurs de civilisation ! aboya-t-il de sa voix la plus militaire. Faisons-nous la guerre, oui ou *mardos ?* Si nous pouvons faire crever les Romains de faim, nous n'allons tout de même pas nous exposer à manquer notre coup pour des histoires de trésors d'architecture !

— Je partage assez ton avis, Critognatos, se crut obligé de dire Vercingétorix sans trop de conviction. J'attache un grand prix aux valeurs que nous avons à défendre, mais notre stratégie n'est assurée de réussir que si nous nous interdisons de faire des exceptions.

Le chef de l'armée biturige, Gargénos, resté jusque-là silencieux, se mit debout sans hâte et déclara d'un ton posé :

— En ma qualité de général des Bituriges, je pense avoir mon mot à dire. À moi aussi ce qui importe par-dessus tout est la victoire finale et je ne conteste pas qu'épargner les splendeurs de ma ville et conserver à ses quarante mille habitants leur joie de vivre, comporte un risque. Mais, compte tenu de la position d'Avaricon et de la puissance de ses défenses, je pense que ce risque est minime et vaut la peine d'être pris.

Il y eut des murmures approbateurs et Krixomaros renchérit :

— Si nous fermons notre cœur à la pitié, les dieux peuvent s'en irriter et nous retirer leur protection, surtout si, de surcroît, nous livrons nous-mêmes aux flammes les sanctuaires de la divine Épona, de Lugos et de Taranis. N'est-ce pas là un risque bien plus grand ?

Vercingétorix ne demandait qu'à se laisser convaincre.

— Ces remarques me paraissent fort justes et m'amènent à reconsidérer ma position. Je ne voudrais pour rien au monde déplaire aux dieux. Qu'en pense le Conseil ?

Le Conseil était d'avis quasi unanime de conserver intacte la capitale biturige. Seuls Critognatos, Commios l'Atrébate et le cousin du roi, Vercassivellaunos, maintinrent que l'on commettait là une grave erreur.

Il n'y avait pas une heure que cette décision lourde de conséquences venait d'être prise, que Vercingétorix se présentait à l'entrée du quartier des femmes guerrières et demandait qu'on allât lui chercher Cassica. Elle lui vit l'air plus soucieux que jamais.

— Faisons quelques pas ensemble, veux-tu ? lui proposa-t-il. Je suis angoissé. Tu as vu comment s'est déroulé le conseil. Je me demande si, en cédant à la pitié, je n'ai pas tout compromis.

C'est d'un ton très sec qu'elle lui répondit :

— Je ne crois pas que ce soit à la pitié que tu as cédé, mais plutôt à la séduction de l'irrésistible Dilaka.

— Que dis-tu ?

— Tu étais énergiquement opposé à ce que l'on fasse une exception en faveur d'Avaricon, jusqu'à ce qu'elle vienne roucouler à tes pieds.

— Ce n'est pas exact, se défendit-il. Ce ne sont aucunement ses supplications qui m'ont fait abandonner mon intransigeance, mais les judicieuses observations du druide Krixomaros et du général Gargénos.

Elle fit une moue ironique.

— En es-tu bien sûr ? Je t'observais : tu étais déjà tout retourné avant la fin du discours de la belle — dont je me demande bien ce qu'elle venait faire ici.

— Elle appartient à la députation. Elle vit avec un notable d'Avaricon et ses concitoyens font confiance à ses dons de diplomate.

— Tu as grand tort, seigneur, de te laisser influencer par elle. Dilaka est une femme dangereuse.

— Tu la connais donc ?

— Trop bien, hélas. Elle est capable de tout. Un homme pris dans ses filets est un homme perdu.

Elle éclata de rire.

— Ainsi donc elle a réussi à se glisser dans le lit d'un notable biturige ! On aura tout vu. J'imagine que l'auguste tête de ce brave homme s'orne désormais d'une ramure à faire pâlir d'envie le dieu Cernunnos.

Vercingétorix se mordit les lèvres. Il était mal placé pour contredire la fielleuse assertion et se contenta de remarquer :

— On dirait que tu ne l'aimes guère.

— Je la hais. J'ai de bonnes raisons pour cela.

Elle avait prononcé ces mots d'une voix dure et cassante et il ne put rien obtenir de plus. Il revint au sujet qui le préoccupait :

— Pour ce qui est du sort d'Avaricon, d'après toi, j'ai eu tort de me laisser fléchir.

Le puissant roi des super-guerriers avait une mine de chien battu et le ton de la jeune fille se radoucit :

— Je n'ai pas dit cela. Si Avaricon résiste aux assauts, la postérité englobera dans le même concert de louanges ton génie stratégique, la justesse de ton jugement et tes sentiments d'humanité. C'est seulement si les hasards de la guerre tournent en faveur de César que les générations à venir jugeront que tu manquais de perspicacité et que ta bonté t'a perdu.

— Mais, en définitive, ai-je eu raison ou ai-je eu tort ?

Elle lui sourit.

— Tu as eu raison, seigneur. Il est digne d'un grand chef d'être accessible à la pitié et de faire passer la raison d'État après le bonheur des gens.

Il s'arrêta pour scruter son regard.

— Es-tu sincère ou dis-tu cela par compassion... ou par flatterie ?

— Ni la compassion, ni l'amitié, encore moins le désir de plaire, ne me feraient dire autre chose que ce que je pense.

Quand ils se quittèrent, Vercingétorix avait le cœur en fête. Leur entretien s'était continué sur un ton de confiance et d'amitié. Et comme il n'avait aucune idée des raisons de l'animosité de la jeune fille à l'égard de Dilaka, seule cause de ses réticences du début, il s'imaginait que ce ne pouvait être que l'effet de la jalousie. Or pour qu'elle fût jalouse, il fallait qu'inconsciemment peut-être, elle commençât à éprouver pour lui un tendre sentiment. Il n'avait pas osé lui avouer son amour, pour ne pas rompre le charme — il pensait que le moment n'était pas encore venu — mais il voyait grandir en lui l'espoir.

Il eut un mouvement de surprise et de contrariété en entrant dans sa tente. Dilaka était là qui l'attendait. Elle vint à lui, souriante, lèvres offertes, et il recula en demandant d'un ton sévère :

— Que fais-tu ici ? Qui t'a permis ?

— J'ai persuadé mon seigneur et maître qu'il serait bien mieux à l'abri dans notre maison de campagne, mais que mon devoir était de rester pour continuer à me faire auprès de toi l'interprète des femmes d'Avaricon. Ainsi je suis libre, rien ne nous sépare plus. Je t'appartiens entièrement et puis rester à tes côtés autant qu'il te plaira.

Elle avança jusqu'à lui, se campa, le buste légèrement en arrière, les bras ouverts, pour qu'il pût lui enlacer la taille, et lui tendit ses lèvres. Il sentit son sang bouillir. Il avait une envie folle de répondre à son attente, de l'attirer contre lui et de la dévorer de baisers. Mais entre eux s'interposait le visage pur et les clairs yeux bleus de la douce Cassica. Il repoussa la tentation, enfouit les mains dans son ceinturon et s'écarta.

Dilaka était devenue livide.

— Que se passe-t-il, mon âme ? Qu'ai-je fait pour que tu ne veuilles plus de moi ?

— Tu n'as rien fait, mais oublie nos instants de folie.

— Tu ne m'aimes donc plus ?

— Je ne t'ai jamais aimée, Dilaka, je t'ai seulement désirée. Je sais maintenant ce qu'est l'amour. J'ai choisi celle dont je ferai la reine des Arvernes et aucune autre femme ne compte plus pour moi — pas même toi.

Elle porta ses mains à son cœur, poussa un petit « oh ! » étouffé et chancela. Assez adroitement pour être obligée de se raccrocher à lui. Il sentit la douceur de ses seins contre sa poitrine, respira le parfum sensuel de sa féminité et, pour ne pas céder au désir qui l'enfiévrait, dut faire une grande inspiration en évoquant l'image de Cassica. Il se rappelait les paroles de la jeune fille : « Dilaka est une femme dangereuse. Un homme qui se laisse prendre dans ses filets est un homme perdu. » Il avait assez de lucidité pour réaliser que si la compagne du seigneur Drucoviros restait sa maîtresse, Cassica l'apprendrait fatalement et repousserait son amour.

Il serra les mâchoires, fit asseoir Dilaka dans un fauteuil, en détournant la tête pour ne pas voir son regard suppliant, et appela une des sentinelles de garde à l'entrée du pavillon.

— Fais donner une escorte à la noble Dilaka pour qu'elle regagne Avaricon. Mais sache qu'elle n'a pas à entrer dans ma tente en dehors des audiences officielles. Je tiens à ce que dorénavant on lui en interdise l'accès de façon très stricte. Tu feras passer la consigne.

L'ancienne maîtresse du roi Tasgétios comprit qu'elle avait perdu la partie, qu'elle ne serait jamais la reine dc la confédération des nations gauloises. De tout le chemin de retour, elle ne décoléra pas.

VIII

— Deux lunes seulement. Dire qu'il y a seulement deux lunes, je maniais paisiblement la plane et l'herminette pour galber les douelles. Je ne m'étais jamais éloigné de Cénabon de plus de six lieues et ne connaissait pas le sommeil à la belle étoile. Après le travail, je jouais avec mon petit Dévios, je faisais sauter sur mes genoux ma gentille Lella qui me faisait de grands sourires. Et quand je me mettais au lit, Anipa, l'amour de ma vie, m'entourait de ses bras.

Il exhala un long et lourd soupir.

— Deux lunes ! Et voilà que maintenant mes journées se passent à parcourir au hasard un pays inconnu, à cent lieues de ma ville natale, dans ce maudit chariot que les chemins rocailleux font grincer et brinquebaler. Je n'ai plus de foyer, plus d'enfants, plus de métier. Par Lugos ! quelle horreur que la guerre ! Les récits de nos bardes ne parlent jamais que de ceux qui la font et y récoltent la gloire, mais ils ignorent ceux qui la subissent, ceux qui n'y sont pour rien et que l'on massacre allègrement, que l'on torture, que l'on réduit à la misère, ceux qui pleurent des êtres chers, ceux qui perdent la liberté. Pour eux, pas un mot, pas une pensée. J'imagine que les générations futures conserveront le souvenir de César — Caius Julius Cæsar — mais auront oublié qu'il n'est pour nous qu'un sinistre boucher. Et pour ses innocentes victimes (je veux dire les civils, car il n'y a pas de soldats innocents) nul n'aura la moindre compassion.

Depuis plusieurs jours, il errait à travers les collines, par des chemins de crête caillouteux, d'où l'absence de feuilles aux arbres en cette saison permettait au regard d'embrasser d'immenses horizons, et des vallées boisées où couraient entre les saules des rivières gonflées, boueuses, charriant des morceaux de bois mort. Après avoir traversé la Liger à Noviodunon des Éduens, il avait piqué vers l'est, droit sur les monts du Morvan, pour être sûr de prendre de l'avance sur le convoi d'esclaves arrivant de Condas et avoir toutes les chances de le croiser en retournant vers l'ouest. Bien sûr, il savait que si, par malchance, Anipa se trouvait dans la colonne remontant la rive droite de la Liger, tout espoir était perdu, mais il fallait choisir. De toute façon, il aurait été déjà bien tard pour prétendre rattraper des gens qui chemineraient depuis plusieurs jours au long de la vallée ; les chances étaient beaucoup plus grandes de retrouver ceux qui faisaient route d'ouest en est. Il s'était donc arrêté à ce parti, mais l'angoisse ne cessait de l'étreindre en pensant qu'il avait peut-être misé sur le mauvais tableau et qu'il ne le saurait qu'après avoir rencontré la colonne en marche vers Cabillona. Pour lors il serait trop tard.

Il se trouvait en pays éduen, donc chez des alliés des Romains. Pas question de révéler qu'il était carnute. Pour interroger les habitants qu'il rencontrait, il avait imaginé de se faire passer pour l'intendant d'un prince boïen chargé par son maître de l'achat d'une belle esclave. Cette fable prenait toujours et l'on était prêt à l'aider, mais personne, jusqu'à présent, n'avait vu passer le troupeau de captifs dont il parlait. Il avait appris qu'il existait deux routes possibles pour se rendre à Cabillona, de part et d'autre d'une vallée assez encaissée où coulait une rivière rageuse appelée Icauna. Il zigzagua de l'une à l'autre par des chemins de traverse mais parvint à leur bifurcation sans avoir recueilli la moindre information intéressante. En un sens, il s'en félicitait, puisque cela lui prouvait qu'il était encore en temps utile et conservait ses chances de croiser un peu plus loin vers l'ouest la caravane qu'il recherchait, mais le temps lui semblait long et il commençait à se demander s'il était bien normal que la rencontre ne se fût pas encore produite. Il se trouvait maintenant sur l'unique route menant à Condas et il fallait que les malheureux captifs marchassent vraiment à une lenteur désespérante pour qu'ils ne fussent pas encore là.

Il descendait à flanc de coteau vers la vallée d'un modeste ruisseau, quand il les aperçut au-dessous de lui, par-delà un lacet de la route. Le triste flot humain grimpait lentement, se traînant avec peine malgré les coups de fouet des gardes en cotte de mailles. Le cœur de Damatos se mit à battre à grands coups dans sa poitrine. Il arrêta son chariot pour avoir tout le loisir d'examiner les visages qui défileraient devant lui.

L'attente lui paraît interminable avant que n'apparaissent, au détour de la route, les soldats qui ouvrent la marche, puis les premiers rangs du pitoyable bétail humain. Il voit passer près de lui des centaines d'êtres déguenillés, les pieds enveloppés de chiffons, les chevelures défaites, liés les uns aux autres par des cordes enserrant leurs poignets. Il en reconnaît plus d'un — des habitants de Cénabon qu'il avait souvent rencontrés dans la rue, des clients de la tonnellerie, des amies de ses sœurs. Mais il n'aperçoit pas le visage d'Anipa. Derrière, viennent les marchands, engoncés dans leurs douillets vêtements de voyage et chevauchant des mules harnachées de tapis multicolores, de bridons dorés et de pompons. Le groupe est passé. Est-ce fini ? Est-il bredouille pour de bon ? Il commence à désespérer, quand débouche du virage un autre groupe encadré par d'autres soldats. D'autres êtres déguenillés défilent devant lui, têtes basses et traînant les pieds. Et, soudain, il la voit. C'est elle. Le visage amaigri, les yeux hagards, la tignasse en désordre, mais c'est elle. Sa robe rouge et sa saie bleu-vert tombent en loques, mais il les reconnaît bien et elles réveillent en lui des monceaux de souvenirs. Mogus, près de lui, pousse de petits aboiements joyeux en agitant la queue et veut sauter sur la route. Il le retient par son collier et lui serre la gueule pour le faire taire, car il ne faut surtout pas qu'on soupçonne qu'il connaît quelqu'un, qu'il est lui-même carnute. On ne serait pas long à s'emparer de lui et à le rajouter au troupeau d'esclaves. Alors qu'en pays éduen l'intendant d'un prince boïen ne risque pas d'être réduit en esclavage. Indifférents à tout, les captifs qui marchent courbés n'ont pas un regard pour son chariot où il se dissimule plus qu'à demi derrière la bâche. Anipa passe sans le remarquer, et il attend patiemment le passage des marchands à qui appartient ce second groupe, pour sauter du chariot et se présenter à eux, tenant son chien en laisse.

— Mon maître, précise-t-il, m'a bien expliqué le genre d'esclave qu'il désire et j'ai repéré exactement ce qu'il lui faut : la petite, là-bas, en robe rouge et saie bleu-vert.

Ils discutent du prix. Le chef des marchands, un gros homme au teint basané et aux cheveux ondulés, dont les lèvres épaisses découvrent des dents jaunes, veut bien traiter, mais réclame cinq cents deniers. C'est son dernier prix. Damatos ne les a pas et, d'ailleurs, accepter ce chiffre exorbitant éveillerait les soupçons. Il offre la moitié. Pas un sesterce de plus. Comme on finit toujours par s'entendre entre honnêtes gens, ils tombent d'accord sur trois cents.

— Voilà l'argent. Fais conduire l'esclave dans mon carpenton.

Malgré sa hâte de la serrer dans ses bras, il ne la rejoint pas tout de suite. Il importe d'éviter que les marchands ou les mercenaires narbonnais assistent à leurs retrouvailles. La surprise d'Anipa, leur joie à tous les deux, leurs effusions, les trahiraient à coup sûr. Il attend qu'il n'y ait plus de garde à proximité pour grimper dans le chariot.

— Toi ! s'exclame-t-elle.

— Chut ! éloignons-nous vite d'ici. Tu es sauve, ma bien-aimée. Mais je serai plus tranquille quand nous aurons mis une distance suffisante entre nous et les trafiquants de chair humaine. Hue, Crinos ! Hue, Vinda !

Quand les derniers rangs de la colonne sont hors de vue, il arrête son véhicule et se retourne vers la jeune femme restée étendue au fond de la caisse, trop abasourdie pour avoir la moindre réaction, et ressentant brusquement toute la fatigue accumulée depuis des jours et des jours.

— Je t'ai cherchée si longtemps, si loin ! Je commençais à perdre tout espoir de te retrouver. J'étais si malheureux sans toi...

Il écarte Mogus qui lui léchait le visage, se penche sur elle, la presse contre son cœur et la couvre de baisers.

— Mon amour ! Le cauchemar est fini. Nous voici enfin réunis. La vie recommence.

Elle fond en larmes.

— Ô Damatos... Damatos..., hoquette-t-elle.

Il lui caresse les cheveux.

— Comme tu as dû souffrir, ma pauvre bien-aimée ! Mais tu n'as plus rien à craindre. Nous sommes ensemble et nous rentrons chez nous.

Il espérait une petite manifestation de joie et de reconnaissance, ou tout au moins un sourire. Son attente est déçue. Elle le regarde fixement et ses yeux s'agrandissent, hagards.

— Nos petits... Nos pauvres petits...

Elle agrippe nerveusement les deux bords de l'encolure de la tunique de son époux.

— Les monstres les ont tués. Tu entends ? Ils les ont tués.

— Je le sais, murmure-t-il d'une voix brisée. Je le sais et ne leur pardonnerai jamais ce crime. Ma douleur est aussi profonde que la tienne, tu peux en être sûre. C'est une blessure inguérissable.

Il la serre encore plus fort contre lui, désespérément.

— Mais il faut reprendre courage. Malgré notre malheur, nous devons nous tourner vers l'avenir. Cet avenir, nous le reconstruirons ensemble, main dans la main. Tu es tout pour moi, Anipa, et je me sens fort, maintenant que tu es là.

Elle fait l'effort de lui adresser un pâle sourire.

— Oui, Damatos. Oui. Toi aussi, tu es tout pour moi.

Ils s'assoient côte à côte à l'avant du chariot et Damatos reprend les guides. Il les secoue. En route, vers le soleil qui décline sur l'horizon !

Tout en roulant, ils se font le récit de leurs aventures depuis qu'il l'a quittée pour aller livrer les armes au jeune prince de Gergovie qui ne s'appelait pas encore Vercingétorix. Il a beaucoup de choses à lui raconter et elle l'écoute, bouche bée, sans l'interrompre. De son côté, elle n'a rien à lui expliquer qu'il ne sache déjà, si ce n'est que les légionnaires lui avaient arraché ses enfants que deux d'entre eux avaient sauvagement massacrés, pendant que les autres l'entraînaient de force. Plus elle criait et se débattait, plus ils riaient et se moquaient d'elle.

Elle lui dépeint d'un ton morne la vie de misère qu'elle a connue depuis, les interminables marches sans espérance, sous les coups de fouet, les pieds en sang dans des chaussures de ville qui n'avaient pas tardé à n'avoir plus de semelles. Il fallait absorber une nourriture infecte et dormir entravée, souvent à la belle étoile. Elle a souffert du froid, de la pluie, de la neige, mais ces souffrances physiques n'étaient rien en comparaison de ses souffrances morales. Elle ne cessait de penser à ceux qu'elle avait perdus. Elle était désespérée en imaginant l'existence qui l'attendait pour le restant de ses jours, dans la servitude et séparée à jamais de tous ceux qu'elle aimait.

Comme la plupart de ses compagnons d'infortune, elle a souhaité mourir. Elle a pensé se laisser périr de faim, mais ceux qui l'entreprenaient se voyaient introduire de force un entonnoir entre les dents et les soldats y déversaient de l'eau jusqu'à ce qu'ils demandent grâce et acceptent de s'alimenter. Un jeune homme a voulu profiter de la satisfaction d'un besoin naturel pour se précipiter du haut d'une roche : le garde qui le surveillait l'a rattrapé par sa tunique et il a été fouetté jusqu'au sang pour servir d'exemple aux autres.

Damatos a à cœur de trouver pour passer la nuit un joli site où leurs retrouvailles soient entourées de poésie. Il avise un pré bien vert — il a tant plu cet hiver ! — descendant en pente douce vers un étang, au milieu d'aulnes et de bouleaux. C'est là qu'il arrête le carpenton.

— Je m'occupe du souper, décide Anipa en attachant sur lui un regard à la fois tendre et triste. Occupe-toi de tes chevaux. J'ai vu que tu as dans le chariot une bonne provision d'épeautre et que tu as trouvé des œufs et du lait. Je prépare cette galette que tu aimes tant. Tu te souviens comme notre petit Dévios en était gourmand ?

Tout en dételant ses chevaux et en leur servant leur picotin du soir, il la regarde allumer le feu, piler le grain, pétrir la pâte, aller et venir, s'affairer avec sa vivacité de naguère. Il est heureux. Il a retrouvé sa petite épouse active et vaillante. Il ne se lasse pas de la contempler.

Lorsqu'elle lui tend une grosse part de galette brûlante, elle a le visage rayonnant. Elle le regarde manger.

— Mais mange donc toi aussi, finit-il par dire. Tu dois mourir de faim.

Elle se contente de grignoter un petit morceau.

— Comme je suis heureuse, Damatos, de t'avoir revu !

Il écarquille les yeux. La formule lui paraît incongrue.

— Ô mon âme, promet-il, jamais plus nous ne nous quitterons. Dans quatre ou cinq jours, nous serons de retour à Cénabon et nous reconstruirons notre maison et notre atelier. Je n'ai plus d'argent, mais qu'importe ? J'emprunterai pour racheter des outils et une provision de bois. Je travaillerai dur, je fabriquerai des tas de tonneaux, de seaux et de baquets. Je veux te rendre ta joie de vivre.

— Oui, Damatos.

— Je donnerai peut-être aussi des coups de main aux charpentiers qui ont du pain sur la planche, puisque toute la ville est à reconstruire.

— Oui, Damatos.

Il la couve du regard avec tant d'amour qu'elle s'étonne :

— Je ne te répugne pas, sale et dépenaillée comme je suis ?

— Tu es belle. Si belle...

— Belle, moi ? Je l'ai peut-être été, mais maintenant je n'ai plus que la peau et les os, mon teint est cireux, mes yeux cernés, mes cheveux hirsutes, mon visage doit être devenu laid à faire peur.

— Ne dis pas cela. Pour moi, tu seras toujours la plus belle. Je te vois toujours telle que tu étais quand nous nous sommes rencontrés, sur l'aire à battre de ton père. Tu n'étais pas tellement propre, rappelle-toi, ni bien peignée, ni bien habillée, et telle quelle tu m'as séduit. Je reste encore séduit, tu sais.

De nouveau, elle fond en larmes.

Le repas achevé, il l'entraîne par la main vers le chariot, l'y étend au fond, sur les couvertures, et l'enlace avec la hâte du voyageur du désert tombant d'inanition devant qui l'on dépose une corbeille de fruits. Il colle ses lèvres contre les siennes, la caresse avec fougue. Mais au moment où il retrousse sa robe, elle s'écarte d'un bond.

— Non, Damatos ! Non... pas cette nuit.

— Mais... qu'est-ce qui te prend ? Pourquoi... ?

— Je t'aime, je n'ai jamais aimé que toi, mais — je t'en supplie — laisse-moi.

Il est tout désemparé.

— Voyons... je ne comprends pas... J'attendais ce moment avec impatience. Depuis tant de jours et de nuits. Que t'arrive-t-il ? Pourquoi me repousses-tu ? Depuis tant de nuits j'attendais ce moment ! Je te suis resté fidèle, Anipa, et depuis deux longues lunes ma chair est restée insatisfaite. Pour quelle raison me faire languir encore ?

— Tu ne peux pas comprendre...

Elle se met sur son séant, les jambes enserrées dans une couverture, et sanglote.

— Il faut que je te dise... Te souviens-tu... te souviens-tu que le jour où nous nous sommes avoué notre amour, à la fête de Samonios, je t'ai raconté l'histoire de la reine Chiomara ?

— Si je m'en souviens !

— Je te disais que, comme elle, je ne pourrais souffrir d'avoir appartenu à deux hommes vivants. Je te parlais de mon serment à la divine Bélisama. Eh bien... Oh ! c'est trop affreux !...

— Mais quoi ? Parle.

— Eh bien... Eh bien voilà que, comme Chiomara, j'ai été violée par les soldats romains qui m'avaient capturée.

— Grands dieux !

— Et pas seulement par un seul, comme elle, mais par une demi-douzaine. A tour de rôle, cinq d'entre eux me tenaient clouée au sol, en m'écartant les jambes, pendant que le sixième me souillait.

— C'est ignoble !

— Moins heureuse que Chiomara, je n'ai pas pu le leur faire payer de leur vie. Je ne sais ce qu'ils sont devenus ni où ils sont. Celui d'entre eux à qui j'ai été attribuée m'a vendue aux marchands et je ne les ai plus revus.

Elle soupire.

— Voilà. Tu comprends pourquoi je me suis refusée à toi ? Après ce qui est arrivé, tu ne peux que me mépriser. Je sais que maintenant je te fais horreur et c'est bien normal. Si je ne t'avais rien dit et m'étais donnée à toi, j'aurais commis une indigne tromperie.

Damatos est atterré, mais, à tâtons, dans le noir il lui prend les mains.

— Mon pauvre amour, comment peux-tu croire que je te méprise ? Tu n'es pas responsable de ce qui t'est arrivé. Ce n'est pas toi qui me fais horreur, ce sont tes tortionnaires, les hommes de César. Ce qu'ils t'ont fait est abominable, mais il ne faut plus y penser, Anipa chérie. Maintenant, il faut revivre.

— Comment ? s'étonne-t-elle. Tu ne me rejettes pas ?

— Mais non. Rien n'est changé entre nous.

— Pourtant, je suis déshonorée. Voudrais-tu tenir dans tes bras une créature flétrie, souillée par la soldatesque ?

— Tu n'étais pas consentante. À mes yeux, ton honneur est intact.

— Tu es bon, Damatos. Mais si tu n'es pas dégoûté de moi, moi je me dégoûte. Je n'ai pas pu tenir mon serment à Bélisama. La déesse ne me le pardonnera pas et j'ai peur. Damatos, j'ai peur.

Elle est secouée de sanglots et retire la main qu'il tenait, avant de reprendre :

— Et... et suppose — ô dieux, quelle épreuve ! — suppose que j'attende un enfant... Un petit Romain !... Tu accepterais de voir grandir à notre foyer un enfant de cette race exécrée, à la place de notre petit Dévios et de notre mignonne Lella ?

Il sent une sueur froide perler à ses tempes.

— Oh ! tais-toi. Tu crois vraiment que...

— Non, l'interrompit-elle, je ne puis rien affirmer. Il est encore trop tôt. Je dis seulement que ce n'est pas impossible. Et que si je te faisais un tel cadeau, ce serait une chose si terrible que je peux pas en supporter l'idée.

Le choc a été rude et il reste un moment silencieux, s'efforçant de reprendre ses esprits. Puis il essaie de l'attirer contre lui.

— Ne nous torturons pas l'esprit inutilement. Ne pensons plus qu'à l'instant présent, au bonheur d'être ensemble et à notre amour.

— Non, mon bien-aimé. Tu es trop bon pour moi, mais laisse-moi. Je me sens encore au fond d'un abîme, entourée de ténèbres. Ne me prends pas cette nuit, donne-moi le temps de me remettre de ce que j'ai enduré, de redevenir la petite Anipa que tu aimais.

Si dur que ce soit, il se dit qu'il doit se montrer compréhensif, qu'elle a tant souffert qu'il est normal qu'elle soit encore toute perturbée. Il ne faut pas la brusquer. À lui de savoir faire preuve de patience et lui témoigner beaucoup de tendresse pour lui faire oublier tout ce qu'elle a vécu depuis deux lunes. Il se résigne. Il s'entortille dans ses couvertures, lui souhaite le bonsoir et cherche le sommeil.

Il a peut-être eu tort. Qui sait si, en usant de force de ses droits de mari, il ne l'aurait pas rassurée, guérie de sa honte et tirée de son désespoir ?

Sa déception et son amertume le tiennent longtemps éveillé, à se tourner et retourner. Il s'était fait par avance une telle fête de la nuit de leurs retrouvailles !

Il finit tout de même par s'endormir, d'un sommeil lourd et agité, peuplé de cauchemars. Il se réveille au petit matin et cherche Anipa à son côté, mais elle n'est plus là. Sans doute est-elle déjà levée pour préparer le repas du matin. Toujours aussi courageuse ! Il se réjouit à la pensée qu'il va la voir, vive et légère, s'activer autour du feu. Il sort la tête du chariot. Mais il ne l'aperçoit pas et constate que le feu n'est pas allumé. Où peut-elle donc être ? Il saute du véhicule et regarde tout alentour. Personne. Il l'appelle. Pas de réponse.

Ce n'est pas normal. L'angoisse s'empare de lui. Il fait flairer à Mogus les couvertures dans lesquelles elle était couchée et le supplie :

— Cherche, Mogus ! Cherche ta maîtresse.

Le chien semble avoir compris. Le jeu lui plaît. La piste d'Anipa qu'il renifle n'éveille en lui que de bons souvenirs et il la suit avec joie, courant et gambadant dans l'herbe humide. Damatos se hâte à sa suite, continuant à appeler sa femme sans recevoir de réponse.

Ils arrivent au bord de l'étang. Il y a des traces de pas dans la boue de la berge. Des traces de petits pieds féminins. Elles se dirigent droit vers l'eau et il les contemple, la gorge serrée. Il n'ose pas relever la tête. Quand il s'y décide, son regard n'a pas à errer longtemps à la surface de l'étang pour découvrir la robe rouge et la saie bleu-vert qui flottent au beau milieu, avec une chevelure brune étalée sur l'onde.

IX

Sous la pluie battante, Vimpis et ses hommes se dissimulaient derrière les arbres et attendaient, en silence et immobiles, leurs capuchons rabattus jusque sur leurs sourcils. Ils commençaient à être trempés des pieds à la tête, car l'averse qui n'en finissait pas était venue à bout de transpercer le drap épais de leurs vêtements de paysans. Répartis des deux côtés de la petite route forestière, ils n'étaient pas aussi bien cachés qu'ils auraient pu l'être en période de pleine végétation. La nudité hivernale du sous-bois laissait apparaître quelques pans de capes, quelques coudes, quelques épaules débordant l'abri des troncs. Mais sur le fond de sylve en deuil, la laine brune ou noire ne se remarquait pas trop.

L'hiver tirait à sa fin, mais le retour de la nature vers la vie était en retard en cette année de froid rigoureux et ne se manifestait encore que par l'éruption de pointes rousses au long des ramilles, l'explosion de feuilles tendres sur les ronces et les chèvrefeuilles et les cachotteries des fleurs de violettes au pied des chênes, parmi la mousse.

Il y avait maintenant plusieurs jours que César avait entamé le siège d'Avaricon. Il avait installé son camp sur la colline faisant face à l'entrée de la ville, du seul côté où existait un passage praticable entre les cours d'eau et les terrains marécageux que les pluies avaient transformés en traîtresses étendues miroitantes coupées de langues herbues, de lignes de saules prenant leur bain de pied, et de roselières. Au pied de la pente, il avait entrepris la construction d'une terrasse afin de combler le fossé courant au long du rempart. Vercingétorix qui l'avait suivi de loin, par petites étapes, s'était établi sur une position dominante à une dizaine de lieues gauloises dans le nord-est. Un service régulier d'agents de liaison le tenait au courant, heure par heure, des moindres mouvements de l'ennemi. C'est ainsi que lui avait été signalée une décurie de cavalerie ramenant du sud du bétail razzié dans un lointain village des bords du Caris, au-delà des limites de la zone où avait été appliquée la tactique de la terre brûlée. Il avait chargé Conconnétodumnos qui commandait en personne la division carnute, d'envoyer un détachement l'intercepter, et c'est Vimpis que Conconnétodumnos avait désigné pour aller dresser une embuscade dans une forêt que les vaqueros romains étaient obligés de traverser.

De César au dernier des muletiers, l'armée romaine était en proie à l'inquiétude, car elle voyait ses vivres s'épuiser sans avoir la possibilités de se ravitailler. Les fourrageurs qu'on envoyait piller les campagnes revenaient bredouilles, ayant trouvé les granges incendiées. Encore fallait-il même qu'ils revinssent, car les Gaulois se faisaient un malin plaisir de tomber à bras raccourcis sur les détachements aventurés un peu loin de leur camp, et les taillaient en pièces sans pitié. Quant aux colonnes expédiées mendier du blé chez les peuples alliés, elles n'avaient guère plus de succès : les Éduens mettaient une mauvaise volonté flagrante à satisfaire leurs demandes et les Boïens, trop pauvres, n'étaient pas en mesure de le faire. Lorsque enfin, à grand-peine, quelques chariots avaient pu être chargés, il était bien rare que, sur la route du retour, ils ne tombassent dans une embuscade.

Vimpis n'avait pas amené ses chiens de guerre qui n'étaient dressés qu'au combat en rase campagne et, non seulement n'auraient été d'aucune utilité, mais auraient même risqué de faire échouer l'opération, car il aurait été presque impossible de les empêcher de donner de la voix et l'effet de surprise aurait été manqué. Il ne fallait compter que sur la valeur — et surtout l'adresse — des hommes qui, pour le moment, attendaient en grelottant. Ils avaient hâte de se réchauffer dans l'action et d'en finir pour pouvoir retrouver leur tente, enlever leurs vêtements trempés et se glisser dans leurs couvertures.

Soudain le silence qui les entourait fut troublé par une rafale de claquements de marteau contre un tronc, que n'importe qui aurait pu prendre pour le tambourinage d'un pic épeiche. C'était le signal convenu. Le guetteur posté en amont faisait savoir que les Romains venaient de passer devant lui. Les hommes se redressèrent, s'effacèrent mieux derrière leurs arbres et assurèrent leurs javelots dans leurs poings en fixant intensément le chemin.

Un décurion et deux hommes chevauchaient en tête, précédant le bétail volé — une douzaine de vaches amaigries par la marche — que le reste de la décurie poussait avec des cris gutturaux. Vimpis fit un signe et les javelots fendirent l'air. Le décurion et six de ses cavaliers vidèrent les étriers (1). Les survivants firent virevolter leurs chevaux en cherchant les attaquants. Mais à peine l'un d'entre eux en avait-il aperçu un devant lui et s'apprêtait-il à le charger, que trois ou quatre autres bondissaient des fourrés dans son dos et lui enfonçaient leurs lances dans la chair.

Deux cavaliers, cependant, parvinrent à prendre le large Vimpis ramassa deux javelots tombés à terre et courut à leur poursuite. Son premier javelot alla se planter dans la croupe d'un des chevaux qui rua, se débarrassa de son cavalier et voulut s'enfuir, mais n'alla pas loin et s'écroula à terre. Il lança le second en direction de l'autre cavalier, mais l'homme arrêta le trait avec son bouclier, fit pirouetter sa monture et le chargea, lance pointée. Vimpis tira son épée et l'attendit de pied ferme, au milieu du chemin. Au moment où le fer de la lance allait l'atteindre, il fit prestement un bond de côté vers sa droite, suivi d'un rebond en sens inverse pour enfoncer sa lame dans le flanc du cheval. Le pauvre animal s'abattit.

Ni l'un ni l'autre des deux cavaliers n'avait été blessé dans sa chute. Ils se relevèrent et dirigèrent leurs lances vers la poitrine de Vimpis, seul en face d'eux et armé de sa seule épée. D'un violent moulinet de son épée, il détourna la première pointe qui allait l'atteindre et, décochant aussitôt au bas-ventre de son adversaire un énergique coup de pied, il le précipita contre l'autre dont la lance, à son tour, le menaçait. En se heurtant, les deux hommes chancelèrent un bref instant et ce lui fut suffisant pour faire voler d'un revers d'épée la tête de celui qui l'avait attaqué en premier. Il s'empara de la lance que le mort lâchait en s'effondrant et engagea avec le second ennemi une escrime à armes égales. L'escrime à la lance n'avait pas de secrets pour lui. Avant même que ne fussent arrivés sur place ses hommes qui accouraient à la rescousse, il avait forcé la garde de son adversaire et lui avait planté sa pointe droit dans le cœur.

Il n'avait pas perdu un seul homme et les ennemis jonchaient le sol. Il fit achever ceux qui n'étaient que blessés et

(1) Façon de parler car, à la vérité, les étriers n'étaient pas inventés ni près de l'être ; seulement, vous n'allez pas me faire écrire qu'ils mordirent la poussière : le sol de la petite route était trop détrempé, trop boueux, pour qu'on pût y trouver le moindre grain de poussière à mordre.

ordonna de s'emparer des chevaux. Il se réserva pour lui-même la monture du décurion, un élégant étalon gris pommelé dont la tête carrée, le front plat, les larges naseaux et l'œil de feu décelaient le sang arabe. Avant de l'enfourcher, il trancha la tête de tous les Romains qu'il avait tués de sa propre main et lui orna l'encolure de ces têtes, collier dégouttant de sang et dégoûtant tout court, mais combien glorieux.

Lorsqu'il fit à cheval son entrée dans le camp des Carnutes, avec ces trophées qui attiraient les regards et suscitaient l'admiration, suivi de son équipe au complet et des prises qu'il ramenait — huit chevaux de selle et le petit troupeau de bêtes à cornes dont la chair améliorerait l'ordinaire de la division pendant plusieurs jours — il reçut un accueil triomphal. Les soldats l'acclamaient, les officiers lui donnaient d'affectueuses bourrades. Le grand chef Conconnétodumnos vint en personne à sa rencontre pour le féliciter. Cassica, à qui on avait immédiatement envoyé un courrier, fit savoir combien elle était heureuse de ce beau succès des hommes de son clan.

Comme il se dirigeait vers la tente qu'il partageait avec ses hommes, Vimpis eut la stupéfaction de voir accourir vers lui son beau-frère Damatos.

— Toi ici ? Es-tu porteur de bonnes ou de mauvaises nouvelles ? As-tu retrouvé ma sœur ? Est-elle avec toi ?

— Je l'ai retrouvée. Mais hélas... Elle n'est pas avec moi.. C'est atroce... Mettons-nous à l'écart, que je t'explique.

C'est avec des larmes dans la voix qu'il lui raconta comment il était parvenu à découvrir Anipa et à la racheter aux marchands, combien son attitude avait été étrange et quelles révélations elle lui avait faites, puis dans quelles conditions il avait constaté sa disparition et n'avait retrouvé que son cadavre flottant sur l'eau.

— À ce moment-là, j'ai pensé me supprimer moi aussi. Mais je me suis dit aussitôt que je n'avais pas le droit de me réfugier dans la mort avant de l'avoir vengée et vengé nos petits. Il faut que j'extermine tous les Romains que je rencontrerai... ce sont des êtres monstrueux, infects ! Il n'y a plus dans mon cœur que de la haine. J'ai ri de joie, tout à l'heure, en voyant ces têtes coupées qui décoraient ton cheval. Je veux me battre. Je viens te demander de me prendre dans ta troupe.

Vimpis, que le chagrin accablait, serra les mâchoires.

— Tu y serais le bienvenu et je me réjouirais que nous

soyons deux à mener la même vengeance, mais es-tu sûr, toi, d'être capable de devenir un guerrier ?

— Ne crains rien, je saurai combattre. Tu me connaissais, c'est vrai, comme un homme tranquille, exécrant la violence, mais tu connaîtras un autre Damatos : un fauve assoiffé de sang. Je rêvais de fraternité entre les hommes, mais vraiment les Romains n'ont plus rien d'humain. Oh oui, je saurai les combattre ! Mon seul plaisir dans l'existence, ce sera d'en voir souffrir et crever.

La fureur qui l'animait donnait à l'ancien tonnelier presque l'aspect d'un dément. La haine est une triste maladie et, visiblement, il en était atteint au dernier degré. Mais ce n'est pas avec les gens en parfaite santé mentale que l'on fait les bonnes armées. Vimpis n'hésita plus à l'embaucher dans son commando et commença immédiatement son instruction guerrière.

Les premiers résultats furent loin d'être encourageants. Fût-il animé d'un esprit de vengeance implacable, un artisan est rarement en mesure de s'adapter avec la même facilité qu'un paysan à une vie de violence, de dépense physique et d'usage de la force. Il était adroit à manier la doloire, mais la lance n'est pas le même jeu. Il ne manquait pourtant pas de bonne volonté et lorsque, une dizaine de jours après son incorporation, ce fut le tour de la formation de Vimpis de se poster aux abords de la porte décumane du camp de César pour surprendre les corvées de fourrage, il se réjouit de faire partie de l'expédition.

Ils partirent avant la fin de la nuit, se dirigeant d'après la lune noyée dans son voile de nuages, car les étoiles n'étaient pas visibles. Ils atteignirent au lever du soleil la piste à travers champs, tracée par les pieds des hommes et des chevaux et les roues des chariots, qui reliait le camp romain à la route de Noviodunon des Éduens. Ils se tapirent dans les buissons et observèrent de loin les sentinelles qui faisaient les cent pas en haut du parapet, derrière leur palissade, et, en avant de la porte, les tentes des postes de garde d'où sortait de temps à autre un sous-officier qui jetait, par acquit de conscience, un coup d'œil sur l'horizon, ou un vélite qui allait se camper, jambes écartées, au bord du fossé.

Ils n'eurent pas à attendre longtemps. Les notes cuivrées des buccins avaient à peine déchiré l'air pour sonner le réveil qu'un détachement de fantassins suivi d'un fourgon tiré pai des mules, franchit la chicane de sortie. Vimpis rappela la consigne : les laisser passer et les suivre de loin, en rampant ou en se coulant par bonds de buisson en buisson.

Les Romains empruntèrent la route de Noviodunon et, au bout d'une bonne lieue, tournèrent dans un chemin de terre qui menait à une ferme isolée dont il ne restait que les ruines calcinées. Ils arrêtèrent leur fourgon à l'entrée d'un champ de seigle d'hiver et entrèrent, munis de faucilles, moissonner la céréale en herbe.

Vimpis et ses hommes se dissimulaient derrière la haie bordant le chemin de terre et progressèrent sans bruit jusqu'à celle qui entourait le champ.

— Les maudits ! murmura Vimpis. Ils coupent le seigle destiné à faire le pain des hommes pour le ramener comme fourrage pour les chevaux de la cavalerie de César et pour les mulets et les bœufs d'attelage de son intendance. Matomélos et Larix, vous ferez discrètement entrer leurs mules dans le champ et vous les lancerez en avant pour qu'elles entraînent le fourgon qui ne sera pas long à s'embourber. Pendant qu'ils seront occupés à le dégager, nous nous glisserons à travers la haie et les encerclerons avant qu'ils aient eu le temps de comprendre.

Les deux hommes désignés n'eurent pas de mal à amener les mules à l'entrée du champ et il leur suffit de leur piquer l'arrière-train de la pointe de leurs javelots pour qu'elles s'emballent. Comme prévu, elles n'allèrent pas bien loin, les roues du véhicule enfonçant trop profondément dans la terre détrempée. Affolées, elles ruèrent, se cabrèrent, s'empêtrèrent dans leurs traits et les fourrageurs, qui se demandaient bien quelle mouche les avait piquées, accoururent en poussant des jurons pour tenter de les maîtriser et de les délivrer avant qu'il n'y ait trop de dégâts. Pendant que les uns se pendaient aux brides et que les autres poussaient sur les roues ou s'arc-boutaient aux ridelles, les Carnutes traversèrent furtivement la haie et commencèrent leur mouvement tournant.

Quelques Romains avaient laissé les autres se porter au secours de l'attelage sans se joindre à eux, jugeant sans doute leur aide inutile, et continuaient à moissonner, dispersés à travers le champ. Ceux d'entre eux qui aperçurent les attaquants commencèrent à pousser des cris, mais leurs camarades qui criaient eux-mêmes en s'affairant autour des mules, ne les entendirent pas. Il n'en était pas moins urgent de les faire taire, et les javelots gaulois volèrent.

Damatos était très ému et pas trop rassuré de prendre part à un vrai combat pour la première fois. Il ne parvint à dominer la peur qui lui tordait les entrailles qu'en faisant appel désespérément à l'image de ses petits, Dévios et Lella, tels qu'il les avait découverts baignant dans leur sang et à celle du corps inerte d'Anipa flottant sur l'étang. La rage, alors, l'emporta sur la peur. Il avisa un fourrageur, à l'autre bout du champ, qui avait pris ses jambes à son cou. Il se lança à sa poursuite. Mais, dans son exaltation, il lança son premier javelot trop tôt, quand l'objectif n'était pas à sa portée. Il attendit d'être plus près pour jeter le second qui aurait dû cette fois, normalement, atteindre son but; mais sa main manquait d'assurance et il le rata. L'homme poursuivi put rejoindre les siens en leur criant : « Alerte ! Aux armes ! »

Il n'en fallut pas plus pour faire perdre aux hommes de Vimpis l'avantage de la surprise. Les légionnaires, abandonnant l'attelage embourbé à son sort, se regroupèrent en cercle (1), au coude à coude, et tirèrent l'épée. Les Carnutes lancèrent les javelots qui leur restaient et dont aucun, cette fois, ne manqua son but. Puis ils engagèrent le corps à corps avec les survivants. Ils avaient affaire à des soldats expérimentés et, les deux partis étant sensiblement égaux en nombre, la lutte promettait d'être très dure. Les lames s'entrechoquèrent avec des cliquetis de verre brisé, les combattants poussaient des ahans furibonds, le sang coulait, des visages étaient défigurés par des estafilades horribles à voir. Un premier Gaulois, le jeune Arios, paysan de Lémolanda comme son chef, tomba, la poitrine ouverte.

La bataille aurait pu durer jusqu'à ce qu'il ne restât plus un combattant vivant, si les Celtes n'avaient mis dans l'affrontement plus de cœur, plus de fougue, un plus grand mépris du danger que leurs ennemis. C'est qu'ils considéraient la mort comme l'entrée dans une vie plus heureuse, infiniment plus belle et épanouie, tandis que les Latins s'imaginaient qu'elle les réduirait à l'état d'ombres errant dans les ténèbres glacées du monde souterrain. Aussi Vimpis et ses jeunes gars poussaient-ils leurs assauts joyeusement, en s'exposant au maximum, sans cesser de rire ni de plaisanter; les fourrageurs, au contraire, ne songeaient qu'à sauver leur vie.

Tous ces flots de sang, ces plaies béantes, ces hommes s'écroulant... Damatos a envie de vomir. Il ferraille comme il peut, mais sa main tremble. Comme par hasard, il ne trouve pas d'adversaire disponible pour croiser le fer avec lui et dirige ses coups contre ceux qui sont déjà aux prises avec les plus costauds de ses compagnons. Ce n'est pas qu'il ne voudrait pas s'avancer jusqu'au plus fort de la mêlée, mais il ne voit pas de passage libre pour y parvenir et reste, malgré

(1) Leur fameuse formation *in orbem*.

lui, un peu en retrait. L *optio* qui commande le détachement de fourrageurs ne tarde pas à le remarquer et, au moment où il le voit prendre place parmi ceux qui lui barrent le chemin de la sortie, il se fraie un passage jusqu'à lui et l'attaque. Damatos a beau se dire qu'il lui est parfaitement égal de mourir, il ne peut s'empêcher de reculer. Réaction purement physique qui échappe à son contrôle. Son âme désire ardemment foncer en avant, mais son corps va en arrière — qu'y peut-il ? L'ennui, c'est que cela crée une brèche dans le front des attaquants. Par cette brèche s'engouffrent les légionnaires, à la suite de leur chef qui hurle un retentissant : « Sauve-qui-peut ! »

— Laissez-les s'enfuir, ordonna Vimpis à ses hommes. Nous avons accompli notre mission, puisque nous les avons empêchés de ramener du fourrage pour les bêtes de César. Inutile de gaspiller nos forces, alors que nous avons plus de trois heures de route pour rentrer au camp. Dételez les mules ; ce sera notre butin et elles porteront nos blessés.

Une quinzaine de morts, Romains et Gaulois, restaient sur le terrain. Il prononça l'oraison funèbre des siens, célébrant leur vaillance et les recommandant à la divine Épana, puis donna l'ordre de départ en houspillant l'équipe, en rudoyant les traînards, en faisant d'un ton sec des observations aux uns et aux autres. Il était de méchante humeur, car sa tactique avait en partie échoué et c'était à cause des maladresses de son beau-frère. Il lui fallait prendre sur lui pour ne pas l'agonir de réprimandes. Il parvint cependant à se contenir, se disant qu'il ne fallait pas le décourager, qu'il avait fait de son mieux et qu'après tout c'était son premier combat — l'expérience lui viendrait.

X

La construction de la terrasse n'avançait pas vite. Pataugeant dans la boue, trempés de pluie, transis de froid, les soldats romains perdaient courage. Ils souffraient affreusement de la faim. Il leur arrivait de rester plusieurs jours sans un morceau de pain et ils ne subsistaient que grâce au rare bétail volé dans de lointains villages qui avait pu être ramené en échappant aux embuscades gauloises. En fait, seuls parvenaient à bon port les troupeaux provenant de l'ouest du pays biturige, voire des campagnes turones : quinze jours de voyage aller et retour. Et un troupeau de deux cents têtes ne fournissait pas plus de quatre jours de nourriture. César faisait comme s'il ne s'apercevait pas que les hommes murmuraient et que les désertions commençaient. Il avait imaginé une astuce : en inspectant les travaux, il adressait tour à tour à chaque légion, sur un ton de paternelle sollicitude, une petite harangue où il disait en substance que si les privations étaient trop pénibles à ses chers soldats, il préférait lever le siège. Aussitôt, d'un groupe de vétérans dont il s'était secrètement assuré la complicité par de généreuses largesses, s'élevait un concert de protestations. L'un d'entre eux récitait d'un ton enflammé un petit texte affirmant « qu'ils avaient pendant de nombreuses années servi sous ses ordres sans souffrir aucun affront ni laisser une entreprise inachevée, et qu'ils se considéreraient comme déshonorés s'ils abandonnaient le siège commencé ». Pour faire plus vrai, il rappelait le massacre de leurs compatriotes par la population de Cénabon et réclamait vengeance, comme s'il oubliait que cette vengeance avait été exercée — et l'avait été avec une sauvagerie difficile à outrepasser. Bien sûr, ces tirades héroïques, de la part d'un vieux soudard, ne faisaient pas très naturel, mais il se retournait vers ses camarades et leur faisait miroiter toutes les richesses que ne pouvait manquer de renfermer une ville telle qu'Avaricon. C'était là un langage auquel aucun légionnaire n'était insensible. La brigade d'applaudissements trépignait et criait : « On ne renonce pas ! Pas d'abandon ! Vengeance ! A l'assaut ! » et toute l'assistance faisait chorus.

Ainsi les travaux de siège se poursuivaient-ils. Les légionnaires transformés en bûcherons et en terrassiers coupaient des milliers de troncs dans la forêt la plus proche, les véhiculaient par les chemins fangeux et, sous les flèches, les javelots et les balles de fronde des assiégés, les assemblaient petit à petit avec de la terre pour élever les rampes et les plates-formes, tandis qu'à l'arrière des équipes de charpentiers construisaient deux de ces tours d'assaut à roulettes dont les Romains avaient le secret.

Sur les arbres des alentours, les bourgeons éclatèrent, les feuilles nouvelles nées sourirent au long des branches. Dans l'ombre des sous-bois s'épanouit la blanche sylvie et au pied des talus fleuris de saxifrages embaumèrent les pendeloques safranées du coucou. Le jour vint où les tours à roulettes furent prêtes et où des hommes réduits à l'état de squelettes commencèrent à pousser sur les brancards dont elles étaient équipés par-derrière, pour les hisser peu à peu, au long des rampes, vers le sommet de la terrasse.

Tant de temps s'était écoulé depuis le début du siège, que les chevaux de la cavalerie gauloise avaient pâturé toutes les prairies dans un rayon de deux lieues autour du champ. On n'y aurait plus trouvé un brin d'herbe. Il devenait indispensable de changer de quartier. Vercingétorix donna un matin l'ordre de lever le camp et de se mettre en marche vers une position qu'il avait repérée, plus près d'Avaricon, et qui serait facile à défendre, car il s'agissait d'une colline entourée de toutes parts par un marais que l'on ne pouvait traverser que par d'étroits passages coupés de gués et se faufilant, par endroits, entre d'épais fourrés.

L'armée se mit en marche, nation par nation. Lorsque les régiments d'une nation se présentaient au pied de la colline, le Maître de Camp, un petit bonhomme à la voix sèche, dont le visage anguleux était barré d'une épaisse moustache brune, accourait en boitant et leur désignait l'emplacement qu'il leur avait réservé, sur la hauteur, pour dresser leur camp. Les Carnutes se virent attribuer un terrain vers le nord, à la lisière d'une forêt. Ils y avaient rangés leurs chariots en carré et commençaient à dresser les tentes, quand arrivèrent au grand galop deux femmes guerrières dont les longues chevelures, s'échappant de leurs casques d'argent, flottaient au vent. Elles arrêtèrent net leurs chevaux et haletèrent :

— Vous n'avez pas vu la noble Cassica, notre chef ?

Au nom de Cassica, Vimpis sursauta et se précipita.

— Que se passe-t-il donc ?

— Elle a disparu !

— Disparu ? Ce n'est pas possible !

— Quand nous avons quitté l'ancien camp, elle chevauchait à notre tête. Mais trois cavaliers inconnus sont arrivés à notre rencontre et lui ont parlé à voix basse. Aussitôt, elle nous a dit : « Continuez votre route. On me demande. Je vous quitte pour un petit moment, mais je vous rejoindrai tout à l'heure. »

— Nous pensions, indiqua l'autre écuyère, qu'elle avait été convoquée à l'état-major. Aussi, en arrivant ici, comme elle n'était pas de retour parmi nous, avons-nous envoyé une estafette au quartier général pour demander qu'elle vienne régler avec le Maître de Camp toutes les questions concernant notre installation.

— Mais elle n'était pas au quartier général, reprit la première, et personne n'a pu nous dire où elle se trouvait. C'est pourquoi nous nous sommes dispersées à sa recherche. Quelqu'un d'entre vous saurait-il ce qu'elle est devenue ?

Nul n'en avait la moindre idée. Pendant tout le reste de la journée, Vimpis se tortura l'esprit à se demander ce que signifiait cette disparition. À plusieurs reprises, il se rendit auprès des femmes guerrières pour savoir si la jeune fille était de retour ou si, du moins, l'on avait appris quelque chose à son sujet. Son agitation n'étonnait pas trop ses interlocutrices, puisqu'elles savaient qu'il appartenait au clan de la disparue. Elles lui dirent que Vercingétorix s'inquiétait lui aussi et qu'il avait envoyé des patrouilles fouiller les environs, mais jusqu'ici sans résultat. Vimpis rongé d'impatience finit par demander à Damatos :

— Toi qui es le frère du druide officiel de l'armée, ne pourrais-tu aller t'informer auprès de lui de ce que l'on sait, en haut lieu, de la disparition de notre princesse ?

Damatos trouva son frère qui priait, les paumes tournées vers le ciel, face au soleil qui transparaissait derrière les nuages. Il attendit la fin de l'oraison pour interroger :

— A-t-on des nouvelles de Cassica ? Ses vassaux s'inquiètent et aimeraient être tenus au courant.

— Tu tombes bien, répondit Krixomaros, le roi a reçu tout

à l'heure un messager qui venait de sa part et disait avoir d'importantes révélations à faire. Mais leur entretien s'est déroulé en tête à tête et Vercingétorix n'a confié à personne ce qu'il avait appris.

— C'est donc que Cassica est en vie ; et le roi sait où elle se trouve. Si toutefois le messager n'a pas menti et venait bien de sa part.

— Le roi m'a assuré en avoir eu la preuve. L'homme lui a montré une fibule d'argent ornée d'une tête de cygne qu'il a immédiatement reconnue comme celle du manteau de Cassica.

Damatos s'empressa d'aller rapporter l'information à Vimpis qui éprouva un soulagement de savoir que sa princesse avait fait parvenir de ses nouvelles, mais aussi un certain dépit que seul Vercingétorix sût ce qu'elle était devenue.

À ce moment, éclatèrent aux quatre coins du camp les sonneries de cornes appelant au rassemblement de la cavalerie. Elles déclenchèrent une agitation fébrile. Partout des cavaliers, pris à l'improviste, couraient chercher leurs selles et leurs brides ou rejoindre leurs chevaux, s'affairaient à seller, brider et tirer leurs montures entre les tentes, vers les points de regroupement. Les escadrons se formaient, les chefs hurlaient des ordres, les retardataires étaient houspillés. Enfin, de chaque quartier partit une cavalcade se dirigeant vers le centre du camp où, sur son cheval bai aux triples balzanes, Vercingétorix attendait, entouré de son état-major.

Comme tout le monde, Damatos et Vimpis étaient fort intrigués en contemplant ce remue-ménage. À leur connaissance, il n'avait pas été prévu d'opération importante pour ce jour-là. Ce n'est pas sans surprise que, lorsque toute la cavalerie fut rassemblée, ils virent arriver les druides et les bardes chantant un chant de guerre. Puis vinrent les joueurs de tambourins. Vercingétorix descendit de cheval, rejeta son manteau en arrière, croisa les bras sur la poitrine et, devant le front des troupes, dansa au rythme des tambourins la danse guerrière qui préludait aux grandes batailles et appelait sur les armes celtes le secours divin. Son grand corps semblait se désarticuler au gré de ses bondissements, de ses gestes échevelés et de ses contorsions. Pour finir, il tournoya sur lui-même comme une toupie et poussa un rugissement terrifiant. Après quoi, il sauta à cheval, tira son épée et la brandit pour donner le signal du départ. Toute la cavalerie, en longue colonne, descendit la colline derrière son roi.

— En voilà bien d'une autre ! bougonna Vimpis. J'aimerais tout de même bien savoir qui commande le camp maintenant. On aurait pu nous le dire. Je vais aller me renseigner au quartier général.

Il en revint l'air encore plus renfrogné.

— Quelle pagaille ! Personne ne sait rien. Vercingétorix s'est mis en route si précipitamment qu'il n'a laissé aucune instruction.

— Crois-tu qu'il existe quelqu'un capable de le remplacer ? répliqua Damatos goguenard. J'ai l'impression que de tout l'état-major, il ne reste ici que les ânes et les cerveaux brûlés.

— S'en aller en emmenant tous les généraux dotés d'un peu de bon sens !

— C'est sans doute qu'il va frapper un grand coup et que les chefs de valeur sont plus utiles à ses côtés qu'ici où, en attendant son retour, il ne peut rien se passer.

Vimpis, dont l'humeur se faisait de plus en plus massacrante, s'emporta.

— Ah toi ! il faut toujours que tu lui donnes raison. Ce n'est tout de même pas le dieu Ogmios, ton Vercingétorix. Il peut lui arriver de commettre des bévues, comme à n'importe qui, non ?

— Mon Vercingétorix ? s'étonna Damatos. Pourquoi « mon » ? Il est le chef de tous les Gaulois, non ?

Vimpis fit une moue dédaigneuse.

— Il faut s'y résigner. Si elles ne s'étaient donné un chef commun, les nations celtes n'avaient aucune chance de gagner la guerre de libération. Mais nous n'allons pas nous réjouir, nous Carnutes, de ce que ce chef suprême soit un étranger, un Arverne ! Heureusement que ce n'est que pour un temps...

La réticence que son beau-frère marquait à l'égard de la personne de Vercingétorix choquait Damatos. Il insista, d'un ton agacé :

— Ça ne m'explique pas pourquoi tu parles de « mon » Vercingétorix.

— Eh bien parce que tu as pour lui une sorte de culte... une admiration aveugle. Il est comme toi du parti du Taureau. Mais nous, les Sangliers, nous regardons la réalité avec plus de lucidité. Le roi arverne a, certes,des qualités, mais nous ne lui accordons pas une confiance absolue. Tu m'excuseras, mais je me méfie des gens qui proclament trop leurs idées Taureau.

— Vercingétorix aime le peuple. Il a eu l'audace de constituer son armée, au départ, avec de petites gens. Et il continue à confier des commandements à des hommes qui ne sont pas nés dans la classe des guerriers : ce n'est pas toi qui vas le lui reprocher ! Je ne crois pas qu'aucun chef Sanglier t'aurait promu aux fonctions que tu occupes.

Vimpis était un peu gêné, mais le manichéisme politique cher aux Celtes l'empêcha de reconnaître que son beau-frère n'avait pas tout à fait tort.

— Qu'en sais-tu ? demanda-t-il sèchement. Tu fais aux Sangliers un procès d'intention.

Mais il reprit un air assuré pour conclure :

— En tout cas, le comportement du général en chef, aujourd'hui, me paraît critiquable. Espérons qu'il n'aura pas de conséquences fâcheuses.

Les événements ne tardèrent pas à lui donner raison. Au petit jour, le lendemain, des hommes accoururent des avant-postes en criant :

— Les Romains ! Les Romains ! Ils arrivent !

Les seigneurs des différentes nations les plus élevés en dignité se rassemblèrent au quartier général et avisèrent des mesures à prendre. Ils ne perdirent pas de temps. Ils firent cacher les chariots et les bagages dans l'épaisseur des bois, rangèrent les troupes, par nationalités, en terrain découvert au sommet de la colline, et envoyèrent des détachements occuper, à l'avant, gués et fourrés. C'est ainsi que Vimpis et ses Carnutes se virent assigner la défense d'un gué sur la principale voie d'accès. Ils y descendirent avec leurs chiens et attendirent sur le bord de l'eau. En se retournant, ils apercevaient la crête, noire de la multitude de guerriers qui s'y tenaient l'arme au pied, immobiles et farouchement résolus, muraille humaine hérissée de toutes les hampes portant l'exubérant bestiaire des nations et des tribus. Le spectacle était impressionnant. Et ils savaient qu'au long de la pente qui les séparait de cette masse innombrable, tous les buissons, tous les boqueteaux, les moindres touffes de genêt, étaient autant d'obstacles truffés de combattants.

Bientôt, en face d'eux, la lisière du marais commença à se couvrir de silhouettes qui, dans la légère brume du matin, paraissaient grises mais étincelaient, par endroits, d'éclats métalliques. L'armée romaine était là. Elle arrivait par vagues et se déployait au long de la rive, l'infanterie au milieu et la cavalerie à chaque aile. Elle finit par occuper un immense front. On apercevait au centre, en avant de la ligne, le proconsul en personne, sur son cheval gris. Il s'enveloppait frileusement dans la pourpre de son paludamentum et observait le terrain avec attention. Son regard parcourait méthodiquement l'étendue des marécages, puis la croupe arrondie de la colline et enfin la ligne des bois à l'arrière-plan, comme s'il avait voulu apprendre par cœur les plus infimes détails du paysage. Il resta ainsi un long moment sans bouger. Après quoi il se retourna vers la grappe rouge de ses aides de camp et leur donna des ordres. Les aides de camp s'égaillèrent au galop vers les diverses unités de vélites stationnées en avant des légions. Ces groupes de fantassins légers et court vêtus, qui ne portaient ni cuirasse ni cotte de mailles et étaient armés seulement d'un glaive et d'un bouclier ovale en osier, se mirent alors en marche pour reconnaître les passages à travers le marais.

Vimpis et ses hommes virent arriver vers eux un détachement qui avançait avec précaution, l'épée à la main, le bouclier devant la figure.

— Lâchez les chiens, ordonna Vimpis.

Quand les monstrueux molosses se ruèrent sur eux ventre à terre, plissant férocement le nez et retroussant les babines pour découvrir leurs crocs, les éclaireurs saisis d'épouvante firent promptement demi-tour et prirent leurs jambes à leur cou. Mais les bêtes étaient plus rapides qu'eux. Les unes refermaient en pleine course leurs terribles mâchoires sur les mollets de fuyards qui tombaient à terre et qu'elles n'avaient plus qu'à déchiqueter à belles dents, les autres faisaient des bonds effrayants pour s'abattre sur les nuques et enfoncer leurs crocs dans les cous, provoquant une mort immédiate Un des soldats, particulièrement courageux, se retourna et fit face aux fauves, les menaçant de son glaive. Mais ils avaient été bien dressés. Ce ne fut pas long. L'un d'eux fit un crochet bondit sur le bras qui tenait l'arme et le broya entre ses crocs, tandis qu'un autre sautait à la gorge du malheureux. Il n'y eut pas de survivant.

Quelques autres postes barrant des gués ou occupant des fourrés disposaient également de meutes et les patrouilles romaines qui s'aventurèrent de leur côté subirent le même sort. Celles qui n'eurent affaire qu'à des hommes purent mieux se défendre, mais les Gaulois avaient l'avantage du terrain et pouvaient les encercler par surprise ou les pousser dans le marais et elles finissaient par succomber elles aussi, massacrées, enlisées et noyées. Quand César réalisa la situation, il prit peur — ce qui ne lui était pourtant pas coutumier Son esprit en déroute ne lui suggérait aucun plan. Il se sentait incapable de poursuivre l'opération qui, il en était convaincu, ne pouvait se terminer que par un désastre. Il regarda une dernière fois la masse colossale de l'infanterie celte qui le narguait du haut de sa colline et l'étendue traîtresse des marécages entrecoupés de trop de pièges, il frissonna en écoutant les aboiements sauvages des molosses et il n'eut plus qu'une hâte : partir d'ici.

Les légionnaires ne comprenaient pas son hésitation et ceux qui se trouvaient le plus près de lui lui crièrent :

— Alors, général, on y va ? Qu'est-ce qu'on attend ? Fais lever les enseignes, qu'on aille leur crever la panse à ces sauvages qui se paient notre tête.

César tourna son cheval vers eux, passa la main sur son crâne en rabattant en avant ses rares cheveux afin qu'on ne sourie pas de sa calvitie et proclama :

— Compagnons ! César a souci de vos vies. Les Gaulois semblent à notre portée, mais voyez ces redoutables marécages qui nous séparent d'eux. Des embuscades sans nombre nous y sont tendues. Ce serait folie de nous y aventurer. La victoire nous coûterait très cher et combien de braves ne nous faudrait-il pas sacrifier ? Et que nous rapporterait-elle, cette victoire ? Il n'y a rien à piller : on n'aperçoit d'ici ni chariots ni bagages. César ne veut pas vous exposer pour du vent. Devant votre résolution, constatant qu'il n'y a aucun danger que vous n'accepteriez pour sa gloire, il faudrait que César fût un monstre d'égoïsme pour que vos vies ne lui fussent pas plus précieuses que la sienne propre. Qu'on sonne la retraite. Nous rentrons à notre camp.

À la joie des Gaulois en voyant l'agresseur tourner les talons, se mêlait beaucoup de trouble.

— C'est anormal, faisait remarquer Vimpis à son beau-frère. J'avais raison de me méfier. Que Vercingétorix nous quitte subitement et qu'aussitôt les Romains viennent nous attaquer, tu ne trouves pas la coïncidence plutôt curieuse ?

Damatos en fut suffoqué.

— Tu ne veux pas dire que tu soupçonnes le roi de trahison ?

Vimpis fit un geste vague.

— Moi, je n'ai rien dit : c'est toi qui viens de prononcer le mot. Vercingétorix un traître ? Après tout, c'est un homme politique et un homme politique est capable de tout. Surtout un Taureau.

Il n'était pas seul à nourrir ces soupçons. Quand ils furent remontés au camp, ils le trouvèrent en effervescence. Un peu partout, de petits groupes discutaient bruyamment. Comme les exclamations, les affirmations péremptoires et les invectives attiraient l'attention des guerriers d'alentour qui s'approchaient pour prendre part au débat, ces petits groupes devenaient vite de véritables rassemblements.

— Il nous a vendus ! criaient les uns

— Nous vendre, lui ? protestaient les autres. Lui qui nous a appelés à la lutte !

— Vercingétorix est un ambitieux, intervint Vimpis. Tout ce qu'il veut, c'est régner sur toutes les Gaules. Comme il s'aperçoit qu'il ne viendra pas à bout de César aussi facilement qu'il l'avait cru, il cherche maintenant à s'entendre avec lui.

— A mort le traître ! hurlèrent plusieurs voix.

— Je ne suis pas de cet avis, déclara Damatos, non sans un certain courage, car ceux qui accusaient le roi étaient les plus nombreux et les plus excités. Je ne suis pas de cet avis, car en admettant qu'il ait voulu nous livrer aux Romains, ce qui me paraît une hypothèse absurde, il nous aurait fait installer le camp dans un lieu où César aurait pu nous vaincre.

L'observation était de poids et aurait dû convaincre, mais les foules surexcitées ne sont guère accessibles à la logique et l'observation de pur bon sens de Damatos fut accueillie par une volée de ces arguments traditionnels et décisifs auxquels se résument les meilleurs débats politiques : « Vendu ! », « Menteur ! », « Abruti ! », « Qu'on le fasse taire ! » et autres « On ne lui a pas demandé son avis, à celui-là ! »

Le peu académique mais énergique échange de vues fut interrompu par les carnyx sonnant le rassemblement. Les groupes vociférants obtempérèrent et se réunirent autour de l'estrade de terre battue qu'à l'imitation de César, Vercingétorix avait fait édifier au centre du camp. Les nobles seigneurs qui commandaient les formations d'infanterie des diverses nations se serraient sur ce podium, autour du vieux chef averne Critognatos qui prit la parole en leur nom à tous :

— Vaillants guerriers ! Nous savons que beaucoup d'entre vous se demandent si le général en chef ne nous a pas trahis, tant est étrange la coïncidence entre son départ du camp et l'attaque romaine. Nous venons nous-mêmes d'en discuter et nous sommes arrivés à cette terrible conclusion que trop de charges l'accablent pour que nous puissions lui conserver notre confiance.

Il y eut quelques protestations, mais beaucoup plus de bruyantes approbations.

— Nos éclaireurs, continua le vieil Arverne, annoncent que la cavalerie est sur le chemin du retour — bredouille, bien entendu — et sera ici avant un quart d'heure. Je vous propose que nous restions l'attendre ensemble et que, dès son arrivée, nous exigions de Vercingétorix des explications.

Ce fut du délire. La multitude applaudissait à tout rompre et, dans le tumulte, on entendait de nombreux cris de mort.

Des chefs lémovices, pictons, turons, andes se succédèrent sur le devant de la tribune pour étaler complaisamment tout le mal qu'ils pensaient du commandant en chef.

Quand Vercingétorix fit son entrée dans le camp, à la tête de ses cavaliers, la foule se retourna lentement pour le dévisager. Elle le foudroyait de regards haineux et il se fit un silence glacial.

— Que se passe-t-il ? demanda-t-il. Pourquoi ce rassemblement ? Que signifient ces mines sinistres ?

— Approche, fils de Celtillos, toi que César honore du titre d'« Ami de Rome ». Descends donc de cheval et viens au pied de cette estrade. Nous avons quelques questions à te poser.

— Que veut dire cette comédie, Critognatos ?

Le ton du roi était chargé de colère. Il s'avança vers l'estrade, mais sans descendre de cheval. Il poussa sa monture et lui fit fendre la foule qui murmurait à son passage.

— Tu n'ignores pas, lui lança Critognatos d'une voix arrogante, qu'en ton absence ton ami César est venu nous attaquer avec des forces considérables.

— César est mon ennemi. Je t'interdis de l'appeler mon ami.

— Pas de dérobade ! Sais-tu, oui ou non, qu'il a profité de ce que tu lui laissais le champ libre, pour nous attaquer ?

— Mes agents de liaison m'en ont informé et je suis aussitôt revenu, le plus vite que je pouvais, pour me porter à votre secours. Mais je vois que les Romains ne nous ont pas attendus.

— Étrange, tout de même, qu'ils soient arrivés si à propos et si rapidement, après que tu nous as abandonnés en emmenant la cavalerie !

— Par Teutatès ! On dirait que tu veux me rendre responsable de leur opération contre notre camp.

— Tu ne te trompes pas. Mais ce n'est pas seulement moi, ce sont les milliers de guerriers qui sont ici qui t'accusent de nous avoir trahis.

L'indignation coupa le souffle à Vercingétorix. Son visage s'empourpra, ses cheveux se hérissèrent et il rugit :

— Moi ? Trahi ? Répète un peu !

Le ton de Critognatos se fit patelin :

— Tous les vaillants fantassins qui t'entourent te mettent en accusation et voudraient que tu t'expliques sur ce départ qui nous laissait sans défense. Dis-nous donc aussi pourquoi tu as déplacé le camp de telle sorte que nous soyons à portée des légions romaines. Et comment se fait-il qu'en nous quittant tu ne te sois pas soucié de désigner le chef qui te remplacerait jusqu'à ton retour. Nous sommes persuadés que tu as pris langue avec César. Tu attends de lui, en récompense, qu'il te concède le titre de roi des Gaules.

L'acte d'accusation fut salué par les huées de l'armée conspuant son général en chef avec une irrévérence toute celtique. Mais Vercingétorix fit pivoter son cheval pour faire face à la multitude que, du haut de sa selle, dominait sa stature de géant, étendit ses longs bras et ordonna de sa voix de stentor : « Écoutez-moi tous ! » Il expliqua, avec cette éloquence qui lui était naturelle mais qu'il avait affinée à l'école des druides, combien était peu sérieuse la querelle qu'on lui cherchait. Quel bon sens y avait-il à imaginer des liens entre divers faits parfaitement normaux qui s'étaient, par hasard, déroulés le même jour ? Il avait déplacé le camp ? Bien sûr : le manque de fourrage rendait l'opération indispensable et, d'ailleurs, tout le monde le réclamait. Il s'était rapproché des Romains ? Si cela mettait le camp gaulois à portée de l'ennemi, cela mettait aussi le camp ennemi à portée de l'armée gauloise, ce qui n'était pas sans intérêt si l'on voulait mener la vie dure aux soldats romains. De toute façon, il avait choisi le nouvel emplacement en fonction des avantages qu'il présentait au point de vue défensif. La preuve qu'il avait vu juste, c'est que la tentative de César s'était soldée par un échec.

L'argument porta et il y eut des hochements de tête approbateurs. Nul ne pouvait le nier : c'est parce que le lieu de camp avait été judicieusement choisi que les attaquants avaient essuyé une grave défaite sans même qu'il y ait eu bataille.

Le roi sauta de cheval, grimpa sur l'estrade dont les occupants s'effacèrent devant lui et poursuivit : s'il était parti avec la cavalerie, c'est qu'il avait reçu des renseignements semblant dignes de foi, qui lui permettaient de penser que l'occasion s'offrait de prendre une importante formation ennemie dans un magnifique coup de filet. Ce faisant, il ne privait pas le camp de défenseurs : de quelle utilité aurait été la cavalerie dans un combat au milieu de marais où les chevaux ne pouvaient s'aventurer ? Elle était autrement utile là où il la menait et, si les Romains avaient été au rendez-vous, il était sûr qu'elle s'y serait couverte de la gloire que méritait sa vaillance.

Les cavaliers qui se trouvaient à l'arrière-plan acclamèrent ces paroles et brandirent leurs lances en signe d'enthousiasme. L'orateur continua sa harangue en précisant que s'il avait pris lui-même la tête de l'expédition, c'est qu'elle semblait devoir être périlleuse, qu'il fallait pour la mener à bien beaucoup d'habileté tactique et que nul autre n'aurait pu la conduire à sa place. Entre la défense du camp et la direction de cette audacieuse opération, il ne lui était même pas possible d'hésiter, en raison de cet interdit qui lui avait été imposé par les druides : « Tu ne marcheras pas au-devant de la mort autrement qu'à cheval. » S'il n'avait pas désigné de remplaçant pour commander le camp durant son absence qui devait être courte, c'était de peur que ce remplaçant ne profitât, par forfanterie, de son pouvoir éphémère pour se mettre en valeur en ordonnant une attaque pratiquement vouée à l'échec, qui aurait constitué une erreur irréparable sur le plan stratégique.

Vimpis se pencha vers son beau-frère et lui glissa à l'oreille :

— Il est jaloux de son pouvoir et craignait de voir le remplaçant qu'il aurait désigné prendre trop d'importance en réussissant un coup d'éclat.

— Possible, reconnut Damatos.

— Je sais bien, tonna Vercingétorix, que cette attaque vouée à l'échec, vous la souhaitiez. Vous êtes impatients de vous battre, parce que la forme de guerre que nous avons choisie ne correspond pas à notre tempérament. Mais cette impatience est de la faiblesse. Réfléchissez donc, par Bélénos ! Ce qui compte est la victoire finale, la libération de la Celtie. Puisque nous ne pouvons vaincre les Romains qu'à l'usure, il faut avoir la force d'âme d'endurer fatigues et privations pour tenir aussi longtemps que nécessaire. Là est le vrai courage. Avez-vous enfin compris ?

Beaucoup baissèrent la tête. Le roi déclara alors que, si l'intervention de César était due au hasard, il fallait en remercier la Fortune et que si elle était due à quelque indicateur, c'était à lui qu'il fallait rendre grâce, car elle leur avait permis à eux, les fantassins, de se rendre compte, en contemplant la scène du haut de leur position dominante, du peu de valeur de ces fameuses légions qui n'avaient même pas osé engager le combat et s'étaient couvertes de honte en faisant demi-tour pour regagner le camp.

— Vous ne pouvez raisonnablement penser, conclut-il, que j'aie la moindre envie de recevoir de César un pouvoir que peut me donner la victoire qui est déjà assurée pour moi et pour tous les Gaulois. D'ailleurs, ce pouvoir je le remets entre vos mains, s'il vous semble qu'il m'apporte plus d'honneur qu'il ne vous apporte de chances de salut.

Les sceptiques commençaient à être ébranlés et l'on entendit quelques vivats, mais l'implacable Critognatos revint à la charge :

— Nous ne demandons qu'à te croire, seigneur roi, mais nous aimerions avoir les preuves de tes affirmations.

— Soit ! Qu'on aille immédiatement chercher les esclaves.

Les esclaves étaient des légionnaires déserteurs capturés quelques jours auparavant, que l'on employait à dresser les tentes de l'état-major, creuser les latrines, balayer le crottin. Ils ne parlaient que le latin. Vercingétorix et Critognatos comprenaient cette langue, mais pour que toute l'armée pût entendre les témoignages, on fit venir un interprète.

— Est-il possible, demanda le roi aux prisonniers, de venir à bout de votre armée par la faim ?

Ils répondirent unanimement que ce n'était plus qu'une question de jours. La famine, dans le camp de César, était horrible. Tous les soldats souffraient cruellement et n'avaient plus ni forces ni courage. Si eux-mêmes avaient déserté, c'était pour tâcher de trouver dans les champs et les bois quelques racines ou un peu de gibier à se mettre sous la dent. Les limites du supportable étaient atteintes, aussi César avait-il décidé de lever le siège d'Avaricon dans trois jours s'il n'avait pas emporté la place d'ici là.

— Voilà ! triompha Vercingétorix. Voilà ce que vous me devez, à moi que vous osiez accuser de trahison ! Sans qu'il vous en ait coûté une goutte de sang, vous voyez cette armée si redoutée et si fière de ses victoires, anéantie par la faim. Lorsqu'elle se retirera honteusement, j'ai obtenu de tous les peuples gaulois la promesse qu'aucun territoire ne l'accueillera.

Critognatos tendit les bras au jeune roi.

— Je suis heureux, proclama-t-il, de voir que nos soupçons n'étaient pas fondés, que tu n'as agi que pour le bien de la Celtie et que tu es digne de rester à notre tête. Pardonne-nous un instant de doute.

Ils se donnèrent l'accolade et toute la foule poussa des acclamations frénétiques, agitant ses armes et tapant sur ses boucliers.

— C'est toi qui avais raison, dit Vimpis à Damatos. Soupçonner de trahison un homme comme Vercingétorix était absurde. C'est un grand chef et il n'est pas possible de conduire la guerre avec plus d'habileté qu'il ne le fait.

XI

— Je sais ce que le prétendu messager de Cassica avait été raconter au seigneur Vercingétorix. Le roi vient d'en informer le Conseil et Krixomaros me l'a répété.

Vimpis scruta anxieusement le regard de son beau-frère.

— Le prétendu messager ? Aurait-on maintenant des doutes ? Tu m'avais pourtant assuré qu'il avait fourni la preuve qu'il était bien envoyé par Cassica.

— Il avait en sa possession la fibule de son manteau. Rien ne garantit que c'était effectivement elle qui la lui avait confiée.

Le sang se retira du visage de Vimpis.

— Que sais-tu ? Que t'a appris ton frère ?

— L'individu a raconté au roi que les trois cavaliers venus chercher Cassica étaient d'anciens amis de son père habitant maintenant Avaricon, qui la connaissaient bien et désiraient la mettre en relation avec des officiers romains déserteurs. Ils avaient, selon lui, aidé ces déserteurs en leur procurant une cachette dans un souterrain, au milieu de la forêt, et en les ravitaillant en secret.

Des Gaulois ne pouvaient tenir pour rocambolesque une histoire de souterrain : le sol de leur pays était troué comme un fromage helvète de ces souterrains-refuges qui remontaient à l'âge du bronze. Rien d'invraisemblable donc à ce que des gens du cru y eussent mené des officiers en rupture de légion.

— En échange de leur aide, continua Damatos, les anciens amis du regretté seigneur Cumborix auraient, toujours d'après le messager, obtenu des déserteurs la promesse qu'ils fourniraient tous les renseignements qui leur seraient demandés par le chef gaulois qu'ils leur amèneraient.

— Ce chef aurait donc été Cassica ?

— Exactement. Et les centurions lui auraient indiqué l'endroit où toute une cohorte de la XIIIe légion devait venir fourrager cet après-midi et où il était possible de la prendre au piège.

Vimpis fit nerveusement quelques grands pas sans but, puis se retourna et tapa du pied.

— Le roi aurait tout de même dû demander au messager ou prétendu tel pourquoi Cassica ne venait pas elle-même lui apporter le renseignement !

— Il n'y a pas manqué. L'homme lui a répondu qu'elle restait surveiller les mouvements de l'ennemi et qu'elle viendrait lui en rendre compte au point de rendez-vous qu'il lui fixerait.

— Mais pourquoi ne l'a-t-on pas gardé en otage, ce misérable ?

— Impossible, car, disait-il, il fallait qu'il retourne auprès de la princesse pour lui indiquer le lieu de rendez-vous décidé par le roi. Mais, hélas, quand la cavalerie y est arrivée, Cassica n'y était pas et, quand elle a débouché dans les champs où la cohorte romaine était censée devoir venir fourrager, elle n'y a trouvé personne.

Vimpis serra les poings.

— Cassica est tombée dans un piège. Les dieux veuillent qu'elle soit encore en vie. Il faut tout mettre en œuvre pour la retrouver. Si elle n'a pas été tuée, elle a besoin de secours.

Il n'était pas possible d'entamer les recherches sur-le-champ, car la nuit tombait, mais Vimpis alla demander une autorisation d'absence de deux nuits et décida de prendre la piste dès le point du jour, laissant le commandement de son groupe de guerriers à Matomélos.

— J'aimerais que tu m'accompagnes, dit-il à Damatos, mais je n'ai besoin de personne d'autre. Nous partirons à cheval.

— Je suis un piètre cavalier. Je n'ai jamais enfourché ma brave Vinda que pour l'emmener à l'abreuvoir.

— Tu tiens sur son dos, on ne t'en demande pas plus. Il t'est bien arrivé de remonter de l'abreuvoir au trot ou au galop, n'est-ce pas ? C'est, précisément, ta brave Vinda que tu monteras. Avec une jument aussi facile, il ne peut rien t'arriver. Moi, je prendrai Crinos, puisqu'ils sont inséparables. D'ailleurs, sait-on jamais ? il nous conduira peut-être de lui-même à son ancienne maîtresse.

Ils n'attendirent même pas le point du jour. L'aube blanchissait à peine quand ils se mirent en selle et prirent la direction de l'ancien camp. Ils s'étaient fait expliquer l'endroit où Cassica avait été abordée par les trois cavaliers inconnus. Ils s'y arrêtèrent et se mirent à la recherche de traces. Ils en trouvèrent plus qu'ils n'en avaient besoin : les patrouilles envoyées l'avant-veille par Vercingétorix étaient parties de là, elles aussi, et les empreintes des chevaux des poursuivants et des poursuivis se mêlaient. Mais il n'y avait qu'à suivre l'ensemble. Ils traversèrent ainsi des labours et des friches où les marques des sabots étaient bien visibles, puis la piste se perdit dans une ancienne prairie entièrement pâturée ; les chevaux de l'armée y avaient séjourné si nombreux qu'il n'y avait pas un pouce carré qui ne fût piétiné. Audelà s'étendait une forêt de hêtres dans laquelle n'importe qui, homme ou bête, pouvait s'enfoncer sans laisser de traces. Ils en suivirent la lisière sans rien découvrir d'intéressant. Çà et là quelques crins accrochés aux épines révélaient bien un récent passage, mais comment savoir si c'était celui de Cassica et de ses ravisseurs, ou d'une des patrouilles à leur recherche.

— Nous marchions galerne-ponant (1), dit Vimpis, continuons ainsi à travers la forêt. Si, comme il y a tout lieu de le penser, les ravisseurs de Cassica étaient pressés, ils auront coupé au plus court.

Ils chevauchèrent longtemps dans le sous-bois, sans être trop sûrs de conserver leur direction, car il leur fallait parfois contourner un arbre abattu, un bourbier, un fourré impénétrable, ou chercher un passage pour traverser un ruisseau. Ils finirent par déboucher sur une lande de bruyères dont on n'apercevait pas l'extrémité, perdue dans l'ondulation des frondaisons se découpant sur un horizon de collines mauves. Damatos frémit devant la sauvagerie du paysage. Il ne fallait pas compter y retrouver la piste : l'épais tapis de bruyère ne pouvait conserver d'empreintes. Vimpis émit l'avis que si quelques-uns des cavaliers envoyés à la recherche de la disparue avaient, comme eux, traversé la hêtraie, ils n'avaient certainement pas été plus loin qu'ici.

— Comment aurais-je réagi si j'avais été chef d'un détachement ? J'aurais, sans aucun doute, donné l'ordre de suivre la

(1) Nord-nord-ouest.

lisière de la forêt, en quête d'un chemin s'en éloignant et portant peut-être des traces.

— C'est ce que nous allons faire ? s'enquit Damatos.

— Non. Je suis sûr que les patrouilles sont déjà passées par là, sans rien découvrir. Nous ne réussirions pas mieux qu'elles ; il nous faut élargir le cercle. Traversons cette lande et de l'autre côté nous entreprendrons un circuit qui nous permettra de croiser la piste de ceux que nous recherchons.

— Cela représente des lieues et des lieues, pour des chances bien minimes d'apercevoir des traces.

— Nous ferons, s'il le faut, des lieues et des lieues. Et si nos chances sont minimes, nous ne devons en négliger aucune.

— Mais décrire le vaste cercle que tu envisages est impossible. Nous serons tôt ou tard arrêtés par des buissons impénétrables, des ravins infranchissables, des chaos de rochers ou des clôtures de propriétés. Je ne suis pas assez bon cavalier pour affronter ces obstacles. Même si nous avons seulement à traverser une rivière à gué, je n'oserai pas m'y risquer, parce que mon excellente Vinda est incapable, en pareil cas, de résister à la tentation de se rouler dans l'eau fraîche. J'avoue, à ma grande honte, que je ne serais pas en mesure de l'en empêcher.

— Eh bien, à chaque obstacle, tu mettras pied à terre, passeras à pied et réenfourcheras ta monture quand il n'y aura plus de risque.

Ils s'engagèrent sur la lande qui, au bout de quelques centaines de pas, descendit en pente douce vers un vallon verdoyant. On y apercevait, parmi des prairies, quelques champs cultivés et plus loin, sur la droite, une ferme solitaire ombragée de grands ormes. Vimpis montra du doigt à son beau-frère le chemin herbu qui y menait.

— Allons voir si, par hasard, ce chemin porte des traces de chevaux.

Ils n'atteignirent pas le chemin. L'un derrière l'autre, Vimpis en tête, ils suivaient le bord du champ de blé en herbe qui les en séparait, quand éclata soudain tout près d'eux un véritable feu d'artifice, rafale de claquements secs, jaillissement de couleurs et crépitement soyeux : une compagnie de perdrix, dérangée par leur passage, avait pris son envol avec des battements d'ailes précipités. Avant que Damatos ait le temps de comprendre, sa jument, surprise, s'effraie, fait un écart et l'embarque au triple galop à travers le champ. En cavalier inexpérimenté, il se raccroche désespérément aux rênes. Exactement ce qu'il ne fallait pas faire. Nez en l'air, sa monture affolée part comme un bolide, droit devant elle, impossible à contrôler. Damatos est mort de peur. Il se sent perdre l'équilibre et le perd d'autant plus qu'il est contracté par la terreur.

Ce n'est pas long. Après quelques oscillations de droite à gauche, il a brusquement l'impression de flotter en l'air, voit les touffes vertes de blé et la terre brune monter précipitamment à sa rencontre et ressent un choc brutal qui le laisse sans mouvement, la respiration coupée. Puis il retrouve son souffle et contemple sa Vinda qui s'enfuit au loin en agrémentant sa course folle de ruades et de sauts de mouton. Tentant de se remettre sur pied pour se lancer à sa poursuite, il ressent une vive douleur et constate qu'il ne peut pas s'appuyer sur sa cheville gauche.

Vimpis qui avait pu maîtriser son étalon, même au moment où Vinda s'était emportée, mit pied à terre et s'approcha.

— Tu t'es fait mal ?

— Je ne peux pas me relever. Ma cheville me fait atrocement souffrir. Elle doit être foulée, peut-être même cassée.

— Il ne manquait plus que ça ! Bon... je vais t'aider. Il faudrait qu'en t'appuyant sur moi, tu puisses aller jusqu'à la ferme, là-bas. On t'y donnera sûrement l'hospitalité. Je continuerai seul ma recherche, puis je reviendrai te reprendre.

— Je ne crois pas que je serai capable de clopiner jusque-là, même soutenu par toi.

Son beau-frère, le bras passé dans les rênes de son cheval, prit Damatos sous les aisselles pour l'aider à se relever. En vain : il lui était impossible de se tenir debout.

— Je ne vois qu'une solution, déclara Vimpis : je vais te hisser sur Crinos. Tu n'as rien à craindre, je le tiendrai par la bride.

En arrivant à la ferme, ils s'aperçurent que seule la maison d'habitation était intacte. Granges, hangars, étables n'étaient plus que des carcasses calcinées, les silos à grain étaient vides, les enclos démantelés. C'était le sort commun, les consignes avaient été appliquées, néanmoins Vimpis ragea :

— C'est bien notre chance ! La maison est, évidemment, abandonnée.

— Entre quand même voir, suggéra Damatos. Il y a des paysans si attachés à leur logis qu'ils refusent de le quitter, même quand on a brûlé leurs récoltes et leurs étables et chassé leurs troupeaux.

Sans lâcher la bride de Crinos, Vimpis poussa la porte en appelant :

— Holà ! quelqu'un ?

On entendit un léger bruit de fuites précipitées, tandis que dans le rectangle de lumière découpé sur le sol par l'ouverture de la porte, passaient en un éclair de petits fuseaux d'un gris sale qui ne pouvaient être que des rongeurs détalant en tous sens et que s'égaillaient par bonds de répugnants crapauds. Puis un cri sortit de l'ombre :

— Vimpis ! Toi !

Il aurait reconnu la voix entre mille.

Le cœur battant, il scruta les profondeurs de la pièce et, ses yeux s'habituant peu à peu à la demi-obscurité qui y régnait, découvrirent Cassica accroupie à même le sol, au pied d'un des poteaux de soutien de la charpente auquel la liaient des chaînes. Il se hâta d'attacher à un des piliers de l'entrée son cheval hennissant du côté de la jument en fuite, d'en descendre Damatos et de l'aider à gagner, à cloche-pied, un coffre où il le fit asseoir, et il alla vers la jeune fille qui hoquetait :

— Ce n'est pas possible... ce n'est pas possible... Je n'espérais plus être sauvée et... et c'est toi, Vimpis... Loués soient les dieux !

— Que s'est-il passé ? Que t'est-il donc arrivé ?

— Délivre-moi d'abord et je te le raconterai.

Ce n'était pas entreprise facile. Vimpis ne disposait d'aucun outil pour briser des chaînes. Il lui fallait s'en prendre au poteau lui-même. C'était un robuste fût de chêne dont le bas était planté dans le sol et le haut assemblé à mortaise et tenon à la poutre qu'il contribuait à soutenir. Inutile d'essayer de le faire bouger ; il devait le couper. Vimpis chercha en vain une scie ou une cognée, tout le matériel de la ferme avait été emporté. Il avait, heureusement, accrochée à sa selle, comme c'était l'habitude de beaucoup de cavaliers gaulois, sa hache d'armes au fer acéré. Ô décadence, elle allait lui servir de vulgaire hache de bûcheron. Il attaqua le poteau à une petite coudée au-dessus de la tête de la prisonnière et, comme l'art du bûcheronnage n'avait pas de secret pour le paysan qu'il était, il parvint, à force de temps et de hargne, à le sectionner.

Cassica n'avait plus qu'à se mettre debout pour dégager du tronçon de pilier la chaîne reliant ses poignets. Mais, complètement ankylosée par sa longue immobilité, elle était incapable de se redresser. Il dut la soulever avec précaution, en la prenant sous les bras, et il s'émut de sentir entre ses mains son corps tiède et doux. De la part d'un vassal, cet attouchement constituait un sacrilège que seul excusait la nécessité, mais la jeune fille n'avait pas l'air d'en éprouver autant de désagrément que l'auraient exigé les convenances. Les chaînes de ses bras franchirent le sommet du chicot et retombèrent, libérées. Il restait à faire suivre le même chemin aux entraves des chevilles. Ce n'était pas le plus facile. Il n'eut d'autre ressource que de s'agenouiller devant elle, lui laisser reposer la poitrine sur son épaule, et se relever lentement en lui soutenant les pieds pour les faire glisser, avec leurs liens, au long du fût. Cela exigeait un effort musculaire intense, la contraction de tous les muscles de ses cuisses et de ses mollets était douloureuse, mais ils étaient d'acier et il parvint à se trouver debout, supportant la jeune fille à l'horizontale, perpendiculairement à son épaule. Il lui souleva les jambes et les spires de la chaîne enroulées autour du poteau se dégagèrent. Quand elle bascula, délivrée, il fut bien obligé de la recevoir dans ses bras. Elle y resta : l'état de faiblesse où elle se trouvait ne lui permettait pas de les quitter. Comme il faisait des efforts pour maintenir respectueusement entre leurs corps un certain écart, ce fut elle qui envoya promener les conventions sociales en s'effondrant contre sa poitrine et en laissant tomber sa tête contre son épaule en murmurant : « Merci, ô merci, Vimpis. »

— Tu dois avoir besoin de reprendre un peu de forces avant que nous nous mettions en route, dit-il avec sollicitude. Je vais te porter sur le lit. Il n'est certainement pas très confortable, ce n'est qu'un cadre empli de feuilles sèches qui commencent à moisir, mais tu y seras tout de même mieux qu'au pied de ton poteau de torture.

Elle soupira, comme si elle pensait à part elle : « Mais moins bien que dans tes bras. »

— Il faut que je m'allonge un peu. Je suis endolorie de partout. Assieds-toi près de moi et je te ferai le récit de mon aventure. Tu y joues un rôle.

— Moi ?

— Parfaitement, toi, Vimpis. Mais à ton insu.

— Je ne comprends pas.

Elle étendit ses jambes avec volupté parmi les feuilles mortes, laissa son regard errer sur la charpente, au-dessus d'elle, et interrogea d'un ton détaché :

— Comment expliques-tu que j'aie suivi sans hésiter les trois cavaliers qui m'ont abordée lors du déplacement du camp ?

— Tu leur faisais confiance, puisque tu les connaissais. C'étaient, m'a-t-on dit, des amis de feu ton père.

— Mais c'est absolument faux ! Je ne les avais jamais vus et ignore toujours qui ils sont. Si je les ai suivis, c'est qu'ils m'ont dit que tu venais de tomber dans une embuscade, que tu avais été grièvement blessé. Ils prétendaient s'être portés à ton secours, t'avoir arraché des mains de l'ennemi et t'avoir mis à l'abri dans une maison isolée. Mais tu étais au plus mal, disaient-ils, et avant de mourir tu désirais me parler.

Elle en avait été si bouleversée que, sans poser de questions, elle s'était élancée à leur suite. En arrivant à la maison abandonnée, elle avait sauté de cheval et s'était précipitée à l'intérieur. Vimpis ne s'y trouvait évidemment pas, et avant qu'elle ait eu le temps de réagir, les trois hommes s'étaient jetés sur elle, l'avaient chargée de chaînes et attachée au pilier. Puis ils s'étaient retirés sans prononcer un mot. Alors était entrée, hautaine et sarcastique, son ex-belle-mère Dilaka.

— Son regard me glaçait jusqu'aux os. Je lui ai demandé : « Que fais-tu ici ? Que veux-tu ? », mais elle s'est contentée de rire.

Drapée dans une longue robe noire, une cape violette sur les épaules, un diadème d'argent retenant ses longs cheveux de jais rassemblés en chignon, Dilaka gardait les bras croisés et ce n'est qu'au bout d'un long moment qu'elle avait daigné rompre l'insupportable silence.

— Te voici enfin à ma merci, misérable vermine, avait-elle laissé tomber d'une voix méprisante. Personne ne viendra te chercher ici. Plus jamais tu ne te mettras en travers de mes plans. Tu comprends trop de choses. Je sais très bien que tu avais deviné comment la vénérable Sukara, ta mère, a été expédiée vers un monde meilleur.

— J'ai eu la preuve que c'est toi, infâme bête puante, qui lui as tendu la cuillerée de bouillie qui devait lui être fatale.

— C'est bien ce que je dis, tu comprends trop de choses. Mais tu n'as pas lieu de m'en vouloir plus longtemps de t'avoir privée de ton excellente mère, puisque c'est grâce à moi que cette si pénible séparation va prendre fin : je vais me faire un devoir de t'envoyer la rejoindre là où elle est.

— Je n'en attendais pas moins de toi.

— Je t'ai toujours cordialement détestée, Cassica, mais maintenant ma haine est implacable, parce que tu as fait échouer mes projets concernant la royauté suprême.

— Qu'est-ce que tu me chantes là ?

— Ne fais pas l'innocente. Tu n'ignores pas que le roi s'est mis dans la tête de t'épouser. À cause de toi, il m'a repoussée. Je me vengerai de lui et je me vengerai de toi.

À ce moment de son récit, Cassica parut soudain gênée. Elle regarda Vimpis à la dérobée et s'efforça, mais sans trop bien y parvenir, de prendre un ton badin pour rapporter :

— Je lui ai fait savoir qu'il n'avait jamais été dans mes intentions de convoler avec Vercingétorix, quand bien même il me l'offrirait, mais elle m'a répondu qu'elle le savait très bien et que cela ne changeait rien pour elle. Elle se prétendait très bien renseignée et avait le toupet de soutenir que... que... Mais peu importe !

— C'est important au contraire — Vimpis sentait sa gorge se nouer — que soutenait-elle ?

Cassica hésita, puis haussa les épaules, et très vite :

— Elle prétendait que j'aimais quelqu'un d'autre. Elle avançait même un nom, mais je ne le repéterai pas. Ça ne regarde personne.

— Il faut me le dire.

— Non, je ne te le dirai pas. Inutile d'insister. N'essaie même pas de deviner, je te le défends.

Sans lui laisser le temps de réagir, elle s'empressa d'enchaîner. Dilaka lui avait annoncé, avec une joie sadique, qu'elle allait rester là, entravée, sans pouvoir remuer.

— « J'aurais pu te poignarder de ma main ou te forcer à boire, toi aussi, un de mes philtres, ricanait-elle, mais je ne veux pas que la mort vienne trop vite te délivrer. Pour que ma vengeance soit complète, il faut que tu souffres bien longuement et bien abominablement. Tu vas mourir de faim, en y mettant tout le temps qu'il faudra. » Elle a insisté sur le fait que je serais seule, toute seule, dans cette maison perdue. Elle se garderait bien de laisser des gardes à ma porte, de peur que je n'arrive à les apitoyer, voire même — avait-elle l'ignominie d'ajouter — à les séduire et acheter leur complaisance au prix du seul don que je pouvais encore offrir. Et puis elle voulait que j'aie à souffrir les affres de la solitude, que je me sente complètement abandonnée, sans espoir, sans plus voir aucun visage humain... à l'exception du sien, car elle était bien décidée à venir le plus souvent possible jouir de mon agonie.

— Je constate qu'elle t'avait retiré tes chaussures. Était-ce pour que tu souffres davantage du froid et de l'humidité ?

— Si ce n'avait été que pour cela !... Mais en réalité, elle me l'a expliqué elle-même, avec des yeux où brillait la haine, c'était pour encourager la vermine, les rongeurs, les petits carnassiers qui pullulent dans ces ruines, à festoyer à mes dépens.

— Tu ne veux pas dire qu'elle comptait que tu aurais été dévorée vivante ?

— Je le dis. C'est bien ce sur quoi elle comptait et il s'en est fallu de peu que cela ne se produisît. Sans votre arrivée inespérée... Hier, j'ai vu sortir d'un trou du mur une famille de putois. Les bêtes ont paru intriguées par ma présence immobile. Elles n'ont pas osé s'approcher. Mais, ce matin, j'ai eu de nouveau leur visite et, constatant que je n'avais pas bougé de place, elles se sont enhardies et sont venues plus près. La plus grosse d'entre elles s'est même avancée si près, en retroussant ses babines sur ses petites dents pointues, que j'ai été obligée d'agiter les orteils pour la faire s'écarter. Je suis sûre que la prochaine fois, elle aurait tenté une morsure pour goûter mon sang.

Vimpis hocha la tête.

— Ce n'est pas impossible. L'animal aurait pu faire une expérience pour voir si tu te défendrais et, comme tu aurais été bien en peine de le faire, ne se serait plus gêné pour te saigner. Ses congénères auraient suivi l'exemple. Et quand, repus, ils t'auraient laissée, tes plaies à vif auraient pu attirer d'autres prédateurs, des rongeurs, des charognards. Alors se serait déroulée la scène atroce que je n'ai pas le courage de me représenter.

— Dilaka se la représentait très bien, elle. Elle susurrait : « On ne peut imaginer vengeance plus raffinée. Et en me débarrassant de toi, je vais faire souffrir comme il le mérite notre cher Vercingétorix. » Elle jouait avec ses bagues et elle a marqué un temps d'arrêt avant de préciser : « Pas seulement parce que ta disparition va l'affliger, mais aussi parce que cela va me permettre de lui jouer un petit tour à ma façon. Écoute bien ! — et admire. Un de mes affidés va aller lui dire de ta part que l'occasion t'a été donnée d'observer l'ennemi de près et de surprendre ses secrets. Qu'en conséquence, s'il se porte avec sa cavalerie en un point que je lui indiquerai, il y réalisera un coup d'éclat. » Elle s'est avancée vers moi avec lenteur, en tendant des mains grandes ouvertes, semblables à des serres d'oiseau de proie, et a grincé : « Mais il faudra à mon émissaire un signe qui prouve qu'il est bien envoyé par toi. Ton manteau, ma chère, est attaché par une bien jolie fibule. Je ne doute pas que le roi la reconnaîtra. » Sans se presser, elle a détaché la fibule, puis elle a continué : « Pendant ce temps, j'aurai envoyé un courrier à César pour l'aviser que le camp gaulois serait privé de son chef et de sa cavalerie et qu'il pourrait l'attaquer sans risques. Avoue que c'est supérieurement combiné. Une telle habileté commande le respect, n'est-ce pas ? » Elle a eu un rire sinistre et a affecté de prendre congé de moi de façon fort civile, en s'excusant de me quitter parce qu'il fallait qu'elle aille, sans perdre un instant, réaliser son plan. Depuis ce temps, je me suis morfondue dans ma prison, torturée par l'angoisse, la soif, la faim, l'impossibilité de mouvoir même une main et la terreur que m'inspiraient les bestioles grouillant autour de moi. Ces deux journées ont été plus longues qu'un siècle et j'en resterai marquée pour toute la vie. Vois, mes cheveux sont devenus blancs. Je dois être affreuse.

— Tes cheveux ont un peu blanchi, j'en conviens, mais il en faudrait plus pour que tu cesses d'être belle, assura Vimpis avec chaleur.

— Sans toi, quelle mort horrible !

La jument de Damatos, pendant ce temps, avait rejoint devant la maison son compagnon d'écurie et appuyait tendrement la tête sur son encolure. Les trois jeunes gens disposaient donc de deux montures. Vimpis proposa avec déférence que Cassica en prît une et qu'il montât l'autre avec son beau-frère en croupe. Cassica protesta :

— Tu n'y penses pas ! Je ne suis pas en état de tenir en selle. Je souffre d'inanition et risque d'être prise de vertiges. Il se peut même que je perde connaissance. Et puis, après avoir été pliées pendant deux jours, mes jambes ne m'obéissent plus. Enfin crois-tu que, si longue soit-elle, la chaîne qui relie mes deux pieds soit bien pratique pour me mettre à califourchon ? Que cela te plaise ou non, il faut que tu me prennes devant toi sur ton cheval et que tu me tiennes ferme. Pour ce qui est de Damatos, eh bien, malgré sa cheville, il peut très bien se débrouiller sur sa jument.

— Pour autant que nous ne rencontrions pas d'autres perdrix, compléta l'intéressé.

Ainsi fut fait. Après avoir hissé sur sa Vinda un Damatos pas très rassuré, Vimpis installa Cassica devant lui, sur le dos de l'étalon, l'enlaça de son bras droit pour l'empêcher de choir et conduisit de la main gauche. Elle s'accrocha à lui et lui sourit. Il n'aurait cédé sa place pour rien au monde.

Force leur était d'effectuer le retour au pas, mais le pas d'un cheval qui revient vers son écurie ou ses congénères n'a rien de commun avec celui du même cheval dans le sens inverse et ils couvrirent le trajet en un temps très honorable. Ils ne rencontrèrent pas de perdrix.

L'entrée dans le camp de la commandante des femmes guerrières, en cet équipage, fit sensation. Dès qu'elle eut expliqué qu'elle avait été prisonnière et que Vimpis l'avait délivrée, la nouvelle se répandit d'un bout à l'autre du camp et l'on accourut de toutes parts leur faire ovation. Le forgeron se précipita débarrasser Cassica de ses fers, les druides-médecins s'empressèrent autour de la cheville de Damatos et

Vercingétorix vint féliciter Vimpis. Il posa affectueusement les mains sur ses épaules et lui donna l'accolade.

Cassica avait grand-peine à tenir sur ses jambes.

— Donne-moi le bras, Vimpis, dit-elle, pour m'aider à gagner ma tente. Je me sens encore très faible.

Mais le roi intervint. Il tenait à ce que ce fût sur lui qu'elle s'appuyât et il lui offrit son propre bras.

— Tu ne peux savoir combien je me suis tourmenté à ton sujet, lui confia-t-il en la conduisant vers le camp du bataillon féminin.

Elle ne tenait pas du tout à ce qu'il poursuivit sur ce ton et, pour ne pas lui en laisser le loisir, elle se mit à lui raconter avec volubilité tous les détails de son odyssée, n'omettant que les propos de Dilaka au sujet du mariage dont il rêvait. Il parvint à l'interrompre un instant :

— Au lieu d'aller retrouver tout de suite tes guerrières, que dirais-tu de venir partager mon repas ? Nous avons tant à nous dire.

Elle le remercia de sa sollicitude mais déclina l'invitation. Elle se devait à ses filles. Ne pouvant pas encore prendre part à un repas normal, il lui fallait se réhydrater et réalimenter progressivement, sous la surveillance de la prêtresse médecin.

— D'ailleurs, ajouta-t-elle, je ne serais pas capable de tenir longtemps assise sur un siège. Mes jambes et mon dos me font mal. J'ai besoin de m'étendre et je ne vais tout de même pas, à table, manger couchée comme ces dégoûtants de Romains ! Peut-être demain, après une bonne nuit de repos, serai-je en mesure de répondre à ton aimable invitation.

Vercingétorix se rendit à la justesse de ces objections et se résigna à la conduire à sa tente. En lui souhaitant le bonsoir, il l'informa que le conseil de guerre devait se réunir le lendemain matin et qu'il espérait bien qu'elle serait assez forte pour y assister.

Elle y assista. Et lorsque les chefs présents décidèrent, sur la suggestion de Vercingétorix, d'envoyer à Avaricon un renfort de dix mille hommes de toutes les nations pour supporter l'assaut que César ne manquerait pas d'ordonner avant trois jours afin de respecter le délai qu'il s'était fixé, elle sauta sur l'occasion d'échapper pour un temps aux touchantes assiduités du roi et réclama que le bataillon féminin fasse partie de cette armée de renfort. Vercingétorix n'accéda à cette requête qu'à contrecœur. Il était déçu de devoir renoncer à la présence de la jeune fille lors des prochains repas. Il s'en réjouissait tant par avance ! Il n'était pourtant pas question qu'il refusât de la laisser partir : elle serait beaucoup mieux dans une maison de la ville que sous la tente pour se remettre de son état d'affaiblissement. Il se disait aussi qu'une nouvelle attaque de César contre le camp n'était pas exclue et qu'elle serait plus en sécurité à l'abri des puissantes murailles où le génie des Celtes avait su allier le bois inébranlable et la pierre incombustible.

Après la réunion, Cassica alla vers lui pour le remercier et lui dit :

— Je voudrais aussi te parler de notre ami Damatos que sa cheville foulée rend impropre au service pour un bon moment.

— Tu souhaites qu'il soit réformé ?

— Pas du tout. Il est hors de propos, pour lui, de renoncer à la lutte, car il a les siens à venger. Mais on peut faire la guerre et contribuer à la victoire sans sortir l'épée du fourreau. N'aurais-tu pas pour lui un emploi qu'il puisse remplir malgré son handicap ? Il sait lire et compter.

— Ma foi, je peux le prendre parmi mes secrétaires. Je sais qu'il a l'expérience du négoce : s'il se montre aussi efficace dans les services de l'état-major que pour une livraison d'armes clandestine, je suis tout disposé à lui confier la responsabilité de l'intendance.

XII

Depuis près d'une lune, la population d'Avaricon supportait avec courage les misères du siège. Si elle ne connaissait pas la disette, si ses greniers à blé réputés par toute la Gaule semblaient inépuisables, si le bétail affluait dans ses enclos et si ses puits, avec ce temps pluvieux, ne risquaient pas de se trouver à sec, en revanche, elle souffrait durement du pilonnage constant des machines de guerre romaines et elle devait soutenir des luttes sanglantes, besogner dur, dans le froid et sous les averses, pour tenir en échec les hommes de César acharnés à la construction de leur terrasse, à l'édification de leurs galeries et de leurs tours et à l'installation de leur effrayante artillerie de scorpions, onagres, catapultes et autres balistes. Elle avait entrepris, elle aussi, d'élever des tours de bois et elle en accroissait la hauteur à mesure que les hommes de César haussaient les leurs, de manière à maintenir l'égalité. Elle les garnissait des peaux des bœufs fraîchement abattus pour les protéger des flèches enflammées et les reliait entre elles par des passerelles. Pour entraver l'achèvement par l'ennemi des galeries couvertes destinées à abriter ses archers et ses porteurs de béliers, les soldats de la garnison arrosaient les parties encore découvertes de pierres énormes, de poix bouillante et de pièces de bois taillées en pointe et durcies au feu. Ainsi interdisaient-ils aux attaquants de les prolonger jusqu'au pied des murailles. Les ouvriers des mines de fer repliés dans la ville creusaient de longs tunnels jusqu'en dessous du terrassement que les Romains avaient édifié à grand-peine et en provoquaient l'éboulement. Toute une partie du travail était alors à refaire et César enrageait.

Le bataillon des femmes guerrières fit son entrée dans la

ville en tête de l'armée de renfort. Cassica avait été amenée en voiture jusqu'à la lisière du marais et avait eu assez de force — et surtout de cran — pour continuer à pied. Conduits par des gens du pays, les dix mille guerriers avaient suivi à travers les marécages des chemins ignorés de César, passé les rivières par des gués dérobés, et débouché entre les prairies et les jardins maraîchers qui s'étendaient au nord de la ville, dans une boucle des cours d'eau. On leur avait ouvert la petite porte utilisée par les maraîchers. Les autorités vinrent à leur rencontre et prononcèrent les paroles de bienvenue.

Le bataillon féminin fut logé dans les bâtiments d'une savonnerie que la suspension des approvisionnements en matières premières avait condamnée à l'inactivité. Cassica eut droit à une chambre dans la demeure des patrons, ses filles s'entassèrent dans les ateliers vides. Les habitants étaient obligés de se serrer pour héberger, en plus des réfugiés des campagnes environnantes, cet afflux de troupes dont ils auraient probablement préféré se passer — ne fût-ce que pour garder le mérite exclusif de la victoire. Mais, tout en ronchonnant contre cette invasion d'étrangers, ils leur faisaient assez bon accueil. Quelque persuadés qu'ils fussent de n'avoir pas besoin de leur aide pour tenir les assaillants en échec, ils reconnaissaient que leur présence allait permettre de précipiter les choses et d'écraser l'armée romaine.

Il suffit à Cassica de vingt-quatre heures de bon repos dans le lit moelleux mis à sa disposition pour recouvrer toutes ses forces. Elle s'en fut alors visiter les travaux de défense, s'émerveilla de l'ingéniosité déployée par les gens d'Avaricon et admira les hautes tours de bois, le renforcement du parapet, les machines imaginées par les charrons pour déverser la poix bouillante et projeter les blocs de pierre. Mais elle se demanda à quoi pouvaient bien servir les grosses fourches disposées de place en place sur le chemin de ronde et les guindeaux qu'elle apercevait en contrebas, sur la place d'armes. Elle se renseigna auprès d'un guetteur.

— C'est pour capturer les grappins des Romains, dit-il.

— Capturer les grappins ?

— Reste ici : tu ne vas pas tarder à assister au spectacle.

De fait, il se passa peu de temps avant qu'elle ne vît les assaillants, du haut de leur terrasse, diriger vers le parapet, pour en arracher les pierres, une longue perche terminée par un crochet. Les guetteurs donnèrent aussitôt l'alarme et un soldat biturige accourut, tenant en main un lasso. Il le fit tournoyer au-dessus de sa tête et le lança avec une dextérité qui ne devait être retrouvée que dix-neuf siècles plus tard par les « garçons de vache » d'un pays d'au-delà des mers. La boucle s'abattit autour du grappin et l'homme tira d'un coup sec pour la refermer. Puis il se précipita pour passer la corde dans la fourche la plus proche et en jeta l'extrémité à ses camarades qui se trouvaient en bas. Ceux-ci ne furent pas longs à l'accrocher au cylindre du guindeau et à s'atteler aux leviers. Le lasso s'enroula lentement, arrachant le grappin aux légionnaires qui s'étaient pourtant réunis à une dizaine pour tenter de le retenir.

Curieuse de savoir ce qui se passait chez l'ennemi, Cassica grimpa à l'étroite échelle verticale d'une des tours jusqu'à la plate-forme supérieure. Elle s'accouda au parapet et contempla les travaux colossaux qu'avaient réalisés les légionnaires, la haute terrasse faite de troncs d'arbres colmatés avec de la boue, les escaliers pour y accéder, les galeries de tir tout du long, les deux rampes disposées perpendiculairement à chaque extrémité, les abris couverts les bordant et les deux gigantesques tours roulantes en attente sur les pentes. Des équipes de travailleurs transportaient des troncs d'arbres et des paniers de terre qu'elles allaient déverser dans le fossé entre la terrasse et les murailles de la ville. On apercevait des sentinelles allant et venant à l'intérieur des galeries de tir et des archers postés derrière les ouvertures. Bien plus loin, à l'arrière, des groupes de légionnaires s'affairaient autour des machines de siège et, de temps à autre, un onagre ou une catapulte lançait un boulet de pierre qui, après une grande courbe dans les airs, s'en venait écraser le toit d'une maison, déchiqueter un arbre ou réduire en bouillie un malheureux passant.

Un trait de baliste manqua de peu Cassica. Elle l'entendit siffler à son oreille, mais il ne la fit pas bouger de son observatoire. Elle s'aperçut qu'une des deux tours roulantes progressait, de façon presque insensible, vers le haut de sa rampe. Il fallait pour cela qu'un bon nombre de légionnaires fussent derrière à la pousser, et il n'y avait pas de raison de les laisser faire tranquillement. Elle attendit un moment, pour bien s'assurer de ce déplacement, et redescendit l'échelle. Elle s'en fut trouver le commandant de la place.

— Seigneur Gargénos, les Romains font avancer leur tour de droite. Leur permettrons-nous de mener leur tâche à bien ?

— Gentille dame, depuis qu'ils en ont commencé la construction, nous n'avons pas fait moins de douze sorties pour attaquer les travailleurs.

— Chez nous, Seigneur, on donne toujours treize à la

douzaine. Me permets-tu d'aller faire une démonstration de ce dont est capable un commando de femmes ?

— Pourquoi pas ?

Elle prit avec elle une cinquantaine de ses meilleures guerrières et elles sortirent par la petite porte du sud-ouest, invisible de la terrasse romaine. Elles avaient revêtu la tenue de combat et leur aspect avait de quoi glacer les cœurs. De leurs casques d'argent dont les cimiers figuraient toutes sortes d'oiseaux fantasmagoriques, s'échappaient en bataille leurs longues chevelures défaites, teintes en rouge ou d'un noir luisant. Leurs fins visages faits pour séduire étaient rendus hideux par des peintures de guerre où se contorsionnaient en cercles, en triangles, en spirales, en volutes, en chevrons, en ondes, en enroulements, des bleus, des verts, des ocres et des écarlates. Elles étaient sanglées dans des cottes de mailles serrées à la taille par des chaînes de fer auxquelles pendaient leurs épées et dans lesquelles était passé aussi un poignard. Au-dessous du nombril, leur corps était nu, pour troubler l'ennemi et distraire son attention. Elles se glissèrent entre les saules du bord du fossé, jusqu'au chantier des assiégeants, puis rampèrent en direction du plan incliné de bois et de terre qu'ascendait l'énorme tour. Elles en rasèrent le parement extérieur et parvinrent sans avoir été vues au bas de la pente où l'officier du génie, chargé de la direction des travaux, s'entretenait avec quelques centurions et sous-officiers. Se déplaçant sans bruit, avec la souplesse de félins, elles les entourèrent si prestement et bondirent sur eux, par-derrière, si soudainement et silencieusement, que tous s'effondrèrent, la gorge tranchée net par la lame d'un poignard, sans avoir poussé un cri.

Dégainant leurs épées, elles coururent sus à la corvée de militaires en tenue de travail qui ahanaient sur les brancards pour faire grimper la tour vers le sommet de la rampe. L'*optio* (1) qui se tenait derrière eux pour leur beugler la cadence et les exciter de ses vociférations et de ses invectives, les aperçut soudain montant vers eux au pas de charge. La vision cauchemardesque de ces furies à la fois repoussantes et troublantes fit perler à ses tempes une sueur froide. Leurs regards étincelaient de rage et de cruauté. Un homme peut garder, en se battant, une certaine sérénité, un élégant détachement, l'altier souci de sa dignité, mais une femme se

(1) Sous-officier dont les fonctions correspondaient à peu près à celles d'un adjudant.

livre entièrement à ses instincts déchaînés, toutes griffes dehors, avide de sang comme une panthère. La gracieuse Cassica ne faisait pas exception. Elle grimaçait de haine.

L'*optio* resta un instant muet de saisissement, puis hurla : « Halte, stoppez le travail ! Bloquez les roues ! Vite, vite ! Plus vite ! » Ses hommes obéirent comme des mécaniques et, dès que le gigantesque échafaudage roulant fut immobilisé, il leur ordonna de s'y réfugier et de grimper en toute hâte au dernier étage.

Ils n'avaient pas encore tous pris pied sur la plate-forme supérieure, que les guerrières commençaient à escalader les échelles à leur suite. Cassica, qui était en tête, se vit barrer le chemin par l'*optio*, juché sur un des derniers barreaux. Ils engagèrent le fer, mais dans une position aussi inconfortable pour l'un que pour l'autre. Elle voyait surtout de lui, en levant le nez, les semelles de ses sandales et ses jambes nues hérissées de poils. Elle n'apercevait que bien plus haut sa poitrine couverte d'une cuirasse d'écailles et son visage moite aux yeux exorbités qui se penchaient sur elle lorsque, dangereusement plié en deux, il essayait d'abattre son glaive sur sa tête. Mais, de son côté, si elle parait les coups sans peine, elle avait beau lever le bras à la verticale, le plus haut possible, elle n'arrivait pas à le toucher de la pointe de son épée, faite, d'ailleurs, beaucoup plus pour frapper de taille que d'estoc. Ils entrechoquaient donc consciencieusement leurs lames sans pouvoir se porter de coups.

Puisque seuls les pieds de son adversaire étaient à sa portée, elle se décida à les prendre pour cible. Elle trancha des orteils. L'homme hurla, chancela, appela à l'aide et ses camarades le tirèrent sur la plate-forme. Ils étaient sans armes et, lorsque Cassica et ses guerrières eurent jailli hors du trou de l'échelle, ils se défendirent comme ils purent contre leurs épées, avec des morceaux de bois arrachés au garde-corps. Ils ne tinrent pas longtemps. Ceux qui ne furent pas massacrés à coups d'épée furent repoussés jusqu'au bord de la plate-forme que ne protégeait plus son garde-corps. Ils basculèrent dans le vide.

Quand les guerrières, mission accomplie, ressortirent de la tour, leurs camarades que Cassica avait laissées à l'extérieur pour les couvrir étaient aux prises avec la garde : toute une centurie de triaires. Plusieurs femmes avaient déjà été tuées et les autres faiblissaient sous le nombre. Cassica poussa un cri de guerre et son détachement chargea avec une telle impétuosité que, malgré leur écrasante supériorité numérique les légionnaires, épouvantés, s'enfuirent en laissant une vingtaine de morts sur le terrain.

Jules César envoya une autre équipe s'atteler aux brancards. Le soir la tour était en place, au sommet de la terrasse. Mais Cassica et son bataillon s'étaient acquis le droit au respect de leurs compagnons d'armes masculins, et même assez de prestige pour que Gargénos décidât de les engager en première ligne dans la grande opération qu'il préparait pour la seconde nuit.

Tout au long de la journée, on observa une intense animation autour de l'entrée d'une galerie ouverte par les mineurs à une vingtaine de pas du rempart sud et s'enfonçant dans le sol en direction de la terrasse romaine. Des ouvriers en bonnet de cuir, qui semblaient très pressés, ne cessaient d'en sortir, poussant leurs brouettes — à deux roues comme le nom l'indique *(birota)* — emplies de terre à ras le bord, couraient les décharger sur un grand tas et retournaient s'engouffrer dans les entrailles de la terre mère. D'autres sciaient des perches de sorbier ou d'érable pour en faire des poteaux de mine et les portaient sur leurs épaules pour les descendre dans le souterrain. Vers le soir, les brouettes qui repartaient au fond étaient chargées de paille, de fagots ou de tonneaux de poix. Sitôt après le souper, Gargénos convoqua tous les chefs et leur expliqua que l'ennemi ayant pratiquement achevé ses travaux, le moment était venu de lui faire perdre le bénéfice de ses efforts. On allait tout détruire. Une sortie en masse aurait lieu un peu avant minuit, simultanément par les deux portes encadrant les tours, de manière à prendre le chantier en tenaille. L'attaque se déroulerait par vagues : lorsque les combattants commenceraient à se fatiguer, ils regagneraient l'abri des remparts et seraient remplacés par des troupes fraîches tenues en réserve. Les femmes guerrières de Cassica étaient désignées pour prendre la tête de la première vague qui sortirait par la porte du sud-ouest.

À la tombée de la nuit, elles s'équipèrent et se maquillèrent, puis attendirent sous leurs tentes, les jambes enveloppées dans leurs couvertures, car la nuit était très froide. Attente fébrile. Elles étaient très excitées à l'idée que le combat auquel elles étaient appelées à prendre part serait la grande bataille décisive où l'on verrait s'effondrer la puissance romaine. Aussi les langues allaient-elles bon train, moulant à plaisir de la gouaille, du défi, des fanfaronnades et des plaisanteries dix fois plus grivoises que celles du pire corps de garde masculin. L'enthousiasme l'emportait sur l'appréhension et on les entendait glousser et éclater de rire.

De temps à autre, Cassica sortait observer dans le ciel la progression des constellations. Lorsqu'elle vit le Petit Chien à la verticale de l'étoile polaire, elle donna l'ordre du rassemblement. Le bataillon, en colonnc par quatre, se rendit sur la place d'armes derrière la porte du sud-ouest, où l'attente recommença, tendue et réfrigérante. Cassica s'enveloppa dans son manteau et monta sur le rempart observer les lignes ennemies.

Autour d'elle s'agitaient de nombreuses silhouettes noires se découpant sur le ciel nocturne, celles d'hommes armés de javelots, d'archers, de frondeurs qui prenaient leurs postes derrière le parapet, celles de femmes de la ville qui apportaient des bassines de suif et de poix, celles de serviteurs chargés de brassées de fagots. Sur le chantier romain, en face, l'affairement n'était pas moindre. À la lueur des torches, des ccntaines de légionnaires transformés en manœuvres continuaient, comme dans la journée, à transporter des troncs d'arbres et à les faire tomber en avant de la terrasse pour la rapprocher de la muraille, à coltiner et déverser des panerées de boue, à clouer des toits sur leurs galeries et des peaux de bœuf sur les panneaux de leurs tours. Par moments, dominant la rumeur confuse des piétinements, des déversements et des martèlements, on entendait éclater la voix aigre de César lui-même aiguillonnant les travailleurs.

Soudain, Cassica vit s'élever de la terrasse une petite colonne de fumée, qui paraissait blanche dans la nuit et allait en s'enflant. C'était ce qu'elle attendait. Les mineurs avaient réussi leur coup, le brasier allumé au fond de la mine avait mis le feu aux troncs d'arbres assemblés par l'ennemi. Un mois de travail des légions allait être anéanti. Toutes les souffrances et les privations qu'elles avaient endurées ne leur auraient servi à rien. Des acclamations fusèrent d'un bout à l'autre du rempart.

Cassica avait été informée que l'apparition de la fumée serait le signal de l'attaque. Elle descendit l'escalier quatre à quatre, rejoignit ses filles et donna l'ordre d'ouvrir les portes. Derrière elle, des milliers de guerriers enthousiastes se ruèrent vers les positions ennemies, en poussant de grands cris dont la nuit doublait l'effet terrifiant.

La colonne de fumée était devenue un épais nuage où folâtraient de vives et légères languettes rouges. Brusquement, jaillirent de longues flammes qui se tordaient en ronflant et crépitant. Du camp romain accouraient des porteurs de seaux qui se déployèrent en chaîne entre la rivière et la terrasse. Mais Cassica les chargea, à la tête de ses guerrières, les dispersa et leur interdit l'accès au brasier. Pendant ce temps, les hommes qui garnissaient le haut du rempart faisaient pleuvoir sur les ouvrages des Romains des torches et des javelots enflammés et jetaient dans les flammes des fagots de bois sec, des boules de suif, de résine et de tout ce qui pouvait attiser l'incendie. Les ennemis, affolés, couraient de tous côtés, sans savoir où se porter, ni à quel danger parer. Ceux qui avaient été surpris en plein travail s'étaient précipités pour reprendre leurs armes et leurs boucliers, mais n'avaient pas eu le temps de revêtir leurs armures. Beaucoup ne retrouvaient plus leur centurie et des centuries entières avaient perdu leur cohorte. Où qu'ils allassent, les soldats se heurtaient à des groupes de Celtes hurlants qui les chargeaient et les poursuivaient.

Il y eut, tout à coup, un grand fracas et une partie de la terrasse s'effondra dans une gerbe d'étincelles. La chaleur, à proximité, était intenable et les combattants étaient contraints de se disperser pour s'en éloigner, mais le champ de bataille était brillamment et tragiquement éclairé par l'incendie. Les adversaires se voyaient comme en plein jour.

César, un moment dépassé par les événements, se ressaisit, rameuta ses troupes et organisa la défense. Il envoya des unités sur chaque flanc de la terrasse, tenir tête aux bataillons gaulois qui débouchaient continuellement des portes. Il attela aux tours, pour les ramener en arrière, des équipes nombreuses, protégées par plusieurs centuries en ordre de bataille. Il fit creuser une tranchée pare-feu dans le terrassement et fit venir la masse des soldats du camp pour combattre le feu.

Partout, sur la plate-forme, sur les rampes, autour des tours, au pied de la terrasse, au bord de la rivière, la lutte faisait rage, au corps à corps, dans le rougeoiement de l'incendie. Pour les Celtes, c'était la grande fête et ils frappaient joyeusement, avec entrain. Beaucoup tombaient, mortellement atteints, mais ils tombaient et mouraient en riant. Cassica et ses guerrières s'amusaient encore plus que les autres, car elles jouissaient de la stupeur qui paralysait les légionnaires quand ils se voyaient chargés par des furies dont ils ne pouvaient soutenir ni le regard exalté ni le masque de démones, ce qui les obligeait à regarder beaucoup plus bas. Elles profitaient de leur fascination pour les tailler en pièces. Le plus souvent, après le premier choc, ils s'enfuyaient en déroute, car le désordre inhabituel de la bataille ne permettait pas aux sous-officiers chargés d'abattre les fuyards de se tenir à leur poste.

Elles ferraillèrent ainsi, de bon cœur, une partie de la nuit, mais le moment vint où des formations romaines bien regroupées les firent reculer. Elles se repliaient sans perdre leur cohésion et repartaient à la charge contre d'autres formations, mais elles commençaient à sentir la fatigue. Le bataillon avait perdu le tiers de ses effectifs et les survivantes étaient couvertes de sang; elles haletaient et n'avaient plus de force. Elles rentrèrent en ville et se firent relever par une unité andécave qui attendait son tour, l'arme au pied, en grignotant des tranches de pain avec de la charcuterie.

Après un court repos, Cassica ressortit de sa tente. Ses filles dormaient encore profondément, mais le jour commençait à poindre. Elle se rendit sur le rempart pour observer la situation. On se battait toujours et bien que, parmi les cadavres qui jonchaient le sol, les Gaulois fussent plus nombreux que les légionnaires, les Romains semblaient en mauvaise posture. L'incendie continuait à faire rage. Les fameuses tours roulantes avaient été atteintes et l'on voyait flamber les plaques de protection de leurs parapets. Harcelées par les combattants celtes, les équipes de secours éprouvaient de grandes difficultés à traverser les terrains découverts pour parvenir jusqu'à elles. Certaines, tout de même, atteignaient les échelles et grimpaient jusqu'aux plates-formes supérieures pour combattre le feu avec des seaux d'eau, des haches et des peaux de bêtes.

César avait réussi à regrouper ses troupes et à les ordonner en *orbis,* hastaires devant, principes en deuxième ligne et triaires derrière, comme le voulait le règlement. Elles étaient réduites à la défensive, mais les assauts furieux des Celtes se brisaient sur le mur de leurs boucliers juxtaposés et rien de décisif ne se dessinait.

Le lever du jour fit tourner le sort de la bataille. Les servants de l'artillerie du proconsul purent discerner leurs objectifs et arroser les vagues d'assaut gauloises et la crête des remparts d'Avaricon de traits et de grosses pierres. Non loin de Cassica, un guerrier de la garnison biturige qui n'arrêtait pas de lancer sur la tour de droite des boules de suif et de poix qu'on lui passait de main en main, fut atteint au flanc par un boulet parti d'un scorpion et s'écroula. Immédiatement, son voisin, enjambant son corps, le remplaça dans sa tâche. Il tomba à son tour, victime du même scorpion. Un troisième prit sa place, puis un quatrième. Le tir du scorpion était ajusté une fois pour toutes et ils étaient fauchés les uns après les autres, mais à aucun moment le poste ne resta inoccupé.

Les hommes de César finirent par venir à bout des incendies. Celui de la plate-forme avait été circonscrit par la tranchée pare-feu et s'éteignait, faute de combustible, sans autre effet que l'existence d'un large cratère fumant. Il ne restait plus rien des panneaux des parapets des tours et les planchers des plates-formes supérieures étaient en partie consumés, mais les dégâts s'arrêtaient là.

Contenus par l'artillerie et les tirs des archers, les Celtes avaient cessé leurs attaques. Les légionnaires passèrent à la contre-attaque. Recrus de fatigue et démoralisés, les guerriers gaulois cédèrent du terrain. Puis Cassica les vit regagner, découragés, l'abri des murailles sans être remplacés.

C'est le propre des Celtes de se laisser aller aussi brusquement au découragement qu'à l'enthousiasme. Il suffit d'un demi-échec pour qu'ils abandonnent tout. Aussi le moral était-il particulièrement bas, le lendemain, au conseil de chefs réuni pour tirer les conclusions de l'opération.

— C'est raté ! déclara d'emblée Gargénos. Nos pertes sont considérables et, avant deux nuits, les Romains auront remis en état leur terrasse et leurs tours. Nos hommes sont morts pour rien.

— Il ne faut plus compter, maintenant, renchérit Cassica, que César donne suite à son projet d'abandonner le siège. Notre échec n'a pu que ranimer chez ses soldats l'espoir de vaincre. Cela va les encourager à supporter quelque temps encore la faim et l'épuisement.

— Dès qu'elles seront réparées, ils vont hisser leurs tours en haut des rampes et domineront nos remparts pour lancer l'assaut. Qui peut encore croire que nous serons en mesure de leur résister ?

À ce moment une sentinelle se présenta à l'entrée de la salle et annonça qu'une estafette venait d'arriver à la porte du nord et disait apporter un message de la part de Vercingétorix. Gargénos ordonna de l'introduire et ce ne fut pas sans surprise que Cassica vit entrer Vimpis. Elle dissimula son émotion et prêta une oreille attentive à son message.

— Le seigneur Vercingétorix a appris l'échec de votre contre-offensive et en est très contrarié. Il vous fait dire d'évacuer la ville. On peut être sûr que César ne va pas tarder à donner l'assaut et l'armée gauloise ne peut pas se permettre de perdre d'un seul coup vingt mille hommes. Vous sortirez la nuit prochaine par la porte nord et traverserez le marais dans le plus grand silence. Les Romains ne doivent se douter de rien. Emportez avec vous tout le grain de vos silos ; abattez votre bétail et chargez-vous de la viande. Rien de cela ne doit tomber aux mains de l'ennemi. Il faut qu'en entrant dans la place, il n'y trouve plus que des femmes et des enfants, et pas un grain de blé à se mettre sous la dent.

— C'est justement ce que je comptais proposer, dit Gargénos, et tous les chefs approuvèrent.

Ce que Vimpis se garda bien de révéler, c'est qu'en le chargeant de porter l'ordre d'évacuation, Vercingétorix lui avait, en même temps, confié la mission de veiller sur Cassica au milieu des périls de la retraite et de la ramener saine et sauve au camp. S'il l'avait choisi, c'était parce qu'il savait pouvoir compter sur son dévouement. N'avait-il pas sauvé la jeune fille une première fois déjà ?

XIII

Du bout du pied, le général Gargénos repousse les femmes qui se traînent à genoux devant lui, dans la boue.

— La paix, bande de garces ! hurle-t-il. Les ordres sont les ordres.

Le premier magistrat Lanorix, qui se tient à son côté, intervient en termes moins militaires et sur un ton plus courtois :

— Je vous en conjure, très chères compagnes, sachez vous montrer raisonnables. Vous devez bien comprendre que, dans l'intérêt supérieur du pays, il nous est impossible de rester et nous ne pouvons pas davantage vous emmener avec nous.

Elles recommencent à pleurer, gémissant qu'il est inhumain de les livrer à la cruauté de l'ennemi. La femme de Lanorix s'accroche désespérément au bas de la tunique de son époux.

— Ce n'est pas vrai, ce n'est pas possible, tu ne vas pas nous abandonner, moi qui t'aime et les enfants chéris nés de toi ? Oublies-tu que les soldats romains sont des bêtes féroces et que tu risques de ne jamais nous revoir ? Veux-tu que je sois massacrée après avoir été déshonorée et que nos enfants soient torturés et égorgés ?

Le brave magistrat pousse un lourd soupir et semble dans un cruel embarras. C'est Cassica, compatissante à la détresse de femmes comme elle, qui répond à sa place :

— Nous sommes bien conscients des périls auxquels nous vous exposons en partant, et nous en avons le cœur brisé : mais ces périls sont moindres que ceux qui vous menaceraient si nous restions. Quand les Romains s'empareraient de la place, ce qui, hélas, finirait bien par arriver, leur fureur serait d'autant plus terrible que nous leur aurions résisté plus longtemps et leur aurions tué plus d'hommes. Vous n'auriez aucune pitié à attendre d'eux. Tandis que si vous leur ouvrez de bonne grâce, demain matin, les portes de la ville, ils seront dans les meilleures dispositions ; on peut espérer qu'ils vous traiteront humainement.

La remarque porta. Les femmes qui étaient venues en foule se jeter aux pieds des chefs lorsqu'elles avaient vu les guerriers faire leurs préparatifs de départ, versèrent encore quelques larmes silencieuses, mais elles avaient été convaincues. C'était vrai, l'évacuation de la ville par la garnison leur laissait une chance d'être épargnées. Du moment que les hommes ne pouvaient plus rien pour elles, autant valait qu'ils restent saufs et puissent contribuer à la victoire finale qui, seule, permettrait de renouer avec la vie libre et heureuse d'avant-guerre. Lentement, elles se relevèrent et s'écartèrent. Mais c'est alors que, du haut du rempart, tomba une voix pathétique :

— Femmes d'Avaricon, mes sœurs ! Allez-vous vous laisser abuser par des discours hypocrites ? Ne voyez-vous pas que c'est par pure lâcheté que ceux dont le devoir est de nous défendre vous nous abandonner ? Regardez-les : ils sont morts de peur et se moquent bien des périls que nous courons, nous, leurs fidèles compagnes. Et la pitoyable femelle casquée qui vous tient de beaux boniments pour vous faire espérer la mansuétude de la soldatesque romaine, n'a qu'une idée : se sauver elle-même.

Il y eut un flottement dans la foule. Tous les regards s'étaient tournés vers le sommet de la muraille. Sur le ciel qu'enfumait le crépuscule, se découpait une sombre silhouette féminine. Vêtue d'une robe noire et ses longs cheveux noirs défaits, la femme étendait les bras, déployant comme des ailes les pans de sa cape d'un violet lugubre. Cassica et, près d'elle, Vimpis frémirent en reconnaissant Dilaka.

— Mères, épouses, promises, poursuivait-elle, nous savons bien le sort qui nous attend si nous sommes livrées sans défense à l'ennemi. Quand il s'apercevra que la ville a été vidée des vivres sur lesquels il comptait, il assouvira sur nous sa colère. Mieux vaudrait n'avoir jamais vu le jour que subir le sort qui nous attend. Est-il possible que ceux que nous aimons nous y condamnent ? Si nos hommes étaient des hommes et non des lièvres, ils nous feraient un rempart de leurs corps et se laisseraient tuer sur place plutôt que de souffrir qu'on touche à un cheveu de nos têtes.

Ses paroles enflammées avaient suscité un nouveau revirement chez ses auditrices et la résignation qu'avaient obtenue les arguments de Cassica fit place à la révolte. L'oratrice les exhorta à empêcher que s'accomplisse le forfait médité par leurs époux et invita toutes celles qui n'étaient pas décidées à se laisser faire, à la rejoindre sur le chemin de ronde. Cassica murmura à l'oreille de Vimpis :

— Il faut mettre cette vipère hors d'état de nuire. Va ! Tue-la.

Mais il ne put atteindre le rempart. La nuée de matrones qui s'était précipitée vers les escaliers avant que les hommes, sidérés, aient eu le temps de réagir, lui barrait le chemin. Quand elles furent réunies en haut, on les vit tenir un rapide conciliabule, puis se tourner vers le parapet, se répartir tout au long et se pencher à l'extérieur. Toutes ensemble, au commandement de Dilaka, elles crièrent aux Romains que la garnison se disposait à évacuer la ville.

Cette trahison rendait le départ des troupes impossible. Il était évident que César allait envoyer sa cavalerie leur couper la route à la sortie du marais. L'étroitesse du passage praticable leur interdirait de se déployer et les guerriers se feraient massacrer les uns après les autres. Force était de renoncer et de prolonger la défense de la ville. Advienne que pourra ! Si l'on avait la chance de pouvoir tenir assez longtemps, la disette finirait par avoir raison des assaillants.

Lorsque Cassica et Vimpis purent prendre pied sur le chemin de ronde où les femmes commençaient à se disperser pour rentrer chez elles, ils cherchèrent en vain Dilaka pour lui faire payer son mauvais tour. Elle avait disparu.

Le lendemain, Vimpis, qui se demandait bien comment il allait pouvoir remplir, désormais, la mission que lui avait confiée Vercingétorix, se présenta à la porte de la savonnerie et demanda à parler à Cassica. Elle le reçut sur le seuil de sa chambre.

— J'ai réfléchi, lui dit-il. Le roi tenait tout spécialement à ce que le bataillon féminin regagne le camp. Je pourrais le faire savoir à Gargénos et lui demander de vous laisser partir sans bruit la nuit prochaine. Je vous guiderais.

Elle éclata de rire.

— Pour qui nous prends-tu ? J'ai très bien compris que Vercingétorix nous a envoyées ici parce qu'il pensait que j'y serais moins en danger qu'au camp. Mais c'est ici que la lutte va être chaude. J'y suis, j'y reste. Tu ne t'imaginais tout de même pas que nous allions accepter de nous enfuir comme des lâches ? Il faut qu'on sache que les femmes guerrières ne sont pas inférieures aux hommes. Je t'interdis formellement de faire une démarche qui serait humiliante pour nous.

Il se mordit les lèvres. Pour bien lui montrer que la question était réglée et qu'il n'y avait pas lieu d'y revenir, elle l'invita à faire avec elle un tour sur les remparts, histoire de se rendre compte de l'évolution de la situation. Du haut d'une des tours, ils observèrent le chantier romain. Plus que jamais, il ressemblait à une gigantesque fourmilière. Une foule de soldats-ouvriers achevaient de remettre en état les galeries de tir et les abris couverts qui avaient souffert du feu ou avaient été ravagés par les combattants gaulois. D'autres comblaient de terre l'entonnoir ouvert dans la plate-forme, ainsi que la tranchée pare-feu.

— Tiens ! constata Cassica, ils ont fini de réparer une de leurs tours et ils la font avancer. Il me plairait assez de faire une sortie surprise avec mes filles pour perturber leur travail.

— Vous arriveriez trop tard, elle touche au haut de la rampe.

— Alors, nous pourrions aller dire trois mots à l'équipe de charpentiers, là-bas.

À ce moment, de grosses gouttes commencèrent à clapoter sur le plancher, autour d'eux, et d'autres s'écrasèrent sur leurs têtes nues. Cela permit à Vimpis une réponse évasive :

— Nous reparlerons de ça après la pluie. Ce n'est pas un temps pour se battre. Descendons nous mettre à l'abri.

À peine étaient-ils sur l'échelle que l'averse crépita avec rage. Au rez-de-chaussée de la tour, ils se trouvèrent en nombreuse compagnie, car une partie des guetteurs de garde sur les remparts étaient venus s'abriter eux aussi. Tous se serrèrent de leur mieux.

— Si cette pluie pouvait durer, déclara Cassica, ce serait une fameuse chance pour nous. Les travaux des Romains n'avanceraient guère et le temps qui passe joue en notre faveur.

— C'est une giboulée, assura un soldat, ça ne peut pas durer.

— Pas si sûr ! contesta Vimpis. Le ciel est entièrement noir et les vents sont à l'ouest. Ça menaçait depuis ce matin et ça me paraît parti pour la journée.

De fait, le déluge persista. Aucune éclaircie ne s'annonçait. Tassés dans leur réduit, les guerriers trouvaient le temps long. Parfois, un de ceux qui étaient restés bravement faire les cent pas sous la douche, venait, ruisselant, se faire relayer, en annonçant : « Rien à signaler. » La pluie avait chassé les Romains de leur chantier. Ils s'étaient réfugiés sous leurs galeries couvertes et dans leurs baraques. On n entendait plus, dehors, d'autre bruit que le monotone déversement des flots célestes.

Au bout de trois quarts d'heure, il n'y avait pas eu la moindre accalmie et Cassica commençait à avoir assez de sa réclusion. Elle se couvrit la tête d'un pan de son manteau et déclara qu'elle rentrait au logis. Vimpis l'accompagna et ils s'en furent en courant. Après avoir dévalé les escaliers de l'enceinte, ils traversaient la place d'armes en se courbant sous l'averse et en rentrant la tête dans les épaules quand retentirent brusquement, dans leur dos, des appels aux armes. La sonnerie de carnyx de l'alerte éclata, précipitée et angoissante. Ils s'arrêtèrent net et se retournèrent. Sur le haut du rempart, les guerriers avec qui ils se trouvaient quelques instants plus tôt, défilaient au pas de course vers l'autre extrémité du chemin de ronde, en brandissant leurs lances et en lançant leurs javelots. Ils portèrent leurs regards dans cette direction et, à leur grand effarement, virent la crête de la muraille couverte de cuirasses étincelantes, de casques de fer et de grands boucliers rouges, bleus ou verts, en forme de tuiles.

C'était par ruse que César avait fait abandonner le chantier à l'apparition de la pluie. Constatant le relâchement dans la garde du rempart, il avait rassemblé ses légions à l'arrière, leur avait fait prendre impromptu la tenue de combat et les avait fait progresser en catimini par les galeries couvertes et les abris de tir, jusqu'à la tour que Cassica et Vimpis avaient vu hisser au sommet de sa rampe. Tout à coup, le pont-levis de la tour s'était abaissé sur le rempart et les légionnaires s'étaient rués sur le chemin de ronde. D'autres, pendant ce temps, dressaient des échelles contre la muraille et les escaladaient à la hâte, stimulés par les promesses de récompenses que leur avait faites le proconsul. Depuis les abris de tir, les archers faisaient pleuvoir une grêle de flèches sur les malheureux guetteurs, seuls à faire face à l'attaque et, pardessus les têtes, voltigeaient de grosses pierres lancées par les scorpions et les catapultes.

Cassica tira son épée pour voler au secours de la petite poignée de défenseurs, mais Vimpis la retint par le bras.

— Daigne me pardonner, princesse, de te rappeler que ton devoir de chef n'est pas de te faire tuer sottement, mais de rassembler ton bataillon et de le mener au combat.

Elle l'admit et courut à la savonnerie. Il la suivit de loin, tenu qu'il était, de par la volonté du roi, de ne pas la perdre de vue, mais n'ayant rien à faire parmi les femmes guerrières. Il attendit leur sortie en armes et prit la même direction qu'elles, tout en restant un peu à l'écart. Surpris par la brusquerie de l'assaut et trop inférieurs en nombre, les hommes de garde s'étaient laissé chasser des murs et des tours et se regroupaient dans l'avenue principale. Gargénos et ses aides de camp, se répandant en tous sens, rameutaient les troupes dispersées dans leurs cantonnements et les rassemblaient sur le forum et sur les places. La formation féminine se vit assigner, à l'aile gauche, la défense de la petite place où se dressait la fontaine dédiée à la déesse Arnalia. Vimpis se posta dans une rue y menant.

On attendit de pied ferme l'attaque des Romains qui, pensait-on, partirait d'une des places d'armes au pied de la courtine sud, puisque c'était là qu'ils avaient fait irruption. Le dispositif adopté par Gargénos verrouillait les voics menant vers le centre de la ville. Les communications transversales étaient assurées, permettant de renforcer en temps voulu les points sur lesquels porterait l'effort ennemi et l'occupation solide des artères latérales mettait la défense gauloise à l'abri d'un débordement par les ailes. La bataille rangée avait toutes les chances de tourner en sa faveur.

Soudain ceux des guerriers qui, de leur position, avaient sous les yeux une portion de l'enceinte autre que la courtine sud, la virent, non sans effroi, se garnir de légionnaires sur plusieurs rangs. De tous côtés jaillirent des cris d'alerte et en peu de temps le bruit se répandit : « Nous sommes cernés ! » Ce fut la panique. Vimpis vit se précipiter dans la rue où il se tenait des hommes des avant-postes qui hurlaient : « Sauve qui peut ! » en jetant leurs armes. Il savait que l'épouvante est contagieuse et ne se faisait pas d'illusion : à la vue de ces fuyards, les guerrières de Cassica allaient prendre leurs jambes à leur cou et se disperser, affolées, en tous sens. Que ferait Cassica elle-même, dont il était responsable ? Céderait-elle comme les autres à la terreur et fuirait-elle n'importe où, au risque de se jeter dans la gueule du loup, ou choisirait-elle de se faire tuer sur place ? En un éclair, il bondit vers elle dans l'intention de l'informer de la débandade de l'armée et de l'engager à faire replier son bataillon en bon ordre vers la plus proche sortie de la ville. Mais aussitôt il s'avisa que, telle qu'il la connaissait, il était à craindre qu'elle ne veuille pas entendre parler de retraite. Il eut alors la présence d'esprit de lui présenter les choses sous un jour plus exaltant, en lui disant que beaucoup chercheraient à s'enfuir par la petite porte du nord-est, près de laquelle ils se trouvaient et que, si l'on ne voulait pas que les Romains fissent un massacre, il fallait se précipiter pour la défendre.

D'un coup d'œil Cassica jugea de la situation et se rangea à son avis. Elle fit manœuvrer ses filles. Quand elles prirent position de chaque côté de la petite porte piétonne, il était grand temps. Une foule de guerriers qui s'étaient débarrassés de leurs armes, de vieillards, de femmes et d'enfants accourait en se bousculant dans l'espoir de la franchir, mais déjà des groupes de légionnaires dévalaient les escaliers pour lui barrer le passage. Elles engagèrent le fer contre eux, ce qui donna le temps à plusieurs centaines de fugitifs de quitter la ville. Mais d'autres légionnaires arrivaient à la rescousse et commençaient à hacher à grands coups de glaive la multitude qui se pressait devant l'étroite issue.

Cassica s'affaissa, ensanglantée, dans les bras de Vimpis. Elle avait été atteinte à l'épaule d'un coup de lance qui visait sa gorge mais que son bouclier avait heureusement dévié. Il la soutint et, tout en continuant à ferrailler, recula en l'entraînant avec lui et lui fit franchir la porte. Ses guerrières leur emboîtèrent le pas mais peu de gens purent le faire après elles. Le grand carnage était commencé. N'écoutant que leurs sanguinaires instincts, les Romains, dont rien n'excusait la rage, faisaient couler à flots le sang des malheureux sans défense qui cherchaient à fuir la ville, et s'égaillaient par les rues pour torturer et assassiner le reste de la population. Ils enfonçaient les portes des maisons, coupaient les enfants en morceaux, faisaient danser les vieillards en les lardant d'estocades jusqu'à ce qu'ils meurent, tranchaient les seins des femmes qu'ils avaient violées et les laissaient hurler longtemps avant de les égorger. L'immonde boucherie ne prit fin que lorsque, de toute la population de la ville, il ne resta plus une créature vivante.

Comme cela était prévisible, les femmes guerrières et leur colonne des fugitifs se heurtèrent, à la sortie du marais, à des pelotons de cavalerie qui barraient la route. Les premiers rangs qui étaient sans armes furent exterminés. Le bataillon féminin n'avait pas d'autre issue que de forcer le passage en jouant de l'épée. La présence du marécage dans son dos empêchait les cavaliers de bénéficier de l'effet de choc d'une charge et les obligeait à accepter le combat corps à corps où, s'ils avaient l'avantage de surplomber l'adversaire, ils étaient desservis par la vulnérabilité de leurs chevaux. La lutte fut dure mais brève. Les pertes furent sévères des deux côtés. Vimpis parvint, en se battant avec furie, à faire franchir à

Cassica la zone périlleuse et à l'emmener hors du champ de bataille. Il est vrai que les valeureux cavaliers de César jugeaient indigne d'eux de perdre leur temps à ferrailler contre un adversaire résolu ct préféraient s'acharner sur les femmes, les enfants et les fuyards désarmés.

. Sur les quarante mille âmes que comptait Avaricon au moment de l'attaque, huit cents survivants seulement parvinrent au camp gaulois. La route de retour au crépuscule, puis dans la nuit, sous la pluie battante, avait été très éprouvante pour Cassica qui avait perdu beaucoup de sang et pour Vimpis sur qui elle s'appuyait lourdement. Ils avaient envoyé en avant la plus rapide coureuse du bataillon prévenir de leur arrivée, aussi les ambactes de Vercingétorix vinrent-ils à leur rencontre pour les protéger. Ils trièrent les rescapés par nations et les escortèrent jusqu'à leurs quartiers respectifs. Ils avaient ordre, toutefois, de conduire directement Vimpis et Cassica au Quartier Général. Ils avaient amené une *carruca* à quatre chevaux et les y firent monter.

Vercingétorix les reçut à la lueur des torches et leur fit fête. Il pressa Vimpis sur son cœur et le félicita avec chaleur d'avoir su mener à bien, dans des circonstances particulièrement difficiles, la mission qu'il lui avait confiée de lui ramener Cassica saine et sauve.

— Défais-toi de tes armes et de ton bouclier, lui ordonna-t-il, et mets-toi à genoux.

Il obéit sans comprendre.

Deux prêtresses du service de Santé de l'armée vinrent poser un bassin devant lui et lui dirent qu'il devait prendre entre ses mains et contempler la pierre magique qu'il contenait. Il plongea les mains dans le récipient. Le liquide qui l'emplissait jusqu'au bord n'était autre que du sang. Il en retira une grosse boule toute gluante. En fait de pierre magique, c'était une tête fraîchement coupée de centurion romain, encore coiffée de son casque doré à plumet. Il comprenait de moins en moins, mais il l'éleva, toute dégoulinante de sang, à hauteur de ses yeux et la contempla en homme qu'il en faudrait plus pour impressionner. Quand les prêtresses eurent emporté la tête, Vercingétorix l'invita à se relever, lui remit une lance de cavalier et accrocha à son flanc droit une épée à la poignée finement ciselée.

— Ces armes seront tiennes, désormais, dit-il. Je te fais chevalier et te confie la charge de porte-enseigne dans ma cavalerie. Krixomaros, notre druide, va te revêtir du manteau et du torque, insignes de la classe guerrière à laquelle, maintenant, tu appartiens.

Vimpis, éberlué, vit, comme dans un rêve, le frère de Damatos s'avancer vers lui, poser sur ses épaules une cape brune quadrillée de vert et lui passer au cou un petit torque d'or orné de deux boules. Ce n'était, bien sûr, que le torque modeste des chevaliers du bas de l'échelle, mais qui aurait jamais pensé qu'un fils de paysan comme lui l'aurait un jour porté ? Il n'arrivait pas à croire ce qui lui arrivait. Des larmes lui montaient aux yeux.

— Vimpis, fils de Tagausios, prononça le druide, puisque tu as été jugé digne de combattre à cheval, n'oublie pas que tu devras désormais te conduire en véritable homme de cheval, respectueux de ta monture et prenant soin d'elle avant de songer à toi. Le noble animal béni d'Épona t'apprendra à faire preuve toujours davantage de perçant, d'audace, de fermeté d'âme et de fierté. Dorénavant, tu ne t'appelleras plus Vimpis mais, puisque tu t'es mis en valeur en secourant par deux fois la princesse Cassica, ton nom sera Vorétovix (1). Je vais maintenant t'imposer ton interdit. Chevalier Vorétovix, tu ne devras jamais tuer de cygne sauvage.

Le lendemain, le chevalier Vorétovix, porte-enseigne à l'escadron carnute, assista pour la première fois au conseil des chefs. Il y entendit Vercingétorix exhorter les nobles seigneurs à ne pas se laisser décourager par un revers qui n'était que momentané. Les Romains, faisait-il remarquer, n'avaient pas triomphé par la valeur guerrière, mais par une technique de siège qui avait surpris les défenseurs d'Avaricon.

— Pour moi, rappelait-il, je n'ai jamais été d'avis de défendre la ville, vous en êtes tous témoins. Si nous l'avions livrée aux flammes, comme je le demandais, le désastre que nous déplorons ne serait pas survenu. Les habitants, évacués en temps voulu, seraient encore vivants et les Romains n'auraient pas trouvé des silos pleins de grain et des enclos garnis de bétail pour refaire leurs forces juste au moment où nous allions triompher d'eux par la famine. Mais ce n'est qu'une bataille perdue. La guerre continue. Nous aurons vite fait de réparer le malheur par de plus grands succès. Mes efforts pour faire entrer dans notre alliance les peuples gaulois qui se tiennent encore à l'écart sont sur le point d'aboutir. Nous ferons de la Celtie une volonté commune contre laquelle le reste du monde ne pourra rien.

Il exposa en détail la stratégie qu'il comptait mettre en

---

(1) *Voréto-*, secours ; *vix*, combat.

œuvre et donna avec autorité ses directives pour qu'en attendant on fortifiât le camp et qu'on le mît à même de résister aux attaques soudaines de l'ennemi. Son discours fit grande impression. Les nobles guerriers s'émerveillaient de posséder un chef au moral de fer qu'un coup pourtant très rude n'abattait pas. Ils étaient obligés de reconnaître qu'il possédait des dons exceptionnels de discernement et de prévision et regrettaient de ne pas l'avoir mieux écouté jusqu'alors. Il avait vu juste quand il avait préconisé l'incendie d'Avaricon. Il avait vu juste quand il avait ordonné l'évacuation de la ville.

Il était en mesure de les conduire à la victoire. Désormais, ils suivraient ses avis sans discuter.

XIV

Dès que les premiers assaillants romains avaient pris pied à l'intérieur de la place, tous les espions que César entretenait parmi la population d'Avaricon étaient venus à leur rencontre pour les guider à travers les ruelles, mais surtout pour se mettre sous leur protection. Une femme les accompagnait et ils l'avaient présentée aux officiers : « La noble dame Dilaka est une des grandes dames de la ville qui nous a apporté une aide précieuse et désintéressée. C'est elle qui a organisé le traquenard où est tombé Vercingétorix et c'est elle qui a entraîné les femmes d'Avaricon à crier toutes ensemble pour vous signaler le projet de fuite de la garnison. Depuis ce moment, nous l'avons cachée dans la cave d'un des nôtres pour la soustraire à la vindicte des hommes de Vercingétorix. » Les officiers s'étaient inclinés devant elle et avaient donné l'ordre de la laisser sortir de la cité. Avec plusieurs de ses amis espions, elle avait attendu dans une ferme que fût achevée l'extermination de leurs compatriotes, et c'était dans l'après-midi du lendemain qu'elle s'était mise en route, seule et résolue, pour le camp de César.

Elle se présenta à la porte prétorienne, expliqua dans un latin approximatif qui elle était, et demanda à parler au proconsul.

— Non mais, qu'est-ce que tu crois ? bougonna l'*optio* qui commandait le poste de garde. Le grand César ne reçoit pas comme ça n'importe qui, surtout des indigènes.

— Ce n'est pas à toi d'en décider. Va m'annoncer, signale mon dévouement à la cause romaine et nous verrons bien, dit-elle en tirant ostensiblement une pièce d'or de sa bourse.

L'*optio* avança la main vers la pièce.

— Je vais essayer de t'obtenir une audience. Je ne te promets pas de réussir.

L'attente lui parut longue. Elle était malade d'anxiété, car c'était tout son avenir qui se jouait. Si elle parvenait jusqu'au chef victorieux qui était en passe de devenir le maître des Gaules, elle ne doutait pas qu'elle saurait le séduire et qu'elle partagerait son pouvoir — se vengeant ainsi du mépris de Vercingétorix. Mais encore fallait-il qu'on la laissât accéder jusqu'à lui.

Quand l'*optio* revint, ce fut pour lui annoncer qu'elle allait être reçue par l'officier de garde. Elle pinça les lèvres. Ce n'était pas ce qu'elle espérait. Toutefois, ce n'était pas non plus la déconvenue qu'elle redoutait. Rien n'était résolu et l'incertitude se prolongeait. Elle avait le cœur serré en suivant le sous-officier à l'intérieur de la chicane de l'entrée, puis entre les rangées de tentes. Il la conduisit au « prétoire », le vaste pavillon du général en chef que gardaient, de chaque côté de l'entrée, des légionnaires figés dans une immobilité de statues, les pieds un peu écartés et la main droite serrée sur leur lance. Sous l'auvent, un jeune centurion au regard doux et au visage agréable était assis à une petite table. Dilaka fut frappée de la beauté lumineuse de ses grands yeux bruns et de la ligne délicate de sa bouche. L'*optio* alla jusqu'à lui, claqua les talons, leva la main droite, paume ouverte et bras tendu, et la lui présenta.

En rencontrant celui de la jeune femme, le regard de l'officier sembla se troubler. Elle en fut flattée et lui dédia son sourire le plus charmeur. Il rougit et prit un ton déférent et plein de bienveillance pour lui assurer qu'il n'ignorait pas les signalés services qu'elle avait rendus à l'armée romaine et qu'il était prêt à faire pour elle tout ce qu'elle voudrait bien lui demander, si du moins c'était en son pouvoir.

— Je ne te demande qu'une chose, bel officier, c'est de m'introduire auprès de ton général.

Il se gratta la tête.

— Je crains justement que ce soit impossible. J'ai des ordres très stricts. Aucune Gauloise ne doit pénétrer dans sa tente. Mais si tu as une requête à lui présenter, je me chargerai volontiers de la lui transmettre.

Cela ne faisait pas son affaire et elle secoua la tête.

— Je n'ai pas de requête à présenter : j'ai un secret à lui confier. Il faut que je lui parle seule à seul.

Rien de plus faux. Elle n'était guère en mesure de faire des révélations vraiment importantes au proconsul et se contenterait de lui rapporter les quelques informations sur les effectifs gaulois qu'elle avait pu glaner sur l'oreiller quand elle était au mieux avec Vercingétorix. Qu'importait, puisqu'il ne s'agirait que d'une entrée en matière ?

Le jeune centurion semblait au comble de l'embarras. Il soupira.

— Non, cela ne se peut pas. Suppose qu'au lieu d'être une amie de Rome, tu sois une fanatique venue sous un faux prétexte pour assassiner César. Qui serait tenu pour responsable ? L'officier de garde qui l'aurait laissé passer !

Elle lui fit les yeux doux.

— Regarde-moi. Ai-je l'air d'être capable de criminels desseins ?

— Sûrement pas, mais...

— Alors ? Tu ne cours aucun risque. Sois gentil. Obtiens-moi cette entrevue. C'est très important pour moi et pour lui.

Elle posa sa main sur la sienne et chuchota :

— Tu ne le regretteras pas.

Il sembla de plus en plus troublé et il balbutia :

— Que veux-tu dire ?

— Je ne serai pas ingrate. J'aurai autant de plaisir à t'accorder ta récompense que toi à la recevoir. Tu m'es sympathique, tu as de beaux yeux, il me plairait assez de te retrouver ce soir, dans ta tente, après ton service.

Il y avait tant de douceur dans sa voix et tant de promesse, qu'il ne put résister et résolut de prendre ses risques, fussent-ils mortels. Il se leva et souleva le rideau qui les séparait de Jules César.

Le proconsul marchait de long en large, les mains dans le dos, absorbé dans ses réflexions. Il était vêtu, à son habitude, d'une robe de sénateur à bande pourpre, garnie de franges lui descendant jusque sur les mains et entourée d'une ceinture si lâche qu'elle lui tombait sur le ventre, ce qui lui donnait assez mauvais genre, car c'était la façon dont les ceintures étaient portées, à Rome, par les jeunes gens efféminés. Sur sa table étaient étalées des feuilles de papier où des lignes noires figuraient des fleuves et des routes. Il en prit une et la contempla longuement.

— Pardonne-moi, César, dit le jeune centurion, mais il y a ici une Gauloise très belle qui insiste pour te parler en tête à tête.

— Par mon aïeule Vénus, glapit le général d'une voix courroucée, sans même le regarder, qui t'a permis... ?

Il prit une autre carte sur la table et la confronta avec la première.

— Quoique après tout..., se ravisa-t-il, sans cesser son

examen. Une Gauloise très belle, dis-tu ? Je serais bien sot de laisser passer l'occasion. Qui est-elle ?

— Une dame de la haute société d'Avaricon à qui nous devons d'avoir fait sortir Vercingétorix de son camp avec toute sa cavalerie et de t'en avoir fait avertir. Elle est amie de Rome et c'est elle aussi qui a poussé les femmes de la ville à la révolte et leur a donné l'idée de nous prévenir par leurs cris des intentions de leurs hommes.

— C'est bien. Fais-la entrer.

Venant de découvrir sur ses cartes ce qu'il avait besoin de savoir, il les reposa et se tourna vers l'officier. Mais il ne le vit que de dos, au moment où il disparaissait derrière la tenture. Le jeune homme revint avec Dilaka qui s'inclina sans dire mot, attendant avec respect que le tout-puissant représentant de Rome parle le premier. César les regardait intensément, de son regard d'aigle, et un rictus concupiscent étira encore sa grande bouche sensuelle.

— Par tous les dieux, murmura-t-il comme pour lui-même, quelle beauté ! Quelle rare et délicate beauté !

Dilaka esquissa un sourire timide, jouant la modestie, mais jubilant intérieurement car elle avait la certitude que la partie était gagnée. Le centurion, au contraire, sentit son cœur se glacer. Il avait l'impression que sa belle lui échappait. Si elle plaisait à son maître, que lui resterait-il, à lui ? Le désespoir le submergeait, mais on ne dispute pas une conquête à César. Il se contenta de répondre, d'une voix étranglée.

— Ne te l'avais-je pas dit, ô César ? Je ne crois pas qu'il existe au monde de femme plus merveilleusement belle.

Le proconsul éclata de rire.

— Ce n'est pas d'elle que je parle. C'est de toi. C'est toi que je veux dans mon lit ce soir.

Il s'approcha de lui et lui prit la main.

— Viens. Je ne te lâche plus.

Dilaka était devenue blême. Elle risqua une protestation :

— Oublies-tu, ô César, que j'ai à te parler seule à seul ?

Il ne lui jeta qu'un coup d'œil dédaigneux et ordonna au centurion, en lui lâchant la main :

— Flanque-moi cette catin à la porte et que je ne la revoie plus. Va ! et reviens-moi vite.

Un militaire soucieux de sa carrière ne se dérobe pas aux désirs de son général. Le bel officier prit délicatement Dilaka par les épaules, lui dit à l'oreille, d'un ton navré : « Allez, va-t-en. Il le faut. Adieu », et la poussa dehors. A peine sous l'auvent, elle laissa éclater sa colère et le couvrit d'injures en gaulois. Mais la vue des sentinelles qui croisaient la lance et n'attendaient qu'un signe de leur chef pour intervenir, la ramena vite à la raison. Elle se calma et reprit, déconfite, le chemin de la porte prétorienne.

C'est seule et sans protection qu'elle avançait, maintenant, tête basse, entre les tentes bien alignées de chaque côté de l'allée. Elle était atrocement humiliée. Sa défaite était complète. Tous ses rêves s'étaient écroulés et il ne lui restait plus rien à quoi se raccrocher. Elle n'avait plus de foyer ; Drucoviros, son seigneur et maître, avait été tué comme tous les habitants d'Avaricon et leur demeure avait été rasée comme toutes celles de la ville. Elle ne pouvait plus retourner auprès de Vercingétorix qui connaissait maintenant ses trahisons. Elle n'avait plus sa place nulle part.

Elle avançait comme une automate. Elle entendait, sur son passage, les rires vulgaires de soldats désœuvrés qui l'interpellaient dans des langues inconnues, et la peur l'étreignit. Elle pressa le pas.

Trois hommes dont les gilets de peau de bête répandaient une puanteur aigre et dont les visages taillés à la hache étaient mangés par des barbes hirsutes teintes en rouge comme leurs longs cheveux — des cavaliers germains sans doute — lui barrèrent le chemin.

— Jolie fille, gentil à toi venir faire visite à pauvres militaires, ricanèrent-ils dans un latin encore plus mauvais que le sien.

— Laissez-moi tranquille ! leur enjoignit-elle d'une voix blanche.

— Pas toi faire la méchante. Venir avec nous dans la tente.

— Je ne suis pas ce que vous croyez. Laissez-moi passer, à la fin !

Ils s'esclaffèrent de plus belle et l'entourèrent en lui faisant savoir sans équivoque que si elle ne leur accordait pas de bon gré ce qu'ils souhaitaient, ils l'obtiendraient de force. Elle essaya en vain de se dégager et appela au secours. Ils ne s'en inquiétèrent guère, l'empoignèrent vigoureusement et la firent tomber dans l'herbe. Attirés par ses cris, les autres soldats qui se trouvaient dans les parages vinrent assister au spectacle mais, loin de la secourir, réservèrent leur tour.

Elle se débattit tant qu'elle en eut la force, mais elle ne tarda pas à s'épuiser et se laissa aller, dolente et résignée. Aux trois cavaliers germains succédèrent deux frondeurs baléares, un Ibère, quatre Nord-Africains et un légionnaire qui passait par là en regagnant son quartier. Il lui fallut un bon moment, ensuite, pour reprendre ses esprits. Elle resta recroquevillée sur le sol, secouée de sanglots, mais personne ne se souciait plus d'elle. Elle finit par se remettre debout, non sans peine, et sortit du camp accablée, honteuse et si désespérée qu'elle ne souhaitait plus que mourir.

XV

Du plateau de Gergovie, qui dominait la plaine de sept cents pieds, on avait une vue plongeante sur le camp romain installé à une lieue dans le sud-est et qui ne couvrait pas moins de cinquante arpents. Les hommes de Vercingétorix apercevaient, à l'intérieur de l'immense polygone cerné de retranchements, les rectangles clairs plissés en accordéon qui représentaient les groupes de tentes ; ils discernaient le prétoire, les tours de guet ; ils observaient le grouillement de fourmis qui étaient des légionnaires au travail ou à l'exercice. Mais ils avaient aussi sous les yeux, beaucoup plus près d'eux, au sommet de la butte escarpée de Cantobenna, les remparts de pierres sèches, à bastions et redans, de la forteresse arverne dont César s'était emparé, une nuit, par surprise et que ses troupes tenaient solidement.

Instruit par la leçon d'Avaricon, Vercingétorix n'avait pas fait entrer l'armée à l'intérieur de l'oppidum où elle aurait risqué d'être prise comme dans une nasse, sans pouvoir se défendre. Il l'avait disposée en avant des murailles, tout au long des vallonnements de la crête. Il avait imposé un ordre rigoureux. Chaque nation occupait un secteur précis, séparé par très peu d'intervalle des quartiers de ses voisines. Vu d'en bas, le spectacle des myriades de tentes, de chariots, de chevaux au piquet et de guerriers en armes qui couronnaient la colline, était impressionnant et César lui-même en était ému. Il se rendait compte qu'il était vain d'espérer enlever la place d'assaut et que tout ce qu'il pouvait essayer, c'était de l'affamer en coupant ses communications. Mais il était plus facile de le dire que de le faire, tant était vaste le périmètre qu'il aurait fallu contrôler. Qui pis est — et rien ne pouvait irriter davantage un stratège tel que lui — les Gaulois conservaient, depuis le début du siège, l'initiative des opérations. Les engagements de cavalerie, quasi quotidiens, se déroulaient quand ils le voulaient et où ils le voulaient. Les Romains y avaient rarement le dessus.

— Où en sommes-nous, en ce qui concerne le ravitaillement ? s'enquit Vercingétorix en s'adressant à celui de ses secrétaires qui s'occupait spécialement des questions d'intendance.

— Nous avons des réserves pour plus de deux lunes, répondit l'interpellé et quand elles commenceront à baisser, je ne vois pas comment l'ennemi pourrait nous empêcher d'aller au ravitaillement dans la montagne. La seule chose qui m'inquiète, c'est l'eau. Depuis que les Romains occupent le camp retranché de Cantobenna, l'accès aux sources nous est coupé.

— Je ne le sais que trop, ami Damatos. J'aurais bien aimé reprendre la butte, mais elle a cessé d'être isolée et exposée aux surprises, car César l'a reliée à son camp principal par une double ligne de tranchées où courriers et renforts circulent en toute sécurité. Que reste-t-il d'eau dans les citernes de la ville ?

— Elles ne sont pas encore vides, mais si le beau temps continue, elles ne tarderont pas à l'être.

— Je vais envoyer une corvée remplir des tonneaux à la rivière Bédata. Calcule-moi le nombre de tonneaux qu'il faut pour faire face à nos besoins immédiats. Tu te débrouilleras pour me les trouver.

Il jeta un coup d'œil hors de la tente.

— Les chefs arrivent pour le conseil. Reste ici pour nous fournir les renseignements et les calculs dont nous aurons besoin.

Il avait pris l'habitude de rassembler tous les matins, de bonne heure, un conseil restreint, avec qui il décidait des actions à entreprendre dans la journée. Quand il eut exposé son projet, on lui fit observer que la rivière Bédata se trouvait à plus d'une lieue, que ce trajet devrait être effectué avec de lents chars à bœufs et que César aurait tout le temps d'être averti par ses espions et d'envoyer un détachement de cavalerie attaquer le convoi.

— Exact, répondit-il. Mais nous allons monter une opération de diversion pour attirer la cavalerie romaine d'un autre côté.

Comme tout le monde parlait à la fois, il réclama le silence pour pouvoir réfléchir. Après un moment de méditation, il annonça :

— Voici ce que je vous propose : une des nations enverra ses chevaux, sous la conduite d'une petite équipe de cavaliers choisis parmi les plus valeureux, pâturer dans la plaine, sous le nez de l'ennemi. Les Romains ne résisteront pas à la tentation d'attaquer les hommes pour s'emparer des bêtes. Mais nous aurons dissimulé des escadrons derrière un repli de terrain et ils accourront à la rescousse. César sera obligé d'engager toute sa cavalerie et, pendant ce temps, notre convoi de tonneaux descendra tranquillement à la Bédata et remontera après avoir fait le plein d'eau.

Le plan reçut une approbation unanime, mais il restait à désigner la nation qui risquerait dans l'aventure ses chevaux et les meilleurs de ses hommes.

— Je verrais bien les Carnutes jouer ce rôle d'appât, suggéra Vercingétorix en se tournant vers Conconnétodumnos. Nous connaissons leur vaillance. Et il est quelqu'un qui me paraît tout désigné pour se voir confier le commandement de l'équipe chargée de mener paître le troupeau de chevaux : il ne se passe guère de jour que ne me soient rapportés de nouveaux exploits du jeune chevalier Vorétovix.

En entendant le nom de son beau-frère, Damatos dressa l'oreille.

— Ce garçon est d'une audace folle, continua le roi. On croirait qu'il défie la mort.

La remarque alarma Damatos, sans pourtant l'étonner. Depuis qu'il n'était plus Vimpis, mais Vorétovix, le frère d'Anipa avait beaucoup changé. Son humeur était devenue altière et de plus en plus sombre. On entendait dire qu'il parlait peu mais que, face à l'ennemi, il semblait enragé.

— Il est vrai qu'il se précipite au-devant des coups, confirma Conconnétodumnos. Pour moi, c'est la fierté d'avoir été reçu dans la cavalerie qui l'exalte à ce point. Il veut prouver qu'il en est digne.

Damatos se dit que c'était certainement la vérité, mais que l'explication n'était pas suffisante. Il devait y avoir autre chose. Une évidence s'imposa à son esprit et il tourna ses regards, à la dérobée, vers Cassica qui, par faveur spéciale de Vercingétorix, faisait partie du conseil restreint, alors que des chefs bien plus importants n'y avaient pas été appelés. Il constata qu'elle était pâle et que la main qui sortait du bandage de son épaule tremblait. C'est d'une voix mal assurée qu'elle protesta :

— S'il est aussi insensé que vous le dites, ne confiez pas à

Vorétovix une mission qui requiert beaucoup de prudence. Ce serait les envoyer à une mort certaine, lui et ses hommes.

Vercingétorix alla à elle, lui prit la main.

— Ma chère âme, on ne fait pas la guerre sans sacrifier des hommes, observa-t-il. Pour une telle mission, il me faut des cerveaux brûlés.

Elle eut un regard affolé.

— Mais..., reprit-elle, mais... au lieu de faire conduire le troupeau par une petite poignée de cavaliers, ne pourrait-on le faire accompagner par une formation importante qui lutterait à armes égales contre les attaquants ?

La suggestion ne recueillit aucune adhésion. S'il y avait trop d'hommes autour des chevaux, les Romains se méfieraient et ne tomberaient pas dans le piège. Cassica se mordit les lèvres et ne dit plus rien. Pas de doute, songea Damatos, si mon beau-frère recherche la mort, c'est par désespoir de l'intérêt que le roi porte à sa belle commandante des guerrières — un intérêt dont j'ai l'impression qu'elle se serait volontiers passé.

— Va, Conconnétodumnos, conclut le roi. Dis à ce jeune fou de prendre avec lui une douzaine de vos plus intrépides cavaliers et qu'ils tâchent de tenir les Romains en haleine jusqu'à l'arrivée des renforts que j'aurai cachés hors de leur vue, au flanc de la colline.

A la sortie du conseil, Cassica s'approcha de Damatos.

— Tu devrais dire à ton beau-frère d'être prudent. Qu'il cesse de s'exposer inutilement. Je veux bien qu'il ait tenu à montrer qu'il est à la hauteur de la dignité qui lui a été conférée, mais cette preuve est maintenant amplement faite

— C'est son droit de chercher à se couvrir de gloire, repartit Damatos un peu trop durement.

Elle se récria :

— Mais il y a réussi. Tout le monde ici ne parle que de ses faits d'armes. Que veut-il de plus ?

Damatos fit un geste d'impuissance.

— Mes mises en garde ne serviraient à rien. Il semble n'attacher aucun prix à la vie.

Elle posa sur lui un regard implorant.

— Mais pourquoi ? Pourquoi ?

— Peut-être porte-t-il dans son cœur une peine secrète. Mais il ne m'en a rien dit. Je ne sais rien et, si je l'interroge, il ne répondra pas.

Cassica baissa la tête.

— Je crois que je vais me faire bien du mauvais sang jusqu'à son retour.

— Son sort t'importe donc tant ? demanda-t-il, feignant de s'étonner.

— Il est mon vassal. De plus, il m'a sauvé deux fois la vie. Je serais un monstre d'ingratitude si je me désintéressais complètement de lui.

La vérité, c'est qu'elle ne vivait plus depuis qu'elle savait que chaque jour, ou presque, il provoquait la mort. Elle se demandait ce qui lui avait pris et tremblait à chaque instant d'apprendre que l'on venait de ramasser sur le champ de bataille son cadavre ensanglanté.

Elle passa cette journée-là encore dans l'angoisse. Elle s'efforçait de suivre, du haut du plateau, les péripéties de la bataille. Mais elle ne parvenait pas à identifier les combattants, trop loin dans la plaine. Son cœur s'arrêtait presque de battre chaque fois qu'un messager arrivait apporter des nouvelles au roi ou qu'on voyait un attroupement se former dans le camp carnute. Lorsqu'elle apprit le retour sans encombre du convoi de chars à bœufs avec ses tonneaux pleins d'eau à ras le bord, elle éprouva une douloureuse joie : les cavaliers qui ne reviendraient pas ne se seraient pas sacrifiés pour rien.

À peine eut-on signalé que les escadrons remontaient au camp, mission accomplie, qu'elle descendit à leur rencontre, s'efforçant de conserver un pas tranquille pour dissimuler sa hâte de savoir. En tête venaient quatre Carnutes. Quatre hommes de l'équipe de Vorétovix, et leur chef n'était pas avec eux. Elle sentit ses jambes se dérober sous elle et interrogea d'une voix blanche :

— Vous êtes les seuls survivants du groupe qui servait d'appât ?

— Les seuls indemnes tout au moins, répondirent-ils. Nous avons six morts et trois blessés.

— Votre chef ?

— Mal en point, mais vivant.

Elle respira mieux. Défilèrent devant elle tous les cavaliers, puis vinrent les hommes à pied qui portaient les blessés. C'étaient des archers, de ceux que Vercingétorix avait pris l'habitude de mêler aux combattants à cheval. Deux d'entre eux étaient chargés du corps pantelant de Vorétovix. Son torse nu, ses bras où saillaient des muscles noueux ruisselaient de sang. Il était à demi inconscient. Ce spectacle la bouleversa. Elle n'en pouvait plus de se faire du tourment. Elle ne chercha pas à se contrôler et se précipita vers lui, lui caressa timidement le front du bout de ses doigts et murmura :

— Vimpis, mon âme, mon cœur se brise de te voir en cet état.

Il entrouvrit les paupières et, comme s'éveillant d'un rêve, la reprit sévèrement :

— Vorétovix.

Elle comprit. Elle réalisa ce que sa nouvelle identité représentait pour lui. Cela transformait leurs rapports, il n'était plus le petit paysan qu'elle protégeait après l'avoir instruit mais un homme de sa classe. Elle s'excusa, confuse comme un enfant pris en faute.

— Ne le secouez pas trop, ordonna-t-elle aux porteurs. Vous voyez bien qu'il souffre.

Elle retira le fichu de toile fine dont elle se couvrait la tête et les épaules quand elle n'était pas en tenue de combat et, se penchant sur lui, s'en servit pour étancher son sang. Il avait refermé les yeux et restait sans réaction. Pendant toute la remontée au camp, elle resta à côté de lui. Elle l'accompagna jusqu'à sa tente.

— Vous pouvez disposer, dit-elle aux archers, quand ils l'eurent allongé sur son manteau. Je vais m'occuper de lui.

Elle se débarrassa de son propre pansement qui gênait ses mouvements et ne présentait plus guère d'utilité car la blessure de son épaule était pratiquement cicatrisée, glissa sous la tête de Vorétovix, en guise d'oreiller, le sac de cuir où il avait rangé ses modestes biens et ses vêtements de rechange, chassa les mouches qui tourbillonnaient autour de son visage, décolla avec précaution le fichu imprégné de sang et entreprit de laver ses plaies. Il avait repris conscience et la regardait sans dire mot.

— Malheureux ! le gourmanda-t-elle, ne vas-tu pas cesser de courir à la mort ? Ne sais-tu pas que le courage est une chose et la folle témérité une autre ? Pour cette fois encore, la mort n'a pas voulu de toi, mais jusqu'à quand cela durera-t-il ?

— Quelle importance ? répondit-il, agressif. Les druides ne nous enseignent-ils pas que la mort est le début d'une longue vie ?

— Tu ne penses qu'à toi. Songe que, depuis le début du siège, je vis dans l'angoisse à cause de toi. Je t'en adjure, sois raisonnable.

Il ne la croyait pas.

— Dans l'angoisse à cause de moi ? Allons donc ! Je suis ton vassal et je sais ta sollicitude pour le moindre de tes vassaux, mais il ne faut pas exagérer. Parler d'angoisse est excessif.

Elle haussa les épaules.

— Que tu es sot !

Elle s'enferma dans un mutisme maussade et acheva le nettoyage des plaies. À ce qu'il lui semblait, les blessures étaient nombreuses et avaient beaucoup saigné, mais aucune n'était très profonde. S'il avait porté un casque et une cotte de mailles, il les aurait évitées. Mais elle savait bien qu'il n'avait pas d'argent pour s'équiper. L'aurait-il pu qu'il n'aurait sans doute pas accepté, car son orgueil bien celtique lui aurait fait tenir pour indigne de lui de se battre autrement que la poitrine découverte. Elle contemplait avec émotion cette poitrine virile à la peau hâlée qu'ombrait un duvet brun. Elle ne put se retenir d'y poser ses lèvres.

Avant qu'il ne fût revenu de son saisissement, elle le recouvrit de son propre manteau et s'écarta prestement.

— Je te laisse un moment pour aller quémander un de ses onguents à la prêtresse préposée au chaudron de santé. Mais je ne serai pas longue.

Il garda les yeux mi-clos, ébloui. Dans la joie qui l'inondait, il ne sentait plus ses blessures. Quand elle revint, portant précieusement une coupe de céramique emplie d'une crème composée, entre autres substances, de bardane, d'achillée, de pastel et de certaines moisissures, il lui sourit et lui déclara que ses lèvres étaient un onguent autrement efficace que tous les emplâtres.

— En ce cas, répondit-elle en posant la coupe à l'autre bout de la tente, je serais coupable d'appliquer le traitement avec trop de parcimonie.

Elle rejeta le manteau dont elle lui avait fait une couverture, lui entoura le buste de ses bras et promena la bouche sur sa peau ambrée. Ses yeux chaviraient et, brusquement, ce fut sur sa bouche qu'elle colla les lèvres.

— Ô Vorétovix, soupira-t-elle quand elle se fut résignée à mettre un terme à leur long baiser, si tu n'étais pas en si piteux état, ce ne sont pas seulement mes lèvres que je t'aurais offertes. Je brûle de l'amour de toi.

Il lui prit les mains avec fougue.

— Cassica, Cassica, tes paroles me comblent d'un bonheur fou, si fou qu'elles me rendent toutes mes forces. N'aie pas peur de me faire mal. Ce n'est rien. Ça ne compte pas.

— Il ne faut pas que tu bouges, tes plaies se rouvriraient.

— Cela ne compte pas, je te le répète. Il le faut pour me guérir.

Il l'attira à lui, en serrant les mâchoires pour ne pas révéler les déchirements dans ses chairs que provoquait l'effort. Elle se rendit bien compte que lui résister lui ferait accentuer cet effort et aviverait ses souffrances, aussi se laissa-t-elle aller contre sa poitrine.

— Puisque je suis impotent et que tu es ma garde-malade, lui dit-il à l'oreille, retire-moi donc mes braies.

Elle obéit et s'étendit avec précaution sur lui, le regard éperdu.

Lorsque leur ardeur fut apaisée et qu'elle se souleva pour s'étendre à son côté, les sens comblés et l'âme ravie de bonheur, elle remarqua que plusieurs de ses blessures saignaient.

— Ciel ! s'exclama-t-elle, tes plaies se sont rouvertes.

Il feignit d'être tout penaud.

— Tu me vois désolé d'avoir gâché ta tunique et je t'en demande humblement pardon. Regarde ! elle est toute tachée de rouge.

Elle contempla l'étendue des dégâts et sourit.

— C'est merveilleux ! Nous avons échangé nos sangs : mon sein est arrosé de celui de tes blessures et tes cuisses de celui du libre sacrifice de ma virginité.

Il l'enveloppa d'un regard de tendresse. Mais soudain s'y mêla un peu d'effroi.

— Que va dire le roi quand il saura cela ?

— Le roi ? s'étonna-t-elle. Pourquoi parles-tu du roi ?

— Ne dois-tu pas devenir son épouse ?

— Moi ? son épouse ? où as-tu pris cela ?

— Il faudrait être aveugle pour ne pas voir que Vercingétorix te fait une cour assidue.

— Que je lui plaise ne m'a pas échappé, mais je n'ai rien dit ni fait qui puisse lui donner quelque espoir.

Il se sentit soulagé d'un grand poids. Mais il insista :

— Tu veux dire que tu n'envisages pas du tout de devenir reine ?

Elle lui jeta un œil courroucé.

— Peut-être m'y résignerai-je quand tu te seras fait tuer bêtement. Mais sûrement pas tant que tu auras la bonne idée de rester vivant.

Il respira profondément et ferma les paupières.

— Je crois que, désormais, je vais avoir grande envie de vivre.

Elle se contenta de sourire et commença à lui enduire ses plaies de l'onguent de la prêtresse. L'opération terminée, elle dit dans un souffle :

— Tu es l'homme que j'aime le plus. C'est toi et nul autre que je veux pour époux.

— Tu n'y penses pas, protesta-t-il faiblement. Un fils de paysan !

— Quand tu étais Vimpis, je t'aimais déjà, mais je ne pouvais pas te l'avouer. Tout est changé, maintenant que tu es le chevalier Vorétovix. Rien n'empêche une princesse d'épouser un de ses vassaux, dès l'instant qu'il appartient à la classe des guerriers.

XVI

Damatos et Vorétovix tombèrent dans les bras l'un de l'autre et se donnèrent l'accolade puis de grandes bourrades Partout, autour d'eux, c'était le même déchaînement de joie. Les guerriers sautaient sur place en agitant leurs armes, s'embrassaient, se prenaient par le coude pour tournoyer en riant. Certains ne trouvaient meilleure manière d'exprimer leur enthousiasme que de faire le plus de vacarme possible, soit en tambourinant avec frénésie sur l'umbo de leur bouclier, soit en scandant : « Victoire ! Victoire ! » ou en s'égosillant à vociférer de vieux refrains martiaux, essentiellement constitués de plaisanteries paillardes sur l'ennemi vaincu.

Les deux beaux-frères n'avaient pas encore eu le temps de commenter les événements, qu'ils virent venir vers eux Vercingétorix, en compagnie de son cousin Vercassivellaunos et de Litaviccos, ce héros éduen qui avait rompu avec sa patrie pour rallier, avec tout son clan, la cause de la liberté. Les trois chefs, arpentant le chemin de ronde, inspectaient le mur de grosses pierres, haut de six pieds, que Vercingétorix avait fait édifier sur le flanc de la colline, à peu près à mi-hauteur et qui était maintenant festonné de cadavres de légionnaires romains.

— Eh bien, Damatos, héla le roi, qu'attends-tu pour aller quérir en ville les fûts d'hydromel, de vin et de bière qui peuvent s'y trouver ? Il faut arroser dignement la victoire. Tu aurais manqué à tous tes devoirs si à la mi-nuit un seul de nos braves tenait encore sur ses jambes. Fais préparer un grand festin pour toute l'armée et ne regarde pas à la dépense, je suis assez riche pour y faire face. Je ne veux pas que qui que ce soit sorte de table avec le sentiment qu'il pourrait encore absorber ne fût-ce qu'une miette. Tu me sers d'intendant, c'est à toi de t'occuper de ça.

Damatos assura qu'il ferait le nécessaire et se dirigea incontinent vers la route en lacets qui montait à la ville. Vorétovix l'accompagna un bout de chemin.

— Les nôtres seront bientôt vengés, dit-il. Les bourreaux d'Anipa ne reverront pas leur pays.

— Oui, le châtiment a commencé.

La victoire gauloise, en effet, était totale et mettait l'armée romaine dans une situation très difficile. Elle apportait la preuve que le génie stratégique de Vercingétorix ne le cédait en rien à celui de son adversaire. Pour inciter César à commettre la grosse faute de tenter un assaut, il avait retiré du mamelon de Némossos les troupes qui le défendaient et les avaient employées à fortifier le passage étroit et boisé qui reliait ce mamelon sacré à la ville. César avait donné dans le panneau. Quand, du petit camp de Cantobenna où il était venu en inspection, il s'était aperçu de l'abandon de la position par les Gaulois, il n'avait pu résister au désir d'en profiter. Un autre, à sa place, aurait sans doute décidé tout de suite une attaque en masse contre Némossos, mais il était trop subtil pour cela. Il se doutait bien que Vercingétorix avait pris toutes ses dispositions pour ménager aux assaillants un accueil mémorable. Aussi avait-il imaginé une ruse : il ferait attaquer à revers la colline sacrée, mais ce ne serait qu'un simulacre destiné à attirer par là le gros des forces gauloises et, pendant qu'elles seraient regroupées sur la face nord du plateau, ses légionnaires entreprendraient l'ascension de la face sud.

C'est ainsi que, dans la nuit, l'attention des veilleurs gaulois avait été attirée par le bruit de préparatifs peu discrets — cliquetis d'armes, ordres donnés à haute voix, galops de chevaux à travers la plaine du côté du nord — et qu'à l'aube on avait pu voir sortir du grand camp une impressionnante colonne de cavalerie se dirigeant vers la Bédata pour contourner l'éperon et arriver derrière la hauteur de Némossos.

De loin, on ne se rendait pas compte que les beaux cavaliers n'étaient que des muletiers et des serviteurs que l'on avait affublés de casques, et que leurs fringantes montures étaient de vulgaires mules et des chevaux de bât. Trompé par les apparences, Vercingétorix envoya une partie de ses forces occuper, comme prévu, les pentes au nord de la colline. Mais il restait sur ses gardes. Il n'était pas normal que César eût engagé l'opération d'une manière aussi ostensible. Même le plus novice des stratèges aurait fait partir la colonne sans bruit, avant le lever du jour, afin de bénéficier de l'effet de surprise. A malin, malin et demi. Se disant qu'il avait probablement affaire à un stratagème et que, s'il en était ainsi, il allait pouvoir prendre l'ennemi à son propre piège, le chef gaulois dissimula plusieurs divisions dans un repli de terrain invisible des camps romains, derrière un ressaut boisé de la face sud.

Pendant ce temps, César faisait passer tous ses fantassins du grand camp dans le petit, par les tranchées où on ne pouvait les remarquer. Il leur avait ordonné de recouvrir leurs casques de chiffons et de cacher leurs enseignes. Leur sortie du petit camp et leur approche silencieuse du pied de la colline, à travers les buissons, passa inaperçue. Au moment où il donna le signal de l'assaut, le proconsul fit sortir du grand camp, pour couvrir l'aile droite, sa cavalerie d'auxiliaires éduens, vêtus à la gauloise mais gardant, comme signe de reconnaissance, l'épaule droite découverte.

Les légionnaires gravirent bravement la pente de la colline et parvinrent, haletants, au pied de la toute neuve première enceinte. Ils n'y trouvèrent qu'un nombre réduit de défenseurs et purent, sans trop de mal, escalader le mur et les mettre en fuite. Dès lors, leurs instincts de pillards l'emportèrent sur le sens de la discipline et ils entreprirent la mise à sac du camp des Nitiobroges et de quelques autres.

C'est avec effroi que César, ayant entamé avec la Xe Légion l'ascension de la corne sud-est du plateau, vit déboucher du vallon qui les dérobait jusque-là à sa vue, les bataillons gaulois. Observant qu'ils prenaient la direction du camp nitiobroge, il comprit qu'il avait été joué. Il s'affola et fit précipitamment sonner la retraite. Comme les autres légions étaient séparées de la Xe par toute la largeur du vallon, beaucoup de soldats n'entendirent pas la trompette. Mais ceux qui l'entendirent ne se soucièrent pas d'obéir. Quand un Romain avait commencé à se livrer au plaisir du pillage, il était aussi vain de prétendre l'en arracher que de retirer son os à un dogue. La ville de Gergovie regorgeait de richesses et de belles filles, on n'allait pas abandonner la partie si près du but ! On avait vu détaler les premiers défenseurs rencontrés, pas question de renoncer à les poursuivre. Sus aux remparts ! Sus au butin !

Des centurions et des légionnaires pleins de fougue se hissèrent sur le rempart et, à leur vue, les femmes de la ville poussèrent des cris de terreur. On en vit se dénuder les seins et se pencher par-dessus la muraille, tendant leurs mains ouvertes pour supplier les assaillants de les épargner, elles et leurs enfants. La petite garnison laissée dans la place n'aurait pu tenir longtemps si, juste à ce moment, n'étaient accourus les hommes de Vercingétorix surgis du vallon, qui engagèrent le combat sous les murs. Les assaillants étaient pris entre les deux mâchoires d'une tenaille. Ils étaient essoufflés, alors que les troupes celtes étaient fraîches. Le piège avait admirablement fonctionné.

Les hurlements des femmes avaient alerté, avant même que les messagers qu'on leur avait envoyés ne fussent parvenus jusqu'à eux, les guerriers massés de l'autre côté de la colline, face aux faux attaquants et à leurs mules. Ils comprirent immédiatement ce qui se passait et traversèrent la ville en trombe, entrant par les portes du nord et ressortant par celles du sud pour prêter main forte à leurs camarades, ou bien grimpant sur le rempart pour basculer dans le vide les soldats romains qui y avaient pris pied.

— Nous les cavaliers, raconta Vorétovix avec enthousiasme, nous nous sommes lancés au galop entre l'enceinte de l'*oppidum* et celle de Némossos, avons franchi le col et dévalé les pentes en fonçant sur les Romains comme des vautours sur leurs proies. C'était une charge fantastique, un déboulé vertigineux.

— Ça devait être impressionnant. Mais moi j'ai assisté à la charge de la cavalerie de César, et ça c'était le meilleur spectacle de la journée. Je me tenais à l'entrée de la tente royale, d'où je jouissais d'une vue étendue sur la plaine. Je vis tout d'un coup la cavalerie auxiliaire éduenne accourir au secours de ses alliés romains qui battaient en retraite. Et voilà que les légionnaires sont pris de panique devant ces cavaliers gaulois fonçant vers eux. Avaient-ils perdu la tête au point de ne pas remarquer leurs épaules découvertes, ou s'étaient-ils imaginé qu'il s'agissait d'une ruse des nôtres ? toujours est-il qu'ils se sont crus attaqués sur leur flanc droit et que leur retraite s'est transformée en déroute. Je n'ai jamais vu des Romains courir si vite.

— Excellent ! Maintenant, je te laisse. Tu as à faire en ville, et moi je redescends au camp tâcher de trouver Cassica.

C'est avec un réel talent que Damatos s'acquitta de sa mission d'organisateur du banquet de la victoire. Il fit livrer aux cuisiniers vingt bœufs, quarante porcs, trente moutons, une centaine de sacs de farine, quatre charretées de légumes, de fromages et de fruits, plusieurs dizaines de chaudrons et une profusion de barriques de bière, d'hydromel et de vin. Ce qu'il n'avait pas pu trouver dans les magasins de la ville, il avait envoyé des courriers à cheval le chercher dans les fermes de la montagne. Il fit allumer, au long du mur de la première enceinte, de grands feux où des bêtes entières furent mises à rôtir à la broche et d'autres où mijotèrent les potées. Des femmes de la ville avaient été réquisitionnées pour pétrir des gâteaux larges comme des roues de pétorriton et les faire cuire sous la braise. A la tombée de la nuit, tandis que les soldats de César, stupéfiés de leur défaite, restaient claquemurés derrière les palissades de leur camp, commença le grand festin des Celtes.

Chacun se servait lui-même, plongeait à sa guise sa gamelle dans les chaudrons, se taillait des tranches de viande à même les carcasses embrochées, piochait dans les corbeilles de fruits et allait s'asseoir pour manger là où il lui plaisait. La boisson n'était pas rationnée et on pouvait faire confiance à des guerriers gaulois qui s'étaient vaillamment battus pour lui faire honneur. On se pressait autour des barriques. Les guetteurs romains ne tardèrent pas à frissonner d'effroi en entendant s'élever dans la nuit une cacophonie de chants rocailleux et de vociférations dont le sens leur échappait.

Vercingétorix avait invité une centaine de chefs à festoyer avec lui sur une croupe gazonnée, autour de feux où ses serviteurs faisaient rôtir les viandes et bouillir les marmitées de tripes et les ragoûts. Il fit asseoir Cassica à sa droite. Elle aurait préféré être auprès de Vorétovix, mais la bienséance ne lui permettait pas de se dérober.

Le jeune roi était rayonnant, parlait haut et fort et ses yeux étincelaient. L'orgueil du triomphe le parait d'une souveraine beauté. Son visage, mûri par les épreuves, prenait une grandeur sereine. Il avait, pour afficher son rejet de l'influence romaine qui lui avait fait naguère adopter la mode des lèvres rasées, laissé pousser sa moustache. Le délicat arc blond qu'elle dessinait, loin d'altérer la distinction de ses traits, l'accusait encore. Il avait conservé sa tenue de combat, sa cuirasse dorée sur une tunique multicolore, son casque royal de bronze ciselé, haut et effilé, dont la pointe soutenait un panache vermeil, sa saie et ses braies écarlates. Cassica était subjuguée et ne pouvait se défendre d'un sentiment de fierté, mêlé d'un peu de trouble, à s'être vue choisie pour siéger à son côté. Elle se le reprochait, en pensant à Vorétovix qui se morfondait dans son coin, mais quelle femme, à sa place, ne se serait sentie flattée et n'en aurait éprouvé une sorte d'ivresse ?

Vercingétorix leva sa corne d'hydromel et claironna :

— À notre victoire !

Tous les gobelets se levèrent. Quand il eut bu, il se tourna vers Cassica.

— J'ai vécu la plus belle journée de ma vie, lui confia-t-il, et j'ai retrouvé la foi en mon destin. Nous allons être débarrassés des Romains : ils vont maintenant retourner dans leur pays et, au long de la route, je les harcèlerai, j'entraverai leur ravitaillement, j'attaquerai leurs bagages, je massacrerai leurs éclaireurs et leurs flancs-gardes, de telle sorte que ne parvienne dans la Provincia qu'une armée pitoyable, guérie à jamais de l'envie de remettre les pieds chez nous. Alors je m'appliquerai à maintenir entre les nations gauloises les liens et l'esprit d'union qu'a fait naître la lutte contre l'ennemi commun.

— Tu penses donc pouvoir conserver ton autorité lorsque la guerre sera terminée ?

Il parut un peu gêné et se défendit :

— Il ne s'agit pas d'autorité. Il serait grotesque de prétendre soumettre à une loi commune des Belges et des Armoricains, des Pictons et des Lexoviens, des Sénons et des Nitiobroges. Mais j'entends conserver un rôle de fédérateur. Je crois que ce ne serait pas mal vu par nos druides.

Il se tourna vers son voisin de gauche.

— N'est-ce pas, cher Krixomaros ?

— Assurément. Nous œuvrons pour cela. La Celtie qui s'étendait autrefois des bouches du Danube aux îles de l'Océan s'est progressivement rétrécie jusqu'à n'être plus aujourd'hui que le tiers de ce qu'elle fut. Pourquoi ? Parce qu'elle n'a pas su opposer un front commun aux menaces extérieures et parce qu'elle manque de cohésion interne. Notre objectif est d'aboutir, même pour le temps de paix, à une union respectant les diversités. Mais elle n'est concevable que s'il y a un homme pour l'incarner, un homme qui en soit le garant et qui puisse arbitrer sans gouverner.

Cassica mit un malin plaisir à manifester de l'inquiétude :

— En somme, vous avez l'intention de rétablir l'hégémonie des Arvernes sur leurs voisins et de l'étendre à toute la Gaule ? Nous autres, Carnutes ne serions plus — comment dirai-je ? — que leur satellite.

— Absolument pas, protesta Vercingétorix. J'ai toujours abhorré l'idée qu'un peuple puisse se croire supérieur aux autres.

— Il n'empêche que Gergovie deviendrait le centre du monde.

— Pour chaque être, le centre du monde est là où il se

trouve. Il n'y a pas de ville lumière, de ville que les autres villes doivent révérer. L'affirmation de la suprématie d'une cité est une absurdité purement latine. Tu peux me faire confiance, je n'admettrai jamais cela.

Cassica témoigna par un sourire qu'elle était rassurée. A ce moment, un barde s'inclina devant le roi, gratta sa harpe et commença à improviser un chant retraçant les péripéties de la bataille, célébrant la mémoire de ceux qui y avaient trouvé la mort et magnifiant les exploits qui y avaient été accomplis. Il n'oublia pas les prouesses de Vorétovix et elle en éprouva une intime satisfaction. Il ne lui déplut pas non plus de l'entendre terminer en rendant hommage au génie du grand chef à qui la Gaule était redevable d'une si brillante victoire. Vercingétorix inclina la tête en signe de remerciement et se pencha vers elle.

— Il faut qu'une si glorieuse journée ait son couronnement, lui dit-il à l'oreille. Il ne manque qu'une chose à ma félicité. La fortune a comblé le général en chef, le moment est venu que soit comblé aussi l'homme.

— Qu'entends-tu par là ? questionna-t-elle, vaguement inquiète.

— Mon apothéose ne serait pas complète si nous ne buvions pas dès ce soir à la même coupe. Je voudrais, si tu le permets, annoncer solennellement, à la fin du repas, que nous nous prenons l'un l'autre pour époux.

Elle a l'impression que tout tourne autour d'elle, que le monde chancelle et que le sang se retire de ses veines.

— Mais..., balbutie-t-elle.

Bouleversée, elle ne sait que répondre. La bouche entrouverte, les yeux embués, elle le contemple sans qu'un mot sorte de sa gorge. Des sentiments contradictoires la déchirent. Elle ne l'a jamais vu si beau, elle est impressionnée par sa force et sa prestance. Sa tendresse l'émeut, elle est fière de voir si épris d'elle le plus grand de tous les princes, le héros victorieux que tous adulent. Peut-elle pourtant oublier Vorétovix, l'homme qu'elle aime depuis le premier jour et qui lui a fait goûter, entre ses bras, une plénitude de bonheur ? Elle ne sait plus où elle en est, elle ne sait plus ce qu'elle souhaite.

— Eh bien ? Tu ne réponds pas ?

— Excuse-moi, c'est si inattendu...

— Inattendu ? Ne va pas dire que tu ignorais mon amour et que tu n'attendais pas cet instant avec impatience. Je suis sûr que si je n'étais pas le roi, c'est toi qui m'aurais fait cette demande. N'ai-je pas raison ?

— C'est-à-dire... pardonne-moi, mais... laisse-moi le temps de réfléchir, de voir clair en moi-même.

— Pourquoi cette hésitation ? Qu'y a-t-il donc ?

— Je ne peux pas te le dire. Pas ce soir.

Elle a honte d'elle. Elle pourrait très bien le dire   elle le devrait. Elle a conscience qu'elle devrait avouer tout simplement la vérité et lui opposer un refus net, mais elle n'en a pas le courage. Elle ne veut pas lui faire tant de peine. Par lâcheté et aussi un peu par vanité, elle est même tentée de lui dire « oui » tout de suite... seulement, au fond d'elle, une petite voix indiscrète qu'elle ne peut faire taire lui demande comment elle expliquera cette trahison — car il faudra bien l'expliquer — à celui à qui elle a assuré : « C'est toi et nul autre que je veux pour époux. » Elle est malheureuse. Elle ne voudrait leur faire de mal ni à l'un, ni à l'autre.

— C'est cette nuit qu'il me faut une réponse, insiste Vercingétorix.

Elle pense plus fort à Vorétovix. Elle se dit qu'on la connaît pour une guerrière courageuse et qu'une guerrière ne doit pas faiblir. Elle essuie une larme et se décide :

— Je te suis dévouée de toute mon âme, seigneur. J'ai pour toi une réelle affection, mais...

Elle prend une profonde inspiration et achève dans un murmure :

— Mais je ne t'aime pas d'amour. C'est un autre que j'aime.

Pétrifié de saisissement, il interroge d'un ton rude :

— Puis-je savoir qui ?

— Je te le dirai, seigneur, mais seulement si tu me promets de ne pas te livrer à la jalousie, de ne rien faire pour lui nuire.

— Ce que tu me demandes là est difficile.

— Ô mon prince vénéré, tu n'aurais rien à gagner à lui faire subir ton courroux, car je serais impuissante à te le pardonner et tu n'obtiendrais rien de moi.

Vercingétorix avala d'un trait une grande rasade de falerne.

— Soit. Tu as raison. Je préfère conserver ton amitié qui me restera précieuse. Je te fais serment de ne pas céder à la jalousie.

Il était pâle et crispé, mais il se leva, brandissant sa corne à boire.

— Mes amis, lança-t-il d'une voix forte, buvons et chantons : l'heure est à la joie de la victoire. Que coulent à flots les liqueurs de la vigne, des ruches et des moissons ! Chantons en chœur l'amour et l'ivresse.

Quand le chant braillé à tue-tête fut achevé, il se rassit et se pencha de nouveau vers Cassica.

— Ça va mieux, dit-il. Je suis en mesure de t'écouter. Dis-moi le nom de mon heureux rival. S'il est digne de toi, je favoriserai votre bonheur.

— Tu ne peux douter qu'il soit digne de mon amour, car tu l'as, toi, jugé digne d'être promu chevalier.

— Je crois deviner. Vorétovix ?

— Oui, et je voudrais, si tu le permets, annoncer solennellement, à la fin du repas, ce mariage qui n'est pas celui que tu rêvais.

Il permit. Lorsqu'elle eut proclamé la nouvelle, nul, dans l'assistance, ne trouva à redire à cette union, puisque celui qui avait été le paysan Vimpis portait maintenant au cou le torque des nobles.

Pour Vercingétorix, l'exaltation de la victoire était retombée et il était abîmé dans sa tristesse. Il sentait soudain peser sur ses épaules tout le poids de la solitude morale à laquelle sont condamnés ceux qui exercent la souveraineté. Alors qu'il avait cru découvrir la confidente et le soutien après qui son cœur soupirait, et que son rêve s'effondrait, il n'avait pas le droit de paraître affecté ni de rien changer à ses manières de faire non plus qu'à ses préoccupations : il se devait à sa tâche, à ses responsabilités. Il ne lui était pas permis d'attacher d'importance à sa propre souffrance. Il n'était pas admissible que sa déception accaparât ses pensées et le détournât un seul instant de l'accomplissement de son grand dessein. Il félicita courtoisement Vorétovix et lui demanda quelles seraient les dots.

— Nous ne sommes riches ni l'un ni l'autre, répondit l'heureux époux. Quand nous rentrerons à Samocaion, la guerre terminée, nous n'y trouverons que bâtiments en ruine et terres en friche, et ma femme n'y aura d'autre bétail à nourrir que son cheval et sa meute de chiens de guerre. J'y amènerai des troupeaux de chez mon père ainsi nos apports seront-ils égaux.

— C'est parfait. Ainsi aucun de vous ne sera le maître de l'autre. Je forme pour vous des vœux de bonheur. Je t'autorise à passer tes nuits au camp des femmes guerrières, sous la tente de ton épouse.

XVII

— C'est un scandale ! ronchonna Damatos. Je le dis et je le répète, c'est un scandale. Alors qu'on est en guerre, perdre son temps en palabres et en jeux politiques ! Il n'y a que nous, Celtes, pour nous amuser à ces extravagances.

Il boitillait — sa cheville était toujours sensible et la douleur se ravivait dès qu'il y avait la moindre humidité dans l'air — en grimpant le long chemin escarpé qui, sous une voûte de chênes et de hêtres, conduisait au sommet de la montagne où trônait la ville forte de Bibracte, capitale des Éduens. L'homme qui marchait près de lui et qu'il avait pris pour confident de son indignation était Glastos, un barde avec qui il s'était lié de sympathie, celui-là même qui avait composé le chant de victoire au soir de Gergovie. Il venait des rivages lointains de l'océan, du pays de la poésie, un pays envoûtant de falaises déchiquetées, de landes de bruyères, de golfes et d'estuaires baignés d'une douce lumière de rêve, de forêts sauvages et de tendres prairies, qu'il appelait Aremorica.

Comme eux, des centaines de représentants des nations les plus diverses avaient entrepris l'ascension, en longue procession. Ils avaient été priés de laisser en bas, dans la vallée, leurs montures et leurs véhicules pour ne pas créer d'encombrements dans la cité ni sur les voies d'accès.

— Une assemblée générale de la Gaule ! continua de grogner Damatos, je vous demande un peu.

— Que veux-tu ? répondit le barde, d'un ton fataliste, les Éduens l'exigeaient. Vercingétorix pouvait difficilement refuser.

— Il ne le pouvait pas du tout. Le volte-face des Éduens a

été un événement trop important pour notre cause. On ne pouvait pas se permettre de les contrarier. Mais ce qui m'irrite, c'est que ces lâches qui ont été les derniers à entrer dans la guerre voudraient maintenant en faire leur affaire personnelle.

— Oui et, de plus, c'est à cause d'eux que Vercingétorix a dû renoncer à poursuivre l'armée romaine en retraite.

— Comment cela ?

— Quand César a pris la direction de leur pays, où il pensait trouver asile, au lieu de se replier comme nous le pensions sur sa Provincia, nous avons été obligés d'attendre : nous ne pouvions rien tenter avant de savoir comment il y serait accueilli.

— S'il n'y avait eu que ces jeunes sots d'Éporédorix et Viridomaros, il y aurait reçu le meilleur accueil. Il est heureux que le sympathique Litaviccos ait su retourner ses compatriotes et se faire recevoir en triomphateur à Bibracte.

Un petit sourire moqueur plissa le coin des lèvres du barde.

— Pourquoi qualifies-tu Litaviccos de sympathique ? Parce que ses roueries nous servent ? Elles n'en restent pas moins des roueries. Je ne conteste pas qu'il soit malin et je le crois sincèrement patriote, mais c'est un faux-jeton.

— Disons plutôt un grand politique.

— C'est tout un. Sa chance est d'avoir eu l'appui du premier magistrat — le « vergobret » comme ils disent ici — Convictolitavis.

Damatos s'arrêta couper une branche de noisetier pour s'en faire une canne et s'enquit :

— Quel genre de personnage est-ce, ce Convictolitavis ?

— Je crois que c'est un de ces jeunes arrivistes dont fourmille le parti du Taureau. Très brillant, petite noblesse, mais à la tête d'une fortune considérable. Tout ce qu'il faut pour se dire l'ami du peuple. Il avait été élu vergobret à Samonios dernier, mais les chefs du parti Sanglier l'avaient destitué peu après, d'une manière peu régulière, pour mettre à sa place un des leurs, le vieux Cotos. César a été appelé comme arbitre et ce qui est amusant, c'est qu'il s'est prononcé pour Convictolitavis, sans se douter qu'il avait affaire à son pire adversaire, bien résolu à faire basculer son pays dans notre camp.

Damatos prit assez mal les réflexions de son ami sur le parti du Taureau.

— Veux-tu dire, se fâcha-t-il, que tous les chefs qui se réclament du Taureau sont des arrivistes et qu'ils ne sont pas sincères quand ils s'affirment amis du peuple ? Je dis, moi, que ce sont des gens dévoués au bien commun et je me réjouis d'apprendre que le premier des Éduens est l'un d'eux. Pour moi, c'est une garantie que la politique éduenne restera conforme à l'intérêt de tous.

— Bah ! moi, tu sais, je ne suis et ne veux être ni Taureau ni Sanglier. Je ne connais rien de plus puéril que cette classification des hommes en deux catégories, l'une ayant toujours raison, quoi qu'elle fasse, et l'autre toujours tort — étant entendu que les bons sont ceux qui ont le même emblème que vous, et les méchants ceux qui ont l'autre emblème. Taureau ou Sanglier ? Vous me faites rire, cette distinction n'est que du vent. À preuve : lorsqu'un Sanglier est au pouvoir, il lui pousse des cornes sur la tête et lorsqu'un Taureau accède aux magistratures, des défenses commencent à lui sortir de la bouche. Tu te prétends Taureau, d'autres se prétendent Sanglier, mais ne vois-tu pas que vous êtes aussi ridicules les uns que les autres ? Le seul titre dont on puisse être fier est celui d'homme libre, or on ne peut pas être à la fois un partisan et un homme libre.

Damatos protesta avec vigueur :

— Je suis un homme libre.

— Mais non, tu n'es pas un homme libre, puisque tu te laisses dicter ce que tu dois penser. Une fois qu'un homme a choisi son parti, il est contraint de penser comme lui.

Damatos haussa les épaules et se renfrogna. Il n'adressa plus la parole au barde qui finit par rompre le silence en monologuant :

— Je me demande le but exact de cette assemblée à laquelle nous sommes conviés. Vercingétorix a reçu des ambassadeurs éduens et un traité d'alliance a été conclu. Cela aurait dû suffire. Mais peu après, à leur demande, il s'est rendu dans leur pays pour se concerter avec eux sur la conduite de la guerre. Il est revenu très démoralisé et amer et c'est à ce moment qu'il nous a annoncé que nous partions pour Bibracte où toutes les nations allaient se rassembler.

La bouderie de Damatos n'avait pas de raison de se prolonger. Il retrouva sa langue pour répondre :

— On dit que des délégations sont, effectivement, arrivées de tous les pays gaulois.

— Il y a deux exceptions, rectifia le barde que sa charge obligeait à se tenir au courant de tout : les Rèmes et les Lingons. Ils s'obstinent dans leur politique de collaboration. Convictolitavis s'est vu obligé de faire exécuter les otages qu'ils avaient remis à César et qui étaient détenus en territoire éduen, à Noviodunon, sur le bord de la Liger.

— Je connais Noviodunon. J'y suis passé.

Damatos soupira et baissa la tête. Rien qu'à ce nom, il revivait avec intensité sa recherche d'Anipa, ses espoirs, ses angoisses et l'issue tragique de sa quête. Ces douloureux souvenirs ne quittaient jamais complètement ses pensées et il suffisait, comme à ce moment, d'un seul mot pour que sa blessure se remît à saigner à flots et que pour la dix millième fois il se redemandât : « Pourquoi — mais pourquoi — a-t-elle fait ça ? Anipa... mon Anipa... Nous aurions pu revivre heureux — tous les deux. Que n'a-t-elle pensé à la peine qui serait la mienne, à mon désespoir, à ma vie brisée à jamais ? »

Quand ils y débouchèrent, le sommet du mont des Castors était dans les nuages et les colossales murailles de Bibracte n'apparaissaient à travers le voile de brume qu'en fantomatique masse grise à la crête indiscernable. Elles n'en étaient que plus impressionnantes et ils restèrent cois de saisissement. En s'approchant, ils constatèrent qu'elles étaient construites de la même manière que celles d'Avaricon, selon la fameuse technique celte qui coinçait astucieusement les blocs de pierre du parement dans une ossature de bois assemblée avec des chevilles de fer. Mais elles étaient encore plus hautes et épousaient vertigineusement le contour de la montagne. La porte principale, abritée dans un renfoncement de la courtine et surmontée d'un mirador, avait des vantaux de chêne si hauts, si larges et si épais qu'on était porté à ajouter foi à cette vantardise des Éduens que lors de leur ouverture, on les entendait crier sur leurs gonds jusqu'à Noviodunon. Une fois franchie cette porte et délivrés du brouillard, Damatos et son compagnon se sentirent un peu désorientés, car la cité ne ressemblait guère à celles qu'ils connaissaient. Les rues étaient beaucoup plus larges et il y avait entre les pâtés de maisons d'immenses esplanades sans un arbre ni un monument. Il était visible que l'on avait affaire à un lieu de culte et de foires où tout était organisé pour permettre la circulation et le stationnement de multitudes de pèlerins ou de bestiaux. N'était-ce pas, d'ailleurs, grâce à cela qu'allait pouvoir se tenir tout à l'heure une assemblée de plusieurs dizaines de milliers de personnes ? Mais le plus étonnant pour le Carnute et l'Armoricain, c'était le style des maisons. Rien qu'à les contempler, ils étaient dépaysés. Au lieu de murs de torchis à colombage, beaucoup possédaient des façades de pierres jointoyées à l'argile, certaines même des assemblages de briques jaunes. Presque toutes étaient à moitié enterrées, sans doute pour procurer un meilleur abri contre le froid, car les hivers ne devaient pas être doux sur ce sommet. L'influence romaine se manifestait dans les toits qui n'étaient pas de chaume, mais de tuiles. Le plus original, c'était les espèces d'appendices qui sortaient de leur faîte et crachaient la fumée des foyers. Plusieurs des riches demeures possédaient un étage.

Après avoir longé le quartier des druides, juché sur une butte et reconnaissable à ses cases encore couvertes de paille, ses sanctuaires à colonnes de bois où l'on apercevait d'innombrables offrandes, et son autel où brûlait le feu sacré, les deux amis débouchèrent sur la vaste place pavée où commençait à se rassembler la foule. Mais, constatant qu'il leur faudrait attendre un bon moment l'ouverture de la séance, ils décidèrent d'aller visiter un peu la ville. Il n'était pas question d'en faire le tour complet, car cela leur aurait demandé une grande heure en marchant bon pas, mais ils avaient tout loisir d'errer parmi les boutiques et les ateliers du quartier commerçant. Sans être aussi romanisées que celles du quartier aristocratique qui s'était présenté en premier à leurs yeux, les maisons y restaient caractérisées par un emploi inhabituel de matériaux tels que la pierre et la brique et par les couvertures de tuile. On y voyait aussi toujours la fumée sortir de ces curieux appendices pointés vers le ciel. Ils prirent une rue où les forgerons et les émailleurs étaient particulièrement nombreux et découvrirent soudain, couvrant une pente orientée au levant, le quartier industriel. Car à Bibracte, qui n'était pas seulement une ville de foires et de pèlerinages, on pouvait véritablement parler d'industries. Ils tombèrent en arrêt devant une usine de dimensions imposantes dont on pouvait, du dehors, observer l'intérieur, car la façade en était largement ouverte, en raison de la chaleur qu'avaient à supporter ceux qui y travaillaient. Elle s'étendait sur une longueur d'au moins deux cent cinquante pieds et abritait tout un complexe sidérurgique — fonderies et forges. On y voyait s'affairer une cinquantaine d'ouvriers en tablier de cuir, torse nu. Le rougeoiement des fours illuminant cet antre créait une vision cauchemardesque, mais ce qui laissait les deux amis complètement sidérés, c'était l'incroyable appareillage mettant en mouvement les soufflets et les marteaux sans que les hommes eussent à se donner de peine. Des roues de bois à aubes entraînées par une chute d'eau artificielle faisaient le travail pour eux. Damatos s'extasiait, conscient que nulle part au monde il n'existait rien de semblable.

Le ronflement des brasiers et le vacarme des marteaux étaient si assourdissants qu'il ne put, comme il l'aurait souhaité, questionner les ouvriers sur leur travail. C'était dommage, car il eût appris cette chose surprenante qu'ils y étaient si passionnément attachés qu'ils ne voulaient pas l'abandonner, même dans la mort : ils se faisaient enterrer dans leur atelier. Admirable sens de la continuité — chacun avait sous les pieds, pendant qu'il travaillait, les cadavres de ceux dont il poursuivait la tâche.

Une foule dense couvrait le forum quand Convictolitavis déclara la séance ouverte. Sur l'estrade se tenaient avec Vercingétorix tous les plus hauts dignitaires éduens. Un guerrier du pays que le barde interrogea les lui nomma : de gauche à droite, le vergobret et son druide, un nommé Cavannodercos, le valeureux Litaviccos que chacun connaissait, puis le général commandant l'infanterie, Cavarillos, ensuite — le grand maigre avec une barbe poivre et sel — Cotos... oui, celui-là même qui avait usurpé, il y avait quelques lunes, la magistrature vergobrétale — il était maintenant chef de la cavalerie — enfin, tout au bout, les deux jeunes loups Éporédorix et Viridomaros.

Ce fut à Éporédorix que Cavannodercos, le druide, après une courte harangue habilement tournée pour ne rien dire, donna la parole. Le jeune contestataire se lança sans ménagements dans une fougueuse attaque contre Vercingétorix. Cet Arverne dévoré d'ambition, digne fils de ce Celtillos que ses compatriotes avaient dû mettre à mort pour l'empêcher de s'emparer de la royauté, avait-il la prétention d'être le chef suprême de toute la Celtie ? Se prenait-il pour le « Roi du Monde » des vieux mythes, l'incarnation du dieu Nodons en personne ? Il était temps qu'il comprenne que les Éduens étaient un peuple fier, au passé prestigieux, qui n'avait pas l'intention de se laisser réduire en sujétion par un étranger. Bien sûr, il avait remporté une victoire à Gergovie, mais, en regard, que de défaites ! Vellaunodunon, Cénabon, Noviodunon des Bituriges, Avaricon. On ne pouvait tout de même pas laisser le sort de la grande armée des nations confédérées entre les mains d'un matamore qui, sur cinq batailles, en perdait quatre. D'ailleurs, la question ne pouvait même pas se poser : il avait été élu et sacré roi, et le droit celtique ne permettait pas qu'un roi exerçât un quelconque commandement. En osant, quoique roi, remplir les fonctions de général en chef, il avait effrontément violé la légalité. La chose était inadmissible et on ne pouvait la souffrir plus longtemps. Certes, pour être efficaces, il fallait bien que les armées confédérées fussent placées sous un commandement unique, mais le chef suprême ne pouvait être qu'un Éduen

Les compatriotes de l'orateur, les chefs sur l'estrade comme les gens de la ville répartis dans la foule, applaudirent à tout rompre. Les hommes des autres peuples restaient interdits. Quelque atterré, indigné qu'il fût par de tels propos, Damatos ne réagit pas davantage. Les accusations portées contre son chef le laissaient désemparé. Après tout, étaient-elles si fausses ? Que Vercingétorix fût ambitieux, c'était l'évidence. Qu'il eût perdu plusieurs batailles, on ne pouvait le nier. Que les commandements militaires fussent incompatibles avec les fonctions de roi, tout le monde le savait et on aurait dû y songer plus tôt.

Éporédorix fit signe à ses partisans de réfréner leur enthousiasme pour le laisser continuer. Le chef suprême, avait-il dit, ne pouvait être qu'un Éduen, et l'accueil fait à ses paroles démontrait que cette vérité s'imposait à tous. Eh bien, il était, lui, candidat. Personne n'y avait plus de titres que lui. Il était de très ancienne et très illustre famille, il était officier de cavalerie et c'était lui qui, avec son camarade Viridomaros, venait de massacrer la garnison romaine et les marchands de vin de Noviodunon des Éduens, d'incendier la ville pour qu'elle ne pût servir à César et de multiplier les coups de main à la tête de ses cavaliers afin de couper les légions de leur ravitaillement et de les acculer à la nécessité de se retirer en Narbonnaise. L'assemblée n'avait pas à hésiter, elle ne pouvait que le nommer général en chef et lui donner pour lieutenant son collègue et ami Viridomaros.

Il fut de nouveau acclamé, mais Viridomaros s'avança à son tour sur le devant de l'estrade en demandant la parole. Dans un discours non moins enflammé, il se déclara entièrement d'accord avec tout ce qui venait d'être dit, sauf sur un point : il était impensable que le commandement suprême fût confié à une des têtes du parti du Sanglier, alors que la majorité des Éduens se réclamait de celui du Taureau. C'était lui, Viridomaros, Taureau bien encorné, qui devait être proclamé général en chef et son collègue et ami Épodérix serait son lieutenant.

Damatos, en complet désarroi, éprouva un soulagement quand il vit son propre frère, Krixamaros, bondir sur l'estrade et faire savoir à voix forte que, puisque les orateurs avaient soulevé une question de droit, c'était à lui, légat de l'archidruide Cotuatos, d'en trancher.

— Il est exact, dit-il, que le rôle d'un roi, selon nos plus anciennes coutumes, n'est pas de gouverner, non plus que de combattre en personne. Mais Vercingétorix n'est pas un roi à la mode ancienne. Comme son nom l'indique, il a été élu « roi des guerriers », c'est-à-dire chef des armées. Il possède la dignité royale, mais il n'est pas roi des Gaules, aussi rien ne lui interdit-il, bien au contraire, de conduire l'armée gauloise. Vous, les Éduens, vous avez réclamé quc son commandement soit remis en cause. Il l'a accepté loyalement. Il accepte de se soumettre à une nouvelle élection. Mais il faut que tous ici sachent bien que rien ne s'oppose à ce qu'il soit réélu. Je lui laisse maintenant la parole.

Le chef arverne, de sa voix chaude, prononça un brillant discours où il se plut à rendre hommage à la fière nation éduenne, mais en faisant observer, avec un petit sourire en coin en direction d'Éporédorix et de Viridomaros, que certains de ses dirigeants avaient trop tardé à épouser la bonne cause pour être fondés à donner des leçons à ceux qui se battaient depuis six lunes. Il fallait être d'une singulière mauvaise foi pour lui imputer les désastres de Vellaunodunon et de Cénabon qui avaient déjà eu lieu quand il s'était porté au-devant de l'ennemi. Quant à celui d'Avaricon, rien ne démontrait mieux que lui seul était capable de conduire l'armée à la victoire, puisqu'il ne se serait pas produit si l'on avait suivi ses directives. Alors quoi ? Allait-on prendre le risque insensé de confier le commandement à quelqu'un qui n'avait pas fait ses preuves, alors que les deux seules défaites qu'avaient jamais subies César sur le sol gaulois lui avaient été infligées par lui, Vercingétorix ? Il voulait parler, tout le monde l'avait compris, de celle des marais au nord-est d'Avaricon, et de celle de Gergovie. Si l'orgueilleuse armée romaine n'était plus à ce jour qu'une misérable troupe en fuite, c'était parce qu'il l'avait battue à Gergovie et pour nulle autre raison. Elle ne se remettrait pas de ce cuisant échec. La victoire, maintenant, n'était plus un rêve. On la tenait. Et on ne pouvait contester que c'était grâce à lui. Qu'on lui fît confiance et il achèverait l'œuvre commencée. Il libérerait la terre des Celtes. Il avait foi en l'avenir. Il avait foi dans le destin de la Gaule.

Il n'a pas achevé son allocution que des acclamations enthousiastes fusent de partout, aussi bien des rangs éduens que des autres. Les armes s'agitent au-dessus des têtes. Litaviccos se jette dans ses bras.

Après avoir laissé la foule trépigner juste le temps qu'il convenait, Krixamaros s'avança sur le devant de l'estrade, étendit les bras pour apaiser le tumulte et prononça :

— Au nom de l'archidruide que je représente ici, je déclare ouverte l'élection. Que ceux qui veulent pour chef suprême des armées confédérées Vercingétorix Celtillicnos lèvent la main.

Toutes les mains se levèrent, dans un grand vacarme d'ovations. Les umbos des boucliers résonnèrent des coups qui ne leur étaient pas ménagés. Éporédorix et Viridomaros baissaient le nez piteusement.

— J'ai vécu un moment difficile, confia le soir même le roi à Cassica et à Vorétovix venus le féliciter. Je vous assure que j'en avais gros sur le cœur. Être contesté, je dirais presque être traîné dans la boue, quand on vient de remporter un succès sans précédent, il y a de quoi être révolté. Enfin... la crise est surmontée, là est l'essentiel. Je crois que nous l'avons échappé belle, car — je le dis en toute franchise — je suis conscient que personne d'autre que moi ne peut sauver la Gaule.

Il profita de l'autorité accrue que lui donnait le vote du peuple, pour dicter ses volontés au Conseil des Chefs. Il exigeait que chaque nation lui fournît des otages, fixait impérativement la date de leur remise, ordonnait la levée de dix mille fantassins et de huit cents cavaliers chez les Éduens et leurs voisins Ségusiaves. Il mettait en branle des ambassades officielles et des courriers secrets pour tâcher d'obtenir le ralliement de peuples d'au-delà la frontière de la Provincia, tels les Allobroges qui gémissaient sous le joug romain depuis près d'un siècle.

Il exposa clairement la stratégie qu'il entendait imposer :

— Notre but est à portée de notre main. Le changement de camp des Éduens ayant ruiné ses derniers espoirs, César abandonne la partie. Il n'a pris la direction du nord que pour faire sa jonction avec les légions de son lieutenant Labiénus. Maintenant que toute son armée est rassemblée, il va redescendre vers le sud, vers cette Provincia encore au pouvoir de Rome où il compte bien trouver abri, pour préparer son retour avec de nouvelles forces. Nous ne le lui permettrons pas. Si nous voulons une paix durable, nous devons l'abattre. Notre premier soin va être d'empêcher que la Provincia soit pour lui terre d'asile. J'ordonne que le frère d'Éporédorix prenne la tête d'une colonne éduenne qui ira occuper le pays des Allobroges. Les Gabales envahiront le territoire des Helviens. Les Rutènes et les Cadurques vont partir soumettre les Volques Arécomiques. Ainsi César n'aura-t-il plus d'issue et ne pourra-t-il pas davantage recevoir de secours.

Il écarta les bras en un geste triomphal.

— D'après les rapports de mes espions, l'armée romaine est, pour l'instant, réfugiée chez les Lingons. Elle ne peut pas s'échapper par l'ouest où elle se heurterait aux Sénons, aux Bituriges et aux Éduens. Pas question non plus qu'elle emprunte la vallée de l'Arar, le gros de nos forces la lui barre. Elle n'a pas d'autre possibilité que de gagner le territoire allobroge en traversant les monts Jura. C'est là que nous l'attendrons et l'anéantirons. En attendant, nous reprenons la tactique de la terre brûlée. Il faut affamer cette maudite vermine. Nous disposons d'une assez nombreuse cavalerie pour empêcher les légionnaires de fourrager et de s'approvisionner en blé. Mais pas de faiblesse, pas d'irrésolution ! Sur leur route, toutes nos récoltes doivent être détruites, toutes nos granges incendiées. N'oubliez pas que c'est la méthode sûre qui nous vaudra la liberté.

Cependant les troupes de César ne semblaient pas pressées de quitter l'abri du pays lingon. Le temps était beau, les Lingones étaient ravissantes, l'herbe verdoyait dans les pâturages où les chevaux et les mulets dont, à Gergovie, on voyait les côtes, reprenaient des forces. Les légionnaires romains et leur chef se trouvaient bien là.

Les troupes gauloises réparties à travers les territoires arverne, éduen, séquane s'impatientaient. Elle brûlaient de reprendre la chasse et le gibier ne débûchait pas. Les nuits succédaient aux nuits, les lunes aux lunes. Vercingétorix ne s'était-il pas trompé en prédisant que César allait chercher à se replier vers la Provincia par la voie la plus courte ? César ne semblait guère avoir envie de s'arracher à la quiétude des campagnes lingones.

Les mois d'été passèrent. On célébra en grande liesse la fête de Lug, en assistant aux traditionnelles courses de chevaux, à des tournois de lutte, à des concours d'archers, et en écoutant les poètes et les musiciens. Puis l'on commença à couper les blés.

César laissa s'achever la moisson.

XVIII

Les soucis de l'intendance ne laissaient pas Damatos s'ennuyer et il avait le sentiment de participer activement à la guerre. Vorétovix, en revanche, se morfondait dans l'assommante routine de la vie de camp. Il rêvait de charges héroïques et devait se contenter de corvées de fourrage et d'abreuvoir, de pansages à heures fixes et d'exercices de lancer de javelot sur des cibles toujours les mêmes. Heureusement, il lui restait du temps pour perfectionner son équitation, ce qui lui procurait un plaisir sans cesse renouvelé. On lui avait attribué l'étalon gris pommelé d'origine orientale qu'il avait enlevé à un centurion romain dans les premiers temps du siège d'Avaricon. Un animal très chaud, aux allures brillantes, dont les membres fins et la crinière de soie contrastaient avec les lignes robustes et le poil épais des poneys celtes. Il l'avait baptisé Elaios : le cygne. Sa croupe horizontale témoignait qu'il était taillé pour la vitesse. Caracoler sur son dos était une divine délectation. Les meilleurs moments de la journée étaient ceux où il l'exerçait aux pirouettes et aux appuyers, avant de lui permettre, pour le détendre et le récompenser, un enivrant galop ventre à terre dans le vent.

Souvent Cassica venait assister à ses exercices et lui prodiguait ses conseils. Elle montait depuis sa plus tendre enfance et il avait pu se rendre compte de la justesse de ses préceptes. C'est ainsi qu'elle avait un jour trouvé cette formule : « À cheval, moins tu en fais, plus tu agis », et il commençait à réaliser ce qu'elle entendait par là. Elaios se montrait dix fois plus sensible à une légère, mais précise, pression de mollet qu'à un grand battement de jambes, et à un frôlement du petit doigt sur la rêne qu'à un large mouvement du bras. C'était seulement depuis qu'il parvenait à une précision à peu près satisfaisante, qu'il se sentait digne de son torque de chevalier.

Le camp où stationnaient, en compagnie d'une formation sénonne, le bataillon des femmes guerrières et la division carnute — « où ils avaient pris leurs quartiers d'été » ironisait Cassica — se situait dans une paisible vallée du pays arverne, à près de cent lieues du plus proche soldat romain. Damatos, lui, voyageait. Il avait suivi Vercingétorix en pays séquane et s'était vu chargé de constituer des stocks fantastiques de vivres dans une sorte de nid d'aigle, la citadelle protégeant la ville sainte des Séquanes Mandubiens, Alésia. « Je veux pouvoir y nourrir cent mille hommes pendant plus d'un mois, avait dit le roi, car c'est ici que j'arrêterai l'armée de César. » Il disait cela avec une telle assurance que Damatos en avait été impressionné. Il s'était mis en campagne aussitôt et avait fait peu à peu acheminer plus de deux mille têtes de bétail et des centaines de charretées de blé jusqu'au sommet de l'éperon rocheux qui, au creux des monts Jura, barrait le passage direct vers la terre des Allobroges. Il y fit monter aussi d'importantes quantités de foin, car les pâturages des hauteurs ne pourraient suffire à l'alimentation des deux mille bêtes auxquelles s'ajouteraient, lorsque les opérations seraient engagées, les milliers de chevaux de la cavalerie.

Par un après-midi écrasé de soleil, Vorétovix et Cassica revenaient d'une agréable promenade à cheval à deux dans la montagne où les balais des genêts étaient saupoudrés de papillons d'or et où les gentianes élevaient leurs calices dans l'agitation des clochettes des campanules, quand leur parvint l'éclat lointain des carnyx sonnant à l'improviste le rassemblement des chefs. Intrigués, ils regagnèrent le camp au galop. Ils rejoignirent sous la tente de Conconnétodumnos leurs collègues qui n'attendaient plus qu'eux.

— Je viens de recevoir un message de Vercingétorix, annonça Conconnétodumnos, dont les yeux brillaient d'excitation. César bouge enfin. Il vient de se mettre en route vers le sud, à travers le territoire lingon, comme prévu. Nous avons ordre de lever le camp et de rallier le pays séquane où une grande partie de l'armée va se concentrer pour lui couper la route.

— Une partie seulement ? s'étonna quelqu'un. Avec la totalité, nous serions plus sûrs de l'écraser.

— Vas-tu donner des leçons de stratégie au fils de Celtillos ? Tu penses bien que si toutes nos troupes l'attendaient chez les Séquanes, César dévierait son itinéraire. Il lui suffirait d'obliquer vers l'ouest pour gagner, sans être inquiété, la vallée du Rhodanos.

— C'est juste. Quand partons-nous ?

— Dès demain matin. Prenez vos dispositions pour que les tentes soient démontées et chargées sur les chariots au point du jour.

Quelques journées de marche et ils bivouaquaient, avec leurs hommes, à la belle étoile, dans les collines où Vercingétorix achevait de rassembler une immense armée. On n'avait pas de temps à perdre en montage et démontage de tentes, alors que l'ennemi, ayant franchi l'Arar qui faisait la frontière entre le pays des Lingons et celui des Séquanes, approchait rapidement.

— Nous allons nous porter à sa rencontre, dit Vercingétorix, le lendemain, à la réunion des chefs. Vous serez répartis en trois corps qui établiront trois camps pour barrer l'issue de la plaine, ou plutôt de l'espèce de cuvette, que traverse la rivière Idanos. La bataille décisive aura lieu dans cette plaine.

Son regard fit le tour de l'assistance et il vit que tous les rudes guerriers chevronnés étaient suspendus à ses lèvres. Depuis Bibracte, il n'était plus celui qui propose, mais celui qui ordonne.

— Il n'y a que trois hypothèses possibles, expliqua-t-il. Ou bien, comme je l'espère, nous écrasons l'armée romaine dans cette bataille, et la Celtie est sauvée. C'est l'hypothèse la plus probable, mais il faut envisager les autres. La seconde, c'est que César et ses légions cherchent leur salut dans la fuite. En ce cas, une seule possibilité s'offre à eux : s'échapper par la rive droite de l'Idanos, vers l'aval, pour aller traverser le Jura plus au sud, par la cluse de Nantua. Ils n'y parviendront pas, car j'ai massé d'importantes forces séquanes dans ce secteur. Comme nous les poursuivrions, ils se trouveraient pris entre deux feux. Aucune chance pour eux de s'en sortir. Reste la dernière hypothèse : que, contre toute vraisemblance, le combat dans la plaine tourne à leur avantage et qu'ils puissent continuer leur route vers les cols menant au pays allobroge. Nous nous replierions sur la forteresse d'Alésia où j'ai tout prévu pour que nous puissions tenir facilement un bon mois et demi. De là, nous leur verrouillons complètement le passage. Faute de pouvoir traverser la place, ils essaieront peut-être de la contourner, mais ce serait leur perte, car ils devraient s'engager dans des gorges où nous leur tendrions embuscade sur embuscade et les anéantirions les uns après les autres.

— Et s'ils assiégeaient Alésia ? s'inquiéta Conconnétodumnos.

— Alésia est imprenable. L'éperon où elle est assise est plus élevé que le plateau de Gergovie dont César n'a pu s'emparer. Il est protégé par deux rivières qui coulent à ses pieds, de chaque côté, dans des gorges étroites, et se rejoignent à sa pointe, aussi est-il totalement impossible de l'investir. César ne pourrait que stationner devant. Je ferais alors appel aux troupes que j'ai laissées dans plusieurs camps à travers le territoire séquane, voire à celles qui sont restées en pays arverne, et elles viendraient l'écraser dans la nasse où il se trouverait pris sans possibilité de fuite. De toute façon, la victoire ne peut nous échapper.

Cette évidence souleva des transports d'enthousiasme. Le plan était magistralement conçu. Aux yeux de tous, Vercingétorix se révélait un grand stratège. On se rendait compte qu'il avait minutieusement étudié le terrain et choisi le lieu de la bataille de manière à tenir, quoi qu'il arrive, l'ennemi à sa merci.

Le soir, les trois camps étaient dressés à proximité de la vallée encaissée de l'Idatos, en amont de la cuvette dont avait parlé le roi. Vorétovix, bien décidé à passer avec Cassica cette nuit qui pouvait être leur dernière nuit, se dirigeait vers le quartier du bataillon féminin, quand les carnyx sonnèrent l'appel aux chefs de la cavalerie. Force lui fut de changer de direction et de courir vers le feu de bivouac près duquel se tenait Vercingétorix, entouré de son état-major. Le regard du roi était enfiévré et il contenait mal son impatience d'ouvrir la réunion. Il n'attendit pas plus loin que l'arrivée du dernier retardataire pour proclamer avec feu :

— Demain, mes amis, sera le grand jour. Mes éclaireurs viennent de m'annoncer que l'armée romaine en fuite n'est plus qu'à une demi-journée de marche. Demain matin, elle sera ici. Nous ne devons pas la laisser passer. Il ne faut pas, vous le savez, que César atteigne la Provincia d'où il ne tarderait pas à revenir avec des forces neuves. Nous allons attaquer pendant que les légions seront en ordre de marche et embarrassées de leurs bagages. Je vous ai fait venir, vous les cavaliers, parce que c'est vous qui allez livrer cette attaque.

Les chefs présents laissèrent éclater leur joie. Ce fut un tonnerre d'acclamations.

— De deux choses l'une, poursuivit Vercingétorix : ou les Romains essaieront de résister et vous les massacrerez sur place, ou, ce que je crois plus probable, ils détaleront comme des lapins en abandonnant leurs bagages. Or une armée ne peut pas subsister sans son matériel, ses véhicules, son ravitaillement. Pour empêcher qu'ils ne fuient en avant, je disposerai notre infanterie le long de l'Idanos. Elle pourra, en cas de besoin, vous soutenir ; mais c'est sur vous que je compte.

Vorétovix, transporté, s'exclama :

— Seigneur, nous serons dignes de ta confiance. Nous avons compris que le sort de la Gaule dépend de la façon dont se comportera, demain, la cavalerie, et nous en sommes fiers. Je propose que chaque cavalier s'engage, par un serment solennel, à traverser au moins deux fois les rangs ennemis.

La suggestion fut accueillie par des clameurs d'enthousiasme et reçut une approbation unanime. Le roi ordonna donc que tous rassemblent leurs hommes pour leur faire prêter ce serment. On jura par Ogmios, Lug et Épona qu'il n'y aurait pas d'asile sous un toit, pas d'accès à ses enfants, ses parents ni sa femme, pour qui n'aurait pas traversé par deux fois à cheval la colonne ennemie.

Son exaltation à l'idée qu'il était à la veille d'une rencontre titanesque où il pourrait donner toute la mesure de son courage, laisser libre cours à sa rage belliqueuse et à sa soif de gloire, donna cette nuit-là aux assauts de Vorétorix dans les bras de Cassica, une fougue qui leur fit atteindre à des sommets insoupçonnés, les laissant épuisés, mais comblés. Ils auraient apprécié, après ces exploits, de pouvoir faire la grasse matinée, mais le réveil fut sonné très tôt, car il fallait que chacun s'équipe, vérifie ses armes, se remplisse solidement l'estomac, que les cavaliers préparent leurs chevaux que les conducteurs attellent les chariots et y chargent les bagages pour être prêts à faire mouvement, que les chefs aillent prendre leurs instructions auprès de l'état-major. Les préparatifs étaient à peine achevés que sonnait le rassemblement.

Vercingétorix n'aurait pas voulu, en une circonstance aussi solennelle, manquer aux rites dont dépendait peut-être la faveur des dieux. Il se trouvait avec ses Arvernes, dans le même camp que les Carnutes, les Sénons et les femmes guerrières. Les troupes y reçurent la bénédiction de Krixomaros et entendirent Glastos, le barde venu des rivages de l'océan, chanter un chant de guerre composé pour l'occasion, où il était question du sang romain qui fertiliserait la terre gauloise et de la gloire qui attendait dans les plaines d'immortalité, parmi les fleurs et les belles femmes, les héros qui auraient la chance de tomber sur le champ de bataille. Puis lui-même, le roi, dansa devant elles, au rythme des tambourins, la danse sacrée. Quand il eut fini de se désarticuler et de tourbillonner, les guerriers eurent l'impression qu'une colonne de lumière jaillissait de son crâne.

Toute l'armée sortit en même temps des trois camps. Tandis que les fantassins allaient prendre position au bord de la rivière, les trois corps de cavalerie la franchissaient par trois gués et gagnaient par des itinéraires différents la plaine où Vercingétorix avait décidé que se livrerait la bataille. En tête du premier corps, celui qui était sorti du camp central, Vorétovix, tenant droit son enseigne, avançait aux côtés du roi et de Conconnétodumnos. Ils s'arrêtèrent à l'entrée de la plaine dont la masse colossale de leur cavalerie barra entièrement l'accès vers la vallée.

Vorétovix promena ses regards sur cette cuvette qui allait être le tombeau d'une multitude de braves, dont lui-même peut-être. Au bout, l'horizon était barré par les hauteurs d'où arriveraient les Romains. Sur la gauche, on apercevait les cavaliers éduens, issus du camp de l'ouest et commandés par Cotos, faire l'ascension d'une butte isolée d'où ils pourraient fondre sur le flanc droit de l'ennemi. Du côté opposé, sur les pentes formant le rebord nord-est de la cuvette, les escadrons bituriges et séquanes en provenance du camp de l'est, se répartissaient entre les positions d'où ils pourraient attaquer le flanc gauche.

L'attente, lorsque tout le monde fut à son poste, ne laissa pas d'être tendue, mais elle ne dura pas longtemps. L'avant-garde romaine apparut, descendant les collines sur un large front. Puis, tandis qu'elle cheminait à travers la plaine, les fourgons descendirent à leur tour, au pas lent des bœufs et des mulets, encadrés par des formations d'infanterie. Vercingétorix les laissa arriver au bas de la pente et s'avancer vers le centre de la cuvette, avant de lancer à Vorétovix :

— C'est le moment. J'y vais. Tiens-toi prêt.

Il mit son cheval au galop, courut vers l'ennemi et ne s'arrêta qu'à une portée de javelot de l'officier qui marchait en tête de la colonne. On le vit gesticuler et le vent apporta des bribes des insultes qu'il proférait à tue-tête : c'était le rite qui, chez les peuples civilisés, préludait au combat des chefs, indispensable avant l'entrée en action des troupes. Vercingétorix avait trop le respect des règles pour y manquer, tout en sachant très bien que les Romains ignoraient l'éthique de la guerre et que le défi ne serait pas relevé. Dès que la piétaille des premiers rangs lança, comme il s'y attendait, ses javelots dans sa direction, il fit un prompt demi-tour et revint vers les siens. Vorétovix qui l'observait le vit lui faire un signe de la main. Aussitôt, il éleva en l'air son enseigne. De la butte de gauche et des pentes de droite on l'aperçut et les enseignes se levèrent aussi. En même temps que s'ébranlait le gigantesque flot dont il sentait dans son dos le frémissement, il eut le temps, avant de s'élancer au galop de charge, d'entrevoir les deux vagues qui déferlaient des hauteurs. Une joie sauvage l'envahit avec la certitude que l'armée romaine, encerclée, allait être submergée avant d'avoir pu esquisser une défense.

Élaios s'enfonça comme un bolide dans les rangs ennemis. Son cavalier, quelque embarrassé qu'il fût par son enseigne dont il serrait la hampe en même temps que les rênes dans son poing gauche, au bout du bras qui soutenait déjà son bouclier, frappait à tour de bras de l'épée sur laquelle se serrait son autre poing. Il creusait de grands vides parmi les bonshommes aux carapaces d'écailles. Il se fraya, en sabrant, un chemin à travers l'avant-garde et vit que ses compagnons, autour de lui, en faisaient autant. Les légionnaires, terrorisés, refluaient en désordre. Ceux qui voulaient se défendre étaient gênés et bousculés par les autres. Les cavaliers carnutes eurent tôt fait de traverser toute l'avant-garde et d'en ressortir devant le convoi de bagages que venaient attaquer, à ce moment, sur les côtés, les escadrons de Cotos et ceux des Séquanes qui avaient, eux, traversé les légions placées en flanc-gardes. Les uns et les autres s'en donnèrent à cœur joie de massacrer les attelages, renverser les chargements. Les Romains se ressaisirent et se retournèrent contre les ravageurs, mais ils le payèrent fort cher. Les Celtes les pourfendirent à qui mieux mieux et refirent en sens inverse la traversée de leurs rangs. Ils avaient tenu leur serment.

C'est à ce moment seulement qu'ils se heurtèrent à des formations de la cavalerie romaine que César, informé de l'attaque alors qu'il se trouvait encore dans les collines, envoyait au secours de ses bagages. Il y eut de beaux corps à corps, un nombre non négligeable de morts de chaque côté, mais la tradition rapportait que la déesse Épona avait accordé cette grâce que toutes les fois qu'un Celte combattrait à cheval, il vaudrait sept Romains, et on ne pouvait la faire mentir. Les turmes (1) de César furent promptement mises en déroute.

(1) *Turme :* formation de cavalerie légionnaire commandée par un préfet et composée de trois décuries.

Vorétovix et un petit groupe de ses compagnons en profitèrent pour laisser souffler leurs chevaux. Les pauvres bêtes haletaient. Leurs poitrines et leurs croupes étaient blanches d'écume et leurs yeux injectés de sang. Les cavaliers mirent pied à terre. Au bout d'un moment, Vorétovix appliqua la main sur les côtes de son Élaios et il lui parut que la respiration était redevenue normale. Il lui comprima l'auge du bout des doigts et constata que son pouls ne battait plus la chamade. Il sauta en selle en disant à ceux qui l'entouraient :

— Dans ce secteur-ci, tout va bien pour les nôtres, les Romains sont en pleine débandade. Mais il ne serait pas mauvais d'aller semer aussi un peu de pagaille dans la queue de la colonne. À cheval ! Suivez-moi !

Ils traversèrent la plaine au petit trot, en direction de l'arrière-garde ennemi et, dès qu'ils furent assez près, chargèrent. Une nuée de javelots vola autour d'eux, plus d'un cavalier vida la selle, plus d'un cheval s'abattit, mais les survivants mirent en fuite les légionnaires épouvantés et en firent un joyeux massacre. Ayant fait le vide autour de lui, Vorétovix s'arrêta un instant pour essuyer sa sueur et reprendre haleine. Il jeta un regard circulaire et c'est alors qu'il l'aperçut. Lui. César. Reconnaissable à son manteau pourpre, sa cuirasse scintillante et sa tête nue. Il se tenait sur la hauteur, entouré de ses aides de camp en manteaux écarlates et casques dorés. Des estafettes à cheval faisaient la navette entre eux et les combattants.

— Les Carnutes, à moi ! cria-t-il en élevant son enseigne. Ceux qui entendirent l'appel — une trentaine environ — le rejoignirent et il les entraîna à sa suite, jouant de l'épée pour se frayer un passage à travers le désordre du combat. Ils se dirigèrent vers les collines.

— Vous reconnaissez cet homme, là-haut ? demanda-t-il en le désignant de la pointe de son épée. Mais oui ! c'est Jules César, le roi des bandits. Je veux que nous le capturions vivant. Tuez ses officiers et laissez-moi m'occuper de lui. En avant, au galop !

Dans l'agitation d'une bataille, on ne prend pas le temps de réfléchir. Pourquoi laisser la vie sauve au grand chef ennemi ? Il se voyait déjà le ramenant prisonnier au camp gaulois, sous les acclamations de toute l'armée, et cela flattait sa vanité, mais il oubliait qu'un ennemi mort ne nuira plus.

Avant d'avoir atteint le haut de la pente, le peloton fut attaqué par les hommes de la garde prétorienne qui assuraient la protection du proconsul. Il les chargea avec tant d'impétuosité que ceux qui échappèrent à ses armes furent écrasés sous les pieds de ses chevaux. Quand il déboucha sur la crête, César et son état-major prirent leurs jambes à leur cou. César courait vite, mais pas si vite qu'un cheval et Vorétovix n'en eut pas pour longtemps à le rattraper. Pendant que ses hommes abattaient les aides de camp, il lui mettait la pointe de son épée sur la gorge et le sommait de se rendre. Le proconsul n'avait pas le choix. Il tendit son glaive. Vorétovix s'empara de l'arme et la glissa dans son ceinturon, du côté gauche, pour faire pendant au fourreau qui lui battait le flanc droit.

Encadré par le peloton, le prisonnier fut emmené à travers la plaine, sans que personne, dans l'armée romaine plongée dans la confusion de la bataille, ne prêtât attention à ce groupe qui passait au loin.

— Nous allons le conduire à Vercingétorix, décida Vorétovix. Il nous a dit qu'il se tiendrait dans la vallée de l'Idanos, avec l'infanterie.

— C'est normal, observa un de ses cavaliers. Après les reproches d'Éporédorix et de Viridomaros, il aura tenu à se conformer strictement à son rôle de roi. Après avoir offert à l'ennemi un combat singulier, il convenait qu'il se retire à la limite du champ de bataille, où il doit rester présent mais sans combattre lui-même.

— Pour le rejoindre au plus vite, nous allons couper par la butte que tiennent les Éduens. Nous la redescendrons de l'autre côté, où elle surplombe une boucle de l'Idanos, et nous remonterons le bord de la rivière.

Ils cheminaient vers la butte quand soudain, dans leur dos, se leva et s'amplifia un grondement semblable au roulement du tonnerre. Vorétovix se retourna sur sa selle et vit avec effroi une nuée de cavaliers vêtus de peaux de bêtes qui déboulaient la colline en brandissant des haches et des piques. Les Germains !

D'où sortaient-ils ? On n'avait pas vu de Germains à Gergovie. Les Gaulois ne pouvaient savoir que César avait passé tout son été à raccoler à prix d'or — l'or pillé dans les temples des dieux celtes — des troupes de Germanie et que c'était là la principale raison de sa longue station chez les Lingons. Il n'avait pas voulu se remettre en route avant de s'être assuré la protection d'une redoutable cavalerie barbare. Il lui avait même fait don des montures de ses chevaliers, de ses tribuns militaires et de ses soldats d'élite, les « évocats », qui devaient se contenter des médiocres chevaux d'outre-Rhin. La horde suivait à quelque distance l'arrière-garde romaine, musant un peu au long du chemin, prenant le temps de piller et de se divertir. C'est pourquoi elle était arrivée en retard sur le champ de bataille. Elle constituait pour l'armée aux abois un renfort tout frais.

Les Germains se répandirent dans la plaine.

— Hâtons-nous vers la butte ! ordonna Vorétovix. Les Éduens nous couvriront.

Mais César, à pied, les retardait. Ils n'avaient pas atteint le bas de la butte que les Barbares étaient sur eux. A trente contre dix mille, il n'y avait pas d'autre salut que dans la fuite au grand galop. Avant de talonner son cheval, Vorétovix se retourna sur sa selle pour donner l'ordre à ceux qui étaient les plus proches du proconsul de le tuer. Trop tard ! Les Germains leur arrachaient déjà le prisonnier.

Une marée de cavaliers germains balaya la butte. D'autres groupes chargeaient les escadrons gaulois à la poursuite des Romains en déroute. Ils semaient partout l'épouvante et provoquaient une débandade générale.

Vorétovix et ses compagnons étaient pris dans le flux des fuyards qui, chassés de la butte, se hâtaient vers les lignes de l'infanterie. Quand ils eurent repassé le gué, Vercingétorix, qui venait d'être mis au courant de ce qui arrivait, ordonnait le repli général sur Alésia.

— Excuse-moi, Seigneur, lui dit en le rejoignant Vorétovix tout penaud, j'aurais pu tuer César et je ne l'ai pas fait, car je voulais te l'amener prisonnier. Je me disais qu'il aurait pu te servir d'otage et que tu aurais été en position de force pour traiter avec Rome. Les Germains l'ont délivré.

— Dommage ! répondit le roi un peu rudement. Mais tu ne pouvais pas prévoir... Une fois de plus, nous avons vaincu les Romains et avons été vaincus par les Germains.

— Je suis navré. Si j'avais abattu César, la guerre aurait peut-être été finie (1). À défaut de te l'amener, je t'apporte du moins son glaive.

Vercingétorix prit l'arme, l'éleva à hauteur de ses yeux et la contempla longuement, avec émotion. Il la reconnaissait, puisqu'il avait parachevé naguère son instruction militaire dans l'état-major du proconsul.

— C'était l'arme d'un grand soldat, prononça-t-il gravement. D'un homme pourri, d'un être sans scrupule, je ne dis

(1) Des lecteurs s'étonneront peut-être qu'un Gaulois ait laissé la vie au chef ennemi qu'il tenait à sa merci et l'ait seulement fait prisonnier, comportement qu'on croirait plutôt celui d'un chevalier du Moyen Âge. Le fait est pourtant historique. Il est attesté que César a été capturé dans la bataille, mais a pu échapper à ses gardiens, ne leur laissant que son épée.

pas, mais d un grand soldat. Un tel trophée me portera chance. Je l'offrirai à la divine Épona. Je veux qu'elle soit suspendue dans son sanctuaire, en ma bonne ville de Gergovie.

XIX

— César m'a tout l'air de vouloir réaliser des travaux encore plus fantastiques que devant Avaricon. Regardez-moi ça !

D'un geste du bras, Vercingétorix balaya le panorama que les chefs avaient sous les yeux depuis l'espèce de belvédère où il les avait rassemblés. Vorétovix, serré entre Cassica et un gros général sénon, se colla contre le mur de pierres sèches qui surplombait l'abîme et observa la vallée avec les hauteurs qui l'encadraient. Les soldats romains s'affairaient à barrer la plaine de profonds fossés, à élever des retranchements au long des valonnements et à garnir de tours de bois les sommets et les moindres ressauts.

— Si ça continue, ajouta le roi en riant, il va transformer la nasse où nous l'avons pris en trappe où nous serons enfermés. On ne peut pas le laisser faire. Jusqu'ici nous nous sommes contentés de le harceler, pendant que nous terminions nos propres fortifications, mais il est temps d'opérer une grande sortie.

— Je croyais, observa Viridomaros qui avait remplacé à la tête de la cavalerie éduenne le vieux Cotos, fait prisonnier lors du combat d'au-delà l'Idanos, que nous devions faire intervenir nos forces des camps extérieurs afin de coincer l'armée romaine entre l'enclume que nous sommes et le marteau qu'elles seraient.

— J'en ai toujours l'intention, mais cela exige une préparation qui prendra d'autant plus de temps que nous connaissons des problèmes de liaisons. J'ai de bonnes raisons de penser que plusieurs de mes courriers ont été interceptés. Nous ne pouvons pas attendre, pour lancer une attaque, que les Romains aient achevé de se fortifier. Notre objectif immédiat doit être, au contraire, de les empêcher de mener à bien leurs travaux. Tes cavaliers sont-ils vaillants ?

— Ils avaient le moral très bas dans les jours qui ont suivi notre échec et la capture de plusieurs de nos chefs, comme Cotos et Cavarillos. Mais il se sont repris et, maintenant, ne rêvent plus que de revanche.

Vercingétorix se retourna vers son cousin Vercassivellaunos.

— Et nos cavaliers arvernes ?

— Moral excellent. Ils réclament de se battre.

— Les miens aussi, assura un chef biturige et ceux des autres nations firent chorus.

Le roi chercha Vorétovix du regard et, à la joie générale, lui ordonna :

— Porte-enseigne, fais sonner le rassemblement de la cavalerie.

Vorétovix posa sur les lèvres de Cassica un tendre mais rapide baiser pour prendre congé — peut-être ne reviendrait-il pas du combat — et sortit de la citadelle. L'*arx*, comme disaient les Romains, occupait la pointe extrême de l'éperon, au bord de l'abrupt. Elle servait seulement de poste de guet. Naturellement imprenable, elle n'avait pas besoin de beaucoup de défenseurs et n'abritait qu'une très petite garnison. Le gros de l'armée campait au long du flanc oriental de la montagne, en avant de la ville d'Alésia. Comme à Gergovie, le roi avait fait édifier à mi-pente, pour protéger le camp, un rempart de grosses pierres. Le porte-enseigne descendit jusqu'au poste des sonneurs de carnyx de service et leur donna ses ordres. Avant d'aller lui-même harnacher son étalon, il se mit en quête du barde Glastos, l'ami de Damatos, et l'invita à improviser rapidement un chant de guerre approprié à une sortie de la cavalerie.

Derrière le barde qui chantait à pleine gorge en s'accompagnant sur sa petite harpe à bras, la multitude des cavaliers, au botte à botte, descendit l'étroit chemin qui sortait des retranchements et conduisait à la vallée. Toute la colonne reprenait à tue-tête chacun des couplets lancés par le chanteur, qui ne la quitta qu'en bas de la pente.

Ivresse de la charge. Joie délirante de voir fuir en déroute la cavalerie romaine. Vorétovix se lança à la poursuite d'un officier en manteau rouge qui galopait, le feu aux trousses, vers l'abri d'une levée de terre garnie de fantassins. Mais soudain siffla un trait de baliste et Élaios s'abattit, la carotide transpercée

Vorétovix avait été projeté à terre, sur le sol caillouteux, près de sa malheureuse monture, et restait à demi assommé, incapable de faire le moindre mouvement et le souffle coupé au point d'avoir l'impression qu'il allait mourir asphyxié. Puis il entendit ses poumons siffler curieusement en se remplissant d'un air qui le ressuscitait. Alors, il s'inquiéta de ce qu'il pouvait avoir de cassé. Il commençait à ressentir des douleurs dans tout le corps. Dans le dos, dans les reins, dans la nuque, dans les côtes. Il fit jouer avec précaution chacune de ses jambes, chacun de ses bras, tourna le cou à droite, à gauche : en fait tout fonctionnait. Il n'y avait rien de cassé, seulement des contusions et de bons hématomes. Il redressa lentement le buste, respira longuement, puis parvint à se remettre sur pieds. Il fit quelques pas en titubant jusqu'à son pauvre Élaios, s'agenouilla près de sa tête, mais ce fut pour assister à ses dernières convulsions et recevoir son dernier regard étonné et implorant. Il ne put retenir ses larmes et lui caressa doucement le front, avant de voir ses lèvres découvrir ses dents et ses yeux devenir fixes.

Sans monture, il ne pouvait plus prendre part au combat. Sa situation était plutôt malsaine, isolé comme il l'était entre les lignes, et exposé à recevoir à son tour un carreau de la baliste qui avait abattu son bel étalon. Ayant jeté un coup d'œil à ses compagnons qui, au loin, continuaient à faire reculer les cavaliers romains, il reprit en clopinant le chemin d'Alésia. Tous ses mouvements étaient douloureux et, sous l'effet du choc, il ruisselait de sueur et avait envie de vomir, mais il put regagner le camp. Cassica qui avait suivi le combat du haut de la citadelle, descendait à sa rencontre. Elle le soutint et l'emmena vers la ville afin qu'il y reçût les soins d'un druide médecin.

La ville d'Alésia occupait le sommet de la montagne. Elle était ceinturée d'un antique rempart fait de blocs cyclopéens et non point, comme les belles murailles d'Avaricon ou de Bibracte, d'un assemblage de poutres et de maçonnerie. La partie habitée, à laquelle donnaient accès les portes du nord et de l'est, était prolongée vers le sud-ouest par une zone de refuge pour les paysans des environs. C'était là aussi que se trouvaient les enclos pour les troupeaux. L'ensemble donnait une impression de pauvreté, parce qu'on avait affaire à une agglomération de montagne dont les demeures modestes étaient édifiées avec des matériaux trouvés sur place. Mais chacun savait qu'elle renfermait de grandes richesses, tant en vaisselle d'or et d'argent, en armes et en outils qu'en objets d'art de toute sorte, car c'était une ville sacrée, entourée de sanctuaires et de sépultures, et les pèlerinages faisaient sa fortune. Cassica conduisit son époux à travers le fouillis de vieux chalets, de burons à demi délabrés et de granges, jusqu'à la cabane d'un druide qui eut tôt fait de soulager ses douleurs à l'aide d'onguents malodorants recouverts de feuilles et d'une bonne dose de suggestion.

— Maintenant, déclara Vorétovix, il faut que je trouve un cheval pour retourner au combat.

— Tu ne trouveras pas de cheval, répondit Cassica, toute la cavalerie est engagée. À moins que tu n'empruntes aux charretiers un petit *mandus* d'attelage qui te couvrira de ridicule. De toute façon, tu aurais peu de chances d'arriver sur le champ de bataille avant qu'elle soit finie : les Romains étaient, tout à l'heure, en pleine déconfiture. Montons sur le rempart voir où l'on en est maintenant.

Du haut d'une des tours, ils assistèrent à ce qui semblait bien être la fin du combat. Il y avait encore quelques rudes passes d'armes, mais les cavaliers celtes étaient maîtres du terrain. Les uns tournoyaient à travers la plaine, à la poursuite des cavaliers romains qui ne parvenaient pas à se regrouper, les autres donnaient la chasse aux terrassiers et aux charpentiers qui avaient abandonné précipitamment leurs chantiers, les décimaient, renversaient leurs ouvrages.

— César doit se faire des cheveux, si tant est qu'il lui en reste, railla Cassica qui, comme tout bon Gaulois, n'aurait pas laisser passer une occasion de se moquer de la calvitie du proconsul. Tiens, regarde ! il a fait sortir ses légions et les dispose devant son camp, comme s'il avait peur que nous allions l'attaquer. Eh ! mais... qu'est-ce qui se passe, là-bas ?

D'où ils étaient, la vue embrassait l'ensemble des sommets et des falaises escarpées entre lesquels s'étalait la vallée. Des hauteurs couvertes d'une noire toison de sapins dominaient des croupes chauves et des monticules où l'approche de l'automne faisait rougir les sorbiers. En bas, dans la plaine, le feuillage déjà jaune des bouleaux se mêlait à celui encore vert des chênes. Le doigt de Cassica désignait, sur une pente, un torrent sombre qui débouchait de derrière un bois.

— Par Ésus, les Germains ! s'exclama Vorétovix qui avait reconnu sans hésiter les Barbares en peaux de bête sur leurs chevaux de tribuns. Ils doivent avoir établi leur campement au-delà de ce bois. César les aura appelés au secours de sa cavalerie. Voilà qui devient sérieux.

— C'est un véritable fleuve qui dévale vers le champ de bataille !

— Il faut que je retourne là-bas !

Elle eut le plus grand mal à le retenir. Elle lui répéta qu'il n'y avait pas de chevaux disponibles et lui représenta que, choqué et meurtri comme il l'avait été par sa chute, il se battrait de façon détestable. Ils n'avaient pas fini dc discuter que, jetant un coup d'œil sur le champ de bataille, elle s'interrompit brusquement et, sans mot dire, lui montra les cavaliers gaulois qui battaient en retraite sous le choc de la horde d'outre-Rhin. Déjà les plus rapides des fuyards regrimpaient les pentes de la montagne, leurs talons tambourinant les flancs de leurs poneys. Impatients de se mettre à l'abri des fortifications, ils s'engouffrèrent dans le camp sans ralentir. Mais le gros des escadrons qui les suivait s'entassa devant les portes, trop étroites pour laisser passer plus d'un ou deux cavaliers à la fois. Cassica et Vorétovix, consternés, virent les Germains rejoindre ces masses désemparées qui restaient bloquées à chaque entrée, ct cn faire un grand massacre. Quelle honte que ces guerriers réputés pour leur intrépidité abandonnant leurs chevaux, sautant dans le fossé, escaladant la muraille !

— C'est toujours pareil, enragea Cassica. Une fois de plus, nous avons vaincu les Romains et été battus par les Germains. Si jamais le malheur voulait que nous perdions cette guerre, qu'on n'aille pas dire que le vainqueur serait César : ce serait Wotan.

Devant l'air affolé des cavaliers qui avaient fait irruption dans le camp, les fantassins qui y étaient rassemblés furent saisis de panique, d'autant plus que les guetteurs signalaient un mouvement des légions en avant du camp romain. Il y eut une ruée générale vers l'enceinte de la ville.

— Ils sont fous ! grommela Vorétovix. L'abri des murailles d'Alésia n'est qu'illusoire. Si toute l'armée s'enferme à l'intérieur, le drame d'Avaricon va se répéter.

Mais il n'était pas le seul à se faire cette réflexion. Du haut d'une des autres tours tomba la voix impérieuse de Vercingétorix :

— Fermez toutes les portes !

Lorsqu'elle se fut heurtée aux vantaux fermés, la garnison du camp eut honte de sa lâcheté, se ressaisit et retourna à ses retranchements pour les défendre. Les Germains n'insistèrent pas. Ils ne pouvaient, à cheval, franchir le mur. Satisfaits d'avoir tué beaucoup d'hommes et pris beaucoup de chevaux, ils repartirent vers leur campement. César n'osa pas faire avancer ses légions davantage

XX

En sa qualité d'intendant, Damatos occupait en ville une chambre confortable. Les magistrats d'Alésia avaient, en effet, tenu à ce que Vercingétorix s'installât dans le bâtiment réservé aux visiteurs de marque et ses secrétaires comme ses aides de camp s'étaient vu attribuer des logements à proximité. Les habitants s'étaient resserrés pour leur faire place. Mais l'ancien tonnelier ne mettait les pieds dans son logis que pour se coucher et passait au Quartier Général tout le temps qu'il ne consacrait pas à courir de grenier à grain en enclos à bestiaux pour établir ses inventaires et contrôler les rations. Vercingétorix avait fait mettre à sa disposition une petite pièce où il travaillait sur ses comptes et recevait fonctionnaires de la ville, fourriers de l'armée et quémandeurs. C'est là que le trouvèrent Vorétorix et Cassica venus lui faire leurs adieux.

— Vous partez ? s'étonna-t-il. Où cela ? Comment ?

— Le roi, considérant que la cavalerie est désormais inutile, vient de décider de lui faire évacuer le camp, cette nuit. C'est encore possible, car les Romains n'ont pas achevé leurs travaux d'investissement. Si nous attendions, il serait trop tard.

Damatos réagit en technicien du ravitaillement.

— Une meilleure solution n'aurait-elle pas été de verser les cavaliers dans l'infanterie, pour ne pas affaiblir nos effectifs de défense de la ville et d'utiliser les chevaux pour ne pas mourir de faim ?

Son beau-frère et la jeune femme écarquillèrent des yeux horrifiés.

— Veux-tu dire que tu aurais envisagé sans remords de nourrir l'armée avec la chair de nos chevaux ?

— Je suis bien placé pour savoir que la famine nous guette.

— Manger des chevaux ! Comment peut-on avoir une idée aussi monstrueuse ?

— Pourquoi, demanda Cassica agressive, ne pas nous manger les uns les autres ? Les chevaux sont nos compagnons, nos frères d'armes.

— Ils ont lié leur destin au nôtre, insista Vorétovix. Les sacrifier serait une ignominie. Je préfèrerais crever de faim que de survivre en mangeant de la viande de cheval.

— Heureusement, remarqua Cassica, notre roi est un cavalier et ne permettrait jamais pareille abomination. D'ailleurs, notre départ est utile à la réalisation de ses plans : il nous confie la mission de nous rendre dans nos pays respectifs procéder à la levée en masse de tous les hommes en âge de porter les armes. Nous en formerons une armée innombrable qui viendra écraser les légions de César qu'il se fait fort d'immobiliser ici jusqu'à notre retour.

Elle précisa qu'il leur avait fixé un délai maximum de trente jours, car il ne disposait pas des vivres suffisants pour tenir plus longtemps.

— Ceci m'explique, dit Damatos, pourquoi il m'a demandé aujourd'hui un relevé minutieux des quantités de blé et de têtes de bétail qui nous restent et un décompte de nos besoins journaliers. Je lui avais donné des chiffres en gros, mais cela ne lui suffisait pas. Il exigeait une telle précision que j'ai cru en devenir fou.

Une question se présenta soudain à son esprit et il interrogea Cassica :

— Mais comment se fait-il que tu sois de ceux qui doivent partir ? Le bataillon féminin n'appartient pas à la cavalerie que je sache.

— C'est mon cher époux qui l'a sollicité avec beaucoup d'insistance, en invoquant une raison péremptoire que je te laisse le soin de deviner.

— Je ne vois pas.

— Eh bien, je t'apprends que nous attendons un héritier. Je ne suis plus guère en état de combattre et en ai même perdu le goût.

— Cette nouvelle me réjouit et je vous félicite.

— Le roi s'est montré très compréhensif. Il a désigné une autre commandante pour le bataillon de femmes guerrières.

La conversation roula de nouveau sur le départ des deux jeunes époux. Damatos s'inquiéta de savoir s'ils avaient des chevaux, n'ignorant pas que celui de Vorétovix avait été tué sous lui. Ils répondirent qu'aussitôt après le combat, ils avaient récupéré sur le champ de bataille deux bons chevaux de l'armée romaine qui erraient entre les lignes comme des âmes en peine. Cassica achevait le récit de leur capture, quand la portière de cuir qui fermait la pièce se souleva. Vercingétorix entra.

— J'ai reconnu vos voix, mes amis, dit-il. Je ne voulais pas vous laisser partir sans vous adresser mes vœux de bon voyage.

Cassica remarqua la tristesse de son regard et s'imagina que c'était le spectacle de leur bonheur conjugal et la pensée qu'elle allait donner le jour à un enfant de Vorétovix qui lui étaient douloureux. Aussi chercha-t-elle à l'en distraire en remarquant avec un sourire :

— Quand nous nous reverrons, tu seras dans toute ta gloire de chef de guerre vainqueur. Je crois que nous nous sentirons très intimidés. Pense que tu auras toutes les nations à tes pieds.

Mais il demanda, d'un ton las et désabusé :

— Le crois-tu vraiment ?

— En douterais-tu ? s'étonna-t-elle. Je t'ai pourtant toujours entendu parler de la victoire finale comme d'une certitude. Maintenant, elle est imminente. César sera écrasé entre ce roc inexpugnable et l'armée extérieure que nous allons lever.

Il fit une moue sceptique.

— Que les dieux t'entendent. J'ai longtemps cru, c'est vrai, que la victoire ne pouvait m'échapper. Je n'imaginais pas que ma brillante cavalerie irait se faire battre par deux fois.

Vexé, Vorétovix protesta :

— Ta cavalerie n'a pas démérité. Elle s'est vaillamment comportée et l'a emporté, chaque fois, sur les Romains. S'il n'y avait pas eu les Germains...

— Mais il y a eu les Germains. Et il y aura encore les Germains... Il y aura toujours les Germains !

Le roi se laissa choir dans un des fauteuils d'osier dont était meublée la pièce et resta prostré, monologuant :

— Que voulez-vous que je fasse avec des guerriers qui n'écoutent pas leurs chefs et se battent chacun pour soi ? Je suis persuadé que des troupes plus disciplinées, manœuvrant avec ensemble et en bon ordre auraient pu résister à la charge de la horde germanique. Mais cette discipline, je n'ai jamais pu l'obtenir. Vous vous croiriez déshonorés, nobles chevaliers, si vous exécutiez des mouvements d'ensemble. Une bataille, pour vous, c'est la somme de faits d'armes individuels. On fonce droit devant soi et on ne s'occupe pas de ce que font les autres. Inutile d'essayer de faire comprendre à des bandes d'exaltés que l'important n'est pas de paraître plus brave que ses compagnons d'armes, mais de vaincre avec eux. J'ai perdu mon temps et ma peine à tenter de le leur faire admettre. L'efficacité, ils s'en moquent. Le pire, c'est que ces bouillants champions sont aussi prompts au découragement qu'à l'enthousiasme et qu'on ne peut pas plus arrêter leurs débandades que leurs charges. Ils vont revenir avec l'armée de secours, ils vont foncer comme des fous, mettre les Romains en fuite, mais dès que César lâchera les Germains, ce sera la panique et la déroute.

— Mais non, Seigneur, voulut le rassurer Cassica. Ils vont revenir beaucoup plus nombreux. Toute la Gaule sera là. Ce sera une immense multitude d'hommes et de chevaux comme on n'en a encore jamais vu, et les Germains seront écrasés sous le nombre.

— Une immense multitude ? Je voudrais bien en être sûr. Mais je connais mes braves. À peine franchies les lignes romaines, ils commenceront à se chicaner, discutailler, se heurter pour des questions de personnes, remettront en avant les vieilles querelles politiques, s'abandonneront à leurs divisions stériles. Leurs rivalités et leurs intrigues entraveront la constitution de la grande armée de secours. Je pourrai m'estimer heureux si des quinze mille cavaliers que je fais partir cette nuit, il en revient la moitié.

— Tu vois les choses trop en noir.

— Je ne peux pas les voir en blanc quand elles sont noires. Il y a entre les nations, et au sein de chaque nation entre les chefs, entre les partis, trop de haines et de rivalités pour qu'on puisse espérer les voir s'atteler efficacement à une œuvre commune. Tant de temps sera perdu en disputes, en querelles de préséance, en arguties sur les effectifs à fournir par chacun, que lorsque l'armée de secours arrivera enfin ici, il sera trop tard.

— Je crois que tu juges trop sévèrement les chefs de nos peuples. Ils n'ont qu'une seule idée, qu'un seul but, c'est de libérer la Gaule de l'oppression. Ils oublieront pour cela ce qui les divise.

Vercingétorix releva la tête et fixa la jeune femme avec un regard empreint d'une véritable détresse.

— Tu te fais des illusions, Cassica. Le conseil où je vous ai fait part de ma décision de congédier la cavalerie était à peine achevé que je les entendais se quereller. Un grand chef biturige avertissait un dirigeant séquane qu'il était hors de question que ce soit un Séquane qui prenne la tête de l'armée de secours, tandis que des Séquanes juraient qu'ils n'obéiraient pas s'ils recevaient des ordres d'un Éduen. J'ai entendu aussi un de mes amis annoncer que, pour contrer le parti Sanglier, il poserait lui-même sa candidature au commandement de la cavalerie alliée, demandant à tous les Taureaux de le soutenir. Que sera-ce quand je ne serai plus là pour faire régner un peu d'ordre ? J'ai bien peur que notre goût congénital pour les querelles puériles ne cause la perte de la Gaule. Nous avons ça dans le sang.

— Tu crains vraiment que l'intervention de l'armée de secours se fasse trop attendre ?

— C'est presque une certitude. J'ai pourtant bien insisté pour que l'on se hâte, j'ai expliqué que si l'attaque n'a pas lieu dans le délai fixé, ce sont quatre-vingt mille guerriers d'élite, enfermés dans cette place, qui périront. Mais je n'ai pas confiance.

Vorétovix, troublé, suggéra :

— Si ce retard se produisait et si la situation, pour vous, devenait intenable, ne pourriez-vous évacuer la ville ?

Le roi hocha la tête.

— Hélas non. Aucun espoir. Actuellement, ce serait possible, mais il ne saurait en être question : ce serait laisser le passage libre à l'armée de César et renoncer définitivement à libérer la Gaule. Nos braves seraient morts pour rien. Mais d'ici quelques jours, nous n'aurons plus cette possibilité, parce que les travaux entrepris par César nous enfermeront complètement. La plaine qui s'étend devant nous sera barrée par une contrevallation ininterrompue et toutes les croupes, de part et d'autre, seront garnies de fortifications. Vous savez aussi bien que moi que les gorges qui, à droite et à gauche, enserrent notre promontoire, sont aussi infranchissables pour nous que pour l'ennemi. Quant à nous échapper par l'arrière du plateau, vers le sud, il n'y faut pas davantage songer. Si nous y parvenions, cela nous mènerait chez les Allobroges, donc dans un pays sous domination romaine. Nous nous heurterions, par là aussi, à des ouvrages édifiés par les Romains. César a envoyé à travers la montagne des équipes spécialisées qui ont pu élever des retranchements et qui tiennent les cols. Nous serions arrêtés assez longtemps pour permettre aux légions de nous rejoindre et de nous prendre à revers.

— Tout de même, observa Damatos, si bons terrassiers que

soient les Romains, leurs travaux ne peuvent arrêter une armée de quatre-vingt mille hommes.

— César est un génie dans l'art des sièges. Je crains que nous ne soyons dépassés par la technique romaine. Que peuvent les guerriers les plus braves contre un puissant système de fortifications défendu par une fantastique artillerie de balistes, de scorpions, de catapultes ?

— Ainsi, murmura Cassica, tu crois à la possibilité d'une défaite ?

Vercingétorix la regarda longuement, rêveusement, puis se leva de son siège, soupira et dit :

— Ne répétez mes propos à personne. Le poids de mes soucis est trop lourd à porter seul, j'avais besoin de les confier à des cœurs amis. Je suis sûr de vous, je sais que je pouvais vous parler en toute franchise. Oui, je suis inquiet. Mais nous ferons l'impossible pour remporter la victoire et si l'armée de secours arrive à temps et avec des effectifs suffisants, nous y parviendrons. Alors, je vous en supplie, vous, Cassica et Vorétovix, faites tout ce que vous pourrez pour hâter la manœuvre, pour que très vite une immense armée vienne attaquer les Romains à revers et les submerger.

Quand il se retrouva seul, après le départ des jeunes époux, Damatos resta accablé. Le pessimisme affiché par Vercingétorix, auquel il ne s'attendait guère, lui avait ôté tout courage et la séparation d'avec son beau-frère à qui le liait le souvenir d'Anipa, lui donnait l'impression de se trouver devant un grand vide. C'était comme si on lui avait arraché encore un morceau de son passé. Il avait comme le sentiment d'une maldonne dans sa destinée. Était-ce son affaire, à lui qui était né pour assembler des douelles fleurant bon le bois neuf et donner leur joli galbe à de pacifiques barriques, que de faire les comptes d'une armée en guerre, dans l'étroitesse carcérale d'une place forte encerclée par l'ennemi ?

Les jours s'écoulaient, tous semblables et de peu d'intérêt. Vercingétorix avait fait rentrer à l'intérieur de la ville les troupes qui campaient sous ses murs et la foule des guerriers vivait entassée sur l'esplanade dénudée de l'*oppidum*-refuge, dans la plus débilitante oisiveté. Entre un tour de garde sur les remparts et la participation à un coup de main contre les travaux des légionnaires, on tuait le temps en jouant aux échecs et en courant les filles. Pour lui, Damatos, qui partageait les soucis du roi en tout ce qui touchait le ravitaillement, il passait son temps à organiser le rationnement qu'il avait fallu décider, à contrôler les stocks, à surveiller les distributions de blé, de viande et d'eau. Cela l'occupait mais n'était ni varié ni passionnant. Il aspirait au jour où il reprendrait la plane et l'herminette et n'entendrait plus parler de Romains. Mais ce jour viendrait-il ? Maintenant qu'il n'en avait plus la certitude, l'idée de devoir peut-être chercher de l'embauche comme ouvrier tonnelier, dans un pays asservi, sous la férule de l'occupant, entretenait en lui un profond écœurement. Pouvait-on vivre sans liberté ? A voir les jours succéder aux jours sans que s'annonçât l'arrivée de l'armée de secours, il sombrait dans une noire désespérance.

Il montait de temps à autre sur une des tours de la ville pour observer les fortifications romaines qui s'édifiaient peu à peu. Un travail de titan. Des levées de terre couronnées de hautes palissades de troncs d'arbres où étaient ménagés des créneaux ; plusieurs lignes de profonds fossés, dont un rempli de l'eau que César avait détournée d'une rivière ; des tours à intervalles réguliers — il en avait compté vingt-trois. Les sorties très violentes dirigées par l'infanterie contre ces ouvrages en avaient retardé l'achèvement, mais n'avaient pu l'empêcher. Et quand leurs retranchements furent terminés, les légionnaires ne cessèrent pas de remuer le sol. On les apercevait qui se livraient, en avant de leurs lignes, à de mystérieux travaux, creusant le sol, traînant des branches, enfonçant des pieux. On se demandait ce qu'ils voulaient faire et cela ne laissait pas d'être inquiétant.

Chacun comptait les jours. Le bruit n'avait pas manqué de filtrer, lors du départ de la cavalerie, que l'on ne disposait que de trente jours de vivres. Damatos était bien placé pour s'alarmer plus que quiconque, car il voyait fondre les réserves. Il avait visité tous les greniers d'Alésia et réquisitionné les dernières provisions des habitants, mais l'état des stocks qu'il dressait quotidiennement faisait ressortir une situation de plus en plus angoissante. Dans les rapports qu'il faisait chaque soir à Vercingétorix, le compte à rebours avait commencé : nous n'avons plus de blé que pour dix jours... pour huit jours... pour sept jours. Ils décidèrent de diminuer les rations. Comme celui de tous les assiégés, son estomac commençait à crier famine.

Les trente jours fatidiques étaient largement dépasses. Un soir, il se présenta la mine défaite devant le roi et lui annonça :

— Il ne nous reste plus un grain de blé

XXI

On ne voyait dans Alésia que misère et souffrance. Les habitants étaient squelettiques, les enfants pleuraient de faim. Damatos qui, pour ne pas être considéré comme un privilégié, ne s'accordait même pas une ration de soldat, souffrait de maux de tête continuels qui altéraient son humeur, amoindrissaient sa puissance de travail et faisaient de sa vie un calvaire. Si, au moins, il avait pu compenser l'insuffisance de son alimentation par de copieuses absorptions de liquide... Il avait perpétuellement soif. Mais l'eau elle-même était rationnée. Il n'avait pas plu depuis une quinzaine et le niveau des sources et des citernes baissait de façon alarmante. On avait placé auprès de chacune un guerrier en armes qui savait que s'il était surpris à laisser, par pitié ou par vénalité, un malheureux y puiser plus qu'il n'avait droit ou, pis encore, s'il profitait de son poste pour se servir lui-même en dehors des distributions, il encourait la peine capitale.

Le lendemain du jour où Damatos lui avait annoncé qu'il ne restait plus un grain de blé, Vercingétorix invita son état-major à constater par lui-même la gravité de la situation en faisant, sous la conduite de l'intendant, l'inspection de tous les silos, enclos à bétail et points d'eau de la cité des Mandubiens (1). Les chefs aux riches habits mais aux estomacs criant famine purent se rendre compte de leurs propres yeux que les silos étaient vides, que le niveau de l'eau dans les

(1) La population d'Alésia appartenait à la tribu séquane des *Mandubiens*. c'est-à-dire des « Éleveurs de petits chevaux de trait »

fontaines et les citernes était tristement bas et que seule la petite ration journalière de viande et les maigres réserves de fromages et de fruits allaient permettre désormais de subsister.

Tandis que le roi faisait plonger le fût d'une lance dans le bassin d'une source pour mesurer la hauteur de l'eau, une Mandubienne famélique s'approcha de lui et, lui montrant le nourrisson pâlot, aux joues creuses, aux yeux cernés, qu'elle portait sur le bras, supplia :

— Aie pitié de nous, bon Seigneur. Mon lait tarit parce que je n'ai pas assez à boire et mon petit va mourir. Ma bouche est sèche et mes entrailles douloureuses. On dit que tu es généreux : montre-le et accorde-moi une bolée d'eau supplémentaire.

Vercingétorix se tourna vers ses généraux.

— Je ne puis refuser à cette femme ce qu'elle sollicite. C'est un de mes interdits de ne jamais refuser à une femme le gobelet d'eau qu'elle m'aura demandé.

Mais le puissant chef Critognatos, son compatriote, répliqua avec arrogance :

— Je regrette, mais tu ne lui donneras pas cette eau à laquelle elle n'a pas droit. Si tu lui faisais cette faveur, toutes les femmes de la ville viendraient mendier le même passe-droit que ton interdit ne te permettrait pas de leur refuser, et nos réserves seraient vite épuisées.

— Ne sais-tu donc pas, protesta Vercingétorix, que lorsqu'un roi viole un de ses interdits, il attire le malheur sur son peuple ?

L'autre fit une moue méprisante.

— Fadaises que tout cela ! Ce sont là de vieilles superstitions. Le vrai malheur, ce serait de manquer d'eau pour nos guerriers après avoir tout gaspillé pour des bouches inutiles.

Il regarda les autres chefs.

— Qu'en pensez-vous, Seigneurs ? Qui n'est pas de mon avis ?

Les esprits forts en imposent toujours aux autres. Rien ne fait plus sérieux qu'une objection négative. Tout le monde donna raison à Critognatos. Le roi, affirmait-on, n'était pas au-dessus de la loi et ne pouvait transgresser les règles de rationnement qu'il avait lui-même édictées. Damatos ne partageait pas ce point de vue, tant il craignait que le sacrilège qui portait atteinte à l'ordre cosmique dont le roi était le garant, n'eût de funestes conséquences. Mais on ne lui demandait pas son avis.

Le retour au Quartier Général, où devait se tenir une

réunion extraordinaire du Conseil, fut particulièrement morose. Plus d'un chef ne se sentait pas la conscience très tranquille et regrettait de s'être laissé mener par Critognatos ; Vercingétorix ne supportait pas l'humiliation qu'il avait subie et restait épouvanté d'avoir dû commettre un acte impie ; quant à Damatos, il était ulcéré. L'indignation d'avoir vu le chef suprême contraint de s'incliner devant la volonté d'une poignée d'aristocrates arrogants, l'emportait encore sur l'effroi des conséquences que pouvait avoir l'outrage fait à la puissance divine. De plus, il était ému de compassion en songeant à ce bébé qui allait sans doute mourir... Ses tourments ne faisaient qu'accroître l'intensité de son mal de tête et il avait l'impression que son crâne, serré dans un étau, allait céder et se briser en éclats. Il n'éprouvait plus qu'un immense dégoût de toutes choses.

Il aurait voulu se réfugier dans sa chambre, se jeter sur son lit, ne plus penser à rien et dormir, dormir. Mais sa présence était requise au Conseil, pour y fournir les renseignements chiffrés dont l'assistance pourrait avoir besoin. Il s'accroupit donc à sa place, dans un recoin discret, derrière son frère Krixomaros qui se tenait à la droite du roi. Lorsque le druide eut ouvert la séance, Vercingétorix posa le problème :

— Ceux qui viennent de faire avec moi le tour de la ville ont pu le constater : nos réserves de blé sont épuisées, l'eau va bientôt manquer et les bêtes de boucherie qui nous restent ne nous permettront de subsister que quelques jours. L'ennemi nous encercle et l'armée de secours n'arrive pas. Puisque certains d'entre vous s'estiment plus compétents que moi, j'attends leurs suggestions.

Plusieurs s'empressèrent d'exprimer sans barguigner l'avis qu'il n'y avait pas d'autre solution que de se rendre. D'autres protestèrent qu'il fallait tenter une sortie en masse tant que l'on en avait encore la force. Mais Critognatos se leva et promena sur l'assemblée un regard hautain.

— Silence, tous ! Il n'est pas question de reddition, car cela nous vaudrait le plus honteux esclavage. Les couards qui l'envisagent n'ont pas une âme d'hommes libres et n'ont donc pas leur place dans ce Conseil. Je ne m'adresse qu'aux autres, à ceux qui sont pour la sortie. S'ils se croient fidèles à la vieille tradition celtique de bravoure jusqu'à la folie, ils se trompent. Loin d'être des braves, ils ne sont que des lâches. Le vrai courage, c'est d'endurer la faim. Foncer au-devant d'une mort stupide n'est qu'une solution de facilité. Il n'y aurait rien à redire si nous ne risquions que notre peau, mais vous rendez-vous compte de l'insoutenable situation où nous mettrions l'armée de secours si, en arrivant ici, elle ne trouvait plus que nos cadavres ? Elle compte sur l'appui de nos quatre-vingt mille épées, nous n'avons pas le droit de l'en priver.

— L'armée de secours ! ricana quelqu'un, tu y crois encore ? Depuis le temps qu'elle devrait être là !

— Silence ! Qu'elle soit un peu en retard n'autorise pas à douter de sa loyauté. T'imagines-tu que c'est pour s'amuser que les Romains ont doublé leurs retranchements tournés vers nous d'une autre ligne tournée vers l'extérieur et qu'ils y montent la garde jour et nuit ? Ils sont bien renseignés et savent que l'armée qui s'est mise en route pour les attaquer sur leurs arrières n'est plus bien loin.

La remarque rendit l'espoir. C'était vrai, les Romains devenaient nerveux, on les sentait inquiets. Ils mettaient beaucoup de hâte à renforcer leurs fortifications vers l'extérieur, preuve qu'ils étaient avertis d'un danger imminent de ce côté. Mais une voix s'éleva pour objecter :

— Tu dis que l'armée de secours serait dans une terrible situation si elle ne trouvait que nos cadavres, mais c'est justement ce qui va arriver puisque nous allons tous crever de faim.

Critognatos mit les poings sur les hanches et martela :

— Il faut donc que nous restions ici à l'attendre, mais sans nous laisser décimer par la famine.

— Que proposes-tu ?

— De faire ce qu'ont fait nos ancêtres dans la même situation, pendant la guerre contre les Cimbres et les Teutons.

— C'est-à-dire ?

— Ils étaient comme nous enfermés dans leurs places fortes et voyaient leurs vivres s'épuiser. Eh bien, plutôt que de nourrir les bouches inutiles qu'étaient les femmes, les enfants et les vieillards, ils ont courageusement décidé de s'en nourrir.

Il y eut un instant de stupeur, puis un tollé de protestations indignées.

— Tu nous prends pour des sauvages ?

Avec un rictus cynique, Critognatos s'acharna à défendre sa proposition :

— La fin ne justifie-t-elle pas les moyens ? Il n'y a pas de règle morale qui tienne quand le sort du monde libre est en jeu. J'admets que le cannibalisme vous répugne, mais dans les circonstances présentes le recours à cette extrémité se justifie plus encore qu'au temps des invasions teutonnes. Car Cimbres et Teutons n'étaient pas bien terrifiants, comparés aux Romains. Bien sûr, ils ont ravagé la Gaule, mais ils sont ensuite repartis en nous laissant notre droit, nos terres, nos institutions et nos libertés. Tandis que les Romains sont poussés par une jalousie forcenée à l'égard de toutes les nations plus glorieuses et plus riches que la leur et ne rêvent que de s'installer à demeure dans leurs campagnes et leurs cités et de les soumettre pour toujours à leur tyrannie.

L'assemblée était de plus en plus houleuse. Vercingétorix réclama le silence.

— Je pense que la suggestion de Critognatos n'était qu'une boutade, mais il a eu raison d'attirer notre attention sur la gravité du péril romain, mortel pour notre civilisation, et de poser le problème des bouches inutiles. Il est certain que si les quelques vivres qui nous restent étaient réservés aux combattants, nous pourrions tenir encore plusieurs jours, ce qui laisserait le temps à l'armée de secours d'arriver. La solution est simple : expulsons de la ville toute la population civile. Les Romains n'ont aucune raison de l'empêcher de traverser leurs lignes, aussi pourra-t-elle gagner tranquillement les villages des bords de l'Idanos où elle sera hébergée et nourrie en attendant la fin de la guerre.

C'était, effectivement, la seule solution et elle rallia tous les suffrages. Les Mandubiens furent invités à faire un paquet des biens auxquels ils tenaient le plus et à sortir d'Alésia derrière les parlementaires qui demanderaient à César le passage. Les braves gens avaient le cœur gros de quitter leurs demeures, mais ils étaient bien contents de s'en aller vers la quiétude de terres d'asile où ils pourraient oublier la guerre et ses horreurs. Ils ne se firent pas prier. On referma les portes derrière eux, en ne doutant pas que les Romains les accueilleraient comme un peuple civilisé accueille des réfugiés, qu'ils leur donneraient à manger et les laisseraient poursuivre leur route vers les vallées tranquilles de l'arrière. C'était sous-estimer la cruauté de César. Il renforça la garde des remparts, avec ordre de ne pas laisser passer un seul fugitif.

Pendant plusieurs jours, les assiégés, l'âme déchirée, aperçurent du haut de leurs remparts les malheureux qui erraient dans la plaine, titubant, mangeant de l'herbe et de la terre. On ne pouvait rien pour eux. Damatos était horrifié du spectacle des mères devenues folles qui lacéraient leurs vêtements en serrant contre leur poitrine les cadavres de leurs enfants, des enfants qui s'accrochaient, suppliants, aux tuniques des soldats romains et se voyaient repoussés brutalement à coups de pied, des femmes et des vieillards qui s'écroulaient de faiblesse pour une longue agonie. La mort pitoyable de ces êtres sans défense qui jonchaient le sol par milliers lui faisait mal et il n'en concevait que plus de haine pour la guerre. La guerre dont une caste sanguinaire tire gloire et honneurs, mais dont toujours le peuple est la victime.

Eux, les assiégés, survivaient parce qu'ils avaient encore un peu de viande à se partager, mais leur état n'était pas brillant. De plus en plus migraineux, Damatos avait eu à plusieurs reprises des étourdissements et il se demandait s'il n'allait pas mourir. Ce n'était pas que la mort lui fît peur. Il l'appelait, au contraire, de tous ses vœux, impatient d'aller rejoindre, là où ils étaient maintenant, Anipa et leurs deux enfants. Mais il lui aurait déplu de quitter ce monde sans avoir assisté à la défaite de l'armée romaine. Car il gardait confiance en la victoire. L'armée de secours allait arriver sans tarder et pour César, ce serait la fin. Prises entre deux feux, ses légions étaient condamnées. Dans deux ou trois jours tout serait joué — l'agitation et la fébrilité dans le camp romain révélait l'imminence de l'attaque extérieure — et les siens seraient vengés. Il serait trop insensé de flancher auparavant et de manquer l'épilogue pour lequel il vivait depuis six mois.

Ce soir-là, au moment de quitter son travail, il se sentit très mal. Il était plié en deux par les douleurs de son estomac vide et sa tête, lourde comme un boulet de catapulte et parcourue d'atroces élancements, lui paraissait sur le point d'éclater. Quand il se leva de son siège, il fut pris de vertige. Tout tournait autour de lui et c'est en titubant qu'il sortit de la pièce et fit quelques pas dans la grande salle de réception sur laquelle s'ouvraient, d'un côté, son bureau et ceux des autres secrétaires, de l'autre les appartements de Vercingétorix. Il était si faible que ses jambes se dérobèrent, ses yeux se brouillèrent, il vacilla et s'écroula sans connaissance.

Quand il revint à lui, il s'aperçut, après que se fut dissipée l'espèce de brume dans laquelle flottait son esprit, qu'il était étendu de tout son long sur le sol de terre battue, dans l'obscurité complète et, en tâtonnant, il se rendit compte qu'il se trouvait derrière l'estrade sur laquelle siégeait Vercingétorix quand il présidait le Conseil. Mais il n'était pas seul dans la salle, car une voix féminine y appelait sourdement : « Seigneur Vercingétorix, où es-tu ? » Il lui semblait que cette voix ne lui était pas inconnue, mais il ne parvenait pas, sur le moment, à l'identifier. Il se souleva un peu sur son coude pour observer par-dessus les premières marches de l'estrade, mais il faisait trop noir pour qu'il pût apercevoir la femme. Au bout de quelques instants, une lueur de torche apparut à l'entrée d'une pièce dont la portière se soulevait et le visage du porteur de cette torche se dessina dans l'ouverture : c'était Vercingétorix lui-même. Il sortit de la pièce et s'avança vers la voix en demandant : « Qui est là ? »

— C'est moi, Dilaka.

Dilaka ! La surprise et l'effroi glacèrent le cœur de Damatos. Elle ne pouvait qu'amener le malheur. Vercingétorix ne semblait pas moins stupéfait et, de sa main libre, il tira promptement son épée, tout en interrogeant d'une voix dure :

— Que fais-tu ici, traîtresse ? Que me veux-tu ?

La jeune femme sortait de l'ombre et à la lumière de la torche qui s'approchait d'elle, Damatos en reconnaissait les traits toujours aussi nobles, aussi séduisants, les grands yeux noirs étincelants, la chevelure d'ébène tombant en souples ondes sur les épaules.

— Tu peux me passer ton épée à travers le corps, s'il te convient, Seigneur, répondit-elle d'un ton doux. Je l'ai ccnt fois mérité et ne me déroberai pas. Je suis venue parce que j'ai deviné ta solitude morale. Si jamais la présence près de toi d'une amie attentive et compréhensive, ne demandant rien pour elle-même, pouvait t'apporter un peu de réconfort, ce serait un moyen de me racheter de mes crimes.

Le roi ne se laissa pas attendrir et demanda rudement :

— Comment voudrais-tu que je te fasse encore confiance ? J'ai su, de source sûre, que c'est toi qui, après m'avoir juré une affection éternelle, m'a tendu le traquenard où je suis tombé, devant Avaricon, puis a incité les femmes de la ville à vendre leurs maris aux Romains. N'essaie pas de nier.

— Je ne nie pas et j'ai honte de moi.

Elle écarta les bras en un geste d'oblation.

— Je me livre à ton glaive. Si je ne puis rien faire pour me racheter, frappe-moi. Périr de ta main est le seul bonheur auquel j'aspire encore.

Fort ennuyé de se trouver — une fois de plus — témoin involontaire de faits qui ne le regardaient pas, Damatos se fit discret derrière son estrade, bien décidé, si on le découvrait, à faire comme s'il n'était pas revenu de son évanouissement. Il ne put s'empêcher, toutefois, de conserver pour quelques instants encore la tête soulevée et les yeux ouverts, afin de s'assurer que le roi ferait bien subir à la misérable le châtiment qu'elle méritait.

Mais Vercingétorix voulait en savoir plus et interrogea :

— Infâme créature, je pensais bien que tu avais pu échapper à l'enfer d'Avaricon en suivant les soldats romains, mais comment te trouves-tu maintenant à Alésia ?

— C'est vrai, Seigneur, j'ai été assez abjecte pour m'enfuir d'Avaricon sous la protection des légionnaires. Mais le traitement qu'ils m'ont fait subir, dans leur camp, m'a ouvert les yeux. Je n'ai plus pour eux que de la haine. J'ai compris que si la Gaule tombe sous la coupe de ces brutes immondes, c'en est fait de la civilisation. Alors j'ai pleuré en pensant que j'avais ma part de responsabilité dans les malheurs de notre pays.

— Si tu n'avais commis qu'une erreur politique, j'aurais peut-être pu te pardonner. Mais tu as trahi mon affection. Nous avions connu de doux moments dans les bras l'un de l'autre et tu as sali cela. J'ai compris que tu t'étais jouée de moi.

Elle eut des accents de bête blessée.

— Non, Seigneur, je ne me suis pas jouée de toi. J'étais sincère. Je t'aimais et c'est pour cela que j'ai été désespérée quand tu m'as abandonnée, et que j'ai voulu me venger.

Vercingétorix ne répondit pas. Il avait l'air gêné et la laissa poursuivre.

— Après avoir assouvi ma vengeance, j'ai pensé à ta détresse et j'ai regretté mes actes. Je me dégoûtais tellement que j'ai songé à me jeter à l'eau. Au moment de faire le saut, je me suis reprise. Ma vie n'aurait pas eu de sens, mon destin ne serait pas accompli, si je quittais ce monde sans avoir tenté de réparer mes fautes. Je t'ai suivi de loin et quand j'ai vu que tu faisais entasser des vivres dans la forteresse des Mandubiens, j'ai su que c'était là que tu couperais la route à César et livrerais la bataille décisive. Alors je me suis vêtue de haillons, ai barbouillé mon visage de crasse et suis venue me faire embaucher comme gardeuse de bétail.

Si elle avait vécu en haillons, elle avait fait toilette pour se présenter devant lui, car elle avait le visage net, les cheveux bien peignés et elle portait une ravissante robe longue de couleur bleu nuit. Il se demanda si elle cherchait à le séduire. En ce cas, elle se faisait des illusions, il n'avait aucun désir d'elle.

— Est-ce en gardant du bétail que tu t'imaginais réparer tes crimes ?

— Évidemment non, mais cela me permettait de guetter l'occasion de me sacrifier et de mourir pour toi. J'ai eu grand-peur, en voyant les jours passer, que cette occasion ne se présente jamais. Mais quand tu as renvoyé la cavalerie et que la commandante des femmes guerrières a suivi son époux, j'ai pensé pouvoir implorer de toi une place dans le bataillon féminin. Je veux me battre, je veux me faire tuer les armes à la main. Mais il était impensable que j'entre chez les guerrières tant qu'elles étaient sous les ordres de Cassica . nous sommes ennemies irréductibles et je lui ai fait trop de mal pour qu'elle puisse jamais me pardonner.

— Te faire admettre au bataillon féminin ? N'est-ce pas encore une de tes ruses ?

Dilaka se laissa tomber à genoux aux pieds du roi et son visage se couvrit de larmes.

— Je te jure par les trois déesses qui sont une, que j'ai bien changé et n'ai plus d'autre désir, désormais, que de mourir avec honneur aux côtés de mes compatriotes. Si tu ne me crois pas, je te supplie de me faire la grâce de me mettre à mort sur-le-champ, de ta propre main.

Visiblement, Vercingétorix ne ressentait aucune hâte à prendre sa décision. Il laissa aller son épée la pointe en bas, l'appuya sur le sol en gardant la main seulement posée sur le pommeau et poursuivit son interrogatoire :

— Comment as-tu réussi à demeurer à Alésia quand la population civile a été évacuée?

— J'ai profité de la confusion pour me cacher.

— Où cela ?

— Dans une cave à fromages. C'est grâce aux fromages que j'ai subsisté. Quand les fourriers de l'armée venaient en chercher, comme la cave est divisée en plusieurs compartiments, je me réfugiais dans un de ceux où il ne restait plus rien. Je n'ai pas été découverte.

— Sais-tu qu'en volant de la nourriture, tu encourais la peine de mort ?

— Bien sûr, je le sais. Mais comme je la méritais déjà pour mes trahisons, ça ne changeait pas grand-chose.

— Comment as-tu fait pour arriver jusqu'ici sans être arrêtée par les patrouilles et entrer sans être vue de la garde ?

— Il n'y avait pas de lune et je sais me glisser dans la nuit sans me faire remarquer.

— Qui me prouve que tu n'es pas venue dans l'intention de m'assassiner ?

— Si j'avais eu ce dessein, je ne t'aurais pas appelé, je me serais tapie dans l'ombre pour te frapper par surprise. Fouille-moi et tu verras que je ne dissimule pas de poignard dans mes vêtements.

Il fronça les sourcils, soupçonneux, et ordonna d'un ton sec :

— Remets-toi debout et lève les bras en l'air.

Il fixa sa torche dans un support accroché à un pilier et revint vers elle. Il la palpa sur tout le corps et constata qu'elle avait dit vrai, elle ne portait pas d'arme.

— Ô mon cher seigneur, murmura-t-elle d'une voix toute de douceur, tandis qu'il promenait les mains sur elle, je suis ton esclave. Il a fallu tous ces malheurs pour que je prenne conscience que mon cœur t'appartient totalement. Je veux être très franche et je te confesse que la première fois où je t'ai suivi sous ta tente, j'obéissais davantage à la vanité et à l'ambition qu'aux sentiments. Mais je ne suis plus la même, je n'attends rien, je n'ambitionne rien et il n'y a plus en moi qu'une immense tendresse pour toi. Une tendresse qui ne demande pas d'être payée de retour.

Il ne répondit rien. Il était touché par la douceur de son ton et puis, à mesure que ses mains, à travers l'étoffe légère de la robe, parcouraient en le tâtant son corps amaigri mais resté attirant, le désir s'allumait en lui et il prolongea l'examen plus qu'il n'était nécessaire, jusqu'à ce que leurs lèvres se fussent rencontrées.

— Oh oui, je suis ton esclave, reprit Dilaka. Tu peux faire de moi tout ce que tu veux. Que tu me tues ou que tu prennes ton plaisir de moi, ce sera bien. Tu peux me torturer sauvagement ou m'envoyer combattre. Tu peux me pardonner ou me condamner sans pitié : quelle qu'elle soit, j'accueillerai ta sentence avec ferveur et ne protesterai pas. Mon âme est à toi.

Il aurait fort bien pu, en soldat digne de ce nom, se jeter sur elle et la posséder sans attendre, avant de parfaire sa volupté en répandant son sang. S'il épargna sa vie et lui accorda son pardon, ce fut parce que dans l'adversité il avait mûri et qu'il était parvenu à un certain détachement. Dans l'état d'esprit où il se trouvait, il avait davantage besoin de tendresse et de réconfort moral que de jouissance physique. Or il sentait que, paradoxalement, cette tendresse et ce réconfort, c'était elle qui pouvait les lui apporter.

Il lui prit la main et l'entraîna vers sa chambre.

— Viens. Demain, tu seras incorporée parmi les femmes guerrières. Mais au dernier rang et avec l'obligation de te charger des missions les plus périlleuses. Moyennant quoi tu viendras me rejoindre chaque soir, car j'ai envie de ton corps, de tes caresses, mais j'ai plus besoin encore que tu me tiennes compagnie et que nous bavardions librement. J'aspire tant à pouvoir m'épancher et me sentir compris.

Damatos les vit avec soulagement et un peu de pitié, disparaître derrière la portière de la chambre.

XXII

Du haut des remparts, il assistait à la quatrième représentation du même drame. Le même que devant Noviodunon des Bituriges. Le même que dans la plaine au-delà de l'Idanos. Le même que, l'autre jour, lors de la grande sortie de la cavalerie.

L'annonce de l'arrivée de l'armée de secours avait suscité des transports d'enthousiasme. Elle avait fait revivre l'espérance, ranimé les courages. Dès que les guetteurs, du haut des tours, avaient claironné la nouvelle, tout le monde s'était précipité sur les murailles. On apercevait, par-delà les retranchements romains, une masse innombrable de fantassins couvrant les hauteurs et, dans la plaine, la cavalerie déployée, s'apprêtant à charger. Ç'avait été du délire. De vieux guerriers aux visages couturés de cicatrices pleuraient de joie. On tombait dans les bras les uns des autres, on s'embrassait. Les bardes improvisaient des chants enflammés, les carnyx sonnaient « Aux armes ! ». Personne ne remarqua que la cavalerie qui barrait la vallée était très loin d'être aussi nombreuse que l'avait demandé Vercingétorix : huit mille cavaliers seulement, alors que près de quinze mille avaient quitté la forteresse le mois précédent. Était-ce cela qu'on pouvait appeler une levée en masse ? Mais d'ici on ne pouvait pas dénombrer la multitude de guerriers dont on voyait seulement qu'ils couvraient la plaine et les huit mille cavaliers faisaient d'autant plus illusion qu'étaient disséminés parmi eux au moins autant d'archers et de fantassins armés à la légère, selon la tactique préconisée par Vercingétorix. On ne pouvait pas savoir — seul le roi s'en doutait — que dans le haut commandement de cette magnifique armée qu'on voyait rangée en bon ordre régnaient la dissension, les rivalités de personnes et les intrigues politiques, qu'il avait été impossible de se mettre d'accord sur un chef unique et qu'après des semaines de palabres on avait fini par nommer quatre généraux en chef qui, bien entendu, tiraient le quadrige chacun dans son sens, se jalousant et se critiquant mutuellement.

Le même drame... Damatos, de son observatoire, avait vu la cavalerie romaine se porter à la rencontre des attaquants qui l'avaient chargée et mise en fuite. Tous à la fois, les assiégés rassemblés sur les remparts d'Alésia et les fantassins de l'armée extérieure massés sur les collines poussaient des clameurs d'encouragement et des vivats qui excitaient l'ardeur des cavaliers celtes. Se sachant observés par des dizaines de milliers d'yeux, ils se battaient avec un courage forcené et multipliaient les prouesses. Vercingétorix avait fait sortir de la ville le gros de son infanterie pour le lancer à l'assaut des lignes romaines sur leur autre face et les hommes s'affairaient à combler de terre et de fascines le fossé le plus proche, large et profond, qui s'opposait à leur avance. Commencée vers midi, la bataille durait depuis plusieurs heures et les Gaulois conservaient l'avantage. Les Romains avaient subi de lourdes pertes et combattaient en retraite, tournant en rond à travers la plaine. Devant le nombre de leurs adversaires, ils étaient tenaillés par la peur et prenaient prétexte de la moindre égratignure pour abandonner le combat. Mais César n'en était pas affecté outre mesure, car il ne cherchait pour lors qu'à fatiguer l'ennemi et soudain, un peu avant le coucher du soleil, il avait lâché la cavalerie germaine. Massés sur un seul point, frais et dispos alors que les Gaulois et leurs chevaux n'en pouvaient plus, les Barbares en peaux de bêtes avaient chargé en rangs serrés dans un fracas de tonnerre. Leur charge était irrésistible. Damatos avait assisté à la déroute des cavaliers gaulois qui s'enfuyaient vers leur camp, tandis que les archers étaient massacrés sur place. Toujours la même scène finale : la guerre celto-latine était gagnée par les hordes germaines.

Dans Alésia, les assiégés étaient profondément abattus. Ils avaient tant cru à la victoire ! Damatos, au comble du désespoir, s'en fut trouver Vercingétorix et lui dit qu'il n'y tenait plus, qu'il ne pouvait supporter l'idée de la défaite et qu'il voulait trouver la mort en se ruant sur l'ennemi. Si bientôt se livrait le combat de la dernière chance, il tenait à en être. Le roi lui mit amicalement la main sur l'épaule. A sa grande surprise, il ne semblait nullement alarmé et souriait, très calme.

— Ton découragement n'est pas justifié, ami Damatos. Rien n'est perdu. Ce n'est pas parce que l'armée extérieure a subi, pour sa première attaque, un échec, qu'il faut désespérer et parler de combat de la dernière chance. Si j'étais très pessimiste, l'autre jour, comme tu as pu le constater, c'est que je doutais que l'armée de secours arriverait à temps. Mais elle est là. Son arrivée a mis fin à mon inquiétude. Elle change tout. C'est César, maintenant, qui est l'assiégé et je ne vois pas comment il pourrait rompre l'encerclement. J'aime mieux être dans ma peau que dans la sienne.

— Je ne sais pas pour combien de temps il dispose de vivres, mais il peut certainement supporter le siège plus longtemps que nous. Nous serons morts de faim avant ses légionnaires.

— Exact. Pour le réduire, il faut que nous prenions d'assaut ses fortifications. Il nous faudra sans doute plusieurs tentatives. Mais en coordonnant nos efforts avec ceux de l'armée extérieure, nous y parviendrons.

Damatos se redressa de toute sa taille et afficha un air résolu.

— En ce cas, permets-moi de prendre part, les armes à la main, à ces tentatives. Mon travail d'intendant me laisse des loisirs, maintenant que tous les stocks ont été répertoriés et que le rationnement est bien fixé.

— Tu tiens tellement à jouer au soldat ? sourit le roi. Je n'ai jamais eu l'impression, pourtant, que ce soit dans ta nature.

— J'ai les miens à venger et nous arrivons au moment décisif. Oui, je hais la guerre, mais c'est pour ça que je la fais. Ce qui peut m'arriver de mieux est de tomber sur le champ de bataille, puisque si nous sommes vainqueurs je mourrai heureux et que si, par malheur, nous sommes battus, je n'aurai plus de raison de vivre.

Le roi lui tapota l'épaule avec une bienveillance amusée.

— Soit. Je te comprends. Je t'autorise donc à rejoindre, lors des batailles, la compagnie de ton compatriote Matomélos. Tiens ! c'est justement elle qui doit monter la garde, demain, auprès des machines de guerre que j'ai fait construire à l'abri, au pied de la falaise. Tu pourras participer à cette garde.

— Tu as peur que les Romains attaquent nos engins ?

— Je ne le crains guère : ils sont immobilisés dans leurs retranchements, car les obstacles qu'ils ont installés pour nous empêcher de nous approcher d'eux, les empêchent de s'approcher de nous. Mais on ne saurait être trop prudent. Si je ne faisais garder jour et nuit nos abris mobiles et nos catapultes, la tentation serait trop forte pour eux de prendre le risque d'une sortie afin de les détruire.

Le lendemain donc Damatos eut la fierté de veiller sur les engins de siège parqués au débouché de la gorge longeant le pied de la falaise du côté de l'est. Il fut étonné de constater avec quelle habileté les charpentiers embauchés par Vercingétorix s'étaient acquittés d'une tâche qui ne leur était pas familière. D'une solidité à toute épreuve, les galeries roulantes et les tours d'assaut valaient celles des Romains. L'efficacité des catapultes restait, sans doute, à démontrer, mais elles avaient fort belle apparence. Le plus difficile serait de faire sortir tout ce matériel, à la file, par un chemin qui n'était pas trop large, et, de lui faire franchir la rivière sur une passerelle guère rassurante. En tout cas, en homme habitué au travail du bois, il appréciait le fini de l'exécution, la qualité des assemblages, le poli des surfaces. Ce fut pour lui une grande satisfaction que de passer de longs moments à examiner, une par une, ces machines et à en caresser le bois lisse.

La journée fut calme. Aucune alerte ne vint la troubler. Le détachement ayant été relevé, il regagna sa chambre et sombra dans un profond sommeil. Il en fut tiré en sursaut par l'éclat des sonneries de carnyx. Un peu plus ému qu'il n'aurait voulu, il s'équipa en hâte et courut au rassemblement. A la lueur des flambeaux, Vercingétorix, sur son cheval blanc, haranguait les guerriers. Il leur annonçait que les guetteurs avaient entendu des clameurs par lesquelles l'armée de secours faisait savoir qu'elle montait à l'assaut. On allait la soutenir en attaquant au même moment sur l'autre front. Il appelait chacun à faire preuve d'assez de vaillance pour que le jour se lève sur la victoire définitive qui rendrait à la Celtie son honneur et sa liberté.

Krixomaros leva les bras vers le ciel et supplia les trois déesses qui sont une seule divinité de faire triompher la juste cause. Aussitôt, Vercingétorix ordonna d'ouvrir les portes et, fidèle à son interdit « Tu ne marcheras jamais au-devant de la mort autrement qu'à cheval », talonna sa monture en criant d'une voix de tempête : « Suivez-moi ! En avant ! »

Pendant la descente de la montagne, Damatos se sentait contracté. Sa marche, dans la nuit, était mal assurée, sa tête le faisait toujours souffrir et la pensée qu'il ne reverrait sans doute jamais le jour se lever lui faisait une impression étrange. Il avait beau souhaiter ne pas le revoir, il n'en éprouvait pas moins un petit pincement au cœur. Il était fier de l'épée qui lui battait le flanc droit, mais un peu dépité de devoir, comme ses camarades, porter sur l'épaule une arme nettement moins glorieuse : une pelle, une simple pelle de terrassier.

Il suivait les autres en se collant à eux. Il était mal à l'aise parce que de noirs géants se tordaient, menaçants, au bord du chemin et que sur le sol les pieds ne cessaient de heurter les traîtresses embûches des cailloux et des ornières. Mais peu à peu ses yeux s'habituaient à l'obscurité. Il distinguait de plus en plus de détails dans le monde de ténèbres qui l'enveloppait.

A l'arrivée au fond de la vallée, Vercingétorix envoya une partie des troupes faire avancer les machines de siège et l'autre partie achever de combler la première ligne de fossés. La formation à laquelle appartenait Damatos fut expédiée aux fossés. Boucher dans l'obscurité une tranchée aux bords verticaux où il aurait été mortel de glisser, n'a rien de facile. Le travail n'avançait pas vite. Il fallait prélever de-ci, de-là les pelletées de terre à y déverser. Le remblayage n'atteignait encore que la moitié de la hauteur quand on entendit, de l'autre côté des positions romaines, les carnyx de l'armée de secours sonner la retraite.

— Qu'est-ce qu'on fait ? demanda Damatos à son chef.

— On attend les ordres. En attendant, on continue le travail. Ces sonneries-là ne nous concernent pas.

Les ordres ne tardèrent pas. Un agent de liaison accourait :

— Repli général. Ceux de l'armée de secours ont dû rencontrer une forte résistance.

La rentrée à Alésia fut morose. Damatos était affreusement déçu d'être encore en vie et de n'avoir apporté d'autre contribution à la bataille que de remuer des pelletées de terre.

***

Le lendemain, après avoir surveillé la distribution des rations de viande bouillie du repas de midi, il rejoignit Vercingétorix dans la citadelle, à la pointe de l'éperon rocheux, pour lui rendre compte qu'il ne restait plus dans l'enclos à bestiaux que vingt vaches efflanquées.

— Aucune importance ! répondit le grand chef, ce soir nous ferons bombance dans le camp romain. Regarde !

Il montrait, dans la direction du nord, une montagne qui se couvrait d'une nuée de guerriers descendant du sommet.

— Magnifique ! s'enthousiasma-t-il, les nôtres ont découvert le point faible du dispositif romain. Les dimensions de cette montagne ne permettaient pas à César d'y faire passer ses lignes de fortifications et il a été obligé de se contenter d'installer à mi-pente un camp isolé que tu aperçois là-bas. Autant que je puisse évaluer, il doit être tenu par une ou deux légions. Les attaquants qui arrivent d'en haut vont bénéficier tout à la fois de l'avantage du nombre et de la position. Ils n'auront aucun mal à bousculer la garnison romaine et à ouvrir ainsi une large brèche dans les lignes ennemies. Il faudrait que la cavalerie et le reste de l'armée de secours attaquent juste en même temps les fortifications de la plaine. Mais oui ! Les voilà ! La cavalerie est sortie de son camp et se déploie dans la plaine. Le gros de nos forces suit derrière.

Il s'adressa aux généraux qui l'entouraient :

— Je suppose que les deux corps d'armée ont convenu d'un plan pour lancer l'attaque au même instant. Soyons prêts à attaquer de notre côté en même temps qu'eux du leur. Retournez vite en ville et rassemblez vos hommes.

Il ordonna qu'on lui amène son cheval blanc.

— Je prends moi-même la tête. A cette heure décisive, je ne suis pas le roi, mais le général en chef, et je chargerai devant nos troupes.

Il sourit à son intendant qui était resté immobile.

— Toi, mon cher Damatos, tu peux rejoindre ta compagnie.

L'immense armée de guerriers pâles et décharnés mais pleins d'enthousiasme et chantant à tue-tête, descendit des hauteurs d'Alésia et se répandit dans la plaine. Au ceinturon de Damatos pendait, en plus de sa lourde épée, une petite pelle portative et il coltinait sur son dos, avec ses trois javelots réglementaires, un énorme fagot qu'il avait la charge de jeter dans le fossé à demi comblé. Les camarades qui l'entouraient étaient pareillement équipés. Il entendait derrière lui, non sans un petit frisson, les rauques aboiements des chiens de guerre retenus à grand-peine par Bâregos et les deux autres maîtres chiens. Quand il se retournait, il apercevait à l'arrière les galeries couvertes, les tours d'assaut et l'artillerie qui avançaient avec lenteur, pied par pied, tirées et poussées par des centaines d'hommes et le spectacle était impressionnant.

Lorsque les fagots et la terre déchargés dans le fossé permirent de le franchir, un détachement de légionnaires passait en courant, à la queue leu leu, sur une étroite chaussée en avant des fortifications, pour se porter au secours de la garnison du camp sur la montagne. « Sus à eux ! » cria un chef et Matomélos ordonna : « Lâchez les chiens ! »

Les molosses s'élancèrent comme des bolides. De l'autre côté du fossé comblé, ils sautèrent un second fossé moins large et moins profond et leur bond les projeta sur une sorte de banquette de terre rejetée des tranchées. Ils poussèrent alors d'horribles hurlements et on les vit se débattre comme s'ils étaient cloués au sol. Les Carnutes les regardaient sans comprendre. Bâregos descendit dans le fossé et remonta de l'autre côté examiner ce qui était arrivé aux pauvres bêtes. Il constata qu'elles s'étaient enferrées sur de petites pointes de fer garnies de crochets dont le sol était hérissé comme une bogue de châtaigne.

Le martyre de la meute avait du moins sauvé la vic aux humains, dans le secteur. Plus loin, c'étaient des soldats partis à l'assaut qui avaient fait les frais de l'expérience. On se mit en devoir de déblayer des passages en déterrant l'un après l'autre les piquets où étaient fichés les terribles aiguillons. Cela prit beaucoup de temps, mais c'était indispensable. Le plus désagréable, c'est qu'il fallait faire ce travail sous les traits de baliste qui, par instants, partaient des retranchements ennemis et venaient s'abattre en sifflant sur le chantier. Les uns se plantaient en terre, les autres dans un corps humain. Damatos n'arrivait pas à s'y habituer et la peur ne le quittait pas. Ce fut un soulagement, le travail achevé, de penser qu'il allait maintenant pouvoir se faire tuer honorablement en chargeant les armes à la main, et non pas être abattu bêtement le dos courbé sur une pelle-pioche.

Au-delà de la banquette maintenant déblayée, s'étendait sous son regard une sorte de terrain vague chaotique parsemé de ramilles coupées, de ronces sèches, de feuilles mortes et de mottes de gazon : environ soixante pas gaulois à franchir en courant sous les flèches avant d'arriver aux contrevallations Le vrai combat commencerait là. Ce lui fut une délivrance d'entendre retentir les commandements : « Javelot au poing ! — A l'assaut ! — En avant ! »

Il prend sa course à travers le terrain chaotique, il court, il court, pointant son javelot et, soudain, il trébuche, il sent se dérober sous son pied les ronces et les brindilles sur lesquelles il l'a posé. En vain, il essaie de reprendre son équilibre, il a l'impression d'être absorbé par le sol. Au moment où il s'effondre, il ressent une abominable douleur, comme si son ventre était déchiré, déchiqueté. Il ne comprend pas ce qui lui arrive mais ne doute pas que c'est la fin, qu'il part pour les Iles d'éternité où il retrouvera Anipa. Il perd connaissance.

*
**

Pourtant, ce n'est pas au milieu de pommiers chargés de fruits d'or, de nymphes dansant sur le gazon, de fleurs multicolores, d'oiseaux et de papillons qu'il se réveille, mais dans une chambre où il est entouré de plusieurs personnes dont les visages ne lui apparaissent qu'à travers un brouillard et qui devisent à mi-voix. Quand il émerge de son brouillard, il reconnaît, penchés sur lui, son frère Krixomaros et son ami le barde Glastos. Il se sent anéanti, il est poignardé de douleurs atroces, mais il parvient à bredouiller, entre deux gémissements involontaires :

— Qu'est-ce qui m'est arrivé ?

C'est Krixomaros qui lui répond :

— Tu as été pris au piège dans un des lis du proconsul.

— Un lis du proconsul ? Qu'est-ce que c'est ?

— Un trou conique dans lequel on peut disparaître jusqu'à la ceinture, avec un pieu pointu planté au centre. César en a fait disposer en quinconce des milliers et ses soldats les appellent des « lis » parce qu'ils ressemblent à cette fleur, avec son pistil au milieu. Les rejets de terre sur les bords forment comme le sommet des pétales. Les Romains les ont recouverts de branchages pour les dissimuler et tu n'es pas le seul, tant s'en faut, hélas, à être tombé dans ces affreux pièges.

— J'ai mal.

— Ne bouge pas. Tu t'es embroché sur le pieu et tu as une plaie au ventre. Glastos et moi suivions le combat du haut de la citadelle et c'est Glastos, qui ne te perdait pas de vue, qui m'a averti que tu étais pris dans une chausse-trape. Nous avons dévalé la montagne du plus vite que nous avons pu, nous t'avons arraché à ton pieu et t'avons ramené à Alésia.

Une plaie au ventre... Damatos comprend qu'il va mourir. Il sait qu'il n'en a plus pour bien longtemps. Mais ce qui lui importe, c'est de connaître le dénouement :

— Nous avons remporté la victoire ?

Son frère ne se hâte pas de répondre.

— Eh bien... En quelque sorte, on peut dire que oui... Nos hommes ont fait merveille ; ils étaient magnifiques. Ni les terribles pièges, ni les fossés n'arrêtaient leur impétuosité. Sur le front extérieur, comme sur le front intérieur, ils s'empalaient sur les lis, ils se faisaient lacérer par des pointes acérés en rampant sous les *cippes* — un fouillis de branches entremêlées dont les extrémités étaient taillées comme des dards — ils se noyaient dans les douves où César avaient détourné l'eau d'une rivière, mais les survivants allaient toujours et sur la montagne nord, ceux qui déboulaient du sommet mettaient en pièces la garnison du camp romain.

— Alors, nous sommes vainqueurs ?

— Sois patient, laisse-moi finir. Après t'avoir pansé de mon mieux, j'étais retourné sur le belvédère et je les voyais. C'était à qui l'emporterait en héroïsme. Je les voyais se lancer à l'assaut des ouvrages en arrachant le parapet avec des crocs. Je voyais avancer les galeries couvertes. Je voyais les traits pleuvoir sur les Romains, d'autant plus terrorisés que s'ils faisaient face à l'armée de secours, ils entendaient dans leur dos les cris de nos guerriers de l'armée d'Alésia, et que s'ils se tournaient vers Alésia, ils entendaient derrière eux les cris de ceux de l'armée de secours. Or tu sais qu'on est toujours plus impressionné par le danger qu'on sent dans son dos que par celui qu'on affronte de face.

— Je sais. Mais qu'attends-tu pour me dire que nous avons vaincu ?

— C'est-à-dire... nous étions vainqueurs, jusqu'au moment où César, sentant la partie perdue, a joué le tout pour le tout. Abandonnant les fortifications, il a rassemblé sa cavalerie et toutes ses réserves, les a galvanisées en se mettant en personne à leur tête et les a entraînées vers les pentes dont les nôtres s'étaient emparés. C'était la manœuvre du désespoir et nos troupes les auraient écrasées si, à cet instant, elles ne s'étaient vues chargées par-derrière par la cavalerie.

— Tu viens de dire que la cavalerie suivait César.

— La cavalerie romaine, oui. Mais celle qui attaquait par-derrière était la cavalerie auxiliaire.

— Tu veux parler des Germains ?

— Oui... les Germains...

— Comme toujours, ce sont les Germains qui ont été vainqueurs.

Krixomaros n'a pas le courage d'articuler une parole et se contente de hocher la tête affirmativement.

— Les Germains, confirme Glastos, et les lis du proconsul.

Damatos n'a pu retenir ses larmes. Il pousse un lourd soupir et garde le silence. Alors il voit se pencher sur lui Vercingétorix lui-même.

— A quoi bon se le dissimuler ? dit le roi, d'une voix infiniment triste, nous avons perdu la partie. Tout est fini.

Nous avons touché la victoire du doigt, mais elle nous a échappé. Parce que j'avais violé un de mes interdits, en refusant à boire à une femme qui me le demandait.

Damatos le regarde avec ferveur.

— Rien n'est perdu, puisque tu es sain et sauf. Les dieux t'ont gardé à la Gaule.

— Il s'est battu comme un lion, déclare Krixomaros sur un ton admiratif, mais la mort n'a pas voulu de lui.

— J'ai violé un de mes interdits, répète le roi. Mon peuple en est puni.

C'est au barde qu'il appartient de faire le récit des faits d'armes royaux. Il raconte que dès qu'un passage avait été déblayé à travers le champ d'aiguillons, Vercingétorix avait voulu s'élancer le premier et avait fait sauter son cheval par-dessus le second fossé. Mais après quelques foulées, le pauvre animal s'était effondré dans un lis, se brisant les membres antérieurs et s'embrochant sur le pieu. Le roi avait continué à pied. Il avait couru au parapet, forcé la palissade et soutenu le choc d'une nuée de défenseurs. Il faisait le vide autour de lui. Le monceau de têtes de légionnaires coupées, à ses pieds, atteignait le niveau de ses genoux.

— Mais je n'ai pas eu, se désole Vercingétorix, la chance de laisser ma vie sur le champ de bataille et il me faut subir la honte de la défaite.

Il se fait apporter un fauteuil d'osier et s'y laisse tomber.

— Ce matin (1), il faudra que je m'offre en holocauste, puisque le sacrifice de son roi peut seul sauver un peuple dans l'infortune. Cette nuit est ma dernière nuit et c'est pourquoi j'ai voulu la passer au milieu des quelques amis dont je sais la sincérité. Je ne veux pas que les courtes heures qui me restent soient gâchées par ces généraux intringants et prétentieux qui me répugnent. Je ne veux d'autre présence que la vôtre — celle de mon druite, de mon barde, de mon intendant et de ma chère Dilaka.

Damatos fait l'effort de tourner un peu la tête et aperçoit Dilaka rencognée à l'autre bout de la pièce. À l'appel de Vercingétorix, elle s'approche d'un pas lent, le regard fixe. Elle s'accroupit aux pieds du roi et appuie la tête sur ses genoux.

— Ce n'est pas juste ! gémit-elle. Pourquoi t'immoler, alors que tu n'es pas responsable de la défaite ?

— Je suis le roi.

(1) Pour les Celtes la journée commençait à la tombée de la nuit

Elle lui caresse les bras.

— Si, depuis le début, l'on t'avait mieux écouté, tu serais aujourd'hui vainqueur. Je suis certaine qu'on n'a pas levé toutes les troupes que tu avais demandées : si l'on t'avait obéi, la cavalerie de l'armée de secours aurait été au moins quatre fois plus nombreuse et les Germains eux-mêmes n'auraient pu la mettre en fuite.

Vercingétorix relève la tête et de l'abattement passe brusquement à la colère.

— Les misérables ! Ceux qui ont voulu n'en faire qu'à leur tête prétendent m'en faire payer les conséquences.

Il frappe rageusement du poing le bras de son fauteuil.

— Je suis jeune, j'ai le droit de vivre. Je n'ai pas à expier leurs fautes. Même la violation de mon interdit leur est due. Je ne veux pas de cette mort injuste, je ne l'accepte pas. Dis-moi, druide, que j'ai le droit de vivre. Puisque l'on ne peut rien me reprocher, j'ai le droit de vivre.

C'est avec une gravité attristée que Krixomaros répond :

— Tu n'as rien à te reprocher, Seigneur, mais tu es garant pour ton peuple. C'est la loi. Ni toi ni moi n'y pouvons rien.

— La loi est inique. Si j'étais né dans un modeste foyer paysan, on aurait à cœur de me traiter avec justice. Faut-il, parce que j'ai eu le malheur de naître dans une famille princière, que me soient déniés les droits qu'ont tous les hommes ?

— Trop dure est la condition du roi chez nous autres, les Celtes, se révolte Dilaka.

— Que ne suis-je un simple guerrier... Comme les autres...

Il se tait et baisse la tête. Personne n'ose troubler sa méditation. Mais le silence devient vite insupportable et, pour le rompre, Glastos questionne :

— Tu peux bien nous le dire, maintenant, Seigneur : est-il vrai, comme le soutiennent tes adversaires politiques, que tu ambitionnais, une fois vainqueur, de profiter de la situation pour instaurer l'hégémonie des Arvernes sur les autres nations et de devenir ainsi le roi de toute la Gaule ?

Vercingétorix secoue la tête.

— Mensonge ! J'aurais sincèrement voulu que toutes les nations celtes s'unissent, mais pas sous l'hégémonie de l'une d'entre elles, quelle qu'elle soit. Toutes doivent rester égales. Pas de cité s'imaginant être le nombril du monde !

— Tu ne réponds qu'à la moitié de ma question. Rêvais-tu, ou non, d'être le Grand Roi de toute la Gaule ?

— Je ne sais pas... Je ne sais plus... C'est difficile à dire. Par moments, oui, c'est vrai, j'avais envie d'être ce roi suprême, pour le bien de nos nations. D'autres fois, je ne supportais plus les responsabilités qui ne me valaient que des critiques, des trahisons et des jalousies. Le plus souvent, mon seul souhait était de rester roi des Arvernes et rien de plus.

— Mais... la Gaule ? intervient Krixomaros. Peut-on espérer mettre fin définitivement à tous les conflits entre nations, à toutes les rivalités, à tous les absurdes affrontements, autrement qu'en réalisant l'union politique et économique de toute la Gaule ?

Vercingétorix ébauche un sourire un peu triste.

— Je sais que c'est votre rêve à vous, les druides. Mais c'est trop tard maintenant, hélas. C'est vrai, l'idée me séduisait. J'aurais aimé être l'artisan d'une Gaule unie de Noviomagus (1) à la rivière Tarnis (2). En être le fédérateur, incarner l'idée gauloise. Oui. Mais pas être le roi d'une Gaule unifiée, rassemblée en un État unique.

— Un État gaulois unifié? s'indigne le druide. Pareille incongruité ne nous est jamais venue à l'esprit. Nous n'aurions pas voulu d'un empire à la mode orientale. Nous avons des âmes libres. Un État gaulois serait contre nature. Ce dont nous rêvions, c'était d'un Roi Suprême, commun à de multiples nations qui auraient conservé chacune son identité, son indépendance, ses institutions et ses chefs. Des nations égales entre elles, mais unissant leurs forces au lieu de s'entredéchirer.

— C'était un beau rêve, soupire le jeune roi. Quand il m'arrivait de m'y abandonner, je vous voyais tous qui êtes ici, occupant de hautes fonctions à mes côtés. Nous aurions fait du bon travail ensemble. Toi, Krixo, tu aurais été un jour ou l'autre archidruide des Gaules. De toi, Glastos, j'aurais fait l'historien officiel de la fédération. J'aurais eu besoin de toi, Damatos, pour coordonner les économies au sein de ce qu'on aurait pu appeler un grand marché commun. Quant à toi, Dilaka... eh bien...

— Je n'aurais rien demandé pour moi, rien désiré. Rien d'autre que de te savoir vivant et puissant.

Elle répète : « vivant... » et fond en larmes.

Damatos ferme les yeux. La douleur de son ventre est intolérable et son âme est désespérée. Il sombre dans l'inconscience. Quand il se réveille, il se rend compte que la longue veillée continue et que la tristesse s'est faite plus pesante. Il

(1) Nimègue. La Gaule s'étendait, à l'époque, jusqu'à l'embouchure du Rhin.

(2) Le Tarn marquait la frontière sud des territoires gaulois.

entend Vercingétorix prononcer, sur un ton de découragement :

— Tout est perdu. Crois-tu, druide, qu'il restera des traces de notre civilisation ?

— Bien peu, j'en ai peur. Dans quelques générations, la langue latine, avec ses lourdeurs, aura remplacé notre belle langue celtique. On appliquera partout ce droit romain formaliste et sans souplesse qui ne connaît d'autre point de référence que les intérêts matériels. L'individu sera devenu l'esclave de l'État et la femme sera considérée comme une perpétuelle mineure.

— Une mineure ? s'étonne Dilaka.

— Parfaitement. Quand les Romains seront les maîtres, les femmes n'auront pas plus de droit que les enfants. Elles ne pourront plus remplir de charges publiques ni exercer d'autre profession que celle de mère de famille. Elles pourront être répudiées par leur mari, mais ne pourront plus, elles, le répudier.

— C'est monstrueux !

— C'est pourtant ainsi que Rome le veut. En dehors de cela, je puis vous prédire que des foules de trafiquants romains s'installeront dans nos cités pour nous exploiter. Tout ce que produiront à la sueur de leur front nos paysans, nos ouvriers, nos artisans prendra le chemin de Rome pour permettre à une population d'oisifs de vivre dans le luxe et les plaisirs. Quant à notre sainte religion, elle est condamnée. Les Romains, vous vous en êtes aperçus, ont la haine de toute spiritualité et ne peuvent pas nous supporter, nous autres druides. Il faut s'attendre à de sanglantes persécutions.

Damatos proteste :

— Les dieux ne peuvent pas permettre cela.

— Les dieux ? Ne raisonne pas à notre petite échelle humaine. Le mystère divin nous dépasse. Pour nous, initiés, les dieux sont les aspects divers d'une même réalité transcendante dont la volonté qui, à chaque instant, crée le monde, échappe à notre entendement. Pour nous qui sommes dans l'espace et dans le temps, Celui qui est infini et éternel ne peut être que l'Inconnaissable. Aussi tous les cultes qui lui sont rendu se valent-ils. Aucun ne peut prétendre à une protection spéciale du Ciel. Les religions sont mortelles parce que leur mort ne peut porter aucune atteinte à l'Absolu. Puisqu'Il est l'Absolu.

— Je ne suis pas d'accord avec toi, déclare Glastos. La Celtie ne disparaîtra pas. Plus d'une nation gauloise, c'est sûr, va plier le genou devant le vainqueur, en mendier servilement l'amitié et en adopter les mœurs : mais pas toutes. On n'arrache pas si facilement son âme à un peuple. Je l'affirme avec toute la force de ma conviction, dans mille ans, dans deux mille ans, il subsistera au moins quelques îlots où la civilisation celte sera toujours vivante.

— Nous voudrions bien le croire.

— Je suis persuadé — quelque chose au fond de moi m'en donne la certitude — que ce sera le cas de mon pays, cette terre d'Armorique dont l'extrémité s'avance comme une proue de navire au creux des vagues de l'océan, à l'occident du monde. Son isolement le protégera et il ne sera jamais latin. Voyez ce qui s'y est passé. Il y a trois ans, il a bien failli battre César, mais a finalement été vaincu et cruellement traité. Croyez-vous que pour autant il soit soumis ? L'esprit de résistance y est, au contraire, plus fort que jamais. J'ai vu ses enseignes en bonne place au-dessus de l'armée de secours, alors que nos guerriers n'avaient pas moins de quatre cents lieues à parcourir pour arriver jusqu'ici. Tel que je connais mes compatriotes, les Romains auront beau occuper notre pays, l'exploiter, le fouler aux pieds, dans trois cents ans, dans cinq cents ans, on se battra encore, au fond des campagnes d'Armorique, contre l'oppresseur.

— Et la langue ?

— Dans deux mille ans on y parlera encore celtique.

— Nous admirons ton optimisme.

— Je sais que je dis vrai. J'ai la foi. Et puis songez qu'il subsiste aussi toute la Celtie insulaire — Bretagne, Hibernie, Calédonie — où César n'a pas pu parvenir à prendre pied.

— Même si l'avenir te donne raison, observe Vercingétorix, quelle pitié ce sera de voir la Celtie qui s'étendait jadis de l'occident de l'Hibernie aux rives du Pont-Euxin, réduite à quelques coins de terre perdus tout au bout du monde ! Je suis heureux de mourir pour ne pas voir cela. Je ne veux pas voir ma patrie asservie et dépouillée de son âme — poussant peut-être même la bassesse jusqu'à se déclarer latine. Il vaut mieux que je meure.

— Oh non ! non ! sanglote Dilaka. Ta vie ne peut s'achever si tôt.

— Il ne faut pas parler de la mort comme d'un mal, dit gravement le druide. Elle est, au contraire, le bien suprême, l'accomplissement, la porte qui s'ouvre sur le bonheur.

— D'ailleurs, ajoute Vercingétorix, même si je n'en suis pas responsable, la défaite est pour moi un déshonneur auquel je ne puis survivre.

Il se recueille quelques instants, les sourcils froncés, puis déclare d'un ton décidé :

— Je ne vais pas attendre que les membres du Conseil viennent m'insulter et se saisir de moi pour m'immoler. Avant l'aube, je m'enfoncerai un poignard dans le cœur.

Mais le druide le reprend d'un ton sévère, comme un écolier qui a mal appris sa leçon :

— Tu n'en feras rien. As-tu oublié que tu es le roi et que, par conséquent, tu ne t'appartiens pas mais appartiens à ton peuple ? Tu n'as pas le droit de disposer de ta personne. C'est à l'assemblée des guerriers de décider de ton sort. Il revient à elle seule de proclamer si tu pourras te donner la mort toi-même, si tu seras immolé publiquement ou si tu seras livré à César.

Le roi a baissé la tête, mais il la redresse, l'air résolu.

— Bien. Je me présenterai donc devant l'assemblée des guerriers. Je lui expliquerai que je n'ai pas entrepris la guerre à des fins personnelles, mais pour la cause de la liberté, que j'ai tout tenté pour remporter la victoire, mais que la fortune m'a été contraire. Je lui dirai que je dois céder à cette fortune contraire et que j'offre ma vie pour le salut du peuple, en lui laissant le choix de la manière dont sera accompli le sacrifice.

– Ainsi le veut la coutume, approuve Krixomaros.

— J'espère, du moins, que si on me livre vivant à lui, César n'aura pas l'infamie de m'infliger le supplice inhumain qu'il a fait subir au malheureux Acco. Je ne voudrais pas non plus qu'il me garde en captivité. Je souhaite ardemment qu'il me donne sur-le-champ la mort des guerriers.

***

Damatos s'est fait porter en haut de la citadelle. Lorsque son frère lui a rapporté que l'assemblée avait décidé d'envoyer une députation à César pour connaître sa volonté et que César avait exigé la livraison du roi et des chefs de toutes les nations alliées, il a déclaré qu'il désirait assister au dernier tableau de l'épopée. Près de lui se tiennent Krixomaros et Dilaka. Glastos n'est pas là, car il doit accompagner les chefs jusqu'aux abords du camp de César afin d'entendre les paroles qui s'échangeront et d'en perpétuer le souvenir dans les chants qu'il composera et répandra par toute la Gaule.

Voici que dans une brèche du retranchement romain apparaissent des légionnaires portant une chaise dorée qu'ils installent au milieu. Voici qu'un détachement en armes vient prendre position au pied de la levée de terre. Et voici qu'en se penchant on aperçoit, au pied de la falaise, le cortège des chefs gaulois qui a achevé sa descente et s'engage dans la plaine. Vercingétorix chevauche à leur tête, montant le dernier cheval qui lui restait, un très bel étalon noir à la queue et la crinière flottantes, qui tient l'encolure haute et tricote des antérieurs, impatient de s'élancer dans l'espace ouvert devant lui.

— Tu ne marcheras jamais au-devant de la mort autrement qu'à cheval, murmure Krixomaros.

Ils voient apparaître César drapé dans son manteau pourpre, la tête nue, entouré de ses tribuns militaires et de ses aides de camp. Ils le voient prendre place sur la chaise dorée et dégrafer sa ceinture. Vercingétorix rend la main à son cheval qui bondit et dévore au grand galop l'espace le séparant du retranchement. Quand il arrive au pied du trône du proconsul, il le fait volter, piaffer, pirouetter, puis se dresser dans une courbette majestueuse.

Sa dernière parade équestre achevée, le jeune roi celte jette à terre, tour à tour, sans hâte, son bouclier, ses trois javelots, son poignard et son épée, puis saute de sa monture et s'agenouille devant son vainqueur. César, qui était resté de bois pendant toute la scène, fait un geste et l'on voit une dizaine de soudards aux mines patibulaires se ruer sur le héros malheureux, l'empoigner avec rudesse, le charger de chaînes et l'entraîner sans ménagement.

Il n'y a plus d'espoir de le voir recevoir la mort des braves. Il n'est pas traité en roi. Ce spectacle est plus que n'en peut supporter Damatos. Il cesse de résister à l'atroce souffrance qui déchire ses entrailles. Il murmure doucement le nom d'Anipa et son cœur s'arrête de battre. Il va enfin retrouver les siens.

En se relevant après avoir fermé les yeux de son frère, Krixomaros voit Dilaka, qui a grimpé sur le parapet de la citadelle, se précipiter dans le vide.

⁂

Vorétovix chevauche, tête basse, sur la route caillouteuse qui s'étire interminablement dans la direction du nord-ouest. Il a pris part à toutes les charges aussi malheureuses qu'héroïques de l'armée de secours, a failli plus d'une fois être victime des pièges semés par César, s'est battu avec d'autant plus de furie et a fait grand carnage de Romains. C'est la mort dans l'âme qu'il a tourné bride quand on a sonné la retraite, puis qu'il s'est soumis à l'ordre d'évacuer le camp et de rentrer chez soi.

Il retourne vers Cassica qui l'attend dans les ruines de Samocaion dont elle a entrepris la reconstruction. Il est impatient de la retrouver et d'oublier dans ses bras les malheurs du temps. S'il est triste, ce n'est pas pour lui-même : il ne se plaint pas de son sort. Quand il est parti pour la guerre, il était le petit paysan Vimpis et voici qu'il revient noble chevalier, époux d'une ravissante princesse. C'est pour son pays qu'il s'afflige, car ce qui a été perdu à Alésia est perdu à jamais. La Gaule a cessé pour toujours d'être la Gaule.

Il retourne vers Cassica, sa princesse. Il leur faudra vivre sous le joug de l'occupant. Mais ils ne seront pas de ceux qui, pour de bas intérêts matériels, composeront avec lui. Ils garderont leur âme. Ils élèveront leurs enfants dans la langue et la religion ancestrales. En leurs cœurs, au moins, la Celtie survivra.

APPENDICE

Acco, chef sénon que ses compatriotes choisirent pour roi quand ils eurent déposé Cavarinos, le monarque imposé par César. Après l'avoir capturé, César le fit torturer de façon ignoble, jusqu'à ce qu'il meure sous les coups.

Aduatuca, forteresse *(castellum)* des Éburons, en Belgique.

Agédincon, Sens. Ce nom semble dérivé d'*agedo,* face.

Alésia, beaucoup de villes gauloises portaient ce nom. N'en déplaise aux mânes de Napoléon III, celle où s'est déroulée la grande bataille entre Vercingétorix et César ne peut pas être l'actuelle Alise-Sainte-Reine, en Côte-d'Or. Le texte du *De Bello Gallico* nous apprend qu'Alésia était toute proche *(finitimam)* de la Provincia romaine et qu'avant d'y parvenir, César avait fait route vers le pays des Séquanes à travers les frontières extrêmes (c'est-à-dire les plus au sud) du territoire des Lingons ; que l'oppidum se trouvait au sommet d'une colline extrêmement élevée et inexpugnable, se dressant entre deux rivières ; que devant cette colline s'étendait une plaine de trois mille pas ; qu'au nord se dressait une hauteur d'un périmètre trop vaste pour que les Romains pussent la comprendre dans leurs lignes ; qu'enfin à une demi-journée de marche environ, en direction de la frontière lingone, il y avait une plaine traversée par une rivière et dominée par une butte. Le site d'Alise-Sainte-Reine ne remplit aucune de ces conditions. En outre, on ne doit chercher l'Alésia historique que là où il n'a pas existé de ville gallo-romaine puisque, au témoignage de Florus, la cité de la bataille a été détruite par le feu. L'hypothèse la plus plausible et la mieux étayée par des recherches réellement scientifiques, est, en l'état actuel, celle qui a été émise par l'archéologue André Berthier, situant Alésia à Chaux-des-Crotenay, dans le Jura. Des fouilles sérieuses et des photographies aériennes permettraient évidemment de découvrir la vérité, mais tous ceux qui ont intérêt au maintien du mythe d'Alise-Sainte-Reine (pour des raisons de carrière universitaire ou d'exploitation touristique) s'y opposent obstinément.

Ambactes, serviteurs.

Ambiorix, roi des Éburons. Il infligea des revers sévères aux Romains. César ne put parvenir à mettre la main sur lui.

Arar, Saône.

Atenoux, jour de la pleine lune ; seconde quinzaine de chaque mois.

Autricon, Chartres. Dérivé de *Autura,* l'Eure.

Avaricon, Bourges. Vient de *Avara,* l'Yèvre.

Bébrona, Beuvron. Signifie « peuplée de castors » *(bebres).*

Borbona, Bourbon-l'Archambault. Du verbe *bervemi,* je bouillonne.

Brigantia, déesse guérisseuse et déesse de la Fécondité, chez les Gaulois comme chez les Celtes de Grande-Bretagne. Elle était aussi protectrice des forgerons. Son nom est devenu « Brigitte » en français, « Berc'hed » en breton, etc.

Cabillona, Chalon-sur-Saône. Peut-être « où il y a de petites juments de trait » (*cabilla* pouvant être le diminutif féminin de *cabo,* cheval de trait).

Calendrier celtique :
Samonios (conclusion de l'été), novembre — 30 jours.
Dumannios (mois noir), décembre — 29 jours.
Rivros (glacial), janvier — 30 jours.
Anagantios (inactif), février — 29 jours.
Ogronios (frisquet), mars — 30 jours.
Qutios (âcre), avril — 30 jours.
Giamonios (conclusion de l'hiver), mai — 29 jours.
Simivisonnos (mi-printemps), juin — 30 jours.
Équos, juillet (peut-être : source, ou : bétail) — durée non connue.
Elembivios, août (orme vivant ?) — 29 jours.
Édrinios (chaleur), septembre — 30 jours.
Cantlos (chant), octobre — 29 jours.
+ un mois intercalaire dont le nom est discuté.

Camulogénos, chef aulerque qui, à un âge respectable, a défendu Lutèce contre Labiénus.

Cantobenna, Chanturgue. De *canto,* cent, cercle ou brillant, et *benna,* pic.

Caris, Cher

Carnutes, nation gauloise dont la capitale était Chartres et la ville principale Orléans. Leur nom vient probablement de *carnu*, corne.

Cavarinos, partisan de la « collaboration » que César plaça, contre la volonté du peuple, à la tête des Sénons. Il fut détrôné par l'assemblée sénone et remplacé par Acco.

Celtillos, chef arverne, père de Vercingétorix. Il fut mis à mort par ses concitoyens pour avoir voulu rétablir la royauté.

Cénabon (sens probable : la Rivière qui vient de loin), Orléans.

César, politicien romain ambitieux, débauché et homosexuel qui prétendait descendre en droite ligne de la déesse Vénus. Cruel, cupide et sans scrupule, il entreprit la guerre des Gaules pour s'enrichir. Suétone nous dit qu'« *en Gaule il pilla les chapelles et les temples des dieux qui étaient remplis d'offrandes et, quand il détruisit les villes, ce fut plus souvent pour faire du butin que par représailles* ».

Cicéron, il ne s'agit pas ici du célèbre orateur, mais de son frère cadet, Quintus, légat de César. Il a été assiégé par Ambiorix dans Aduatuca.

Clodius, tribun de la plèbe en 58 av. J.-C.; fidèle agent de César à Rome et amant de sa femme. Assassiné par Milon en 52 av. J.-C.

Commios, chef des Atrébates. Longtemps allié aux Romains, il finit par se retourner contre eux et devint un des principaux chefs de la résistance. Il fut un des quatre généraux en chef de l'armée de secours. Après Alésia, il continua à animer la lutte et ne fit sa soumission qu'en 50 av. J.-C.

Conconnétodumnos, un des deux chefs de l'insurrection de Cénabon. Certains supposent qu'il était druide et en font l'adjoint de Cotuatos, mais César ne dit rien de semblable. Il est plus probable que c'était un puissant chef appartenant à la classe des guerriers.

Condas (= confluent), Cosne.

Corréos, chef bellovaque qui continua la guerre bien après la chute d'Alésia.

Cotuatos, un des deux chefs de l'insurrection de Cénabon. Dans le Livre VIII du *De Bello Gallico,* il n'est plus appelé Cotuatus, mais Gutuater, ce qui signifie « le Prédicateur ». Un des deux noms est-il une altération de l'autre ou avait-on affaire à un prêtre du nom de Cotuatos ? Il est fort possible, voire même probable, étant donné son autorité, qu'il s'agissait de l'archidruide en personne.

Diviciacos, druide et homme politique éduen, chef du parti de la collaboration avec les Romains.

Dumnorix, chef éduen, frère cadet de Diviciacos et son adversaire sur le plan politique.

Durocortoron, Reims. *Duro-* signifie « bourg », mais le second terme reste inexpliqué.

Élaver, Allier. (Contient sans doute le thème *elaios,* cygne.)

C. Fufius Cita, chevalier romain établi à Cénabon pour faire du commerce et que César avait chargé de l'intendance des vivres. Il a été assassiné par les Carnutes révoltés, mais sans être torturé (car si les insurgés s'étaient livrés à des actes de barbarie, César n'aurait pas manqué d'en faire état).

Gergovie, ce n'est certainement pas le plateau auquel Napoléon III a conféré ce nom, en débaptisant le village de Merdogne. On y a trouvé des traces de fortifications, mais non d'habitations, alors que l'on sait que Gergovie était une ville largement peuplée. Et surtout le plateau de Merdogne se trouve au sud de l'oppidum des Côtes, près de Clermont-Ferrand. Pour y parvenir, César qui arrivait du nord aurait dû commencer par s'emparer de cet oppidum et s'en serait vanté. S'il n'y a eu qu'un seul siège, c'est que Gergovie n'était autre que l'oppidum des Côtes. La topographie des lieux correspond d'ailleurs beaucoup mieux aux descriptions de César et, sur ce site, on a retrouvé les traces de nombreuses habitations. Enfin l'explication classique de la bataille sur le plateau de Merdogne suppose que les guerriers gaulois aient entendu les cris des femmes par-delà la montagne, à deux kilomètres de leur retranchement, ce qui paraît tout à fait invraisemblable.

Gobannitio (nom dérivé de Gobannos : forgeron), oncle de Vercingétorix qui semble n'avoir pas été étranger à la condamnation à mort de son père Celtillos.

Gorgobina, la Guerche. (Nom non expliqué. Contient peut-être *gorgos,* cruel.)

Icauna, Yonne. (Nom vraisemblablement préceltique.)

Idanos, Ain.

Iveton (= lieu planté d'ifs), Ivoy.

Liger, Loire. (Origine discutée : peut-être préceltique, peut-être celtique. Dans ce dernier cas, aurait la même racine que le verbe *logami,* je liquéfie, je dissous.)

Luctérios, chef cadurque qui apporta une aide importante à Vercingétorix et continua héroïquement la lutte après Alésia. Il finit par être livré à César par un traître, l'Arverne Épasnactos

Lutèce (*Loukotikia :* la Colline des souris), Paris

Matrona, Marne. Nom qui signifie : la Mère.

Méduana, Mayenne. De *medu,* hydromel.

Metlosédos, Melun. (*Metlo-* = colline, *sedos* ou *sedon* = siège.)

L. Munatius Plancus, légat de César qui commandait une légion stationnée en Belgique, quand le proconsul le fit revenir chez les Carnutes à la suite du meurtre de Tasgétios.

Nantiacon, Nançay. (*Nanto* = vallée, *Nantiacon* = le site où il y a des vallées.)

Nemeton, clairière sacrée, sanctuaire.

Noviodunon, beaucoup de villes fortifiées portaient ce nom qui signifiait « la Nouvelle Forteresse » (comme, aujourd'hui, tous les « Châteauneuf »). Telles étaient :
Noviodunon des Arvernes, Nieudan.
Noviodunon des Bituriges, Neuvy-sur-Barangeon.
Noviodunon des Carnutes, Neung.
Noviodunon des Éduens, Nevers.
Noviodunon des Suessiones, localité à 3,5 km au nord de Soissons.

Partis politiques : César rapporte qu'en Gaule tous les peuples, toutes les tribus et même l'ensemble de la Gaule sont divisés en deux partis rivaux. Je les ai baptisés « Parti du Taureau » et « Parti du Sanglier » en raison des symboles que représentaient ces deux animaux chez les Celtes. Appellations qui valent bien, après tout, celles de « gauche » et de « droite » qu'on utilise aujourd'hui et qui n'ont par elles-mêmes, aucun sens.

Provincia, la Gaule déjà sous domination romaine (Gallia Braccata), appelée aussi Narbonnaise. Elle s'étendait de Toulouse à Genève.

Quintus Pedius, légat de César.

Rênos, Rhin (à rapprocher du moyen-irlandais *rian* = mer, qui en est l'aboutissement phonétique normal).

Rhodanos, Rhône.

Rigomagus (= le Champ du Roi, donc propriété de Vercingétorix, de son père, ou d'un de ses ancêtres), Riom.

Salébriva (= Pont sur la Saléra), Salbris.

Saléra, Sauldre.

Samarobriva, (= Pont sur la Samara), Amiens.

Sédullos, chef militaire et premier magistrat des Lémovices (tué à Alésia).

Tasgétios, noble carnute, descendant de rois, que César rétablit sur le trône de ses ancêtres, sans demander l'avis de personne, pour le récompenser des services qu'il lui avait rendus. Une conspiration se forma contre lui et il fut assassiné en 54 av. J.-C.

Vellaunodunon, (= la meilleure forteresse) ville sénonne, sans doute Montargis.

Vercassivellaunos, chef arverne, cousin de Vercingétorix ; un des quatre commandants en chef de l'armée de secours.

Vienna, Vienne, sur le Rhône. (Vienne en Autriche était *Vindobona* = la fondation blanche ou sacrée.) Étymologie inconnue.

Achevé d'imprimer en juillet 1986
sur presse CAMERON
dans les ateliers de la S.E.P.C.
à Saint-Amand-Montrond (Cher)
pour le compte de France Loisirs

Dépôt légal : juillet 1986.
N° d'Édition : 11799. N° d'Impression : 1394.

Imprimé en France